红 岩

罗广斌 杨益言 著

中国青年出版社

图书在版编目（CIP）数据

红岩 / 罗广斌，杨益言著 . —北京：中国青年出版社，2018.2
（2024.7 重印）
ISBN 978-7-5153-4514-7

Ⅰ . ①红… Ⅱ . ①罗… ②杨… Ⅲ . ①长篇小说—中国—当代 Ⅳ . ① I247.5

中国版本图书馆 CIP 数据核字（2018）第 032878 号

本版责任编辑：叶施水
书籍设计：瞿中华

出版发行：中国青年出版社
社　　址：北京市东城区东四十二条 21 号
网　　址：www.cyp.com.cn
电子邮箱：jdzz@cypg.cn
编辑中心：010-57350406
营销中心：010-57350370
经　　销：新华书店
印　　刷：北京中科印刷有限公司
开　　本：787 mm × 1092 mm　1/32
印　　张：21.75
插　　页：2
字　　数：410 千字
版　　次：2018 年 4 月北京第 1 版
印　　次：2024 年 7 月北京第 4 次印刷
印　　数：60001—80000 册
定　　价：98.00 元

如有印装质量问题，请凭购书发票与质检部联系调换
联系电话：010-57350337

目录

第一章

抗战胜利纪功碑[1]，隐没在灰蒙蒙的雾海里，长江、嘉陵江汇合处的山城，被浓云迷雾笼罩着。这个阴沉沉的早晨，把人们带进了动荡年代里的又一个年头。

在这变态繁荣的市区里，尽管天色是如此晦暗，元旦的街头，还是照例挤满了行人。

“卖报，卖报！《中央日报》！《和平日报》……”

赤脚的报童，在雾气里边跑边喊：“看1948年中国往何处去？……看美国原子弹军事演习，第三次世界大战即将爆发……”

卖报声里，忽然喊出这么一句：“看警备司令部命令！新年期间，禁止放爆竹，禁止放焰火，严防火警！”

在川流不息的人海里，一个匆忙走着的青年，忽然听到“火警！”的叫喊声，当他转过头来看时，报童已经不见了，只是在人丛中传来渐远渐弱的喊声：

1　现为重庆市人民解放纪念碑。

“快看本市新闻，公教人员困年关，全家服毒，留下万言绝命书……”

这个匆忙走着的青年，便是余新江。今天，他没有穿工人服，茁壮的身上，换了一套干干净净的蓝布中山装，浓黑的眉下，深嵌着一对直视一切的眼睛。他不过二十几岁，可是神情分外庄重，比同样年纪的小伙子，显得精干而沉着。听了报童的喊声，他的眉头微微聚缩了一下，更加放快脚步，两条颇长的胳臂，急促地前后摆动着，衣袖擦着衣襟，有节奏地索索发响。不知是走热了，还是为了方便，他把稍长一点的袖口，挽在胳臂上，露出了一长截黝黑的手腕和长满茧巴的大手。

穿过这乱哄哄的街头，他一再让过喷着黑烟尾巴的公共汽车。这种破旧的柴油车，轧轧地颠簸着，发出刺耳的噪声，加上兜售美国剩余物资的小贩和地摊上的叫卖声，仓仓皇皇的人力车夫的喊叫声和满街行人的喧嚣声，使节日的街头，变成了上下翻滚的一锅粥。

余新江心里有事，急促地走着。可是，满街光怪陆离的景色，不断地闯进他的眼帘。街道两旁的高楼大厦，商场、银行、餐馆、舞厅、职业介绍所和生意畸形的兴隆的拍卖行，全都张灯结彩，高悬着“庆祝元旦”“恭贺新禧”之类的大字装饰。不知是哪一家别出心裁的商行带头，今年又出现了往年未曾有过的新花样：一条条用崭新的万元大钞接连成的长长彩带，居然代替了红绿彩绸，从雾气弥漫的一座座高楼顶上垂悬下来。有些地方甚至用才出笼的十万元大钞，来代替万元钞票，仿佛有意欢迎即将问世的百万元钞票的出台。也许商人算过账，钞票比红绿彩绸更便宜些？可惜十万元钞票的纸张和印刷，并不比万元的更大、更好，反而因为它的色彩模糊，倒不如万元的那样引人注目。微风过处，这些用“法币”做成的彩带满空飞舞，哗哗作响。这种奇特景象似乎并不犯忌，所以不像燃放爆竹和焰火那样，被官方明令禁止。

余新江不屑去看更多的花样，任那些“新年大贱卖，不顾血本！”“买一送一，忍痛牺牲！”的大字招贴，在凛冽的寒风中抖索。谁都知道，那些招贴贴出之前，几乎所有商品的价格标签上都增加了个“0”；而且，那些招贴的后面，谁知道隐藏着多少垂死挣扎、濒于破产的苦脸？

几声拖长的汽车喇叭，惊动了满街行人，也惊散了一群抢夺烟蒂的流浪儿童。这时，纪功碑顶上的广播喇叭里，一个女人的颤音，正在播唱：“好花不常开，好景不长在……”

余新江不经意地回头，只见一辆白色的警备车，飞快地驶过街心，后面紧跟着几辆同样飞驰的流线型轿车。轿车上插着星条旗，涂有显眼的中国字：“美国新闻处。”这些轿车，由全副武装的军警用警备车开路，驶向胜利大厦，去参加市政当局为“盟邦”举行的新年招待会。余新江冷眼望着一辆辆快速驶过身边的汽车，仿佛从车窗里看见了那些常到兵工厂去的美国人。这时，他忽然发现，最后一辆汽车高翘着的屁股上，被贴上了一张大字标语：“美国佬滚出中国去！”

“呸！”余新江向那汽车碾过的地方，狠狠地吐了一口痰，然后穿过闹市，继续朝前走。

他沉着地转过几条街，确信身后没有盯梢的“尾巴”[1]，便向大川银行5号宿舍径直走去。这里是邻近市中心的住宅区，路边栽满树木，十分幽静，新年里街道上也很少行人。他伸手按按电铃，等了不久，黑漆大门缓缓地开了。一个穿藏青色哔叽西服的中年人，披了件大衣出现在门口。见了余新江，微微点头，让进去。关门以前，又习惯地望了望街头的动静。看得出来，这是个在复杂环境里生活惯了的人。

小小的客厅，经过细心布置，显得很整洁。小圆桌铺上了台布，添了瓶盛开的蜡梅，吐着幽香；一些彩色贺年片和几碟糖果，点缀着新年气氛。壁上挂的单条，除原来的几幅外，又加了一轴徐悲鸿画的骏马。火盆里通红的炭火，驱走了寒气，整个房间暖融融的。这地方，不如工人简陋的棚户那样，叫余新江感到舒畅自由，但他也没有过多的反感。斗争是复杂的，在白色恐怖下的地下工作者，必须保护组织和自己，工作的需要，寓所的主人甫志高当然可以用这种生活方式来做掩护。余新江走向靠近窗口的一张半新的沙发，同时告诉主人说：

“老许叫我来找你。”

“是啊，昨晚上看见对岸工厂区起了火，我就在想……”甫志高挂好了大衣，一边说话，一边殷勤地泡茶。“你喜欢龙井还是香片？”

“都一样。”余新江不在意地回答着：“我喝惯了冷水。”

1　指跟踪的特务。

“不！同志们到了我这里，要实行共产主义，有福同享！”

甫志高笑着，把茶碗递到茶几上。他注视着对方深陷的眼眶，轻轻地拍拍他的肩头：“小余，一夜未睡吧？到底是怎样起火的？”

甫志高是地下党沙磁区委委员，负责经济工作。他关心和急切地询问工厂的情况，却使余新江心里分外难受。小余仿佛又看见了那场炽热的大火，在眼前哔哔剥剥地燃烧，成片的茅棚，被火焰吞没，熊熊的烈焰，映红了半边天。他一时没有回答，激动地端起茶碗，大口地呷着，像是十分口渴似的。

“别着急！”甫志高流露出一种早就胸有成竹的神情，宽解地说：“工人生活上的困难，总可以设法解决的。老许的意思，需要多少钱？”

甫志高停了一下，又关切地问：“你看报了吗？说是工人不慎失火！”他顺手拿起一张《中央日报》，指了指一条小标题，又把报纸丢开，“我看这里边另有文章！你说呢？小余。”

余新江浓黑的双眉抖动着，忍不住霍然站起来，大声对甫志高说：“什么失火？是特务放火！我亲眼看见的。”

他记得，当他冲向火场时，遇到成群的人从火场拥来。炮厂的支部书记肖师傅和许多同志都在那儿。两个纵火犯被全身捆绑着押解过来。工人们早把两个匪徒认出来了，他们是总厂稽查处的特务。

余新江像怒视着特务一样，看着对面的粉墙，过了好一阵，才转回头告诉甫志高：“两个纵火的特务，当场被抓住以后，供认出他们放火是奉了西南长官公署第二处的命令！”

“第二处？”甫志高一愣。“那是军统[1]特务组织啊！”

怒火未熄的余新江，没有注意甫志高的插话，他向前走了两步，语气里充满了斩钉截铁的力量：

“跑得了和尚，跑不了寺。工人的损失要敌人全部赔偿！”

他知道，失火以前，长江兵工总厂各分厂，早已出现了许多不祥的迹象。开始是大批军警开进厂区，强迫工人加班加点，后来又把炮厂工人的棚户区划进扩厂范围，逼迫工人拆房搬家。现在，敌人纵火，更使斗争白热化了！长江兵工总厂所属各分厂的工人，今天要聚集到炮厂去。尽管厂方人员溜了，可是愤怒的工人，决心把厂方准备的扩厂建筑材料，搬到火烧场去，重修炮厂工人的宿舍。不得胜利，斗争决不停止！余新江攥起结实的拳头，在小圆桌上狠狠地一击，震得瓶里的蜡梅纷纷飘落。

甫志高被他的情绪感染着，也很激动。虽然因为工作关系，他很少有机会参加群众运动，然而对政治形势，仍是很了解的。

“是的。重庆的军火工业，占蒋介石全部军火生产能力的百分之八十！他要当好运输大队长，补充美国装备的大量消耗，当然要抓重庆！”甫志高眼珠闪动着，显出一种少见的激奋。“小余，你还记得吗？去年春天，《新华日报》停刊时，吴老[2]就愤慨地质问过敌人：‘你看，我们的对面，就是你们的兵工厂。数月以来，日日夜夜赶造军火。请问这是干什么的？’美蒋反

---

1 国民党军事委员会调查统计局的简称。成立于 1932 年，是国民党庞大的特务组织之一。

2 吴玉章同志，当时任中共四川省委书记。

动派坚持内战，急于扩大军火生产，已经到了不择手段的程度了。这一次，我们党必须领导工人斗争到底！”

“咱们重庆工人，不能拿自己清白的手，去给反动派当帮凶！”余新江大声说着，此刻他更加感到这次反对拆迁扩厂斗争的重大意义。“老许说，决定公开揭露敌人纵火的罪行，争取各方面的正义声援；并且在全市各厂发动工人募捐，在敌人赔偿损失以前，解决炮厂工人的生活困难……”

“在捐款未到手时，我可以先设法……”甫志高没等到余新江说完，便打断了他的话。是啊，目前要维持几百户工人的生活，不是容易的事情，而且地下党经济方面的某些开支，本来就是他责任范围以内的工作。

余新江直爽地点头，说出了当前需要的数目，又说：“老许讲了，你垫的钱，以后由捐款中归还。”

“没有问题，这笔钱明天就可以给你。”虽然刚过了年关，金融界头寸[1]很紧，可是甫志高没有强调困难，反而主动提出：“如果不够用，还可以设法多弄一点。”

他望着余新江的浓眉和双眼，劝说道：“小余，你太疲倦了，休息一会儿，吃了饭再走。”他看看表，又补上一句：“我妻子买菜去了，就要回来的。”

他说，新年期间，他特地让雇用的老妈子回乡去和家人团聚。这几天，就由他夫妇俩自己煮饭吃。

1　指流动资金、货币。

余新江没有留意对方的关切。他不太爱讲话，而且有一股除了工作，什么也不注意的劲头，只要有事，便连吃饭也忘记了。为了这，他的母亲常常埋怨他不该糟蹋身体。老许也批评过他。可是这脾气，不是容易改掉的。偏偏现在，他又装了一脑子的工作，更顾不得吃饭睡觉了。其实，老许的脾气和他差不多。今早上，听完余新江的汇报，连早饭也不吃，就赶到厂里去了，分手时还给他布置了许多工作。

“还有一件事情。”余新江忽然注视着甫志高说：“老许想在沙磁区设一处备用的联络站。”

这个想法，是随着沙磁区各厂工人运动的发展而来的。可是老许又不愿让这联络站和他分管的沙磁区委的其他工作混在一起，所以一直没有决定把这任务交给谁。回忆着老许当时深思的神情，余新江说明意图以后，他告诉甫志高：“联络站必须和群众工作分开，所以准备交给你管，老许想征求你的意见。”

“江姐马上要走了，区里有意要我兼管一部分学运咧！”甫志高矜持地笑了笑，不再多说，他毫无难色地接受了任务。不管做什么，增加工作，现在都是使他高兴的事。

“沙坪坝一带是文化区，搞个书店还合适。经济问题也好解决。不过，还差几个店员。”

“老许已考虑了联络站的工作人员。”

“谁？”

“陈松林。”余新江介绍说：“工人同志，我的好朋友。”

“那太好了！”甫志高问：“他什么时候来？”

“厂里的情况你知道……等几天才行。”

当他听到余新江说，老许原来考虑的也是开个书店时，他会心地微笑着，情绪更加兴奋了。余新江又说老许关照过，书店宜小，开成灰色的，不要卖进步书籍……

“是啊，是啊！前几年，我搞过联络站。”甫志高点头微笑，然后把话题一转：“小余，最近一期《挺进报》你读了吗？”他顺手从口袋里摸出一卷粉红色的打字纸来，余新江来到以前，他在家里正细心地反复研读这份地下党的秘密报纸。“毛主席写的《目前形势和我们的任务》这篇划时代的文件太鼓舞人了！中国革命已经到了伟大的转折点,胜利的日子快到了,我们地下党人就要苦出头了！”

甫志高挥动着手上的《挺进报》，从里面抖出一张写有密密字迹的纸头，流露出内心的激情。“这两天我一直在想：要怎样才无愧于伟大的时代？我们应该在群众运动中，在火热的斗争中，为党作出更多的贡献！一想到将来，我感到周身有用不完的力气……”

正说着，门铃忽然响了。他有把握地告诉余新江：“准是她买菜回来了。你知道她对你的印象很好吗？工人，又会写诗——她读过《新华日报》上你发表的短诗……”

甫志高不让匆匆想走的余新江站起来，坚决地说：“她很想见见你。她炒点小菜，你一定爱吃。天气这么冷，我不能让你空着肚子，又冷又饿地为党工作！”说完，又热情地把从《挺进报》里抖出来的那张纸，塞到余新江手上，说明是他读了毛主席的文件后，花了两个通宵写的一篇学习心得，准备交给地下党刊发表，要余新江看一看，提些意见。

这时，门铃再次响了。甫志高这才笑嘻嘻地披上大衣，跨出了客厅。

沙坪坝正街上，新开了一家“沙坪书店”。

这家书店暂时还很小，卖些普通的书报杂志，附带收购、寄卖各种旧教科书，顾客多是附近大、中学校的学生。

店员是个圆圆脸的小伙子，十八九岁，矮笃笃的，长得很结实，他是从修配厂调出来的陈松林。离厂以后，便没有回去过，谁也不知道他当了店员。初干这样的工作，他不习惯；脱离了厂里火热的斗争，更感到分外寂寞。他很关心炮厂的情况，却又无法打听，也不能随便去打听。偏偏这书店还只是一处备用的联络站，老许一次也没有来过，所以他心里总感到自己给党做的工作太少。

书店是甫志高领导的，他仍旧在银行做会计主任，兼着书店经理的名义。最近，他常到书店来，帮助业务不熟的陈松林。他的领导很具体，而且经验丰富，办法又多，很快就博得陈松林对他的尊敬和信赖。

陈松林在这里没有熟人。每到星期一，书店停业休假，他就到附近的重庆大学去。甫志高叫他送些上海、香港出版的刊物，给一个名叫华为的学生。于是，他和华为成了每周都见面的朋友。

今天，又是休假日，陈松林换了身衣服，把两本香港出版的《群众》卷成筒，用报纸裹好，带在身边，锁上店门，向重庆大学走去。

离开沙坪坝正街，转向去重庆大学的街口，他看见沙磁医院对面的青年馆，又五光十色地布置起来了，门口交叉地插着两面青天白日旗，一张红纸海报上写明是请什么教授主讲“论读书救国之真谛”,还注明会后放映电影。陈松林瞥了一眼,便走开了。

校区的路上，往常贴满学生们出售衣物书籍等招贴的墙头，现在贴了许多布告。陈松林惊奇地发现，这些布告竟是号召同学为炮厂工人募捐的。一张最大的红纸通告上写着：“伸出同情的手来，支援饥寒交迫的工人兄弟！”还专门刊载了一篇通信，介绍长江兵工总厂炮厂工人，因为拒绝生产内战武器和拆迁住房扩大工厂，被特务匪徒纵火烧毁房屋的经过。可是这张通告被涂上了反动口号：“打倒赤化的医学院！”“造谣！”

旁边又贴了另一种标语：“保卫言论自由，反对内战！”

附近还有许多针锋相对的标语，显示出不同势力间的激烈斗争。这和他刚才遇到的什么“真谛”之类的空泛演说，气氛大不相同。他还看见一些壁报，可是有的被撕破了，有的被肮脏的笔乱涂着：“奸匪言论”“侮辱总裁”“破坏政府威信”。给陈松林印象最深的是一张糨糊未干的《彗星报》，被撕得只剩下刊头画和半篇社论。社论的标题是:《抗议扩大内战的阴谋》。

陈松林听华为说过：重庆大学和其他学校一样，也在酝酿支援惨遭火灾的工人的斗争。谁想到，这一次来，学校里已经闹得热火朝天了！陈松林分外兴奋地沿途观看，又看见一张醒目的通知：

> 重庆大学学生自治会特请长江兵工总厂炮厂工人代表报告炮厂惨案之真相 地点：学生公社 时间：星期一上午九时

旁边还有一张刚贴上的：

重庆大学三青团分团部敦请侯方教授主讲：论读书救国之真谛 地点：沙坪坝青年馆 时间：星期一上午八时半（会后放映好莱坞七彩巨片：出水芙蓉）

“杂种，专门唱对台戏！”陈松林气冲冲地骂了一句。一看就明白，三青团想用肉感电影来争夺群众！对台戏，双包案，向来是他们惯会用来鱼目混珠的拿手好戏！

还有许多杂七杂八的招贴，一张法学院伙食团催缴伙食费的通知也夹在中间，陈松林顺眼看见“过期停伙！”几个威胁性的字，继续朝前走。

正在这时，远处传来一阵阵的喧哗声，陈松林寻声走去，只见林荫深处，一群学生拥挤在训导处门口。

成群的学生正从四面八方跑来，有的人还边跑边喊：“同学们！同学们！快到训导处来！……”

陈松林不觉加快了脚步，随着愈来愈多的学生，向密集的人群走去。他到底不是重庆大学的学生，不像别人那样急迫，许多从后面赶来的学生，互相询问着出了什么事情，都跑到他前面去了。等他赶到时，黑压压的人群已经在前面堵成了一道人墙，把训导处围得水泄不通了。他好像看见，华为也在人丛中，直往前面挤，一晃就看不到了。

在最前面，一个清脆的声音，正在质问：“……同学们的安全，到底有没有保障？请问训导长！……”陈松林觉得这个女声很熟悉，一时又想不出说话的是谁。前面的人墙，使矮笃笃的陈松林踮着脚尖，仍然什么也望不见，更没法望见那个正在说话的女学生。

“不要喧哗！聚众要挟是不许可的。”一个故作镇定的干涩的腔调从训导处里传来，截断了女学生的质问。“你们谁是代表？除了代表，都应该肃静！”

“我是文学院的系代表！”那个女学生的嗓音又出现了。

“哪一系的？唵。你的学号？姓名？”

女学生并未被训导长的追问吓住，声调清楚地回答：“中文系一年级，我，我叫成瑶。”

“成瑶？”陈松林吃了一惊。她不就是修配厂成厂长的妹妹吗？这个姑娘，陈松林过去经常见到，也知道她在重庆大学念书，但是在他的印象中，她只是个聪明活泼的小姑娘，很少提高嗓子讲话，现在，她竟然当了学生代表，能在大庭广众之中这样勇敢地申述同学们的要求。

“她是我们系的代表，让她讲！”

“嘘——”人丛中出现了一阵破坏者的嘘声。

“嘘什么？站出来让大家看看你的嘴脸！”

“同学们，事情是这样的——”嘈杂声稍稍被压住，成瑶在众多同学的支持下，又继续发言了。她的声音更加清脆而沉着。“昨晚上文学院召开系科代表会，讨论支援炮厂惨案受难工人的各种提案，特务学生魏吉伯——”

“凭什么诬蔑好人？”人丛中又有人大声质问：“你有什么证据？”

“不是军统就是中统[1]！谁不知道那个魏吉伯！”有人大声驳斥。

“不准喧哗！”房间里又冒出了训导长冰冷的声音。“只有代表才能发言，庄严的学府，讲话要有充分的根据！”

“我当然有根据！”成瑶的声音更激烈了，“特务分子魏吉伯妄想破坏会议，失败以后，今天早上，他正在开黑名单，被我们系的同学当场抓住。同学们请看，这就是证据，他亲手写的黑名单！从他身上还搜出警备司令部的秘密命令！”

大学生们被激怒了。顿时，像爆发的火山，猛烈地燃烧起来：

“不许特务横行！魏吉伯在哪里，给我拉出来！”这是一个瘦高的学生，穿着蓝布长袍，站在陈松林前面，愤怒地喊。

“魏吉伯在训导长办公室里，我们要求学校当局严肃处理！同学们，请听我念一下，这是给他的秘密命令和他开的黑名单……”

“公审，公审！把他的相照下来，让大家看看！”

“赞成！请法律系负责筹备公审！”

“同学们，不要感情冲动，请大家冷静，冷静！我们学术机关，西南的最高学府，既不能非法拘捕人，更无权审判……”训导长冰冷而带焦灼的声音又出现了。

“请问训导长，开黑名单是非法还是合法？”

“训导长！啥子叫感情冲动？”又是那个穿蓝布长袍的瘦高学生在喊，陈松林看见他满脸涨得通红，分外激动。

“同学们，堂堂学府，不容许特务横行。我们要求学校当

1　国民党中央调查统计局的简称。成立于 1929 年，是国民党庞大的特务组织之一。

局负责保证全校师生的安全！”

“赞成！赞成！”

就在这时候，有人发觉一个人影悄悄地从训导处后面的窗口上跳出去，慌张地逃跑了，接着就是一阵喊声：

“魏吉伯跑了！”

“训导处放跑了特务！”

学生群众突然怒潮般地汹涌咆哮起来。

“跑得了特务跑不了训导长，我们向训导长要人！”

“把特务交出来！交出来！”陈松林不禁也随着学生大喊。

“同学们，抓住他！”尖锐的声音高喊着：“快，快点追呀！”喊叫的正是那个身穿蓝布长袍的高高瘦瘦的学生。他从人丛中冲了出来，激怒地撩起衣襟，第一个追向前去，立刻有成群的学生，应声跟着追去。那个穿蓝布长袍的瘦高个子跑得飞快，一直领先，而且距离被追的人愈来愈近了。

哦，要抓住那个特务了！陈松林不禁兴奋起来，朝追赶者走过的路，快步走去。他和在场的学生一样，很想抓到那特务。

飞跑的特务一转弯，跑进树林深处去了。遥遥领先的那个瘦高学生，正要冲进树林，却摇晃了一下，撩起衣衫的双手突然抱着头，站住了，身子一软便扑倒在地上。

“这是怎么回事？”陈松林正在诧异，便听见人声喧哗：“特务行凶！”“同学们，快去救人呀！”仔细一看，树林里，果然有人影窜动，接着又传来一阵汽车引擎的响声，一辆吉普车，从林荫深处冲出，载着逃跑的特务和几个行凶的家伙，绕过校园，飞快地消失在远方。这辆吉普车，开来不久，刚才在训导处门口，陈松林还听到汽车响声，不过他和那些激动的学生一样，都没有注意到这辆汽车和正在发展中的事件的关系。

“《彗星报》主编被打伤了！”旁边有人在回答别人的询问：“我们是法律系三年级的。”

《彗星报》？陈松林敏捷地想了一下，便记起来了，他刚才还见过那被坏蛋撕掉大半张的进步壁报。被打伤的那个穿蓝布长袍的瘦高学生，原来正是《彗星报》的主编。

受伤的人被救回来了，石块打破了头，血流满面。一群人扶着他，不住地喊着：“黎纪纲，黎纪纲！”华为也跟在人丛中，他没看见陈松林，匆匆地跟那队沸腾的人群拥过去。

许多学生再次聚集到训导处门口，大声叫喊着，要放跑特务的训导长出来答话。

愤怒的陈松林什么也不想看了，绕过松林坡，径直朝华为的宿舍走去。他对那个受了伤的、被叫作黎纪纲的学生，产生了强烈的好感和同情。

第二章

天色快黑尽了,顾客进进出出的似乎更多。每天黄昏,是买书、看书的人最多的时刻，书店里挤来挤去的都是晚饭后从学校出来的学生。陈松林忙着在人丛中取书、收钱、找钱，无暇细听那些学生嘈杂的闲谈。

书架前面，一个戴四川教育学院校徽的学生，正对身旁一个中学生模样的青年，谈到重庆大学的情况。他们的谈话，引起了陈松林的注意。

“重大要罢课？为啥子？”那中学生问。

“特务行凶……”

陈松林正要听下去，一个顾客举起两本书，在叫他收钱，只好又跑了过去。

几个钟头里，陈松林从一些零散听到的对话中，大体上可以作出判断：前些时在重庆大学训导处前面亲眼见到的那场丑戏，引起了学生的愤怒。可能要罢课了，沙磁区其他学校也在酝酿响应支援。这情况使他觉得高兴，因为工厂、学校不断发展的斗争，和民生凋敝、民怨沸腾的局面，定会叫敌人手忙脚乱，无法对付。

夜渐渐深了。陈松林在忙乱中逐渐察觉到，顾客已经减少了许多。这时，甫志高跨进书店来了，他也像普通的顾客那样，在书架上东翻翻，西看看，浏览着图书。

甫志高到书店来，是有目的的。

他一进店，就注意到，在一个书架旁边，果然有个头发长长、脸色苍白的青年，正在聚精会神地读着一本厚书。看来他已经站了很久了，瘦削的脸在灯光下更显得阴郁晦暗。甫志高在暗中怜悯地注视着他。这青年，大概就是陈松林提到的那个人吧？

快到关店门的时候了，那青年还在专注地阅读。甫志高看出陈松林无意去打搅那青年，因为他告诉过小陈：喜欢看书的顾客，应该特别照顾；对这个似乎有满怀苦闷的青年，更要耐心接近。

这个青年最近时常来书店，有时是上午，有时是下午或晚上。一来，就站在书架下默默地看书。他看的多半是文艺理论和翻译小说，看出了神，有时竟情不自禁地读出声来，惹得旁边看书的人，不耐烦地盯他两眼。间或，他也买一两本廉价书。甫志高听陈松林说过，他买那本《萧红小传》时，感叹地说，萧红是中国有数的女作家，是鲁迅先生一手培养的，可惜生不逢时，年纪轻轻的就被万恶的社会夺去了生命。

这青年衣衫破旧，举止有些寒伧，看样子不像学生，大概是个小职员吧？不过，要是职员，他怎能一天到晚不去上班，把时光都消磨在书店里？甫志高几次想问，却不好启齿。他知道过于冒昧的关心，有时反会引起对方的误会。

陈松林清理着图书，自然地走近了那青年。甫志高看出小陈有意去找他攀谈，心里不由得满意地想到：这小陈虽然年轻，倒是听话，而且机灵，好好培养一些时候，定会成为一个很好的助手。此刻那青年仿佛有些羞赧，低着头悄悄看书。甫志高看出他多少有点担心：一天到晚白看书，会不会遭到店员的白眼？陈松林慢慢走近他，尚未开口，那青年便发觉了，有点慌乱地把书送到陈松林面前，小心翼翼地辩解着：

"书，我没有折皱。"

陈松林笑了。"你喜欢高尔基的作品？"

"咳，爱看。"青年苦笑了一下，样子怪可怜的。"太厚了，我买不起……"

"你贵姓？"

"姓郑。"青年下意识地把书压在胸口，像自卫一样地望着对方。

"我住在——重大。"

陈松林大概也发觉了那青年戒备的神情，淡淡地说了句："你请看书吧。"便走开了。

又过了一阵，书店里只剩下两三个顾客还在看书了。甫志高便走过去，对那青年亲切地打声招呼。近来，他对接近群众，也是很有兴趣的。

"这边电灯亮些，坐下来看嘛。"

青年仿佛再次从小说的情景中被惊醒过来。他定一定神，赶快把高尔基的《母亲》还回书架，用深深的歉疚的目光，望着甫志高说：

“对不起，耽搁了你们的休息时间。”

“没关系，你看书吧。”

“太，太晚了，对不起……”

青年留恋地跨出书店，走向茫茫的暗夜。甫志高望着那瘦骨伶仃的背影，无限同情地沉思起来。

关好店门以后，甫志高便到楼上那一小间陈松林的寝室去了。他坐在陈松林那张小书桌旁，翻阅了一下小陈的读书笔记。他发现，小陈很用功，虽然文化不高，但做的《大众哲学》笔记很认真，笔记本的封面上还写了几行自勉的话。合上笔记本，甫志高点燃一支烟，深深地思索起来。他平素不大抽烟，近来因为工作顺利，精神比较兴奋，有时就抽上一支两支。

书店开业有一段时间了。他早就想找个机会和小陈深谈一次。随着全国胜利形势的逼近，他心里的许多打算，现在应该尽快地着手进行。有些事情，过去也曾想过，但总嫌太遥远、太空泛，有些渺茫；不像现在这样，可以想得很多、很具体，而且有条件和机会去力争实现。过去，他做过一些工作。特别是抗战初期，刚刚入党的那段时间，当时许多学生运动，他都参加过，而且经常抛头露面。不过皖南事变以后，环境恶化了，他不能不隐蔽起来。及至他在银行界有了一些发展，并且为党担负了一些经济工作的责任，他便再也得不到参加群众运动的机会了。最初，他对白色恐怖下的新的工作方法，是不习惯的，在最艰苦危险的黑暗年代，党和他只能保持单线联系，几个月才能和上级见一次面，也使他产生过苦闷。后来，他终于习惯了新的工作方法，习惯于利用各种上层关系和银行界的生活方式来掩护自己。他熟悉了地下工作的某些规律，他和他妻子一直安全地住在银行宿舍里，从来没有暴露过身份，也没有给党引起过任何麻烦，相反地，组织上托付他的事情，他都尽力地做了。

最近一些时候，甫志高对长期宁静的生活，渐渐地不能满足了。作为地下工作者，他渴望着参加更多的斗争。当然，这和年轻时那种热情冲动是完全不同了。这种急于参与活动的情绪，在他反复研读《目前形势和我们的任务》这篇文章以后，变得更加明显和强烈。革命发展到转折点了，多少年来的革命斗争，眼看就要胜利了。急于工作的愿望，使他异常兴奋，几次向党要求担任更多的工作。虽然区委书记江姐在移交工作时，将他希望接管的学运工作交给了新调来的同志，但是老许却把建立备用联络站的工作交给他了。这是件秘密的工作，区委的同志都不知道这件事。也许老许的想法和他的不完全相同，但不管如何，甫志高觉得，这是党对自己的信任。因此，他决心把党委托的一切工作做好，不管是金融界的，还是联络站的。他还希望得到更多的工作机会，例如办好书店，进而在文化界取得新的发展等。因为做文化工作也便于隐蔽，较少暴露的危险。目前，他并不害怕困难，但是感到缺少助手，他对年轻热情的陈松林特别重视，希望他迅速成长，帮助自己在活动中做更多的事情。

楼梯在响，打断了甫志高的思路，清理完书刊的陈松林上楼来了。

甫志高回头注视着年轻单纯的助手，缓慢而有兴致地问："小陈，近来工作安心了吗？"

陈松林憨直地苦笑。

"一天到晚气力用不完，倒是比干榔头还强些！"

"你还挂念工厂？"

"炮厂闹成啥样了？"陈松林一点也不掩盖，冲口说道："让我回厂去看看嘛！"

"听说还是僵持着……"甫志高很久没见到余新江，也不很了解情况。"不过，全市工人的支援，声势倒比前些时候大得多了。"

陈松林眨着一双圆圆的眼睛，想听下去。他没有听到更多的消息，只好长长地嘘了口气，靠在床边上坐下。

"小陈，你不安心工作？"甫志高微笑着，猛然问。

"不是！"陈松林不知怎样回答才好。"党叫干啥就干啥，只是……"他的拳头结结实实地在床边上捶着，补充着他未说完的意思。

像这样的年轻同志，刚脱离熟悉的环境，担任这种新的、特殊的任务，多少有点不习惯，是很难怪的。自己当年刚脱离群众运动转入长期隐蔽时，何尝不感到苦闷？甫志高并不急于说更多的话，只是默默地抽烟，端详着面前的年轻小伙子。

“书店多久扩大？”陈松林忽然问。因为甫志高说过，书店开业以后要逐渐扩大，不仅做备用的联络站，而且在文化方面，也要做些工作。书店扩大，业务增加，再有一两个同志来做店员，都是陈松林求之不得的事。

“我找你正是为了研究这个问题。”

对着小陈睁大了的圆眼睛，甫志高目光闪闪地告诉他：“我们扩大书店的着眼点，是给党做更多的工作。既完成联络站的任务，又秘密地卖进步书刊。你想想看，当那些读者激动地从你手上得到新的知识和各种宝贵文件时，你不是为党做了更多的工作吗？”

“……”小陈睁着圆眼睛，望着甫志高。

“而且，”甫志高接着说，“我们的读者，大半是求知欲最强的青年学生。他们渴望追求真理，追求战斗的人生。因此他们渴望找到走向光明的指路人。我们的光荣任务就在这里。把书店办好，多少发挥一点过去《新华日报》和那些进步书店的作用，在今天是特别迫切的工作！”

说到这里，甫志高忍不住告诉小陈一些他不很知道的事情，特别是最近农村武装斗争的蓬勃发展，城市大量抽调干部下乡支援农村……甫志高说：这一切都要求每个人，充分认识时代的特征，放手地开辟各种工作。

听到这里，陈松林很自然地联系到自己的业务，他焦急地询问：“那么，书店为什么还不扩大？”

“事情要考虑周详以后再动手，才能够事半功倍。”甫志高缓缓地，但是胸有成竹地说：“现在就着手筹备，扩大我们的书店吧！”

甫志高又燃着一支烟，沉思了一下，“我还有个新的考虑，书店扩大以后，如果再出版一种文艺刊物，团结进步青年，作用也许更大……”

这个打算，陈松林的确没有想到，忙问道：“上级都同意了吗？”

甫志高坦然地回答道：“你说咧？凡是对群众有利的工作，我们党何曾拒绝过？作为一个革命者，特别是地下工作人员，应该有远大的眼光和气魄，从群众的利益出发，自觉地为党贡献一切力量！如果一个地下党员，看不见明天，看不见胜利，不敢挺身为党为群众献身，只是坐待党给他安排工作，那就不是一个真正有觉悟的共产主义者！”

兴奋的陈松林完全被工作、理想、未来吸引住了。他听着侃侃而谈的甫志高讲话，很自然地把这位新的上级和余新江对比起来。余新江和他是从小的朋友，一起在修配厂当过童工。余新江比他大几岁，参加斗争也比他早，从来对他都很严格，调动工作的时候，还严格地告诫他，离厂以后，不准和过去的任何朋友、同志往来。可是，甫志高的性格和领导作风却完全不同，一直鼓励他大胆工作，而且关心、体贴，很少说句重话。陈松林有时也感到和新的上级之间有一种说不出来的性格上的小距离，他把这种距离归之于接触不长或者是自己对知识分子的某种隔膜，后来索性不去多想了。因为他觉得，对上级是不应该乱加猜测的，对于领导作风，更不能强求一律。何况，他对甫志高对他的领导和帮助，心里还相当满意。

忽然，他又想到：甫志高大概还没有吃晚饭吧？当甫志高的话告一段落时，便问道：

“我又忘记了，你今天吃过晚饭没有？”

甫志高笑了，谅解地说：“我怕你又不招呼我吃饭，所以今天是吃了晚饭才来的。”稍停了一下，又说道：“天气冷，喝杯酒暖和暖和也好。”

陈松林买了些酒菜回来，在书桌上摊开，两人便对坐在桌边，边吃边谈，毫无拘束。他们谈论着工作、学习、生活。甫志高像个温和的老大哥，亲切而又耐心地倾听陈松林谈论自己的理想。话题再次转到书店、刊物、当前工作以后，甫志高问起了黎纪纲的情况。那次陈松林在重庆大学见到那个被特务打伤的《彗星报》主编黎纪纲之后，向甫志高汇报过，他照着甫志高的吩咐，已经做了一些工作。《彗星报》陈松林看过几期，内容是进步的，也和另一些学生办的壁报一样，有些话说得很“左”。

“华为和他的关系怎样？”甫志高突然问。

“他们今年才同宿舍，接触不多。”陈松林说：“华为说他向来很红，去年‘六一’大逮捕时，黑名单上就有名字，差点被抓去了。”

甫志高沉思了半晌，告诉他：“以后你和黎纪纲的接触，尽量少让华为知道。”

陈松林点头。他从这话里猜想得到：华为大概不是甫志高领导的，否则，前次汇报了情况，他就会直接通知华为就近做工作，而不会叫自己去接近黎纪纲了。

陈松林看见时间不早了，收拾了一下碗筷，便去拿起面盆，准备下楼打水。

“你到哪里去？”

“打水给你洗脚。”

“算了，小陈。”甫志高阻止了他。“末班车进城，还有十来分钟咧。”

“这样晚了，你还回去？”

“我有事。”甫志高没有多作解释。

临走，甫志高看了看怏怏地望着他的小伙子，笑了一下：“下次再谈吧。小陈，你工作很努力，将来会有成绩的，你很听话，进步很快……”他没有再说下去，因为他也知道，过多的赞扬，对年轻同志的成长没有什么好处。

到了楼下，甫志高在书架旁边站了一下，忽然又颇有深意地说：“小陈，那个看书的青年，怪有意思的！你要设法多和他接近。”

“我也想过，”陈松林说：“可是……”

“可是什么？”甫志高打断了他的话。过去陈松林提起这青年常到书店的事，他也反复考虑过，确信这新开业的书店，没有任何可以引起敌人注意的地方。今天他又亲眼见到了那青年，他相信自己的眼力很准，不会看不透那年轻人。“这个人，我估计是个失业青年。小陈，刚才我还说过，在胜利的形势下，在我们党的坚强领导下，广泛地联系群众，尽一切可能扩大革命力量，才是我们迎接革命胜利唯一正确的路线……”

陈松林不再说话，准备去开店门。但甫志高不忙着走，他兴致勃勃地又说道：

“现在是 1948 年，全国胜利前夕，只要不是只看着自己鼻子尖过活的人，都应该看见，这和我们过去搞革命的时代大大不同了。可是，我们不止是观察家，看到就够了，我们是革命者，还应当把远大理想和现实工作结合起来。条件不同，秘密工作需要更多的警惕，但也不能把自己束缚在小圈子里。秘密工作不能脱离群众、脱离斗争而孤立地存在。密切联系群众，对秘密工作来说，也是必需的，因为它可以受到群众的保护！小陈，我相信你是会完全同意我的看法的。”

甫志高微笑着和小陈握手，然后，拉开了店门。

过了几天，小陈又到重庆大学去。刚走进华为那间摆着一二十张双层床的宿舍，便看见那个常到书店的青年，躺在黎纪纲的床上，拿着本书，专心一意地读着。

陈松林记得，他第一次遇到黎纪纲，就是在这里。黎纪纲躺在床上，扶他回来的同学们，正用毛巾浸湿冷水帮他止血。此刻，他觉得奇怪，看看宿舍里没有什么人，所以一见到华为就向他低声打听这青年的来历。

华为的年纪，比陈松林大不了多少。他说：

“听黎纪纲讲，是他的表弟，失了业，暂时住在这里。”

“哦，黎纪纲的表弟！”小陈低声笑起来：“难怪他经常到书店看书。”

“你打听他干什么？”华为有点诧异，追问起来。

“他是书店的老主顾。”陈松林没有多作解释。他记得甫志高的叮咛，不肯再说什么。

这时，黎纪纲回宿舍来了。他带来两个馒头，递给正在看书的年轻人。

小陈见了这情景，发自内心的同情心，使他忍不住对华为说：

“你看，几个馒头就过一天，这是啥子生活哟！”

华为也有同感地转过脸去，望着那个正在大口大口地吞咽馒头的青年。

一个学生走进来，在华为耳边谈了几句话，华为便和他一道出去。临出门时，他对陈松林说：

“我一会儿就回来，你中午就在学校搭伙。”

陈松林独自坐了一阵，翻了翻报纸，又从华为的暖水瓶里倒了一杯开水，坐在床边喝着。

“表哥，你怎么不带点开水回来？”

这声音很自然地引诱着陈松林的视线，他看见那青年放下一只空的漱口缸。陈松林踌躇了一下，便倒了一杯开水送过去。

“啊，你多久来的？”黎纪纲高兴地代他表弟接过杯子，回身又为他们介绍。“这是小陈，陈松林，我新近结识的好朋友。这是我表弟，郑克昌，小郑……他从邮局出来，正在托人找职业。”

郑克昌抬头看看陈松林，慢慢伸出手来，依然有点羞赧地说道：

“我们见过……在书店里。”接着，又苦笑了一下，“我常常去看不花钱的书。”

“啊！你们早就认识了？”黎纪纲似乎有点诧异。

“不熟……”郑克昌不好意思地解释着：“他——他找我谈话，当时我怀疑……为什么老是注意我……”

陈松林忍不住朗声大笑：

“没有想到，现在我们成了朋友！”

“是呀，我们是朋友了。”

两个人高兴地握手，黎纪纲在旁边微笑着。

“你们这里真有点挤，”陈松林看了看窄小的床铺，“两个人，一个铺，怎么睡啊？”

“是呀！”黎纪纲抱歉地说：“没有办法，只好暂时挤一挤。”

“晚上表哥多睡一些时候，”郑克昌也歉然地解释说：“我反正没事，夜里就看看书，白天他上课去了，我再睡一会儿。”

“你们这是轮流睡觉法！”

三个人一齐笑了起来。

“我去打点开水回来。”郑克昌喝完了水，慢慢说。

“算了。”陈松林指了指斜对面华为的床铺，“那边还有大半瓶。”

郑克昌还是拿起空水瓶，缓缓地走出去了。

陈松林和黎纪纲漫谈了一阵，小陈说到《彗星报》办得不错，最近几期他都看了。

“要把刊物办得有水平，很不容易。”黎纪纲思索着。“如果有钱，多订点杂志，买些理论书籍来参考，《彗星报》也许会办得更好些。”

小陈笑了笑：“有些上海、香港出的刊物，你看过吗？”

“最近没有。”黎纪纲说：“过去读过上海出的《文萃》，很不错……前些时候，有人送了我一本歌剧《白毛女》，真是感动人！”

“这本书我也看过。旧社会把人变成鬼，新社会把鬼变成人！”陈松林忽然问道：“你想看港、沪出的刊物吗？”

“找不到呀！”黎纪纲歉然地说，脸色微微发红。

“找得到。”小陈低声说着，摸出一本《时代》，交给了他。“你要注意，别让人发现了！”

“当然。”黎纪纲激动地握着小陈的手：“真谢谢你！”

陈松林又摸了摸口袋里装的《挺进报》，甫志高交代过，可以送给黎纪纲看。可是小陈没有拿出来，他不急于一次给他太多的东西。

黎纪纲掀开蓝布长袍，把《时代》卷起来，放进内衣口袋。小陈偶然一瞥，发现他那内衣口袋里，露出了一些粉红色的打字纸的边沿。啊，那不是《挺进报》！原来黎纪纲已经有《挺进报》看，不需要再送给他了。黎纪纲抬起头来，仿佛发现小陈正在注视他的衣袋，他立刻放下衣襟，不自然地迟疑了一下，终于对陈松林诚恳地说：

“小陈，谢谢你对我的关心，不过你经常带这些东西，很危险，最好谨慎一点……”

停了会儿，他又接着说：“港、沪刊物，以后也不必经常带给我看。”

这些话，使得陈松林的感情和他更加接近。

“小陈，吃饭去吧。”是华为的声音，他站在门口，和黎纪纲点点头，把陈松林叫走了。

在去食堂的路上，华为略带责难地说：

“你怎么冒冒失失到学校里活动起来了？”

陈松林正要解释，迎面走来一位姑娘，蓝旗袍，短大衣，头发剪齐耳根，圆圆的脸蛋上，笑吟吟地现出两个酒窝。她一见陈松林，就把书包一甩，像要打他似的，笑道：

“小陈，到学校来玩也不看看我。上回在训导处门口，特务气势汹汹地吓人，你也不给我撑撑腰！”

陈松林吃惊地望着她：“你，怎么知道？”

“若要人不知，除非己莫为！”成瑶笑吟吟地斜视着华为，华为忍不住也笑了。

“算了吧，一道去吃饭。”

“我吃过了，马上就回家去。”她把一卷钞票交给华为，“给炮厂工人募的捐款，刚才收到的。”

“帮我问候厂长。”陈松林睁大眼睛望着捐款，若有所思地说。

“当然啰，还有小余！”成瑶笑着，回头伸出一只洁白的手，向着华为。“给我的东西呢？拿来！”

华为四面看看，附近没有人，便迅速拿出一沓粉红色的打字纸，递给了她。成瑶敏捷地把它塞进书包，一扬手，又把书包甩在陈松林脸前一晃。

“再见！”

话声未完，她就一阵风似的跑开了。

第三章

一条小小的轮渡划子，慢吞吞地游动着，在江心里挣扎了好半天，还靠不拢岸。

牛角沱码头上挤满了等候过江的人。成瑶排在一个老太婆背后，性急地跺着脚，又踮起脚尖朝前望。前面，一条线的人头一直排到趸船边。趸船上站着两个戴黑眼镜的人，嘴角上叼着烟卷，在那里指手画脚。这两个家伙是干啥的？以往渡江时好像没有见过。很可能是两个特务。等轮渡划子靠了岸，旅客下船时，果然不出所料，两个家伙正在盘查往来过江的旅客，怪不得不是热天也要戴上膏药眼镜。成瑶不觉把手紧紧按住书包，像是书包里有什么宝贝怕人抢劫似的。过了许久，才轮到成瑶上船。前面那个老太婆迈着小脚，一步一步地踏着动荡的跳板，不住摇晃。成瑶立刻机灵地上前去扶住了她。

“走快点！”戴膏药眼镜的家伙猛喝一声。

成瑶望了特务一眼，扶着老太婆踏上趸船，后边又有人挤过来。盘查的特务立刻拦住几个工人搜查，放过了她和老太婆。

过了江，北岸高高的石级，爬得成瑶直喘气，衬衣有点湿了，江风吹来，背心凉飕飕的很不舒服。她擦擦额角上冒出的汗珠，渐渐望见了一座熟悉的烟囱的上半截，到家了！她高兴地跑完最后一段石级，顺眼望了一下远处炮厂工人的宿舍区域，那片火烧场上，出现了一列列快要完工的房屋。她回头便跨进那座挂着“长江兵工总厂修配厂”牌子的工厂大门。

和前几次回家一样，仍然听不见嘈杂的金属撞击声和电动机嗡嗡的低鸣，厂里全是静悄悄的。成瑶不管这些，朝一座小小的灰色砖房的楼上直跑。

“妈妈！二哥呢？”

像只百灵鸟似的，成瑶在二哥的寝室窗口望了一眼，回头闯进妈妈的房间。

“啊，瑶儿，你回来啦！快坐下来喝杯水，看你满头大汗，像匹野马！”妈妈说着，体贴地拿起面盆，“我给你打盆水洗洗脸。”

“二哥在哪里呀？”

“刚从总厂开会回来，又到办公室去了。”

“各厂工人都罢工，总厂开会有啥用？”成瑶跳起来就跑。

“死丫头，鬼打慌了！”妈妈溺爱地骂着，跨出房门，扶着楼栏杆喊：“回来洗脸！”

“我找二哥！”

成瑶头也不回，刚刚转过弯，便见余新江迎面走来。成瑶一把抓住他，高兴地问道：“小余，火烧场上新房子快修起了！

明天我再去帮他们搬砖，你去不去？”还没等到回答，她又兴冲冲地说：“我们学校还在给炮厂募捐哩！”

余新江微笑着，没有说话。

“你再给我讲点工厂里的事，同学们就是想多听点儿！”

余新江点点头：“先找你二哥吧。”

“二哥在哪里？”

余新江朝办公室一指，成瑶放开手就跑。她刚跑了两步，忽然又回过头来，故意放低声音说：“陈松林问候你。你们两个硬是城隍庙的鼓槌——一对！”

吃罢晚饭，成瑶挽着她二哥——成岗的手臂，从饭厅出来。成岗和他伶俐活泼的妹妹不同，宽肩，方脸，丰满开阔的前额下，长着一双正直的眼睛。他是中等身材，穿一件黄皮夹克，蓝哔叽灯笼裤套在黑亮的半统皮靴里、领口围着紫红色围巾，衬托出脸上经常流露的深思的神情。两兄妹亲昵地踱到楼口的阳台上，向远处瞭望。这地方，面对着嘉陵江，风景好，地势高，差不多每次回家，成瑶都要习惯地把二哥拖到这里，向他讲学校里最近发生的事情。

夕阳斜照着流水，碧绿的江面上摇曳着耀眼的金光，成瑶无心去看这些，她兴奋的脸蛋在晚霞中映满了光彩。

“二哥，别看嘉陵江了，你听我说嘛！”

“你说吧。”成岗的目光正望着远处的一片红岩，不肯移开。那是中共办事处住过的地方，有名的红岩村。

“二哥，我跟你说嘛！许多同学都要走了……”

成岗猛然回头，看着妹妹，妹妹端正的鼻梁上面，一双秀目，认真地看着他，等待回答。从那双认真的眼睛中，成岗发现这个少女已经不再是咿咿呀呀的乳雏，她已成长为一只练羽的海燕，只待一声春雷，就要冲向暴风雨！成岗略带几分激动地凝望着妹妹。

“真的！到农村去，马上就要出发。”妹妹说得很兴奋。一双晶亮的眼睛珍珠般地闪耀着，好像她憧憬过多日的，那些未必能实现的美梦和幻想，都有可能如愿以偿似的。她渴望和派到农村去的同学一样，去参加农民起义，参加武装斗争，到山上打游击，直接消灭反动派，过那种充满浪漫色彩的战斗生活。可是看到哥哥一直没有回答她的话，少女明澈的眼光很快就变得暗涩了。她的心情忧郁不安，茫然地自语着：

“你一定又说我年轻不懂事，不让我去……”

成岗方正的脸上，表情没有什么变化，妹妹的心事，他已经猜透了，但他并不急于插话。

“二哥，我们班上走了三个，最近还要走……我多么希望……”

“希望总是有的，但是希望不是幻想。”

成瑶看了看二哥，也把目光投向那金光闪烁的江涛。她不太满意二哥这种抽象的回答。她觉得自己向往的是新生活，而不是幻想。

“我考虑一下再回答你吧。”成岗终于给了妹妹一线希望。停了一下，他又问道：“小妹，你们还在罢课？”

“我正要告诉你咧！”妹妹又兴奋起来，“学校已经被迫开除了那个姓魏的，而且不得不宣布保障全校师生的安全。听说教育部还来电报查问，弄得学校当局很伤脑筋。”

“教育部？”成岗微笑了。“教育部会查问什么？你们又发快邮代电，把事情闹出去了？”

妹妹点点头：“学联还在上海的报纸上登了通信……警备司令部一看着慌了，怕事态扩大，连忙写信来说：‘该生密报校友，纯系发泄私愤……’还厚着脸皮声明什么：‘本部并无干涉校政之初衷……’真是此地无银三百两！活见鬼！不过魏吉伯还是没有交出来，他们说是：‘本部查无此人，一有下落，当即函告’……”

成瑶说着，忽然想起了什么，话头一转：“哟，我的书包呢？我的书包呢？”一边叫着，一边慌慌忙忙地离开了阳台。

“你到哪里去？”

“拿书包，给你看个东西。”

成瑶很快就转来了，带着神秘的语调说：“专给你带回来的！只许你一个人看！”

成岗微笑着，向成瑶伸出手。成瑶双手按住书包，又提出条件：

“你马上看，看完就还我，明天我要还他……”

“……还他？他是谁呀？”成岗带笑地问。

一片羞涩的红云，使成瑶低下头去，成岗却一下子抢下她的书包，边笑边把手伸进去找东西。

“鬼丫头，别想捉弄我，我来检查你的秘密！”

成瑶急得涨红了脸，摇着肩膀和双臂，鼓起腮帮叫喊：

“把书包还我！”

成岗从书包里翻出一沓粉红色的打字纸，上面密密麻麻的全是油印的字迹，他翻开一看，第一页上清楚地印着几个鲜明的红字——《挺进报》。

“《挺进报》？”成岗迟疑了一下，沉下脸问：“把这拿回来干啥？”

“给你看的。”

成岗摇摇头，声音里带着妹妹难以理解的责难：“谁叫你带回来的？”

成瑶惶惑地望着成岗。她满腔的热情，被迎头的冷水浇灭了。但她昂然挺立，不肯让步。

成岗指着《挺进报》严厉地说道：

“这东西以后不准带回家来，给人发现了可不是好玩的事！”

妹妹像受了天大的委屈，激动地反驳着：“我没有碰到危险！”

“你太冒失了。”成岗摇了摇头。“这不是勇敢而是冒险！难道你没有看见到处都在搜查《挺进报》？车站、码头，到处都有特务！”

激动中的妹妹，看到二哥越冷静，心里越是生气。她倔立着，简直被这种冷静激恼了。

“危险？我是冒失鬼？”妹妹的脸蛋气得失去了血色，她咬了咬嘴唇，冲着成岗，一口气说了下去：“怪不得人家说你当了厂长就变了！你——胆小，你——害怕，你——不敢和过去的朋友来往！你……好，好！我不连累你……”

说到这里，成瑶陡然住嘴，清泉一样莹洁的泪珠，骤然间沿着她痛苦的面颊往下涌流。她曾经那样地信任二哥，尊敬二哥，可是现在……她难过，失望，突然从成岗手里夺回《挺进报》，几下子撕得粉碎，一把一把的纸片，塞进书包，拧转身，飞快地跑出阳台。

成岗愣了一下，似乎感到自己太粗暴了些。但他又一转念，觉得采取这种严厉的态度，是完全应该的。因此，他只微微缓和了语气，喊道：“小妹，小妹！你转来！”

不管二哥怎样喊叫，成瑶头也不回，叮叮咚咚地冲进自己的小屋，砰的一声关上了门，扑到床上，失声痛哭起来……

成岗没有生气，他沉思了片刻，便走到妹妹的门口，拍了拍门。妹妹没有理睬。他又站了一阵，暂时也不想多作解释，便转身回到自己的卧室去了。

成岗默默地躺在床上，双手枕在头下。夜已深了，他还没有入睡。傍晚时妹妹的谈话，仍然牵动着他的思绪。妹妹这次回来，似乎有一种和过去不同的变化。她看《挺进报》了，也许和地下组织有了更多的联系？是的，她正在接触生活，而且开始投身到革命激流中来了。她年轻、单纯，不懂得怎样斗争，而且有些任性，可是，在斗争风暴的锻炼下，会一天天地成熟起来的。

成岗想着妹妹，许多往事，都在眼前浮现出来。

抗日战争初期，成岗跟着父母，流亡到四川。1943 年，父亲病故后，他失学了。后来，考进长江兵工总厂，当了一名职员——厂本部办公厅庶务科的办事员。跨进这座国民党反动派控制森严的兵工厂，成岗直接接触到死气沉沉的黑暗世界。高级职员们穿着美式军装，一天到晚跑金融市场，投机、操纵、贪污、囤积……疯狂地吮吸着人民的血汗。面对着这些事情，年轻的成岗，感到有说不出的恼怒和厌恶。办公室里，多半是些油头滑脑的家伙，每天的工作，不外乎看报、聊天、吹电影、谈女人……还有几个很少上班的女同事，都是凭裙带关系进厂的交际花一般的女人，除了领薪水，平时很难见到她们的影子。

第一次领过薪金后没几天，庶务科里，一个花枝招展的女同事，突然变得每天准时上班了。她穿的衣服又紧又小，浑身显出曲线，一来，就坐在成岗对面打毛线衣，不时地停下针，瞟着成岗。

“喂，小伙子，你是刚来的？我头发上的夜巴黎香水不会使你讨厌吧！”

“成岗，你喜欢女人的口红吗？”

有一次，她竟然坐到成岗的写字台上，伸出尖尖的涂满蔻丹的指甲，娇声娇气地说：

“小伙子，帮我剪剪指甲，嗯……”

“老成，何乐而不为呀！”旁边有人在凑趣。

成岗不理睬旁人的挑逗，他鄙弃地直视着这个无聊的寄生虫，冷冷地说：

“小姐，你这是干什么？请自爱点儿！”

有个同事笑嘻嘻地劝解着：“人生一世，逢场作戏而已，何必认真嘛。”

这件事立刻在办公室里被议论开了：

“送到嘴里的白来食也不吃，哈哈哈……”

“人家是出污泥而不染呀！”

“啥哟，没见过世面的小傻瓜！”

两年的时间，就在这发霉的环境里过去了。可是成岗并不感到寂寞，因为他有一批朋友，一些过去的进步同学和厂里工人读书会的成员，经常在一起阅读《新华日报》，讨论时事，参加各种进步活动。

年轻朋友们一心向往着解放区，联名给《新华日报》写了信，请求帮助。

成岗完全没有想到，持着他们的信，悄悄找到家里来访问的，竟是抗日战争初期到延安去的久已失去联系的大哥！

“大哥！”成岗拥抱着久别重逢的大哥问：“你怎么也在重庆？”

“去年才调到中共办事处工作，住在红岩村。”大哥解释道：“一来重庆，就到处打听你的消息，直到报馆把这封信转给我。”

“啊，太好了，”成岗忍不住问道：“大哥，我们都能去解放区吗？”

“不一定。”

“为什么？”成岗不能不惊诧了。

“国民党统治区也需要人。”

成岗立刻同意了这个看法。大哥根据他的朋友们的情况，做了安排，一批朋友走了，一批朋友留了下来。

成岗入党，是他大哥介绍的。

抗日战争胜利以后，复员、还乡的浪潮，卷着工厂里的大大小小的头目，随着官僚资本和反动政权到南京、上海发接收财去了。可是，许许多多从外地流亡来的工人，熬到了胜利，仍然有家归不得。同时，工厂减产、停工和解雇，威胁着工人的生活，到处都是饥饿和混乱。

一天，总厂办公厅突然通知成岗，要他到长江兵工总厂附属的修配厂去做管理员。这是座小厂，只有三几百工人，抗日战争结束，便停工了。国民党反动派有自己的算盘：要机器，美国会源源送来，用不着这个破工厂来制造；要武器，更有的是，美军剩余的战略物资，一船船无偿地送进港口。现在这个厂留下的遣散不走的工人，日夜请愿、闹事，影响到总厂，给他们添了不少麻烦。办公厅对付不了，感到头疼，才把年轻的成岗，勉强塞去收拾这个烂摊子。

成岗把调动工作的事，向党组织汇报了。大哥听了情况后，立即告诉他说：要做好这件工作。这个厂里的基础比较薄弱，只有个姓肖的老师傅是党员。要成岗团结工人，恢复生产，组织斗争。成岗把党的指示牢记着，接受了新的任务。

成岗来到修配厂。厂里只有几座冷落破烂的车间，到处野草丛生。几百工人，挤在破旧不堪的捆绑工棚里，拖儿带女，无处可去——他们都是抗战期间和工厂一道从外省迁移来的，停工以来，一文钱的工资也没有发。这个烂摊子现在丢给了成岗，要他“管理”的，就是那些破铜烂铁和几百个打发不走的失业工人。

眼看着工人生活的艰难困苦，成岗心里感到十分痛楚。他在几座工棚里转来转去，想和工人商量。工人却冷淡地用不信任的眼光，打量着新来的管理员，始终保持着沉默，像火山爆发前的沉默……

成岗偶然走到布告栏附近，闯进他的眼帘的，竟是几张充满愤怒的标语：

“我们要吃饭！”

“打倒国民党反动派！”

成岗的眼睛睁大了。这些标语是工人用粗放的笔锋写的。他心里热乎乎的，马上感到一种力量。

和工人的标语贴在一起的，还有些纸色发黄的陈旧布告，最大的一张上写的是：

国防部长江兵工总厂奉国防部兵工署通令

工字第 0272 号

为通令事，查本部所属各厂，概系军事机关，所有员工，具有军人身份，怠工罢工，均属违犯军纪行为。此后本部所属各厂，如有上项事情发生，该厂即行停办，并将肇事首要分子扭送军法机关讯究！……

“罢工要停工，这里的工人没有罢工也被停工！”成岗气愤地继续往下看。

……查胜利以来，各工厂的产品滞销，生产相继停止，即本厂产品，亦无存在之必要，只系兵工署为大众生活，苦心孤诣保持之下得以生存……凡我员工，自应仰体斯旨……

布告上面，有人用红铅笔批了两个大字：“放屁！”旁边，又是一张被撕掉了的布告，还剩下一行大字，写的是：

国防部长江兵工总厂为所属修配厂暂停生产……

就在撕掉布告的地方，写着一行粉笔字：

“不准停工，立刻开工！”

工人们渐渐围上来了，一些人脸色激动，更多的人紧握拳头，沉默着。

成岗回转身来，迎着逼上前来的愤怒不语的人群。一个结实的年轻工人，敞开衣襟，双手叉在腰间，突然大声质问：

“你是管理员？我问你，工厂到底还办不办？”

成岗没有回答。

一个衰弱不堪的工人上前几步，嘴唇哆嗦着说：

“管理员，我们的东西卖光了，买米的钱也没有……”

“救救我的孩子吧，支点钱去捡付药……”

“……”

断炊的工人们眼中喷射出怒火！

“胜利，这是什么胜利？”

“他妈的，发够了国难财，现在又去发‘劫（接）收’财，老子连家也回不了……”

“把工厂分了！”最先讲话的青年工人，挥动双手叫了一声，又回过头对着人群喊：“我们把机器拿去卖！”

“卖机器？”成岗心里动了一下，但他没有把握：靠卖机器能够养活几百工人吗？

“卖？谁要这些破机器？”一个老工人说：“余新江这个办法要不得，卖了机器，我们工人更活不下去！”

老工人大声说着，分开众人，走到成岗面前。

“你们到底发不发工资？”

成岗心里很高兴。工人兄弟昂扬的斗志，鼓舞着他；可是，他不能在这里表白自己，他不能这样做。

“他妈的不讲话，装死，捶他狗日的！”还是那个敞开衣襟、露出黑胸膛的青年工人余新江，叫得最响。

“揍他！”几个青年工人跟着拥上前来，一个圆脸小伙子，长得矮笃笃的，挥着拳头吼叫。他是余新江的好朋友陈松林。

“慢点！”成岗摆了摆手，高声说道：“弟兄们，听我说，我和你们一样，也是回不了家乡的。我们都不是发国难财、接收财的人！我们是受苦人，可是我们要活下去，而且要活得像个人！我们工人……”

“妈的，少啰唆！我们要马上复工。答不答应？”又是余新江的声气，那个圆脸小伙子也在附和。

“马上复工！”工人的声音聚在一起，震荡着。

成岗看着面前黑压压的几百工人，尽量沉住气，不慌不忙地大声回答：

“我完全同意，马上复工！”

喧哗立刻平息下来，一些工人的脸上，微微出现了喜悦，可是另一些工人却冷笑着，不肯相信。

“我们自己接生活来做，行不行？”又是那个老工人在问。

“对，就照肖师傅的主张，我们自己接生活来做！”一个工人立刻补上了一句，眼睛紧盯着成岗。

肖师傅看见成岗一时还没有懂得他的意思，就继续说道：“管理员，停工以来，厂里的电表没有下，那么大的安培，还给不给‘底度’电费？”

“要给。”成岗原来在庶务科做事，他当然知道，不用电，也要给底度的电费。

“只要我们用的电不超过电表的底度，根本不要求哪个花钱。我们自己去接生活来做，保险养得活这座厂。”

好几个老师傅挤拢来，嘈杂地议论着肖师傅的办法，都说行得通。几个青年工人仍然站在旁边不讲话。

成岗听着老工人的谈论，懂得了他们的想法。肖师傅说的，是个好主意，这样就解决了成岗一直发愁的经费开支的困难。他注视着肖师傅——大概这个老工人就是肖同志吧？成岗带着兴奋的心情问道：

“老师傅，靠这些旧机器生产，能行吗？”

“行！”肖师傅听到这和婉的口气，就率直地说，“以前也是靠这些机器做生活！”

“我们厂里的老师傅手艺可高啦，他们出来承个头，做出生活来，还怕没有人要？我们可以帮私家的厂子修配机器……”圆脸小伙子突然插嘴。

“只要管理员肯帮忙，工厂就撑得起来！”

“对！我们一起来干！”成岗在工人的鼓舞下，兴奋地说道：“我们马上开工，自己管工厂，发工资！”

停了一下，成岗又向大家征求意见：

“现在，我们先推几位老师傅出来承头，商量开工的问题！大家说要不要得？”

“要得！我们推肖师傅！”余新江叫的声音最大。他背后站的都是年轻工人。

“刘师傅……”

“还有谭师傅。”

“小余——余新江也算一个！”

第二天早上，下暴雨了，愈下愈大，成了山城少见的狂风骤雨。成岗冒着雨，赤着脚，跑到总厂办公厅去，提出了报告，说明工人生活的困苦、复工的要求和具体办法，要求同意复工。办公厅主任听了成岗的报告后，冷淡而狡猾地回答：经费不能开支，能干就干，叫成岗自己去想办法；要是出了毛病，办公厅不负任何责任。对于成岗的书面报告，连看也没看一眼，就塞进文件柜里去了。临走时，办公厅主任才吞吞吐吐地说：开工以后，按月得送上四成红利，作为他默允复工的交换条件。

成岗愤怒地回到厂里，把事情告诉工人。工人咬牙切齿地咒骂：

“这些狗日的，还要在我们身上刮油！”

“他妈的！不管他那一套，我们干起来再说！”

全厂工人活跃起来，几个领头办事的老师傅，指挥着工人检查机件，清理原材料，清除垃圾，打扫环境，还派了一群工人冒雨检修那些漏雨的工棚。

工厂在工人手里仿佛得到了新的生命，尽管是大风大雨，不过半天工夫，便清理好了。机器全都是好的，原材料也有的是，起码可以用上一两年。只有一部主要的马达坏了，不能开动。工人商量以后，决定把本厂和附近各厂工人捐助的钱，全拿出来修理马达；所有的钱凑起来，还是不够，断炊的工人们，又从口袋里掏出了最后一点钱……

暴雨不断地下……

成岗、肖师傅和那个圆圆脸的青年工人陈松林，在城里一家电机厂里等了一整天，又冷又饿，直到黄昏时分，马达才修好。可是抬到江边时，洪水早已淹没码头，水还在一股劲朝上涨，轮渡和木船都封渡，过不了江。而且，就是等到明天，也不知道能不能过江。嘉陵江发洪水，雨又下个不停，不是一天两天就能开渡的。

这时候，几百工人拖儿带女，正在厂里焦急地等待着，盼望他们把送去修理了好几天的马达，快运回来。

商量了好久，还是没有其他办法，要过江只有冒险。不能叫全厂工人一天又一天地饿着肚子。

总算找到了一只敢于渡他们过江的小船。老船夫听了他们的恳求，看了看奔腾的江水，让他们把马达抬进船舱，把稳舵，说道：

“这江水猛得很咧！过不过得去，我也拿不稳……”

成岗他们三个人，轮换着划两支桨，小船摇摇晃晃地冲向急流划去。

旋涡拨弄着小船，洪水直冲船舷，浪花一阵又一阵地飞过船头，灌进船舱。老船夫刚叫了一声：

“不要慌……”

突然，一个排山般的巨浪，平空掀起，向小船扑来，成岗只看见满江的洪水，咆哮着，遮没了视线……等到浪涛过去，小船已被冲了几十丈远，几个人身上全湿透了，头发上水珠和冷汗混在一起往下滴，舱里几乎装满了浑黄的江水。

天渐渐黑尽了，小船还随着洪水漂流，在茫茫的江心，他们已经和恶浪搏斗了一个多钟头，精疲力竭，连桨都无力划动了。

忽然远远地传来一阵呼唤：

“……成——管——理——员……”

江风粗暴地刮断了声音，变成断断续续的单字：

“成——岗……”

“肖——师——傅……”

“成——岗，管——理——员……”

许多喉咙齐声在喊。

成岗抬起头来，看见遥远的江岸沙坝上，一片火把的红光，厂里的工人冒雨来接他们了。

巨大的力量，借着火光传到江心，成岗和小陈浑身是劲地划着桨，大声回答着：

“我们——回——来——啦……”

一会儿，便看见黑暗的江面上，划来一只小船，余新江和几个年轻力壮的工人，赶上前来，迎接自己的伙伴……

工厂终于恢复了生产。

烟囱冒着浓烟，车间里闪耀着铁水浇铸砂型的火花，流着汗水的工人，操纵着车床，车床飞快地旋转，工人辛劳的脸上露出了笑容。

不久，厂本部办公厅知道修配厂有了盈余，也不禁对成岗的“领导有方”大加赞赏。总厂厂长到修配厂来视察以后，很器重成岗的才干，居然破例地任命他为修配厂代理厂长，后来又提升为厂长。

在这期间，厂里的党组织也有了发展。先后吸收余新江和谭师傅入党，修配厂成立了党的支部，由肖师傅担任支部书记。接着，又发展了陈松林和两名老工人入党，党的力量进一步增强了。后来，炮厂扩大，肖师傅和一批工人被调到炮厂去了。余新江继任支部书记时，成岗和上级改成了单独联系。他虽然深切地关怀厂里工人的活动，但是严守着党的纪律，没有再和厂里的支部发生组织联系。

时局的发展，一天天恶化。蒋介石在美帝国主义的支持指使下，不顾全国人民的反对，撕毁了停战协议，公开进攻解放区。1947 年春天，内战的烽火日紧，国民党反动派突然包围了中共办事处和《新华日报》。住在红岩村的成岗的大哥和中共办事处的工作人员一道，被强迫撤回延安。

成岗的组织关系突然断了。他心里十分痛苦，但他遵守着纪律，不肯随便找人接头，一直焦急地等待着党。直到一个多月以后，才有个不相识的中年人来家找他。这个人身材瘦长，面容清癯，额角上嵌着几条明显的皱纹，深沉的眼神里，充满热情和毅力。客人似乎对成岗的家很熟悉，他毫无客套地走进屋来，拿出一个折得很小的纸片，递给成岗："你大哥有封信，托我带给你。"

成岗马上拆开信，大哥熟悉的笔迹，写着寥寥几句珍贵的话：

> 我早已安全抵家，参加部队工作。一切均好，勿念。我相信你得到这封信时，一定能回到最亲爱的人的怀抱，祝你永远幸福！

"你？……"成岗注视着来人，嘴唇有些发抖。

"老成同志信上，已经讲清了。"客人说到这里，热情的目光倾注在成岗身上。

"啊！你终于来了！"成岗猛然抱住正在说话的人，用尽浑身的力气紧紧拥抱着，激动的泪水涌流出来，“我到底等着了！”

火热的手，互相紧紧抱着。“你组织工人搞读书会的时候，党就知道你了……党认为你是一个好同志。”

“我为党做的工作太少了！”

“地下党决定恢复和你的联系，从今以后，你回到了党的怀抱。”

成岗的手抱得更紧，周身热血沸腾，对方也和他一样，紧紧地拥抱着他。

“我们的党，敌人破坏不了。红岩村给我们留下了革命的种子和斗争传统，党的工作，永远不会撤退！”

心里充满了激烈的共鸣，使成岗来不及告诉对方：每天黄昏，遥望着嘉陵江对岸的红岩村，那中共办事处附近的红色巨岩，他都在想，明天，明天党一定会派人来的！

“我叫许云峰。很高兴认识你，党决定派你帮助我工作。”来人停了一下，像征求意见似的，热情地低声问道：“你愿意吗？”

“只要是为党工作，我没有不愿意的！”

从此，成岗成了许云峰同志的交通员。根据老许的意见，成岗完全停止了在工厂内的活动，以便利用“厂长”的社会地位更好地隐蔽和工作。同时，老许还叫他注意和总厂厂长搞好关系。

和老许在一起工作久了，成岗愈来愈感到他是个火一样热情、钢一样坚强的人。他那明亮深远的目光，充满了洞察一切的智慧。在他面前，从来没有克服不了的困难和解决不了的问题。他虽然经常改变装束，但衣着都很简朴，无暇注意生活琐事。然而他对待自己的同志，却是那样无微不至地关心。老许的经历，成岗知道得很少，只知道他是工人出身，曾在长江兵工总厂当过几年钳工，所以他几乎认识全厂的工人群众。他是那样勤勤恳恳地为自己的阶级兄弟工作，每逢听到哪个工厂发生工人斗争，他都要亲自前去，为工人策划、部署，忘记了疲劳和休息……这一切，很自然地使成岗把老许当做自己的榜样，从他那里不断吸取斗争经验和力量。半年以后，当成岗被调动党内工作时，心里老是平静不下来，他舍不得离开老许，而工作调动以后，就很难再经常和老许见面了。

“你说过‘只要是为党工作，我没有不愿意的！’现在怎么样？打算收回自己的话？”老许严肃地说：“私人感情应该服从党的利益。我们共产党人有更丰富、更高尚的感情，那就是毛主席讲的：‘全心全意为人民服务！’如何对待党分配的工作，正是一种考验……”

“我服从党的需要。”成岗有力地回答。

“还有，”老许的声音很平静，怀着饱满的热情，“不能把对党的忠诚，变成对某个领导者的私人感情，这是危险的，会使自己迷失政治方向。你懂得我的话吗？”

成岗的脸红了，他抬起头来，坚定地说：

“懂得，我一定改正。”

老许笑了，信任地拍拍成岗的肩头：“好啦，这件事就这样决定了。”他看了看天气，很有兴致地说：“你看，天气这样好，出去玩玩好吗？今天下午我没有事。走，一起到公园里逛逛，顺便领略一下又麻又辣的水煮牛肉。……在四川住了这么久，你一定要学会吃辣椒！”

第二天，一个女同志，按照约好的时间和接头暗号，来到成岗家里。这个女同志是个安详稳重的人，不到三十岁，中等身材，衣着朴素，蓝旗袍剪裁得很合身。她坐下来不慌不忙地告诉成岗：

“我姓江，江雪琴……我的岁数比你大一点，你就叫我江姐吧。”

成岗愉快地叫了一声：“江姐。”

江姐温和地笑了。

“你经常读市委的党刊——《进攻》吗？你对它有什么意见和建议？”

“《进攻》？我读到第二十一期了，很好，没有意见。”成岗说着，心里浮现出一个长久以来就有的想法，就全部说了出来：“《新华日报》被迫停刊以后，厂里的工人都感到苦闷，他们渴望得到党的消息，得到解放战争的胜利消息。可是《进攻》是党内刊物，群众看不到，可不可以想办法，满足群众的需要？”

“你的意见很对，”江姐点头说道：“市委早已考虑到了。为了把胜利的消息及时告诉人民，决定出一种群众性的宣传刊物。刊物定名为《挺进报》，每周出版一期，着重报道解放战争的胜利消息，评介时局和宣传党的政策法令……可以发到可靠的积极分子手里。市委希望它成为团结、教育广大群众的一种有力的武器。”

成岗眼睛里闪耀着兴奋的光彩，忙问：

“让我参加《挺进报》的工作吗？”

“听许云峰同志说过，你对这样的工作，会感兴趣的，对吗？”江姐微笑着说，“你从前在学校的剧团里，爱搞布景、灯光之类的后台工作，现在要你搞的，又是后台工作，市委打算把秘密印刷所设在你这里。”

“对，我这里挺合适。敌人轻易不会怀疑我这个当厂长的人。”成岗恳切地望着江姐：“工厂里的情况，你大概已经知道了，我这里比较安全。”

“从今天起，你就是《挺进报》的工作人员了。你负责印刷，每一期印好的《挺进报》由我负责处理……”

江姐不慌不忙地说着。从声音里，成岗觉得她和老许一样老练、成熟，他高兴地联想着：“我们党内，不知有多少优秀的同志！”见面不过半个小时，成岗已经对这位平易近人的领导人产生了尊敬和无限信任。江姐的目光，仍然是那样的温和，她仿佛已经察觉这位年轻同志的心情，却没有去妨碍他，只稍微提高了声音，来引起他的注意。

“成岗同志，你要知道，《挺进报》是市委的宣传刊物，发行以后，它对群众的影响很大，必然会引起敌人的注意。你一定要严格地遵守秘密工作原则，尽量减少和朋友们的来往，停止一切群众工作。否则，不仅你会遭到危险，而且还会给党带来重大的损失！”停了一下，江姐又进一步说：“今后，有些朋友，也许会因为你不参加社会活动而发生误解，但我相信，为了党的利益，你是不会计较这些的。”

成岗默默地听着，感到这个新的工作，比担任老许的交通员更复杂，要求更严格，自己的责任也更大。他咬着嘴唇，站起来，紧紧握住江姐的手，严肃地说：

“我向党保证。”

庄严的瞬间，正是无数共产党员都曾经有过的，决心向党献身的时刻。成岗的心情分外激动。江姐安详地注视着他，声音里带着深深的温暖：

“党给了你最大的信任。”

从这时起，寝室后面那间小小的储藏室，收拾干净了，变成了《挺进报》的秘密印刷所。白天，成岗是工厂的厂长，更谨慎、更小心地执行着自己的职务；一到晚上，他便成了党报的印刷者，通夜不眠地做着秘密印刷工作。

……

“嗒，嗒嗒。”耳边的声响，忽然打断了成岗的回忆。

有人轻轻地敲门。成岗定了定神，从床上坐起来，顺手扭亮了床边的台灯。

“岗儿，你还没有睡？给你瓶开水……”妈妈问了一声，推门进来，放下水瓶，四面看看，又习惯地嘱咐道：“夜深了，不要尽熬夜，早些睡吧。”

“妹妹睡着了？”

“早睡啦，做梦还在和人吵嘴哩！”

“你也睡吧，妈妈。”

成岗把妈妈送出门，回到房内拿起水瓶，倒出一大杯开水，放在桌上。桌上的闹钟，嘀嗒嘀嗒地在静夜里清脆地响着。成岗侧耳听了一会儿，整个工厂都没有人声，妈妈大概也睡了。喝完了水，成岗的脑子十分清醒，没有丝毫睡意，他望了望寝室后面那扇熟悉的储藏室的小门，站起身来，走到门边，开了锁，扭着把手，推开小门，扭亮储藏室里的电灯，又转身出来灭了床边的台灯，然后再走进储藏室，关上小门，从里边锁上暗锁。

他面前摆着一部自己改装的油印机，粉红色的打字纸整齐地堆在桌上，在这工作惯了的小房间里站着，刚才那些被妹妹引起的回忆和思绪，自然地消失了。他熟练地穿好围腰，戴上手套——这样，油墨就不会弄脏手和衣服，即使有人找他，他也可以从储藏室里出来，不会带着叫人疑心的痕迹。

成岗打开了油印机，铺上蜡纸，滚筒蘸上调匀了的油墨，轻快地印出了第一页……

时间一秒一分地过去，印完一张蜡纸，又换上另一张。

成岗印得很快。此刻，他完全不像一位厂长，而像一个很熟练的印刷工人。

微带寒意的薄雾渐渐散开，远处的山峦在晨曦中显现出起伏的淡影，迎着初升的旭日，鸟儿清脆地叫着，飞向远方。在一块伸向江岸的悬岩上，成瑶已经坐了好久——昨晚上她睡得不好，噩梦缠绕着她：时而仿佛是大哥回来了，说要带她到延安去；时而是华为周身流血，和她同关在警备司令部，审问他们的正是那个特务魏吉伯；时而又挤在船上，二哥和她一道，那份《挺进报》被别人发现了，她藏来藏去，不知怎的老是在书包里。天还没有亮，她就被梦中追上船来的戴黑眼镜的特务惊醒了。

最近以来，她的心境很不平静，炽热的生活，吸引着她，使她眼花缭乱，应接不暇；狂热的心使她特别容易兴奋，也容易激动。和二哥闹别扭的事，早就像阳光下的乌云一样散去，她此刻的心情，正似朝阳一般的明朗。早上，她曾到窗口去偷看蒙着被子打鼾的二哥，她轻轻地敲过门，二哥没有醒……成瑶感到内疚和羞愧：自己按着书包，心里还咚咚地跳着，怕特务检查，却反而说二哥是胆小鬼！二哥的话并没有错啊，勇敢不是冒险。她的脸蛋骤然变得绯红，又渐渐回想到过去：是二哥给刚学扎发辫的自己，讲八路军抗战，讲敌后游击队，讲毛主席和延安……她刚上高中那年，二哥有天深夜才回家，一进门，就悄悄告诉自己：在飞来寺中苏文协，他真的见到毛主席了；二哥看见毛主席和周副主席从他面前走过，正频频向他和拥挤着的工人招手致意，他忘记了还有特务监视的危险，禁不住高声喊了起来："毛主席万岁！"直到二哥过了江，在家里给自己讲这件事时，还是那样的激动！还有那一回，二哥半夜里回来，满脸鲜血，是沧白堂事件，还是较场口事件？她记不准了，但她记得二哥不准她声张，洗净了血污，第二天照常去上班，却说是夜里走路自己跌伤了的。还有一件平凡的往事，忽然也兜上了心头，使她心里一动。那是二哥的生日，煮好了面，他却不回来，妈妈说："呃，又是在车间。"果然在车间里找到了他，满身油污，和工人一起干活。在回家的路上，她高兴地告诉他："二哥，你多么像个工人！怪不得别人都说你这个厂长没得一点架子。"可是二哥的脸色立刻阴沉下去了。以后，再也看不到他和工人在一起……

成瑶猛然从岩坎上跳下来，许多往事的联想，使她激动地感到自己忽然聪明了，猜到了许多事情：她自己不是也保守着秘密，没有把参加新青社[1]的事告诉二哥吗？二哥一定和自己一样，参加了她不知道的活动，担负着秘密的工作任务，也许，他和大哥一样，是个最勇敢的共产党员！

从对岸开航的早班渡轮靠了岸。过一会儿，轮渡划子又呜呜地叫了两声，开向对岸。这时天色大亮。成瑶想着二哥该起床了，也许二哥正等着她咧，是该回家的时候了。

回到工厂，成瑶发现一个穿蓝旗袍的女人，也跟着她进了厂门。成瑶感到奇怪，天色这么早，她来这里找谁？在家门口，两个人不约而同地站住了。

"你是不是成瑶？"陌生女人微笑着问她。

"嗯，你怎么知道？"成瑶警惕地打量着对方，反问了一句。

"听你二哥说的。"女人娓娓的声音分外亲切。"我姓江，来看你二哥。"

1　新青社全名"新民主主义青年社"，是地下党领导的青年组织。

成瑶被对方平易近人的表情吸引着。而且，她发现对方笑得那样坦率、自然，像个老大姐一样。她心里一动：定是个和二哥有特殊关系的同志吧？她连忙说："请里边坐吧。"

房门关着，二哥大概还没有起床。成瑶用力拍响屋门，心里充满了一种好奇的兴奋，像知道了二哥的一切秘密。

"二哥！快起来，有人找你！"

门开了。成岗揉着睡眼。他的眼睛通红，眼珠上涨满了血丝。

"昨晚上你也没有睡好？"成瑶心情一变，降低了声调，歉疚地说。

"睡得很好。"成岗笑嘻嘻地问："谁找我？"

"一个女的，姓江……"

"啊，江姐来了，快请她进来。"

成岗还没有来得及把床铺叠好，江姐就轻快地进来了。成瑶看出二哥兴奋的神情，心里又愉快起来。她确信自己一点儿也没有看错，来的正是二哥的好同志！她满心欢喜地给江姐送了茶，不声不响地站在旁边，还想逗留一会儿，却又怕妨碍了他们的谈话。她犹豫了好久，终于悄悄走了出去。走到门边，她又回过头来，依恋地仔细望望江姐，似乎想从她身上找出点与众不同的地方。

"江姐，你今天来得好早。"妹妹一走开，成岗就兴冲冲地说。

"你又熬了个通宵？"江姐在床边侧坐下来。

"不，睡了两小时。"成岗倒水洗着脸说。

"想和你多谈一会儿，所以一早就来了。"话里听得出，江姐的心情很愉快。因为交代工作，她有好几天未和成岗见面了。

“江姐，近来你好像很忙……我早就想找你谈谈。”

“今天，我就是专门来听你谈的呀！”江姐温和地笑了。

“好吧，”成岗歇了一下，也笑了。他解释说：“我反正是谈《挺进报》……”

江姐宁静地坐着，点点头：“你谈吧。”

“我觉得，刻钢板和印刷，由两个人做不太方便，最好把它合起来，给一个人干。”

“你早就这样想过吗？”

成岗从这句问话里，感到江姐对这个建议很有兴趣，他心里很是高兴。这个想法，在成岗的脑子里已经酝酿了好久，只因往日江姐来去匆忙，成岗没有机会把自己的意见告诉她。现在，有了机会，他就马上谈了。

“我觉得由一个人干，有两个好处：第一，可以给党节省一个人力；第二，减少一个人，也就减少一些暴露的危险，工作的人愈少，愈安全……”其实，成岗还有第三条理由，那就是从他第一次印刷失败，撕破了蜡纸时就想到了的：除非他自己会刻钢板，否则不管怎么会印，也总是提心吊胆的。所以从那时起，他便决心练习刻钢板。现在他已经学会了，而且刻得出一手方方正正的仿宋字。

“你的意见是交给谁来干呢？”江姐意味深长地问。

“交给我吧。我学会了刻钢板。你看，这是我刻的仿宋字。”成岗一面说着，一面从抽屉里拿出一张蜡纸，上面刻写着精细的字迹。

“我猜，你还有一条理由，没有说出来。你大概从第一次印刷撕破蜡纸那天起，就想到了这个办法，对吗？”

成岗笑了起来，江姐的判断真准，她什么都猜到了。

“对，为了节省人力，更好地保密，都有道理。你知道，最近为了支援农村党的工作，我们的同志调走了不少；同时，《挺进报》几个人办，几道工序，工作起来不太方便……不过我担心你的身体吃不消，所以一直下不了决心……”

“你看我的身体！”成岗自豪地用手拍着胸脯，“我才二十几岁，正年轻力壮哩！”

江姐忍不住笑了起来。

“你真是个不知道疲倦的人。”江姐亲切地说：“这样做，你的任务更重了。不过，你还得注意身体，我们的日子长得很呢！我们这一代，不仅要推翻蒋家王朝，还要亲手建设一个新中国。那时，你还是要像今天这样年轻有劲才好！”

“江姐，我们都不会老的！我真愿意和你、和老许、和更多的同志，永远战斗在一起！”成岗好像从江姐的话里，看到了未来。他略微停了一下，又意味深长地说：“即使有一天，这个世界上没有了我，共产主义的真理也必然胜利，一定会有更多更多觉醒了的人为它战斗！”

战友的心里充满了共同的感情。

妈妈送来了开水。老人家高兴地招呼着江姐，留她在这里吃早饭。江姐微笑着，点了点头。妈妈出去以后，江姐把话题一转：

“你妹妹最近被批准入社了。她给我的印象不错，虽然还有点孩子气。”

“任性得很，小资产阶级习气总是改不掉！”

“做哥哥的不能太性急。”江姐说道：“资产阶级的学校教育和旧社会的影响，不是短时所能清除的，我们能说自己已经完全无产阶级化了吗？只要好好引导，年轻一代会在斗争的烈火中逐渐地成长的。哦，成岗，你知道吗？你妹妹已经在恋爱了。”

“她在学校里和华为很接近。”

江姐点点头：“华为是个好青年，你见过他？”

成岗摇摇头笑道：“她怕羞，不好意思带他到家里来。”

“华为最近就要离开学校。你妹妹也想下乡，申请了几次，没有得到批准。这回，华为走了，她的思想会起波动的，你要细心地帮助她……”

“如果可能，让她下乡去锻炼一下也好。”

“乡下的斗争也很尖锐，等些时候，情况好了，再让她去吧。”

江姐停顿了一下，微笑着说：“我还想和你谈个问题。成岗，你为什么还不给你妈妈找个好媳妇？”

成岗笑了。“我现在不想谈恋爱。”

“啊？”江姐似乎有点意外，“为什么呢？”

“妨碍工作。”

“你的看法，恐怕不完全对吧？”

“从道理上，我知道恋爱并不妨碍工作，还会互相鼓舞斗争的勇气和热情。可是我看见一些人，因为恋爱、结婚，很快就掉进庸俗窄小的‘家庭’中去了。一点可怜的‘温暖’和‘幸福’，轻易地代替了革命和理想……”

“你的话有点道理，在这动荡多变的时代，确有一些人为了个人眼前的‘幸福’而抛弃了崇高的理想。不过，你的话也不全对，许多革命领袖，马克思，列宁……你知道，马克思和他的夫人燕妮，感情多么深厚，而他们相互间的帮助，又是那么的大呀！”

“不过，家庭生活，特别是对女同志……”

“我是女同志，我有个可爱的孩子，他并没有妨碍我的工作。”

“等解放以后，我再考虑这个问题。”成岗认真地回答。

“我喜欢你这种严肃的态度……虽然过于偏激。”江姐笑道：“我今天说得太多了些，不过，同志们，老许也在内，大家都关心你……我们要分别了，所以特别和你谈谈这些个人生活问题。”

“怎么，我们要分别了？”

“我调动了工作，最近要下乡去。你把昨晚印好的《挺进报》交给我吧。”

“以后谁领导我呢？”

“一个姓李的，李敬原同志。市委很重视《挺进报》的作用，今后就由市委负责同志直接领导你了。”江姐握着成岗的手微笑着，“你知道吗，我正想找一个人来接替我的一部分工作，结果你却把我的工作抢去了！”

成岗像猛然醒悟，立刻把江姐的手拉到自己面前，他清楚地看见，江姐的食指和中指，隐隐地现出铁笔磨伤的痕迹。一股火热的、强烈的激情，立刻涌上他的心头。

“原来刻写钢板的——就是你！”

江姐微笑着，没有说话。

第四章

江姐来到浓雾弥漫的朝天门码头附近，四边望望，雾太大，几步以外全是一片朦胧。江姐只好站住脚，理理头上的纱巾。

“……小姐，雾大得很，开船还早咯。来碗炒米糖开水？”

江姐摇摇头谢绝了。她犹豫了一下，迎着江风和浓雾，朝江边走去，一双时髦的半高跟鞋，踏在陡斜的石级上，咯噔咯噔地响。力夫提着个不大的行李卷，跟在后面。

路边，零星地听到叫卖声，乞丐的哀告声。突然出现了一声粗暴的呵斥：“走快点！跟上！”

江姐回头看时，一长列穿着破烂军衣的壮丁，像幽灵一样，从雾海里显现了，一个个缩着肩头，双手笼在袖口里，周身索索地发抖；瘦削的脸颊上，颧骨突出，茫然地毫无表情，一双双阴暗的眼睛，深陷在绝望的眼眶里……

到了江边，力夫把行李放下，江姐付了钱，站在来往的旅客间，等待着。江风迎面吹来，掀动衣角，潮湿的雾海包围着她，她扣上了那时新的细绒大衣的扣子，又把双手插进大衣口袋。

江姐的仪容本来是端庄的，经过化妆，更显出一种典雅的风姿。她站在江边，心里久久地不能忘怀那群壮丁的惨状。苦难深重的农民，怎能再忍受反动派的蹂躏？更大的反抗怒潮，一定会从根本上动摇反动派的统治基础，迎接未来的光明。她渐渐地又仿佛看见了雾海之外，有无数红旗在广阔的原野上招展，一眼望不尽的武装的农民，正出没在群山之间。老彭那里，现在的工作基础更好了吧？江姐想着，又感到肩头上担负的责任的重大。这次，党增派一批同志到川北去，老彭一定会高兴的。去年春天，也是在朝天门码头送他上船，转眼就一年了。现在，他还像在重庆工作时那样，经常吐血吗？他还爱说那句口头禅吗？——“为了人民的解放，有一分热，我们要发几分光！”那时候，孩子还没有出世，老彭说，等我们再见那天，全国一定解放了，孩子一定会喊爸爸了！他还嘱咐过：在几亿人口的大国建设共产主义，不是轻而易举的，孩子不要娇生惯养，革命的后代，应该粗茶淡饭，从小过惯艰苦的生活。现在，孩子已经断奶了，他见了照片，一定会喜欢的……

“江姐！”一个声音在耳边喊。她转回头，一眼看见甫志高从人丛中挤过来，掮着一口大箱子，走到她身边。

“开船还早，我们到江边坐一会儿。”江姐说着，轻轻提起小行李卷，领着甫志高，离开人丛，走向寂静无人的江岸。江姐把行李放下，像要耐心等船似的，坐在行李上休息。甫志高也把箱子放下，掏出手巾，拍打着藏青色西服上沾染的灰尘。

“昨晚快到半夜，小余才把东西送来……我还担心他出了什么事咧！”甫志高也坐到箱子上，凑近江姐耳边小声地说着：“小余说，两百份《挺进报》——《目前形势和我们的任务》特刊，山上修械所要的两台设备，昨夜已全部交给交通员同志带走了。箱子里装的全是山里急需的药品。”

“按照我说的那样包装的吗？”江姐轻声问，虽然附近没有行人，她仍保持着应有的警惕，即使有人注意，也不过是两个等待雾散上船的旅客。

甫志高点点头。“你的证件放在最上面，这是钥匙。”

江姐接过钥匙，又看见甫志高摸出手巾擦拭着额角。江姐这才似乎无心地问：“你为什么不找个力夫？”

“哦，箱子不算太重。”甫志高微笑着，解释道：“艰苦点是应该的，一口箱子，何必找人搬呢？况且，自己搬更安全些！”

“安全？”江姐微微地摇了摇头，不知怎的，她有点觉得他是在显示自己的“艰苦”作风，她用目光指点着过往的旅客，“你看，哪有穿西服的人自己掮行李的？”

“啊？”甫志高嘘了一口气，搔着自己油亮的头发，“我倒忽略了这一点。”他不禁解嘲地微笑起来，“枉自做了多年地下工作，运口箱子都走了火！”甫志高正对着江姐转向他的目光，期待地说道：

“别时容易见时难。江姐，你过去给过我很多帮助，再给我提点意见，好吗？”

暂时没有说话，江姐心里像在想着什么。在她移交沙磁区委书记职务给接替她的同志以前，已经不止一次地和甫志高交换过意见了。过了一会儿，她才缓缓地问道：

“有一件事，我听华为讲，你常叫陈松林到重庆大学活动，是这样的吗？”

“这是过去了的事情。”甫志高略一迟疑，便回答说：“小陈偶尔到重大去，只是给华为送点书报罢了。”

“不过，”江姐又说：“我觉得这样做总不大好……”

“江姐，”甫志高用完全听懂了江姐话意的声调回答道：“谢谢你的提醒，我一定……改进工作方法……”

上船的时刻快到了，旅客们三三两两，喧嚷着，向岸边走来。

甫志高关心地问：

“江姐，你一时不会回重庆，孩子有朋友照管吗？”

江姐缓慢地点点头，回答说：“组织上帮我做了安排。我只担心同志们太溺爱孩子，对他过于娇惯了。”

“江姐，见了彭松涛同志请代为致意。啊——民运轮已经在上客了……”

正当他们要分手的时候，忽然“乒”“乒”两声枪响，码头上来往的人们，都惊愕地循声张望。

“上差船的壮丁跳水逃跑！”有人在说。

“乒乒！”又响了几枪。

雾散了一些，隐约望得见一艘登陆艇停在附近，长列的壮丁正在上船。挂着青天白日旗的舱面上，排列着刚出厂的重炮。敞开的船头闸门边，成群的力夫正把一袋袋军粮背进底舱。

“打死了没有？”

“谁知道？”

旁边的旅客议论着：

“天寒地冻的，跳江多冷啊！”

“不跳江？登陆艇今天就要开出川呀！”

江姐握着甫志高的手，低声叮咛着：“你回去吧！请代向区委的同志们致意。暴风雨还没有过去，你们在重庆，要多加小心！”

“你放心，江姐。”甫志高自信地笑着：“我相信下回见面时，这里一定雾散云开，阳光普照！”

“再见！”江姐直望着甫志高的身影，在薄雾中渐渐消失了，才离岸上船。

“上舱房间票。朝那边走！”船员检过票，指点着方向说。

烟雾弥漫的煤舱里，寒流浸骨的船舷上，都挤满了人群，全是买不起舱位的统舱旅客。船舷边遮风的帆布被江风刮着，在铁栏杆上啪啪地响。婴儿不住地号哭，母亲焦急地抚慰着。满船嘈杂的人声，乱哄哄地混成一片。

离船头不远，江姐找到了自己的舱位。她打开行李，把床位铺好了，便把箱子往床下一塞。箱子又高又大，塞不进去，她重新把箱子放在床上。这时，一个茶房从门边走过，江姐便喊着：

“茶房！船多久开？”

“还在扎雾，大概九点钟才开得成。”

“何大副起床了吗？”

“小姐，你姓李，是他表姐吧？”茶房打量了一下江姐入时的衣着问道。

江姐笑着，点了点头。

“大副上夜班，叫我等着，你来了，就叫醒他。”

话音刚落，何大副已披着大衣径直找来了。

“表姐，我正等你哟，你一个人回去？”

“你大哥走不开。出来几年了，早就想回家看看……坐吧，表弟。”江姐从床上把箱子提下来，左放不是，右放也不是，她埋怨地说：“我说不带箱子，大哥偏要我带，路又远，真不方便。”

“这里放不下，放在我那里吧。”何大副说着，从门外叫来一个茶房。

“把这口箱子送到我房间去。”

茶房正要去提箱子，江姐却拦住了他：“等一下，我拿点东西。”她把箱子放上床，当着全舱的旅客，打开锁，翻开粉红色内衣，花绸夹袍……把靠上面的一只精巧的手提包取了出来，顺便拿起了药瓶晃了一下，“大哥想得真周到，给舅母买些鹿茸，银耳……你看，鱼肝油也怕乡下买不到。可真把我累坏了。”她笑着，锁上箱子，交给茶房。

“开船还有一阵，我们出去看看风景好吗？”何大副征求意见地问。江姐同意地点了点头，她提起手提包，刚要和何大副一道走出舱房时，从舱房另一头传来了叫喊声：

“现在开始检查啦！旅客们不要走动！”船上嘈杂的声浪顿时沉静下来。

两个穿白色服装的水上警察，从过道上走了过去，后面跟着几个背枪的士兵，刺刀闪着寒光。检查正在统舱里进行，只听见刺刀撬破木箱、戳穿罐头的响声，夹杂着孩子的尖声号哭。

“慢点嘛，看把豆瓣打泼了！”

“吧嗒！”传来罐子落在甲板上的破裂声，接着便是一声女人的尖叫：“哎呀，我的一罐榨菜！”

警察来到舱房，一位学生装束的双辫子姑娘，在舱房的另一端，遭到反复盘问。江姐从容地从床上斜起身子，顺手拿起刚才向对面的旅客借来的一张《中央日报》，不在意地浏览着。

“小姐，请问你去哪里？”

江姐把报纸慢慢放下，扫了警察一眼，冷淡地回答了两个字：“回家！”

“有证件吗？”

江姐拿起精巧的手提包，轻轻地把拉链一拉，用戴着手套的食指和中指，从皮包里夹出一份证件，随手丢在床上。

警察的气焰，在盛装的女客面前完全收敛了，规规矩矩地拾起那份盖着大印的证件，仓皇地看了一眼。

“对不起，对不起！”警察毕恭毕敬地退出舱门说：“我们是例行公事，例行公事。”

四面传来的骂声，把警察送下了船舷的吊梯。

“呜——”轮船起锚开航了。

江姐出了舱房，缓步走向船头。这时，雾散天晴，金色的阳光，在嘉陵江碧绿的波涛里荡漾。“山城，再见了！同志们，再见了！”江姐默默地在心头说着。这时轮船正从长江兵工总厂前面驶过，她隐约望见了成岗住的那座灰色的小砖楼。晨雾初散，嘉陵江两岸炊烟袅袅，才露面的太阳，照着江边的红岩。雄壮的川江号子，从上上下下的船队中飘来，山城渐渐被丢在船后。阵阵江风，吹动她的纱巾，她站在船头上，两眼凝望着远方，心里充满了美好的希望……

长途汽车溅着泥浆开进车站，停了下来。旅客从车上拥下，车顶上的行李也解开递下来了。在中途同江姐一道上车的华为，提起箱子，又去帮她拿行李。江姐是初次到川北来，华为做了她的向导，为了旅途的方便，他们便以姐弟相称。

“天下雨，路不好走，姐姐，这里没有力夫，我来提吧。”

“你提箱子，行李卷给我。”

就在这时候，他们忽然听见车站上的职员大声招呼着：

“请旅客们排队出站，检查行李！”

江姐愣了一下。这时汽车司机离开车子，踱到江姐身边，低语道：

“我上一趟来没有检查。这里怎么也紧起来了？”他从华为手上接过那只重要的箱子，朝汽车里司机座位上一放，轻声打了个招呼：“等一会儿我给你们送来。”

江姐没有开口，她对这里的情况是陌生的。华为便机灵地点了点头，叮咛了一句："我们在城门口等着。"顺手提起了江姐那件小小的行李卷。

在车站出口处，他们遇到了严格的检查，虽然江姐拿出了证件，但是军警还是查看了行李卷，这使江姐感到意外，清楚地看出这座县城完全被一种特别严重的白色恐怖笼罩着。如果不是司机沿途保护，他们很可能刚到目的地就出事了。

出了车站，他们放心了些，但仍不便逗留。江姐一边走，心中还丢不下那只放满药品的箱子，又不知道司机要过多久才能送来，便问华为："进城有多远？"

"不远，十来分钟就走到了。"华为说着，心中倒很坦然，他到底年轻一些，并不在乎这件小小的意外。

在进城的路上，华为兴奋地望着远处，心情难免有些激动。几年以前，他在自己的故乡读中学，常常为妈妈跑腿、送信，参加过秘密活动，情况是很熟悉的。他和妈妈分手，是在考上大学以后。妈妈和同志们去年又上了山，他是在学校里知道的。能够回来参加武装斗争，他十分高兴。因此，他不愿为刚才遇到的危险担忧，放开心怀在江姐耳边轻声说道："姐姐，你瞧，那边的山……妈妈可能还不知道我回来咧！"

出发以前，江姐听李敬原说过，华为的妈妈是个了不起的老同志，坚强而且富有斗争经验，老彭下乡以后，就和她在一起工作。因此，她对这位老妈妈有着特别亲切的印象。江姐向着华为指点的方向望去，透过飘忽的雨丝，可以看到在平坦的田野尽头，一条连绵不绝的山脉遮住了半边天，奔腾起伏的峰峦，被覆着苍翠的森林……她也不由得赞美道：

“好雄伟的气派！这就是有名的华蓥山脉？”

华为点点头，尽量抑制着心里的激动，小声说着：“我们要和游击队见面了！”

江姐笑了。一边走，一边眷恋地望着郁郁苍苍的崇山峻岭。她不知道老彭是否住在这座山上。如果真的住在这山上，这样大的山，又到哪里去找呢？上山的路华为可能知道，但她此刻不急于问。不知怎地，她总觉得老彭一定住在那一座尖尖的，像剑一样刺破天空的最高的峰顶。这种想法，连她自己也觉得好笑：“住得那么高，那才脱离群众咧！”但她却禁不住要这样猜想。

“半山上，隐隐约约的那个白点点……看见了吗？我们就是到那里去。过去川陕苏区老红军也在那里设过司令部！”

果然，和她想象的完全不同，那地方，不是在山顶，而是在半山上。江姐忍不住抿着嘴唇笑了。

“那里叫东海寺。地形险要，左边是悬崖，右边是天池，传说天池通东海，所以叫东海寺……”

“你真是个好向导。”江姐愉快地说着，加快了脚步。

“我是本地人嘛。我妈妈当时就参加了斗争，在山上打过仗……”

“你爸爸呢？”

“不知道。”华为沉默了一下，声音变低了。“我很小的时候，爸爸就被敌人捉去，恐怕早就牺牲了……”

江姐不知道华为的心上有着这段痛苦的回忆，她不愿让华为过多地回想这些，就没有再问华为为什么。过了一会儿，江姐又忍不住用和缓的声调发问：“那么，你从小就跟着妈妈？”

“嗯，一直跟着妈妈。可是我从来没见妈妈流过眼泪。妈妈常常对我说：‘孩子，快长大吧！红军一定会回来的！血仇要用血来报，剩下孤儿寡妇，一样闹革命！’妈妈说得对，现在妈妈又上山打游击去了！听说她现在做了司令员咧！”

江姐仔细地听着，从华为的口中，像见到了这位久经考验的坚强战友。她的思绪已随着谈话，飞到了山上。她对华为说：“你有这样英雄的妈妈，真是了不起！真希望很快就见到她。”

“一定能见到！”华为说：“听说大家都不喊她的名字，喜欢尊称她为‘老太婆’咧！”

江姐的心绪，被华为牵动了。她想象着华为的妈妈，更想念着和那英雄的老太婆战斗在一起的自己的丈夫彭松涛。分别一年了，今天就可以重逢，就可以见到他，而且在一起过着新的战斗生活。这怎能不使她兴奋激动啊！

说着话，离城不远了。路渐渐变得更溜滑难走，满地泥泞，雨又下大了。同车下来的旅客，都远远地走在他们前面，快到城门口了。江姐头上的纱巾被雨淋透了，她伸手遮住迎面的急雨，目光穿过雨丝，望见了城门边拥挤着的人群。转念之间，江姐敏感地担心进城时又会遇到检查，虽然她有证件，却不愿轻易冒险。她的目光一闪，瞥见路旁正好有一家小小的饭店。

“我们先吃饭吧。”江姐说：“顺便躲躲雨。”

下雨天，小饭店里冷清清的没有顾客。在一张桌边坐下，江姐问：“有什么菜？”

“来一份麻婆豆腐。”华为笑嘻嘻地说：“川北凉粉又麻又辣，来两碗尝尝？”

江姐点头微笑。

华为端起凉粉尝了一口，兴高采烈地说：“你尝，真好呀！乡下就是比城市好。我小时候，有一回，凉粉吃多了，又吐又泻，把妈妈急坏了。”

“你小时候一定很调皮！”

华为点点头，悄悄地说：“妈妈教我打枪，我就瞄着家里的老母鸡当靶子。那回，我挨了打。哈哈！”华为扬起眉毛，望着江姐的眼睛，回味着童年生活。回到家乡，这里的事物，对他是那么熟悉，自然，可爱。眉宇之间显示着，家乡是属于他的，他也是属于自己的家乡的。

“妈妈带我吃尽了苦，我从小也受惯了苦。仔细想起来，又是那么值得留恋。我爱川北，虽然过去的日子，除了苦难，并没有留下什么值得留恋的东西，但我始终热爱这地方！”

门外的雨下过一阵，渐渐小了，屋檐上的水珠还不断地滴滴答答，华为充满自信和乐观地讲说着他的心愿：

“将来，我们要在华蓥山里开凿石油钻井！在嘉陵江上架起雄伟的铁桥，让铁路四通八达，把这里富饶的物产送到全国去！”想了想，他又在江姐耳边小声地说：“还要修一座纪念碑，纪念为革命牺牲的先烈！”

江姐吃完了饭，放下筷子，目光不时地打量着周围。在学校里稳重缄默的华为，回到家乡，话也多了，人也活跃了。他毫不隐瞒回到家乡的喜悦，一路上小心翼翼的神情，随着风雨飘走了。开始，江姐还有些担心，可是当她看了看环境，饭店里除了他们两人，再没有顾客，也就放心了。

“江姐，”华为大口地扒着饭，又低声说道，“在这儿打两年游击，你一定会爱上川北！将来你就留在这里，你一定要留在川北。打下天下，再把它建设起来！”

“如果将来成瑶不肯来，你安心留在川北吗？”江姐微笑着问。

华为毫不迟疑地回答：“不爱川北的人，我决不爱她！”接着，他像暴露内心的秘密似的，悄悄告诉江姐，“她告诉过我，她早就想来了！”

华为看见江姐心情愉快地笑着，突然放大胆子说道：“姐姐，听说你的丈夫也在华蓥山上，要是他和我妈妈在一起，那才好咧！”他有点调皮地眨了眨眼睛：“可是，我还不知道我的‘姐夫’叫什么名字。”

江姐眼里闪动着愉快的光辉，笑道：“见了面，你就会知道他是谁了。”

“还有菜，你再吃碗饭吧。”江姐见华为只顾说话，没有吃多少饭，有意改变了话题。

华为笑着，低头扒饭。江姐望望店门外的蒙蒙细雨，心里又想着进城的问题。出发前，约定的第一套联络办法是：把箱子送进城去，交给城里的秘密联络站，然后由联络站派人护送他们上山。可是从种种迹象看来，这里的情况可能发生了变化。送箱子进城，恐怕有些危险。就是在城门口等候司机同志送箱子来，也不安全，容易引起旁人注目。因此，她低声告诉华为："我先到城门口看看。"并且叫华为慢慢吃饭，留在店里等着司机路过。

华为点头会意，放慢了扒饭的速度。

江姐走到店门口，又谨慎地向坐在柜台里的老板——一个老态龙钟的胡子老头探问："老大爷，附近有卖伞的吗？"

随着店老板的指点，江姐从容地向城门口走去。城门口仍然挤着很多人。这情景，增添了江姐的戒心，她感到不安，渐渐加快了脚步。距城门愈来愈近，她发现在城门口聚集的人丛中，有光头赤足的挑夫，有戴着斗笠的农民，也有撑着雨伞的市民和商人。有的往城头望了望，低下头走开了；有些人，驻足瞧看着，还在交头接耳议论着。江姐心里更起了疑团。她似乎发现那雨雾蒙蒙的城楼上，像挂了一些看不清楚的东西。

又向前走了一段路，看得稍微清楚了。高高的城楼上，挂着几个木笼子。啊，这不是悬首示众吗？江姐一惊，紧走了几步，仔细一看，木笼子里，果然盛着一颗颗血淋淋的人头！

江姐趋前几步，挨近围在城墙边的人群。她听见人丛里有低沉的叹息，有愤慨的不平，这种同情和悲痛，深深注进她的心坎。又是一批革命者，为党为人民，奉献出了自己宝贵的生命。虽然还不太了解情况，但是凭着经验，她知道牺牲的定是自己的同志。她在心中喃喃地说："安息吧，同志，我们定要为你们复仇！”

江姐想到自己的任务，尽量冷静下来，不愿久看，掉回头，默默地走开了。她刚走了几步，心里又浮现出一个念头：就这样走开，连牺牲者的姓名也不知道，这对得起死难的战友吗？应该仔细看看，了解他们的姓名，记住他们牺牲的经过，报告给党，让同志们永远纪念他们。鲜红的血，应该播下复仇的种子！

江姐转回头，再一次靠近拥挤的人群，强自镇定着脸上的表情，抑制着不断涌向心头的激怒。她的目光梭巡着，忽然看见城墙上，张贴着一张巨幅布告。布告被雨水淋透了，字迹有些模糊，几行姓名，一一被红笔粗暴地勾画过，经过雨水浸渍，仿佛变成朵朵殷红的血花……江姐挤过了几个人，靠近布告，她的目光，突然被第一行的姓名吸引住，一动不动地死盯在那意外的名字上。

是眼神晕眩？还是自己过于激动？布告上怎么会出现他的名字？她觉得眼前金星飞溅，布告也在浮动。江姐伸手擦去额上混着雨水的冷汗，再仔细看看，映进眼帘的，仍然是那行使她周身冰冷的字迹：

华蓥山纵队政委彭松涛

老彭？他不就是我多少年来朝夕相处、患难与共的战友、同志、丈夫吗！不会是他，他怎能在这种时刻牺牲？一定是敌人的欺骗！可是，这里挂的，又是谁的头呢？江姐艰难地、急切地向前移动，抬起头，仰望着城楼。目光穿过雨雾，到底看清楚了那熟悉的脸型。啊，真的是他！他大睁着一双渴望胜利的眼睛，直视着苦难中的人民！老彭，老彭，你不是率领着队伍，日夜打击匪军？你不是和我相约：共同战斗到天明！

江姐热泪盈眶，胸口梗塞，不敢也不愿再看。她禁不住要恸哭出声。一阵又一阵头昏目眩，使她无力站稳脚跟……

"姐姐！"

一个亲切的声音，响在耳边。江姐一惊，后退了一步。定定神，慢慢回过头，她看见了华为关切的目光。

"姐姐，我到处找你！"

江姐茫然的视线，骤然碰到华为手里的箱子……

"我在干什么？"一种自责的情绪，突然涌上悲痛的心头。这是什么地方？什么时候？自己肩负着党委托的任务！不！我没有权利在这里流露内心的痛苦；更没有权利逗留。江姐咬紧嘴唇，向旁边流动的人群扫了一眼，勉强整理了一下淋湿的头巾，低声地，但却非常有力地对华为说：

"走吧，不进城了。"

江姐接过行李卷，挥了挥手，叫华为快走。可是自己却站着不动，她再一次抬起头来，凝望着雨雾蒙蒙的城楼……

江姐终于离开了人群，默默地朝华为走远的方向走去，赶上了他。她的脚步，不断踏进泥泞，一路上激起的水花、泥浆，溅满了鞋袜，她却一点也不知道。这时，她正全力控制着满怀悲愤，要把永世难忘的痛苦，深深地埋进心底。渐渐地，向前凝视的目光，终于代替了未曾涌流的泪水。她深藏在心头的仇恨，比泪水更多，比痛苦更深。

江姐的脚步愈走愈急，行李在她手上仿佛失去了重量，提着箱子伴随她的华为，渐渐地跟不上了……

一个背着背篼的农民，遥遥地走在前面，沿着一条曲折的石板路，转过山坳去了。华为领着江姐，远远地跟着那农民，唯恐他的背影突然消失。

这一带地方，华为也没有走过，一路上翻山越岭，遇见村落时，还要绕道而行。已经是半下午了，那领路的农民既没有和他们说一句话，也没有停步休息。这就使得华为深深地感到：穿过敌人的封锁，是一件很不容易的事。

一路上，江姐沉默不语，像有重大的心事，也使华为感到纳闷。他记得，自己只在饭店里等了一会儿，司机同志便送箱子来了。他和江姐分手，只不过十来分钟，不知道为什么江姐的心情，竟突然变得郁悒不乐起来。找到江姐时，他看出她的神色不好，急于去招呼她，竟没有来得及细看那城门口的布告。眼见到牺牲了的同志遭受敌人的凌辱，谁的心里能不痛苦？但是江姐的感受，似乎更深，以至难以理解。他也觉得，在当时的情况下，放弃第一套联络办法，不再进城去是对的；因此，江姐一提示，他便遵照江姐的意见，改用了第二套联络办法：他们从城边转向离城三里路的白塔镇，找到了那家兴隆客栈，装作住栈房的模样进了客栈，对了接头暗号。客栈“老板”的神色也有些紧张，什么情况也没有谈，只催他们快点吃饭上路。而且他说，敌人封锁很紧，暂时不能上山去找游击队，只能把他们送到一处上级指定的秘密地方去。江姐换了衣服，变成农村妇女的打扮，箱子和小行李卷，交给客栈“老板”叫来领路的农民，装在他的大背篼里，面上还放了些零碎东西，遮掩着。临走时，“老板”一再叮咛：情况很紧，路上多加小心，莫要和领路的人说话，只远远地跟着走，要是遇到意外，才好见机行事……华为对这一切，起初倒并不觉得严重，他估计这是因为城门口的示众布告，引起了不安。直到一次次绕过敌人设在附近村落里的许多哨点，才逐渐发觉农村的情况，的确也十分紧张。

路两边，许多田地都荒芜了。已经是麦穗扬花的季节，但是田地里的麦苗，却显得稀疏萎黄，胡豆、豌豆也长得不好。全是肥沃的好地方啊，华为不禁痛苦地想：抓丁、征粮，故乡的农民被反动派蹂躏得再也活不下去了……

背着背篼的农民，从山头上一处破败的古庙边穿过丛林，脚步跨得更快了。可是江姐走过庙门时，不顾急于跟上农民的华为，渐渐站住了，一副石刻的对联，在庙门边赫然吸引了她的视线。华为见江姐驻脚，也停下来，解释道：“这一带，有很多这样的遗物，都是川陕苏维埃时代的。”

江姐凝视的目光，停留在气势磅礴的石刻上，那精心雕刻的大字，带给她一种超越内心痛苦的力量：

斧头劈翻旧世界

镰刀开出新乾坤

庙门正中，还有四个代替庙匾的闪闪发光的字：

吴凡 作

目睹着暴风雨年代革命先烈留下的字句，心头激起一种无限复杂而深厚的感情，江姐的眼眶不禁潮湿了。她由此得到了巨大的启示，来自革命前辈的顽强战斗的启示！

前面，成片的竹林掩映着一座大院落。领路的农民，在一株巨伞般的黄桷树下站住了。那黄桷树正长在离院落不远的山岩上，站在树下可以一眼望见前面起伏的无数山峦。那农民四边望望，然后回头暗示地看了他们一眼，背着背篼穿过竹荫，走到成片瓦房的院落附近，把背篼放在那大院落前的晒坝边，便独自向另一条路上走开了。这座院落比农村常见的院落大些，房子也要好些。院坝里喂了一群鸡，猪圈的柱头上，系着耕牛，几个农民坐在院坝里修整农具。一个农民走过来，背起背篼，向他们点了点头，引着他们进了院坝，从挂着匾额的堂屋旁边，弯弯拐拐地穿过几间房子，进到后院。

江姐他们走进后院，在天井里站了一下，便看见一个头发斑白腰杆硬朗的老太婆，撩开袍角快步跨出门来。

“妈妈！”华为低叫了一声，扑上去抓住了老太婆的双手。他没有想到不是在山上的游击队里，而是在这个地方意外地遇到了妈妈。

领路的农民，在他们进屋时，已经从背篼里取出了箱子和行李卷，放在屋角，提起空背篼悄悄地走了出去。

“妈妈，我来介绍一下。”华为说道：“这是江姐，江雪琴同志。”

老太婆的目光朝江姐一扫，便走上前，眯起满是皱纹的眼睛，细心地端详着她，然后伸出手来，紧抱住江姐的肩头。

“早就听说你要来了！”

老太婆的声音，洪亮有力，充满了刚强和自信，和她慈祥温和的目光，成为强烈的对比。江姐平静地露出一丝笑容，伸手扶住了老太婆瘦削的肩头。

“走，到里边休息。”

老太婆牵住江姐的手，迈开脚步，把江姐领进又一道门，径直走进了她那陈设简单的寝室。从这最初的接触中，江姐已感觉出这位早已闻名的老太婆的豪爽直率；只是，她的动作似乎过于急促，仿佛要想掩饰内心的活动。江姐刚刚坐下，便听见老太婆朗朗地说道：“你来得不巧，昨天老彭刚好出去检查工作，过几天才回来。华为，你怎么不给江姐倒茶？”

老太婆接过华为手上的热茶，亲自递到江姐手上。“先喝口茶吧！”她的目光扫过窄狭的房间，解释道：“这几天敌人封锁很紧，不容易上山，所以老彭要我赶下山来接你。这里比较安全，是一个当乡长的同志的家。”

江姐喝着茶，不时打量着老太婆，这位久经风雨的老战士，如果到了战场，江姐相信，她定是叫敌人丧胆的威武指挥员。可是此刻，她的举止却微显不安，使江姐对她刚才说的那句意外的话，不能不怀疑。江姐慢慢放下茶杯，声音尽量开朗地说：“我把情况汇报一下。”

“不用急！”老太婆打断江姐的话，“吃了饭再说。”

江姐压抑着奔腾的心潮，继续观察着面前的战友。热腾腾的菜饭，很快就送进房来，看得出来，这是早就准备好了的。

“吃饭吧！”老太婆让江姐坐定，便把菜一箸一箸地夹到她的碗里，“你尝尝，城里哪有这样的鲜菜！”

老太婆不让江姐开口，又接着说道：“这是专门为你做的一碗红烧肉，你要多吃点！我的牙齿不好，吃不动瘦肉……老彭在山上时，一有空，就种些我爱吃的芋头、萝卜……怎么酒还没有拿来？”老太婆是很健谈的，可是她此刻的话说得又快又多，并且不让江姐插话，使华为也感到奇怪，她过去并不是这样的呀。

老太婆衣袖一拂，一只空酒杯被打翻了。她看了华为一眼：“你去拿酒！”华为惶惑地放下筷子，跑了出去。

江姐听出，老太婆又一次提到了老彭，心里不禁一动：是老太婆还不知道老彭的牺牲，还是有意隐瞒这不幸的消息？老太婆这种充满热情的不显得有丝毫做作的神态，又使江姐心里浮起了一种侥幸的念头：莫非老彭没有牺牲，那张布告只是敌人无耻的欺骗？可是她亲眼看见的不是他那永不瞑目的眼睛么……江姐抬头细看，老太婆始终面不改色，仍然不断地给自己夹菜。

华为拿着酒瓶回来了。老太婆斟了一个满杯，递给江姐，又斟了两杯，一杯给华为，一杯自己举起来：“江姐，这杯酒，我代表同志们，也代表老彭，给你洗尘。”

江姐没想到对方又提到老彭，她心里一时竟涌出阵阵难忍的悲痛，嘴唇沾了沾苦酒，默默地把酒杯放下了。她悲痛地感触到对方也有隐藏的苦衷，她不忍当面刺伤老太婆苦苦的用心，勉强吃完那碗说不出滋味的菜饭，便轻轻放下了筷子。

“你怎么只吃这么点东西？”老太婆目光一闪，立刻追逼着问。

“江姐饭量不大。”华为在旁边代她回答。他不了解妈妈的怀疑，更无法看穿江姐的心事。

“身体不舒服吗？”

“没有什么。”

老太婆锐利的目光，久久地停留在江姐脸上。江姐虽然尽力克制着自己的感情，但她的面颊上仍然显得苍白，两只水汪汪的眼睛，也泄露着心头的秘密。老太婆的目光，忽然转向华为。

“这是怎么回事？”

“我的饭量不大。”江姐重复着华为的话，抢先说。

华为略一思索，便告诉老太婆：“江姐和我心里都很难受，我们在城边看见了……”

“嗯？”

华为痛苦地低下了头：“我看见了木笼，没有看清布告，江姐……”他的目光转向江姐，仿佛说：布告上的姓名，江姐可能全都记下来了。

老太婆脸色霍然一变，直视着江姐。

“我全都知道了！”江姐猛然抓住老太婆的双手，顿时泪如雨下，但她并不回避老太婆的目光，昂起头来急切地说道：“我看见了……”

一连串的泪珠，从年迈的老太婆痛楚的脸颊上，沿着一条条的皱纹，涌流出来，她用双手紧抱着江姐的肩头，什么话也不说了。

“我知道，同志们怕我难受，我知道你……”江姐的语音里夹杂着呜咽，“早点知道也好，老彭留下的担子，我应该马上承担……”

“原谅我，江姐！”华为猛然醒悟过来，他这时才明白那城门口的示众，为什么给江姐带来了这么大的悲痛，“一路上……我不知道你心里多么难受……”年轻的华为，忍不住心中的剧痛，他忽然掀开房门，洒着热泪，冲了出去，吧嗒一声又把门掀了回来。

“莫憋在心头，江姐……”老太婆的喉头哽塞，纵横的老泪滑过脸上的皱纹，“我懂得你的心。我们有相同的不幸……多少年来，为了胜利，为了继承先烈的遗志，实现我们共同的理想……江姐，战士的眼泪不是脆弱的表现，它代表坚贞的心向革命宣誓……在亲人面前，你放声痛哭一场吧！江姐，江姐，你要把眼泪流干啊……”

江姐竭力控制着自己，但是，她怎么也禁不住泪水的涌流……她想说话，却什么也说不出，只把双手紧抱住慈母般的老太婆。她的思绪，又一再牵向那雨雾蒙蒙的城楼。

“你放声哭吧！”

无声的泪，不断地流，江姐做梦也没有想到，自己会遭受这样的不幸。多少欢乐的想念，多少共同战斗的企望，全都化为泡影。动身的时候，她还想着他肺病很重，给他带来了瓶鱼肝油，可是谁想到……江姐无力地依在老太婆的肩头，大睁着泪眼，她真想放声一哭！

“不，不啊……”江姐忽然轻轻摇头，“哭，有什么用处？”

老太婆也默然了，更紧地把江姐搂在怀里。江姐微微抽泣着，时断时续，但她却不肯顺从老太婆对她善意的纵容……她终于慢慢抬起头来，深情的目光，凝视着老太婆的泪眼，仿佛从她满是皱纹的脸上，感受着无穷的爱和恨，感受着共同的感情。“你说过，剩下孤儿寡妇，一样闹革命！”江姐轻轻吐出心坎里的声音：“我怎能流着眼泪革命？”

“江姐……”随着这声音，老太婆一边伸出火热的手指，梳理着江姐的鬓发，一边又在耳边讲述那不该对她隐瞒的真情：那天，双河场开抗丁抗粮群众大会，老彭临时决定去参加。还没有进场口，就发现会场被匪军包围了，匪军在场口上架上两挺机枪，准备扫射、屠杀！可是开会的群众还不知道，还在高呼口号！眼看群众就要血染全场，老彭在那千钧一发的时刻，立刻鸣枪示警，并且掩护群众撤退……就这样，为了上千群众，老彭他们三个同志……

江姐默默地听着，渐渐地，眼里的泪水不再滴落了。她的目光，仿佛望见了老太婆告诉着她的情景。她喃喃地，低声说道：“我希望，把我派到老彭工作过的地方……”

“前仆后继，我们应该这样。”回答的声音，是那样的刚强。久经患难的老太婆带着虔敬的心回忆着："老彭说过：你把群众当做自己的父亲，群众才把你看成自己的儿子。鞠躬尽瘁，死而后已。他给我们，也给群众留下了多么光辉的榜样！"

第五章

“小陈，你看过今天的报吗？”

黎纪纲一走进寝室，就大声打断了正在和郑克昌谈话的陈松林，他知道陈松林已经来了很久。说着话，他把手上的报纸一晃，便坐到床边上，靠近陈松林，翻开《中央日报》。这个早上，同寝室的同学都去上课了，他却无心去教室，出去买了份报纸以后，又到校园去溜达了一会儿，便转来了。看见没有外人，他便边念边评论起来：

“滚他妈的，什么……共匪叛乱武装华蓥山纵队全军覆没！匪首彭松涛等悬首示众……社论的标题是祝华蓥山大捷……还有，长官公署新闻处长发表谈话……整整一版全是这些玩意儿！”

黎纪纲把报纸向床头一丢，颓丧地说：“这一下反动派又有吹嘘的了，什么乘胜前进啦！安定川局咧，勿受共匪利用呀！反正是这一套！”他回头又望望报纸，望望陈松林，忧心忡忡地说着：“也许……这一次农村斗争，受到了很大的挫折……”

"信他那一套！中央社的消息，拿来揩屁股都嫌太脏。"陈松林毫无怀疑地判断着："肯定是农村的武装斗争搞得反动派下不了台，后方的后备兵力完全被牵制住了！如果不是这样……瞧，为什么要登些：'我强大兵团正乘胜扫荡，继续清剿……'呢？华蓥山纵队既已'全军覆没'，为什么还要'继续清剿'呢？还去清剿谁呢？去清剿根本不存在的纵队吗？一句话：自欺欺人！不过这条消息也有好处，反动派不得不承认了他们过去一直不肯承认的'华蓥山纵队'，这正是说明华蓥山纵队的迅速发展和壮大！"

"不过，"郑克昌放下陈松林刚才带给他的那本《钢铁是怎样炼成的》，也说道："有名有姓的，我看，牺牲恐怕不小……"

陈松林气冲冲地大声反问道："牺牲？革命还能没有牺牲？闹革命，能怕牺牲吗？"

"当然啰，"黎纪纲立刻接过话题说："一个人倒下去，千万个人站起来！这点，我们的看法完全一致。"

"我是说，"郑克昌解释道："有人牺牲，就应该有更多的人补上去。我们也应该做些更实际的工作……至少，以后回想起来，无愧于我们所处的时代。"

郑克昌的话，引起了陈松林的共鸣，他忍不住在床铺上狠狠地击了一拳。

"真的，我倒很想到农村去！"

郑克昌抬起头来，望着他，没有插话。黎纪纲立刻兴致勃勃地接了上来，估计着说："华为离开学校了。听说他是川北人，不知是不是回乡去了？”

“华为——我们大家都一样，哪里需要，就该到哪里去。”陈松林心直口快地讲出自己的见解。

黎纪纲听后，沉默了一会儿，不以为然地说：“到哪里都一样。可是，难道重庆就不需要人手吗？说心里话，我就是有点小资产阶级情调，朋友好了，真舍不得分开……”

“有什么舍不得？”陈松林乐观地回想起华为和他分手时，背给他听的两句唐诗，便念了起来：“海内存知己，天涯若比邻。”

“对，”黎纪纲点了点头，“你的话对我有启发，我们应该这样，永远自强不息！”

静听着的郑克昌，用友爱的声音向黎纪纲说：“你们都成了书呆子，一个引经据典，一个要‘自强不息’！表哥，小陈又不是真的要离开重庆，你何必那样惋惜？我倒觉得能够远走高飞，才像一个有志气的青年。啊，《彗星报》该明天出版，你的稿子才写了一半……”

“你快写稿子吧，我不耽搁你们了。”陈松林拿起几本他们刚还他的书，站起来，准备要走。

“好吧，我就不奉陪了。”黎纪纲在桌边坐下来，抽出了钢笔。他皱着眉头思索了一下，像想起了什么似的，忽然对陈松林说：“小陈，办文艺刊物的事，筹备得差不多了吧？”

提起这件事，陈松林倒有些为难了。因为甫志高忙了好久，还没有把经费凑够。今天，黎纪纲又问起办文艺刊物的事，陈松林一下不知该怎样回答。他知道，黎纪纲对办刊物的兴趣是很高的，愿意写稿，也愿意参加编辑工作。他只好无可奈何地说："还是经费有困难。"

"想办法。大家一起想，总会有办法的。"黎纪纲顺手抽出几张稿笺，放在面前。"小陈，我要赶写社论，明天《彗星报》该出刊了。"

"我陪你出去，"郑克昌慢慢站起来，"宿舍里闷得很，我们出去走走。"

一路上，陈松林想着甫志高筹办刊物所遇到的困难，一直心事重重。郑克昌关切地安慰他，过了一会儿又说："我还有点办法。我在邮局里，有几个爱好文艺的朋友。我去找他们谈谈。"

"不要找人。"陈松林说："实在没有钱，就等些时候再说。"

"那就这样办吧！"郑克昌热情地告诉小陈，"天气渐渐暖和了，我把大衣拿去卖掉。"

"不，你连职业都没有，不能要你的钱！"

"小陈！"郑克昌诚恳的声音，变得更坚决，"我对文艺有兴趣。办刊物，是我们的共同理想！"

第二天一早，郑克昌瞒着陈松林，带了大衣、铺盖赶进城去。回来，带着一卷钞票。一进书店，就把钱塞到陈松林手里，自己一文也不留。

陈松林激动地说："这怎么行？这怎么行？"

陈松林很快就把这件事向甫志高报告了。

"他一个铜板也不留，自己吃什么呢？"甫志高最初也感到意外，随嘴问了一句，可是，接着又兴奋地笑起来。他很赏识郑克昌，并认为这种支持，正说明了群众对进步文艺刊物的迫切需要。因此，他决定加紧筹备。甫志高拿出了已经凑集到的一笔钱，叫陈松林先买下一批纸张，做好办刊物的一切准备。

又一天晚上，郑克昌正在书店看书，外边突然下了大雨。他穿着布鞋，又没有伞，陈松林留他等一会儿再走，顺便从隔壁叫来两碗冷酒。喝了几口以后，郑克昌的脸被酒精染红了，渐渐打开话匣子。

“……小陈，人生真没有意思，有时我简直想出家当和尚……或者干脆自杀算了。”

“你怎么这样想？”

“也许，你会说我颓废。我没有职业，活不下去，怎能不苦闷？在这肮脏的社会上，有钱人大吃大喝，没钱的，连饭也吃不上。真像古诗上说的‘朱门酒肉臭，路有冻死骨！’我自己就是例子。离开邮局的时候，差点儿吃了官司！”

郑克昌慢慢地喝着酒，看来他有点矛盾：是说下去呢，还是不说？要不是陈松林好心地询问，他可能就不会再说了。

“你知道一个秘密刊物吗？”郑克昌低声说，样子很警惕，“……叫《挺进报》，是用粉红色的打字纸油印的，十六开大小，每期是四五页，……我就在这个事情上出了问题！”

“怎么？”

“我们有个读书会，全是邮局的进步青年组织的。会长可能是个地下党员，他常常拿《挺进报》给我看。有一次我正读着，被科长看见了，差点出事！结果还是加上个‘思想左倾’的罪名，把我开除了……”

陈松林没有想到，郑克昌也看过《挺进报》，而且出过危险。不过这是可能的事，能看到《挺进报》的青年本来不少，郑克昌表现进步，当然有机会看到。怪不得他刚来看书时就流露出一些与众不同的神情来。

“……狗日的国民党好歹毒！邮局里专门设了邮检组，许多丢进邮筒的《挺进报》，全被扣留下来，根本寄不出去。当然，那些《挺进报》上的收信人都是化名，特务也查不出来。有时候特务就守在邮筒旁边，真是危险得很。……我们读书会里的人，常常趁邮检员不在的时候，偷偷把他截留下来的东西，重新寄出去，简直有趣得很。”

雨早就停了，郑克昌谈得太兴奋，不知不觉就过了半夜。陈松林觉得太晚了，郑克昌回去不方便，就留他同床睡了一夜。

第二天早上，郑克昌对陈松林诚挚地说：

“我看你们书店人手太少，我反正还没有找到职业，如果可以，我愿意给你帮帮忙。”

过了两天，甫志高听到陈松林汇报这些情况以后，立刻就同意了郑克昌的要求，让他搬进书店。陈松林想了一下，就说，他自己也非常同情郑克昌的遭遇，可是书店是一处备用的联络站，住进外人，怕不太好。甫志高笑着解释说：只要谨慎一些，问题不大。过些时候，考察清楚了，吸收郑克昌入地下社，正式参加书店工作都可以。而且书店扩大，正需要人手，郑克昌总比外面新找的人可靠。听了这番话，陈松林也不好再说什么了。

郑克昌进书店以后，工作挺卖力，一有空闲，就努力看书，除了吃饭，他也不要任何报酬。他说：有碗饭吃就行了，而且还有这么多书看，已经够满意了。何况帮朋友的忙，大家同甘共苦，得到的愉快，就是最大的报酬。

当郑克昌得到《挺进报》时，他兴奋得双手都颤抖起来。他像得到宝物一样的，眼睛里闪着热烈的光芒，对陈松林说：

“我简直没有想到，又看到了《挺进报》！”

“在重庆大学，你表哥给你看过吗？”

“看过。”郑克昌说，“不过表哥素来谨慎，他只给我看过几次。”

过了不久，甫志高关照陈松林，要郑克昌通过邮局里的朋友，试着寄几次《挺进报》，收件人都是化名的。这样做，为的是进一步考察郑克昌是否完全可靠，也是为了消除陈松林的顾虑。后来听甫志高说，那些《挺进报》果然寄到了。陈松林很难忘记甫志高当时兴奋的神情，他是那样有把握地竖起指头，得意地问：“如何？我的眼力不错吧？”

铁笔在蜡纸上，发出轻快的沙沙声。白色的痕迹，整齐而匀称地显现出来。

“……随着全国大反攻的新形势的到来，农村抗丁、抗粮、抗捐斗争迅即进入了一个蓬勃发展的新阶段，斗争烽火遍及西南，游击武装风起云涌。川东、川北和黔边游击武装，旬日以来连挫敌之进攻后，游击区迅速扩大，滇南游击队……”

成岗专心一意地在蜡纸上熟练地刻写着："美蒋妄图在西南大量征兵的阴谋，现已肯定必将以失败告终，而且，敌分布在川、康、滇、黔四省的第二线全部兵力，已被西南各地游击队拖住，难以向内战前线抽调……"

写完以后，成岗揉了揉略感麻木的指头，一字一句地校对了一遍，又把《挺进报》这一期的标题抽读了一遍：

"为挣扎在死亡线上的穷苦同学伸出援助之手，大中学生开展争温饱、争生存运动……"

"兵工厂工人反对扩大军火生产的斗争，获得新的胜利……"

读完了，成岗伸了伸腰，站起来，倒杯开水喝了。时间还早，他丝毫没有睡意，又在桌边坐下，开始思索那尚未完成的新式油印机的设计。

他手里捏着一支削得尖尖的硬铅笔，台灯光照亮面前一大张白纸，为了创造一部理想的机器，他已经熬过了好几个深夜。他咬着铅笔，绞着脑汁苦苦思索着，可是，白色的绘图纸上，还没有留下一点点思维的痕迹。

几个月以来，他为着印得更多更好，节省时间和体力，曾经三番五次地改变印刷的办法，他已经丢开了那些质量粗糙的普通油印机，只用一块打磨得精光利滑的竹片往纸上刮油墨，用这种方法，可以印上二千四五百份漂亮、清晰的《挺进报》。在油墨的调拌、纸张的选择上，成岗也不知花费过多少精力。为了找到既薄而又富于韧性的纸，他跑遍了文具店，试验过好多品种不同的纸张。对党的事业的无限忠诚，日夜激励着他的顽强意志。现在，他又对自己的印刷方法不满意了，随着发行数量的增大，成岗决心制造出一部最理想的油印机来。

“要印得又多又快，应该先确定用什么做动力……用电，不，太贵了，而且电动机有声音……”

“……如果用脚，对，用脚的踏动做动力……干脆把印刷滚筒也固定起来，这样两只手就自由了，可以做更多的事情……也许，应该像印刷厂里的平版印刷机那样！”

一瞬间，他仿佛已看见了那部巧妙的机器的影子，正像一部小型的脚踏平版印刷机。……是的，就是这样！可是当他把铅笔伸向绘图纸，眼光刚刚移到洁白的纸上时，机器的幻影却变得模糊乃至空无所有了。

铅笔杆重新被牙齿咬住，纸上什么痕迹也没有留下，又一次没有抓住理想的幻影，设计思想还没有完全成熟呢……

敲门的声音惊动了他。

“谁？”

“我，李敬原。”

成岗开了门，高兴地接过他手上的帽子。

“这样晚了，你还在工作？”说着话，李敬原走到桌边，用手绢擦擦眼镜，他看清楚了成岗的纸片上的字，问道：“你又在设计新油印机？”

“我想试一试……”

“我不喜欢你这种怪脾气，老是无休止地干……弓弦张得太紧了，也会断的。”

成岗笑嘻嘻地说：“拖不垮的，愈干愈来劲。”

“我看你们两个简直是在互相挑战，搞起竞赛来了。”他把“你们”两个字说得很重，说着便从背心口袋里摸出一张纸条，交给成岗，“这是他给你的回信。”

“啊，回信啦！”

成岗记得，正是那个和眼前一样温暖的晚上，穿着西服、戴着墨框眼镜的李敬原，第一次来到他家里。老李，是个干练而深沉的人，略微近视的目光，藏在墨框眼镜里，什么也不让人看出。即使是稀有的感情流露，也只是眼角一笑即止，分外含蓄。斑白的发丝，记录着他经历过的斗争岁月。他没有那种多讲话的习惯，三言两语便把问题揭示无余，对工作则要求严格，他的一举一动都是一丝不苟的。每次从他手上，成岗得到的，不再是刻写清楚的蜡纸，而是一沓沓的新闻记录稿。

那些稿件，全是用工整而秀丽的字抄写的，从来没有错落。看得出，那个负责收录新华社广播的同志，是个勤勤恳恳、热情地为党工作的人。

他是个什么样的人呢？成岗不能不猜测：也许，在白天，他和我一样，有着公开的职业，而每个晚上，他都得秘密地也是不知疲倦地坐在房间里，轻轻地打开收音机，让来自解放区的广播，从嘈杂的干扰中传播过来，紧张地听着，紧张地记录下，然后再将记录稿用毛笔端正地抄写一遍。每个晚上，他都得紧张地工作几小时，得不到充分的睡眠，没有星期六，也没有星期天，一年到头，都没有假期……

成岗忍不住提出了要求：“……让我给他写封信吧！……我知道和一个与自己没有直接组织关系的人通信、结识，都是违反秘密工作原则的。只让我写一次，表示我的敬意，让我不签名地写封信！”

“好吧。”李敬原那一次比较宽和，终于点点头说：“只此一次，下不为例！你写简单一点。”

成岗想说的话太多了，不知怎么写，才能表达自己的感情，最后他写上一句简单而准确的话：

致以革命的敬礼！

这几天，成岗正在等着对方的回信，谁知道对方是个什么人呢？是个老年还是个青年，是男同志还是女同志？只有一点是可以确定无疑的：那是个很好的同志。

成岗兴奋地从李敬原手上接过了回信。他仔细地看了看，回信也只有一句话：

紧紧地握你的手！

正是那熟悉的均匀秀丽的字迹。一句话，一张纸条，战斗的友谊建立起来了，共同的理想温暖着不相识的、然而又是深深地互相了解的战友的心。

“已经十一点半。刚才有事耽搁了，今晚上就在你这里住一晚上吧。”说着，李敬原摸出一卷收听广播的记录稿，交给成岗。

“太好了，你睡床上，我睡地铺。”

“就在一床睡嘛。今晚上我还想帮你做点事……”李敬原没有说完，突然把话题一转，“告诉我，除了设计油印机，你还在想什么？不要隐瞒，我看得出来。”

成岗只好把心里想的讲了出来。

“我在想，如果新油印机能做出来，我的工作就会减轻多了，可不可以再给我加点任务，例如说《进攻》的印刷……”

“不行。”李敬原坚决地摇头，“《进攻》和《挺进报》不能搞在一起，这是组织原则。否则一出事，两个刊物都完了。”

“那么，”成岗迟疑了一下，又提出新的要求，“把收听广播的任务也交给我吧，我的工作的确不重！”

“你简直是‘野心’勃勃！才给别人写信致敬，又要叫别人‘失业’？我早就看穿了你的思想活动！”李敬原眼角透出一丝笑意，但很快就消失了，“现在已经没有这个必要了，以后再说吧。”

今晚上李敬原的心情似乎特别开朗，说的话也比往常多。他在成岗的寝室里漫步走着，点燃了一支香烟，慢慢地抽着。

“成岗，我以前也像你，但没有你这样结实……1935年，在南京，我也常常通宵刻写、油印……后来，身体坏了，那是在监狱……多少年来，我总记得，在北风呼号的寒夜，一个人静静地刻写蜡纸，没有火炉，真冷。你知道，南京的冬天不像重庆，手都冻僵了……我那部破油印机，老是吱吱地响，在夜里听起来，声音特别大……搞秘密印刷，真有点味道。”

“这两天收到的消息特别令人兴奋，所以我想……”李敬原望着成岗，突然说道："我帮你刻一张蜡纸。试一试吧，也许，'手艺'都忘光了……"

成岗兴奋地拿出了钢板、铁笔和蜡纸。李敬原在桌边坐下，看了看刚才带来的新闻记录稿，就动手写起来。

成岗在旁边看着。李敬原还没有写完一行，成岗就发现了，他的仿宋字写得十分流利，刻写的速度很快。但刻写的方法和自己的不同，每一笔转弯时，他都提一下笔，把一笔可以写成的变成两笔；还有，凡是几笔交叉的地方，他都有轻有重，把后写的一笔在交叉处断成两笔……

"原来是这样的。"成岗目不转睛地注视着李敬原灵活的手，他懂得，这样写，比自己的方法高明得多。李敬原刻写的蜡纸，印的时候不容易破，印数可以增加很多，而且每一个字都清楚。那些转弯和互相交叉的笔画，绝不会被油墨粘糊成墨点。

成岗的手不觉伸向一处秘密的抽屉，从里面取出了一份文件，轻轻地在灯光下展开。他记得，这是两年前他大哥还在重庆的时候，他大哥带给他的。这是一份刻印得十分清晰美观的油印文件，文件的正面刻印着毛主席在重庆红岩村写下的光辉诗篇《咏雪》，是仿照毛主席的字迹刻写的，模仿得很像，印得很好看；紧接着是一行动人醒目的大字标题："坚决用自卫战争粉碎蒋介石的进攻。"无论是文件上的大字标题，或者是笔画极细的小字，都刻印得非常动人。成岗一直珍藏着这份文件，他不仅是想不断从中汲取智慧和力量，从他参加地下报纸的工作以后，他更不断用它来对比研究提高印刷和刻写的技术。

看着看着，成岗眼前像闪过了一道亮光，突然感到异常的清新和愉快！老李过去做过什么工作，除了老李刚才讲的，他一点不知道，但他确信，他大哥当时从川东特委带回家的这份文件，不是别人，正是李敬原亲手刻写的！

李敬原似乎也看见了成岗手边的文件，并且看透了成岗心里的活动，戴着眼镜的眼角浮现出一丝带笑的皱纹，嘴角略为动了一动，好像在说："成岗，你真是无孔不入，什么地方都钻得到。"但李敬原毕竟一个字也没有说出来，只是看了一下成岗，用手指扶了扶眼镜，又神情专注地继续刻写下去。铁笔在蜡纸上划过的声音，是那样的均匀、动听，使人感到愉快。

成岗当然不知道，尽管李敬原的手一直不停地在蜡纸上移动，但李敬原的思绪在一瞬间却被成岗手里的文件牵得很远很远。墨边眼镜里，闪动着一件又一件往事的影子——

……浓雾弥漫的山城，熟悉的红岩村中共办事处楼房。

……浓黑的眉梢下，一双炯炯有神、明亮的目光，正无限深情地注视着一张张无限激动和兴奋的脸。中共中央南方局书记周恩来同志向同志们传达了中央关于和国民党进行和平谈判的通知，宣布了毛主席已亲临重庆谈判的消息，并且向川东和重庆地下党组织布置了一定要千方百计保卫毛主席安全的任务。作为川东特委的代表，李敬原多么渴望亲眼见一见毛主席啊！毛主席到重庆来了，特别是毛主席就住在办事处这栋楼房里！可是，他和听传达的同志们一样，都感到自己肩负着保卫毛主席安全的重大责任，都迅速辞别了周副主席，带着无限希望和重托的目光，奔赴自己的战斗岗位去了。

……巨大的乌云在天空中翻腾。正是蒋介石已经把他的几百万大军赶运到内战前线，美蒋反动派即将向我中原军区发动突然进攻，发动全面内战的前夕，也正是南方局即将撤离重庆红岩村的前夕。还是在办事处那间简朴、整洁的会议室里，李敬原和川东特委的同志听完了省委书记吴玉章同志对当前形势和今后工作的指示，刚走出会议室门口，就听见了周副主席无比刚毅的声音："我们党在毛主席领导下，一定能够用自卫战争彻底粉碎蒋介石的进攻。"周副主席送别了几个同志，好像早就知道川东特委的几个同志在他身后似的，一回头，周副主席就把他那火热的手向大家伸来。浓黑的眉梢下，又是那双炯炯有神、明亮、洞察一切的目光，还是那无比坚定、声震屋宇的语音，给人以无限鼓舞和振奋的力量。"情况都晓得了？那好。肩头上的担子不轻呀！"周副主席拉着同志们的手放开了，但移动着脚步，还要送大家几步，"不过，这担子不光是你们、我们，而是我们全党在挑。"走出办事处大门，周副主席站在那高高的石阶上，抬头望了望满天乌云，望了望远远近近山头上密布的敌特岗哨，对着大家，也像对着他自己说道："南方局在重庆工作八年了，明天就要搬去南京、上海。八年当中，没有一天风平浪静的日子。我们坚持了毛主席提出的抗日民族统一战线，一切明滩暗礁都没有损害到我们，日本帝国主义终于被我们打败了，人民革命力量更得到了空前的发展壮大。看样子，南方局在京沪也待不多久，要撤到山沟里去。反动派总是过低估计人民的力量，过高估计他们自己的力量，他们做好了内战准备，他们马上要在全国大打。记得大革命失败的时候，特别是 1931 年冬天，同志们往山沟里撤走的时候，革命何时能胜利，何时能回来，真是说不定呀！觉得渺茫。大家现在的心境，可大不相同了。只要我们坚决执行毛主席的指示，全党团结一致，艰苦奋斗，经过几年苦战，美蒋反动派的猖狂进攻一定能够彻底打败的。从各方面情形看，三五年以后打回来，可能性很大；重庆，我们一定会回来的！”

……辞别了周副主席，特委的同志冒着山城少有的滂沱大雨，立即分头出发去传达布置工作。就在那天深夜，嘉陵江春水发了，李敬原乘着一叶扁舟，渡过洪水滔滔的嘉陵江，在一处临近江边的楼房里，一边回忆吴老传达的南方局的指示，一边专心刻写那份文件的时候，周副主席亲切指示的话语，还一直在他耳边回响："四川是美蒋反动派的重要巢穴，是敌军兵源、粮源、军工生产的主要基地。你们这里的斗争，对我正面战场影响特大。要注意充分依靠和发动群众，要有应付突然事变的准备……"

李敬原从成岗手上又看见那份油印文件，不仅使他勾起了这一连串的回忆，而且很自然地引起了他一连串的联想：前不久，为了更有力地配合正面战场的斗争，南方局派人来指示地下党要加强城市对农村武装斗争的支援。特委为了及时掌握情况，加强领导，才决定他参加重庆市委领导，直接插手市委的部分工作。江姐下乡是他通知的，但江姐、成岗和老许都只知道和他接触的部分工作，知道他是市委领导，不知道他同时还担负着川东地区的领导责任。南方局来人还讲到一个情况，说周副主席现在中央协助毛主席领导人民解放战争，但还随时关心国统区地下党的工作……一眨眼，李敬原仿佛看见周副主席紧跟在毛主席身边，正在陕北山沟里奔波的巨大身影，他那无比刚强、激动人心的语音，像正混合着人民解放军胜利进军的号角声在空中震响："三五年以后打回来，可能性很大；重庆，我们一定会回来的！"

严守着组织原则的成岗，尽管他已发现他珍藏着的这份文件肯定是李敬原写的，但李敬原不讲，他决不问起，只是默默地认真地揣摩着李敬原十分优美的刻写技术。

"你刻得真好！"成岗忍不住靠近李敬原，把头和他紧紧靠在一起。这时他已发现，李敬原写的，是那样令人鼓舞的胜利消息。怪不得他今晚上特别兴奋，而且要亲自把这消息转告给山城人民。

"这种铁笔不好，没有钢火。"李敬原摸摸那已经被钢板磨得钝秃的笔尖，"用留声机的唱针来做铁笔，钢火好得多，写的字笔画更细，更清楚……你试一试，只要稍微磨一下就成了。"说完，李敬原又聚精会神地写下去。战友的心沉醉在胜利的狂热共鸣中，屋子里静悄悄的，只有铁笔轻轻地划过钢板，发出清脆而又有节奏的响声……

李敬原在刊头上，加上大字标题，成岗抑制着激动，低声念了出来："西北战场捷报频传，我军收复延安！"

这一个晚上，他们在一起工作，谈话，直到天明。这是个

吴凡 作

多么难得的温暖的春夜啊！

第二天早上，李敬原临走时，才告诉成岗说：

“有件事情，要通知你。你办《挺进报》，现在是最后的一期了。”

“为什么？”成岗睁大眼睛，望着李敬原。

李敬原这才说明原因，他说：“一方面，为了进一步发挥《挺进报》的战斗作用，市委准备扩大发行量，把它改成铅印报纸。另一方面，长期在一个固定的地方印刷，也容易暴露。敌人对地下党的活动愈来愈注意，最近又成立了新的特务机构……”

“《挺进报》改成铅印……”成岗恳切的目光停留在李敬原脸上，“把我调去搞铅印，可以吗？”

李敬原缓缓地说道：“敌人加紧军火生产，工厂里的斗争特别尖锐，党准备交给你一项重要任务……下一次，我详细告诉你。你赶快结束现有的工作，准备接受新任务。”李敬原停顿了一下，算算时间，又告诉成岗：“今天是星期四。三天以内，你把最后一期油印的《挺进报》印完，星期天中午十二点钟，我准时派人来取。”

成岗高兴地朗声回答：“一定准时完成！”

第六章

黑沉沉的大楼，耸立在布满密云的夜空里，厚实的窗帘，紧紧遮住灯光，就像一匹狰狞巨大的野兽，蹲伏在暗处，随时可以猛扑出来伤人。

间或，一两部卡车冲进黑暗，车灯短暂地照亮一下门牌，又消失在铁门里。

嗒嗒嗒的声音，在大楼里响着，有着隔音设备的屋子里，电报员日夜不停地击打着电键，把密码、情报发向天空，发向那遥远的秘密电台；和嗒嗒嗒的电键声混杂在一起的，还有报话员的呼号：

“李光明，李光明……我是江克难。”[1]

“214 号，回答！ 214 号……”

“详情具报，再行定夺……”报话员的声音，机械地重复着秘密文件上的批语：

1　李光明、江克难都是国民党特务机关的化名。

“……迅即查清组织活动情况……继续秘密监视……”

“……”

密码，呼号，日夜从这里发出，指挥着西南地区川、康、滇、黔这一片辽阔区域的特务活动。

如果是在白天，从远处就可以看出：这里，老街三十二号，堂皇的铁门上，横署着两个篆字——“慈居”。这个名字，可以叫人联想到，这儿也许是某某要人的公馆，但从那警卫森严的气势来看，又像一处阴森的衙门。这地方正是国民党西南长官公署的一部分，它的公开名称是西南长官公署第二处，实际上却是伪国防部保密局在西南的公开领导机关。所以它既是政权机关，又要用“慈居”这样的公馆名称来尽可能地掩人耳目。

如果把特务机关的分布比作一只黑色的蜘蛛网，那么，在这座楼房指挥下的各地特务站、组、台、点，正像密布的蛛丝似的，交织成巨大的恐怖之网，每一根看不见的蛛丝，通向一个秘密的所在。这座阴森的楼房，就是那无数根蛛丝的交点，也是织成毒网的那只巨大的毒蜘蛛的阴暗巢穴。哪怕是一点最小的风吹草动，触及了蛛丝，牵动了蛛网，便会立刻引起这座巨大巢穴里的蜘蛛们的倾巢出动。

决定着这个看不见的巨大毒网的行动的，不是那些整装待发的特务，不是那些执掌刑讯的刽子手，也不是击打电键的报务员，所有这座楼房里的一切忙碌、行动、突击、追捕、联络、指挥，完全服从于那只巨大的毒蜘蛛，只有他才是这里一切的主宰，只有他才能决定、控制和操纵这巨大毒网的任何活动。

此刻，那只阴险邪恶的蜘蛛，正一动也不动地蜷伏在三楼的一间办公室里。

台灯光倾注在办公桌上，一个身材粗大、脸色黝黑的中年人，络腮胡刮得干干净净，眉浓眼大，肥肥的下巴，毫无表情地坐在转椅上。握着毛笔的手，正在公文上挥动。他，就是掌握整座毒网的一切行动大权的核心人物，黄呢军便服领口上，嵌着的一颗金色梅花，在灯光照耀下闪闪发亮。

他这间办公室里，铺着彩色的地毯，沙发、茶几、玻晶烟具和墙角的盆景，装饰十分豪华。高大的黑漆办公桌，摆在房间正中，墙上挂满了军用地图。

他正在处理一沓沓的公文，思考着，批示着。这些公文，顷刻之间，都将变成命令、电波、行动，变成淋漓的鲜血！

一阵凄惨的号叫，透过门缝，像往常一样传了进来。

——你说不说？说！

——问你是谁领导？问你……

鞭子在空中呼啸，落在肉体上发出低钝的响声……

从转椅上欠起身来，点燃一支香烟，慢慢吐出一口烟圈，他倾听着这阵惨叫，像倾听一曲美妙的音乐。他的脸上，浮现出一丝几乎看不见的冰凉的冷笑。

若干年来，他习惯于这样的生活。如果有什么时候竟然听不到被拷打者的号叫，他便会感到空虚和恐怖。只有不断的刑讯，才能使他感觉到自己的存在和力量。世界上有这种人，不，有这样一种嗜血的生物，它们把人血当做滋养，把杀人当做终身职业。这个拥有豪华办公室的特务，在人血坑里已经干了许多年月，他是特务头子保密局长毛人凤的心腹，在特务头目当中，是一个重要角色，没有他，楼下的行动特务将无事可做，用刑的刽子手也将找不到对象，甚至太空里会因为没有他而减少大量的电波。他的官衔很多，简单说来，就是西南长官公署第二处处长兼侦防处长，军统嫡系特务头子之一，这座楼房的主宰，陆军少将徐鹏飞。仅仅因为军统的老板戴笠是戴着少将领章死的，军统人员不能超越作恶多端的戴笠的军衔；否则，他完全可能不止于少将了。

汽车在响，大概就是那批他在几个钟头以前下令捕捉的人到了……徐鹏飞又听了一阵，四处都传来一片嘈杂忙乱的声音。这些声音，都是他的意志的反映，一切都按照他的意志在进行。他又点燃一支烟，随手从公文里翻出一份文件，这是一份重要的会议记录，公署长官朱绍良主持丙种汇报[1]的记录摘要。他把这文件往已经处理过的文件堆里放去，但临时又改变了念头，把文件拿回来带着胜利者的心情，仔细翻阅了一下。

> 为统一调集力量，迅速破获不断组织罢工、破坏军工生产、阻滞兵源粮源、煽动民变、威胁陪都安全之共匪领导机关，西南长官公署特设立侦防处。由徐鹏飞兼任处长，严醉、沈养斋兼任副处长，指挥所有军、警、宪、特工人员严加缉捕。
>
> 责令邮检组严密查报《挺进报》寄发情况，并派特

1　丙种汇报——一种专门研究特务活动的秘密会议。

工人员在各邮局及邮筒守候缉捕。

清查赤色书刊，侦查监视文化界、新闻界“左”倾人士。

打入民主党派，运用内部线索，设法接近中共地下组织。

配合清剿部队在华蓥山区严密搜捕，务求查清中共组织关系。

加强各工矿稽查工作，特别注意兵工系统……

就是这次会议，使他兼任了新成立的侦防处处长，取得了指挥所有军、警、宪、特工人员的特权。这点，徐鹏飞当然十分满意，他得到了比严醉——这是他最担心的对手——更高的地位。这个胜利来得太侥幸，仅仅因为严醉是秘密单位的负责人，不便出面，才让他以公开单位头目的身份，轻易取得了新的权力。在军统局特务机关内部，历来就采用“公”“秘”单位双线工作的制度，相互配合，相互监视，以加强特务活动。当然，他也意识得到，公、秘单位的区别，只是一个小小的借口，实际上，这是朱绍良有意讨好毛人凤才卖的一次人情。徐鹏飞了解得很清楚，他和严醉比起来，资历、名望都还不如对方。严醉是戴笠手下的红人，徐鹏飞当中校的时候，严醉已经是局本部兼中美合作所总部总务处少将处长了。只因为严醉刚愎自用，长期与毛人凤貌合神离，戴笠一死，毛人凤当上局长，严醉就走下坡路了。总务处长职位被撤换，屈任了军统局西南秘密单位的负责人——军统西南特区区长的职务。这样一来，毛人凤原来的机要秘书徐鹏飞就和过去戴笠手下的红人严醉平起平坐，职位相当了。而且，这一次，徐鹏飞又青云直上，把严醉压成了侦防处的副处长。

可是，兼任侦防处长以后，徐鹏飞更加不满特区区长严醉横蛮的拒不合作的态度。西南特区，控制着中美合作所总部的全班人马、装备，而且特区的工作受到美国顾问处的特别支持。严醉的意图十分明显，他要利用掌握了强大行动力量的有利条件，自己单干，把徐鹏飞甩在一边。虽然特区副区长沈养斋是毛人凤的心腹，又是徐鹏飞在黄埔军校的同期同学，多年的老朋友，谁也知道，沈养斋是毛人凤和他故意插在严醉心上的一颗钉子；但严醉的诡秘活动始终是避开一切人的，当然更避开了沈养斋。看样子，严醉如此秘密行动，说不定已经得到了共产党地下组织的某种情报，或者竟是直接线索。

徐鹏飞不愿多想这些，他把手上的文件丢在一边，克制着自己的思路，他不相信严醉会比自己更高明。和共产党作斗争，即使是老奸巨猾的严醉，也未必能够稳操胜券。使他烦恼不安的，不仅是严醉的掣肘，更主要的还是如今共产党活动的灵活、机警，使得他一直找不到有用的线索。

机要秘书推开门送进来一沓待批的重要公文，不敢惊动这位正在沉思的上司，把文件放在办公桌上，便悄悄地走出去。

“有机要情报吗？”

徐鹏飞头也不抬，猛然问。

“朱长官刚送来一封信。”那部下迟疑了一下，又压低声音说：“侦讯科探听到严醉和才上任的特别顾问勾得很紧……”

“什么？”徐鹏飞眼里陡然闪出凶光，逼视着对方，但立刻又冷静下来，只简单地说了句：“继续侦查。”

徐鹏飞随手把新送来的公文拿起一件，那是情报竞赛的总结报告，要他审批转发的，他略为翻看了一下，便提笔批道：

查一季度为情报竞赛期间，前曾转颁办法，饬遵在卷。兹者二三月份又届终了，而检讨此两月来之情报……

徐鹏飞批到这里，略一迟疑，便笔粗字大地在纸上发泄出他的不满：

质量数量，两皆平平，无所进展！似此成绩，将何以资竞赛？矧值戡乱时期，吾人职责尤属艰难，至望严督所属，倍加奋发，认真工作，期有进步！

写完，他重看了一遍。“质量数量，两皆平平，无所进展！”这是他最伤脑筋的事，他想骂人，想把那些工作不力的家伙禁闭几个。他伸手去按桌上的叫人铃，这样一来，几分钟后，他的意图，就可以被执行。但他忽然又把已经触到铃键的手，缩了回来，却把刚才批示的文件往旁边一丢，又去取出第二件公文。这次，他手里拿的是一封“最速密件”，信封上红色大字印着“西南长官公署缄”，“缄”字上面的空白里签了一个醒目的“朱”字。徐鹏飞的手指突然变得不大灵活了，吃力地剪开信封。随着信笺的展开，他的脸色迅速阴沉下来。

……破坏中共领导机关一事，上峰业已一再限期破获，侦防处成立迄今，一无进展，而共产党活动则日益加剧。重庆军工生产，迄未好转，纵火事件余波，尚在滋蔓，军火爆炸案件更连续发生。蓉、筑、昆、渝学潮、米潮此起彼伏。滇、黔、川、康地下武装复乘我后方兵力空虚之际，四出奔袭，如入无人之境。最近川北华蓥山一带，抗丁抗粮，竟成燎原之势，致使兵源、粮源濒于断绝，消息传来，惊心动魄！长此以往，西南前途殊堪焦虑。此等情况业已函告人凤兄知悉。近复得总裁手谕，令兄立即破案……

“报告处长，请接渝站电话！”

勤务兵的声音，把徐鹏飞从难堪的沉默中惊醒过来。他拿起听筒，“嗯”了两声，接着就吼叫起来。

“邮检组又发现了《挺进报》？……谁寄的？嗯？”徐鹏飞重复地问，突然声音一震：“什么！查不出来？”

话筒里绝望的解说，使他更为烦躁，咆哮如雷：“总裁手令，限你们三天之内，立即找到《挺进报》的巢穴……否则，提着狗头来见我！”

徐鹏飞怒气冲天，劈手把话筒扔在桌上。

二楼灯火辉煌。惨叫、咒骂声不断传来。

徐鹏飞再不想听那些行刑的音乐了。侦防处成立以来，那些令人恼怒的、无影无踪的事件，又一齐涌上心头：兵工署仓库和运送军火的登陆艇连续爆炸，《挺进报》到处流传，甚至，像成群乞丐似的小学教师居然也拥到公署请愿……他仿佛看见朱绍良正在向保密局长诉说他的无能，那些震怒的上司的眼光正怒视着他，说不定哪一天，他将受到不知远比自己吓唬下属严厉多少倍的斥责和处分。徐鹏飞心头冰冷，茫然凝视着对面昏暗的墙壁。

手表嗒嗒地响，时针超过了十二点。

收发无线电报的响声已经停止了，但审讯室里的声音还在不断传来……

全是些无谓的喧哗。拷打、忙碌有什么用？如果他这一次站不住脚，那，那就完了，就像那正在全线崩溃的军事形势一样，不堪设想！

徐鹏飞突然站起来，表情变化不定，他已无法克制内心的空虚和恐惧。沉默地站了一会儿，他离开了办公桌，拉开房门走了出去。

外面，正是一阵和往常一样的喧哗与吼叫，这些声音引导着他，使他移动步子走进一间审讯室。审讯室里烟雾沉沉，空气十分污浊，他瞥见老虎凳上，捆着一个三十来岁的人，旁边一盆火，几个人正把冒着烟的烙铁，伸向被审者的胸脯。徐鹏飞不管这些，独自走到窗前，用力拉开窗帘，推开紧闭的一扇窗户，他需要摆脱烦恼，呼吸一口新鲜空气。窗外，蒙蒙细雨一阵阵飘到他的脸上，阵阵寒意勉强帮助着他平息心潮的起伏。

背后，受刑的人一声惨叫……传来泼水的声音，徐鹏飞转过身，走到狞笑着的行动科长面前，冷冷地问了一声：

“谁？”

“云阳县的。”

“已经三天了，怎么还没开口？”

行动科长讨好地迎合着他说：

“马上,他就要开口的! 我先搞他两下,这家伙已经吃不消了。”

昏厥的人,渐渐醒转来,恐怖地望着面前的人影,粗声喘气……

徐鹏飞向前靠近一步，怀着复杂的侥幸心理，厉声问：

“什么职务？”

醒来的人盯住他肩章上少将官阶的金星，全身抽缩起来，吐着白沫，像自言自语地哆嗦着：

“县参议员……”

“问你党内职务！”徐鹏飞大声追问，皮靴朝地板上一跺。

“党内职务？”他望了望徐鹏飞旁边的行动科长，绝望地闭上了眼睛，“就是他说的那个……县委书记。”

受刑的人喃喃地嚅动着焦裂了的嘴唇。

徐鹏飞冷冷地命令道：“松刑！”然后就背起双手转身向室外踱去。看样子，这个人的嘴巴已经撬开了，也许，共产党里也有容易对付的角色，但愿能多遇上几个就好了。

回到走廊上，徐鹏飞刚才心里郁积的苦恼，被冲淡了一点，长长的走廊上冷空气叫人感到清新。他对这长廊有着一种特殊的感情：因为在他看来，干这行道的人和夜生活结了不解之缘。干这行道，不但要胆大心狠，机警毒辣，而且要能抓住对方心理的、生理的、家庭生活的、感情上的各种弱点，灵活地运用各种只要能达到目的的手段，采取迅雷不及掩耳的办法，瓦解对方的意志。他比同行高明，向来一帆风顺的秘诀即在于此。长廊的冷空气，供给过他无穷的希望，今夜长廊又能给他以帮助吗？半夜里，城市酣睡着，稀疏的电灯光描绘出半座山城的轮廓。他凝望着黑暗，心里却是一片茫然。

一个浑身发抖的老头，被押过徐鹏飞身旁，进了另一间审讯室。徐鹏飞仍然站在走廊上没有移动，但他示意不要关上审讯室的铁门，这样，他就能够从敞开的门口，清楚地观察审讯的情形。他首先听到主任法官朱介严厉而稳重的声音：

“什么名字？”

“回……回禀官长，在下姓……姓……姓蒋。”

“叫什么名字？”问话的声音比原来稍重，重复地又问一次。

“人……人称蒋大爷。”

“问你名字！”手在公案上一拍。

“在下草……草字炳章……”

“多大岁数？”

“去年才、才满一个花甲……六十一了。”

徐鹏飞对这种啰唆的回答，感到厌烦；可是，他马上又听到朱介一声单刀直入的问话，这句话问得那么突然。

“多久入党的？”声音带着意想不到的压力。

“……民国……民国二十五年。”

接连而来的一连串问答，使徐鹏飞很有兴致地倾听下去：

“介绍人是谁？”

“龙……龙头大爷王九龄，他……”

"入党手续？"

"交了……交了三张，记不清楚咯，好像四张照……照片。后来发……发了党证……"

徐鹏飞一怔，共产党也发"党证"？这个情况，是他从未掌握的。

"有些什么活动？"

"没有啥……啥子活动……"

"胡说！"

"回禀官……官长，就是在我的茶铺里吃……吃茶，评……评理，在码头上收……收点头钱……"

在码头上活动，莫非是搞工运的？徐鹏飞的脑子敏感地动了一动，但他不肯轻易相信。

"你的入党动机！"

"没有动……动机哇。"

"狡辩！"

公案上又是狠狠的一巴掌。

"是……是王九龄王大爷坑害人……他，他说参……参加了好，人多势……势力大，还说我……姓蒋……蒋，委员长也姓蒋，蒋。一笔难写两个蒋字，中央军都入川了，还是参……参加了好……"

"你……你，"朱介的声音突然变得十分难听，慌张地追问："你参加的什么党？快说！"

"我……我也搞不清楚……王大爷说的，叫……叫国民党嘛！"

"他妈的！"徐鹏飞狠狠地骂了一句。尽抓来一些莫名其妙的浑蛋，简直太岂有此理！他大步走回办公室去，皮靴愤怒地把地板踩得噔噔直响。

台灯光重新照亮徐鹏飞愤怒、烦躁的脸，他勉强坐在办公桌前，信手翻弄着那一沓沓变得毫无意义的公文，偶然又翻出一封拆阅过的信。那是住在中美合作所官邸的特区副区长沈养斋在四一节[1]写给他的。这位多年的老友，和严醉不和，情绪消沉完全可以理解，却没有想到竟至满纸牢骚，毫无信心，连照例的祝贺节禧的话也没有提到。其实，这也难怪，大厦将倾，独木难支，谁又不是这样？眼看自己目下的处境，类似的苦闷，也免不了油然而生了。

把信抛到旁边，徐鹏飞又看到一件尚未开封的警备司令部送来的公文。他缓缓地拿起它，在手上掂了掂轻重，沉住气猜测那不知是祸是福的内容，然后慢慢拆阅。他的目光一接触到公文的内容，脸上的肌肉便十分难堪地僵化了。

为长江兵工总厂炮厂纵火犯二名判处死刑案……

是否处决这两名纵火特务，实在使他踌躇难决。如果不是纵火以后，事态急速扩大，引起全市工人学生骚动，变成一场无法控制的轩然大波，他是决不肯出此下策，发出命令把被工人捕获的纵火特务从严议处的。前些时候，炮厂工人拒绝把划进扩厂范围的住房迅速拆除，掀起了旷日持久的工潮，竟至影响扩大军火生产的既定计划的施行，终于引起了国防部对他

1　军统特务头子戴笠，以四月一日为军统成立“纪念日”，每年到时都要大事“庆祝”一番。

的指责，他只好采取孤注一掷的断然措施，下令纵火，焚烧敢于对抗的工人的茅棚，造成既成事实，来迫使工人退让。照他原来的设想，这种雷厉风行的手段，也许可以收到效果，使工人在暴力下噤若寒蝉。可是，事态的演变，完全出乎他的意料。现在，厂方出面，赔偿了工人在火灾中的损失，扩厂计划也只好另作安排了。然而对方的声势，却方兴未艾，似乎闹得更凶，范围也更大了，压力进一步集中到对纵火阴谋的追究上，形成少见的风潮。这使徐鹏飞不能不感到严重的不安，而且有一种不祥的预感，若不及早忍痛让步，会有更难逆料的局面出现！在这样的情况下，他知道，如果再不采取紧急措施，缓和一下民愤舆论，就再也无法下台了。因此，他只好忍痛牺牲这两名心爱的爪牙，来改变这随时有被揭发危险的被动局面。他勉强提起笔来，那用惯了的批改公文的毛笔，一时变得特别沉重，几乎难以运腕。他也不再看公文的内容和那两个替死鬼的名字，匆匆地在公文上批上了一行字："迅速公开处决，以平民愤！"

把笔一丢，徐鹏飞的手指无力地松弛开来。公文从他手上滑落下去，飘进黑暗的角落。他脑海里充满了绝望的暗影，仿佛看见无数知道内情的人，正在纵声嘲笑他的失策和无能。而这些人当中，不仅有故意在信上写些"总裁手谕""函告人凤兄"等威胁语句的长官公署主任，更有那满脸麻子的对手严醉。他无力地倒在椅子上，像一匹在战斗中失败的猛兽，而四周，窥伺和等候他的毁灭的，正是那些在暗中狞笑的他的同类。

"报告！"

一听见人声，徐鹏飞像从噩梦中惊醒转来。他必须立即保持镇定和威严，永远不能让他的上司和手下看出他内心的秘密。徐鹏飞的面孔迅速地变化着，几秒钟以前还是昏暗的眼睛，现在又发射出刺人的光芒，他赶快拾起那份落在地毯上的公文，装进信封。

“进来！”

声音是狞厉的，仿佛这以前，并没有发生过任何不愉快的事情。

行动科长呈上一份审讯记录，挺直身体，站在办公桌旁，声音急促地说：

“弄出来了，全部招供了！”

徐鹏飞毫不在意地翻阅着口供笔录，行动科长毕恭毕敬地站着，不敢多话。

“怎么？警察局长也是……”

“是呀！”对方赶快补充：“云阳县警察局长，县参议长，县府的三个科长，中学校长，还有法院院长都是共产党。这一回，硬是一网打尽！”

“法院院长？”徐鹏飞迟疑起来，“还有警察局长？”他有点怀疑这份口供……

“都是他亲口说的，警察局长负责搞武装暴动！”

“我记得他除了是县参议员，还是云阳县的清共委员。”

“报告处长，他供认是共产党叫他打进来当清共委员……”

徐鹏飞不讲话，也没有再翻阅口供，沉默起来。他的脑子里闪动着许多假设、推测和判断，需要考虑一下。

“处长，我签呈了一个意见……”

“看到了。”徐鹏飞冷冷地说。

忽然，灵机一动，徐鹏飞马上提起笔来，在行动科长签呈的意见上批道：

“准予照计划全部逮捕。”

他抬起头来冷淡地命令：“通知朱介叫那个姓蒋的老家伙也招供，承认是共产党云阳县委的组织部长。”

行动科长心中扬扬得意起来。这是个少见的大案子呀，捕到了共产党的县委书记，而且，案情正在扩大，谁能像他这样，一夜之间，就作出了这样大的功劳？把一个县的共产党组织，全部破获！不说以后的奖金，就单是同意派专轮一只，部队一营，这一笔行动费也就可观了。

可是行动科长根本不知道，徐鹏飞想的完全不同，对于这份拷打出来的口供，他根本不相信。哪有这样容易对付的共产党县委书记？哪里会警察局长、法院院长、县参议长一齐都是共产党？云阳县报来的这件案子，不过是常见的地方政权内讧，互相陷害而已。徐鹏飞之所以批准行动，完全是由于另外的动机：长期以来，手上没有一点真正的共产党地下活动的线索，上司却又逼得他无法应付，现在碰巧有了这份口供，照口供情节布置行动，即使以后事情的真相有什么出入，还有这份口供作证，再把那昏聩糊涂的蒋老头也算上一个，不怕找不到替死鬼。现在，他向上呈报破获中共地下党一个县委全部组织，只是为了稍微遮掩一下目前这种工作毫无进展的局面。

行动科长早就拿着批示出去了，徐鹏飞没有注意这些，他正陷入沉思：虽然侥幸得到一些喘息的时间，可是，又该怎样来布置全市军、警、宪、特的行动？

电话铃丁零零地响了好久，徐鹏飞不耐烦地拿起电话。一听出对方的声音，他又动了气，不冷不热地教训起来。

“养斋，你近来……太消沉。你的信我看了。”

忽然，徐鹏飞的眼睛睁大，猛然站了起来，大声问道：“什么？你说什么？严醉已经发现了共产党的重要线索？”

对方的声音很小。徐鹏飞知道对方不便大声讲话。电话里的杂音又太多，他烦躁地连声问道：

“严醉早就进行了工作？……他从哪里弄到线索？嗯？”

徐鹏飞心里一片惊惶与空虚。对手真毒辣，居然狡猾得不露声色，密谋独占全功！更使他烦恼的是别人已经抓到了线索，而他手里竟没有一点真正有用的东西。他绝望地倒在椅子上，手里的电话筒落在地毯上，感到一阵阵地震似的晕眩，房间也在晃动……

黎纪纲接了电话，心里十分诧异。为什么特区副区长沈养斋，要亲自给他打电话？严区长到外地检查工作去了，为什么偏偏这时候沈副区长要找他？为什么要他到二处，而不是到特区？想来想去，无法解答副区长给他打这个电话的目的。可是，自己能不去吗？听副区长严厉的命令口气，他不敢有任何违逆。

黎纪纲仍然像平时一样，把法学概论、国际法讲义拿在手上，像去上课，又像是去坐茶馆看书，从从容容地步出重庆大学，向沙坪坝车站走去。

一个多钟头以后，黎纪纲来到城里老街三十二号。老对手魏吉伯正在慈居门口恭候。在中美合作所全能训练班时，他们是同班，毕业后他被分配到特区，魏吉伯被分配到二处系统。后来两人都被派到重庆大学活动，又成了同学，不过各有任务，心照不宣。现在，魏吉伯从警备司令部调回二处来了，全副美式军装，容光焕发。而他，仍是穷学生打扮，破旧的蓝布长袍，连衣袖都烂了几个小洞，腋下还夹着几本劳什子讲义，对比之下，真有点寒伧。黎纪纲正要点头招呼，魏吉伯却抢先笑吟吟地迎上前来。

“老兄，恭喜你！恭喜你！”

“恭喜什么呀？”黎纪纲有点奇怪。

“上一次，算我的不是，让老兄挨了黑打。可是，没想到反而成全了老兄！”

黎纪纲冷冷一笑：“各为其主嘛。”

魏吉伯点点头，故作机密地低声说：

“徐处长找你。”

“徐处长？”

“是呀！老兄，得了好处，可别忘了我这个奉处长之命专诚恭候的老朋友啊。”

说着话，黎纪纲被领进了徐鹏飞豪华的办公室。一进屋，黎纪纲就看见沈养斋坐在沙发上。从烟缸里的一堆烟蒂看来，副区长已经先到很久了。笑嘻嘻的徐鹏飞，一见黎纪纲进来，就亲热地招呼他。魏吉伯又是拿烟，又是捧茶。黎纪纲心里一怔：徐鹏飞居然如此殷勤地接待，定有重要事情，而且这事马上要应在他身上。

刚刚坐定，徐鹏飞就哈哈大笑，然后开门见山地，又像试探又像嘲讽地问：

"你们在沙坪书店的工作，进行得怎样了？"

这句意外的问话，使黎纪纲大吃一惊，严醉最机密的部署，徐鹏飞已经完全知道了？严醉每一次都叮咛：决不能让任何人知道，特别要防备二处插手进来。黎纪纲不敢正面回答，但也不敢顶撞对方，只得低声问：

"处长叫我来，有什么事情吩咐？"

"事情？没有什么了不起的事情。"徐鹏飞又大笑起来，"严醉帮郑克昌寄《挺进报》，特区区长居然当了共产党的'利用人员'，真是荒唐！哈哈哈哈……"

黎纪纲不知所措地呆坐着，连郑克昌帮陈松林寄《挺进报》的事情，也查出来了！他更加紧张了，噤若寒蝉，不敢插嘴。

"还把我蒙在鼓里咧。怎么样，把情况谈一谈？"

黎纪纲迟疑地望着气势汹汹的对手，不敢回话。

"老实告诉你，我早就找到了共产党。"徐鹏飞表情一变，神色自若地观察对方的脸色，趁着对方正在吃惊时，又说了下去，"单说《挺进报》，也比你们早。邮检组截获了两封信，是从綦江寄到重庆的，查对笔迹，证实就是《挺进报》的笔迹。一个月以前，已经把对象找到，并且查出电台，肯定和共产党的首脑机关有关系。我打算马上破案。”

徐鹏飞说得有声有色，“现在，我去綦江破案以前，先找你谈谈，把情报交换、分析一下，免得我动手以后，妨碍你们正在进行的工作。”

黎纪纲简直不知道该怎么回答才好。他不太相信徐鹏飞似真似假的话。到底该不该把严醉缜密策划的工作报告对方？在这尴尬的处境下，他怎敢和徐鹏飞硬抗？黎纪纲难堪地坐着，一动也不动，冷汗从背心流出来了。

沉默了好些时候的沈养斋，终于开口讲话，还是那惯用的平稳、缓慢的声调。

“上午刚刚得到总裁的密令，限期一周，破获中共首脑机关。这，这是第三次手谕了。偏偏严区长到云南巡视工作，没有回来，徐处长急于破案，所以找你来研究研究情况。”

“到这里来研究？”黎纪纲把“这里”两个字说得相当重，暗示他的情报不宜在二处，而是该在特区研究。他知道，严醉和沈养斋不和，给他布置工作时，从来都是避开沈养斋的，所以他敢用话驳抗这位没有实权的上司。但是，黎纪纲从沈养斋的话里，更感到处境的困难，沈养斋和徐鹏飞一个鼻孔出气，很可能就是沈养斋利用职权，把他和郑克昌的活动探听出来，故意在严区长出巡的时候，让徐鹏飞来硬插一手。

“唉，你还不知道，”沈养斋劝解的语气，带着明显的压力：“过去严区长给你布置工作，是在侦防处成立以前，特区当然可以自由行动。现在情况变了，侦防处成立了，徐处长兼任侦防处长，有权统一指挥全市军、警、宪、特活动。严区长和我是兼任侦防处副处长，你想想，就是严区长回来，他也得一一向徐处长汇报。既然严区长不在，你就先报告一下，我也在这里，以后严区长如果追问，一切有我负责。”

徐鹏飞仿佛根本没有注意他们的对话，靠在沙发上抽烟，脸上带着笑。

黎纪纲一看见徐鹏飞阴险的冷笑，更不寒而栗。别无他法，只好嗫嚅地向徐鹏飞报告情况。

他说：最初，他的任务是长期在重庆大学秘密监视学生的进步活动。他注意到华为形迹可疑，严醉就命令他设法搬进华为住的宿舍。后来，偶然发现了陈松林和华为的关系。特别顾问要严醉充分利用他被打伤的事件，演出一场“苦肉计”，取得地下党的信任。严区长又把截获的《挺进报》交给他，经常带着，故意让对方发现。

“严醉真是老奸巨猾。”徐鹏飞暗自想着：这样快就巴结上了美国联邦调查局刚派来加强中美合作所的特别顾问。果然不出所料，眼前这一套全是美国顾问处的设计。可是不管严醉有天大本事，还是跳不出如来佛的掌心！

在旁边倾听的魏吉伯，看见徐鹏飞扫了他一眼，慌忙给黎纪纲换了一杯热茶。老实说，黎纪纲挨黑打，并不是偶然的事情，那一天自然是碰巧，可是公、秘单位两个系统间的磨擦、冲突，难道还是第一次？当时，魏吉伯虽然也监视、注意和密报过黎纪纲的活动，并且有心找他闹事，然而竟未发现对方在钩心斗角的同时，还做了不少的幕后工作。

“后来，”黎纪纲继续说，“顾问处认为我一个人不便工作，又派郑克昌来当助手。特别顾问指示我们的工作原则是，只准分析对方，引诱对方，察言观色，投其所好，严禁好奇打听。特别顾问说，现在的共产主义运动和过去完全不同，随便乱说乱问，不但打听不出情报，反而会暴露自己……”

“往下说！”徐鹏飞大声命令。

“区长叫郑克昌卖大衣、铺盖，果然取得了共产党的信任，这才住进了沙坪书店。后来，便发现了一个人……”

“谁？”徐鹏飞突然盯着追问。

“一个常来书店的人，叫做甫志高，是书店的兼任经理。他每来一次，陈松林就拿出《挺进报》给郑克昌看……郑克昌故意说，通过邮局可以寄出《挺进报》，这也是美国顾问出的主意，处长早已知道了的……”

“甫志高住在哪里？”

“顾问处不准郑克昌去打听，区长另外派了两名行动员跟踪，找到了住址，甫志高是大川银行的会计主任。”

“还有些什么人，和陈松林往来？”

“没有。”

“谁是这家书店的开业保证人？”

“我们没有查过。”

“这好办。叫社会局查一查书店的登记执照，就知道了。”徐鹏飞继续问道：“你在重大原来的任务，没有改变吧？”

“没有。和书店的工作同时进行。不过，我的工作对象华为，最近突然离开了学校，下落不明。”

“唔，就谈到这里。”徐鹏飞冷淡地把话题一转，“你们只不过接近了他们地下党的外围，至多不过是个别散发《挺进报》的人员。我从邮检得到的，才是真正的重要线索……不过，根据你报告的情况，倒可以这样考虑：先扫清外围，再突破中心。”说到这里，徐鹏飞回头对着沈养斋征询意见地说：“养斋，我看就先易后难，从沙坪书店动手。”

“处长！”黎纪纲慌忙补充道：“区长的意思，要放长线钓大鱼，设法打进共产党的组织里去。现在工作进行得十分顺利……”他还没有说完，就看出徐鹏飞的脸色阴沉下来，只好改口：“严区长明后天就要回来，是不是等区长回来再说？”

“哼！”徐鹏飞喝住黎纪纲，“等严区长回来？不等他又怎么样！我早就要下令破綦江的案子，沈副区长劝我通知你们一下，免得你们工作被动。本来嘛，公、秘单位是一家，我不像严区长那样气量窄小。老实说，不看在沈副区长面上，我案子都破了，那时候，倒要看看你们的大鱼怎样钓法？”

“徐处长说的是好意。”沈养斋说，“纪纲，放长线钓大鱼办法虽好，但来不及了，南京方面催得很紧，你也不是不知道。”

徐鹏飞严厉地说：“那个华为突然离校，这就证明你们的工作肯定出了毛病，还钓什么大鱼？现在不动手，以后恐怕连虾子也钓不上，那时追究起责任来，倒是有戏看！”

“处长，”黎纪纲只得低声请求道：“郑克昌是个没有暴露的秘密行动员，动手的时候，是不是可以把他保存下来？”

“唔，”徐鹏飞想了一想，用完全谅解对方的口吻，忽然委婉地说：“干脆连郑克昌也同时‘逮捕’，叫他到牢里继续麻痹甫志高和陈松林，再演一场‘苦肉计’。”

黎纪纲苦着脸，像一段木头似的呆坐着。

“你现在还是少校？严区长给了你们多少奖金？嗯？这样吧，”徐鹏飞没有等待回答，便豪爽地宣布：“我用侦防处名义，先发给你和郑克昌奖金五千万元，破案以后，另行上报给奖。”

徐鹏飞一挥手，魏吉伯赶快上前，俯首听命。

“你陪纪纲到总务科领奖。晚饭多弄点酒菜。”

黎纪纲正要离开办公室，徐鹏飞又颇有深意地补上一句：

“纪纲，你回去时，把郑克昌叫出来，布置一下。我们立刻行动，今晚上全部破案。”

徐鹏飞对这次斗法的收获十分满意。他虽然没有掌握到什么綦江的线索，可是现在却赚到了沙坪书店这个宝贝线索了。

“鹏飞兄，你的判断真令人钦佩。严醉这一套果然全是美国顾问的布置。”沈养斋抖抖烟灰，又微笑着把象牙烟嘴咬进嘴里：“你今天的手段……就是叫诡计多端的特别顾问先生知道了，他也一定佩服得五体投地。哈哈……”

“哈哈哈……”徐鹏飞也大笑起来，心里不禁浮现出一句被他奉为经典的格言：

——量小非君子，无毒不丈夫！

第七章

霏霏春雨，下个不停。才八点多钟，书店里的顾客已渐渐散尽。掩上店门以后，陈松林到书架旁边，清理着被顾客翻乱了的图书。

过了一会儿，店门轻轻地开了。一个穿着半湿的蓝布长袍的中年人，夹着个棕色的皮包，走了进来。开门的响声和淅淅沥沥的檐水声混杂着，没有惊动陈松林。

中年人身材高大，前额开朗宽阔，从容地拂去蒙在额上的雨珠，打量了一下书店的陈设，刚强有力的嘴角微微动了动。“小陈，你好！”他伸出被雨水淋湿的手，抓住小陈的肩头。

“啊，老许！”猛回头，陈松林惊喜地叫了一声，像见到了多日不见而又时刻想念的亲人一样，紧抓着许云峰水湿的手。离开工厂以后，他还是初次见到老许。

老许关上了店门。转过身来，和蔼的目光，直望着陈松林：

“怎么样，做店员习惯了吧！”

“习惯啦。”陈松林爽快地回答。近来他的情绪很好，工作十分努力。现在看见老许，更觉得分外高兴。他愉快地望着老许明亮的目光，问道："老许，厂里情况怎么样？"

"我早知道你要问这个问题。"老许不急于多说，微笑着告诉陈松林："今晚上雨大，我不回去了。好久没见面，谈个痛快吧！"然后，他的目光慢慢从小陈身上移开，转向店里的陈设，像要留下一点特殊的印象。"我来看看书店，还有个目的——想使用这处联络站了。"

陈松林一听，圆圆的脸上，立刻出现了最满意的笑容。这备用的联络站，终于要使用了，他当然高兴。从此以后，他又可以经常和老许见面了。此外，他还猜想得到，使用新的联络站，就是说，工作又有了新的发展。

老许的目光，慢慢移向一排崭新的漂亮书架，那上面尚未摆上图书。他目光一闪，似乎有点感到意外。

"你们的书店要扩大？"

"当然啦！"陈松林点点头，愉快地介绍着："这些新家具，都是定做的，还没有到齐。隔壁的门面，也顶下来了。"

"唔——"许云峰含意不明地应了一声。

"扩大书店的事，你没听说过？"陈松林颇感诧异地问道。

许云峰没有回答。他的目光继续梭巡着，走到书架边，看了看那一排排书籍上的书名。

陈松林站在一旁，关切地说道："老许，你浑身都湿啦，到楼上换换衣服吧。"

"你的宿舍在楼上？"

陈松林点头。

“先别忙着清理图书，我们上去谈谈。”

楼口的电灯亮了。他们刚上完楼梯，老许忽然又问道：“那里堆的什么？”

“纸。”陈松林说：“准备办刊物用的。”

“办刊物？”

“是呀，文艺刊物。”陈松林认真地回答道，突然反问道：“这些事情，你不是都知道了吗？”

“谁说的？”

“老甫说上级很支持呀！”陈松林正要说下去，可是他发现老许并未细听，径自跨进了他的寝室。

陈松林忙去搬凳子，老许已经坐到床边去了。他发现老许不像刚来时那么愉快，正在观察这间小小的楼房。陈松林拿过水瓶，给老许倒了一杯开水，回头又打开箱子，取出一件干净的衣服来，想让老许换上。

“慢一点。”老许摆手挡着小陈递过来的衣服，问道：“你这里住几个人？怎么有两套盥洗用具？”

“我们新来了个店员。”陈松林连忙说：“他表哥刚才来找他出去了。”

“增加了店员？”老许的声音，充满了怀疑与不满，停顿了几秒钟，又略微缓和下来，问道：“这店员是谁？”

“郑克昌，一个失业青年。”

“失业青年？”老许反问一句，又住口了。这书店，是用来做联络站的，根本不能让外人接近。甫志高不是说书店的一切完全是照规定的方案办的吗？为什么到这里一看，什么都不合规定呢？为什么要扩大书店？为什么书店里摆着许多惹人注目的进步书籍？为什么要办什么刊物？为什么要招收新的店员？这些事，全是不应该搞的，而甫志高一点也没有汇报过。要不是亲自来检查一下，这联络站一使用，定会发生问题。许云峰心里，不仅对甫志高的所作所为非常不满，而且敏锐地感到一种危险，多年的经验使他不能不对一切不正常的现象，引起应有的警觉。

“小陈，这店员是谁介绍的？你把情况仔细谈谈。”

陈松林一看老许严肃深思的面容，心里也有些不安了。他已渐渐发觉，甫志高指示他干的一切，老许似乎全不知道。因此，他把自己知道的事，从头到尾，全都告诉了老许。老许默默地听着，一点也没有打断他的讲述。

“郑克昌……邮局……读书会……”许云峰听完后，沉思了片刻，接着问道：“他说的读书会由谁负责？”

“听说，原来是个姓丘的，这人后来离开了。”

“现在是谁负责？”

“李克明，还有个张永……”

陈松林说的这些名字，许云峰都不知道。他思索了一下，决定尽快去查明邮局读书会有没有这些人，并且查一查究竟有没有这个自称为郑克昌的人。因为他觉得，住进一个来历不明的人，比买家具、扩大书店等还要危险和严重。

陈松林看见许云峰认真思索的神情，连忙又把郑克昌的日常表现，和自己对他的印象告诉许云峰。

许云峰静静地听着，没有插话。

陈松林讲完了，默默地望着许云峰深思的脸。老许的神色十分严峻，额头上一条条的皱纹，在眉心里凝聚拢来。

“这个人还爱写诗？把他的诗给我看看。”

陈松林从郑克昌的枕头下，拿出个小本子，许云峰接过来，一页页地认真看下去。他翻着念着，忽然看到一首很俏皮的诗。这首诗，仿佛在哪里见过似的。他略略回忆了一下，问陈松林：

“这首诗，是他写的吗？”

“我记得清楚，”陈松林毫不怀疑地说：“那天晚上，他趴在床板上，写一句，站起来，哼一哼。写完了，抱着我的肩膀说，这是他写得最满意的一首政治讽刺诗。”

“发表过吗？”

“没有。”陈松林解释着：“他说他写的诗，都是习作，从来没有投过稿。老甫还说，以后办文艺刊物时，可以选用一些。”

许云峰眉头一扬，满有把握地说：

“这首诗是抄袭的！《新华日报》副刊早就发表过。”

“抄来的？”陈松林猛然吃了一惊。“郑克昌怎么这样无聊！”

“不仅是这一首，这些诗里，好些诗句，都像在哪里见过……可是他，为什么要东拼西凑抄袭别人的作品呢？他又没有拿去投稿，也不像是为了发表。”讲到这里，许云峰注视着陈松林，慢慢地说：“你想过这样的问题吗？他为什么用这种手段？这是一种骗取我们信任的手段！”

老许这一问，像一道亮光，划过陈松林的脑子，使他陷入了深思。

“书店是党的秘密机关，”许云峰冷冷地说：“郑克昌住进书店，一定有不可告人的目的。”

“啊？”小陈惊叫了一声，不由自主地说道：“这家伙莫非是特务？”

“完全可能……”老许确信书店已经暴露，尽快撤退是完全有必要的了。

“糟糕，我怎么没看出来？”陈松林打断了老许的话，心情沉重地坐到床边上。忽然，他又站了起来，面对着老许说：“可是老甫，他是个老同志了呀！为什么他老是要我‘放手工作，大胆联系群众！’他，他为什么……”

“你是没有经验，至于甫志高……”老许没有说下去，却转口问道：“如果郑克昌他们是特务，你怎样对付？”

“我和他们拼了！”陈松林咬牙切齿地说：“别人怕特务，我可不怕。”

“我们需要的是冷静，不是害怕，也不是硬拼。”老许缓缓问道：“你仔细想想，郑克昌最近的行动，有反常的地方吗？和敌人作斗争，我们要知己知彼。”

陈松林脑子一转，一个十分可疑的情节立刻兜上心头：“那个黎纪纲，从来没有到过书店，可是刚才冒着雨跑来，把郑克昌叫了出去……”他的声音，渐渐变得警惕起来：“几分钟以后，郑克昌又折回来怪不自然地告诉我说，叫我晚上不要出去，黎纪纲要在十点钟左右来找我商量一件事……临走时他还笑了笑，当时我觉得，他笑得很难看，像装出来的。”

老许皱皱眉头，没有说话。

“老许，这里面一定有鬼！今晚上莫非要出事情？”

“过去黎纪纲从未来过？”

“没有！”小陈斩钉截铁地说。

“今晚上十点钟左右要来找你？”

“嗯。”

许云峰沉思了，他觉得小陈刚谈到的情节是非常可疑的，危险就在眼前。甫志高竟然让这些危险分子，长期地接近了党的秘密机关，真是不可原谅的错误。这伪装为书店的联络站，不但不能使用，而且必须立刻放弃了，事不宜迟。他也认为黎纪纲刚才的出场，确实是一种最危险的警号。因此，他告诉小陈必须在十点钟以前离开，先到磁器口钢铁厂住几天。他又说：“谨慎不是胆小！在郑克昌、黎纪纲回书店以前，坚决摆脱他们，离开这危险的环境。”

“书店呢？”

“没有用了。”老许说：“即使不出危险，这样的书店也不能做联络站。”

“老许！”陈松林一想到时间不早了，不禁担心起来，深怕老许碰上危险，慌忙把皮包递给他。“你先走！”

许云峰接过皮包，却没有急于离开的意思。他镇定的神情，感染着陈松林。于是，小陈请求地说：“我安排一下再走，可以吗？”他说明自己的意图以后，抬起头，等待着老许的支持。

许云峰点点头，这才把皮包夹在腋下，缓缓下楼。他一边走一边叮咛着：

“小陈，你也快点走，不要耽搁久了。”

一盏电灯悬在房间正中，照着两个喁喁谈话的人。窗外，淅淅沥沥的雨声，吞噬了他们谈话的声音。

“……我补充的情况就是这些。”甫志高眼望着沉默不语的、但是全神倾听的许云峰说。

“还有什么材料？”过了一阵，许云峰又问：“你对这件事，有什么意见？”

许云峰似乎不急于作出任何结论，而是期待着他提供更多的材料。

“没有了。”甫志高松了口气，看看表，解释着说：“区委通知我有个会议。也许同志们都到齐了。”

“不必去了。”

“为什么？”

“我刚才通知会议改期了。”

语气十分坚决，完全出乎甫志高的意料。许云峰的决定来得这么突然，使他吃惊，但他并不相信事情会那么严重；甫志高内心里以为许云峰的看法，仅仅是长期做地下工作的人很难避免的神经过敏而已。不过，他觉得，这时也没有和上级当面争论的必要，只好趁势说：

“那么——让我立刻到书店去检查一下？”

“不要再去。陈松林已经离开了书店。”

甫志高不能不大吃一惊。他搓了搓手，焦躁地重新坐下，轻声地但是难以抑制地抗辩道：

“书店工作的缺点可以检查，不过就凭这些材料……”

“这算什么样的缺点？”许云峰不仅觉得甫志高提出的问题不正确，而且提问题的情绪也不对。他仍然冷静地问：“你近来检查过自己的工作吗？”

许云峰期待着对方的回答。甫志高犹豫了，惶惑地回避着他的目光。老许又说道：“书店是备用的联络站，有关的原则早就明白规定了的。可是现在竟完全违背了这个规定。书店是机要地点，你却让一个来历不明的人混了进去；规定书店保持‘灰色’，宜小不宜大，你却偏要扩大，偏要卖进步书籍，还异想天开办什么文艺刊物；重庆大学不是你的工作范围，却硬要叫小陈插进去活动……难道你不知道，这是违反秘密工作原则的错误？这样的联络站还不应当立刻封闭？”

许云峰注视着对方低下去的头，继续问道：“是什么东西使你看不见这些？是什么东西使你不按照党的要求办事，硬要按照你自己的意图，背着党活动？最近以来，你屡次表示，希望担负更多的工作，看起来这是积极的表现，但你的出发点又是为了什么？”

甫志高虽然承认违反了工作原则，可是，他自信也做了几年地下工作，黎纪纲和郑克昌，未必就像许云峰说的那样坏，难道抄袭几首诗，和特务活动会有什么联系？许云峰像看出了他的心事，又平静耐心地问他：“你仔细考查过郑克昌的历史吗？”

“暂时还没有。我最近就去调查。不过，陈松林是了解他的。而且由他通过邮局寄发的《挺进报》，也都寄到了。”

“陈松林在你的错误领导下工作，你能把责任推给他？”老许没有停顿，又说下去：“为什么一定要找郑克昌寄《挺进报》？是考查他还是利用他？唔？为什么不直接通过组织，查明他是否是从邮局里出来的？而且《挺进报》不准邮寄，你为什么明知故犯？”

甫志高无言地低下头。许云峰接着说：“邮局原来的确有个读书会，但是太红，被特务注意以后，早已停止活动。而且读书会的成员，从来不寄《挺进报》。那么，郑克昌又是找谁去寄《挺进报》的呢？”

甫志高默默坐着，一言不发。

“他完全可能是特务！”许云峰肯定地说：“你被敌人的伪装完全蒙蔽了，一时难以醒悟。要知道，我们面前的敌人是武装到牙齿的美蒋反动派，任何麻痹轻敌思想，只会给党带来不可弥补的损失。我认为，和沙坪书店有关的人员，全部需要转移。”

甫志高嗫嚅着，然而并不信服：“我算犯了一次意想不到的错误！”

“现在先不谈你的错误。”许云峰的声音变得更坚决了。“你认为哪些人应该马上转移？”

"是不是一定要转移？"言辞中，似乎暗示着：他对这样的决定，不负任何责任。

"马上转移一切有关的人。"

"既然如此，那么首先是陈松林。"甫志高想了一下，补充道："书店开业登记，我用了刘思扬的名义做保证人，因为他有很好的社会关系。"

"为什么用他的名义？不是告诉过你，通过其他社会关系找保证人吗？余新江到书店去过吗？"

"没有。"

"其他的人呢？区委有没有人到过书店？"

"没有。"甫志高说："不过黎纪纲还在重庆大学。"

"黎纪纲的情况，党会通知重庆大学的。"许云峰又问："你再想一下，有关的人，都要尽快通知他们，迅速转移。刘思扬也被牵连进去，这是完全不应该的。"

"今晚上，我回去再想想，还有没有要转移的人。"

"你还要回家？"许云峰突然问道："难道你认为自己没有暴露？"

甫志高惊奇地睁大眼睛："我也暴露了？"

"敌人一定早就注意你了，你必须首先撤退。为了谨慎起见，我认为此刻我们见面的这个地方，也不能再用了。"

"如果我需要撤退，"甫志高异常不满地说："我倒情愿到农村去……"

"你撤退到什么地方，回头再决定。可是今晚上，你不能再回家去！”

甫志高无可奈何地点了点头。

许云峰虽然看出了他的各种不满与抗拒，而且料想得到他心里有更复杂的东西。可是此刻不是批判思想，而是抢救组织的危急时刻，因此，提醒甫志高说：“现在是十点已过，十二点开始宵禁，不能再多谈了。”许云峰和刘思扬不认识，因此，要甫志高立刻找个可靠的地方打电话，约刘思扬出来。今晚上要他和刘思扬到朋友家去住。许云峰思索了一下，接着说：“今天是星期六，明天上午十点钟，你到心心咖啡店去，准时十点钟，在雅座里面碰面。还有些问题，明天再进一步研究。”

“我一定准时来。”甫志高勉强地握着许云峰的手说：“老许同志，我感谢你对我的帮助，我愿意好好检查自己思想上的错误，希望党和同志们相信我……”

“党会信任真正改正错误的同志。”许云峰诚挚地，但一针见血地指出：“真正的无产阶级先锋战士，应该敢于和自己的非无产阶级思想作斗争，而不是逃避这种斗争。灰尘不扫会愈积愈厚，敷敷衍衍，终会为历史所抛弃，这种教训是很多的。我希望你有更多的自觉性。”许云峰看看表，提醒道：“已经十点一刻了，你马上打电话找刘思扬，一定要找到他本人！”

“老许，我走了。”

“这是你的雨伞，”许云峰把心情恍惚的甫志高忘掉的伞递给他，又撑开自己的伞。“一路上，你要小心！”

“老许，你放心，对付敌人的警惕，我是有的。”

静静的街头上，春雨愈见大了，淅淅沥沥下个不停。老许站在街头，望着甫志高的背影，一直看着他按照约定的路线愈走愈远。老许机警地探视了周围的环境，断定没有敌人跟踪甫志高和自己，才踏着泥泞向另一个方向走去。可是他仍然放心不下，因为甫志高虽然在组织上服从了，但是思想不通，根本不相信当前有什么危险。

“小陈，小陈！”郑克昌在细雨纷飞中，轻轻地叩着店门，“我回来了。开门，陈松林！”

过了好久，里面还没有响动。郑克昌从铺板的缝隙往里瞧，书店中黑黝黝的。郑克昌轻轻推了一下门，门开了。店门是虚掩着的。郑克昌走进书店，开亮了电灯，然后不慌不忙地爬上楼去，嘴里说着：

“小陈，告诉你一个好消息，表哥帮我找到了职业，小学教员。学校就在小龙坎，离书店很近，十分钟就走得到。你看我是去做教员好呢，还是留在书店？……”

郑克昌爬到楼口，还在叽叽咕咕：“小陈，你门也不关，就睡啦……”片刻之间，楼上的电灯被开亮了，书店里楼上楼下灯火通明。可是，隔了不到半分钟，郑克昌突然神色仓皇地出现在楼口，脚上一绊，“哎哟”一声，便骨碌碌滚下楼梯，他跛着腿，爬着，挣扎着，朝书店外面喊：“你们快来呀！快来呀！”

路灯附近，几个穿雨衣的人，闻声扑了过来。为首的一个，提着枪，审视着书店里的陈设，故作镇定地问：

“怎么回事？”

“陈松林跑了！”

“什么？”

“晚上八点钟，我才和他分手的，现在……”

“现在十点半，才两个半钟头！”

“是呀，两个半钟头。”郑克昌绝望地喃喃着。“吉伯兄，你看怎么办？”

魏吉伯扫视着整齐的书架，书店里一切如常，没有可疑的痕迹。他也心慌意乱了。

“到楼上搜查！”魏吉伯命令着，又把郑克昌扶上楼去。

“你看，这是什么？”魏吉伯在床头发现了一张纸条。“他写的？”

郑克昌接过来一看，肯定地说：

“是他写的。”

一阵如释重负的喜悦，冲上了郑克昌灰白的脸，他惊喜交集地颤声说道：

“他，他没有走！你看，这是他，他留给我的。他说，小郑：经理叫我进城去一趟，商量装修书店门面的事。十二点钟以前赶回来。万一耽搁晚了，明天早上，一定回来吃早饭。……是他写的！他跑不了，他要回来的！”

郑克昌把纸条丢在桌上，熟悉地从桌屉里摸出一包花生米来。

“来吧，歇一会儿，等着他。”郑克昌笑嘻嘻地抓起一把花生米，丢在口里嚼着：“喂，吉伯兄，你也吃了场虚惊。来，咱们喝口酒吧——可惜只有二两。”

魏吉伯抽出洒满香水的手巾，擦拭着额角的冷汗，又脱下身上的雨衣。“我怕处长安排的这场好戏，还没有开锣就坍台了咧！”

魏吉伯端起酒碗，又马上放下。“还是大意不得。”他转身对手下的特务命令道：“你们马上出去，离书店远一点，严密监视，等候我的信号行动。”又回过头，对郑克昌说：“我们就留在这里，再搞点酒来喝他妈的几口。”

“把楼下的电灯关了，”郑克昌对着正在下楼的特务叮嘱：“把店门照样掩好！”

“这花生米好香,是磁器口炒的？”魏吉伯自得地傲然笑着：“他回来时，我们再做场戏，你举起双手，站在门边，浑身发抖。我……”他喝了两口酒，望着望着，目光忽然停滞了。他看见床底下有点什么东西。

“那是什么？”

魏吉伯翻开床毯，用脚一踢，床底下飞出了一些纸灰。

“他烧的什么？”

“是呀，哪里来的纸灰？”

“他一定把秘密文件烧了！”魏吉伯张皇失措地说。

郑克昌像从梦中惊醒，立刻冲向陈松林留下的箱子，用力扭开了锁，打开一看，里面的东西全没有了，只有一个洗脸盆，装着大半盆烧过的纸灰。

“糟糕！”郑克昌绝望地喊了一声。

“他妈的,我们上当啰！”魏吉伯连连顿脚,一下跌坐在床上，叫道：“缓兵之计！陈松林早就跑了！”

甫志高的心情，分外沉重，他蹙着眉头，茫然地在泥泞的马路上踽踽独行。断续的春雨已经停了。路边只有屋檐水还在滴落。甫志高满怀心事地移动着脚步，用雨伞罩住自己的头，恰像要遮掩难言的痛苦。他不时地回头看看有没有跟踪的人影，可是一路上静悄悄的，没有人在他背后盯梢。

骤然听到老许的判断时，的确使他心里大吃一惊，如果像老许说的那样，黎纪纲、郑克昌都是特务的话，那就危险极了，书店、小陈、甚至自己都完全暴露了，必须尽可能迅速地采取措施，撤退、转移，摆脱敌人的注意！然而，书店开业到现在已经不是一天两天，和黎纪纲、郑克昌的关系也不是一天两天，要有什么问题，为什么迄今并未出事？他们会是特务吗？甫志高满怀委屈地多方为自己的看法作辩解，越想越觉得自己有理由。

他记得，郑克昌是那样一个瘦弱单纯的青年，普普通通的，多少有点伤感情调的失业知识分子，他见过不止一次。凭自己多年的经验，难道连这样一个小伙子还看不准？

甫志高深深地嘘了口气，在路灯照亮的街头踌躇了。他觉得，自己对经常接触的人，哪会有什么不了解的地方？许云峰匆匆忙忙地到书店去了一次，连人都未见着，就凭抄袭几首诗这样的小事来一个小题大做，完全是从原则、概念出发，毫无根据地作了错误的判断。是的，这正是那种长期做地下工作的人最容易产生的神经过敏。刚才他在老许面前就这样揣测过，但没有说出。这种念头，此刻更强烈了，他相信自己对老许的观察不会有什么差错。

他缓步走近山城有名的“国泰”电影院时，刚好晚场电影散场，观众从耀眼的彩灯下，从呈现着裸体女人的巨幅广告下拥出电影院，寂静的街头一时热闹起来。拥挤在人流中，甫志高孤独的沉思被打断了。他看见有许多人拥进一家歌声嘹亮的，深夜营业的咖啡厅，不觉也走了进去。

他要了一杯咖啡，希望兴奋一下他那过于苦思的头脑。

坐在温暖的咖啡店里，从玻璃窗上望出去，甫志高渐渐发现，街头上还有许多耀眼的霓虹灯，红绿相间，展现出一种宁和平静的夜景。他的心情镇定了一些，渐渐地又对老许的判断发生了更大的怀疑：如果真像许云峰说的那样活灵活现，那么，敌人为什么到现在还不动手？老实说，如果真是敌人，恐怕早就出事了咧！

这咖啡店很大，内厅里传来阵阵音乐，丝绒帷幕后面便是附设的舞厅。甫志高打量了一下周围的人，多是双双对对的男女，围坐在一张张玻砖桌上笑着、吃着，谁也没有注意坐在角落里的他。甫志高放下杯子，觉得今晚咖啡的味道太淡，便叫了白兰地，外带一个冷盘，自斟自酌起来。同时，他想借此机会，好好思索一下。

和老许相处，时间虽然不很长，但他的感受却是不愉快的。老许是个十分严格的人，有着普通工人那种凡事过于认真的脾气，甚至有些固执己见，经常是批评这、指责那，好像对自己有成见似的。可是他喜欢的又是些什么人呢？从派来和自己联系过工作的交通员成岗、余新江来看，尽是些只晓得眼前的工作，而缺少抱负和远见的年轻人。也许，许云峰认为这些人比颇有工作经验的自己容易控制、指挥吧？甫志高有这样的看法，已不是一两天了，但他隐忍着，从未向谁谈过。他相信，不仅是许云峰，有已经离开的江雪琴，对自己的印象都未必很好。

自己对他们，在感情上也有距离。正是因为如此，所以他觉得，在这种领导下，不能盲目服从，在为党工作的时候，不能不为自己的抱负想一想，做点安排。这次把联络站办成书店，他是早有计算的：把书店办好，出版刊物，逐渐形成一个团结群众的阵地，到解放后，当然比仅仅搞经济工作所能得到的好处更多，也比单纯搞联络站工作的收获更大。天生我材必有用，要在革命斗争中露出头角，而不被时代的浪潮淹没，就应该在力所能及的条件下，尽可能地发展自己，这绝非过分的事。在办书店以前，他想抓点学运工作，后来又想下乡去。听说川北方面搞得不错，那是他的家乡，如果回去搞点武装，在全国胜利的形势下，一年两年苦过了，到胜利那天，安知自己混不到个游击队司令员？这些抓紧时间"积极工作"的想法，从他知道革命已经发展到走向胜利的转折点以来，愈来愈强烈，也愈来愈鼓舞着他从谨小慎微一变而为大胆活动。可是现在，好好一座书店，被许云峰突然抛弃，眼看就要出版的刊物也完了。甫志高不禁怀念起黎纪纲，他是个多么理想的主编啊！他曾想过：到刊物出版时，郑克昌发展成地下社员了，那时，自己掌握着这样一个得心应手的组织，工作起来该多么顺利。然而这一切，在今晚上，被许云峰粗暴地破坏无余了。老许这样做，是为了什么呢？真是有敌人吗？恐怕未必！甫志高渐渐明显地感到，许云峰对自己进行的活动，确有成见，一切未经他布置的工作，取得了成就，他能不心怀妒忌吗？妒忌，本来就是一种恶劣的人之常情。真的，这很可能是一种打击，说特务接近了联络站，只是一种莫须有的借口。许云峰的真实目的，正是要打击、破坏自己即将取得的工作成绩。甫志高很有自信地认为完全看透了许云峰的居心，他不能不感到愤慨了。一口喝完了杯里的残酒，脸上有些发热，又叫了一杯酒来。他要考虑一下，是否需要向上级申诉自己的意见。

再喝了两口，他又有点不安，甚至分外悒郁了。他觉得还是不要上诉的好，因为近几个月来，许云峰领导工运，取得了很大的成功，这时候对他提出意见，上级会相信吗？会支持自己吗？甫志高毫无把握。他确信，人们总是以成败论英雄的。

在党的面前，他从来是采取顺从的态度。有时免不了也抗辩几句，但从未让党真实地了解自己思想深处的活动。因此，贸然上诉，在这胜利前夕，使党留下某种不良印象，是否对自己有利呢？

他又喝了一大口酒，心里暗想道：还是对许云峰让步吧！可是让步的后果呢？他很难预料。也许是批评，甚至是处分，这使他很不愉快。最担心、最害怕的是把他调离银行。多少年来，好容易得到了一个幸福温暖的家，如果离开银行，用来掩护身份的生活和享受全都完了，至少短期内是难以恢复了。一想到这里，甫志高不能不怀念妻子了，也许，她此刻正斜靠在床边，等待着他的归来？

他推开了面前的酒杯，心情分外烦乱。忽然记起，老许要他打电话给刘思扬。咖啡店里的公用电话摆在柜台上，正好空着。只要走过去，拨通电话，随便找个借口，就可以把刘思扬从豪华的公馆里叫出来。刘思扬是他大学里的同学，班次低些，因为是世家，所以甫志高乐于和他结识……他默默地望着公用电话，心里盘算着，如果打通电话，刘思扬一来，今晚上就别想回家了，别想见到自己的妻子了。尤其是，如果明天，许云峰突然作出决定，把他调离重庆——这是很有可能的事——那就连和她道别的机会都没有了。不向她打个招呼，不把她今后的生活做好安排就离开她，他不能这样狠心！

出了咖啡店，夜风一吹，甫志高的头脑清醒了些。不远处亮着一盏红纸的小灯笼，那是有名的地方风味"老四川"牛肉摊。那种麻辣牛肉，妻子最爱吃。在这临别的晚上，应该给她带点回去。甫志高买了一大包牛肉，转身向回家的方向走去。这时，他把许云峰反复讲过的话，全都抛到脑后。明天老许要是问起，就说没有回家，老刘的电话打了几次都没有打通，也就过去了。

经过几条街，前面已是幽静的银行宿舍。他赶忙放慢脚步，四边望望，确定没有什么危险，才松了口气，快步走向熟悉的家门。他望见，楼上的灯光还亮着——一切都是好好的嘛，她也没有睡觉，正在等候他的归来。

甫志高把大包牛肉夹在腋下，放下雨伞，不慌不忙地伸手去按叫门的电铃。就在这时候，几个黑影突然出现在身后。甫志高猛醒过来，但是，一支冰冷的枪管，立刻抵住了他的背脊：

"不准动！"

甫志高背心冰凉，害怕得连心跳也停顿了。他还想喊叫，还想使噩耗让未眠的妻子知道，可是一块蒙帕，突然捂住他刚刚张开的嘴巴，冰冷的手铐，"锵"的一声铐住了他的双手。

雨伞和一大包牛肉，跌落到阶沿下面的泥泞里去了。接着，又一个可怕的声浪冲进了他的耳膜：

“把他的老婆也带走！”

甫志高颤抖着，被特务拖曳着，茫然不知所措地从嘴角吐出了几个绝望的字：“她……不……是……”

“什么？”

拿蒙帕的人松了松手，甫志高不敢再叫了，只乞求地低声申辩道：“她……不是……共产党……”

可是，散发着霉臭味的蒙帕突然捂得更紧。几条暗影一闪，径直向闪着亮光的门口奔去，按响了叫门的电铃。

甫志高眼前一黑，像整个世界就要毁灭似的，感到一阵天旋地转……

远处，沉重的钟声，在风雨暗夜中，迟缓地敲响了十二下，正是最黑暗的山城的午夜时分。

第八章

乱哄哄的茶园里，坐满了人。穿西服的、穿军服的、穿长袍马褂的顾客，不断地进进出出。这家设备舒适的高级茶园，向来是座无虚席的。每当星期天，更是拥挤不堪。到这里喝茶的，不仅有嗜爱品茗的名流、社会闻人和衣着华丽的男女，还有那些习惯在茶馆里了解行情、进行交易的掮客与富商、政界人物与银行家。喜欢在浑浊的人潮中消磨时光的人，也在这里约会、聚谈、互相传播琐事轶闻，纵谈天下大事。那些高谈阔论，嬉笑怒骂的声音，加上茶碗茶碟叮叮当当的响声，应接不暇的茶房的喊声，叫卖香烟、瓜子、画报、杂志的嘈杂声，有时还混进一些吆喝乞丐的骂声，融合成一片人声鼎沸、五光十色的闹市气氛，和那墙头上冷落地贴着叫人缄默的“休谈国事”的招贴，形成一种奇怪的对比和讽刺。

此刻，在纷杂的茶座之间，有两位顾客，正靠着一张精巧的茶桌，对面坐着。一个是戴墨框眼镜、穿咖啡色西服的李敬原，另一个穿蓝长袍的是许云峰。他们混迹在人海般的茶园里，一点儿也不引人注目。这种环境，正是地下工作者常常用来碰头和商谈某些工作的好地方。

昨天晚上和甫志高分手以后，许云峰到沙磁区委书记家里过了一夜，和他交换了意见，部署了有关人员的转移计划。今天一早，沙磁区委书记便赶往沙坪坝去了。九点整，许云峰来到新生市场内的这座茶馆，准时会到了几天前约定在这里碰面的川东特委的李敬原，马上向他汇报了昨晚上到沙坪书店时发现的危险，以及和甫志高谈话等情况。李敬原听了也感到意外，并且认为情况的确严重。

桌上摆的五香瓜子，已经嗑了不少。老许的手指轻敲着茶碗，外貌颇为悠闲地喊茶房来冲开水。

茶房来了。李敬原慢慢放下手上的《商务日报》，曼声说道："我看，金钞还要看涨，这个时期，头寸硬是紧得很咧！"他的声调和旁座面红耳赤地争论行情的喧哗夹杂在一起，显得十分和谐。等茶房冲过开水以后，他才习惯地摸了一下眼镜，耳语地告诉老许："今早上到区里去，发觉他们在转移！原来是你连夜关照的，这很及时。"

许云峰点点头，也低声问道："区里发现了新的情况吗？"

"陈松林大概脱离危险了。"李敬原沉着地说："区上发现，深夜里沙坪书店附近出现过形迹可疑的人……"

李敬原说这话时毫无表情，然而目光却犀利地在镜框里闪动。"照你刚才谈的情况看来，敌人昨晚上果然动手了，这一次真是危险！"

“刘思扬没有出事吧？”

“不知道。”李敬原说：“回头我设法和他联系一下。”

一个书贩摇晃着手上的画报，穿过人丛。李敬原摸出打火机，从容地点燃纸烟。

“嘿，来一本新到的Life？看《明星画报》！昨天才出版的上海《密勒氏评论报》……”

听到李敬原谈的情况，许云峰对目前的形势感到更加严重了。对敌情的正确判断和及时防止了破坏，并不能使他高兴，相反地，他感到内疚。把备用联络站交给甫志高管，这是一种不应有的疏忽。过去虽然发现甫志高的许多毛病，但今天看来，对他的问题还是认识不足，这种人，即使一时有再好的表现，也是不能相信的。许云峰瞧了一下李敬原，他正吐着浓烟，仍然是那样的从容镇定，使许云峰明显地感到：不管风浪再大，他永远也不会张皇失措的。

茶馆里人来人往，经常打断他们的谈话。他们并不觉得厌烦，反而感到安全。嗑着瓜子，等书贩过去以后，李敬原再次说话了。

“昨天市委开会研究当前工作，老石同志传达了中央最近的指示……今天我本来想向你传达的。”

许云峰明白，李敬原谈到的老石同志，是指前些时候去向南方局请示工作的，地下党川东特委书记。敌人处决纵火特务以后，最近兵工厂又在酝酿新的斗争，因此，许云峰没有出席这次市委会，也没有见到刚回重庆的老石同志。有关的重要指示，老李此刻是无法传达了，因为他们必须首先研究如何对付突然发生的敌情。

“有个情况值得严重注意。”李敬原丢开烟头，声音更轻了：

“市委认为敌人成立侦防处以来，采取了许多对我不利的行动……在会上老韦同志报告了一个从内线获得的重要情报：中美合作所的美国特务顾问处不久前改组机构，新派来一名准将级的国际间谍……从某些迹象来看，这位‘客人’已经接近了地下党的组织……”

“胃口不小嘛！”许云峰嗑着瓜子，冷静地笑了笑，闲看着走过身边的叫卖瓜子花生的小贩的背影，缓缓说道：“这倒是一场国际斗争咧。”

“正是如此！”李敬原肯定地点头。“把书店的事件，和新来的‘客人’的活动联系起来一看，更证明这是对方有计划的行动！”

虽然话说得很轻很轻，可是，两个人都在眼色里道出了它的严重性。

许云峰的大脑飞快地思索着，他立刻联想到昨晚上小陈谈的重要线索：黎纪纲这个危险人物，突然冒雨在书店出现，并且叫走了郑克昌，这就是敌人动手的征兆！老李说的深夜里在沙坪书店附近发现可疑的人，便是斗争的明朗化！一个危险的感觉立刻在脑子里闪过：说不定美蒋特务已经赶到前面去了！许云峰的思路一转，担心地说：“要是甫出了事，就讨厌了。”

“这个人还有一件很不好的事。他居然假借你的名义到处借钱，说是你要他办刊物……成岗拒绝了他，他甚至大吵大闹，诬蔑成岗不执行决定！”

“啊！”许云峰简直没想到，甫志高竟会到和他早已断绝组织联系的、自己过去的交通员成岗那里骗钱。他的眉头猛然皱成一条线，“这，证实了我的看法！这人很危险。”

老许端起茶碗，又放下了。昨晚上他和沙磁区委书记一凑情况，知道了更多的事情。区里几次想调动甫志高的工作，他都借口熟悉经济工作，不愿放弃银行里的职位。最近几个月，他忽然积极起来，不但乐意兼任书店经理，而且要求过问学运工作。他想扩大书店，提高自己的地位，并且借此插足到文化界去占据一块地盘，解放以后向党讨价还价。许云峰喝了一大口茶，回头问道："老李，你说他的个人主义，发展到了什么程度？还有点自己人的味道吗？"

"利令智昏。"李敬原吸着烟，神情十分严肃。"他想办刊物，当然有人送给他主编；他想扩大书店，又给他送店员！这种人，不仅今后不能容忍，现在就应该……"他的手坚决地往桌下一切，做了个示意的动作。

"对。"老许点点头。"立刻割断组织关系！车票已给他买了，事情交代完，要他今天就离开重庆。"

"你昨晚上没有严厉批评他是正确的。"李敬原以他素来有的毫不容情的态度说道："这种人当面一套，背后一套，批评毫无用处，大敌当前，只能断然处置。"

老许放开了思路，答道："这是一次教训，当然，也是一种不可避免的社会现象。十年、二十年以后，这种人还不一定能绝迹！"说到这里，老许的眉头一皱，不安地说："书店事件，联系到'客人'们的活动，我们考虑一下，还有什么漏洞？万一老甫昨晚上回家去？"

"对这个人来说，完全可能！"李敬原忽然问道："你和他约在什么地方见面？”

“心心咖啡店。”

李敬原深思了一下，不安地说：“离这儿太近了……”

“对，我们马上换个地方再说！”老许略想了一下，虽然他和甫志高约定在附近的咖啡馆里碰面，但是前些时候，他曾和甫志高在新生市场门口约会过一次，万一有什么意外，甫志高是有可能东钻西钻找到这个地方来的。老许看了看李敬原赞同的目光，立刻喊道：“茶房，收茶钱！”

李敬原觉得老许根据新的情况，机警地作出这个谨慎的决定，是完全必要的。老许可以等甫志高到约定的地点以后，确定没有危险才进心心咖啡店去。茶房走过来了，老许取出钱包，正在付钱。李敬原摸出打火机来，可是烟盒已经空了。他告诉老许说：“我先去买包烟，在茶园门口等你。”

许云峰付过茶资，看看表，还不到十点钟。他随手捡起茶桌上的报纸，正要起身。可是这时，李敬原突然回到桌边，低声喊道：“老许！”

许云峰抬头，正遇到李敬原不安的眼色。

“外边有便衣特务！”

许云峰扭头向外察看，只见茶园门口，人丛里夹杂着几个形迹可疑的人。再往门外一望，一眼看出：便衣特务封锁了市场的所有通路。许云峰猛然见到甫志高守在门外，领着两个陌生人正要挤进茶园。他知道情况不好，便两手按住桌沿，低声地神色不变地说：“老李，马上通知转移，甫志高叛变了！”

李敬原侧目斜视，也清楚地看见敌特的搜索圈正向市场内紧缩过来。形势十分紧迫、危险。凭着他多年在白色恐怖中出生入死的经验，他断定，如果处置得当，即使面对再阴险的敌手，也不是完全没有化险为夷的可能。许云峰无比坚强、果敢、镇定的神情，更加强了他试图从万分紧张的瞬间寻找突然脱险机会的决心。李敬原毫不迟疑地说道："我们走！"

这时，特务已经阻住了进进出出的人，开始清查叛徒供出的许云峰。

"来不及了。"许云峰把茶碗推向一边，急速地交代着："甫志高不认识你，你赶快走。通知区委、成岗、刘思扬……还有小余，所有甫志高知道的人全都转移！"

靠近他们的旁门边，紧守着便衣特务。甫志高已挤进茶园，卑鄙的目光，在人丛中梭巡着，渐渐转向许云峰这边。

"请不要为我担心……"许云峰又补充一句："你走，从旁门出去！"

"我们一定设法和你取得联系！"李敬原退后一步，沉着地说。

许云峰丢开报纸，从拥挤不堪的人丛中站起来，仿佛一点也没有发现危险似的，缓步向甫志高走去。直到叛徒卑劣的目光对准了他时，许云峰才不慌不忙地高声招呼道：

"甫志高！你来了？这边坐吧！"

立刻，所有便衣特务的目光和注意力，完全集中在突然从人丛中出现的许云峰身上。

李敬原从容地离开茶桌，和进出的人群一道，从旁门的几个正全神注视着许云峰的特务身边走过，出了茶馆。他在门边，又回头望望许云峰的背影，虽然脸上毫无表情，可是亲眼看见多年战友的丧失，这种痛苦是任何人也无法忍受的啊！他的眼睛潮湿了，视线也模糊了，终于怀着沉重的心情，通过特务林立的警戒线，大步跨出了新生市场。

快十点钟了。星期天不上班，厂里静悄悄的。成岗还在紧张地印刷，剩下的纸，慢慢在减少，减少……他得赶快印完，李敬原会准时派人来拿的。

终于印完了最后一页。这一期消息很重要，收复延安的战报，是李敬原那天晚上兴奋地刻写的蜡纸。成岗记得，当他和李敬原一再读着这条消息的时候，两个人激动地谈论着胜利和即将出现的更大胜利，通夜不眠，直到天明，澎湃的心潮一直无法平静。

这时候，成岗才感到头有些发昏，腰、臂都麻木了，从镜子里看出自己的眼睛熬得通红。他已经一连熬过两个通夜了。

把印过的蜡纸堆在一起，擦燃火柴烧掉。接着，他把印好的纸，一份份清理拢来。这期《挺进报》有五页，一共是两千五百份，他还得赶快工作，才清理得完。他相信，收复延安的胜利，一定会给群众带来最大的鼓舞，给还在妄想扩大军火生产的敌人以最沉重的打击。

附近有人在讲话，也许是厂里的工人吧？成岗来不及多想，他得加快速度，赶紧工作。

隔壁，从寝室里传来了杂沓的脚步声。接着，就听到妈妈慌张的声音：

“成岗不在家，钥匙他带走了！”

妈妈的声音很大。她从来没有这样大声讲过话。大概是希望让儿子听到。成岗一惊，突然站起来。他明白这是出现了敌人！在这时候，要想保全印刷机关和印刷品，是不可能的，如果自己逃命，也许可能，但他不能这样，也根本不想这样。此刻他需要做的，是宁肯牺牲自己，也不能让来找自己的同志和党的组织受到任何损失！他立刻拉开夜里用来遮灯光的窗帘，然后轻轻推开了窗户，把一把经常放在储藏室里备用的扫帚，小心地挂到窗口外面的那颗钉子上去——有了这个暗号，来找他的同志，远远地就可以发现危险的警号，不会再进厂里来。

隔壁，有人正在用力打门。

挂好扫帚以后，他放心了一些，危险再不能威胁党和同志们了。他回头看看，决定在敌人破门以前离开。可是，不能把党的文件留给敌人，他转回身来，又把《挺进报》全部捆成一捆，挟着报纸，纵身跳上窗台，想从楼口跳下去，只要跳下去了，两分钟以后，就可以躲进工人宿舍，敌人再也找不到他了。

“站住！”

“不许动！”

喝叫声从四面传来。晚了，工厂已经被包围，楼底下布满了特务。成岗只好退下窗台。这时，小门已被猛力击破。成岗转过身来，几支手枪对准他的胸膛。

“哈哈，你是成岗，许云峰的交通员‘同志’？”

成岗咬着牙，没有讲话。

一个特务冲过来，死力夺下成岗挟着的《挺进报》。

“这是什么？啊，《挺进报》！”特务根据叛徒甫志高讲的材料，只知道成岗是许云峰过去的交通员，却没有想到，在这里竟侥幸地找到了《挺进报》。

“啊，《挺进报》找到了！”几个疯狂的匪徒，不约而同地叫嚣起来。

成岗的心紧缩着，十分难过。

“厂长先生，我们可找到《挺进报》的老巢了！”

又是几个特务跑进来，他们任意翻阅着《挺进报》，粗暴的手，把成岗用心血印出的纸张，抛得满地都是，胡乱践踏着。成岗望着这群突然出现的匪徒，心里一阵阵地绞痛。

两个特务搜查了成岗全身，然后把他带出门去。这时，守在门边的白发苍苍的妈妈，突然扑上来，抱住成岗，指着特务怒骂着：

“你们先杀死我吧，我儿子不能给你们糟蹋！”

特务拖成岗，成岗屹立不动。一个匪徒伸手去抓妈妈的衣领。

成岗吼叫了一声：“你敢！”特务的手缩回去了。

“妈妈，你放开手吧，不要担心我！”成岗感到口干，话说不清楚，他还是安慰着妈妈。

妈妈用劲抓着成岗，没有松手。她怎能眼看着自己的儿子让匪徒抓走？她泪如泉涌，伤心地哭出声来："是死是活，我们母子都在一起！"

几个特务茫然地望着成岗和他的妈妈。

"岗儿，你等着，我去拿点换洗衣服，一道走！"妈妈激动地说："这一去，不是一天两天……要受罪，妈和你一起受！"

成岗贪婪地望着母亲的身影，直到她转进房间。他在心里喊了一句："再见了，妈妈！"

成岗转过身来，看见特务还呆立着，就大声喝道：

"走！站着干什么？"

他迈开步子，走下楼去，一群特务连忙跟在他后面。

两个便衣特务，偷偷地躲进成岗的寝室，像猎狗似的等待着，妄想捕获更多的人，可是成岗在临危时挂出的信号保卫了党，见到他悬挂的扫帚以后，再不会有人到这里来了……

厂区里出现了一群工人，阻挡着特务的去路。

"让开！"特务咆哮起来。

"把厂长放了！"

"打死你们这些狗特务！"

成岗听得出来，尽是熟悉的工人的声音。

"快点让开！要开枪了！"

工人群众毫无畏惧地拥上前来。

"把厂长放了，听见没有！"

"向后退，快！"一个为首的特务摇着手枪，指挥着，在成群工人的怒吼声中，根本不敢开枪。

特务拥着成岗，赶快从小路逃走。

“……厂长被抓走了！”

“快追！”

“快！打死狗特务！”工人一齐向轮渡码头跑去。

特务躲过工人，跳上了停泊在岩岸边的一只暗藏的汽艇，立即开动起来。汽艇驶到江心，特务们还在喘息。

上船以后，成岗趁特务们喘息未定，弄松了背后的绳索。他轻轻地抽出手来，看准机会，突然往前一跳，对准面前那个提着手铐的家伙，朝鼻梁上狠狠一拳，接着一个箭步扑到船舷，一纵身朝江心便跳……

几只手，疯狂地抓住成岗的衣襟，使他来不及跳下江去。他挣扎着，尽力想推开横在胸前的船栏杆，喉咙热得要冒烟了。回过头来，眼前是一群狼样的野兽。成岗立刻转过头去，固执地抓住船栏杆，像一只落进陷坑的狮子，愤怒地望着一江浑浊的流水。

下了公共汽车，成瑶匆匆忙忙地向中山公园走去。她尽量沉住气，有时又不自然地回头四顾，怕背后跟着“尾巴”。她不知道谁要找她，也不知道因为什么事。从在学校里接到秘密通知时起，进城的路上，她一直默念着约会的时间和地点，唯恐忘记了或者错过了找她的人。她的情绪有些紧张，因为她对地下工作还缺乏经验。

她走在公园里浓荫遮蔽的林荫道上，心里不住地告诉着自己："假山后面，第三条石凳。记住，第三条！"前面就是假山了。她一条一条数过去，眼前不远处，就是第三条石凳。成瑶谨慎地看看，石凳上果然坐着个人，可是，报纸遮住了他的脸，能看到的，只是那身灰绸夹袍和黑呢便鞋。这个人是谁呢？成瑶四边环顾着，看着没有人注意自己，便走了过去。她正盘算着，对这个陌生人怎样开口时，正好看报的人，放下了报纸，和成瑶打了个照面。

"啊！李大哥！"成瑶高兴地叫了一声。找她的人，正是二哥的好朋友李敬原。

"瑶妹，你怎么这样慌张？"李敬原递了块手绢给她，让她揩揩汗。

"你不晓得，汽车挤得要死！"成瑶掠了掠额上的刘海，"差点还赶不上呢！"

李敬原微笑了一下，慢慢站起来，带着成瑶离开林荫路，在公园里散步。他默默地走着，过了好一阵也不讲话。

成瑶自然不清楚李敬原的心境。她等了一阵，不见李大哥开口，心里难免有些纳闷。既然从沙坪坝把她找来，为什么见了面却不谈话。成瑶张了张嘴，想要问他，又不知怎样问起。这时李敬原似乎已看出她的急切心情，就低声地颇有深意地问：

"成瑶，你相信自己是勇敢的吗？"

"什么？"成瑶感到他问得奇怪："我什么都不怕！"

"不，我说的勇敢，还意味着坚定、顽强和果决。我告诉你一件事。我们有这样一个同志，他从来不怕困难，忠心耿耿，为革命工作，从不要求荣誉和酬劳；甚至连他最亲近的人也不知道他是一个共产党员。他担负着秘密的任务，连他的亲人也未必了解他的工作。后来，他不幸被捕了。当他被捕的时候，他首先想到的，不是自己，而是党和同志的安全。敌人眼看就要破门而入了，他却神色不变地把约好的警号——一把扫帚，挂到窗口上去。他虽然被捕了，同志们却因此脱险。你说，这种忘我的无畏精神，是不是勇敢的表现？这位同志是不是一个勇敢的人？”

李敬原的问话，引起了成瑶的担心，因为她的好朋友孙明霞，昨天下午到她的未婚夫刘思扬那里去了，约好今天上午回校开小组会，可是她竟没有回来，莫不是她遇到了危险？因此她急切地问：“这个勇敢的同志，叫什么名字啊？”

“他就是你二哥。”李敬原注视着成瑶秀丽的眼睛，慢慢地说：“你二哥今天被捕了。”

“啊？”成瑶脸色一变，她不敢相信这件意外的事情。这个星期天，她留在学校里参加活动，没有回家，完全不知道二哥被捕的消息！心里一阵绞痛，她控制不住自己的感情了。

“对勇敢的人，泪水会玷污他的名字！”

“不，我没有哭！”成瑶眼泪盈眶，可是她倔犟地抬起头来说。“我是他的妹妹……我，我应该给他的名字增加光辉。”

“对。”李敬原的声音带着激动，“我们有这样的同志和亲人，应该感到自豪！”

接着，李敬原又告诉她：除她二哥以外，还有几位同志同时被捕了。

“许大哥？小余？”成瑶反复念着熟悉的名字，不禁脱口说道：“这……太可怕了。”

“唔？你说什么？”

“不，不，我是说太，太可惜了。”成瑶心里阵阵紧缩，感到难忍的悸痛。“我并不怕，我只是难过，我心里痛苦……”

过了好一阵，成瑶才抑制着激动的心情，慢慢地说：“许大哥、二哥、小余，都是我的哥哥……我爱他们，我爱二哥。不久以前，我对二哥的谨慎还不理解。李大哥，我现在才明白，你为什么冒着危险找我……”

“我找你，并不是冒险，而是对同志，对党负责。”李敬原从容地把有关成岗的情况，告诉成瑶。他一边谈着话，一边不动声色地留意着周围的环境。他像父亲一样，挽着成瑶的手臂，慢慢走着，轻轻耳语着……

他讲的许多事情，对成瑶来说，全是初次听到。不过他没有提到在出事以前，党已决定成岗不再办《挺进报》，准备派他利用厂长身份，以及和总厂厂长的良好关系，去加强兵工厂的斗争。

“你多么地了解他啊！李大哥，你心里一定比我更难过。”成瑶久久地默不做声，她咬着自己苍白的嘴唇，清楚庄重地说：“我心里多么羞愧。现在我才知道，就是二哥，在印《挺进报》。”她抬起明洁的目光，宣誓般地诉说着：“不，我不能只是心里难过。我要像你……懂得深沉的爱和恨，我已经长大成人了，我应该自己走路，也能够自己走路了……《挺进报》不能停刊，李大哥，让我来做这项工作。”

李敬原领着成瑶，又折向动物园。他没有正面答复成瑶的要求，却低声说：“一个人的作用，也许是渺小的，但是当他把自己完全贡献给革命的时候，他就显示了一种高贵的品质。”

成瑶默默地咀嚼着李敬原话里的含意。这句话，像一道甘泉，深深地注进她的心田；又像一道明朗的阳光，照亮她的灵魂，使她从沉重的痛苦中解脱出来，感受到一种严格的要求和力量，也使她从今以后，在困难的环境里，永远不忘这庄严的启示。

沉默了一会儿，成瑶望着鬓发斑白的李敬原，低声地问道：“我们能和二哥他们通信吗？”

“暂时不行。”李敬原说道：“等打听到他们囚禁的地点，党一定会和他们联系上的！”这话，他不是随意回答的，当老许被捕时，他也是这样告诉过他。不管敌人的控制多么严密，党和集中营里的战友，不仅已有一些联系，而且将要扩大这种联系。

“李大哥！”成瑶轻轻叫了一声，从她的声音和目光里透出一种强烈的感情，一种期待的感情。“《挺进报》……”

李敬原仍然没有回答。虽然成瑶急切的目光久久地停留在他严峻的脸上，他仍然深思地缓缓走着，什么也没有说。自从出现了叛徒，情况急转直下，意外地恶化了。叛徒的破坏，比敌人危险十倍。刚刚过去的几个钟头，对他来说，是最痛苦最严重的考验，他来不及向市委报告情况，首先采取一切可能的措施，布置了有关人员的撤退和转移。就在这时候，又连连得到好几个同志被捕的消息！可是在他心里，还有更为复杂的考虑：被捕同志留下的工作必须有人接替，他们的家属，也应该尽可能照顾。在敌人的进攻下，党的工作，更应该作深入的检查布置，不能再出现任何漏洞。他估计，在当前的局势下，难免有人会张皇失措，只看见眼前敌人的强大，而忽视了全国胜利的形势，以致束手束脚，不敢工作；但也会有人不顾敌强我弱的具体形势，要求对敌人采取冒险的反击。他反复考虑，估计了形势，决定在晚上和老石同志见面的时候，建议党组织采取更为谨慎的措施，停止某些不必要的容易暴露的工作，加强基层活动，严密组织，在群众中扎下更扎实的工作基础，使党的活动完全隐蔽到群众中去。这样，可以造成敌人的错觉，仿佛地下党的活动遭受挫折以后，陷于停顿瓦解；而实际上，在更多的不同规模的群众运动中，党的工作将得到更健康的发展。不久，等敌人从胜利骄傲的情绪下清醒转来时，会发现他们已经陷于一筹莫展的绝望境地。这些意见，虽然他已反复想过，但和成瑶见面以后，仍然一次又一次地把思路牵得很远很远。

“李大哥！”成瑶突然抓住深思中的李敬原的衣袖，使他终于转向这年轻的姑娘。他再次看了看直视着他的那对急切的无畏的眼睛，涌塞在脑际的思路中断了，却又深深地感到自己责任的重大。他喜欢这烈火似的姑娘，她正像她的二哥。不知怎的，他觉得自己有一种特殊的责任，也许这是由于对成岗的怀念，也许不仅如此，还有更多的革命感情，使他自愿承担责任，

吴强年　作

引导她更健康地迅速成长。过去、现在、甚至将来，在他身边，都有这样的年轻人出现，而且成长为革命的接班人。把她找来，正是为了这个目的。当然，他要教育、鼓励、安慰这未曾经受过风险的姑娘，但更现实的，还是如何安排她今后的工作。他在处理各项事务的同时，也已作了考虑。但他并不急于告诉她，还想趁这见面的机会，对她再作一些观察和了解。

“《挺进报》交给我办吧，继承二哥的工作，就是牺牲生命我也情愿！”

成瑶终于站住了，固执地倔立在李敬原面前。她的眼眶里，凝着滚滚的泪珠，充满着庄严的、自我献身的激动。

在这时刻，李敬原外貌的平静虽然掩盖着内心的感情，但他明显地感到，这姑娘的一切，他已经完全了解，并且深深地喜爱了。

“《挺进报》当然继续发行。我们的斗争更不会中断！”李敬原说得满怀信心，强烈地鼓舞着年轻姑娘的斗志，但他接着又说道：

“你二哥说过：一个人要么不参加革命，要参加革命就要不怕牺牲！你要牢记二哥的话，要成为和他一样勇敢无畏的革命者。但是，革命的目的不是自我牺牲，而是消灭敌人，发展自己！”

李敬原突然严肃地问道：“你曾经这样想过吗？”

“没有。”成瑶坦白地承认。可是她立刻又说：“在斗争中，我可以学会斗争！”

李敬原点点头，终于把他的决定告诉了她：

“你不能再回学校去了。黎纪纲知道你，而且其他有关的同志也都转移了。”李敬原扶着成瑶的肩头，“今后，你改名陈静。耳东陈，安静的静，记着，陈静。职业是新闻记者。你到《山城晚报》去找一位姓赵的编辑主任。”说着，他把一份证件交给了她。

“给我什么任务？”成瑶毫不犹豫地问。

“你现在先去烫发，买化妆品。”李敬原严肃地说着，目光正对成瑶惶惑不解的两眼。“从今天起，你是记者，再不能让人看出你是一个学生！至于今后怎样工作，领导你的老赵同志会详细告诉你的。”

第九章

偶然的得手，像一针最强烈的吗啡，注入了毒虫的神经，和它的每一根触角。“慈居”——这罪恶的巢穴，完全沉醉在极度疯狂的幻想中了。

一个又一个侦讯方案正在执行。新的行动计划又在制订。狂妄的野心想要迅速打开缺口，无限地扩大战果，把中共地下党员一网打尽！行动特务早已倾巢出动，侦讯科又忙着策划一场最重大的审讯。甚至连电讯室的呼号和击打电键的响声，也一反过去那种拖沓的调子，变得十分急促了。

此时此地，似乎只有掌握着全部阴谋的、三楼那间豪华办公室的主宰，才勉强保持住得意中的冷静。

大量的卷宗，在徐鹏飞的手里，瞬息间就批改完了。每一份批着“如拟执行”的最急件，立刻被送往楼下各科室。最后，剩在黑漆办公桌上的，只有那一厚沓夜间审讯的参考材料和甫志高的全部口供。徐鹏飞抬起那往常罕见的得意忘形的冷酷的脸，把笔丢下了。手边的材料，连同刚才甫志高详谈到的各项细节，在他的脑子里已经形成了完整的审讯意图和出奇制胜的作战计划。但是此刻，他心里多少有点忐忑不安：靠现有的材料，是否足以制服即将交锋的对手，逼他交出地下党的全部秘密呢？

电话铃急促地响着。徐鹏飞取过话筒，听得出是沈养斋高亢的笑声：

“恭喜恭喜！我早就料定，英雄造时势，谍报工作史要写下新的一页了！哪里见过，一夜之间，就抓到五个……五个共产党！我敢担保，只要姓许的一开口，那就不是五个，而是五十，五百！哈哈……”

“是养斋吗？你讲什么？”徐鹏飞眉头一皱，明知故问。

“自由世界都快轰动了，还瞒着我！你把全市军、警、宪、特全部行动人员都集中起来，二处对外的电话都停了嘛！哈哈哈……刚才特别顾问还专门问我这件事咧，老兄！哈哈哈哈……”

徐鹏飞正要插问，在一阵震耳的笑声后，沈养斋已经把电话挂了。

沈养斋在一夜之间，骤然变得多言和乐观起来。他的祝贺，他的笑声，强烈地感染着徐鹏飞。虽然他绝口未提及特别顾问讲话的内容，但话里显然包含着顾问的关切之意。一天之内，黎纪纲和郑克昌的情报早就过时了，陈松林的脱钩就是明证。侥幸到手的甫志高，已经代替了他们的作用。而现在，更新的希望又完全寄托在对许云峰和成岗的审讯上。今夜里，只要打开他们的口，地下党的全部组织就会完全暴露在他强大的行动人员面前！也许，再过几小时，就会像老朋友所说，到手的不仅是五个……这座山城的一切工潮学潮将会完全消失，而且这个胜利可能扩大到全川和西南，甚至扩大到指挥地下党活动的中共高级机关，在他久经风险的历史上，添上最荣耀的一章。

可是，老朋友的提示，也使他惊诧、焦急和不安，美国顾问既然已经知道了，就必须尽快向他报告。在报告的时候，应当提出有足够分量的材料。然而，这一切仍然决定在今夜的行动上。结果是否能如愿以偿呢？对方是否会轻易地把胜利的花朵送给他呢？对这一点，他没有十分把握。另外，甫志高还提到一个姓李的人，可是对这个人却一点线索也没有，甫志高只不过是听别人谈到过他而已。

“许云峰，成岗，只要有一个开口就好。”徐鹏飞暗自说着，他不完全相信甫志高反复介绍的成岗的材料。发现《挺进报》，这是非常重大的新线索，可是甫志高恰恰不知道。他只供出成岗是许云峰过去的交通员，而不知道成岗现在是《挺进报》的负责人。也许，成岗是另一个系统的，早已离开了许云峰的领导？对，完全可能。这就是甫志高不知道成岗办《挺进报》的缘故。也许《挺进报》属于更机密的部分，它上面，有更重要的人在领导。那就是说，从年轻的成岗身上，又可以抓到另一条线，牵向地下党的核心！

“你看看这两份材料。”徐鹏飞从厚厚的卷宗中，拣出了两页，递给早就坐在沙发上等待聆听最后指示的朱介，“我手上这两个人，到底谁更重要？”

在决定委以审讯重任之前，徐鹏飞分外踌躇，因为偶一失慎，便会使即将到手的胜利变成泡影。他不能不十分谨慎地审查自己的每一名部下。

“当然是这一份，处座早已指示，许云峰是地下党的负责人，是我们揭开整个秘密的关键人物。”

“那么，这一份，成岗怎么样？”

“一个意想不到的——”朱介深思熟虑地断言：“神秘人物。”

“为什么？”徐鹏飞猛然追问一句：“你判断的根据呢？”

“甫志高说得很清楚，成岗是许云峰过去的交通员。可是现在呢？我们却从成岗家里得到了意外的收获！”

“把你的意思说清楚。”徐鹏飞沉着脸说。

“处座，我认为：第一，成岗过去做交通，那是许云峰领导的；第二，成岗现在主办《挺进报》，那又是属于地下党另一个部分，应该是绝密系统的……也许他和甫志高说的那个不明身份的姓李的人，有某种联系也未可知。”

“如果许云峰不仅是市委，而是更高的领导——那么，成岗还该是他的手下。”徐鹏飞心里突然又出现了更新的想法，许云峰，已经抓到手的许云峰，为什么不应该是更重要的人物？别人说漏网的鱼是最大的，徐鹏飞却渴望自己手中的更大。因此，他不愿设想那无影无踪的姓李的人更其重要，为了避免无从捕捉的麻烦，他想暂时压住这条线索不上报。但他对于朱介老练的判断，还是感到满意。直到此刻，他才将审讯成岗的书面计划交给朱介，但他还再次提醒：

“你的对手年轻气盛，第一个回合，一定要打下他的威风。”

“报告处长！”电报员跨进办公室，双手呈上一份电报。“南京急电。”

徐鹏飞瞥了一下电报，粗浓的黑眉明显地聚合拢来。审讯还没有开始，就拍来催促的电报，他不满地将电报揉成一团，随手塞进裤袋，跨出了办公室。

随着徐鹏飞的出现，整座侦讯大楼立刻鸦雀无声，所有的部属，正以景仰的、谄谀的种种神情迎接着他。徐鹏飞对于这些，不能不由衷地感到自得和满足，渐渐露出一丝稀有的浅笑，但迅速地收敛住了。和往常一样，他不能让任何人猜透他的心思，只能叫人捉摸不定他的喜怒无常的性格。他故意迟缓了巡视的步伐，毫无表情地从纷乱的目光中穿过。

侦讯室里一切布置，都是按照既定的计划，令人满意地准确执行了的，这使得本来多少还有点担心的徐鹏飞渐渐放开了心怀。透过苍茫的暮色，徐鹏飞靠近窗口凝望着夜景，点点灯火点缀着对面的山城。从今以后，大概能把山城控制住了！他不禁向前伸出双手，像要把整座城市挟持在他罪恶的铁臂之中。

回过头，徐鹏飞看了看侦讯室正中高耸的审讯台，便矜持地缓步走向审讯台后的巨大沙发转椅。坐定以后，他望望空旷无人的房间，心里突然感到一阵无可名状的空虚和疑虑。他烦躁地把转椅转了个方向，重新面对着窗外的灯火。审讯就要开始，和共产党的重要人物立刻要见面，他希望侥幸，却又感到怯惧，怀着可恼的担心。

徐鹏飞斜靠着转椅，侧对审讯台，沉默着，一言不发。他抑制着脑海里翻腾着的成功与失败、兴奋与绝望的种种幻觉，尽力集中思路，准备应付即将出现的决战。此刻的他，恰似一匹谨慎多疑的野兽，在扑向猎物以前，蜷缩着爪牙，伏得更低，躲得更隐蔽，然后一步，再一步，偷偷逼近对方，直至一跃而起，一口撕裂对方的喉管！

一个步履从容的人，出现在侦讯室里，正直的目光，沉毅地扫过全室。

徐鹏飞侧坐在转椅上，一动也不动，只斜眼望了望来人的镇定神情：高高的前额上，深刻着几道皱纹，象征着性格的顽强。清癯的脸膛上，除了一副旁若无人的、钢铁似的眼神而外，看不出丝毫动静。厚厚的嘴唇微闭着，阔大的嘴角上，带着一丝冷淡的嘲笑。

担任陪审和作口供记录的魏吉伯，轻脚轻手走到徐鹏飞身边，谨慎地低声介绍着："这就是有名的许云峰！"

徐鹏飞暗自吃了一惊，像突然出现了不祥的征兆。那种旁若无人的气派使他感到棘手。他尽力排除涌向心头的杂念，盘算着："对付这样的人，只有用迅雷不及掩耳的手段，才能摇撼他的意志，摘掉他那颗镇定的心！"他霍然转过头全神贯注地观察着对方。

徐鹏飞在瞬间矜持的冷笑之后，立刻大声问道：

"你知道为什么被捕吗？嗯？"

对方沉默不言，眼光竟缓缓地移向窗外山城的灯火。

"我们知道你的一切！"徐鹏飞猛然旋动转椅，挺直身体正对着对方，“你是重庆地下党的重要负责人——许云峰。”

肩章上金星在闪亮。许云峰知道，面对着的就是西南地区的特务头子。从他那貌似骄横却又目光不定的神情里，从他面似从容却又紧握两拳的动作里，许云峰看出对方内心的空虚和渺茫。

“何必虚张声势。”许云峰像在嘲讽，又像在挑逗外强中干的对方。他满不在乎地在椅子上坐下了。

徐鹏飞陡然被这意外的镇静场面惊住了，一时竟回不过神来。他茫然地对着面前这位平静中带着威严的人，口里不禁吐出几个毫无准备的字：

“你，你请坐……”

许云峰慢慢地判断着对手。这是一场秘密审讯，可是面前这个特务头子，他不愿摘掉暴露身份的少将肩章，摆出一副自命不凡和不可一世的架势。这种人总是过高地估计自己的力量，满脑子自我表现的欲望和贪图侥幸的念头，他的阶级本能顽固地迫使他表现自己的愚蠢，使他急于暴露已经获得的材料。许云峰坦然坐着，他要看一看对方的手段。

徐鹏飞额角上的青筋抽缩着，脸上装出勉强的冷笑。他伸手抓过台上的卷宗，故意在手上掂了掂重量，似乎漫不经心地说：

“这里的几百份材料，统统和你有关。许云峰，民国二十七年潜来重庆，社会职业经常变换……”他揭开卷宗的封面，随手翻过几页，扔在端坐一旁的魏吉伯面前，故意用一种无足轻重的语气说：“随便念几段给他听听。”

魏吉伯毫无表情地读了起来。

“渝匪字第27018号。据密报，中华民国三十四年，电力公司胡世合事件[1]，奸匪负责人许某曾多次潜入该公司煽动暴乱……”

“渝匪字第40034号。中华民国三十五年，据大渡口钢铁厂稽查组报告，‘三二三’风潮[2]中，经常发现一化名老杨者，据查特征与前记载之许某完全相同，混入该厂指挥……”

“渝匪字……现查明，许某原系国防部兵工署长江兵工总厂工人，抗战初期即系共产党之……”

许云峰迎着敌特的目光，一动也不动。在重庆工作多年，敌人收集到一些零碎的情报，丝毫也不奇怪。他仍旧凛然不动地静坐着，不时看看窗外的山城夜色。

徐鹏飞马上从另一夹卷宗里，抽出一张褪了色的相片，递到许云峰面前。那是一张照得模糊不清的侧面相片，有点像许云峰，大概是在什么地方偷拍下来的。徐鹏飞淡然地说：

“记得吗？三年以前，你到曾家岩五十号，你们的周公馆去，那时候你就给我们留下了这张纪念品。哪想到三年后的今天，还能把这张照片，给你本人看咧！”

许云峰当然记得，那时他刚从延安回来，到中共中央南方局请示工作。南方局的地址是在偏僻的曾家岩江边，因为周

1 电力公司工人胡世合，被特务分子枪杀，全市电业工人愤而罢工，抬尸游行。在共产党和全市各界人民正义支援下，反动派被迫处决了行凶的特务。

2 指1946年3月23日，大渡口钢铁厂工人集会要求加薪，国民党反动派开枪镇压，当场死八人，伤者甚众。全市兵工厂工人曾罢工声援。

恩来同志曾住在那里，所以人们称曾家岩五十号为“周公馆”。那地方和特务头子戴笠的住处邻近，去来只有一条独路。而且，就在南方局的同一座院子里，甚至在二楼上，就住着专门进行监视、偷听活动的特务。在收发室对面暗中摄下一张相片，也是不足为奇的。不过，半天之内，敌特就能把这一切材料整理集中拢来，倒是值得警惕的事。

“我看你对这些材料，很难否认了。”

徐鹏飞用卖弄的口吻，征求对方的意见。但他没有想到，对方突然的回答，竟猝不及防地毁去了他预想的效果。

“单凭这些支离破碎的材料，在百万人口的山城中，你们找不到我！类似的材料，今后也休想找到任何革命者。老实说，如果没有叛徒，我就是站在你面前，你也认不出来。”

“你的话很对。”徐鹏飞像从许云峰的话里抓住了一件有力的武器，他又有了信心，“你们的甫志高‘同志’，现在是我的助手了。从他手上，我们不仅掌握了你全部材料，而且还可以找到更多的人！”

“可惜叛徒也会告诉你，旁的人你已经抓不到了。”许云峰神色自若地说：“否则，就不能解释你们为什么抛开叛徒，而对我许云峰发生了这样特殊的兴趣。我老实告诉你，尽管许云峰掌握着你渴望知道的一切材料，却只能给你加添烦恼！”

徐鹏飞隐隐地感到自己抛出的材料太多了，而且这些刀子，看来一点也没有戳中对方的要害。怎样才能动摇他的意志呢？他想发怒，但是，猛烈的怒火能冲开许云峰紧闭的嘴唇吗？用刑？不，只有最拙劣的傻瓜，才会妄想用毒刑拷打，来逼出这个无所畏惧的对手的口供！

徐鹏飞怀疑自己的策略是否正确，为什么开头这一场审讯就如此步履维艰，而且着着被动？他仿佛听到侦讯室外，有人在窃窃私议。这场审讯是成败的关键，是今后一切行动的张本。只有突破难关，才能带动全局，他绝对不能失败！

“我们对你，当然有很大的兴趣。”徐鹏飞脸色一变，声音冷得像冰一样：“可是，也可以完全丧失兴趣。单凭我手上的材料，就可以——”声音拖长，而且带着威胁的暗示。他停顿了片刻，忽然又急转直下：“我倒是设身处地，替你着想！”

许云峰看了对方一眼，慢慢转过头去，不再回答。

“你要知道，阶级斗争是残酷的，是血淋淋的。”徐鹏飞猛然提高了声音，他实在无法容忍那嘲讽的神情。此刻，他确信，只有深刻而猛烈的刺激，才能压制对方，改变自己被动的局面：“你如果拒绝走甫志高的道路，那么，另一条道路正等着你！”

徐鹏飞猛然截住，手臂朝对面一指，随着徐鹏飞激怒的声音，强烈的灯光，立刻直射在许云峰的脸上。

徐鹏飞霍然站起，在强光中走向前去。

对面墙壁上一道沉重的铁门，吱吱地向两边敞开，更强烈的灯光，从铁门外面的刑讯室猛射出来。浓烈的血腥味，一阵阵弥漫过来，扑进许云峰的鼻孔。

“请看吧！”徐鹏飞狞笑着，用力揿动打火机，大口大口地吸燃香烟。

敞开的刑讯室里寂静无声，寒光四射，冷气袭人。

冰冷的水泥磨石地面上，横躺着一具血肉模糊的躯体，脚上还钉着一副沉重的铁镣。鲜红的血水，正从那一动也不动的肉体上往水泥地面滴落……

几个胸前露出黑毛的人影，提着带血的皮鞭，把一件黄皮夹克掷向那毫无知觉的躯体，突然发出一阵令人心悸的狞笑。

惨白的灯光下，徐鹏飞用烟头指了指地上的肉体："这个人，你也许认识。"

许云峰并不在乎敌人的威胁，但是满地鲜血却引起了他的愤怒：在这巨大的毒穴里，多少年来，成千上万的人，日夜受着血腥的摧残！这时，又出现了徐鹏飞的声音，像彻骨的寒流，猛然刺进他的心。

"看吧！你过去的交通员，厂长成岗！"

啊，成岗？成岗被捕了？这么说，卑劣的叛徒竟抢在前面了！

许云峰扑上前去，从血泊中，把血肉模糊的成岗，紧紧抱在怀里。他轻轻扶起成岗低垂的头，凝视着那失去知觉的面孔，拨开那绺盖住眼睛的头发，擦掉苍白面颊上的鲜血。一阵心如刀割的绞痛，顿时使许云峰热泪盈眶……

"太残酷了吧？看着自己人身受毒刑，你能无动于衷？"

许云峰再次擦去成岗脸上涌流的鲜血，愤然抬起头来，怒火燃烧，瞪着这群卑劣的野兽。可是，瞧着徐鹏飞那挑战的神气，他立刻又冷静下来。在敌人的毒穴里，他怎能用廉价的感情冲动，来代替斗争？而这种失去冷静的冲动，正是敌人期待着的。于是他用愤怒的目光，逼视着徐鹏飞，却一言不发。徐鹏飞忍受不了这难熬的缄默，他要极力保持住那种沉重而恐怖的、令对方心痛难忍的气氛。

“在这种情况下，就是不考虑自己，也要及早救救你的同志的生命！你的心太冷酷，真的，太冷酷了，你为着一己的名誉，不惜断送无数下级的生命，用别人的生命来维持自己的坚强，用别人的鲜血，来换取一时的任性。‘一将功成万骨枯’，真想不到，这种封建思想竟会出现在一个自命为共产主义者的许先生身上！”

听到这里，许云峰脸上的激怒之情，渐渐转为轻蔑的冷笑。徐鹏飞愣了一下，突然把手上的烟一丢：

“你笑什么？你，你怎么不讲话？”

“我笑你们……”许云峰紧紧抱住昏厥中的成岗，说道：“本来，我们共产主义者和你们没有任何共同的语言。但是，我还是要告诉你：人民革命的胜利，是要千百万人的牺牲去换取的！为了胜利而承担这种牺牲，是我们共产党人最大的骄傲和愉快！”

“啊？”徐鹏飞不由得后退一步。

“你们的阶级本能，注定了你们的低能，你们根本无法理解共产主义者的伟大情操！”

徐鹏飞突然沉默下来，不知如何应付了。

许云峰一点儿也不犹豫，傲然地宣布道：“告诉你们，你们从坚贞不屈的成岗身上，从我们每一个人身上，除了看见你们无法理解的东西以外，什么也得不到！我领导了成岗这样坚强的战友，是我们党的光荣，值得我为之骄傲。”

抱在怀里的成岗，似乎动了一下，许云峰立刻低下头来，摇了摇正在苏醒的战友。

“成岗……成岗！”

徐鹏飞像在绝望中猛然得计似的，又扔掉刚点燃的另一支烟，大声威胁着：

“告诉你，我手上不止一个成岗，你们的组织全部破坏了！”

“组织全部破坏了？”迷糊中的成岗猛然一惊，脑子似乎清醒了些，他想挣扎，想把无力的手捏成拳头，他想……不，扫帚是挂出去了的……敌人抓不到李敬原，肯定抓不到李敬原！……成岗急于厉声答复敌人，但是声音却那样微弱，变成了喃喃的呓语：

“党……的组织……你们……破坏不了……”

徐鹏飞冲着逐渐苏醒的成岗，猛然问道：

“说！谁是你的领导？”

“党中央！”成岗突然震耳地喊：“毛主席！”

许云峰把成岗抱得更紧，眼睛流露出炽热的光。

“党中央！毛主席！回答得好。”

徐鹏飞打断许云峰的插话，咆哮起来：

“说！说你的直接领导！”

“我的领导人，你抓不着，永远抓不着！”成岗的一只拳头，微微挥动着。

“成岗，成岗，你醒醒。”许云峰呼唤着。

是谁的声音，这样近，这样亲切？是谁在耳边叫自己的名字？成岗吃力地睁开眼睛，一阵天旋地转，又闭上了。

“成岗！”

谁的声音，这么熟……像李敬原？不，不是，这声音是……怎么像是老许？成岗挣扎着，猛然睁大眼睛，一个熟悉的面影在眼前闪了一下，但他不敢相信。这是幻象？流血过多出现的幻觉？……他聚集起力量，凝视着，啊，他看见了老许脸上亲切的微笑。

真的是他。

“成岗！看清楚了吗？我是许云峰。”

“老许！”

一阵泉涌似的泪水，流出成岗的眼眶。老许也被捕了。不，他不能被捕！宁肯用自己的生命，换取老许的自由。成岗的双手紧抱着许云峰，一阵激动，又昏过去了。

徐鹏飞多疑的目光，反复观察着面前这一场早经安排的“重逢”，毕竟看出了某种可信的东西。许云峰和成岗，竟是这样的亲密，难道这就是共产党人特有的“阶级友爱”？除非他们有更深的关系，否则，单凭过去的上下级关系，会出现如此强烈的感情？他忽然意识到，成岗的话里，已经泄漏了秘密，“我的领导人，你抓不着！”可是一认出许云峰，他立刻激动得失去知觉！这就是明证：许云峰可能继续领导着成岗。对，许云峰刚才不是也说："我领导了成岗这样坚强的战友。"那么《挺进报》，难道它也是许云峰领导的吗？徐鹏飞有意挑起一场谈话，来证实他的观察。

"我已经完全掌握了你们的组织关系，而且有实物作证。许先生，现在，你总相信了吧！"

"实物？"许云峰知道，从成岗那儿能抄到的东西，只有《挺进报》。他的愤怒和信心交织在一起，大声地说："《挺进报》是破坏不了的，不出三天，你们看吧！"

"《挺进报》？"徐鹏飞喜出望外，不禁脱口滑出《挺进报》几个字来。许云峰对《挺进报》和成岗的关系，知道得这样清楚，除非《挺进报》正是许云峰在领导。对了，甫志高也说过，他假借许云峰的名义向成岗借钱，可是立刻被识破了。这样看来，判断完全正确，成岗和许云峰一定有十分经常的秘密联系，那么，毕竟许云峰是更重要的人物了。

徐鹏飞感到，这是今晚审讯以来最大的收获，许云峰正是成岗的上级，《挺进报》的领导人。这样重要的进展，应该立刻向南京报告。眼前，他必须抓紧时机，沿着已经打开的缺口，跟踪追击夺取全功。得意的脸色，明显地暴露出他的内心活动。

"你的身份，现在已经无法掩盖了。"

"你们能够知道的，不能比叛徒讲的更多。"

"那——不见得吧！"徐鹏飞的目光看看许云峰，又看看成岗，"你说，他是谁领导的？"

"谁领导？"敌人的神色已经暗示了答案——《挺进报》

多半是他在领导。为了掩护党的组织和李敬原的安全，他决定不露声色地引导敌人作出错误的判断。许云峰扶着重伤的成岗，慢慢站立起来，像一座屹立在毒穴中的山峰。

“我是地下党市委委员，工运书记，你们也许还知道我和《挺进报》的关系……”

“老许！你？”

刚刚醒来的成岗，突然喊了一声。他的目光惊诧地和许云峰坦然的目光相遇。许云峰低下头来对成岗解释了一句：“叛徒早已告诉敌人了。”接着，他对准徐鹏飞狡猾的眼睛，沉着地说下去：“我是《挺进报》的负责人。可是叛徒，他连这点也未必知道。”

成岗猛然抓住老许宽厚的肩头，他明白，老许早就没有领导他了。《挺进报》过去是江姐，现在是李敬原直接领导的。可是为了不让敌人知道更多的秘密，老许有意把敌人的全部注意力都引向自己，保护着组织，也保护着同志。

“老许！”成岗热情地呼唤着，把火热的胸膛紧贴着他。

“老许，”成岗的声调一时又哽住了，他用很轻的声音说，“我看见……小余……也被捕了……”

他不能不趁这宝贵的时机，把不幸的，然而十分重要的情报告诉许云峰。“小余”两个字说得很轻，可是，老许已完全领会了。他昂然地说道：“叛徒能够出卖的，就是这几个人！”

正在观察着许云峰和成岗感情变化的徐鹏飞，灵机一动，突然冷冷地插上一句：“可是，我们抓住了更重要的刘思扬！”

刘思扬是谁呢？成岗不知道。可是，许云峰知道，刘思扬是自己的同志，书店的保证人，甫志高叛变，刘思扬的被捕就难以避免了。许云峰毫无犹豫地、抱紧成岗满怀激情地说道：“少了几个共产党员，对伟大的人民革命运动，毫无影响！没有我们，共产主义的红旗，照样会在全世界插遍！”

“事已如此，激昂有什么用？”徐鹏飞用一种拥有绝对权威的语气，曼声说道。同时，他一面观察着眼前的两个对手，一面回想了一下已经到手的收获。现在，成岗和许云峰之间的关系已经查清。看来一切秘密线索还是集中在眼前的两个人，特别是许云峰身上。用什么办法才能进一步打开他们的嘴巴呢？富有震慑威力的材料早用光了；不过，也没有必要再去追寻具体线索，现在已经到了施加压力，进行分化的时刻。他相信，两人当中，只要有一个动摇了，另一个就容易对付了。徐鹏飞声调一变，厉声说道：

“你们应该明白，现在能掌握你们命运的人，不是你们，而是我！为了自己，你们应当想想……我不需要你们履行任何手续，不需要任何代价，只要一纸自白书，就可以立即改变你们的处境！”

徐鹏飞摆正桌上的纸笔，避开微微带笑的许云峰，凌厉的目光突然转向成岗：

“我以个人的名誉保证，只要你写自白书，我立刻释放你。”

许云峰不屑地看了敌人一眼，接着又坦然地笑着：

“共产党人从来不怕讲明自己的观点。”

一句话提醒了成岗，他精神一振，竟忘却了周身的创痛，滴着鲜血，拖着脚上的铁镣，一步步迎着敌人的逼视，走向准备好纸笔的桌前。他的目光像利剑一样扫过全室，缓缓伸出流血的手，提起笔来，毫不犹豫地写下了几个大字：我的自白书。他沉思了一下，很不喜欢“自白书”这样的字，立刻蘸饱了墨，把笔一挥，在已经写下的几个字的前后，添上引号，变成：

我的“自白书”

几个墨迹饱满的字，布满了一整张纸。成岗的胸脯起伏着，再也无法抑制那烈火一样的感情，他索性扔开了笔，冲着敌人高声朗诵起来：

任脚下响着沉重的铁镣，
任你把皮鞭举得高高，
我不需要什么“自白”，
哪怕胸口对着带血的刺刀！
人，不能低下高贵的头，
只有怕死鬼才乞求“自由”。
毒刑拷打算得了什么？
死亡也无法叫我开口！

对着死亡我放声大笑，
魔鬼的宫殿在笑声中动摇。
这就是我——一个共产党员的“自白”，

高唱凯歌埋葬蒋家王朝！

“好，成岗，”许云峰大步上前，扶着成岗的肩头，满怀信心地朗声说道：

“让我们迎着胜利的曙光——

看共产主义的红日出现在东方！”

徐鹏飞脸色急遽地变化着，额角的青筋剧烈地抽搐。当成岗一开始朗诵时，他就完全明白分化这两个人是不可能的了。他几次想制止成岗，但又隐忍着，始则想显示自己的气量，继则又想利用成岗的“胆大妄为”作为下一步大发雷霆的依据，但是对方竟敢一再公开挑战，这成了什么审讯？

“住口！你们站在什么地方？”

许云峰和成岗并肩挺立，昂然说道：

“在任何地方，我们的回答，都是一样！”

“哼，你受得了十套八套，你可受不了四十八套美国刑法！”

“八十四套，也折损不了共产党员一根毫毛。”还是钢铁般的声调。

“这里是美国盟邦和我们国民党的天下，不是任你们嬉笑的剧场。神仙，我也叫他脱三层皮！骷髅，也得张嘴老实招供！”徐鹏飞咆哮着，猛然转向许云峰：“放聪明点儿，你已经不是指挥共产党员的时候，你是我根据危害民国紧急治罪条例拘捕的罪犯，你现在已经落到我的手中！”

“我们在你手中？”许云峰忽然放声大笑，他对着瞠然木立的敌人，舒开两臂，沉着而有力地聚合拢来，像一个包围圈，

正威 作

把对方箍在中间：“你们早已落在人民的包围中，找不出逃脱毁灭命运的任何办法了。”

徐鹏飞勃然变色，一时不知如何对付。他不能忍受这种宣判式的言论；而且，他还有更进一步，突然压服对方的办法。在他听任成岗宣读他的诗句时，就决心采取这种最后手段了。

“来人！”徐鹏飞对着应呼而至的刽子手把手一挥：“叫行刑队马上准备！”

徐鹏飞抬起手臂，看了看表：

“我给你们最后三分钟的时间。好好考虑一下：交出组织，或者，马上处决！”

从容的许云峰和刚强的成岗，互相靠在一起，肩并着肩，臂挽着臂，在这诀别的时刻，信赖的目光，互相凝望了一下，交流着庄严神圣的感情。他们的心情分外平静。能用自己的生命保卫党的组织，保卫战斗中的无数同志，他们衷心欢畅，满怀胜利的信心去面对死亡。

一片死一般的沉寂，笼罩了整座阴森的魔窟，只有表上的秒针，嗒嗒地响……

“还有一分钟！”

嗒嗒嗒嗒，秒针慢慢响着，对徐鹏飞来说，最后的一分钟似乎分外的长。

“你们到底交不交组织？”

“不！”成岗怒吼着：“头可断，血可流，共产党人壮志不屈！”

许云峰的声音分外平静，但是狠狠地刺进徐鹏飞的心脏：

“拷打得不到的东西，刑场上同样得不到。”

“来人！”徐鹏飞冒着凶光的眼睛，直视着许云峰，“把成岗带出去！”

几个暴戾的刽子手冲进门来，抓住成岗。

“放开！我自己会走！”成岗猛喝了一声，转过头，对着许云峰朗声说道：“老许，我先走一步。”说完便拖着沉重的铁镣，昂然走过徐鹏飞面前，径直朝门外走去。

徐鹏飞看见遍体鳞伤的成岗，昂然走过，不自禁地向后退了两步，随即把手一招：“等一等。”回头又盯着许云峰的眼睛：“你还有什么话说？”

“我已经说过了。拷打得不到的东西，刑场上同样得不到！”

徐鹏飞脚一顿，大喝一声：“带走！”

铁镣当啷地响着，杂沓的脚步声拥走了成岗。

徐鹏飞望着许云峰凛然不可侵犯的脸，迟疑了一下，猛然回头狂喊道：

“下午审过的那几个，同时处决！”

又一阵残暴的脚步声，震动着魔窟，渐渐近了，就在窗前经过。传来了高亢的呐喊。徐鹏飞狞笑着说：“这就是刘思扬和他的未婚妻的下场！”

激荡人心的声浪，使许云峰心底涌出一阵阵强烈的激情，他又听见成岗和小余的声音，洪亮地交织在一起：

“中国共产党万岁！毛主席万岁！”

“人民革命胜利万岁！”

“……”

窗外一声凌厉的口令：“举枪！”

“永别了，战友们！”许云峰的眼睛潮湿了，脸上浮现出庄严而肃穆的微笑。

“你，你还敢笑？”徐鹏飞看了看许云峰不可理解的表情，突然暴怒起来：

“我立刻把你枪毙……”

“请吧！”许云峰庄严地无所畏惧地迎上前去。死有重于泰山，他心里充满了对宁死不屈的战友们的尊敬，也充满了对束手无策的敌人的蔑视。

“不，不！”徐鹏飞连连退让了几步，但立刻又稳住脚步，进而逼到许云峰面前。

“我要当着你的面枪毙他们！偏把你留下，关进集中营去。我要甫志高向所有的政治犯宣布：是你出卖了组织，出卖了自己的同志！”徐鹏飞狞笑着，疯狂地吼叫着：“我要亲眼看见那些暴怒的政治犯，如何卡断你的喉管，我要亲眼看见你无法洗清身上的污点，惨死在你自己的同志手中！”

许云峰昂着头，瞟了徐鹏飞一眼，鄙夷地高声说：“如果你敢把叛徒和我同时送进集中营，你立刻可以看到恰恰和你的妄想相反的结果。”

“什么？”徐鹏飞一惊，但马上就疯狂地冲向窗口，怪叫了一声：

“开枪！”

枪声刺耳地响了，在魔窟里久久地回响着。远处，山城稀疏的灯火在漆黑的夜里闪烁不定。

徐鹏飞带着绝望和幻灭的心情，听着窗外的枪声，觉得是那样无力和空洞，完全没有达到预期的效果……

第十章

金碧辉煌的大吊灯，高悬在客厅正中，彩色的光线，照到雕塑精美的天花板上，然后折射下来，给客厅带来一种舒畅柔和的喜色。正面雪白的墙壁上挂着一列相片——梅乐斯[1]、戴笠、毛人凤，象征着这特务家庭所崇拜的特殊对象。另外几张则是徐鹏飞的太太刚才亲手挂上的，一张是蒋介石亲笔题字签名的相片，这是上午授勋典礼上，由朱绍良做代表颁发的；还有两张也是授勋时拍摄的：一张是特别顾问给徐鹏飞戴上美国佳尤勋章后狂热握手时的情景，另一张是毛人凤发海陆空军一级勋章时徐鹏飞矜持的笑脸。

"请坐，请坐，别客气！"徐太太以主妇身份，周旋在红灯绿酒与男女宾客之间。

这时，传来了一阵汽车喇叭声，惊动了厅内的主客。

"鹏飞！"徐太太在人丛中踮起高跟鞋急促地喊着，声音

1　梅乐斯（M.E.Miles），美国特务、海军少将，"中美特种技术合作所"副主任。

里流露出一种惊喜的激动：“贵宾来了！你快出去招呼一下。”

汽车喇叭又在近处响了几声，一辆插着星条旗的流线型轿车，沙沙地驶过花园中光滑的水泥路面，从林荫道直开到客厅门前，才猛然刹住。

“特别顾问！”宾客中有人低声叫了。一大群男女宾客，挤到客厅门口，列队恭候着美国贵宾的出现。

徐鹏飞大步走下台阶，欠身拉开车门，但是，从特别顾问的轿车里，缓缓地走出来的却是沈养斋。

“特别顾问呢？”徐鹏飞皱了一下眉头。

“刚要上车，又接到华盛顿来的急电。他说，十分遗憾。”沈养斋不慌不忙地补上一句：“不过，他答应来参加舞会。”

插着星条旗的汽车，响了响喇叭，又从原路沙沙地开走了。

“特别顾问谈了些什么？”徐鹏飞有点欣然地问。

沈养斋缓步走上台阶，等那群列队欢迎贵宾的人散开以后，才低声说道：

“特别顾问再一次表示，很高兴和你进一步合作。不过，顾问又说……”

“说什么？”声音骤然有点紧张。

“顾问似乎认为，特区近来士气有些不振……”沈养斋回忆着美国人讲话的神情，一口气说下去：“顾问说，当务之急，首要是严格整饬纪律，恢复中美所创建初期——梅乐斯时代的精神，并且发扬光大。现代最新式特工设备，也要大加充实，和华盛顿直接通话的电台、气象雷达、高空侦察技术与设备……

顾问特别认为，必须立即结束在现代技术上的落后状态。”

“对，早该这样了。”徐鹏飞立刻表示赞同。他张开的嘴，没有立刻合拢，像还想从对方口气里找到顾问的深意似的，固执地望着沈养斋。上台不久的特别顾问有着野心勃勃的气势，这是他非常喜欢的；美国人对他，对特务工作的重视，使他的臂膀像突然宽厚粗壮了许多。

“恢复和发展梅乐斯时代精神，继承梅乐斯的国际事业，正是我们责无旁贷的历史使命。”徐鹏飞敏锐地感觉到，加强、扩大中美合作所的计划，正是对他接任的新职的最大支持，在美国顾问的直接扶助下，他必将成为军统在西南地区不可动摇的台柱。

“还有，特别顾问对保密问题……”

“对！这件事也不可疏忽，特别是特区里更要从严，中美所的一切机要单位和内部的银行、仓库、医院、餐厅、酒吧、煤矿……所有部门，都应逐一检查，绝不能容许可疑分子潜伏！”

徐鹏飞说着，推开玻砖门，走进客厅。

陪伴毛人凤刚从套间里出来的徐太太，看见徐鹏飞眉飞色舞地走进客厅，便举起手来轻轻拍了拍掌，然后，用最柔和的声音说道：

“为了欢迎局座的莅临，特别举行这次小小的家宴，邀请的客人不多，都是知心好友，大家随便玩玩。”说着话，徐太太稔熟地挽着身材矮胖的毛人凤的手臂，请他坐在身旁。她知道，其他的客人不用她操心，徐鹏飞完全可以应付过来，她只需要殷勤照顾局长就行了。

长长的西餐桌，摆满了丰盛的酒肴。徐太太卖弄着风姿坐在主妇位置上，用抱歉的口气应酬着：

“局座，您随便尝尝，重庆找不到好厨师，只有点俄国大菜……不过，酒还可以，花旗香槟、法兰西葡萄酒……抗战期间局座在重庆就爱喝贵州茅台，我特别准备了几瓶真正老窖的，请大家干一杯吧。为了欢迎局座赏光……”

徐太太把一杯茅台酒捧到毛人凤面前，毛人凤却很有礼貌地用手在她纤嫩的手背上拍了两下，示意殷勤的主妇等一等。他站了起来，举起酒杯微微带笑，仿佛在外交场合上似的，向女主人点了点头，说：

“我在这里借花献佛，首先感谢女主人的殷勤。另外，我想借这个机会，向大家报告一个好消息……”他像在征求意见，停了一停。一阵热烈而持久的掌声，把毛人凤停止讲话后瞬间的寂静填充起来：“鹏飞这次行动，继承了我们‘大家庭’[1]的优良传统，以革命行动，打击了奸匪异动。二处和特区都有功劳——我认为：线索来自特区，发展全靠二处。为了奖励这次有功人员，局本部决定提升西南特区区长严醉同志为局本部特派员，即日到京视事……”[2]

徐鹏飞泰然自若的目光，扫视了一下严醉，完全和他意料的一样，严醉满布麻子的脸上毫无笑容，这一手，严醉被蒙在鼓里，完全没有想到。

“严醉所遗西南特区区长职务，由徐鹏飞同志兼任。”

1　军统特务机关自称为“大家庭”。

2　军统特务机关称自己的特务活动为“革命”，特务之间互称“同志”。

衣饰豪华、珠玉琳琅的太太们叽叽咕咕起来：

"呀！公、秘单位都归他一人领导！"

"全国都没有先例的事咧！"

毛人凤说完话，仍是微微带笑地高举酒杯："我首先表示我的祝贺，请大家干杯。"

徐鹏飞的表情似乎十分谦逊。他不慌不忙站起来，干了一杯，等毛人凤坐下以后，才声音不高地说：

"感谢党国培养。同志们，请大家为我们惟一领袖总裁万寿无疆干杯！"

"干杯！"

徐鹏飞又端起第二杯酒，走到毛人凤面前。

"请同志们为局座的英明领导而干杯！"

又是一阵"干杯""干杯"的声音。

毛人凤满面春风地干了杯，徐太太又含笑为他满满地斟上。

徐鹏飞又端起第三杯酒。

"为我们的共同胜利，我请各位夫人和全体同志再干这一杯！"

"干杯！""干杯！"徐鹏飞说着，发现严醉枯坐着连酒杯也没有拿。对这不愉快的小小插曲，徐鹏飞眉头微微皱了一下，马上斟满一杯酒，缓步走到严醉身旁，殷勤地拍拍他的肩头：

"醉兄，我衷心敬佩你的行动技术，并且祝贺你的高升，请允许我们为共同的革命事业而干杯！"

严醉的神情，并不像刚才徐鹏飞看到的那样冷漠，他似乎对毛人凤和徐鹏飞背后来的这一手并不十分在乎，虽然多少是有点不愉快。他分外客气地站了起来，麻子脸上露出自若的微笑，和徐鹏飞碰了杯，并且祝贺着：

“鹏飞兄，我佩服你的好手段！祝贺你青云直上。”

他又把酒杯举到沈养斋面前，满脸麻子闪着红光。

“这一杯你也要干，恭贺你消息灵通，记功之外又得勋章！”

严醉再斟满一杯酒，走到毛人凤面前：“局座，感谢我们‘大家庭’对我的栽培，请您干完这一杯。”

“好，望你早日到职视事。”

喝完一杯，严醉又为毛人凤斟满。

“局座，我有个小小的请求：可否允许我暂时不去南京……”

“唔？”

“我想先到美国走一趟。”严醉不动声色地说：“联邦调查局最近拍来电报，聘我担任高级顾问。”

“呀，严区长到美国！”又是那些饶舌的太太小姐们发出羡慕的腔调：“他在美国受训时，就和特别顾问是师生交情！”

“啊！出国深造，太好了，太好了！”毛人凤愣了一下，立刻从严醉手上接过酒瓶，为他斟得满满的，满面春风地宣布道：“你应该再兼个名义——派赴美国考察特工工作，国防部特派员。来，这杯酒一定要干！”

“局座，我还有件小事顺便报告一下，”严醉不亢不卑地说：“特别顾问希望我从特区选拔一批年轻有为的干部随同赴美。好像黎纪纲……”

“特区的人你全知道，尽管挑吧。西北方面呢？唵，东北、华北近来回京的人不少嘛，是呀，可以考虑多去几个。”毛人凤满口赞同：“最近美国方面考虑到今后局势可能发生的变化，估计到一切可能出现的最坏情况，决定全面加强中美特种合作，特别是情报技术……你这次出国，和我最近与美方签订的特工协定的内容与精神完全符合……”

徐鹏飞似乎一怔，但立刻镇定下来，模仿着毛人凤的动作，赶快斟了两杯香槟，走过去拍着严醉的肩头：

“酒逢知己千杯少。这杯薄酒，请醉兄务必赏光，以壮行色！到华盛顿时，务请代我向老上司梅乐斯将军致意。”

“干杯呀！醉兄，这一杯你一定要干尽。”

正在徐鹏飞向严醉敬酒的时候，毛人凤的侍从副官，大步闯进客厅，把一件公文交给毛人凤，又在他耳边说了几句话。

毛人凤拿着重甸甸的文件，没有来得及拆开，脸色陡然一变，不管旁边狡黠的徐太太如何用温柔多情的眼光表示恳求，他仍然不顾一切地站起来，离开餐桌向客厅旁边的那间套房走去。正在向严醉敬酒的徐鹏飞，抬起头来，瞥见毛人凤的目光不满地招呼了他一下，他仓促地喝完那杯酒，转身便跟着毛人凤跨进套间，回头关上了门。

庆功宴上，出现了阴影。满座客人，一时都不知所措地变得鸦雀无声。

徐太太强自镇定着，装出勉强的微笑，站起来娇声说道：“我们大家再干一杯吧！”

套间里面，毛人凤坐在沙发上，徐鹏飞不安地站在旁边。

毛人凤抬抬手，示意叫他坐下。

毛人凤慢慢撕开公文套封，从套封里，掉出几张粉红色的打字纸。“《挺进报》？”徐鹏飞差点叫出声来。

毛人凤把报纸缓缓展开。《挺进报》三个大字，倏地射进徐鹏飞的眼帘，他心慌意乱，只看清了大标题上的几个字：“山城人民欢庆延安解放……”毛人凤一扬手，把报纸掷到他眼前。徐鹏飞脸色铁青，什么话也说不出来。

毛人凤的声音里带着愠怒。“……局本部刚刚向总裁报告过，你看，又出来了！”

“不过，”徐鹏飞看了看字迹，“这是新办的《挺进报》，是铅印的……”

“是呀！问题就在这里，刚刚抓了一个，新的又出来了；抓了油印的，却出了铅印的。限期三天，你给我马上破案！”

徐鹏飞惶恐地望着他的上司，不敢答话。

“共产党正在煽动全市工人罢工，你知道吗？”

“这个情报，”徐鹏飞嗫嚅着问：“局长从哪里得到的？”

“共产党到处散发传单，工人骚动不服弹压！下午我就听说了！你们这群浑蛋！”

“这，这不可能，共产党的工运书记在我们手里呀！”

“兵工厂工人聚众滋事，要求释放被捕的人，你知道吗？！”

“这，这我知道。”徐鹏飞勉强承认：“我已经下令制止……”

仿佛回应徐鹏飞慌乱的话似的，远远地响起一声汽笛的长鸣，电灯光突然一暗，接着就熄灭了，套间里一片漆黑。

隔壁，传来徐太太慌张的声音：

“勤务兵，拿灯来，快点！”

“这是停电！”徐鹏飞强自镇静地说：“重庆电力不足，经常都在停电。”

“胡说！”毛人凤的声音，在黑暗里咆哮：“你聋了吗？给你讲过多少次了？重庆——中共代表团活动过多年的地方，会那么简单？你给我听听看，汽笛还在响，明天是五月一号，工人又罢工了！”

黑暗中，清楚地听得见汽笛狂鸣。忽然，近处又响起一声洪亮的汽笛声……又是一处，又一处……顷刻之间，像在互相应和，互相支援，像万马奔腾，像愤怒的江水汹涌澎湃，愈来愈多、愈来愈大的汽笛声响彻山城的夜空，不断发出洪亮的长鸣……

这时，沈养斋忽然慌张地闯进来，在黑暗中说：“顾问处电话，特别顾问的车子，马上要到了。”

毛人凤无可奈何地把徐鹏飞支了出去，马上准备欢迎。隔了一阵，他又在黑暗中问道：“养斋，刚才顾问说了些什么？”

“归根到底，还是要找到中共地下党的组织！”沈养斋摸索着把头向毛人凤凑拢去，声音变低了，几乎成了耳语：“办法是从骨头里榨油！因为共产党的人质握在我们手里！”

“从——骨头里——榨油？”毛人凤的声音拖得长长的，思忖了一阵，突然决断地说：

“对，所有关在集中营里的政治犯，全是我的人质。他们的骨头里有的是油！马上向集中营里施加压力，限期叫所有的政治犯开口！”

毛人凤从深陷的沙发上，忽然站立起来，像怕对方未必能理解他的意图似的，大声说道：

"连许云峰在内，都不仅是我手上的人质，而且是活字典！"他自信地把拳头朝另一只手上一击，说："我相信，在我的铁拳之下，一加压力，我可以叫全部政治犯陷入绝境。我可以随心所欲，从奄奄一息的共产党人中间，找到任我翻阅的活字典，从他们身上，找出我需要的一切！"

"特别顾问的主意出得太好了，"毛人凤忽然问着沈养斋："这主意，鹏飞还不知道？"

"昨晚上，他到梅园去过，"沈养斋报告道："特别顾问的主意，可能出自鹏飞的建议。"

"唔。"毛人凤不再讲话，黑暗中看不出他的脸色有无变化。过了好一阵，才又听到他的声音："关键还是在许云峰身上。看样子，我得亲自插手，过问一下……"

外边，特别顾问的汽车喇叭连连地响了，客厅里人声顿时嘈杂起来，只有徐太太还在慌张地张罗：

"勤务兵，快拿灯来，怎么还不拿灯来呀！"

陈设得十分堂皇的餐厅里，摆了张大圆桌，洁白的桌布上，已经摆设了精致的餐具。可是，餐厅暂时还空着，像在恭候显赫的贵宾。

餐厅旁边，是一间华丽的休息室，宴会的主人都聚集在那儿。徐鹏飞挂过电话，摆出一副悠闲的姿态，吸着烟踱到纱窗旁边，望着鱼缸里在水藻间缓缓游动的金鱼。年岁较大的沈养斋，懒洋洋地躺在沙发上，微闭着眼睛，默默养神，身旁丢着几本翻开了的美国画报。朱介等人不时进进出出。嘀嘀地转动的电唱机，正给沉静的大厅，轻轻地送出阵阵娇滴滴的颤音。

外边，传来了一阵汽车的响声。

一个又矮又胖的秃头下了汽车，挺起圆圆的肚皮摇摇摆摆地走进餐厅的大门。他穿一身白哔叽西装，后面跟着个妖艳的水蛇似的女人。那女人提着镁光灯大照相机，摇动着一头染成金色的头发，见了人就来一阵媚笑。

徐鹏飞缓缓跨出休息室，迎过去，和矮胖子握手，沈养斋便代金发女人提过照相机。徐鹏飞一手挽住金发女人的柳腰，一面问着矮胖子：

“新闻稿拟得如何？”

“花了我整整一个上午！”矮胖子自鸣得意地炫耀着，“明天一早见报！已经通知了全市各报馆，一律刊登头版头条。”

徐鹏飞频频地点头。矮胖子伸出粗短的指头，神气十足地在空中指画着：

“标题是：中共地下党负责人与政府当局欣然合作！你看，再配上一幅宴会上满面笑容的碰杯照片，包管谁也瞧不出破绽。”说着，他又望望金发女人：“玛丽小姐，这张精彩的照片，可要看你的摄影艺术了。”

“不成问题。玛丽小姐陪特别顾问拍的照片我见过。”沈养斋模仿着美国式的动作，竖起了大拇指，“张张都是‘挺好’，百分之百的好莱坞镜头。”

金发女人妖娆地笑了一声，高跟鞋在雪亮的油漆地板上清脆地跺了一下："沈老，就是你的话多！"

"哈哈哈……"满场一阵大笑。

沈养斋笑过之后，回头问道："鹏飞兄，为了慎重起见，先演习一下怎么样？"

"好，好，请养斋主持一下吧。"徐鹏飞说着，放开金发女人，和矮胖子边说边走进休息室去了。

沈养斋掉头拍了拍朱介的肩膀："演习的事，全看你啰！"

朱介正待开口，金发女人眼波闪闪，香气四溢地挤在沈养斋和朱介中间："沈老，我也参加，欢迎不欢迎？"沈养斋捏着金发女人的纤手，笑道："哪敢不欢迎啊？"

餐厅的大吊扇呼呼地旋转起来，彩色的灯光从四壁柔和地洒到厅里。

朱介清了清嗓子，提高了音调，对等候在大厅里的几个二处和特区里奉命前来的人说道："今天的宴会，是要欢迎共产党方面的一位要人……处长的用意，第一是要大家……"

应邀作陪的人，都静了下来。让朱介说完以后，沈养斋站起来，说道：

"客人到时，请注意……起立，鼓掌。"

几个人都站直身体，侧向着门口，露出笑容。

奉命检查的朱介，一个个地端详着，并且纠正姿势，在一个大块头面前，他忍不住停下了脚步。这名行动头子，胖得满脸横肉，笑起来，老是哭笑难分，鼓起掌来，又是拳掌难分。

金发女人一见这情景，就咯咯咯地笑个不停，银铃似的艳笑，十分响亮。

朱介帮助那大块头，纠正了几遍姿势，毫无作用，只好勉强走开。

正在这时，徐鹏飞和矮胖子走了出来。沈养斋立刻跟着站起来。一看就明白，“贵宾”马上要到了。演习的人，迅速散开，花枝招展的金发女人，最先跑到厅门口去，望着一辆由远渐近的奥斯汀轿车。

“嘟嘟！”长鸣一声，轿车停下了。车上跳下两个持枪的警卫，押着一个衣着简朴的人。

徐鹏飞含蓄地微笑着，迎上前去。“唵，许先生！这几天，照顾不周，生活清苦一些，嘻嘻。”一边说，一边就一一介绍主要的接待人员。

朱介的手伸向厅门，笑容可掬地连声道：“请，请，请！”

金发女人大胆地迎上前去，娇声娇气作了自我介绍：“中央社特派记者 Mary……”

矮胖子又是笑，又是点头：“兄弟是长官公署新闻处长，今天特地代表朱长官表示……”

老有经验的沈养斋，搭上了话头：“嗬，许先生，听说你快要脱离缧绁之苦了，可喜可贺！”

许云峰一时没有答话。除了徐鹏飞，这些人他都没有见过。可是一看这场面，特殊隆重的气氛，颇有几分鸿门宴的味道，卑躬屈节的逢迎之中，隐隐透出一片杀机。许云峰冷冷地笑了笑，坦然放开脚步，跨进了响着掌声的大厅。

徐鹏飞的眼角一扫，清了清嗓子，谦恭地说道：

“我们十分高兴，因为南京方面来了电报，决定恢复许先生的自由。”

这种调子，许云峰一到场就连听了两次。他马上就觉察到对方的动向。这是敌人近些日子极力采用的各种“优待”手段的发展，目的和审讯时的完全一样，只不过是威胁无效，被迫改换一套利诱的花招，改硬攻为软骗罢了。许云峰并不在乎这些，只淡淡地说：

“既来之则安之。要不要恢复我的自由，那是由你们考虑的事，用不着我来操心。不过，请客赴宴的主人，恐慌到用全副武装来押送客人，却是世间少见的怪事！”

徐鹏飞微微点头，仿佛他很赞同许云峰的话似的。许云峰却清楚地看出对方在这种场合下的复杂心情：冲动、暴怒都于事无补，他既然有所安排，抱有企图，就不能不忍受一些并不使他愉快的谈话，这样一来，他对付场面会更加棘手，比上次刑讯室里的交锋还要头疼！

又是一片掌声之后，徐鹏飞站起来，硬着头皮讲话了。

“我来介绍一下，许先生——云峰，嗯，是共产党方面市委的负责干部，工运书记……嗯，是中国不可多得的人才。为了庆贺许先生恢复自由，为了欢迎许先生的光临，我们，嗯……”

陪坐的男女盯着坦然稳坐不露声色的客人，准备鼓掌。

金发女人接过新闻处长替她配上镁光灯泡的照相机，摇曳着腰肢，轻盈地走过来，想拍摄这个难得的镜头。

许云峰炯炯的目光，泰然自若地扫视了一下笑脸相向的满座“陪客”，他把双手摆在桌面上，严肃而平静地缓缓说道：

“主人的介绍似乎想请我讲话，好吧，我谈上几句。”他的目光再一次扫过全桌，四座更加鸦雀无声，所有的“陪客”都用惶惑不解的目光，望着这位神秘而又可畏的“客人”。

“今天这桌盛宴，使我想起了一件事。从前，我当工人的时候，厂长总想请我吃饭。也像你们这样，摆满了山珍海味。厂长为什么要恭维我这个穷工人呢？因为我是工人代表。厂长想用油水来糊住我的嘴巴！当时，我看了看满桌酒菜，摇摇头说酒席办得太少。厂长给弄糊涂了。我就告诉他：一桌酒菜只能塞住一个人的嘴巴，可是塞不住全厂工人的嘴巴！”

“许先生，”靠近徐鹏飞坐的新闻处长，摇晃着站起来，不识好歹地想阻挠许云峰的谈话，“你的话未免离题太远，今天是长官公署正式设筵……”

“离题太远？那么你们今天有个什么样的题目？你们请客的目的又是什么？”许云峰马上脸色一沉，挺身而起，手臂当众一挥：“要我不讲话很容易，你们有的是武力嘛！要我对你们这批人讲话，倒要看看我有没有兴趣！”

徐鹏飞猛然一愣，赶快站了起来，满脸堆笑地说：“许先生，有话尽管说，说……刚、刚才的意思是，今天长官公署特地为许先生备下一点菲酌。”

“你们听着。”许云峰站在席边，旁若无人地侃侃而谈：“我刚才说过，厂长的酒菜塞不住工人的嘴巴。那么，今天的宴席又有什么用处？请我吃饭，无非因为我是共产党员，地下党的负责干部，在工人中有你们害怕的号召力！你们想想，如果我和众人所不齿的特务同席共宴，我许云峰当然变得一文不值，在群众中毫无作用了，这样一来，你们岂不是弄巧成拙，白白赔本吗？”说到这里，许云峰不禁失笑地问：“安排这场喜剧的人是谁？你们说吧，他算不算天字第一号的糊涂虫？这位糊涂虫给自己出了个难题：到底今天该不该请许云峰吃饭？我看他自己也找不到答案！”

“唉，唉，许先生……”徐鹏飞当着满场张皇失措的“陪客”，用一种十分谅解的声音建议道：“许先生，我们边吃边谈，你看如何？”

许云峰沉着地坐下，扬扬手对所有的对手说：“问题已经提出来了，你们谁都可以出来回答，我并不限制你们的发言权。我们有的是时间，徐处长你又何必忙咧？”

许云峰目光扫过整座大厅，一片瞠目结舌的嘴脸，十分尴尬，没有一个特务敢于答话。在一片死寂中，许云峰发现徐鹏飞轻轻转向沈养斋，在耳边低声说了几句。接着，沈养斋偷偷地离开大厅，溜进休息室。从徐鹏飞忐忑不安的目光和他鬼祟的活动中，许云峰立刻发觉，对方的这些破绽，正像一个力不从心的演员，急于向躲在幕后的导演求助时流露的神情。许云峰也不屑于再说什么，他收回目光，凝然端坐，不再理睬面前的对手。过了一阵，在满场男女连咳嗽都不敢出声的沉闷紧张气氛中，沈养斋快步从休息室走了出来，凑向徐鹏飞耳语着。徐鹏飞微微点头，眉头略松了一下。许云峰立刻感到：也许躲在幕后指挥这场宴会的导演，快要被迫出场了吧?

这时，附近出现了窃窃私语，不久，便由金发女人出动把盏，嬉笑声也慢慢从四周响起。许云峰只昂然坐着，不动声色地观察着这出戏怎样演下去，他要看看后边还有些什么样的把戏。

扩音器播出软绵绵的时新歌曲。

徐鹏飞端起酒杯。金发女人赶快把斟得满满的一杯葡萄酒，大胆地端到许云峰面前。金发女人又提起照相机，眯起一只眼睛，准备拍摄策划中的明天头条新闻上的照片。

许云峰巍然不动，端坐在宴席上无动于衷，徐鹏飞只好暂时放下酒杯，捡起了筷子。

“请吧，请吧，”沈养斋附和着说，“都是重庆最有名的厨师做的，味道不错咧。”

许云峰看见，在新闻处长和徐鹏飞眼色的指使下，朱介把一份好菜移到他面前，金发女人再次对准了镜头……徐鹏飞马上站起来，满脸含笑，一只手端起酒杯，一只手把另一杯酒送到许云峰手边。只要许云峰伸手来接，他就要乘机和对方碰杯，那时镁光一闪，明天的头条新闻就到手了！这样，徐鹏飞就可以用碰杯照片作证，捏造事实，宣称许云峰已经“欣然”与国民党合作，来混淆视听，公开诬蔑共产党和迫使许云峰低头。

许云峰看也不看对方送来的酒杯，不费思索就猜透了对方的阴谋。他推开那阴险的照相机，说道：“我提出的问题，你们为什么不敢回答？嗯？”

“哪里，哪里，”徐鹏飞慌张起来，“今天是……酒菜不好，这个……我们一定干上一杯！”他还顽固地想再找个侥幸碰杯的机会。

“收拾起你们这一套！”许云峰霍地站起，立刻戳穿了敌人狡诈的阴谋：“要我干杯？要我碰杯？要我照相？把你们的武装派来，岂不更加有效？！要和共产党员碰杯，你们永远休想！”

许云峰面对着满场张皇失措的男女，指了指丰盛的山珍海味，像宣判似的说道：“今天的满桌酒席，全是从哪里来的？你们说，是从哪里来的？嗯？！这全是你们搜刮来的人民的血汗！告诉你们，共产党人决不像你们国民党这样卑鄙，拿人民的血汗来填灌肮脏的肠胃！要干杯，你们自己去干吧！”

许云峰把椅子一推，正气凛然地站在大厅当中，昂头命令道：“送我回监狱！”

“许先生！”一直没有插话的沈养斋，慌忙站了起来，抢步上前，阻住许云峰的去路，威胁的口吻里，泄露出不甘失败的挣扎，“干不干杯由你，留不留客要由我们！请到休息室里坐坐！”

几个彪形大汉，立刻围向前来。

许云峰轻声一笑：“黔驴技穷。还是叫你们的后台老板出来吧！”

徐鹏飞连忙插身于剑拔弩张的局势中，挥挥手斥退了鲁莽的部属和沈养斋，高喊一声：“泡茶！”便转脸赔笑着说：“许先生，请到里边休息，休息。”

许云峰衣袖一拂，从容地走进休息室。用手枪押赴宴会或者刑场，对他来说都是不足畏惧的事，一间小小的休息室，难

正威 作

道能给他什么威胁？他在一张沙发上坐下来，睬也不睬那些跟随进来的大小特务。

正在这时候，餐厅里传来一阵鼓掌和喧哗声，接着又是一阵鸦雀无声的寂静。徐鹏飞立刻领着休息室里的特务头目，慌忙迎了出去。许云峰满不在乎即将发生的一切，却把目光转向鱼缸，看那悠然自得的绯红可爱的金鱼。

零碎的皮鞋声在寂静中渐渐由远而近。许云峰知道，在幕后操纵这场活动的人物，就要出场了。果然，从休息室门外的屏风旁边，出现了一个戎装佩剑的人。许云峰打量了一下新的对手：过分的自负和矫揉造作，使他的胸脯挺得和矮胖的身材很不相称；然而他又不能不挺胸直背来为他胀鼓鼓的躯体增添一点军人的威风，否则，比之于伴随他的粗壮的徐鹏飞，矮胖身体未免显得太不出众了。

“听说你刚才在宴会上发表了不合时宜的演说？我决定和你亲自谈谈。”那双小而亮的眼睛，一动也不动地直视着许云峰，显出一种特殊的气势。

许云峰微侧过脸，再次朝矮胖子瞥了一眼。

“许先生，”徐鹏飞说：“我来介绍一下，这是我们局长。”

原来这就是军统特务头子，伪国防部保密局长毛人凤。许云峰又一次打量眼前这身材矮胖、相貌猥琐的特务头子。一双乌亮的深统皮靴，特制的鞋跟足足有一寸高。这种靠鞋跟的厚度和挺凸胸脯来装扮“仪容”的人，许云峰见过不少，可是使人费解的却在于这种人物为什么最容易成为蒋介石的亲信。

“局长从南京来，特地找你谈谈。”

“共产党我见过很多。”毛人凤站着不动，挺胸透出一种凌厉的语气：“论地位，张国焘不算低吧？论才学，叶青挺不错吧？谁像你这样，有些事情未免太欠考虑！”

毛人凤再把身体一挺，头昂得更高：“根据共产党的规定，从被捕那天起，你已经脱党了。你现在不是共产党员，共产党也不需要你去维护它的利益！你和我们的关系，不是两个政党之间的关系，而是你个人和政府之间的关系。个人服从政府，丝毫也不违反你们崇拜的所谓民主集中制的原则。”

毛人凤双手一背，像挑战的公鸡，显示出他的无限骄横与权力。

许云峰转头俯视着对方，不动声色地瞧了他一阵：“我们之间是什么关系？你死我活的革命与反革命的阶级斗争关系。”

“开口阶级斗争，闭口武装暴动！”毛人凤突然逼上前去，粗短的手臂全力挥动着：“你们那一套马列主义的阶级斗争学说早已陈腐不堪。马克思死了多少年了？列宁死了多少年了……”

“可是斯大林还活着。”许云峰突然打断毛人凤的话：“斯大林继承了马克思列宁的事业，在全世界建成了第一个社会主义国家，你们听了他的名字，都浑身发抖！”

“许先生，你说得真好。”毛人凤粗短的脖子晃了晃，意味深长地问道：“可是现在，我问你，除了马、恩、列、斯，你们还有谁呀？”

“毛泽东！”许云峰举起手来，指着突然后退一步的毛人凤大声说道："正是毛泽东，他把马列主义的普遍真理和中国革命的具体实践相结合，极大地丰富了马列主义，使无产阶级的革命学说更加光辉灿烂，光照全球！马列主义永远不会过时！用马列主义、毛泽东思想武装起来的中国人民和中国共产党所向无敌，必然消灭一切反动派，包括你们这群美帝国主义豢养的特务！"

"你说什么？"毛人凤两眼射出凶光。

"我说马克思列宁主义要消灭全世界一切反动派！"许云峰毫不退让，回击敌人的挑战。

"许先生！"徐鹏飞立刻插身在针锋相对、一触即发的爆炸场景之中，保护着毛人凤。

革命与反革命的目光，互相直视，谁也不肯退让，连睫毛也不闪动一下。紧张的战云，笼罩着充满火药味的小小休息室。

毛人凤和刚才突然逼步向前一样，突然向后一转，走了几步。他轻易地变了声调，淡淡地说："这也难怪……多年来的敌对关系，免不了在心理上产生深刻的影响。"

徐鹏飞立刻点头附和。但是毛人凤忽地又一转身，再次直视着不可侵犯的许云峰。双方沉默不语，像暴风雨前一样，酝酿着新的交锋。

"鹏飞，你出去！"毛人凤霍地转向徐鹏飞发出命令。他大步走过去，把休息室的门用力关上。这时，房间里只剩许云峰和毛人凤两个人。

一阵矜持的笑容，居然出现在毛人凤脸上。他缓步走到沙发旁边，伸手向许云峰说：“请坐。”他自己也面对许云峰坐下，身体微向前倾，显出一种和蔼的姿态，“我们单独谈谈。”他端起茶杯，又说道：“请喝茶吧，许先生，你的表现实在令人……”

“令你很不好办？”

毛人凤看了看许云峰，没有回答。

许云峰把左腿架到右腿上，双手轻抱着膝，神色自若地坐着，他要看看这位特务头领如何开口。

“能把你请来，我们十分高兴。”毛人凤的语调完全变了，仿佛那些装模作样的东西，从未在他身上出现过似的，“我们很重视你这样的重要人才。老实说，你是我们最需要的客人。因此，我们很想借重……许先生，你让我把话说完，再交换意见，如何？”

许云峰没有回答。毛人凤看了看对方似听非听的神情，只得没趣地说下去。

“战局的发展，对我们不利，这确是我们没有想到的。我们的后方不稳，也是事实。总之，近年来，你们逐渐占了优势。你知道，中国历史上曾经不止一次出现南北对峙的局面，当然，如果现在出现这种局面，只能是暂时的。因为你们的最后目的，是要我们下台，而我们又决不会让步，我们当然要靠美国的援助，来最后消灭对手。因此，南北朝的形势，又似乎是一定时期难以避免的局面。这是我对今后时局的一点估计。但是不管怎样，西南是我们的后方，我们在任何时候也不会放弃。我们对你有所借重，也正是从对未来形势的考虑出发。我的意思，许先生当然完全能够理解。”

许云峰冷淡地微笑了一下，让对方继续讲下去。

“我是搞特务工作的，不喜欢政治术语。为了稳定西南的局势，我们要借重许先生，在重庆树立一个榜样，一个国共合作的榜样。我认为，变敌对关系为友好合作，和平相处无论如何总比斗争流血能给国家带来更多幸福，于公于私都有好处。这是非常值得我们来共同提倡的！至于交换条件，请许先生提出，只要合作的前提得到肯定，条件很好商量，特别是这种做法是一种创举和尝试，它本身就有很高的政治价值。”

“‘创举’，‘尝试’，‘变敌对关系为友好合作’……是啊，多么美妙的词句！”许云峰忽然扬起眉头反问：“一个特务头子，会说几句陈腐不堪的政治术语，这就是你的‘政治价值’吧？”

“这个……”毛人凤嗫嚅了半晌，终于勉强摆出一种推心置腹的姿态，进一步说：“设身处地，我以为许先生今后的出路，不外乎上中下三策。刚才我谈的是上策。我们可以给你相当的时间进行考虑。当然，改变立场，对于一个有多年党龄的共产党人是困难而且痛苦的，但短时的痛苦可以换来无限的欣慰。这是我们对许先生有所期待的出发点。我们也考虑过一个中策，我觉得这也值得许先生认真加以考虑：我们保证许先生的安全和生活上的满足，交换条件是秘密交出你们的部分组织，例如说，兵工厂系统的主要党员名单；但这不算自首或告密，因为我们完全负责保守秘密，丝毫也不损害许先生的政治声誉。如果许先生今后不愿再卷入政治斗争的旋涡，我们也乐意送许先生去香港、澳门这样的安全地带……”

“你们设想的下策，我倒愿意听听。”

“下策？我想不必说了。因为我们不愿意也不可能从你身上一无所得。”

“我的看法恰恰和你相反，你们从我身上，只能一无所得。”

“不。”毛人凤微微带笑地说：“这是一种复杂的斗争，我耐心等待你接受我们的好意。”

“你的设想，我只能这样告诉你——”许云峰也微笑着说：“完全是一种美妙的，但是无法实现的幻想，反革命的痴心妄想！”

“唵？”毛人凤自我解嘲地苦笑了，“我觉得你缺乏一种现实的考虑。我的话不是幻想，而是现实，百分之百的现实。不管你态度如何，到最后你都无法拒绝，你得跟我们走。”

许云峰朗声笑道：“你们跟我们斗争了许多年，可是你的考虑一点也不现实！”

毛人凤也跟着笑了一下，迅即放慢了本来已经十分缓慢的声调。

“明天，报纸上将出现一条消息：中共地下党负责人与政府当局欣然合作。报纸上将发表许云峰告共产党员与工人同胞书……以你的威望，我相信足以引起重庆地下党和全市工人的思想混乱，甚至……我担心会出现一种场面：没有足够官爵来赏赐投靠我们的共产党员！像甫志高那样的人，我想总不会只有一个吧？”

“我只担心你们闹出这种笑话，将来怎样下台？”许云峰毫不介意，坦然地笑道：“可惜你们连一张碰杯的照片，也没弄到。你们的报纸，除了骗骗你们自己，谁还相信它呢？这是你出的主意？老实说这才是一种下策，最愚蠢的下策！”

毛人凤突然止住冷笑，盯着许云峰微微带笑的脸，一个字一个字地说道：“仅仅发表消息当然不够，徐处长已经说过，我们有意把你释放。”

“那好极了。”许云峰应声而起，“你敢放我，我立刻就走。”说着话，他向紧闭着的门，从容地跨出一步。

“不，不！”毛人凤立刻挡住去路，他仿佛怕许云峰会突然消失，再也找不到似的，失声叫道：“我们不能放你！”从对手嘲笑的神情上，他立刻发觉了自己的失策与慌乱，马上坐回沙发，尖刻地说：“我们放你！立刻放你到兵工厂去，还要举行欢迎，张贴公报，让工人看见你和我们站在一起。”

“随你的便吧！除非蒙住我的嘴巴，否则，我一开口就真相大白。你们最好蒙住我的嘴巴，再让我和工人见面吧！可惜这样一来，你们的‘释放’，岂不又成了一件掩耳盗铃的笑话？”

许云峰转过身去，缓步走到金鱼缸边，已经到了图穷匕首见的时候，他不屑再和那低劣的对手啰嗦。

第十一章

火辣辣的阳光，逼射在签子门边。窄小的牢房，像蒸笼一样，汗气熏蒸得人们换不过气来。连一丝丝风也没有，热烘烘的囚窗里，偶尔透出几声抑制着的呻吟和喘息。

“吱——”

近处，一声干涩的蝉鸣，在燥热的枯树丛中响起来。

刘思扬忍住干渴，顺着单调的蝉鸣声觅去，迟钝的目光，扫过一座座紧围住牢房的岗亭；高墙外，几丛竹林已变得光秃秃的只剩竹枝了，连一点绿色的影子也找不到。

远处久旱不雨的山冈，像火烧过一样，露出土红色的岩层，荒山上枯黄的茅草，不住地在眼前晃动。迟钝、呆涩的目光，又回到近处，茫然地移向院坝四周。

架着电网的高墙上，写着端正的楷体大字：

青春一去不复返，

细细想想……

认明此时与此地，

切莫执迷……

又一处高墙上，一笔不苟地用隶书体写着黑森森的字：

迷津无边，回头是岸；宁静忍耐，毋怨毋尤！

墙顶上的机枪和刺刀，在太阳下闪动着白光……他的眼前，像又出现了今天早上那辆蒙上篷布的囚车，沿着颠簸的公路，把他押进荒凉无人的禁区，又关进这座秘密的集中营的情景。一个多月以前，被捕时的经过，也清楚地在他的脑际闪现出来：那天晚上，他的未婚妻孙明霞从重庆大学来找他。深夜里，他俩轻轻拨动收音机的螺旋，屏住声息，收听来自解放区的广播。透过嘈杂的干扰声，他俩同时抄录着收音机里播出的一字一句激动心弦的胜利消息。然后，他校正着两份记录稿，用毛笔细心地缮写了一遍。到明天，这份笔迹清晰的稿件，便可以送交李敬原同志，变成印在《挺进报》上的重要新闻。抄写完稿件，孙明霞就把钢精锅从电炉上拿下，倒出两杯滚烫的牛奶，又把两份记录的草稿，拿到电炉上烧了。在寒星闪烁的窗前，两人激动而兴奋地吃着简单的夜餐，心里充满着温暖。手表的指针，已接近五点，再过两小时，又该是另一个战斗的白天。孙明霞丝毫没有倦意，正娓娓地向他讲述学校里近来的情况：华为离开以后，孙明霞接替了他的一些工作，她和成瑶又是要好的朋友，她们在一起工作得十分愉快……

就在他们促膝谈心的时刻，楼梯口传来了一阵急促的脚步声。刘思扬心头一惊，立刻把刚写好的《挺进报》的稿件塞进书桌暗装的夹缝里藏好……就是这样突如其来，事前连一点预感也没有，他和未婚妻孙明霞同时被捕了。

直到被审讯的时候，刘思扬才明白是叛徒甫志高出卖了他。叛徒不知道他负责着《挺进报》的收听工作，因此敌人没有从这方面追问，刘思扬决心把这当作一件永不暴露的秘密，再不向任何人谈起。

刘思扬还清楚地记得，那个戴着金色梅花领章的特务头子和他进行的一场辩论——

特务头子高坐在沙发转椅上，手里玩弄着一只精巧的美国打火机，打燃，又关上，再打燃……那双阴险狡诈的眼睛，不时斜睨着自己的面部表情。一开口，特务头子就明显地带着嘲讽和露骨的不满。

“资产阶级出身的三少爷，也成了共产党？家里有吃有穿有享受，你搞什么政治？”

自己当时是怎样回答他的？对了，是冷冷地昂头扫了他一眼。

“共产党的策略，利用有地位人家的子弟来做宣传，扩大影响，年轻人不满现实，幼稚无知，被人利用也是人之常情……”

“我受谁利用？谁都利用不了我！信仰共产主义是我的自由！”他从来没有听过这样无理的话，让党和自己蒙受侮辱，这是不能容忍的事，当然要大声抗议那个装腔作势的处长。

“信仰？主义？都是空话！共产党讲阶级，你算什么阶级？你大哥弃官为商，在重庆、上海开川药行，偌大的财产，算不算资产阶级？你的出身、思想和作风，难道不是共产党‘三查三整'的对象？共产党的文件我研究得多，难道共产党得势，刘家的万贯家财能保得住？你这个出身不纯的党员，还不被共产党一脚踢开？古往今来各种主义多得很，识时务者为俊杰，我劝你好好研究一下三民主义……"

刘思扬到现在也并不知道特务为什么对他说这样的话，更不知道自己为什么不像别的同志一样遭受毒刑拷打。这原因，不仅是他家里送了金条，更主要的是，作为特务头子的徐鹏飞，他难以理解，也不相信出身如此富裕的知识分子，也会成为真正的共产党人。因此，他不像对付其他共产党人一样，而是经过反复的考虑，采取了百般软化的计策。当然刘思扬并不知道，也不注意这些，他觉得自己和敌人之间，毫无共同的阶级感情。

"阶级出身不能决定一切。三民主义我早就研究过了，不仅是三民主义，还研究了一切资产阶级的理论和主义，但我最后确认马克思列宁主义才是真理。"

"凭什么说马克思列宁主义是真理？"那特务处长，居然颇有兴致地问。

"在大学里，我学完了各种政治经济学说。最后，才从唯物主义哲学、《资本论》和人类社会发展的规律中，找到了这个真理，只有无产阶级是最有前途的革命阶级，只有它能给全人类带来彻底解放和世界大同！"

"少谈你那套唯物主义哲学。你到底想不想出去？"特务的声音里，仍然带着明显的惋惜之意，"你又不是无知无识的工人，我现在对你的要求很简单，根本不用审问，你们的地下组织已经破坏了！你在沙磁区搞过学运吧？你的身份，还有你的未婚妻的身份，甫志高全告诉我了！他不也是共产党员？他比你在党内的资历长得多！但他是识时务的人，比你聪明！”

“要我当叛徒？休想！”

“嗯？你是在自讨苦吃，对于你，我同意只在报上登个悔过自新的启事。”

“我没有那么卑鄙无耻！”

“嗯，三少爷！路只有两条：一条登报悔过自新，恢复自由；一条长期监禁，玉石俱焚。”

刘思扬记得，他当时毫不犹豫地拒绝了对方的威胁，并且逼出了敌人一句颇为失望的问话：

“你想坐一辈子牢？”

“不，到你们灭亡那天为止！”

“好嘛！我倒要看看你这位嫩骨细肉的少爷硬得了多久？出不了三个月，你敢不乖乖地向我请求悔过自新！”

“向你请求？休想！”

就这样，结束了敌人对他的引诱，于是他被关进一间漆黑而潮湿的牢房。再次被提出去时，已经天色漆黑，似乎被押过一片草地，还碰到一棵树，也许是个有花草的庭园，接着，又进了一条漆黑的巷道。几个人和他并排走。耳边听见一阵吆喝，“举枪！”后来就是“乒乒”几声刺耳的枪声在巷道深处回响。他想再看这世界最后一眼，面前仍是一片漆黑，什么也望不见。黑暗中，他和一些人高呼口号……可是，子弹并未穿过他的胸膛，原来是一场毫无作用的假枪毙。又押回牢房时,他不再是一个人了,而是和一个青年工人关在一起。工人叫余新江,也是被甫志高出卖的。从此,两个人成了同甘共苦的伙伴,互相支持、鼓励,直到今天早上,囚车又把他和重伤的余新江押进这秘密的集中营。

从被捕以后，再没有见过明霞。除了假枪毙那天晚上，听见过她高呼口号的声音。不知此刻，她关在什么地方，也许和自己一样，押进了这座集中营?

刘思扬从风门口微微探出头去，火辣辣的太阳，晒得他的眼睛发酸。他忍受着酷热和喉头的干燥，左顾右盼，两边是一排排完全相同的牢房。他记得，他和余新江关进的这一间，叫楼上七室。在这间十来步长、六七步宽的窄小牢房里，关了二十来个人，看样子都是很早就失去自由的人，也不知道这些人当中，是否有自己的同志和党的组织。楼下也和楼上一样，全是同样的长列牢房。一把把将军锁，紧锁着铁门，把集中营分割成无数间小小的牢房,使他看不见更多的人,也看不到楼下,只能从铁门外楼栏杆的缝隙里，望见不远处的一块地坝，这便是每天“放风”时，所有牢房的人可以轮流去走动一下的狭窄天地。

地坝里空荡荡的，在炭火似的烈日下，没有一个人影……

对新的集中营，他还不熟悉，保持着某种过分的拘谨。对这里的一切，他宁愿缓缓地从旁观察、了解，而不肯贸然和那些他还不了解的人接近。这就使他虽然生活在众多的战友中间,却有一点陌生与寂寞之感。他自己一时也不明白，这种感受从何而来，是环境变了，必须采取的慎重态度，还是那知识分子孤僻的思想在作怪？

太阳渐渐偏西了，可是斜射的烈焰给闷热的牢房带来了更燥辣的，焦灼皮肉的感觉。

高墙电网外面，一个又一个岗亭里，站着持枪的警卫。佩着手枪巡逻的特务，牵着狼犬，不时在附近的山间出没。

目光被光秃的山峦挡住，回到近处；喉头似火烧，连唾液也没有了，这使他更感到一阵阵难忍的痛苦。“出不了三个月，你敢不乖乖地向我请求悔过自新！”徐鹏飞的冷笑，又在耳边回响……向敌人请求悔过自新？刘思扬咬着嘴唇，像要反驳，又像要鼓励自己，他在心里庄重地说道：“一定要经受得住任何考验，永不叛党！”

回头望望，全室的饮水，储存在一只小的生锈的铁皮罐子里，水已不多了，然而谁也不肯动它，总想留给更需要它的人。刘思扬又一次制止了急于喝水的念头，决心不再去看那小小的水罐。

他的心平静了些，勉强挤出一点聊以解渴的唾液，又向对面的一排女牢房望去。这时像要回答敌人的残暴和表达自己坚定的信念似的，刘思扬心底自然地浮现出一首他过去读过的高尔基有名的《囚徒之歌》，他不禁低声地独自吟咏起来：

太阳出来又落山，
监狱永远是黑暗，
守望的狱卒不分昼和夜，
站在我的窗前——

高兴监视你就监视，

我却逃不出牢监，

我虽然生来喜欢自由——

挣不断千斤锁链！

就在这时候，一阵轻微的清脆的歌声传了过来，牵动了刘思扬的心。声音是那样的熟悉，吸引着他向对面的女牢房凝目瞭望。在一间铁门的风洞旁边，意外地看见了那一对阔别多日的，又大又亮的眼睛！孙明霞的嗓音，充满着炽热的感情，仿佛在他耳边低诉：

……他是个真情汉子从不弄虚假，

这才值得人牵挂——

就说他是个穷人也罢，

有钱岂买得爱情无价？

就说他是个犯人也罢，

是为什么他才去背犯人枷？

……

随着清脆的歌声，那对火热的目光，久久地凝望着他。刘思扬清楚地看见孙明霞头发上扎着一个鲜红的发结，这时他像放下了一副重压在肩上的担子，心情立刻开朗了。明霞就在这里！两个人共同战斗，同生共死，使他感到一阵深深的安慰和幸福。

“水！……水！”

身后传来一声声干渴难忍的低喊，昏迷中的余新江又醒来了。刘思扬的眼光留恋地离开了对面女牢的铁门，转过身，回到周身被汗液湿透的余新江身边。余新江半昏半醒地仰卧在楼板上。他的双手又把衬衫撕开了，胸脯上露出正在化脓的刑伤，那是炽热的烙铁，烫在皮肉上留下的乌黑焦烂的伤斑。他张着焦裂的大口，一次次吐出一个单纯的字：

“水！……水！”

刘思扬的目光，再次扫过屋角，那储水的铁皮小罐，就放在那里。他下了决心走过去，提起水罐，可是水罐已经变得很轻了，只剩下最后几口。刘思扬茫然地望了望这间像口闷热的铁箱似的牢房，人挨人，挤在一起，但他们都强自忍耐着，不肯把小罐里的水倒光。刘思扬迟疑了好久，才从小罐里倒出一点水，回头看看满脸烧得通红的余新江，又犹豫地慢慢加上几滴。

一个靠近墙角的人，两腿肿胀，乌紫发黑，双手捂住下巴，噙着杆黄泥巴烟斗，闷声不响，这时抬起头来，双眼望望余新江，又望望刘思扬，他挣扎起来，夺过刘思扬手上的小水罐。

“他发高烧，才受刑下来，多给他喝口水，不要紧嘛！”

说着话，那人张开嘴，露出几瓣大牙齿。随着说话的动作，嘴上咬着的那根装着竹管的黄泥巴捏成的烟斗，上下晃动着。他把罐里的水，咕噜咕噜全倒进刘思扬拿着的碗里，然后把罐子往墙角一扔，两手比画着说：

“点点大个罐罐，一泡牛尿都接不完！”

刘思扬端着半碗水，感激地望着面前这个率直的农民模样的人。他望着那人吸惯叶子烟的焦黄牙齿上挂着的一缕缕血丝，忍不住提醒了一句：

“你的嘴流血了！”

那人摇了摇头，坦然地说：“牙龈烂了，手脚也……”

刘思扬痛苦地皱着眉头：“这是坏血病，营养不足……”

“这里哪像我们乡下，青菜萝卜齐全啰，咋个不得这些怪病嘛。你看，连烟都没得抽的！”

说着，他们抬起余新江汗湿的头。一滴水刚刚碰上嘴唇，舌尖便伸了出来，双手又不住地抓着喘不过气来的胸口。

刘思扬和那人对视了一下。他们的目光不约而同地似乎都在说：要是还有水该多好！可是看看倒空了的水罐，两人都沉默着。刘思扬随手拿起自己的西服上装，举在余新江身畔，权且遮住从签子门缝中直射进来的斜阳的毒焰。那人不知从哪里摸出一柄废纸贴成的破扇，递了过来。刘思扬便放下衣裳，用扇子给余新江扇来一阵阵带有浓烈汗臭的热风。

“你是从农村来的？”刘思扬望着对方的空烟斗，烟斗的泥巴磨得亮亮的，却没有烟火烧过的痕迹。

“乡巴佬哇。我叫丁长发。家住川西新津县三汇场，一抹平阳的好地方呵，就是地主恶霸多了点！”

“我叫刘思扬。”

“听说过啰，他叫余新江嘛。”丁长发接口说道：“你们是重庆大码头的，到这渣滓洞集中营里头，开初几天，怕不大惯适吧？你看，硬是比县份上的班房恼火。”丁长发吐口长气，又说道：“嘿，没得烟抽。老子做个烟杆，叭几口过过瘾！”

刘思扬苦笑了一下：“没关系，过些时候，就习惯了。”

“这个余新江，是个工人，长一手老趼。坐两年牢，你屁股上也要长牢趼嘞！”丁长发又咧开嘴巴，爽直地笑了笑，转身坐回原处。

在沉闷的气氛中，破扇子嗦嗦地发出单调的声响。刘思扬的目光，不经意地打量着对面的墙壁。他的目光忽然停滞了，手里的破扇子，也停止了摇动。墙角上刻画着一些纵横交错的字迹，几行显眼的暗红色的字，扣住了他的心弦：

> 我做到了党教导我的一切！
>
> 中国共产党万岁！
>
> 吕 杰绝笔

是鲜血写成的字！刘思扬心里不禁浮起一阵异常庄严的感情。他不知道吕杰是谁，可是吕杰写下这几行绝笔时那种光芒四射的思想感情，他完全能够理解。有一天，当自己为真理而奉献生命的时候，能像吕杰这样毫无愧色地迎向敌人的枪口，讲出这样的话吗？刘思扬问着自己，又进一步借着阳光，贪婪地搜索着墙角的各种字迹。在吕杰绝笔的旁边，是谁用指甲深深地刻画出一条条的痕印，这又表示着什么呢？刘思扬一时猜不透它，目光向旁移动，一处耀目的字句，立刻映进了他的眼帘：

> 为人进出的门紧锁着，
>
> 为狗爬出的洞敞开着……

是谁写下了这样透彻的警句？刘思扬不禁问着自己。

一个声音高叫着：
——爬出来吧，给你自由！
我渴望自由，
但我深深地知道——
人的身躯怎能从狗洞子里爬出？
我希望有一天
地下的烈火，
将我连这活棺材一齐烧掉，
我应该在烈火与热血中得到永生！

刚刚大声读完这首洋溢着战斗激情的诗篇，刘思扬忍不住急切地询问：

“这是谁写的诗？”

“我们军长！”一个洪亮的声音，应声答道：“叶挺将军！”

刘思扬一回头，看见一个身材高大的人向他走来。和他洪亮的声音相适应的，是他的军人气派。他穿一身整洁的灰布军衣，不管天气多热，领口的风纪扣，总是紧扣在脖子上。他不像其他的人，只穿短裤，却穿了一条长长的军裤，衣袖高高卷起，露出一双黝黑的手臂，头上端正地戴着一顶军帽。

“我是新四军的。军长在楼下二室写过这首诗，我把它抄在墙上给大家看。”这位新四军战士，毫不隐瞒他的行为，继续说道：“我叫龙光华。美蒋反动派发动内战，我在中原军区参加突围作战，挂了彩。”他解开军服，露出右肩上一处巨大的伤疤，“醒过来已经被俘了。我叫反动派补我一枪，他妈的，却踢了我一脚！我们被俘的十一个人，有的伤重牺牲了，有的一路上被反动派折磨死了，就剩下我们王班长和我两个，今年才押到这里。我们王班长关在楼下二室，就是我们军长住过的那间牢房。活不出去就算了。要是活了出去，再端起机枪，我要叫反动派吃够革命子弹！”

来到这间牢房的最初几小时，除了照顾重伤的余新江，除了观察这集中营的环境，刘思扬很少和同牢房的人们谈话。他觉得自己的衣着太好，又没有受刑，难免要引起别人对他的怀疑，甚至遭到歧视。可是，现在，他的感情渐渐变化，想和这豪爽的军人，以及那直爽的农民多谈两句，了解一下情况，以便日后寻找狱中可能有的党组织。刚想到这里，一个特务摇着一把蒲扇，从签子门边晃过，接着便传来一阵开铁锁的响声。

“楼五室，出来放风！”

楼五室没有脚步走动的声音。

“放风！”

还是没有动静。

“喊你们出来！”

“楼五室怎么啦？”刘思扬把头探出风门，看见特务正摇着蒲扇，在楼五室门口吆喝。

“好几间牢房，都病得没有人起来放风了。”背后，一个低沉的声音在说。

“楼六室放风！”特务干涩地叫了一声，又在开动铁门。刘思扬退回余新江身旁，心里猜想着：大概楼六室没有完全病倒，有人出去了，所以特务没有再怪声号叫。

过了一阵，铁门上的锁叮当地响了，特务打开了楼七室的牢门。

“出来放风！”

丁长发缓缓地移动一下身子，揩揩汗水又坐下去。满屋子的人，都没有想站起来的动作。只有龙光华，走到放便桶的角落，伸手去提那桶装得满满的粪尿。

“让我来吧。”刘思扬从未做过这样的苦役。此刻他要求着自己，努力习惯新的生活，也希望逐渐接近同牢房的战友。他丢下扇子，自告奋勇地走上前去。

“好吧，你去倒尿桶，我去找水！”龙光华拾起扔在墙角的小水罐，大步走出牢房。

刘思扬抓紧便桶上的粗绳，用力往上提，额角上冒着汗，手臂颤动着，他卷了卷苦麻而不灵活的舌头，积聚起全身力气，踉跄着把便桶提了出去。下了楼，沿着高墙，走过被太阳晒得火辣辣的地坝，墙角里的野草和苦蒿也枯萎了，他不知道龙光华还能从哪里弄到一点水回来。

厕所里到处撒着恶腥的竹片、纸块。在这些竹片、纸块上面，沾连着一片片黑色的血块，一摊摊浓痰似的黏液。绿头苍蝇，嗡嗡地飞扑；密密麻麻的蛆虫，蠕动着身子，一堆挨一堆地爬着……

刘思扬倒过便桶，突然感到一阵恶心，头脑像要涨破似的膨胀着，嗡嗡地响，手脚也麻木了。他站不稳，倚在墙边，昏昏沉沉地过了好一阵。这一个多月以来，他住在二处的黑牢里，不见阳光，受着折磨，身体比过去衰弱多了。他挣扎着，艰难地走出厕所。

狭窄的地坝，这时变得特别空旷起来，楼梯也变得又高又陡，刘思扬走了两步，就觉得耳鸣目眩，再也无力走动了。一间间锁死的牢门，在眼前晃动……

“你怎么啦？”龙光华赶上来，问了一句，从他手上接过便桶。回到牢房，他把水罐朝墙角一扔，大声骂着：“一点水都找不到，他妈的反动派，真做得出来！”

刘思扬定定神，又回到余新江身边。牢房里的人们，挨个地横躺着，困难地扭曲着身子，在滚烫的楼板上，发出一阵阵难忍的喘息。

“他妈的！”龙光华的眼睛冒出怒火：“渴死了，我们也不缴枪！”

屋角里，一个秃顶的老头子，皱着眉梢，艰难地撑起上身，向牢房四周看了看，似乎想说什么，却没有说出，突然伸手捂住胸口，咳咳咳地咳了起来。他的喉管里堵塞着一块东西，上下不得，把脸憋得通红，接着变成苍白，嘴唇也青紫了，气喘越急促，呼吸就越发艰难了。

这边的丁长发和龙光华，被急促的哮喘惊动了，两个人赶快走了过去，一个吃力地扶住老头子，另一个用溃烂发黑的手轻轻地给他捶着背。

一股浓烈的血腥气，从老头子口里喷涌出来。他的口张得大大的，两只白眼珠呆直地望着签子门，昏过去了。

过了一阵，老头子才苏醒过来，翻着两只白眼，直瞪着低矮的屋顶。他长长地吁了一口气，睁大了眼睛。

“老大哥，你还是喝口水吧。”旁边有人请求着说。说话的人似乎还不知道水罐早已空了。可是刘思扬马上又听见那人补充了一句：“我在碗里，给你留了一口。”

“这阵好多了。”老头子细声回答，微弱的语音，拖得很长很长，他慢慢地说：“水——留——给——伤——员——”

是吃饭的时候了，室外传来一阵混合着焦糊与霉臭的味道。可是刘思扬除了口干舌燥，毫无饥饿的感觉。出去提饭桶的龙光华，在牢门口大声喊道：

“同志们，吃饭了！”

刘思扬抬头看了看，饭桶里面尽是乌黑的碎石似的硬饭粒，他卷了卷麻木的舌头，涌出一种厌恶的感觉，扭回头，再也不愿看那饭桶。

龙光华把饭桶擂得咚咚响，想惊醒所有昏睡着的人。可是，人们像早就知道桶里边的东西似的，隔了好久，还是一潭死水般的沉寂，没有人抬起头，甚至不愿睁开眼皮看一看。龙光华站在那里，眼圈遽然红了，一眶热泪，突然涌上这豪壮军人的眼帘，他挪开步子，站到老头子身边，恳求地说：

“两天了，大家一点东西不吃！老大哥，身体是我们革命的本钱呀！”

被称作老大哥的病弱老头子，困难地支起上身，依着墙，喘息着，他的声音里，出乎刘思扬意外，竟出现了一种坚定不移的刚毅气概："大家起来吃饭……大家都吃一点……"语音里带着激动的颤抖："好吧，先给我舀……"

满屋昏睡的人渐渐睁开了眼睛。

刘思扬迟疑着，走了过来。他挖开干硬的饭粒，给老大哥舀了大半碗，又把筷子递给他。老大哥吃了一口，喘着气，脸色也变了，又捶了捶胸口，才勉强咽下去。接着，他用筷子敲敲碗，"大家……都吃一点……别叫敌人小看我们！"

望着老大哥的动作，满屋的人都勉力坐起来。丁长发最先露出笑脸说："给我舀嘛，我吃一碗！"

又一个人像接受任务似的举起手，毫不犹豫地喊："我来半碗。"许多人递过碗来，"也给我一点……""我吃小半碗……""我也……"

刘思扬强烈地感到，这些声音，都是忍受着痛苦，咬着牙关迸出来的。此刻他还不知道，狱里的缺水，完全是敌人有意制造的。因此，在极度干渴之下的吃饭，竟成了一种战斗，一种不屈服于迫害的战斗。顽强的斗争意志和不屈的决心，鼓舞着人们听从老大哥的劝告。刘思扬一个一个给大家舀了饭，自己也勉强咽下几口干硬霉臭的饭粒。他又给仍然昏迷不醒的余新江留了半碗……看见大家都放下碗筷时，他忽然冲动地站了起来，提着饭桶在室内绕了一圈，龙光华朗声叫道："再给我舀！"又干脆添了大半碗，另外的人，谁也不再伸过碗来。刘思扬只好把大半桶剩饭，送到牢门外去。

院坝里摆着一排饭桶，都装得满满的，几乎没有人动过。

刘思扬目不转睛地盯住成排的饭桶默默站着，心里翻动着一阵复杂而痛苦的感情。他不知道这种迫害，将要继续到什么时候。

黄昏，在郁闷的寂静中悄悄来临。

特务拉开铁门，反复查看每间牢房，单调的点名的呼号声，像凶残的野兽，在荒山野谷中号叫。夜空繁星闪烁，天边卷起一片乌云。又黑又闷，屋顶像一口铁锅，死死地扣在头上，叫人透不过气。蚊虫嗡嗡地夹杂在呻吟声中，一群群地，呼啸着，穿过铁签子门缝，潮水似的涌了进来。赤条条地躺在楼板上的，被灼燥、闷热、刑伤和病魔折磨倒了的、连血液都快要干涸的人们，听任蚊虫疯狂地进攻，连挥动手臂驱赶它们的力气都没有了。

刘思扬勉强躺在火热的楼板上，不知过了多久。

半夜里，屋脊上传来了呼呼的风声，闷热的牢房清凉了一些。远处，闪烁的电光，渐渐近了，听得见沉闷的雷声。突然一声惊雷，刘思扬被震醒了。

“梆！梆！”

一阵竹梆声在耳边响起，一处岗亭敲过，另一处岗亭又梆梆地敲响。被惊雷震醒的刘思扬，默默地听着那巡夜的梆声，一声接一声，无休止地敲着。

“梆梆梆！梆梆梆！……”

“梆梆梆！梆梆梆！……”

梆声突然急促起来。

“听，又要提人！”黑暗中是谁紧张地说。

电光闪闪，又是一声炸雷！

狼犬号叫着，像是从远处猛扑过来。隔壁牢房的铁锁响了一声，接着，传来推开铁门的哗啦啦的巨响。

“5013 号！出来！”

“5013 号！”

听见这声音，刘思扬扑到铁门边，从风洞口伸出头去，在狂风呼啸、电光闪亮的瞬间，瞥见一个身材瘦长的人影，从容地跨出牢门。立刻，一副闪光的手铐，铐住了他的双手！

强烈的电闪，忽然照亮了楼口，铐上手铐的人在强光照射下，跨下楼梯，又向前走。在对面一间女牢门边，他突然站住脚，像铁铸的塑像似的屹立在狂风和闪电里，似乎要等待和谁告别。正在这时候，一个头发长长的孕妇，披着带血的长衣衫，突然出现在女牢的风门口。她伸出了双手，隔着铁门，紧紧抓住那个身材瘦长、戴着手铐屹立的人。

“他们是谁？”有人在问。

“不知道，昨天才从云南押来的。”黑暗中有人应了声。

……女牢风门边紧握着的双手分开了，远远地分开了。戴着手铐的人，霍地回转身，高举双臂，在震耳的雷鸣中，向所有的牢房昂然呼唤：

“同志们，永别了。解放那天，请代向党和同志们致敬！共产主义万岁！”

滚滚雷声中，又是一阵耀眼的闪电，刘思扬泪汪汪的双眼，看见丁长发面向墙角站着，他的指甲在对面的墙壁，趁着电闪又深深地刻下一道清楚的痕印。刘思扬明白了，他刻画的那一条条痕印，正是无数次秘密屠杀的铁证。这时透过雷声传来几声枪响，接着便是一阵令人心悸的狼犬的号叫。

粗大的雨点，狂暴地洒落在屋顶上，黑沉沉的天像要崩塌下来。雷鸣电闪，狂风骤雨，仿佛要吞没整个宇宙！

丁长发的指甲缝里嵌满了石灰粉屑，捏成了拳头。

“他妈的！”龙光华摇着铁门咬牙切齿地喊：“给我一支枪，我杀完这群野兽！”

第十二章

一连几天暴雨，逼退了暑热，渣滓洞后面的山岩间，日夜传来瀑布冲泻的水声……

微风拂进铁窗，带来几声清脆的鸟叫。余新江一早就醒了。这时，他像被微风和鸟语惊动了似的，睁开眼睛，翻身起来，坐在楼板上。退烧以后，他的精神渐渐恢复，刑伤也好了一些，在这清晨略为凉爽的时刻，更显得神志清醒。

天才蒙蒙亮，人们都静躺着，还有人微微地打鼾。铁窗边，一个起来最早的人，正悄悄地迎着金色的朝阳，徒手练习着劈刺的战斗动作。一看他那身整齐的军装，余新江便认出他是龙光华，这个新四军战士，始终保持着部队里的生活习惯。余新江喜欢这种性格的人。他不想惊动他，站起来独自向铁窗口走去。铁窗在牢门的对面，窗外有一片荒土，再远一点便是电网高墙。墙外，耸立着一片峭壁悬岩，遮没了视线。抬头望去，碧蓝的天空一丝云彩也没有，预示着一个雨后的大晴天。

转过身来，余新江看见蜷伏着的人丛中那个脑顶光秃的老头子蠕动了一下，这人的面孔好熟悉！可是余新江怎么也记不起在什么地方见过他。余新江还不知道老人的姓名，只听到大家都尊敬地叫他“老大哥”。老大哥虽然病势沉重，很少讲话，可是一眼看得出来，他是这间牢房里最受尊敬的人。

老大哥咳嗽了两声，慢慢撑起上身，依着墙半躺半坐，两只枯瘦的手摆在胸前，缓缓地揉弄隐隐作痛的胸腔。余新江注视着他的动作，心里反复搜寻自己的记忆：这个人确实见过，一时却想不出他的姓名以及和自己的关系。

铁门哗的一声被推开了。一个特务探头进来，恶狠狠地大声喊叫：

“起来，楼七室放风！”

满屋的人都被惊醒了。特务狞笑着走开。

“他妈的，狗熊！”

“你们骂谁？”被叫作狗熊的特务，突然又闯进牢门，气势汹汹地问。

龙光华上前两步，站在狗熊面前，盯住他的脸。狗熊发现满屋怒视的目光，慌忙一缩，退出了牢门。

“天不亮就放风，又是狗熊故意作怪！”一个声音对着特务的背影大声说。

刘思扬也在人声中站了起来，走过去提便桶。龙光华一伸手挡住他：“这个给我，你和老丁去找水。”说完，提起便桶就飞快地跨出去了。

“要得嘛，”丁长发含着空烟斗，不慌不忙地招呼刘思扬，“我们两个去找水。”

“咳咳……”老大哥咳嗽几声，喊道：“老丁，万金油还有吗？”

丁长发往口袋里摸了摸，找出一个万金油盒子随手递给余新江，就和提着水罐的刘思扬，一前一后出去了。

牢房里久病的人们，趁着雨后的清晨，都慢慢翻身起来，走出去透一口空气……

余新江把万金油拿到老大哥面前，打开盒子一看，已经空了。他把空盒子凑近老大哥的鼻孔，让他闻闻残余的万金油气味。这时他才清楚地看见老大哥左耳根上长着一颗大大的黑痣，痣上还有一撮长毛。这个特征使余新江立刻记起了十多年前的往事——老大哥不正是那位喜欢摸着痣胡讲书的夜校老师吗？

“你叫余新江？”老大哥看到牢房里只剩他们两人时，就慢声细语地问他。

“嗯。”余新江点点头，应了一声。那时自己才十二三岁，时间隔得这样久，他还认得十多年前的学生吗？

“你是哪里人？”老大哥又问。

“武汉。”

“怪不得说话带着湖北口音，到四川很久咯？”

“武汉失守前，随汉阳兵工厂搬到重庆的。”余新江有意提起汉阳兵工厂，当时的工人夜校办在厂区里。

“哦，是个好地方。龟山、蛇山、黄鹤楼，有机会去观光一下倒不错……”老大哥仿佛暂时忘记了病痛，抬头凝眸，心旷神怡地咏诵起来："大江东去，浪淘尽，千古风流人物……乱石崩云，惊涛裂岸，卷起千堆雪！江山如画，一时多少豪杰……"

"你多像个老师。"余新江有意把"老师"二字说得很重，希望引起对方注意。老大哥似乎没有留神，把话题自然地引向另一个方向。

"我是教师。1940 年被捕以前，在成都当了多年国文教员。进狱以后，大家都称我老大哥。"

"老大哥！"余新江叫了一声。

老大哥笑了，两只浮肿的眼睛眯在一起，望着余新江。

"老大哥！我也认识一位老师，"余新江有意地说："他姓夏，十年以前在武汉被捕的。"

"哦——"老大哥漫不经心地应了一声。

"夏老师被警察抓走以后，我们夜校的工人子弟，天天想给他报仇，每天晚上掷石头打警察！"余新江放低了声音说道："到现在我还记得夏老师的相貌。"

"这些事谁也不会忘记。"老大哥的声调也变低了，在余新江耳边说道："我也记得一个学生，他爸爸是共产党员，二七大罢工时受过伤，我一直惦记着这个学生的成长！"

"老师！"余新江紧抓住他枯瘦的手，低声叫道："夏老师！"

"我现在不姓夏。"老大哥在他耳边轻轻说道："过去的历史，敌人不知道。后来，我在成都又一次被捕，和罗世文、车耀先同志一道被押来押去，息烽、白公馆都关过，没有暴露身份……

你以后就叫我老大哥。”

余新江默默地听着，心情十分激动。

“你们一来，我就认出了你。你长得和你爸爸当时一个模样。哎，你爸爸，老余师傅呢？”

余新江说：“爸爸在‘三二三’斗争中牺牲了。”

老大哥听余新江简要地讲了他爸爸牺牲的经过以后，沉默了片刻，严肃地说：“你爸爸是个好同志，十多年前，我和他在一个支部；现在，你继承了他的事业，我们又聚在一起了。”

“渣滓洞也有党组织？”

“哪里有斗争，哪里就有党。”老大哥简单地回答道：“你和刘思扬被捕的情况，监狱党组织已经了解。党指定你们和龙光华、丁长发编成一个党小组，丁长发同志担任你们的小组长。”

余新江喜出望外地抓住老大哥的手，一时竟说不出话来。

“你进来的时候，有什么重要消息？”

“毛主席发表了重要文章——《目前形势和我们的任务》，指出革命已经发展到转折点……这篇文章的主要内容，我全都背得出来。”

余新江正想说下去，一阵梆声惊动了他。

“囚车来了。”老大哥听听梆声，便闭上眼睛，不再说话。

出去放风、找水、倒便桶的人们，一一回进牢房。铁门喀嚓一声，锁死了。丁长发把从积雨中舀来的半罐浑黄的水，放在屋角，又回到他惯常倚坐的墙边，咬着空烟斗，默默坐着。

“梆，梆梆，梆梆梆，……”

竹梆声一阵比一阵敲得更紧。

"小余，你听！"刘思扬喊了一声，后边的话还没有说出，就被山谷间骤起的一阵汽车引擎的噪声打断。

梆声刚刚停住，汽车喇叭声又突然响起。从喇叭声中，可以听出那疯狂疾驶的汽车正向集中营快速猛冲。余新江立刻翻身起来，挤向牢门口。

"看见了吗？"离签子门较远的人，只能凭着听觉，望着站在前面的背影发问。

"看见了，看见了，……"

"吉普车，后面……"

"后面……还有十轮卡……停了。卡车的帆布篷揭开了……啊，啊！……一副担架……特务抬下了一副担架……"

"担架？看清楚了？"

暂时没有回答。

"听说过吗？有个叫成岗的硬汉子……"有个声音在说："他受了重刑……现在下落不明……"

余新江的心突然剧烈地跳动起来。担架上抬的，该不会是在二处见过的，快要咽气的厂长成岗吧？

黑压压的人影，挤向每间牢门，集中营的人全被惊动了。沉重的皮靴，踏响楼梯，几个挥动手枪的特务，跑上楼来。地坝前面生锈的铁门吱呀吱呀地响着，缓缓地开了……一群持枪的特务，押着一副担架，冲过地坝，径直朝楼口抬来了。楼梯附近，传来一阵嘈杂声，担架上楼了……

一群特务粗野杂乱的脚步，踩得楼板吱吱地响。

“当啷……当啷……”繁杂的脚步声中，夹着一种迟钝的金属撞击的音响。余新江踮起脚尖，朝外边看了看，什么也没看见，那牵动人心的金属碰撞的响声，仍然继续着。

“那是什么声音？”后边的人禁不住问。

“不知道……”

“也许是脚镣……等一会儿就晓得了。”

“过楼三室……到楼四室了……”

隔壁的楼八室，传来特务开门的声音。

余新江尽力踮高脚尖，从探望的人头缝里，朝外望着，望着，终于看见了……一床破旧的毯子盖在担架上，毯子底下，躺着一个毫无知觉的躯体……担架从牢门口缓缓抬过，看不见被破毯蒙着的面孔，只看到毯子外面的一双鲜血淋漓的赤脚。一副粗大沉重的铁镣，拖在地上，长长的链环在楼板上拖得当啷当啷地响……被铁镣箍破的脚胫，血肉模糊，带脓的血水，一滴一滴地沿着铁链往下涌流……担架猛烈地摇摆着，向前移动，钉死在浮肿的脚胫上的铁镣，像钢锯似的锯着那皮绽肉开的、沾满脓血的踝骨……

担架抬进空无一人的楼七室隔壁的牢房。走廊外边的楼板上，遗留着点点滴滴暗红的血水。

“是谁？”楼下牢房击打着楼板，传来了焦急的询问。

脚步声在牢门外响，似乎又有人在走动。

龙光华报告了一声："狗熊抬来了靠背椅，……还有手肘[1]，绳索。"

余新江心情激荡起伏，不安地挨近签子门向楼八室那边凝望着。

朝霞渐渐消逝，一轮骄阳，又从群峰顶上冉冉升起，散射着暑热。远处，荒草覆盖的山顶，近处，密密麻麻的岗亭和电网，像一张木然不动的照片，嵌在签子门外。

楼八室门口，守着几个特务，刺刀在朝阳中闪着凶光，连放风的时刻，也不让人接近那间囚禁着昏厥中的重伤者的牢房。

一个特务端了半碗稀饭，从楼七室走过，到隔壁楼八室去了。过一阵，又原样端走了……黄昏时分，又一次送饭，但隔壁的战友仍然没有吃喝……

余新江一连几天守候在风门边，急于知道那位战友的消息，可是什么也没有得到。闷热的夜又来了。蚊虫像一团团漆黑的云雾嗡嗡地卷进铁窗……梆声一遍又一遍，从黑夜敲到天明。

天刚破晓，余新江又固执地站在风门边，守候着又一个黎明，守候着隔壁战友的信息，他心里充塞着一种不安的预感：那位血肉模糊的坚强战士，一定是落到敌人手上的党的重要干部。

一只矫健的苍鹰，缓缓地拍击着翅膀，翱翔在清晨的碧空，它在这阴森荒凉的山谷间盘旋，盘旋，又陡然冲过岗峦重叠的

1　手肘是一种把双手固定在胸前的铁制刑具。

高峰，飞向远方……从高墙的电网中望着渐渐远逝的雄鹰，余新江抚摸着胸前逐渐平复的刑伤，激跳的心头霍然浮现出对于自由的热望，思绪随着翱翔的雄鹰，飞向远方……肖师傅、陈松林，许多熟悉的面孔在闪现，外边火热的斗争，不知又发展成怎样波澜壮阔的形势了？解放战争的前线，不知又推进到了哪些省份，哪些城镇？多么希望听到胜利的号角啊，多么希望重新回到工人兄弟战斗的队伍！余新江心情激动，又怀念着老许和成岗，谁知道他们此刻关在什么地方？

黎明的阳光，在期待中，渐渐露出来。“当——啷，当——啷——”音节明朗的响声，在晨曦中，忽然从风门口传了进来。“当——啷，当——啷！”这声音出现在渣滓洞最宁静的早晨，这声音使楼七室的人都坐了起来，肃静聆听，这声音好像是一个勇敢的战士，在弹奏着一支战斗进行曲！

有节奏的声响，是从囚禁重伤者的楼八室传出的。

清晨里惯常的宁静消失了，虽然室内悄然无声，可是每个人的脸上，都充满激情。谁也想象不到，隔壁新来的战友，竟有这样超人的顽强意志，被担架抬进牢房时，已经是奄奄一息，才过了短短的几天，谁能想到他竟挺身站起，哪怕拖着满身刑具，哪怕即将到临的更残酷的摧残，哪怕那沉重的铁镣钢锯似的磨锯着皮开肉绽沾满脓血的踝骨，那充溢着胜利信心的脚步，正带着对敌人的极度轻蔑，迎着初升的红日，从容不迫地在魔窟中顽强地散步。他用硬朗的脚步声，铁镣碰响的当啷声，向每间牢房致意，慰藉着战友们的关切；并且用钢铁的音节磨砺着他自己的和每一个人的顽强斗争的意志。

声音愈来愈响亮，愈来愈有力。“当——啷！当——啷！”铁的链环，重甸甸地敲击在粗糙的楼板上。随着那刚强的脚步移动，不断碰撞出战鼓般的鸣响。

这钢一般的响声把看守们也惊动了。一个浓眉大眼、面目可憎的特务，从办公室闯了出来，那只鹰爪似的手，紧抓住腰皮带上的枪柄。

“这家伙是谁？”刘思扬挤过来，靠在余新江肩头，轻声问。

“特务看守长，猫头鹰。”龙光华代为回答。

“两手血腥的刽子手……杀害了三百多人！”有人补充了一句。

余新江看出，那个叫猫头鹰的刽子手，两眼正盯住楼上第八号牢房，一步步跨进地坝里来。

“猫头鹰想干涉隔壁战友散步！”

“听！这就是答复……”

靠近牢门的人们，听到在铁链叮当声中，出现了轻轻的歌声。渐渐地，歌声变得昂扬激越起来。

起来，饥寒交迫的奴隶，
起来，全世界受苦的人！
满腔的热血已经沸腾，
要为真理而斗争！
……

歌声，像一阵响亮的战鼓，击破禁锢世界的层层密云。歌声，像一片冲锋的号角，唤起人们战斗的激情。这声音呵——像远征归来的壮士，用胜利的微笑，朗声欢呼战友亲切的姓名，更像坚贞的人民之子，在敌人的绞刑架下，宣扬真理必然战胜！

高昂的歌声，战鼓，号角，像春雷一样激起了强烈的共鸣。

“旧世界打个落花流水……”人们应声唱着。

“奴隶们，起来，起来！……”更多的人放开喉咙唱了起来，楼上楼下汇成一片，四面八方，响起了雄壮庄严的歌声。

“不准唱歌！”猫头鹰号叫了一声，成群的特务也跟着嚷叫。

“谁再唱，马上枪毙！”手在枪上一拍。

可是，那春雷一般的，万众一心的声浪，一旦升起，怎会被这嗡嗡的蚊蝇的阻扰而停歇？潮水般的声浪在不知姓名的、重伤的战友激越的歌声鼓舞下，变得更加高昂豪迈，震撼着魔窟附近的山冈。

猫头鹰脸色铁青，突然冲着楼八室狂喊：

“不许你唱！住口！许云峰！”

“许云峰？”突然有人惊问。

“老许！”对面女牢里，飞出一声尖锐的呼唤。

“老许！老许！”余新江猛然把头从风门口伸出去，凝望着楼八室。老许——他就关在自己隔壁！余新江满怀激动，张大了嘴巴，迎着老许坚强无畏的歌声纵情高唱：

这是最后的斗争，

团结起来，到明天……

许云峰站在铁门边，望着天边的繁星。夜已深了，他一点也没有睡意。除了时起时停的竹梆声，间间牢房的战友们，都已经进入梦乡。黄昏时又一次爆发的歌声，还在他的耳边回响。虽然这歌声早就停歇了，但他总感到那具有无穷力量的声音，还久久地在夜空里荡漾：

你是灯塔，
照耀着黎明前的海洋。
你是舵手，
掌握着航行的方向。
勇敢的中国共产党——
你就是核心，
你就是方向！
……

昏黄的狱灯，照见许云峰目光闪闪的脸，他从晕厥中醒来以后，就强烈地感受到一种力量，这力量正团结着集中营里的战友。虽然这个力量是看不见的，然而确实存在，从那些病弱的战友的脸上，从毫无怨言地承受任何考验的斑斑伤痕中，从显示每一个人的意志与决心的合唱里，都可以感触到这无形的、但是百折不挠的东西。

这和他被捕以前，市委反复地策划着，想和这座集中营里的同志建立联系时的估计完全一样。

许云峰希望迅速找到党的组织。他确信，这是一定能够做到的。因为，这里的党组织必然和他的想法一样，也急于与他建立联系。他也知道，敌人把他单独囚禁，正是想把他和他的战友们隔离开来，以免他和在敌人疯狂迫害下艰苦斗争的战友发生联系，增强这里的战斗力量。但是，这有什么用呢？他刚刚开始行动，同志们不是就发现了他吗？战友们的心，是隔离不了的，战友们的歌声和活动，早已超越了层层牢墙的封闭。

许云峰提起脚镣上的铁链，转身离开牢门，慢慢回到简单的地铺上去。地铺上只铺着一张带血的破毯子。他不愿在静夜里，再让铁链当啷的响声，惊醒入睡的人们。在这单身牢房里，他久久地怀念着自己的战友，怀念着党，不能入睡。他确信，地下党不会因为这次挫折而中止斗争，但是，党一定会总结经验教训，改变某些斗争策略，今后对敌人的打击，将更准更狠；党的组织将更隐蔽更安全。对于这些，他充满信心。他没有因为自己再不能参加外面的斗争而痛苦，因为他现在又负担了新的斗争责任：千方百计保护党的组织，决不能让敌人嗅出老李、老石和市委的其他同志；同时，他得在新的环境里，在极其困难的条件下，找到这里的党组织，团结群众，加强斗争，粉碎敌人的迫害、分化等各色各样的阴谋。

“梆！梆！……”

隐约地听到一阵嘈杂的人声。许云峰抬起头来，朝铁门外望着。昏暗的狱灯，像鬼火一样，四周全是黑黝黝的。

巡夜的特务踏着沉甸甸的步伐，在牢门外走来走去……朦胧中，一声尖锐的啼声，惊醒了他，接着又是几声。许云峰渐渐听清楚了，那是从女牢传出来的一阵阵乳婴的啼哭。

“一个新的生命，降生在战斗的环境里！”许云峰从婴儿的啼声中，感到生命的脉搏在跳跃。他翻身起来，提着脚镣上的铁链，走到牢门口，透过夜色，向下望着，心里充满了喜悦。

隔壁牢房的人，也被婴儿的声音惊动了。楼上楼下，人声闹嚷起来。风门边，一阵阵传来充满激情的低语：

“男孩还是女孩？问问楼下！”

“女室回答了，是一朵花！”

眼前，仿佛晃动着一个甜甜的婴孩的笑脸。

“给她取个最光彩的名字。”许云峰心里愉快地想。他对这初生婴儿的前途，就像对这集中营里战友们的前途一样，满怀着希望和信心。

……

天边出现了一抹红霞。许云峰迎着曙光，衷心欢畅地凝望着女牢那边，虽然他此刻还看不见那幼小的生命。

许云峰回过头，目光扫视了一下空空的牢房，提着脚镣走向简陋的地铺。他揭起那床带血的破布毯，又回到牢门边，把布毯从风洞里扔下楼去，又带着命令的语气，对守在地坝对面的特务看守员说道：

“把毯子送给女牢，给孩子撕几块尿布。”

说完，许云峰抬起头来，看见最先出去放风的战友们，也正在女牢门口堆放自愿送去的衣物。那些在地坝中散步的人们，脸上闪耀着激动而幸福的光彩。

楼七室出去放风了。许云峰忽然看见余新江的背影：他手里提着水罐，急急地走过地坝，径直绕过这一长列牢房的尽头，转到牢房后面去了。

许云峰昨天就注意到，已经不止一次，有人到牢房后边寻找水源。人们似乎对牢房背面那片荒坡的每寸土地都仔细研究过，最后还是看中了一处离他的铁窗不远的地方。那里的土地比较潮湿，地面覆盖着一层青苔。雨后，渍起了一潭潭浅浅的泥水，浮着一层肮脏薄膜的水面上不断鼓着水泡，孑孓和沙虫很快也长满了。从那里挖下去，下面很可能找到山泉。

大概人们都是这样设想的。昨天下午放风的时候，就有人在那里挖过土。轮到放风的人，戴镣的战友，跛腿的女同志都轮流到那里去了。没有任何工具，人们就用指尖去掏挖泥石，艰难地但是一心一意地扩大着水坑。使他难以忘怀的是，一个断了一条腿的女战友，边挖，还低声唱着一首歌。娓娓的低音，激昂悲壮的感情，在他心里引起了深深的共鸣，使他清楚地记住了那充满战斗激情的歌词：

……

我们是天生的叛逆者！

我们要把颠倒的乾坤扭转，

我们要把不合理的世界打翻！

今天，我们坐牢了，

坐牢又有什么稀罕？

为了免除下一代的苦难，

我们愿——

愿把这牢底坐穿！

天色黄昏时，坑渐渐挖成了，只是还没有水。也许，过一夜，或者，再挖深一点，会有地下水的。如果有了一潭清泉，渣滓洞几百个战友，就不会再为干渴所苦恼了。不过，许云峰感到，敌人决不会容许有这种行为的。因为这将直接破坏他们故意断水的迫害活动。而且，找寻水源也还是一种简单的反抗办法。但是，挖掘水坑也还是必要的，这能有力地团结战友，锻炼斗志，鼓舞信心……

许云峰离开了铁门，走到牢房后面的铁窗边，把头伸在小窗的铁柱间，向外探望。果然，正像他昨夜想象的那样，山泉已浸满了土坑。一池清水，映着碧天，闪动微微的涟漪。

余新江正蹲在水坑边出神。他把双手插进清泉，捧起水来喝了一口，然后又把水罐伸进水里舀了一罐。许云峰动了一下脚镣，发出一声当啷的音响，余新江回过头来，目光正和许云峰的融合在一起。

“老许！”余新江叫了一声：“我住在你隔壁！”

许云峰微微点头。

“你要保重！”余新江仰望着铁窗，一动也不动地站着。

许云峰一笑，目光闪动了一下，权当回答。

余新江留连着，放风的时间过完了，还不肯走。直到许云峰用目光叫他离开，才怏怏地走了。

这时，女室也来人舀水。许云峰又看见那个头发上扎着鲜红发结的姑娘，轻盈地走到水边。昨天傍晚，挖土的时候，她就伴着断腿的女战友出现过。她用一只漱口缸，舀了一缸水。迟疑了片刻，又蹲下身子，把缸里的水，往水潭中倒出一些。许云峰看出，这位姑娘不愿把水舀得太多，要留给更多的战友取用。

那姑娘站起来了，伸手掠了掠头上的一绺乱发，目光一闪，发现了铁窗后边的许云峰。她尊敬地轻轻把头一点，微笑着向许云峰表示问好。许云峰也点头微笑，望着她轻盈的身影离开水坑。许云峰不认识孙明霞，但他完全了解这年轻战友的坚强。

转角处，忽然跑来一个全身灰布军装的人，差点把姑娘手中的水缸撞翻了。那是龙光华，他抱歉地点点头，大踏步走向水潭。许云峰看出他戴着褪色的军帽，有着一双火一样热情豪爽的眼睛，衣袖高高地卷起，露出两只黝黑的手臂。他大步走到潭边，毫不犹豫地用水罐满满地舀了一罐，抬起头就跑了……

不到一分钟，龙光华又出现在水坑边，他又满满地舀了一罐。

他又来，又去舀水……

许云峰不知道这战士为什么这样匆促地舀水，但从他正直的目光中可以看出，他舀水绝不是为了自私的目的，许云峰完全相信，人民队伍里培养出来的子弟兵，只能是为着高尚的目的，才接连地取走那么多的水。

“你躲在这里？楼七室早就收风了！”

敌人的干涉出现了，尖锐的斗争就在许云峰眼前展开……

“咹！你在这里挖坑？”被唤做狗熊的特务，把几团污泥，踢进了水坑。

“你干什么？”龙光华像在保卫人民的利益，挺身上前，质问特务：“天气热，你们故意断水！这个坑是我们挖的，不准破坏！”说完，战士瞪了特务一眼，又蹲下身去，舀了一罐清水。

“把水送到哪里去？”

“你管不着。我给缺水的牢房送水！”

狗熊劈手夺下水罐，丢在水坑中。

“把水罐捡起来！”龙光华愤怒地命令特务。

“捡起来？”特务走到他面前，想要动手。

“你来！”龙光华握着拳头，迎了上去。

特务退后一步，踩了一脚污泥，突然亮出手枪，恶狠狠地叫喊：

“龙光华，你要造反？走，到办公室去！”

“走！”龙光华一挺身，昂然迈开脚步。

一个暗影倏地掠过许云峰的心头：他不能不为龙光华的遭遇担心。而且，他已看出，这是一场迫害与反迫害斗争的爆发！斗争既已爆发，就再不能犹豫，只有坚持到底，才能胜利，不管为了胜利要付出多大代价！他发愁的是无法把自己想到的一切，告诉给自己的战友们……

“不准打人！不准打人！”

“不准特务行凶！”

一片呐喊，从四面八方传来。许云峰关切地转过身来，走向人声喧嚷的牢门，站在风门口，他看见一个身体肥硕的特务，从办公室踱了出来。这个特务正是渣滓洞集中营的特务头子——

被大家称为猩猩的所长。这特务，长着人的面孔，穿戴着人的衣冠，讲着人话，模仿着人的动作，像人，却没有人的心肝，而是一头类人的刁诈的动物，所以大家都叫他猩猩。

“龙光华白昼挖墙，图谋暴动，并且殴打看守人员，这还了得！”猩猩拖长了声音，妄图压制每间牢房的呐喊。

敌人在公开挑战，而且造谣诬蔑！

女牢中，头上扎着鲜红发结的姑娘，突然从牢门冲出来，望着楼上楼下所有的牢房，驳斥猩猩：

“这完全是假话！我们亲眼看见，龙光华在后面舀水，特务故意撞去行凶！”

“孙明霞，你亲眼看见的？！”猩猩阴险的目光，像要把这姑娘一口吃掉。

“我们都看见的！”女室的战友，突然冲出牢房，在屋檐下站成一排，齐声说道：“我们看得清清楚楚！”

面对着女室的对证，猩猩发出一声冷笑。

“你们看见了什么？龙光华已经全部招认了！”

正在这时，满身鲜血的龙光华，突然从铁门边冲进地坝，摆脱了特务的追赶。几分钟的时间里，龙光华已经遍体鳞伤，几乎认不出他的面目。龙光华摇摇摆摆走到地坝当中，高举手臂挥动他的军帽：

“特务破坏水——”

“坑”字没出口，龙光华侧了侧身体，摇摇晃晃地跌倒在地上，鲜血从他嘴里不断涌流……

女室的战友，眼里喷出怒火，她们扑向前去，救护血泊中的战友。

“你们看见了吧？”猩猩狞笑着：“马上把水坑填平！凡是挖过水坑的，出来自首！”

“不准特务行凶！”几百人的声音，像决堤的洪水，像爆发的地雷。“谁敢填平水坑？”接着又是一声炸雷：“谁敢填平水坑？”猩猩连连后退，阴险的目光，打量着间间牢房里愤怒的面孔，他突然直起颈项怪声号叫：

“啊！你们要暴动？……把机关枪给我架上！”猩猩凶横的脸上露出冷笑，向着牢房逼视着，“谁敢暴动？谁在这里指挥？嗯，怎么没有人说话？有勇气的就站出来，站出来呀！”

几个特务气势汹汹地提着重镣，四处张望着，给阴险毒辣的猩猩助威。

突然，“当啷”一声，楼上一个牢房传来的金属碰响铁门的声音，使猩猩猛然一惊。紧接着，一个洪亮的声音出现了：

“住口！停止你们这一切罪恶活动！”

猩猩慌忙一退，他不知道是谁，敢于蔑视他的威权，用这种命令语气挑战。定睛看时，他不由得周身猛烈一颤。楼八室的牢门口，出现了一个人影。“许云峰？”他张皇失措地朝后便退，禁不住怪叫出声：“你、你、你要干什么？”

这时，神色自若的许云峰，已经屹立在牢门边，无所畏惧地逼视着连连后退的特务。无数的目光立刻支持着他的行动。

第十三章

遍体鳞伤的龙光华，被抢救回来，已经好些日子了。战友们日夜轮流地看护着他，期待他的伤势好转。那天，许云峰和全体战友当场揭穿了敌人的阴谋，迫使奸狡的猩猩无法抵赖，不敢贸然填平水坑，禁闭战友。可是，敌人对政治犯的迫害，并没有停止；战友们的反抗，也正在继续和扩大。双方的斗争，还在相持不下。

全室战友把每餐的全部菜肴集中起来，也只有几十颗缺油少盐的胡豆，再加上敌人被迫送来的一点药物，都送给龙光华，也挽救不了年轻战士重伤的身体。他的伤势一天比一天更重了。

女牢把留给“监狱之花”——那是老许给那初生的婴儿取的名字——的半筒珍藏着的奶粉，送到楼七室来。龙光华神志清醒的时候，要求把奶粉送还女室，留给那失去了父母的“监狱之花”。在她出世以前的那次大雷雨之夜，她的父亲便牺牲了；而她的妈妈，又在她出生时，难产去世了。因此，龙光华无论伤势如何重，也不肯占用这婴儿的营养品。只是在他昏迷不醒时，同志们才能勉强把奶粉调上冷水灌他几口。

余新江默默地按着龙光华的手，他的脉搏是这样微弱而又不规律地跳动着。他的脸稍稍朝向狱灯，在昏黄的灯光下，脸颊深深陷落下去，呈现出骷髅一般黯淡的惨白。

龙光华的手偶尔无力地挥动一下，微张着眼睛，虚弱的喉音，吐出一个个不连贯的字：

“弟兄们……进川……解放……全中国……”

龙光华昏迷不醒，发着呓语，时轻时重，时断时续。许多模糊的话语，说了一遍又一遍。好几天来，都是如此。夜已深了，疲惫的余新江还不肯休息，守候着他，并且一次次地伏到他耳朵边，告诉着他：

“开封、洛阳都解放了。刘邓大军正在南下！”

龙光华这时似乎清醒了些。他望着余新江，脸上浮起一丝淡淡的笑意。过一会儿，眼睛又轻轻合上。他好像听到了战友的声音，又好像仅仅是从战友的动作中，感到了胜利的信息。

“告诉……首长……”

龙光华张了张嘴，恍恍惚惚地望着低矮的天花板，像在天花板上发现了什么，两只手虚弱地晃动着。

这时，守候了龙光华一整天的刘思扬，辗转反侧不能入睡，又轻轻翻身坐起，不安地摸摸龙光华的前额，声音里带着深深的焦虑：

“特务今天又没有送药来……”

余新江的目光，望了一下深夜里默默躺着的战友们，又转向刘思扬：

“这几天，大家都累极了，你也去休息吧。到了换班的时候，我叫醒你。”

刘思扬点点头，仍旧留在龙光华面前，没有走开。“明天，我们再和敌人斗争，非把龙光华送进医院不可！”

“班长！山炮！”龙光华嘴里突然清楚地吐出几个字：“听……山炮……我们的！”他一翻身，坐了起来，这阵异常的兴奋，使他苍白的脸上竟出现了淡淡的红晕。余新江立刻伸手扶住他，让他躺卧下去。

“我们的……山炮……”龙光华喃喃地说着，又在倾听什么声音：“班长，你听……轰隆……轰隆……我们……解放军……”

刘思扬侧耳听了一阵，他也听到了一阵惯常听到的轰隆声，但那不是解放军的炮响，而是远处传来的，兵工厂试炮的轰鸣。虽然是龙光华昏迷中听错了，但谁也不愿说穿，宁肯让他怀着幸福的错觉而安眠。

“是……解放军！”龙光华睁大了深陷的眼睛，固执地说道：“山炮！我……听得出来……”

龙光华的大眼睛里，露出了亢奋的光彩。他注视着面前轮班守候的战友，挥了挥手，气喘吁吁地说道：“我……好了……你们……去准备吧。”过一会儿，他又重复了一句：“你们……去准备迎接解放军呀！”

望着渐渐清醒过来的龙光华，又愉快地坠入睡梦中，不再说话了，刘思扬心里一块石头像落了下来。他轻轻地拉拉余新江的衣袖，耳语道：

“他已经睡着了，你也休息一会儿。”

余新江看看龙光华，他真的蜷曲着身子，平静地睡了，仿佛这阵幻觉中的解放军的炮声，给了他很大的安慰。于是，两个人默默地背靠着背坐着，由于连日以来的疲劳，不由自主地打起盹来，渐渐入睡了。

竹梆声沉重地敲过一遍，又一遍。牢房里的人们，都沉入了深深的梦乡。远处，敌人兵工厂日夜试炮的声响，继续传来，就像阵阵郁闷的雷鸣……

不知过了多久，龙光华又一次从沉睡中被惊醒过来。耳边，正传来一阵阵响声：“轰——隆！”“轰——隆！”“轰——”

“山炮！”龙光华用力叫了一声，霍然坐了起来。他渐渐地看到阵阵金光在眼前闪耀，接着，变成了无数红旗，在眼前飘舞。数不清的人民解放军战士，欢呼着，挥动着乌黑发亮的冲锋枪，从眼前冲过去。他完全忘记了集中营，忘记了躺在身边的苦难中的战友……

“班长！……部队……来了！”龙光华猛然伸出激动的双手，站起来，奋身迎向前去：“指导员，指导员！”他像看见了自己的亲人，扑了上去，“指导员……给我……一支枪！”

狱灯闪动了一下，龙光华一动也不动地紧抓住牢门，他的头向上昂着，一只手伸向前方，像要抓住他渴望的武器……

“梆梆梆！梆梆梆！”

余新江猛醒过来，一伸手，没有摸着躺在身边的龙光华，不由得吃了一惊。龙光华躺过的地方，空荡荡的没有人影。龙光华到哪里去了？

同时被惊醒的刘思扬，揉揉眼睛，朝门口一望，突然瞥见崛立着的一个高高的黑影：

“龙光华怎么独自站在牢门口？”

余新江赶过去，伸手去搀扶时，龙光华纹丝不动。一只手紧抓住牢门，一只手伸向前面，口微微张开，像没有喊完心里要说的话，一双永不瞑目的眼睛，凝望着远方……

一汪热泪，从余新江的眼眶里簌簌滚下。

“龙光华，牺牲了！”

“牺牲了？”

一句话惊动了全牢房的人。

丁长发冲向前来，紧紧抱住龙光华僵硬的身体，含泪的目光中闪现出炽热的怒火。他把龙光华抱到牢房正中，轻轻放下，把他带血的军服上松开的扣子一一扣上，使龙光华像生前一样，永远保持军人的仪容，把卷起的衣袖放了下来，让破烂的袖口，微微罩住他倔强的双手。余新江流着热泪，帮助丁长发做着这一切。丁长发又把手伸进他的衣袋，找出他保藏的遗物。在一个破纸包里，包着针和线。那一束束的棉线，是他生前从破袜子上拆下纱线搓成的。那根骨头磨成的针，在他生前也用过多次，已经磨得光滑犀利了。

贴胸的衣袋里，装着一小块硬东西。余新江小心地取了出来，是一颗红色的五角星。这颗晶亮的红星，同牢房的战友，谁也没有见过。他珍藏在胸口，珍藏在他的心间。

“这颗红星，戴在他的帽檐上。”老大哥拿起红星，细看了一下，他确信，这是龙光华生前深藏在心里的愿望。

刘思扬默默地接过红星，放在龙光华留下的军帽上，便用那枚骨针穿上一根红线，噙着热泪，仔细地缝起来……

灯光在墙上投射出一个轮廓清晰的黑影。

渣滓洞集中营中校看守所长，诡计多端的猩猩烦躁不安地把桌上摆的“今日事今日毕”的记事牌，推在一旁，拉开抽屉，取出日记本，又抽出特别顾问亲手赠给他的“51”型派克金笔，像每天深夜临睡前一样，他想写下即将过去的这一天的日记。他只写下了月日，天气，手就停在日记本上，心情焦躁，写不下去。

正是送他钢笔那次，徐鹏飞亲自带他去见了特别顾问。在梅园的花园中，美国顾问一再嘱咐他，要用一切办法，迫使囚在集中营里的政治犯低头……特别顾问的指示，早已一一施行，可是政治犯里不但没有出现丝毫动摇、分化的迹象，相反，集中营里的秩序，一天比一天更难维持。徐鹏飞愤怒的目光，仿佛还停留在眼前，这叫他分外为难。

好容易看准了机会，抓住龙光华来打击牢房里公开出现的反抗活动，可是结果呢？……在这更深人静的时候，猩猩的目光漠然地落在前几天写下的日记上：

停水多日，迄未动摇，填坑又受阻挡，奈何？

一晃眼，“奈何”两个字晃荡了几下，蓦地又变成了一个难堪的场面：那个龙光华，从刑讯房里逃出去，在大庭广众中，当众揭底，全监狱的人都支持他……

远处，传来一阵人声，什么事情又发生骚动？近些日子以来，这种骚动愈来愈多了。猩猩皱起眉头，向窗外看了一眼，没有发现什么意外的事，便推开日记本，顺手从书堆中挑出几本书来。他把《总裁言论集》丢回书堆，准备仔细研读《监禁心理研究》，希望找出一点可供参考的东西。可是，闹嚷嚷的人声又哄起来了。

这时，正是龙光华牺牲的噩耗传到每间牢房的时候。

尖锐的喊声，杂乱的脚步声，使他再也不能继续坐在转椅上沉思了。他急切地奔到窗前，推开窗户，凝神聆听。

喊声很近，就在高墙的另一边，牢房里爆发了一阵急促的喧嚷。深更半夜，渣滓洞发生了在押犯人的激烈骚动！

“死了个把人，大惊小怪干什么？”猫头鹰从窗前走过，不耐烦地朝看守们吼着：“抬走就是了嘛！”听见看守们嗫嚅地回答：“报告……他们……不许抬走。”楼梯一阵响，猫头鹰气呼呼地朝那边奔去了：“抬走，抬出去埋了！”可是，回答猫头鹰横蛮喊声的，竟是斩钉截铁般的怒吼：

“不讲清楚，不许抬走！”

猩猩骤然感觉到，对方的态度，比任何时候都更威严而强硬。一阵可怕的寂静，说明看守人员显然没有人敢跨进牢房，去抬走龙光华的遗体。

“你们要造反？再闹，全部枪毙！”猫头鹰的喉咙几乎要炸裂了。

“你们打死了人，想要掩盖罪行，这办不到！”

“不准特务抬走龙光华！”

是谁在指使？竟敢大声粗气地喧哗，听声调完全不像平时的口气。一味高压，也许会把事情弄糟？

猩猩伫立在窗前，皱着眉头，他愈加不放心了，急忙推开了门。门外，巷道上光滑的青苔湿漉漉的。不知从何时起，天上飘起毛毛雨来。

“不许打人！不许打人！”

来自牢房的吼声，像炸雷一样劈面飞来，猩猩蓦地吃了一惊，停住了脚步。看守长就是头脑简单，只会动手动脚！仗着一点枪法，怎么能够应付这个千变万化的局势？猩猩不满地想着，猛然又听到一片高昂的吼声，完全打断了他的思路。

“不许行凶！不许抬尸！”

“不准抬尸！不准……”

吼声四起，楼上楼下，还有女牢，像爆发的火山，吼声连成一片。受尽迫害和虐待的政治犯，发出了无法压制的愤怒的呐喊。楼上楼下，每间牢房的人，都异口同声地发出震耳欲聋的怒吼……难道，难道几百个共产党，竟要突然发生暴动？

猩猩沉不住气了，赶快走进院坝，高声说道：“请各位安静下来，有事好好商量。”

吼声并未稍停，反而更高昂了：

“反对虐待政治犯！”

“反对非人的迫害！”

猩猩一连退了几步，这才说道：“我保证以礼安葬死者，有事情大家派代表谈判……让看守人员把死者抬出来吧……”

“不讲清楚，不准抬尸！”

猩猩念头一转，立刻说道：“好！暂时就不抬吧。你们谁是代表？”

“我们楼七室全体都是代表！”

事情意外地复杂化了。整间牢房的人全都出来，怎好整治？他略微沉吟了一下，语调尽量缓和地说道：

“时间不早了，大家少安毋躁，明天请楼七室选派一两位代表和所方会商，秉公处理……”

猩猩懂得，这样的场合，最好不要久留，他说完话就转身，在不停的愤怒的呐喊声中，匆匆地溜走了。

回到办公室，刚刚坐定，猫头鹰又气冲冲地跑了进来。

“依我，一枪一个，谁闹就宰了谁！”

“看守长，事情不这么简单吧？”猩猩缓缓地说：“处决人犯，可不是我们职权范围内的事情。弄得不稳当，我们倒要落个‘管理不善’的罪名。何况，那天许云峰一出来，我们就处境被动，加上现在又死了个龙光华……”

猩猩明显地感到，他自己像站在一个湍急的滩口，稍一不慎，就会被汹涌咆哮的激流冲倒，卷进可怕的旋涡。

“看守长，情况相当复杂，而且，而且对方正在气头上……”

他看了看猫头鹰不满的神情，尽量憋住心头的烦躁，低声吩咐：“今晚上加上双岗，先看看再说。他们再嚷再叫，都别出面干涉。”

余新江和刘思扬默默地走着，肩并肩地穿过走廊，向地坝走去。

这时，渣滓洞除了临时增添的值班特务慌张地来回走动的脚步声，再没有一点儿声音。为了悼念被虐杀的战友龙光华，牢房里的一切活动和歌声都停止了。

签子门边，像朵朵乌云似的密布着无数张愤怒的面孔，正目送着派去和敌人谈判的代表。

余新江和刘思扬边走边想着老大哥在临走前的嘱托：“许云峰同志说，一定要坚持条件，公开追悼龙光华，打下敌人的气焰，改变敌我力量的对比，从根本上摧毁敌人的迫害和虐待！有全体战友的支持，提出的条件决不能让步。”想着这些话，他们挺身走进了猩猩的办公室。

猩猩十分戒备地站起来，一面让座，一面故作惊诧地扫视他们，突然冷冰冰地问：

“谁叫你们来的？你们要干什么？”

刘思扬的嘴角抽动着，一时气得说不出话来。余新江望着眼前这个横蛮无理、惯于装腔作势的敌人，气愤地握紧了拳头，大声说道：

“我们是代表，我们是渣滓洞所有牢房，全体被囚禁的伙伴的代表。我们坚决抗议你们的一切非人的折磨。坚决抗议你们非刑打死政治犯。我们代表全体政治犯来和你们谈判。”

“你们要谈判？”猩猩态度十分蛮横，手在办公桌上一拍，“死了人我负责安葬，用不着谈判！”

“你当众答应谈判，现在又拒绝谈判，好吧……”余新江抗声说道：“我们向大家宣布，你们出尔反尔，拒绝谈判。”

“慢点！”猩猩看见他们转身要走，立刻说：“有话慢慢谈呀！”

他挑战似的目光，突然转向刘思扬，大声地问：“你们的条件呢？”

“第一，白绸裹尸，用棺木礼葬龙光华。”刘思扬像有意和敌人较量一下眼力似的，大睁着眼，把仇恨和愤怒的眼光，对准猩猩，毫不犹豫地回答。

“嗬，还有第二？”

“第二，今后遇有重病号，一律送医院治疗。”

“嗬，还有什么？”

“第三，废除一切非人的迫害和虐待，改善政治犯的生活待遇。”

“就是这些？”

“不，还有，第四，立即举行追悼会，公开追悼龙光华烈士。”

“追悼？”猩猩轻声复述着这陌生而可怕的字。面孔冷冷地转向余新江的瞬间，挑战似的神情，又重新回到了他横蛮的脸上，“我不同意呢？”

余新江朗声答道：“绝食抗议！”

“绝食？”

“我们坚决绝食，直到你们接受全部条件。”

猩猩沉默不语，他没有想到竟会遇到这样棘手的问题。这些条件，不仅将根本粉碎迫害政治犯的阴谋，公开追悼龙光华，更是无异于当众认罪！对着无言对答的特务，刘思扬追问道：“你们到底接不接受条件？”

“这算什么条件？”猩猩脸上浮着一片冷笑：“绝食？在中美合作所来这一套，我看是你们的冒失！如果真要异想天开，当然可以一试！”

“到底接不接受条件？”余新江和刘思扬，截断猩猩的话，同声问道。

“俗话说：鸟之将死，其鸣也哀，人之将死，其言也善。我个人十分同情你们的心境。死了人，一时感情冲动，这本是在所难免的……”

“到底接不接受？”刘思扬和余新江一点也不容含糊，大声追问着。

“你们要干什么？”

“我们是大家的代表，接不接受我们的条件，你要作明确的答复。”

猩猩脸色迅速阴沉下来。

“什么代表？”他突然厉声喝道：“究竟是谁派你们来的？”

余新江冷冷一笑。

猩猩的手按在叫人铃上。全副武装的狗熊，一听铃声，提着大号铁镣，气势汹汹地奔进屋来。

“聚众要挟！煽动暴乱！首先给你们一点颜色看看！”猩猩狞笑了一声：“我还要看看，有谁胆敢在这里再闹什么谈判！钉上重镣！”

余新江和刘思扬，愤怒地扫视了一下哗啦啦拖着镣铐的敌人，挺身迎了过去。

余新江和刘思扬很快就被关进女牢旁边的那间名叫“中正室”的禁闭室去，但是，直到这时，他们仍然坚持着提出的条件，毫不让步。

谈判代表被拘禁的消息，立刻传遍每间牢房。出乎猩猩的意料，每间牢房都分外沉默。猩猩原想先走下这一步棋，好从对方的活动中抓住机会，寻找领头的人。现在，被拘禁的代表既不屈服，又没有新的人抛头露面，对方的棋路，他摸不透了，心里不禁暗暗担忧。

余新江打量着禁闭室的环境，忽然听到一阵阵刺耳的哨音。循声望去，看见狗熊正从楼上跑到楼下，又从楼下跑到楼上，不住地吆喝着，一张粗糙的脸，涨得像猪肝一样紫肿。高墙旁边，整齐地排列着一排排的饭桶。可是，任它整齐地排列在那儿，却不见谁去触动一下。

“小余，绝食开始了！”刘思扬兴奋地喊着。

余新江看见，好些牢房都有人举起手来，向自己，向刘思扬挥手致意……

“听清楚：最后三分钟，过时不取，今天决不供饭了！”

狗熊恶狠狠地喊着，一群特务跟着稀稀落落地附和着。楼上七室，哗哗地开了铁门。

“3148号，领饭！”特务尖声尖气叫嚷着。

“出来！为什么不出来？”

传来一阵巨大的呐喊：

“同志们，我们的绝食开始了！”

迎着这高昂的战斗号令，地坝四周，突然卷过一阵愤慨的怒吼：

“接受条件，放回代表！”

“放回代表，立刻开追悼会！”

“绝食抗议，直到胜利！”

……

接着，四周又异样地寂静起来，再也没有人讲话。但是，谁都感觉得到，一种比怒吼更大的力量，正在指导艰苦的战斗。

被口号声惊动了的猫头鹰，领着一伙特务，吆喝着，冲进地坝，如临大敌地在四周摆开了阵势。

“注意！敢于抗拒，敢于当众喧闹的，一律加戴大号铁镣！”猫头鹰气呼呼地宣布新的规定。

两个特务在墙角挤眉弄眼地说：“嘿，大号的！要是戴上三个月，瞧吧！”故意把两条腿弯着，盘着腿，十分艰难地学着走路。

铁门上的锁取去了，铁门敞开了。可是，除了特务粗野的呼吸声以外，没有一点声音，仿佛刚才呼声雷动的几百人，一下子全都不存在了一样。

“反啦！反啦！”

猫头鹰冲到院坝，两只鹰似的眼睛，从那些渺无人影的铁签子门口，扫视了一遍，怒气冲冲地吼道：

“共产党还没打到沙坪坝哩！看清楚点，这里不是共产党的天下！不是你们说该怎么办就怎么办！听着，要我们说了才算！快，快出来领饭！”

猫头鹰望着毫无动静的一间间死寂的牢房，突然把手一挥，又朝搬运饭桶的特务，冷冷地命令道：“搬走！不吃，就不送！走！走！”

夜深了。猩猩独自在办公室里，呆呆地坐着。

……绝食整整三天了。他没有料到，扣留余新江和刘思扬以后，对方竟根本不再派代表，就突然行动起来。而且，一直没有丝毫让步的表示……眼前发生的一切，全都出乎意料。僵持下去，说不定，就在明天，也许后天，早晨开门放风的时候就会发现，已经躺着几十具，甚至几百具僵直的尸体。渣滓洞会变得找不到一个特别顾问需要的活生生的人质。

被迫接受条件？这是中美合作所前所未有的事。

可是，听任几百个人质集体自杀，将会给自己带来难以想象的麻烦。

如果将来清查起来，岂止是“玩忽职守”的一般罪名而已？到那时，不仅是自己，就是上司徐鹏飞和整个西南特区，也免不了受严重的处分。要是特别顾问一旦震怒起来，那……

前两天，他担心政治犯的反抗情绪终会爆发成为可怕的暴动。他日夜加强警戒，严密地防范着一切可能出现的危险；可是现在，他发现监狱里还有比暴动更难对付的事件。如果是暴动，他还有权命令开枪，可是现在连开枪也没有用。

权衡轻重，也许，赶快接受条件倒是一条出路。不过，他怎么能够贸然这样决定？猩猩望着手边的电话机，想大胆向二处请示，但又久久地踌躇难决。

梆声稀落下去。微弱的阳光渐渐从山谷中升起。

猫头鹰推开门，没精打采地走进来。

“所长，四天了。再不想法，怕来不及了……”

猫头鹰罕见的焦灼的神情，使猩猩再也坐不住了。他厌恶地向对方挥挥手，心神不定地走了出去……

猩猩从一间牢房钻出来，在走廊上踌躇了半晌，又偷偷地靠到另一间牢房的签子门边：

“哎，古人有言：‘身体发肤，受之父母’……你看你们，何苦自己糟蹋自己！”

没有反应，也许连任何听众也没有，可是猩猩仍旧一动也不动地靠在那里。

“……退一万步说，也不该闹什么追悼会。何苦要大家再来触景伤情……痛哭一场，于事何补？在这里硬要开追悼会，简直是不通人情，不近情理……”

“无理扣留代表，才不近情理！”

牢房里有谁应了一声。接着，有好几个人的声音，像显示永不衰竭的旺盛精力似的从里面轰了出来。

“别啰唆，释放代表，接受谈判条件！”

“‘死人开奠，埋人出丧’，开追悼会哪点不合情理？”

战友洪亮的声音，吸引余新江抬起头，向牢房那边瞭望。

“又是猩猩捣鬼，楼一室刚才轰走了他！”

刘思扬早看到了，但他不屑多说，只淡淡地提了提，便把目光转向了余新江。多时以来，他始终感到歉疚，因为自己不像其他战友那样，受过毒刑的考验，他觉得不经刑讯，就不配称为不屈的战士。可是现在，在这尖锐的斗争中，他不仅经受了绝食的考验，而且初次戴上了重镣，他为此自豪，对斗争的结局充满了必胜的信念。

“小余，你刚才睡着了？”

余新江摇摇头，“我闭着眼睛想了一阵。”

“你想什么？想龙光华吗？”

余新江睒了睒眼，“我想得很远。我在想龙光华，也在想我们的斗争。”他像回忆起什么事情似的，慢慢说道：“不知怎的，我想到了一件很久以前的小事：那是我刚进工厂当童工时的事。有一天，下班以后，我们几个当童工的小伙子，到嘉陵江里洗了澡，就光着屁股在石坝上晒太阳，忽然从旁边别墅里出来了个大老板，不由分说把我们骂了一顿，说我们‘不文明’，不该在他的别墅旁边晒太阳。当时，我想不通，为什么大小东西全是有钱人的，连太阳也不准穷人晒。是呀，以后我们掌握了政权，那时候，我一定要去对那个大肚子资本家说：‘太阳是我们的！’也许胜利以后，我们要管这样，学那样，忙也忙不过来了。可是不管怎样，我一定要抽个空去宣布：‘太阳是我们的！’”

说完以后，余新江像要知道刘思扬是否了解他的心情似的，两眼闪着光。当他发现刘思扬的面容比昨天更加憔悴时，不禁问道：“老刘，你过去尝过绝食的滋味吗？”

“过去，就是在‘反饥饿’运动中，我对饥饿都理解得不深，更不要说绝食了。绝食开始后，前两天，我觉得几乎很难忍受。可是现在却没有这种感觉了。小余，你猜这是为什么？”

余新江摇摇头，没有回答。

“看见同志们都坚持着，并不害怕，”刘思扬接着说：“我就觉得，在绝食斗争中，想到饿，甚至感觉到饿，都是可耻的事！当然，饥饿并不因此而不存在。可是，我要和它斗争，我要战胜它！这样一来，饥饿的感觉仿佛怕我似的，忽然偷偷地消失了。小余，这真有点奇怪，这是一种新的体会。我觉得，老大哥讲的过去集中营的许多事情，似乎也容易懂了……”

两个人交流着共同的感情，低声谈着话，让时光悄悄地逝去。

中断了几天的送饭哨音，忽然在耳边响了。余新江把头向地坝那边一转，看见猫头鹰正带着一群特务，走进地坝。

几十个饭桶整齐地摆在院坝正中。里面盛着的，不是污黄发臭的霉米饭，变成了热气腾腾的白米饭。一大桶油浸浸的回锅肉，分成了几十份，搁在每一个饭桶上。

“老刘，你看见了吗？”余新江厌恶地扫视着正在分肉的特务，对刘思扬说：“真是无耻的诱惑！”

刘思扬注视着地坝，看着看着，脸上竟露出微笑的神情。

余新江望着刘思扬兴奋的眼睛，忍不住追问道：“你笑什么？”

“能设法和大家联系上吗？”刘思扬问着，感到自己比过去机灵了一些。

“嗯？”

“小余，你说，用白米饭加回锅肉来引诱，这说明了什么？是表示敌人更有力量吗？不，不！敌人已经露出了马脚，他们已经感到黔驴技穷，无计可施了。我们要设法告诉大家，顶多再坚持一两天，敌人就会被迫投降的！”

余新江霍地站起身来，朗声说道：

“让我大声喊话，我声音大，大家一定会听到的。”

“小余，你看楼上，老许！”刘思扬一声喊，打断了余新江的话。

余新江疾眼望去，楼上牢房的所有签子门边都晃动着人影。渐渐地，模糊的影子变得更清晰了，余新江忍不住叫了起来：

“啊！看见了，老许在笑，同志们也在笑！”

“是呀，老许在笑。用不着再通知同志们了。”

“算了，让他们开追悼会吧。”猩猩把眼睛避开灯光，对着垂头丧气的猫头鹰说：“你赞成吗？”

猫头鹰霍地抬起头来，满脸惊诧地呆望着突然改变了主意的上司。

"……依了他们，将来怎么好看管？要是处长知道了……"

"处长刚才来电话说，接受他们的全部条件。"

猫头鹰望了望墙头上的所训："长官看不到、听不到、想不到、做不到的事，我们要替长官看到、听到、想到、做到！"就不再讲什么。

"处长说，"猩猩机密地耳语道："叫我们立刻布置，留心肇事的首要分子。只要我们让步，在得胜的情绪下，那些幕后操纵者一定会抛头露面，出来活动的！处长说，许云峰是隔离的，单是楼七室那些人也闹不起来，一定还有……甚至是核心组织！"

猩猩得意地走了两步，又回过头来低声交代："你马上布置警戒。十分钟以后，召集训诲、警卫、总务各组人员开会。开了会我还要赶到处长那里去请示机宜。"

第二天一早，天才麻麻亮，余新江就被一阵粗暴的脚步声惊醒了。抬头一看，只见狗熊悄悄地走过来，轻轻地打开了牢门。

余新江的眼光打量着狗熊。狗熊扬了扬手里的钥匙，便蹲下去开脚镣，又说道：

"所长有请。"

另一个特务，也来给刘思扬开镣。

跨进办公室，猩猩立即起身相迎，一边还连连点头：

"哎……你们提的条件，我们完全同意。"

“那你就当众公开宣布：你们接受全部条件。”余新江斩钉截铁地说。

猩猩露出笑脸：“君子一言，驷马难追！”

猩猩的话音刚落，几个特务端了一桌菜饭进来。猩猩含着笑又说道：“请两位代表用饭吧……”

“不开追悼会，我们不停止绝食。”刘思扬冷淡地说了一句，连菜饭也没有瞧一眼。

“那……好吧，马上就开追悼会。”猩猩变得十分恭顺起来，脸上堆着谄笑：“马上就开，饿了几天，开过追悼会大家好早点吃饭呀！”

余新江毫不停歇地回转身，招呼着刘思扬。

“走，我们站到地坝里去，大声通知全体同志，立刻准备开追悼会。”

天空，在雨雾弥漫中渐渐开朗起来。

余新江和刘思扬，看见一间间牢房的铁门都敞开了。敞开铁门的牢房，静悄悄的，没有看见有人出来，连在风门口张望一下的人影，也没有看到。

他们正要把胜利的消息，高声宣布，却一眼望见，楼七室里人影在晃动。那枯瘦如柴的老大哥，庄严地跨出了牢门。他在门口停了一下，然后才目光直视着雨雾才散的天空，缓缓地移动着衰弱的身子。走在他前面的一个战友，手里端着一块灵牌，上面清楚地写着几个鲜明的字：“龙光华烈士之灵位。”

隔了一会儿，又一个人高举着一幅招魂幡，慢慢地走了出来，跟在老大哥后边。

丁长发和几个伙伴，严肃沉默地抬着龙光华的遗体，缓缓走出了牢门。龙光华僵直的遗体，穿着一套整齐的解放军战士的军装，那套带着血迹的军装，疤上补疤，衣袖烂成了条条，仍然是鲜明的人民战士的服装。余新江似乎还看见，那顶军帽上缀着颗鲜红的五角星。

在他们后面，一副墨迹未干的挽联，高举了出来。挽联上面愤怒的笔写着两行出自人们肺腑的话：

是七尺男儿生能舍己

做千秋雄鬼死不还家

楼八室出来的许云峰，默默地跟在楼七室的伙伴们身后，然后，长长的悲壮的行列，护着龙光华的遗体，缓缓向前移动……楼六室，楼五室，一间间牢房的人，依次走了出来。

每一间牢房的伙伴，都戴着相同的东西：黑布褂子撕成的布条，成了男同志们佩在臂膀上的青纱；女同志们头上结着用衬衫撕成布条做的白花。悲愤的头低垂着，一个接一个，涌向牢房前的地坝。除了短促的脚步声外，没有一点声音，每个人的面孔，清晰地描绘出他们内心的无限悲愤。

狭窄的地坝，变成了悼念战友的庄严会场。

几百个战友，整齐地排列在警戒重重的地坝上。几百颗期待战斗和复仇的心，剧烈地跃动着。

监狱之花被抱在孙明霞怀里，两只大大的、泪汪汪的婴儿

徐匡 作

透亮的眼睛，望着天空直转动，她还是第一次见到阳光，看见这么多疼爱着她、抚育着她的长辈的面孔。

高墙附近，牵起了一根根粗实的绳索。转眼间，上面悬挂起了一片挽联。挽联越挂越多，两面宽大的涂写着反动标语的高墙，被密密的挽联完全遮没了。看得出来，那些都是每个牢房的同志们，用一小方一小方的草纸连接起来的。一副副挽联，迎着风，哗啦啦地奏着愤怒的哀乐。

挽联旁边，整齐地排列着一长列花圈。花圈的正中，都清晰地缀着“奠”字，旁边写着“× 室敬献”的纸条。那些花圈，是用墙脚的野草扎制成的。

院坝的正中，摆设着一张祭桌。祭桌上面，陈列着鞭炮、香、烛、祭物。写着“龙光华烈士之灵位”的灵牌，供在正中。

高墙上，敌人增加了几排机枪，正对着院坝里密集的人群。

沉默中，楼七室的战友们缓步从人群中移向祭桌，拈上一炷香，点燃了蜡烛，香烟缭绕着……鞭炮震耳地响了起来。

祭奠的鞭炮声，惊动了幼小的乳婴。一阵阵的婴啼，冲破了沉重的气氛。人们的心更加悲愤：苦难中的孩子啊，这啼声，竟这么猛烈地震撼着人们的心！

人们垂着头，默哀着。庄严的歌声，渐渐在人丛中升起。

……

胜利的花朵，

在烈士的血泊中蓬勃开放。

去年今日——

满天乌云弥漫在祖国天空，
今年今日呀，
人民的军队早已飞渡黄河，
扫荡着敌人的残兵败将。
不会等到明年的今天，
解放的红旗呀，
将飘扬在中国的每一寸土地，
飘扬在你的墓前，
飘扬在这黑牢的门口！
后代的人们，
将从不朽的烈士碑上，
记着你光荣庄严的名字：
中国共产党党员
人民解放军战士

——龙光华！

第十四章

明朗的太阳，在天空照耀着。正当农忙月份，才半下午时候，这座川北的小县城的集市，就渐渐冷落了。城里的街道上．空荡荡的，分外萧条。

街头巷尾，除了游动着一些“清剿指挥部”的匪兵以外，只有偶尔出现的，散市前给买主挑送柴草的农民，迈着大步，踩响街上的青石板，急匆匆地走过街头。

一大挑绿油油的鲜菜，从野外挑来，来到离城不远的一条静寂的小巷。挑菜的人换了换肩，露出一张黝黑的脸，前后看了看，走到一座半旧的黑漆门面的独院门前，叫了一声“老大爷”，不等应声就推开黑漆门，把菜挑了进去。

撂下菜担，脸色黝黑的华为揩了揩汗，看了看堂屋两边阶沿上，预作警号用的一排整齐的小花盆。直到判明没有危险以后，他才穿过院坝，进到里间。可是，他没有找到住守这院子的老大爷。

正厢房中间，摆着一张长长的条桌，桌上放着一把大茶壶。桌凳，四壁，地面都十分整洁，清爽。这地方华为来过好多次，他记得，江姐和妈妈曾坐在靠墙的两张凳子上，商谈过工作。后来，江姐就率领着一支工作队，沿嘉陵江上游向大巴山脉一带进发了。不久，从嘉陵江两岸，从大巴山脉，便传来了许许多多抗丁抗粮抗捐的消息。几天前，江姐带信说，上级要在华蓥山根据地召开扩大干部会议。后来又带信来，今天她先在这里找妈妈和几个同志，在会前交换一下情况。

江姐约定了时间，她总会准时到的。华为喝了一碗凉水，看看愈见西斜的太阳，心情却又有些烦躁不安起来。联络站的老大爷怎么老是不见回来？什么时候才能找到江姐呢？江姐还不知道情况已经发生了变化……

华为推开厢房里边的房门，一眼就看见，床上放着一个蓝布口袋。啊，江姐来过了。那口袋，正是江姐离开山区时，妈妈亲手缝好送给她的。经过日晒雨淋，蓝布已经褪色，发黄了。华为兴奋地拿起那只布袋看了又看。布袋口上，露出了两只沾满尘土的布鞋尖，华为认得，那也是江姐离开根据地时，妈妈亲手送给她的。鞋面还没有坏，可是随着江姐的千里跋涉，鞋底已补过多次，补过的地方又都磨穿了。

看见江姐的这些东西，像见着了江姐亲切的笑脸，华为放心了。也许江姐有什么急事，一回来又出去了，但她一定会回来的。也许，江姐还没有吃到东西。想着，华为打算到后面的厨房去看看。正在这时，厢房外面传来了江姐的声音。不知什么时候，江姐已经悄悄走进院子来了。

“华为，你一个人来的吗？妈妈呢？”

“江姐，你好！妈妈没有下山。”华为边说边迎着江姐亲切的招呼，走上前去。

江姐点头微笑着，进了厢房。她鬓角上沁出的汗珠和尘土凝在一起，还没有干。

“重庆约定送来的军火，运到了吗？”

“没有。”华为赶紧汇报说：“重庆出了问题，余新江被捕了。妈妈叫我赶来接你回去！”

“余新江被捕了？”江姐吃了一惊。

这时，正是许云峰等同志被捕后不久。川北派到重庆联系运送军火的同志，按照江姐原来约定的地址去找余新江时，却发现余新江在前一天就被捕了。联系的同志无法找到地下党，也不敢久留，连夜赶回来报告情况。老太婆估计地下党最近会派人来详细说明重庆出事的经过，但她不肯坐视事态的发展，决定先把江姐接回去商量一下，以便迅速采取对策。可是人们还不知道：徐鹏飞根据叛徒甫志高提供的线索，已经派了大批特务，赶到川北来了，领头的便是特务头目，西南特区副区长沈养斋。

听华为把情况讲完，江姐立刻把今天早上在河东听老蓝同志讲的，县城发现重庆来的便衣特务的情况联系起来了。她马上感到，有必要采取进一步的行动，警惕来自敌人的突然袭击。她自己更应该尽快结束城里的工作，赶回山里去，从老太婆那里直接了解更多的情况。

“啊，妈妈还叫告诉你，”华为补充道：“情况紧急，原来约定今天在这里碰头的会议，她已经临时决定改期了。”

“哦，这就好了。”江姐早上听满脸胡须的老蓝同志在河东讲城里的情况时，还不知道出了什么问题，现在她已觉察到这里出现便衣特务，必然和重庆出事有关。虽然重庆地下党还来不及派人来说明全部情况，但是富有斗争经验的老太婆一遇风吹草动，便当机立断，是完全应该的。

“老大爷今天怎么不在家？”华为关心地问。

“华为，你来得正好，帮我一道转移联络站剩下的东西。”

原来，江姐一回到联络站，便听老大爷说，前两天曾有不明身份的人，在门口逗留。她一听，便觉得联络站应该马上转移，老大爷带着东西走后，江姐又出去观察了一下情况，才转回来处理剩下的东西。

华为立刻懂得了江姐的决定，马上找来了几根棕绳。

“这里用得太久了，容易被敌人发现。刚才我已经告诉老大爷不要回来。剩下的东西，我们带走。”江姐有些担心地说道：“情况发生了变化，我们更要提高警惕。”

华为点点头，便进里屋去收拾行李。江姐想进里屋去帮忙，华为阻止着她说：

“江姐，你在路上辛苦了，休息一下吧。马上还要上山。”

华为的身影，转进里屋去了。江姐转过身，四边望望这座空旷无人的房舍。她从随身的口袋里，拿出一身蓝布旗袍换上，又梳理着自己略嫌纷乱了的头发。

华为把江姐要他带走的东西捆在鲜菜里，江姐又从身上摸出一包文件，交给华为，要他先带走。江姐和他的装束不同，不便同行，就和他约好地方，叫他在那儿等她。华为走后，江姐又转身进去，以她特有的谨慎和细心，最后检查一下所有的房间。

几分钟以后，江姐确定没有丢失什么东西，才提起自己的布包走了出来，慢慢向黑漆大门走去。

“江姐！”

一个熟悉的声音，在耳边响起。江姐一转眼，便瞥见一个瘦长的人影闯进门来。啊，这人是甫志高，穿着一件半旧的蓝布长袍，比送江姐上船时瘦了一些，装束也朴素了一些。他一见到江姐，嘴角上便露出一种惊喜的笑意。

“江姐，我找了你好久。”甫志高四边望望，脸色略显慌张：“我有要事找你，这里没有外人吧？”

江姐犹豫了一下，便招呼对方走进堂屋。她不明白甫志高为什么到这里来了，更不知道他已成了叛徒。

“支援农村工作委员会派我秘密送来一批军火，要马上派人去下货，最好你也去检查一下。”

江姐沉默地听着，看看甫志高，没有答话。

“老许同志亲自派我送来的，余新江病了。”

“余新江病了？”江姐审慎地问。同时，她注视着对方回避躲闪的眼睛。

“他患了斑疹伤寒，进医院好久了，还没有脱离危险期。”

“唔……老许有信给我吗？”

“他怕路上不安全，没有写信，叫我口头汇报。”

“重庆最近的情况如何？”江姐忽然问。

“你离开重庆以后，各方面工作变化很大。”甫志高笑嘻嘻地回答着，仿佛他对情况十分了解，江姐想要知道的事，他都说得出来，“群众运动热火朝天，前些时候各厂举行五一联合大罢工，声势大极了，弄得敌人一筹莫展，毫无办法。”

“最近有同志被捕吗？”江姐打断了他的话。

“没有。”甫志高故作镇定地回答，并且反问：“你从哪里听到这样奇怪的消息？连我住在重庆都不知道，这完全是谣言！”

“哦——”江姐淡淡地说：“没有人被捕？我还担心同志们的安全嘞。”江姐又随口问道：

“你怎么知道我住在这里？”

“老许亲口告诉我的呀！”

江姐问着，心里却在盘算，这处联络站的地址，是许云峰不知道的。李敬原知道这处地点，但甫志高和李敬原没有任何联系。她立刻联想起老大爷说的，前两天有人在附近逗留的情况，以及甫志高说余新江生病的假话。

“哦，你吃饭了吗？”

“不，工作要紧。”甫志高又急切地提出要求：“江姐，车上的同志们正等着我们的人去搬运哩！”

“好。”江姐应声道：“不过这里没有人手，麻烦你到根据地走一趟吧。”说着，她找出纸笔，一边写着纸条，一边说道：“你把这封信送上华蓥山，山上便会立刻派人来运军火。”

“上山的路，我不熟……”甫志高嗫嚅着，不敢接江姐递给他的纸条。

“你不是本地人吗？出城去一条大路，就上山了。”江姐心里已经完全明白了自己的危险处境。

“不过，”甫志高狡辩道：“新来乍到，我的行动容易引起注意。”

江姐不再勉强对方。这时，她只想着出门不久的华为，应该等他走得更远才好。

“江姐，你还是去检查一下运来的军火吧。”

“你等一下。”江姐走到旁边，拿起梳子静静地重新梳理她的短发。在这时候，她还想找个脱身的机会。可是她发现，敞开的黑漆大门外，已出现了几个陌生的人影。

甫志高心神不宁地在堂屋里走来走去。

“江姐！”

江姐没有理睬。甫志高又在室内踱上几步，用充满了感慨的声音说道：

“这一次回到川北，我感到变化真大，到处在抗丁抗粮，到处有民变武装。江姐，你们在这里工作得真好，群众这样高的觉悟，搞得敌人日夜惊惶，听说华蓥山纵队现在牵制了敌人不少的军队，真是了不起……”

说着话，甫志高斜眼瞟了一下，江姐仍旧默然坐着，脸上毫无表情。他又把话题一转，十分诚恳地娓娓动听地谈起来。这时，便衣特务已经守在门边了。

“江姐，我真感谢你的帮助。你在重庆临走时教诲我的话，至今我也不敢忘怀。我一定永远遵循你的教导，为无产阶级光荣伟大的不朽事业献身……我记得，那时我们说过，胜利就要来了，雾散云开，阳光普照大地！可是真没有想到，我们敬爱的老彭同志，竟在胜利前夕，永远和我们分别了。江姐，我心里真是悲痛……”

“住嘴！”江姐脸色一变，鄙视着甫志高，知道脱身已不可能，华为已经走远，便不再和叛徒周旋，厉声问：“你到底来干什么？”

“你——”甫志高猛然后退一步，眼珠转了转，又露出伪装的奸笑，迎向前来，“我送军火来的呀！”

“你想骗谁？”

“老许亲自叫我来的。”

“老许根本不知道这个地址。”江姐一挺身，昂然站在甫志高面前，“你想搞什么鬼？”

“我好意来看你，请不要误会。”甫志高强自辩解着，一步步退向墙角。

“原来是你带领便衣特务……”江姐盯着甫志高陡然变色的脸，她缓缓地，但是斩钉截铁地说出几个清清楚楚的字：“无耻的——叛徒！”

“叛徒？我叫叛徒？”甫志高咬咬牙，阴森地冷笑着，干瘪的嘴脸，现出凌厉的凶相，一再后退的脚跟突然立定，声音迅速一变：“党给了我什么好处？凭什么要我为你们卖命？哼！一天到晚担惊受怕，还要装出笑脸忍受无尽的批评指责！许云峰，成岗……还有你，哪次见面不是斗争，斗争！……可是现在，老实告诉你，我是专员了，军统局的中校专员！”

“住嘴！”

"哼！我要抓完……"叛徒一步步逼上前来，"为了找你，我吃尽了苦头，现在，你，你再教训我吧！"他伸手一摸，乌黑的手枪，突然对准江姐的心窝，"举起手来！江雪琴，我今天到底找到了你！"

江姐轻蔑地瞟了一下枪管，她抬起头，冷冷地对着叛徒狰狞卑劣的嘴脸，昂然命令道："开枪吧！"

叛徒一愣，仓皇地朝后退了一步。江姐立刻迈步向前，一步，又一步，把紧握手枪的叛徒逼到墙角。江姐站定脚跟，慢慢抬起手来，目光冷冷地逼视着不敢回视的叛徒，对准那副肮脏的嘴脸，清脆地赏了一记耳光。

一群便衣特务，冲进门来，惶惑地张望着。叛徒躲在屋角，一手握枪，一手捧住热辣辣的瘦脸发怔。

江姐不再说话，伸手披拂了一下自己的衣襟，凛然跨出堂屋，迈开脚步，径直朝洞开的黑漆大门走去……

盛夏的田野，一片诱人的景色。

在一阵急骤的阵雨之后，和火红的太阳争艳的是条光芒万丈的彩虹，彩虹从华蓥山凌空而起，弯向远方的天空。

彩虹辉映着湛蓝的晴空，阵阵凉风吹来，美丽的嘉陵江两岸，风光更加动人。

一乘张着白布篷的滑竿，带着雨迹，一闪一闪地渐渐走近了。

高高的白塔尖插在碧空里，白云轻轻飘动，给人以一种平和、宁静的感觉。坐在滑竿上的老太婆，却感觉不到这些。在她平静的脸色掩盖下，深藏着内心的焦虑：在这次行动中，可能遇到什么事呢？能够把江姐抢救出来吗？掌握的情报是否可靠呢？滑竿均匀地闪动着，发出“唧咔、唧咔”的响声，这种单调的轻快的声音，无法解除她内心的焦躁与悲痛，要是江姐有了三长两短，怎么对得起党，对得起无数战友和死去的老彭啊！一想到江姐，她感到无穷的责任和内疚。回想起江姐温和坚定的笑容，回想起和江姐在一起的日日夜夜，她禁不住心痛难忍……

滑竿的移动变慢了。

抬滑竿的是两个青年狙击队员——其中一个是华为。他们走到河边，停住了脚步。前面是一道大石桥，连通着公路，桥上的乡丁，正在搜查过往的行人。

“伙计们，抬到幺店子去歇口气再走。”

滑竿又走了几步，桥头上的乡丁便叫喊起来：“喂！滑竿从哪里来？”

“余家场！”抬滑竿的大声回答。

“到哪里去？”

“一条大路，进城嘛！”

滑竿接近桥头，老太婆就跳下滑竿，满不在乎地拍拍白大绸衫子，毫不在意地向卡子上的乡丁打招呼：“又要检查？东西都在滑竿上，你们来看嘛！”她伸出一只戴着重甸甸的金手镯和硕大的宝石戒指的手，手里摇着一把鹰翎扇，象牙柄上坠着长长的青丝流苏，不耐烦地朝着滑竿的篷布一挥。

乡丁望着金珠宝玉的闪光，骄横的气焰立刻收敛了。

“抬了大半天，去吃点东西，趁凉快赶路！”

老太婆一边说，一边颤巍巍地走进桥边的幺店子，在靠近铺门口的桌边坐下，老板娘立刻笑嘻嘻地走上来搭讪着。

“你老人家吃点啥？来碗醪糟蛋？”

“泡碗茶嘛。”老太婆问道：“县城边怎么也这样吃紧啰？”

老板娘拿来茶碗，冲上开水，又给抬滑竿的人，盛了两大碗绿豆稀饭。

“哎呀，你老人家不晓得，还不是说共产党要攻城，乱嘈嘈的，谣言才叫多，一天到晚，少说也要潮几回！”

“哪有那么凶哟！”

“你老人家怕没走过这一方？”老板娘说，“如今连胡子老汉也不敢出门。前几天，说是县里要抓个蓝胡子，把赶场的胡子老汉都抓完了。白胡子，黑胡子，花白胡子，什么颜色的胡子都抓，就是没抓住那个长蓝胡子的共产党。后来才听说弄错了，该抓的不是蓝胡子，是一个姓蓝的胡子……”

几个乡丁在滑竿边看了一阵，也没精打采地围了拢来。

“在余家场看到共产党吗？说是走马岭那边成了共产党的天下，该不是真的？”

“余家场潮得凶呵！街上有钱的绅粮躲的躲，跑的跑，县衙门里又不派兵去，唉……”

老板娘打断老太婆的话，啰啰唆唆地，接下去说：

“县城里也潮得凶哇！你去看看城门边的大告示，说得活灵活现的，简直遍地都是共产党，说共产党头目人里头，有个‘双枪老太婆’，双手打枪，百发百中咧！我才不信，老太婆还有那么大的本事？省府里哇，我看是‘泥菩萨过河’——自身难保啰，这阵哪还有心肠管乡下？”

“告示写得清楚，就是有双枪老太婆！”一个乡丁插嘴对老板娘说，“你不认得字，看你铺门上，还不是贴得有通缉双枪老太婆的告示！”

“通缉个屁！”又一个乡丁扁扁嘴，“人家是纵队司令，一下山起码是百十条硬火跟起！”

“这也难说，前些日子清剿指挥部还不是把共产党的政委也拿来示众！”另一个小头目似的家伙趾高气扬地说。

“啧啧，人家的政委硬是天上星宿下凡，打救贫民百姓的！”老板娘仿佛有着真凭实据，“天上的星宿哪能久住人间，当然要归位嘛！你们没听说？彭政委通灵显圣，白昼现形，双河场那边，天天不断线的人到他升天的地方烧香磕头哩！”

“你也见过显圣？”

“见过的人多啰，穷人见了消灾消难，有钱人见了要脱脑壳！”

老太婆用半信半疑的神情，望望周围的人，口里也连声打着啧啧：“这样稀奇的事？活了几十年，还没见过嘞！”

乡丁们也是半信半疑，七嘴八舌地议论开来：

“怪不得穷人都跟共产党跑，人家有天神保佑！我看还是少走夜路，免得碰到夜游神。”

“城里兵多，卡子又守得紧，住在乡下就是有点怕人啰！”

“县城里还不是照样调空了。警察局长都下乡来了。”

“警察局长今天一清早就从这里过路，”老板娘又插嘴说：“白市布篷的滑竿，两杆硬火跟在后头，威风才叫大哟！”

“威风再大，碰不得共产党。”一个乡丁说道：“还是我们这个差事好，站得远远的，不犯危险。”

“说得轻巧，吃根灯草。放走了共产党，上头不敲你的沙罐？”

那小头目模样的家伙，没有参加这场杂七杂八的议论，两只贼眼不断打量老太婆的金首饰。他鬼鬼祟祟溜到桌边找老太婆搭讪着。

“你老人家背枪的都不带一个……这条路不清静啊！”说着，他拉条凳子过来。

“你坐嘛。”老太婆摇着扇子说：“再泡碗茶！”

“坐，坐……”他讨好着说：“不消泡茶了……不怕得，歇一会儿我叫卡子上派两根枪送你老人家进城。”

凉风从远处吹来阵阵山歌。远远地出现了三三两两的农民。

随着阵阵山歌而来的，正是农忙季节里常见的，结队到四乡揽活路的农民模样的人群。但是那气势却又有点不同。

“今天要出事情？”一个乡丁畏缩地退进了幺店子。

另几个也躲了进去，互相低声说：

“少惹是非，那边路上又来了一群！”

“硬是要出事啊？”

“啥哟！”那小头目看见老太婆正在喝茶，便偷偷地在一个乡丁耳边说：“你看——戴的是金圈子，起码是几两重！

骗到卡子头，跟她摘下来。”回过头，他又开腔了：“老人家，看到没有？风声不好哦！”

“啊——”老太婆应了一声。

“不怕得，我们兄弟伙跟你扎起！就是双枪老太婆来，我也不怕！”他愈说愈有劲：“我就是等着要捉双枪老太婆去领赏，一万块银元，怕有桌子这么大一堆！”

“还多得多哟！”老太婆笑道：“你看我值不值得到那么多银子？”

“咦，咦！你老人家玩笑开大了咯！”声音一变，他又讨好地说：“……这阵是有点危险，你老人家到我们卡子上去躲一阵，我派人送你进城嘛。”

“对呀。”老太婆赞同地笑道：“喝两口茶再去嘛。”

一群又一群的青年农民，无拘无束地走过幺店子，走过石桥，在公路两边散开了。

接着，又一大群人，在幺店子附近歇脚，有的到井边喝凉水，有的互相低声谈着话。一霎时，幺店子附近宁静的气氛完全变了，老板娘也默不做声，不敢多话。

那小头目模样的家伙，坐不住了，往后面溜。

“冲点开水。”老太婆招呼一声，微笑着叫老板娘在桌边坐下，似乎想问她什么。

正在这时候，一乘快步如飞的白市布滑竿，突然在幺店子门口出现，滑竿后面，紧跟着两个全副武装的弁兵。

“警察局长！”老板娘叫了一声，赶快站起来。

穿一身黄军装的警察局长，跳下滑竿，神气十足地瞭望着空无人影的桥头关卡，他双脚一顿，大发雷霆。

“浑蛋！卡子上的人到哪里去了？”

几个乡丁，这时才慌张地从幺店子里窜出来，恭恭敬敬地敬礼。

“报告局长！”

“放跑了共产党，我把你们一齐枪毙！”

“是，是，局长！”匪兵敬着礼，胆战心惊地朝后退。

两个弁兵，已经摆好了椅子，请警察局长就座。老板娘赶快送上一碗沱茶。

“大石桥的凉水醪糟，甜得安逸，给我来一碗。”

警察局长刚刚坐下，一眼看见了先到的那乘滑竿，随口赞赏地问：“这是谁的滑竿？铺陈得漂亮嘞！”

老板娘正在冲凉水醪糟，听见警察局长在问，她立刻搭上话说：“这位老太太的。”

警察局长一转头，突然呆呆地望着邻桌正在喝茶的老太婆，他大吃一惊，朝后一退，把椅子也绊倒了。

“你……双枪老太婆？”

老太婆抬起头来，满面春风地笑道：

“局长，你好健忘啊！不认识我啦？”

老太婆用她那坠着长长的青丝流苏的鹰翎扇招了一招，警察局长不禁又退后两步。旁边，几个人影已经逼了拢来，退路也没有了。他仿佛看见老太婆的白大绸长衫底下暗藏的两支上了膛的快枪，只要老太婆的手稍微一动，快枪子弹就会穿透他的脑袋。他左右望望，尽是对方的人，不由得额角上冷汗直流，手脚发抖地赔着笑脸对老太婆连连哈腰。

“你亲口判过我的死刑，难道就忘记了吗？三年前我越狱出走，你还带着人马连夜冒雨追过我五十里路！”老太婆随手用鹰翎扇指着铺门上的告示：“你们不是又要通缉我吗？今天我是特地来投案请赏的，看你怎么处置！”

“哪里，哪里！”警察局长心慌口软。他知道，这和三年前那个风雨之夜完全不同。那时老太婆是一个人，赤手空拳。今天，双枪老太婆是带队下山的司令员，他哪里还敢动手动脚？冷汗不住地滴，他不知所措的连声音也在颤抖：“这，这……是，是误会，误会……”

“误会！悬赏大洋壹万元，白花花的银子你都不想要啰？”

警察局长满头流汗，嘴唇发青，不敢乱说一个字。

几个农民装束的狙击队员，不慌不忙地缴去警察局长腰间的枪。两个弁兵和乡丁们，早已把枪弹全献出来了。

“你到这里来干什么？”老太婆问。

“报告你老……老人家……重庆二处来人，抓住一名女共产党……名叫，叫江雪琴……今天下午，专车……押送重庆……这个不关我的事，西南特……特区沈副区长亲自指……指挥……我……我是奉……奉命巡查护路……”

“带走！”华为喝叫一声，狙击队员便把警察局长连同一群乡丁带到幺店子的里屋去了。华为也跟着进去……

过了一会儿，几个狙击队员，换上了乡丁的服装，走了出来。

老太婆仍旧坐着喝茶，眼望着华为他们走向大石桥去……

突然，山间响起一阵急遽的叮叮伐木的斧声，这是事前约定的信号。

一会儿，隐隐听见了汽车马达由远而近的响声。公路上，一辆军用的十轮大卡车，飞驶过来。瞬息间，便到了桥头。这时，几个化装成乡丁的狙击队员，不慌不忙地排在公路当中，拦住车路，大声命令道：

“停车检查！”

卡车被迫刹住，马达还在轰鸣。从司机台上伸出一个头戴青天白日帽徽的军官的头，傲慢地说道：

“长官公署的军车，谁敢检查？”

“不行，停车检查！”枪机一扳，子弹顶上了膛。

“他妈的！”车子关了油门，军官跳下车来大骂：

“浑蛋，你们瞎了眼睛！”

“龟儿子，你才瞎了狗眼！”狙击队员马上解除了特务军官的武装，把司机也逮住了。接着，狙击队员把头上的军帽一丢，撕开身上穿的乡丁衣服，露出了臂膀上的红色臂章，“你看看老子是什么人？”

被包围在车厢里的一群匪兵，无可奈何地把崭新的美式武器缴了出来。匪兵中躲藏着一个穿便衣的人，一看情势不好，立刻从车后跳下，冲下公路，要想跳河逃跑。

“站住！”华为大喝一声，正要开枪，一个狙击队员，几个箭步便冲到逃跑的人背后，伸手抓住了他纷乱的头发，拖了回来。

华为看见那个被抓回来的人，披着长发，脸色灰败，立刻认出来了。华为脸色一变，喝道：

“甫志高！叛徒！”

甫志高周身一抖，向前走了两步，膝头立刻瘫软了……

狙击队员搜遍了车厢，却没有找到他们急于抢救的江姐。

老太婆这时正站在大石桥头，厉声审问着那军官模样的家伙。

“你是干什么的？”

“少校行动员魏吉伯。”军官模样的特务，抬起头来，慌张地望着四面围住他的愤怒的面孔，他还装模作样，不肯老实低头。

“江雪琴在哪里？”老太婆怒不可遏地大声追问。

“说！”

周围一阵雷鸣般的怒吼。

特务硬着头皮，不肯开腔。

老太婆涨满血丝的两眼喷出怒火，她把绸衫一撩，掣出了双枪，毫不犹豫地瞄准特务的心窝。魏吉伯动也不敢动，恐惧地望着乌黑的枪口，面无人色，两条腿拼命地颤抖：“我……说……说……”

魏吉伯斜眼一瞟，看见了华为，一种狭路相逢的感觉，立刻在他绝望恐怖的眼里透了出来。

“说！”老太婆的枪口一晃，几乎要扣动枪机。

“昨，昨，昨天半夜……特区沈副区长……临时改变计划，亲自把江雪琴……连夜用船秘密……押送重庆……”

“什么？”老太婆脸色霍然一变。

华为突然举起手枪，狂吼一声：“追！”

第十五章

又一个深沉的暗夜，降临在渣滓洞集中营。

风门边挤满了人，久久地望着那挂满刑具的刑讯室。夜风吹来，带着萧瑟的寒意。刑讯室前，魔影动荡，吆喝声不绝……风门边，偶尔有人不安地低语。

“又是半夜刑讯！”

“徐鹏飞、朱介都来了。”

“夜审谁呀？”余新江身后，传来一声问话。

“该不会是老许？”刘思扬担心地插了一句。

许云峰屹立在楼八室铁门边。透过昏黄的狱灯，余新江望得见他沉思的脸。

余新江不禁十分担心地想念那多次经受毒刑拷打、经常昏迷不醒的江姐。追悼龙光华以后不久，江姐被押到渣滓洞里来，日夜拷问的次数，已经无从计算了。大家都知道，为了保卫党的机密，江姐忍受了多少摧残，获得了多少同志的尊敬。经过绝食斗争，敌人被迫接受了条件，不敢继续迫害了，现在却在渣滓洞对江姐进行严刑拷打，很显然，这是敌人疯狂的报复！江姐不仅为党，也为大家受苦，这使得每个人都感到敬佩而又十分痛苦。

“猫头鹰和狗熊到女牢去了！”

余新江一惊，眼光立刻转向女牢。黑沉沉的夜里，暗淡的狱灯，使他看不清远处。

“提谁？”焦急不安的声音又在询问。

“江雪琴！”

“是她！看，江姐出来了！”

“又是江姐。”余新江的心像沉甸甸的铅块，朝无底深渊沉落。

所有的牢房，一时都陷入难堪的沉默。

过了好些时候，人们听到了审问的声音：

“你说不说？到底说不说？”

传来特务绝望的狂叫，混合着恐怖的狞笑。接着，渣滓洞又坠入死一般的沉寂中。

听得清一个庄重无畏的声音在静寂中回答：

“上级的姓名、住址，我知道。下级的姓名、住址，我也知道……这些都是我们党的秘密，你们休想从我口里得到任何材料！”

江姐沉静、安宁的语音，使人想起了她刚被押进渣滓洞的那天，她在同志们面前微笑着，充满胜利信心的刚毅神情。听着她的声音，仿佛看见她正一动也不动地站在刑讯室里，面对着束手无策的敌人。可是江姐镇定的声音，并不能免除同志们痛苦的关切。

大概是江姐的平静的回答，使得敌人不得不重新考虑对策，讯问的声音，忽然停了下来。

楼七室同志们焦灼的谈话又继续了。

“又是叛徒甫志高！”余新江愤怒地骂了一句。他又问：“和江姐一道，川北还有人被捕吗？”

“没有，就她一个。”

“听说华蓥山纵队在公路上抢救过江姐，但是阴险的特务，前一夜用船把江姐押到重庆……”

“唉——”人们痛苦地把惋惜之情化为一声长叹。刑讯室里又传来了声音，是徐鹏飞毒辣的笑声。

“谅你一个女共产党，还制服不了？你不愿讲，好嘛，我们帮你打开嘴巴。来人！”

接着，传来一阵狼嚎似的匪徒的狂吼。

夜，在深沉的痛苦、担心与激动中，一刻一刻地挨过。星光暗淡了，已经是雄鸡报晓的时刻。

在那斑斑血迹的墙壁上映着的江姐的身影消失了。大概她从倒吊着的屋梁上，被松了下来……

“现在愿意说了吗？”

魔影狂乱地移动着。

“不！”微弱的声音传来，仍然是那样的平静。

“十指连心，考虑一下吧！说不说？”

没有回答。

铁锤高高举起。墙壁上映出沉重的黑色阴影。

“钉！”

人们仿佛看见绳子紧紧绑着她的双手，一根竹签对准她的指尖……血水飞溅……

“说不说？”

没有回答。

“不说？拔出来！再钉！”

江姐没有声音了。人们感到连心的痛苦，像竹签钉在每一个人心上……

又是一阵令人心悸的泼水的声音！

“把她泼醒！再钉！”

徐鹏飞绝望的咆哮，使人相信，敌人从老许身上得不到的东西，在江姐——一个女共产党员的身上，同样得不到。尽管他们从叛徒口里，知道她做过沙磁区委书记，下乡以后可能担负更重要的工作，了解许许多多他们渴望知道的地下党线索，可是毒刑拷打丝毫也不能使江姐开口。

一根，两根！……竹签深深地撕裂着血肉……左手，右手，两只手钉满了粗长的竹签……

一阵，又一阵泼水的声音……

已听不见徐鹏飞的咆哮。可是，也听不到江姐一丝丝呻吟。人们紧偎在签子门边，一动也不动……

为人进出的门紧锁着，
为狗爬出的洞敞开着，
一个声音高叫着：

“爬出来吧，给你自由！”
我渴望自由，
但我深深地知道：
人的身躯，
怎能从狗洞子里爬出？……

是谁？天刚亮，就唱起了囚歌。迎着阵阵寒风，久久地守望在风门边的刘思扬，听着从楼下传来的低沉的歌声，一边想着，一边瞭望那远处深秋时节的山坡。刚升起的太阳，斜射着山坡上枯黄了的野草。远近的几株树木，也已落叶飘零，只剩下一些光秃秃的枝干。只有墙头上的机枪，闪着寒光的刺刀和密密的电网，依然如故……刘思扬的心潮澎湃着，血在翻腾。

他从风门边急速地回到自己的铺位，轻轻地从墙脚下取出了一支竹签削成的笔，伏在楼板上，蘸着用棉花余烬调和成的墨汁，在他一进集中营就开始写作的《铁窗小诗》册上，又写出愤激的一页……

“江姐回来了！”签子门边的余新江，回过头来，告诉大家。一阵脚步声，人们又一齐拥到牢门边。

高墙边的铁门打开了。猫头鹰从铁门外窜了进来，他站在门边，瞪着眼睛，望着一长排牢房，大声地吼叫：“不准看，不准看！”

谁也没有去理睬这只凶暴的野兽，大家踮着脚尖，朝签子门缝望出去。只见江姐被两个特务拖着，从铁门外进来了。通宵受刑后的江姐，昏迷地一步一步拖着软弱无力的脚步，向前移动；鲜血从她血淋淋的两只手的指尖上，一滴一滴地往下滴落。

人们屏住呼吸，仇恨的烈火在心中燃烧，眼里噙着的泪水和江姐的鲜血一起往下滴……

一阵高昂雄壮的歌声，从楼八室铁门边最先响起。江姐在歌声中渐渐苏醒了。她宁静地聆听了一下，缓缓地抬起她明亮的双眼，像要找寻这歌声发出的地方。目光一闪，江姐仿佛发现了从楼八室传来的，许云峰的信任与鼓舞的眼波。战友的一瞥，胜过最热切的安慰，胜过任何特效的药物，一阵激烈的振奋，使她周身一动，立刻用最大的努力和坚强的意志，积聚起最后的力量，想站定脚步。她摇晃了一下，终于站稳了。头朝后一扬，浸满血水的头发，披到肩后。人们看得见她的脸了。她的脸，毫无血色，白得像一张纸。她微微侧过头，用黯淡的、但是不可逼视的眼光，望了一下搀扶着她的特务。像被火烧了一下似的，她猛然用两臂甩开了特务，傲然地抬起头，迈动倔犟的双腿，歪歪倒倒向女牢走去。

“呵——江姐！”大家禁不住喊出声来。

可是，江姐只跨了几步，便扑倒了。蓬乱的头发，遮盖着她的脸，天蓝色的旗袍和那件红色的绒线衣，混合着斑斑的血迹……

女牢里奔出来几个同志，把江姐轻轻地扶了起来，抬进女牢……“喀嚓”一声，女牢的门，被紧紧锁上了。

“怎么啦？怎么啦？”楼上楼下的风门口，探出了战友的头，彼此焦急地询问着。阳光透进女牢的签子门，只见忙乱的身影，在室内不停地来回走动。

“这些禽兽！把江姐折磨成了什么样子！”人们愤愤地抓紧牢门。

不知何时，风门边放下了一小桶霉米饭。是吃早饭的时刻了，可是谁有心思吃饭？刘思扬匍匐在楼板上，泪珠不断滴落在纸上，他第一次这样感情激动，用血和泪一起来写作诗篇。

“怎么样？有消息吗？”

“听说昏过去了，女室的同志正在急救……”

楼上楼下的牢房，在签子门边瞭望的人们，彼此询问着。

一个钟头，两个钟头过去了。余新江站在楼七室房间的正中，激动地朗读着刘思扬刚写好的诗句：

热铁烙在胸脯上，
竹签子钉进每一根指尖，
凉水灌进鼻孔，
电流通过全身……
人的意志呀，
在地狱的毒火中熬炼。
像金子一般的亮，
像金子一般的坚。
可以使皮肉烧焦，
可以使筋骨折断。
铁的棍子，
木的杠子，
撬不开紧咬着的嘴唇。

那是千百个战士的安全线呵！

用刺刀来切剖胸腹吧，

挖出来的——也只有又热又红的心肝。

正当大家担心着江姐安危的时刻，女牢里人们怀着更大的不安。

孙明霞用盐水洗完了江姐最后一根指头上的血污，向站在床前的人们伸过手来。

她旁边的人，把棉花签和红药水瓶，递了过去。孙明霞顺手取了根棉花签，蘸着红药水，在江姐的伤口上，小心翼翼地涂着。可是她发现，伤口里残留着一些折断了的竹丝，只好放下药签，噙着热泪，用指甲拨开血肉模糊的伤口，夹出一条又一条嵌在肉里的竹丝。昏厥中的江姐，似乎也感到这阵伤口的疼痛，她的手指抖动着，血又从伤口里流涌出来。孙明霞忍不住转过头去，眼泪涟涟……

“冷静点……明霞。”

“把红药水给我。”又一个人接过了孙明霞手上的药瓶，再把一根一根蘸着红药水的棉花签，递给孙明霞。

江姐仍然昏迷地躺在床上，呼吸微弱，咬紧牙关，仿佛在努力抵抗着痛苦的感觉，不让自己叫出声来；当棉花签接触到她深陷的伤口时，她的身子微微地颤动了一下。

“轻点！”人们心里痛楚地一阵阵紧缩。孙明霞歉疚地望了望江姐，咬着牙，垂下头，继续涂着红药水。她不禁想起了，在狱中第一次见到江姐时，江姐用她宁静而坚贞的目光，凝视着自己的泪眼轻声说过：“在接受考验的时刻，人的生命，要用来保持党的纯洁……”昨天夜里，江姐被特务押出去的时候，孙明霞还冲向牢门口呼唤：“江姐！江姐！”江姐在牢门口停了一下，又平静地回头对她微微一笑。那一瞬间的微笑，曾赋予了她多少力量，那种包含着无穷勇气的平静的微笑，使她永远难忘。

“石花[1]弄好了吗？快！”孙明霞快涂完红药水的时候，轻声问道。

“弄好了！”一小碗石花的粉末，递到床前。

孙明霞拈着石花的粉末，撒在江姐的伤口上，然后用棉花、布条，在江姐的手指上轻轻缠着。

包扎完了，孙明霞准备去解开事先缠在江姐胳臂上，帮助止血用的布带。

“慢点！慢点！”人们深怕布带松得快了，血液会一下冲击伤口，使江姐感到疼痛。

“我晓得。”孙明霞点了一下头，缓缓地放松布带，人们的眼光全望着江姐的脸。只见她眼睫毛眨了一下，嘴角微动着，苍白色的脸上，似乎露出一丝红晕。这时，渣滓洞是一片沉静，连特务办公室里的吊钟“嘀嗒嘀嗒”的声音都听得见。

最后一条布带松开了。江姐“呵——”了一声，把头向外转了一下，嘴里吐着血沫……

1　石花，集中营围墙的基石上，长的一种灰白色的苔藓植物，被用来止血。

“怎么？”女牢房的人们，不约而同地低声惊叫起来。

“江姐受刑的时候，用自己的牙齿把嘴唇咬破了……”孙明霞说完以后，不觉又流出眼泪。

大家也不禁泪珠滚滚，沉思着：一次次的拷打，江姐不知经受了多少剧烈的疼痛……是她，一个女共产党员，平静地在敌人面前宣布：胜利永远是属于我们的。

“告诉男室的同志，江姐快醒过来了！”孙明霞的手从江姐的腕脉上松开，马上又为她盖上被子。

“加个枕头垫高些吧。”一个叫李青竹的衰弱的人，躺在对面，她困难地欠起身来说着。老虎凳折断了她的腿，使她不能久守在江姐身边，为多年的老战友分担一些痛苦。

“垫高了不好。”孙明霞感谢着李青竹的好意，用关切的神情回头望了望她，好像是说：“不要操心，你躺下去，躺下去……”

“明霞，去歇一下吧，看你累成这个样子。”李青竹又叫了她一声。

“不要紧，我不累。”

谁愿离开呢？人们固执地站着，等候着江姐的苏醒。

“是什么力量使江姐这样坚强？”站在床边的孙明霞沉静下来，深思地问。

谁能回答这样的问题呢？人们很自然地把头转向侧卧着的李青竹。

“……江姐是我们大家的榜样。”李青竹在众人的期望中，终于缓缓支起上身，讲述起来，“我和她在一起工作过很久……她刚学会喊爸爸的时候，父亲就死了。母亲靠着借、当、做针线杂活养着家口。她七岁那年，母亲听说大城市容易生活些，带着她来到重庆。在那军阀混战，饿莩遍野的年代，母亲绝望了，终于丢下亲生女儿，投江自尽了。无依无靠的江姐，流落在孤儿院里，常常刚端着饭，就被人把碗夺去。她噙着一泡眼泪，从来不肯当着人哭泣……"

"江姐还不到九岁，就在南岸的一家纱厂里当童工。做了两年，江姐得了重病，被赶出了工厂……"

李青竹深情地望了望江姐，她仿佛又看到十年前和江姐一起学习，一道工作的情景：在一个阳光泻满山谷，碧波荡漾的山溪边的竹林深处，江姐崇敬地凝望着竹枝上闪闪发光的镰刀锤子交叉着的旗帜……溪谷里久久地回响着庄严明朗的声音："我志愿加入中国共产党。"

"1947 年初春，党决定派一批党员去支援农村的武装斗争。江姐和她的丈夫，都提出了申请，党批准了她丈夫彭松涛同志的请求，要她仍然留在城市。那天，我还和她一道，到朝天门码头送走了彭松涛同志。"李青竹自己，就是在那以后不久，也被派到乡下去，不幸在半路上被敌人逮捕了。

"听说老彭同志牺牲了，江姐知道吗？"孙明霞轻声插问。

"知道。"李青竹的声音禁不住有些激动，"江姐还亲眼见到……"

"江姐的孩子在哪里？"孙明霞忽然关心地问："江姐告诉过你吗？"

"孩子有同志抚养，长大了一定会继承我们的事业……"

李青竹回答着，眼睛转向江姐。这时江姐仍然昏迷不醒，只是脸色比刚才好一些了。

时间已是下午，男牢房的同志开始轮流“放风”。这时间间牢房已经传遍了老许的建议：他希望全体战友，学习江姐坚贞不屈的意志，学习她在艰苦斗争中的革命气节……因此，趁着“放风”的空隙，男同志们都把自己写给江姐的慰问信和诗篇送进女室——人们亲眼看见她独立承当了敌人对全体战友的疯狂报复，代表着全体战友的不屈意志。同时，人们看出：连毒刑也失去作用，这就使敌人在迫害失败之后，进一步陷于束手无策的地步了。这是江姐的胜利，也是大家的胜利！

孙明霞捏着一沓信件，站在江姐的床边，说着：“静一点，大家请听。”室内马上静了下来，孙明霞朗读着：

> ……你，
> 暴风雨中的海燕，
> 迎接着黎明前的黑暗。
> 飞翔吧！战斗吧！
> 永远朝着东方，
> 永远朝着党！
>
> 楼四室献给江姐

“下面是楼下六室写给江姐的《灵魂颂》。”孙明霞继续地朗读着。

孙明霞越念越起劲，大家都目不转睛地望着她。“明霞，你在做啥？”这时，江姐已醒转过来，轻轻地呼唤着。孙明霞回头一看，惊喜地叫着：“哎呀，江姐苏醒了！”

全室的人，一齐跑到江姐床边，七嘴八舌地问着：“江姐！你好点了吗？你要什么？”

江姐睁大着眼睛，眼珠不停地转动，她微笑了。

“漱漱口吧！”有人端来了一碗水。

孙明霞站在江姐床边，不知如何是好，半晌，她才想起手上拿着的一把信件。于是，她坐在江姐床边说：

“江姐，这些全是同志们给你写的信，我念给你听。”孙明霞拿起一封信，看了一下，说：“这是楼下二室全体同志写的。”

“楼下二室？囚禁过叶挺同志的牢房？”

江姐问了一句。当她看到孙明霞不断点头时，脸上闪过一丝幸福的光辉，又轻轻问道：“他们说什么？”

孙明霞朗读着：

亲爱的江姐：

一个多月来的严刑拷问，更显示出你对革命的坚贞。我们深深地知道，一切毒刑，只有对那些懦夫和软弱动摇的人，才会有效；对于一个真正的共产党员，它是不会起任何作用的。

当我们被提出去审问的时候，当我们咀嚼着两餐霉米饭的时候，当我们半夜里被竹梆声惊醒过来、听着歌乐山上狂风呼啸的时候，我们想起了你，亲爱的江姐！

我们向党保证：在敌人面前不软弱，不动摇，决不投降，像你一样的勇敢，坚强……

“这是楼三室……这是楼下七室。”

孙明霞一封一封地把信念给江姐听。

江姐一边听着，一边淌着激动而兴奋的眼泪。当她听完几封信以后，用舌尖舐了一下破裂的嘴唇，眼泪花花地说道：

“党太好了，同志们太好了，我算不了什么。”江姐轻声地说：“我们的荣誉属于党啊！同志们的这种鼓舞，这种战斗的力量，我应该和同志们共享。”江姐心里的高兴，不仅由于同志们对她的鼓舞，不仅由于自己战胜了毒刑的考验，当敌人追究游击队的活动时，她知道了叛徒的下落，这也是使她高兴的事，因为重庆地下党和农村游击队，再不会被叛徒出卖了。虽然敌人因而震怒，更急于从她口里找到党的线索，可是她想到党的安全已不再受威胁，便觉得忍受毒刑并不是十分痛苦的事了。

孙明霞又拿起一封信说：“这是楼七室写的。”她拆开信封，展开信笺看了看，说道：

“楼七室的同志说，许云峰同志托他们向你——江姐问好！”

“许云峰……”江姐闪动着激动的泪眼，仿佛看见了那屹立在铁门边，用战斗的歌声，庄严地激励着自己的战友。

“许云峰同志，你是我们的榜样。我们都应该向你学习，向你致敬！”

“江姐，你太兴奋了，休息一会儿吧。”

“是该兴奋啊，我们这里，有着多么坚强的党、多么坚强的战友！”

“江姐……”孙明霞望着江姐转向对面的目光，轻声地问，“你要什么？”

“我们的孩子在动，她大概睡醒了。”

“真的醒来了，你看，她睁着一双多逗人爱的眼睛！”李青竹说着，从身旁抱起那众人心疼的乳婴，递给了孙明霞，让她抱到江姐面前。

“可怜这孤儿，一生下来就失去了父母……”是谁低低叹息了一声。

“不应该难过。”江姐用流着血的双手，接过了乳婴，紧紧抱在怀里，“孩子是我们的。我们都是她的父亲、母亲。”

乳婴依恋地坐在江姐怀里，幼稚的小嘴甜甜地笑着，她把小小的手儿伸进了嘴，流着涎水吮吸着。

“孩子的父亲，留下了姓名吗？”江姐问了声周围的同志。

“没有。”李青竹躺在对面低声回答：“她在这里刚住了几天。只知道他们夫妇是从昆明押来的，她不愿意暴露案情。临终的时候，我问过她的姓名。”李青竹回忆着，声音渐渐升高：“她只微微一笑，说了一声：‘我是共产党员。’”

“共产党员……”江姐噙在眼里的热泪，滴落在乳婴圆圆的脸蛋上。

这时，李青竹又从身畔摸出了一张揉皱了的纸片。那是孩子的父母留下来的。孙明霞接过来，把它展开，送到江姐面前。李青竹接着说：“这是孩子的爸爸留下的遗物。”

江姐点了点头，目光落在那依稀可辨的字迹上。看着看着，一阵激情，在江姐心里回旋冲击，她轻声念着：

为了免除下一代的苦难，
我们愿——
愿把这牢底坐穿！
……

接连吟咏了几遍，江姐抬起头来，微笑着说："现在我才明白，为什么老许要给孩子取这样一个名字……"

"监狱之花！又美，又亲切。"孙明霞插了一句。

"监狱之花！"江姐的睫毛上凝闪着喜悦的泪珠，不顾创痛，紧抱着乳婴，怡然地笑了。

"江姐！"牢门边一个声音传来，"从昨天晚上，男牢房的战友们，就守候着你，他们正渴望知道你的消息。"

江姐抱着孩子，静静地想了一下，便对身边的孙明霞说道：

"我真感谢同志们的爱护。明霞，你帮我写一封回信吧。"

江姐一个字一个字清楚地口述着回信，孙明霞坐在旁边仔细记录着她的话。

……晚上，通过墙头上的秘密孔道，渣滓洞每间牢房的战友，在暗淡的狱灯下，传阅着江姐动人心弦的回音。人们静坐在黑暗中，却像在阳光照耀下一样，背诵着江姐信中光芒四射的词句：

毒刑拷打是太小的考验！
竹签子是竹做的，共产党员的意志是钢铁！

第十六章

一连串的日子过去了。秋去冬来，严寒的季节又在逝去。全国形势的急骤变化，在集中营的斗争里，也明显地反映出来。不屈的人们满怀信心，愈斗愈勇；而敌人的士气，却在继续衰落。

早上，刘思扬倚在敞开着的牢门边，怀着对新春的向往，凝神远望。墙头上，一群吱吱叫着的麻雀，扑过电网，飞向远方……几个特务，正在楼边的走廊上安装电线，没有引起他的注意。

他看见，在放风场上，每一双眼睛放着亮，每一个脸颊发着光彩。地坝中，迈着轻快的脚步散步的人，和那边孙明霞头上鲜红的发结，满面的笑容，都感染着他，使他心里涌现出奔腾起伏的激情。

“你又在作诗？”

刘思扬的思潮被打断了。

“该我们放风了。”余新江喊着，跨出牢门，顺手抓住刘思扬的手臂：“走呀，老刘！”

每个敞开的风门边，都聚集着三五个笑逐颜开的伙伴，人们的心境，正像这迎春的早晨一样爽朗。

走进厕所，他们劈头看见几个早该收风了的楼五室的人，还蹲在便坑上轻声谈话，就笑着问道：

“你们还没有回去？”

“找到窍门啦！”

大家都笑了。牢门白天不上锁，上厕所可以超过放风的时间，这都是绝食斗争以后出现的新事。不过，近些日子以来，也许是由于战局急转直下的关系，特务的看管似乎更松懈了些。猩猩还假惺惺地到处问好，说要给牢房增装电灯……

“你们谈吧，我帮你们放哨。”刘思扬说了一声，便站到厕所外边去了。

“我们楼五室，昨天关进了个新战友。他是在贵阳被捕的，带来了许多好消息。”

“什么好消息？”

“他在二处看到了报纸！”

“报上有啥好消息？”

“他看到的东西，都写出来了。刚送到楼六室。”说话的人故意卖关子，“等一会儿，你们会看到的。”

偏偏这时候，门外传来了刘思扬的咳嗽声。大家明白，准是看守特务来了。

“你先谈点呀！”余新江急切地要求。

楼五室的人，站了起来，朝门外扫了一眼，匆忙地回答：“解放军要渡长江了！”

门外特务的脚步声，已经听得清了。说话的人扮了一个鬼脸，不慌不忙地走出去。余新江心里很气恼：早不来，迟不来，刚刚把好消息给打断了。他瞟了一下狗熊正在张望的背影，没好气地骂道：“好狗不挡路！哪个死在门口把太阳都挡完了？”

狗熊回头一看，是余新江，便装作没有听见，缓缓地溜开了。渣滓洞的特务都知道，在绝食斗争中当过“代表”的这个工人，是不好惹的。

胜利，即将到来的胜利，使得人人兴奋，心情更加急切。余新江拖着刘思扬一口气跑到牢房后面的水坑边，捧起清泉，洗了个凉爽的冷水脸。过去的小坑，现在扩大了，用石头砌成简单的蓄水池，供作盥洗之用。找水喝的日子，早已过去，现在每天都有开水供应，吃饭也有了点蔬菜。

放风回来，余新江更显得精力旺盛。他一进门，便看见比他先回来的刘思扬用不曾有过的惊喜神情，向他点头，预示着非同寻常的喜讯。黑压压一屋人都拥在丁长发身边。

“静点嘛！”丁长发张开嘴，露出焦黄的牙齿，泥巴烟斗不住地在嘴角上跳动。“我来报告三条重要消息……”

他拿着从楼六室传过来的几张纸，眼光朝牢门外一扫。“站个人到门边，看住特务。”然后才不慌不忙地竖起了食指说：

“第一条，辽沈战役胜利结束，歼敌四十七万。攻克长春、沈阳、锦州，东北全部解放！详细情形都写得有，我说完了大家自己来看……”

“打得好！好！”欢呼声从人丛中突然爆发了出来，每个人都止不住心头的激动。

“第二条，淮海战役捷报频传。击毙蒋匪兵团司令黄伯韬，活捉兵团司令黄维，歼灭孙元良兵团。人民解放军马上就要进抵长江北岸，渡江解放全国了！”

“万岁！万岁！”

又一阵欢呼的声浪。

“第三条，国民党重放和谈空气……”

“和谈个屁，打进南京再说！”

“我看，反动派大势已去，我们马上就要自由了。”

“你才性急咧。”丁长发把烟斗一咬：“和谈，和谈？这里面定有名堂！”

这时，楼上楼下，对面的女室，几乎所有的牢房，都传来阵阵热烈的狂欢声浪，特务被吓得销声匿迹了。

“最多再打一年，把反动派全部吃掉，中国人民就完全解放了。”余新江兴奋地把话一转，“老丁，我们把楼五室写来的消息，送给老许。”他怕许云峰独自一人不知道胜利的喜讯，急切地对丁长发说。

“别忙，猩猩正在和老许说话。”

“猩猩在隔壁？什么事？”

“谁知道？”丁长发眼珠一转：“总没得好事。”

“这么好的消息，”刘思扬心情激动地说：“该庆祝一下才对。”

“是呀！是呀！”大家应和着。

“是个好主意！”老大哥微笑地望着大家的面孔。“今天是二十几？”

“十二月二十九。”

“可以筹备一下，过一个热闹年。”

一听老大哥的话，胜利狂欢的念头，立刻涌上每个人的心头。可是，该怎样来庆祝这胜利的新年呢？这时，牢门边有人咳嗽一声，大家回头看去，猩猩正从楼八室出来，快步走过牢门，脸上带着谄笑。过了一会儿，猩猩谄媚的声音，就从地坝中传来：

“诸位！请安静一下，我有重要事情宣布。”

“瞧，猩猩又搞什么鬼？”

“听听他说些什么。”

“刚才，接到徐处长手谕：政府准备停止戡乱，弃战言和，所有政治犯自应优待。这件事，兄弟刚才已经奉告了许云峰先生。过去，本所工作，诸多缺陷，兄弟十分痛心。为了改善诸位的生活，根据处长命令，宣布如下：第一，新年期间，优待每人四两肉，半盒香烟，二两酒……”

“谁稀罕这一套？他妈的打了败仗，还有脸来讨饶！”余新江身边一个人鄙弃地骂了一句。

“第二……”猩猩的声音变得更加委婉：“新年期间，全天放风，一律不关门上锁……每间牢房，马上增装电灯……”

猩猩还唠唠叨叨地说着什么，没有人再耐烦地听了。

“刚才猩猩找老许，也是说这些？”刘思扬揣测着。

“为什么他要先通知老许？”余新江感到不解。

“我看是绝食斗争把猩猩搞怕了。”人丛中一个声音判断着：“狗熊见着老刘和小余，不也是吓得打抖？”

“问题不那么简单，我想还是看一看，再下结论。”

“依我说，我们是沾了解放军打胜仗的光！”

大家纷纷议论着，老大哥习惯地伸手摸摸痣胡。“老丁刚才说得对，里面还有点文章……”

话里的含意是什么，老大哥没有进一步解释，可是听得出来，他的心里，似乎盘算着什么事情。

“先不管敌人想干什么。”老大哥话题一转，说道：“过新年，大家来作副春联吧。”

说起过年，在牢门上贴对联，大家当然赞成。可是一讨论，大家觉得这里的对联，很不好作：又要精彩中肯，一针见血，发人深省，又要适当地含蓄，要同志们一看就懂，又要特务看不全懂，或者根本看不懂。原则定了，大家就动脑筋想起来。

“我提议，老刘先作一副。”是谁出了个主意。

“老大哥给大家出的题，怎么要我先作呀！”

“你是诗人嘛！”

大家都笑了，刘思扬皱皱眉头，一时选不着适当的辞藻。

“我不会客套。”余新江直爽地放开喉咙说：

“两个天窗出气，一扇风门伸头！”

余新江的话还未落音，就把人们惹笑了。

“简直不像副对联。”

“嘿嘿，我说要得。这副对联，还有点道理嘞！”丁长发点头赞同。

“倒是别开生面。”刘思扬也同意了：“可惜差一幅横额。”

“我来作个横额。”丁长发不慌不忙地把烟斗拿到手上，比画着：

“四个大字：乐在其中！”

“哈哈哈……”全室哄堂大笑。

“这才叫苦中作乐嘛！”丁长发张开大口，露出焦黄的牙齿，一边笑，一边解释。

“乐在其中！那你为啥子打监逃跑了十几回？”有人笑着反问。丁长发并不隐瞒他的某些经历，在川西一带的农民中，提起丁大哥的名字，谁都熟悉。他这次入狱，是农民武装起义时，在指挥战斗中受了重伤才被捕的。丁长发笑嘻嘻地回答道：

“不跑要砍脑壳嘛！”

“你现在为啥子又不跑？”

“乡场上，县份头，坐监和渣滓洞不同。”丁长发嘿嘿地笑着：“墙一推就倒了，啷个不跑？哪像渣滓洞，窗子上钉的都是铁条条！”

“你不是说过，弄点黄烟点燃，放在脚镣上，用竹管吹一阵，铁就烧脆了，半夜里敲断脚镣就开跑！”又有人引用着丁长发自己讲过的话来反问他：“铁镣和铁窗，都是铁做的嘛！”

“对呀！”刘思扬也插嘴笑道：“猩猩不是还要发烟给你吗？”

“这里要想跑——”丁长发把空烟斗在空中一画：“除非大家来个一、二、三……”他暗示了一个动作，便把烟斗爱惜地含进口里，大笑起来：“这一回，干瘾过完了，该我的烟斗打牙祭咯！”

大家又禁不住笑了起来：“一根空烟斗，含了一年多，现在苦出了头。”

“我早就晓得有这一天嘛！”

人们笑得紧按着肚皮，喘不过气了……

对联决定以后，大家又商量了一阵，主张发动各室互相赠送礼品作为纪念。老大哥想了一下，也同意了这个主意。

余新江道:“依我说,应该给那些表现最坚强的同志,像老许、江姐他们，送点最有意义的礼物。”

“什么礼物？”人们追问着。

余新江手心上捧出一颗胶牙刷柄刻制成的小红星，递给了老大哥，这是他用一双灵巧的工人的手做出来的。

“你看，红星怎么样？”

同志们都嚷了起来：“小余，给我一颗，你做了多少？”

“十颗。”

“太少了，太少了！”大家评论着，“最好一人一颗。谁不该发一颗呀？”

“发都该发，就是材料太少，时间不够，做不出来。”

“大家都来做嘛！小余，把材料都拿出来，还来得及咧！”

丁长发说罢，伸手从楼板上，硬拔出一根铁钉，笑道：“我来磨把刻红星的雕刀。”

老大哥也笑了。后来，他悄悄地找了几个人商量了一阵，下午放风的时候，楼七室建议的新年联欢计划和有关的布置，传遍了每一间牢房。

期待中的日子，一转眼就来到了。

元旦那天早上，天还未亮，女室一带头，每一间牢房同时响应，像一阵闪电，爆发了洪亮的歌声。人们纵情高歌，唱完一支又一支。

新年大联欢开始了。

唱歌是第一个节目。第二个节目是交换礼品。每间牢房、每个人都准备着礼物，送给认识的或者不认识的战友，作为联欢的纪念品。最多的礼物是“贺年片”，那是用小块的草纸做成的，上面用红药水画上鲜红的五角星，或者镰刀锤子，写上几句互相鼓励的话。楼七室经过昼夜赶工，刻出了一百多颗红的、黄的、晶亮的五角星，分送给各个牢房的同志。女室送给各室的，是一幅幅绣了字的锦旗，那些彩色的线，是从她们的袜子上拆下来的……

接着，第三个节目开始了。每间牢房的人，都在门口贴春联。所有的春联，都是用草纸接连起来做成的。所有的春联，都不是一个人写的，同一个字，有着老年人苍劲的笔法，也有着“孩儿体”弯弯曲曲的笔迹。女室里，江姐捏着监狱之花的小手，也写了几笔。所有的对联，都洋溢着革命的乐观精神……

女牢的对联写的是：

洞中才数月

世上已千年

大家心里明白：几千年的封建王朝正在崩溃，人民当家做主的时代就要到来，“世上已千年”，还形容不了翻天覆地的革命形势的迅速发展咧！

她们还在牢门上贴了一张横额：“扭转乾坤”。

猩猩也许看不懂，也许看懂了又不敢承认，居然妄加评论道：“这对联倒有些修仙炼道的味了。”

楼一室的对联更写得妙：

歌乐山下悟道

渣滓洞中参禅

横额是：“极乐世界”。

大家心里明白：这里悟的是革命之道，参的是马克思列宁主义之禅！“极乐世界”，正是写的人们掌握了革命真理的心境……

猩猩挑起了眉梢，玩味了一会儿，只好说：“真有点仙风道骨！”

楼二室的对联写得十分优美：

看洞中依然旧景

望窗外已是新春

横额是：“苦尽甜来”。

楼三室的对联，引用了古人的诗句：

满园春色关不住

一枝红杏出墙头

横额是：“大地春回”。

一副副的春联，全洋溢着这样乐观、诙谐的情趣。

猩猩来到楼七室门前站定了，慢吞吞地读着：“两个天窗——出气，一扇风门——伸头。”挑剔的眼光，在横额“乐在其中”四个大字上凝固起来。不待他说话，余新江便问道：

“喂，这像不像渣滓洞的生活？”

“生活？生活当然……”猩猩犹豫着，“不过，乐在其中，那个乐字总有点刺眼。”

“嘿，改成‘苦’字，‘苦在其中’，你看要得不？”丁长发笑着追问。

猩猩装作没有听见，溜走了。

表演节目的时间快到了，大家一拥而出，享受这自由而愉快的时刻。这个时刻，正是党的胜利，人民解放军的节节前进，给他们赢来的。

高墙上新增加一排机枪，算是特务对新年联欢活动的“祝贺”。可是，猩猩和猫头鹰，这时阴险地躲进了办公室，关上了门。

余新江一出牢房，就满怀热情地望着楼八室。他没有跑过去找老许。因为老大哥叮咛过他，在胜利形势下，要谨慎小心，不要让敌人发觉自己的活动。他只见黑压压的人群，不断地朝老许那儿拥去。每间牢房出来的人，都以热情而关切的目光，投向许云峰同志。许云峰早就站在门外，脸上闪着明朗的光彩。

“老许！”远处传来楼下的战友的呼唤。

“你好呵！老许。”又一个清脆的声音，从女牢飞了过来。

“老许，老许，你好！”

阵阵声浪，从四面八方飞传过来，像电流一样，激动着每个人敬仰的心。

楼八室门口，人潮拥来拥去，个个笑逐颜开。老许从人丛中，挤到楼上的栏杆边，脚上的铁镣，当啷当啷作响。

“同志们，新年好！”迎着朝阳的耀眼金光，许云峰扶着楼栏杆，向大家招手致意。

“啊，新年好！老许……”

“许云峰同志，我们给你拜年了！”

又是一阵人声鼎沸的热潮。老许把双手拱在胸前，又把抱拳的手，高高举起，频频摇动着。

“给同志们拜年，拜年！”

这时，不知是谁，找了一个破铜盆，嗐——嗐——敲响了，联欢的表演节目就要开始。喧腾的人声，镗镗的锣声，混在一起，在空中久久地回响。许云峰又举起手来，招呼着：

“节目开始了，请大家都看表演。”

被他的声音激起的锣声，急促地响了一阵，楼一室的节目出场了。

几个戴着脚镣的同志，在往常放风的地坝中间扭起秧歌。

沉重的铁镣，撞击得叮当作响，成了节奏强烈的伴奏。欢乐的歌舞里，充满了对黑暗势力的轻蔑。看啊，还有什么节目比得上这种顽强而鲜明的高歌曼舞！

许云峰明亮的脸上，充满了喜悦，他高举双手，用力鼓掌。一阵掌声，从楼上楼下响起，轰动着那块窄小的地坝。

狂热的掌声，送走了一间牢房的节目，又迎来另一间牢房的表演。人潮卷来卷去，地坝变成了绝妙的露天舞台。余新江完全被热烈的活动吸引住了，没有留意到一只温暖的手，落在他的肩头。

“小余，你好！”

余新江回过头，禁不住激动地叫了：

“老许！你好。”

两对眼睛热烈地互相顾盼着。虽然彼此同关在一层楼上，甚至近在隔壁，天天都能朝夕相望，秘密往来，却一直没有机会这样公开而自由地聚在一起。余新江心里有说不完的话，但是眼角瞧着楼栏杆附近新装的电线，他忽然闷声不响。

在阵阵叫好声中，他们并肩靠在楼栏杆边。老许把手臂搭在余新江的肩上，让他靠在自己胸前。

“小余，你怎么不讲话？”

余新江用眼角轻轻示意新装的电线，声音压得低低的：“特务到处都装了录音机。”

老许笑了。“录音机已经不灵了。”他举起两根手指轻轻掐了一下，表示电线已被拉断。

余新江会心地笑起来，眼里射出惊喜的光芒，立刻毫不迟疑地说道：

“老许，你看对面的山……山那边就是嘉陵江。左边，是磁器口，再往左，冒烟的地方，是工厂的烟囱……”

“对，钢铁厂。”

“地形我很熟，钢铁厂里有党。”余新江的声音很低，“你到了厂里，再从嘉陵江过河……”

许云峰笑了笑，在余新江耳边轻轻地说：“你看，山上的碉堡、暗哨，边沿地带还围着几层电网。中美合作所，从来没有人跑出去过。”

“现在机会很好。晚上锁门很晚。我们大家都帮助你……”余新江还是固执地望着许云峰。“你在这里多危险！”

“暂时，还很安全。”许云峰自信地分析着。“敌人搞和平攻势，当前要公开杀我，他们不敢；秘密处决，他们一时还‘舍不得’……”

说到这里，许云峰再次笑了。他知道，敌人日夜注意他的行动，根本没有脱险的可能，而且冒险越狱，反而会打草惊蛇，招致同志们的牺牲。他低声告诉余新江道：“敌人不会让我久住渣滓洞的。”

“为什么？”

“像我现在的情况，和几百人在一起，敌人能放心吗？”许云峰说着，轻轻地拍拍余新江的肩头。“今天的太阳真好。小余，你看，同志们多么高兴。”

楼下四室的“报幕员”正在用北京话宣布：“我们的节目是歌舞表演。表演开始！”只见铁门哗啦一开，一连串的人影，打着空心筋斗，翻了出来，博得同志们齐声喝彩。接着，几个人聚集拢来，站成一个圆圈，又有几个人爬上去站在他们肩上，又有人再爬上去……一层、两层、三层……他们在叠罗汉。最上边站着一个人，满脸兴奋的微笑，站得比集中营的高墙、电网还高，手里拿着一面红纸做的鲜艳的红旗，遥望着远处的云山。歌声在周围渐渐升起：

一杆红旗
　　哗啦啦地飘，
一心要把
　　革命闹；
盒子枪、土枪，
　　卡啦啦地响，
打倒那劣绅和土豪！
……

这正是黑牢外面的游击队员最爱唱的歌。

“象征性的节目。”有人轻轻地说。

“是呵，好极了！瞧，他们的罗汉叠得真高！”

“好呵，好呵！再来一个！”掌声像炸雷一样，久久不息。

被掌声惊动的特务，厚着脸皮向地坝走来，一看到这样精彩的表演，也糊里糊涂地鼓起掌来叫好。只有阴险狠毒的猩猩，再也不肯露面了。

“这些节目，准备得真好。”许云峰高兴地对余新江说，“追悼会是一次检阅，今天又是一次。这是检阅，也是演习。”看到这些，老许心里十分高兴，他相信，只要地下党和监狱里的党组织建立起联系，这里的斗争，一定可以得到更好的开展。因此，他轻声地问余新江：“口号已经转告有关的同志了吗？”

“你是说和地下党联络的秘密口号？老大哥已经通知了各小组长。江姐她们也都知道了。”

许云峰放心地点点头，正要再说话，一阵叫好声和鼓掌声打断了他。这时，女牢的战友们全体出场了，预示着一个更精彩的节目。

她们披着漂亮的舞蹈服装，绣花被面暂时变成了舞衣，闪着大红大绿的丝光，十分优美好看。江姐也出来了，走在扶着手杖的李青竹旁边。江姐穿着整洁的蓝旗袍，上身罩着红绒线衣，苍白的脸上，带着兴奋的微笑，透出了淡淡的红润。瘦削的两颊，显示着考验留下的痕迹。可是，衰弱的身体，丝毫无损她庄重乐观的神情。她把“监狱之花”紧紧抱在怀里。

“江姐出来了！”

“江姐！江姐！”

人们一阵欢呼，像迎接胜利者的凯旋。

许云峰也招着手，向江姐致意。余新江更是热烈鼓掌，欢呼着，迎接着刑伤平复以来，江姐第一次与战友们的见面。地坝里，立刻变成了狂欢的海洋。

许云峰带着微微含笑的神情，欣赏着人们的欢乐。同时，他还想利用这有限的时机，告诉余新江更多的事情。被捕的时候，在那瞬息之间李敬原说“我们一定设法和你取得联系”这句重要的话，和老李当时的神情，使他几个月来，从未忘怀。他过去听老李说过，很久以前，地下党市委就准备通过内线，安插一些同志到敌人内部工作。如果这项工作仍像原来考虑的那样顺利进行着，现在应该是可能联系上的时刻了。

想着这些，许云峰心里充满了希望。他确信党对失去自由的战友，怀着深切的关怀。因此，他对未来，对囚禁中的战友们的前途，充满了坚定的信念。

一阵掌声冲击着许云峰的思绪，地坝里，女同志们绕场一周之后，跳起了秧歌舞。彩色的舞衣，飞舞着，十分耀眼。在一片叫好声中，余新江在许云峰身边跟着大家鼓掌呐喊。

朗朗的笑声中，夹杂着一声嘲笑：“在国民党统治区里，敢跳秧歌舞？谨防上黑名单，抓走！”

又一个人忍不住笑道：“那倒不一定。国民党统治区也有‘自由’的地方，不是吗？集中营里，可以自由自在地大跳秧歌舞！”

“哈哈哈……”

一边扭着秧歌，女同志们又齐声唱起歌来：

正月里来是新春，
赶着猪羊出了门，
猪呀，羊呀，
送到哪里去？

——送给那英勇的解放军……

那些想看女共产党员表演节目的特务，这时吓得脸色铁青，立刻在高墙电网上面，移动机枪，枪口瞄准着欢乐的人群。

有人笑道："瞄准有什么用？蒋介石忙着喊停战，没工夫下命令开枪。"

又有人笑道："真有意思，这里又可以唱歌，又可以跳舞。开联欢会，还有人架上机枪，保卫我们的安全咧！"

"哈哈哈哈！"

"监狱之花"偎在江姐怀里，扬起笑脸，向长辈们甜笑。

"哈哈哈哈！"人们朗声大笑，迎接着一九四九年胜利的春天。

"老许！"余新江刚看完女室的表演，兴奋地望着许云峰。看见老许略带沉思的脸色，便轻轻问道："你在担心地下党和我们联系不上？"

"不，"许云峰摇摇头，"前天新来了一批看守人员，你们发觉了吗？"

余新江点了点头，"地下党和我们联系，确实太困难了……"

"困难难不住共产党员。"

许云峰渐渐舒开眉头，在热烈的群众欢呼声中，低声告诉余新江："我在考虑，想把我对斗争的估计，告诉同志们。"

"哦！"随着老许眉头的舒展，余新江也放开了胸怀，"你说吧，老许，我记着。"

"楼五室写来的消息我看了。今天早上，猩猩又来找我，特地送来一张报纸——蒋介石的求和文告。蒋介石提出了保存伪宪法、确实保障反动军队等条件，作为和谈停战的基础。仅仅从保障他的军队这一点，就足以说明，蒋介石要求和平，只是为了苟延残喘，卷土重来。”

“我们也讨论了，敌人放出和平空气，完全是缓兵之计。”

“党中央和毛主席一定会粉碎敌人的政治阴谋，把解放战争进行到底。”停了一下，老许又说道，“值得注意的是，当前特务对我们的策略，也采取了新的手法：明松暗紧。”

“明松暗紧？”余新江轻声地问。

“你仔细想想，现在敌人不正是采取两面手段对付我们吗？”许云峰扼要地解释道，“明一套，公开示弱，宣布优待、开门，一再故意讨好；暗一套，妄想利用我们的麻痹，千方百计寻找狱中党组织秘密活动的线索……”

余新江静听着，随着老许的话，他感到自己也渐渐站得更高，看得更清楚了。

“对，所以他们偷偷装上了录音机，妄想窃听我们的谈话。老许，老大哥也说过。”余新江自然地记起了当时自己并不完全理解的部署，“老大哥说敌人最近的反常行动，显示出新的意图。前天布置新年联欢时，老大哥紧急通知各室：第一，大搞群众活动检阅力量；第二，要求每间牢房党的组织绝对不准有任何暴露……”

“老大哥做得对。”许云峰高兴地点头，“我们正应该这样对付敌人。今后敌人还会耍弄更狡诈的花招，但是，他们总难免露出愚蠢的尾巴。”

余新江笑了起来，高兴地感到自己又懂得了许多东西。

“我们聚在一起，小余，你说说——”许云峰微笑着问，“是不是暴露了自己的行动？”

“不！”余新江衷心理解地回答，“我们的身份和关系，早就公开了的，而且你本来就是敌人最注意的人。我们此刻正吸引着敌人的注意，起到了掩护同志们活动的作用。”说着，余新江像看见了特务在暗中窥视自己似的，故意更紧地靠在许云峰胸前笑道：“敌人知道我过去是你的交通员，可是他们做梦也想不到，现在我还是你的交通员。”

许云峰也笑了。

“不过，你要警惕，今后敌人会更注意你。”

“老许，和你在一起，我真高兴。”

“我也高兴，你看天气多好，我们的心里，因为胜利而充满幸福。我们的祖国，将如太阳升起在东方那样，以自己的辉煌的光焰照亮着未来的道路。我们应该愉快而且自信，因为不管在任何条件下，我们大家都做过，而且正在继续做着使人民的敌人害怕的工作。”

联欢的节目已经快到尾声了，好几个牢房的人们，正在高声合唱。许云峰渐渐合着节拍和大家一起哼道：

“乌云遮不住太阳，铁牢锁不住春光……”

“老许，这首歌是刘思扬昨天才写的。”

“写得不错，”许云峰说着，“解放以后，把这里的诗歌整理出版，那会是一件有意义的工作。”

许多同志都渴望和许云峰聚在一起，欢度这快乐的时光，可是许云峰和余新江久久地谈着话，又那样兴致勃勃，使得大家都只好笑吟吟地望着他们，而不愿前来妨碍他们愉快的会见。

年轻的孙明霞，怀抱着“监狱之花”，站在女室门边，欢乐地微笑着，殷切的目光，一再望着楼上。

“老许，孙明霞在招呼你。”余新江轻声说。

“我们去看看‘监狱之花’。”许云峰亲切地说着，很有兴致地提起脚镣，迈步向楼下走去。余新江紧跟着他，下完楼梯，来到战友们联欢的地坝里。

孙明霞迎上前来，满面淳朴的欢笑，她什么话也没有说，伸出双手，把“监狱之花”抱给老许。

许云峰接过“监狱之花”，搂在怀里，仔细瞧着，又伸手拂弄着孩子娇嫩的脸蛋。

“她笑了。”余新江在老许耳边说。

“叫我。”许云峰凝视着孩子的笑脸，“叫许伯伯，你叫嘛！你怎么不讲话呢？”

孙明霞忍不住笑了，悄声说：“她才几个月，还不会说话呀！”

正当人们纵情狂欢的时候，猩猩却躲在办公室里，鬼鬼祟祟地干着不可告人的勾当。

猩猩轻轻拨动着电话，心里充满了慌乱。特别顾问一反过去的作风，在政治犯绝食以来，一次又一次地变紧为松。施展

吴强年 作

这个计谋，虽说可以乘机侦察到对方的某些活动，但是它包含的危险性也不小。特别是公开举行的联欢活动，使所有的政治犯都得到了互通声气的机会，谁知道会发生什么意外？尽管派来了更多的看守人员，架上了更多的机枪，万一出事，他怎能逃脱责任？这样下去，以后对政治犯，一定更难管辖了。

“总机，总机，接徐处长公馆……不在……啊……接梅园，美国顾问处……”猩猩在电话里慌忙地汇报了情况，又补充说：“现在还在唱歌……一直在唱……”

窗外传来的歌声，春雷般地震动着。对方似乎从电话中，也听到震耳的歌声，沉寂了一阵，又听见徐鹏飞粗暴的声音：“找到可疑活动了吗？”

“录音机……录音机发生故障，听，听不见……是，是，马上派人检修……报告处长，许、许云峰和余新江在一起谈话……”

电话里传来大声斥责。

“是，是……”猩猩摸出手巾，擦着额上猛然冒出的冷汗。“是，是，余新江本来是他的交通员……是，是的……另，另外，正在继续监、监视。”

对方居然没有再骂。电话里没有声音了，但并未挂上。猩猩心慌意乱地猜测着，大概刚才报告的情况，引起了重视。他一再说许多人拥到楼八室向许云峰致敬，影响了正常的监视工作……他记得，许云峰上次在追悼会上讲话的内容就曾叫徐处长咆哮如雷……大概处长正在找特别顾问商量？猩猩拿着电话，不敢放手。约莫过了十来分钟，徐鹏飞才又讲话。

“是，是的……绝对秘密。是……”猩猩立正着向电话筒说，脸上惊慌的神色，渐渐消失，变成了一阵奸笑。

才到半下午，一间间牢门突然被关上了，不过没有上锁。

“特务害怕了？他妈的！”

“又在搞鬼！”

“让他搞嘛，”丁长发把同志们送给他的几盒烟放在他睡觉的地方。“抽支烟再说……刚才我看见猩猩……”

丁长发吸燃烟，刚开口说了几个字，突然被打断了。

“女室有人来了……”门口有人喊：“孙明霞，还有……”

刘思扬赶到牢门边，孙明霞和两个女同志也刚到楼七室门口。关闭牢门时她们正出来洗衣服，刚刚洗完，就上楼来……孙明霞微笑着看了刘思扬一眼，就掉过头去，把她们抱来的湿衣服，一件件地抖开，一件件地晾晒在正当西晒的楼栏杆上。晾完之后，孙明霞有意无意地把一件衣服扯了几下，便头也不回地下楼回女室去了。

“我们也晒衣服。”余新江在刘思扬耳边说，指了指孙明霞特别扯过的那件衣服。

“我去看看。”刘思扬点头会意。

刘思扬接过人们递来的几件衣服，揉成一团，倒些水淋得透湿。

刘思扬拿起湿衣服，推开牢门走出去。他一出牢门，正碰着偷偷走过来的狗熊，刘思扬转眼盯他，狗熊吃了一惊，马上就转身溜下了楼……

刘思扬先挑楼八室前空着的栏杆晾衣服，慢慢移向楼七室，直到衣服快晾完时，才伸手移动了一两件孙明霞她们刚才晾好的衣服……

回到牢房，刘思扬打开手上捏着的纸团，看了一眼，可是这纸条，并不是孙明霞给他的信，便又揉进衣袋。过了一阵，才悄悄递给了老大哥。看完之后，老大哥又踱到余新江面前，把纸团塞到他手上。

余新江背着人，到牢房后面铁窗边，展开纸团一看，上面写的是——

“告诉老许：口号符合，已接上关系。家里送来学习文件。江。”

余新江的手，狂喜得抖动起来，到底联系上了。地下党正像老许估计的那样，冒着危险，经过了多少努力，终于和集中营里的同志联系上了。江姐信上说的“家里”，指的正是日夜盼望的亲人——地下党啊！

余新江把纸团撕碎了，塞进口中，愉快地咀嚼着，吞进胃里。今天真是个值得狂欢，值得庆祝的日子。

从黄昏到深夜，余新江完全陷入了强烈的兴奋之中，他真想冲到楼八室去，把老许正渴望知道的喜讯马上告诉他。可是，一直没有机会，联欢以后，特务严密地监视着他。

蒙眬入梦之际，余新江还不断地提醒自己：明天一早，就设法把好消息通知老许……

夜深了，人们蜷曲着身子，在春寒的夜里挤在一起，睡梦中互相用体温温暖着自己的同志……寒夜快点过去吧，明天该是一个最晴朗的好天气。

……

“嗒嗒，嗒嗒……”

楼板在响。人们从梦中被惊醒了。

“喂，什么事，什么事呀？”黑暗中有人伏在楼板上低声向楼下询问着。

“……你们……看见……”楼下传来模糊的语句。

“他们说什么？”余新江翻身坐起来问。

“听不清楚，说谁……走了。”刘思扬回答后，也伏到楼板上，低声叫道：“楼下大声点，我们听不见。”

“什么？”刘思扬的声音一变，黑暗中虽然看不清他的脸，但是可以听出他的惊诧。

“再说一遍！”刘思扬又向楼下喊着。

这一次，楼下的声音清楚了，大家都听见——

“……老许刚才被押出去了！”

“啊？”余新江惊叫起来。“把老许押出去了？怎么没有听见敲竹梆的声音？”

“是呀，今晚上一直静悄悄的……”

“半夜三更，把老许押到哪里去？”

人们在黑暗中突然紧张起来，睡意完全消失。每个人的心里都像突然被放进了一块冰，感到一阵阵无比的寒冷……

第十七章

西南长官公署的一间会议厅里，铺着桌布的一列列长桌上，摆设了各种茶点，周围的座位上，已经坐了不少的人。这里正在举行一次记者招待会。

天气很冷。但是主持招待会的新闻处长，头上还有点冒汗。不是因为堆满杠炭的火盆离他太近，而是他的神经过于紧张。老实说，他很不愿意在这尴尬的所谓“和谈期间”，对那些近来特别活跃的“左”倾记者发表什么谈话。可是形势逼人，又找不到推托的理由，只好奉命行事。幸好徐鹏飞答应愿助一臂之力，才使他心里稍微踏实了些；可是预定的开会时间已经过去了快一个钟头，徐处长还迟迟未到，他觉得再等下去，未免有失尊严，就决定宣布开会。他准备选择一项重要新闻来作为开场白，以便引起与会记者的注意。

“诸位记者！”他咳嗽了一声，站起来。但是那些正在谈笑的招待对象，并未注意他的动作。连坐在附近的官方记者也没有特别的反应。

这时，一群迟到的记者，正陆续走进会场。胖胖的新闻处长伸手理了一下脖子上系得太紧的领带，满脸堆笑地欠了欠身子，表示欢迎，直到新来的人群坐下。

新来的记者当中，有一位年轻的姑娘，她就是大半年以前当了记者的成瑶。她的装束改变了，姓名改变了——现在化名陈静——处世对人也有了更多的经验，可是她那明朗的目光，仍然闪耀着倔犟的斗争的火焰，显出一种与众不同的敌对神情。这次，她出席记者招待会以前，曾经受到一点阻挠，领导她的老赵同志临时不让她出席，怕她任性行事，惹出麻烦。可是，她怀着激动的复杂的感情，像正要展翅高飞的海燕，渴望经受暴风雨的考验；又像活跃在前线的尖兵，发现敌情后，急于冲向凶恶的敌人。她答应只去观战，学习合法斗争的经验，自己决不轻易讲话。培养她保护她的老赵，最后让了步。这样，成瑶就和一批熟悉的记者们一道来了。

"本来，今天的记者招待会非常重要，是张长官[1]特地安排的。这是张长官就职以来第一次和新闻界交换意见，并且准备答复诸位向政府咨询的任何问题。不过，临时张长官因有要事，未克亲临，所以指定兄弟和徐处长代为主持。"

新闻处长停顿了一下，也不管闹哄哄的会场里有多少人听他的话，便摸出讲稿，念了起来："国共和谈，政府早已多次提出。总裁早就说过，中共问题只能政治解决。所以对中共所提八项

1　指战犯张群。

条件，政府愿即开始商谈。这一次，政府确有诚意，总裁在元旦文告里说：中正为三民主义的信徒，本不应在对日作战之后，再继以剿匪之军事……”

“剿匪？”中央日报记者从旁低声提醒着说：“处长，现在是和谈期间！”

“对，对！”新闻处长点头，纠正道：“兄弟刚才是口误，偶尔措辞……当然应以李代总统的谈话为准，今后请各报将‘剿匪’‘戡乱’之类的铅字，完全废除！一律改称‘内战’……”

四座传来了一阵哄笑。

“还有，‘共匪’‘奸党’也严禁使用，一律改称‘中共’。”新闻处长一点儿不笑，庄重地宣布道，“为了促致国内和平，诸位早已知道，蒋总统毅然宣布引退，不再肩负总统之重任……”

“嘻嘻……中共所提首名战犯，当然只好退到幕后指挥。”记者席上有谁低声插上一句。

“记得离京时那段精彩的描写吗？真有意思。”笑吟吟的女记者成瑶接口过去，小声地对身边的同伴背诵道：“总统着长袍马褂，临行时对此紫金山麓之革命都城，颇示恋恋；而送行人员，亦多神色黯然……”

一个头发略显蓬松的青年记者笑应道：

“恐怕这位中央社之类的记者，当时面对此情此景，也不免神色黯然了吧？”

这句话，惊动了一位披着金色鬈发的女记者，她一听有人提到中央社，立刻扭转身，飞出一个眼波，涂着蔻丹的纤手从有镁光灯的照相机上轻轻举起，便想隔席答话。她正是中央社记者玛丽。看见说话的那些记者，都是不认识的，也没有人招呼她，甚至连一位常见面的戴金丝眼镜的记者也没有一点应酬的表示，只好继续倾听新闻处长讲话。

“政府为及早结束战争，减轻人民苦痛，一月来已作种种努力。李代总统早已表示：只待中共方面指派代表，约定地点，即可进行和谈……”

会场上，和历次的招待会情景不大相同，过去惯好高谈阔论的人们，都变得沉默寡言了。而平时很少抛头露面的一些记者，却显得异常活跃，三三两两，谈笑风生。玛丽不平地观察着，忍不住再向那笑语不绝的方向回过头去。当她瞥见记者群中，那位默默含笑、举止大方的年轻女记者成瑶时，目光不由得凝滞起来。那年轻的女记者，还不到二十岁吧？圆圆脸，红润润的，一双大眼睛多么机灵！头发烫得端正美观，额前一绺刘海，显示着青春年少。一看见她，玛丽就暗自感到韶华易逝，心头多少有点酸溜溜的滋味。

几下零落的掌声，使玛丽从怨艾的情绪中清醒过来。原来是新闻处长又讲完了一段。

“新闻处长先生，我想了解一下：美国对国共和谈是否采取支持的态度？”有个记者提出了询问。

“当然，”新闻处长微笑着，不假思索地回答道：“司徒雷登大使，在蒋总统发表元旦文告后，就曾公开表示支持说：‘这是我过去所一直努力以求的东西。’”

“美国过去支持政府进行内战，现在又支持政府进行和谈，岂不是容易引起外界对政府和谈诚意的猜测与怀疑吗？”

新闻处长满脸堆笑地听了，却不回答，眼睛眯成一条线，四边看着，好像在征集更多的提问。

戴金丝眼镜的记者，似乎没有注意新闻处长的表示，往咖啡杯里投进了两块进口的方糖，用调羹慢慢调匀。官方报纸的几个记者商酌着，一时也没有人站起来。玛丽瞥见形势不妙，正想岔开那使新闻处长颇感碍口的询问，不料，又一个更难解答的问题，从记者群中提了出来：

“据报道，中共发言人指出，政府求和是虚伪的、欺骗的，指责政府的一切行动，都得到美国的支持。对于这个问题，我们应该如何理解？如何向各界人士解释？”

“这个，事关政府和伟大盟邦的策略问题，兄弟不便作答，不过——”新闻处长拖长着语音，硬着头皮辩解道：“政府的行动，有政府的自由。如何理解，则是各位记者的自由！”

中央日报记者松了一口气，立刻为新闻处长的精彩回答，鼓起掌来。

年轻的女记者，这时忽然站起来，当着满场记者，劈头问道：“既然记者有理解的自由，各报发表消息和评论，是否也有完全的自由？”

一片掌声和笑声，显示出许多记者支持着她。

“诸位同人对于一切均有各自理解的自由……不过，关于言论和消息的发布，张长官早有考虑，正在草拟详细规定……”

恰好在新闻处长感到难以措辞的时候，徐鹏飞满面春风地走进了会场。

“徐处长来了！”玛丽会心地笑着，叫了一声。官方和半官方报纸的记者，骤然活跃起来。会场里更多的记者，却沉默下去。虽然在和谈期间，某些压力减轻了，但是特种威胁仍然存在。

年轻的成瑶刚坐下去，旁边山城晚报的记者便低声告诉她：“陈静，进来的就是徐鹏飞。”

“哦！”成瑶应了一声，微微侧目，向来人的方向看了一下。

“徐处长，你来得正好！”新闻处长满脸堆笑招呼道：“新闻界知名之士，都万分兴奋地想和您见面呢！”

“今日有幸和新闻界群英聚会，兄弟太荣幸了。”徐鹏飞向四座点头微笑之后，才接过侍者奉上的毛巾，揩揩手，巍然坐在又矮又胖的新闻处长旁边。

“兄弟继续发言——”新闻处长的声音顿时庄重起来，“自从朱长官奉调主闽，张长官回川主持长官公署以来，早已为我川人前途多所筹谋。最近湖北省参议会在白崇禧总司令指导下，曾对国事发表电文，主张改弦更张，寻求新的途径……四川古称天府之国，远离战火，故张长官力主川人治川，实行地方自治，深获中央谅解。无论和谈前途如何，川局均可无虑。凡我川人，自应同心同德，贡献桑梓，以建设新西南为己任。唯近来局势变化，另有企图者，往往利用和谈空气，危言耸听，扰乱治安。某些报章杂志也不顾大局，不顾后果及其影响，毫无选择地肆意发表攻击政府之言论，散播新华社消息，淆乱视听，挫伤后方人心，危害心理建设，政府为亿万同胞请命，绝不应坐视不理，必要时，将采取断然措施，严厉处置害群之马！”

“我完全拥护政府的立场！”玛丽最先响应。

“本报拥护！”中央日报记者也抢先表示。

“拥护！”“拥护！”接着便出现了一片事先约定的叫喊。喧闹之后，却又留下了一长段沉默，似乎这场精彩的好戏，已经接近尾声。可是这时候，偏偏出现了几个不慌不忙的，然而意想不到的声音，使会场气氛骤然为之一变。

“请问，政府是否准备将各报之言论自由范围，用书面指示，加以硬性规定？”

“和谈期间，限制新闻自由，是否有碍民主精神的发挥？”

“本报对政府此种限制深表遗憾，并且提醒政府，希望多加考虑。”

徐鹏飞略微动了动手指，新闻处长慌忙说道：“诸位，万勿误会。我们欢迎徐鹏飞处长讲话。”

在新闻处长的带头下，又响起了稀稀落落的掌声。

“记者是民众之喉舌，崇高的无冕之王，新闻自由乃新时代民主自由之精华，神圣不可侵犯！”徐鹏飞傲然说道：“不过，刚才有个别同人的情绪，稍嫌激烈。这也许是由于新闻界与各方面接触过多，易受共党宣传的影响，因而心理动摇，对政府略有怀疑所致。其实，张长官关于新闻发布的规定，正是保障新闻自由之最佳措施，毫无束缚言论自由之意。”

“是呀，鹏飞兄所言极是，”新闻处长附和着，“今天的招待会便是最好的证明，大家有什么问题，尽可以提呀！”

“外间盛传，征兵还将扩大，兵工厂还日夜加班生产……”

“这个消息不确。”徐鹏飞立刻宣布道：“兵工厂之军火生产，自蒋总统发表言和文告以来，即已完全停止，转入民用工业生产。加班加点之事容或有之，但均系非军事性的，完全服务于新西南之经济建设。目前川局十分安定，不仅工厂秩序井然，各校学生也体谅政府之苦衷，罢课风潮亦已自动结束，各地民变武装，正在安抚平定……”

“华蓥山、大巴山最近情况如何？处长是否可以见告？”

“据传，川北方面，政府正在大量增兵，不知是否影响和谈进行？”

“川北增兵，系因发现有少量土共武装活动所致，纯系政府之自卫措施，当然与政府规定之和议方针无关。”徐鹏飞振振有词地说道：“事实上，诸位要知道，政府今天在军事上、政治上、经济上，无论哪一方面的力量，都要超过中共几倍甚至几十倍，不仅有和的力量，而且有战的力量。以战求和，能战能和，未始不是一种正常的考虑。目前政府求和，绝非软弱，而是基于解民于倒悬之愿望。如果共党故意刁难，扰乱政府后方秩序，以致不能达成和平协议，则今后责任不在政府方面。是非自有公论，政府之初衷，国民定能谅解。至于共党所提惩办战犯等八条，政府根本不能接受，也不应接受！”

新闻处长把一张鲜红的请帖，移到徐鹏飞面前，然后抬起头来，望着全场说道：“招待会结束以后，我们准备宴请各位……”

徐鹏飞揭开请帖的封皮，正要细看，忽然听到一个清脆的女声，从对角飞来：

“既然是非自有公论，本报是否可以全文发表徐处长的谈话？”年轻的成瑶实在忍不住了，她竟忘记了老赵的反复叮咛。

“新闻自由嘛。但是引起的责任与后果，应由各报自负。”徐鹏飞抬头看了一下对方，这位年轻女记者的镇定态度，不能不引起他的注意。

“政府的官方发言人的谈话，本报当然全文披露。记录稿可以请徐处长过目。根据新闻界的观点，文责与后果也应由政府发言人自行负责。”又是女记者倔犟的声音。

“本报认为徐处长刚才的谈话，似与李代总统发表之言论相抵触，是否有碍李代总统明令宣布的新闻与言论自由的彻底推行？”

“请问徐处长，你的谈话是否代表政府今天的立场？”

“诸位，”徐鹏飞明显地感到那女记者正受到同行的支持，他笑得略为含蓄了些，“一切谈话当然以李代总统的言论和政府的命令为准。”和谈声中，知识分子的过激言辞，他是早料到的。不过，这些记者对他暗示性的警告毫不顾忌，而且公然对他大声呵斥的神情，使他感到很不愉快。当他的目光回到请帖上时，瞥见新闻处长肥短的手指在上面会意地指点了一下：

陈静（女）　蜀光日报记者

徐鹏飞的目光随着新闻处长的手指移动，又在另一些名字上逗留了一下……这时，又有记者大声问道：

“请问，李代总统宣布之各项命令，西南是否执行？”

“当然执行。”徐鹏飞毫不迟疑地回答，“保证代总统命令之圆满实现，政府负有责无旁贷之使命。”

好几个记者兴奋地站了起来。

“宣布释放政治犯的命令，何时执行？”

“政府正在调查。凡系中共党员，一经查明身份，即行释放。”

全场记者活跃起来，三三两两，交头接耳，争相发言。

“去年逮捕的许云峰、江雪琴、成岗等人，为什么不尽快释放，以示政府和平诚意？本报认为对他们的身份，完全不需再作调查，政府早已宣布过，他们是中共重要干部。”

“各方面人士对被捕多年的张学良、杨虎城将军的是否获释，颇为注意，希望政府言行一致。”

新闻处长此时不能不代替不便发言的徐鹏飞，起来答复：

“李代总统已将此事交总统府参议室办理；另饬空军总部派飞机分赴台湾省及重庆市接张、杨两氏到京共商国是。并有电报分致台省陈诚主席及本市杨森市长，转饬立即撤销监视，先行恢复自由。”

徐鹏飞乘机插上一句：“此事既由杨森市长处理，诸位有什么意见与问题，均可直接向杨市长提出。”

山城晚报记者立刻站起来反驳道：“蜀光日报访问了杨森市长，证实张、杨系由军统直接拘押，地方政府无权过问，释放之事，正该由徐鹏飞处长直接办理。”

“如果张、杨二氏确在重庆，本人当即执行李代总统命令，马上释放。”

“张学良囚在台北，杨虎城将军确实囚在重庆。”成瑶不慌不忙地取出一张报纸，站了起来，面向全场，把报纸当空一抖，说道：“本报今天披露的消息，想来二位处长早已见到。杨虎城将军被囚本市磁器口附近秘密监狱中！”

惊诧的目光，集中到成瑶手里的报纸上……旁边，突然传来了玛丽小姐反问的声音：“我们怎么都不知道这件事呀？”

中央日报和几家官方报纸的记者耸耸肩，似乎都不知道。

“哎——这件事我也不知道。”徐鹏飞皱皱眉头，笑问道，“蜀光日报的报道，查证过事实吗？”

“当然查证过。”

“消息来源可靠吗？”徐鹏飞笑嘻嘻地再问。

“这点本报无权奉告。”成瑶答道，“保障新闻来源的绝对秘密，这是新闻界的起码道德，本报当然无例外地遵守。”

“据本人所知，磁器口附近并无秘密监狱。”徐鹏飞突然矢口否认。

嘈杂而激怒的声浪，从四座一哄而起。

成瑶沉着地继续问道：“本报愿意立即前往磁器口附近探访，政府是否同意？”

“对，全市记者协会，派代表立即前去探监！”

“赞成！赞成！”

“请徐处长马上发给通行证。”

“雅静点，一切都好商量嘛！”徐鹏飞没有想到那年轻的女记者，竟叫他十分为难，他赶紧向四座摇手，想尽快结束这场舌战。因为他早已接到保密局加强管押的密令。杨虎城被囚重庆秘密监狱的消息一走漏，他便急电南京。毛人凤今天刚去奉化，请蒋介石面授机宜。待会场稍静下来，他便圆滑地解释道：

“本人确实不知杨虎城将军的消息，会后当尽快查明此事，定邀诸位同访。”

玛丽扭了扭腰肢，率先鼓掌赞成。

油滑的新闻处长乘机站起来，很有礼貌地宣布道：

“休息十分钟，休息十分钟。”

几家民办报馆的记者，余怒未息，还在大声议论。

“报纸的职责，贵在立论公正，不偏不倚……”一直目不斜视的戴金丝眼镜的记者，颇不同意他的同行，“过激言论，不宜出自新闻记者。”

中央日报记者颇表赞许：“贵报素以稳健著称，立论公正，令人钦佩。”

新闻处长走到人丛中，带着礼贤下士的神态，接上中央日报记者的话：

“今天这里都是兄弟的老同行。兄弟在欧美留学时，就很注意新闻采访，这是一种高等技巧，美妙的艺术。”

“处长说话也很艺术。”

“哈哈哈哈……”几家官方报馆的记者大声发笑。

玛丽小姐走到成瑶身边。此刻，她已没有什么怨艾之情，相反地，在会场中已经发现成瑶是一个很好的注意对象，而且徐鹏飞的目光也一再向她暗示，使她下定决心缠住那年轻的姑娘。因此，她又热烈又主动，一把挽住成瑶说：

“我叫 Mary。中央社特派记者。你看，那边多热闹，人多，又有火盆。”

“我叫陈静，蜀光日报记者，”成瑶说着，顺便递给玛丽小姐一张名片，“我住在新民街蜀光日报宿舍，三楼八号房间，有空来玩。”

“Oh，my dear！”（啊，亲爱的！）玛丽娇声娇气地说：“你看，这么多记者，只有几个女的。中国新闻事业，真是落后，起码比欧美落后一个世纪，哪里像人家美国，新闻记者、摄影记者……都是善于接近采访对象的女性。”

玛丽看了成瑶给她的名片上的电话号码，刚刚把自己的英文名片送给对方，便见徐鹏飞满脸含笑，迎面走来。

“徐处长，我给你介绍一下，”玛丽小姐盈盈说道：“She is my friend（她是我的朋友）！蜀光日报记者陈静。”

徐鹏飞搭上话，有意坐到火盆边，来和成瑶一道烤火。

“真不愧是国际自由新闻协会理事，玛丽小姐，你一口英语说得多流利。我的评价对吗，陈静小姐？”

“我们女记者出席招待会的太少了。下一次政府应该多加照顾……OK！ Miss 陈，我们请徐处长给我俩拍张相片留作纪念吧。”

中央日报记者闻声而至，接过玛丽的镁光摄影机，说道：

“Ladies first！正该为小姐们效劳。”

“我们再约几位记者一道照吧。”成瑶迟疑了一下。

中央日报记者毫不等待，举起照相机，对准成瑶。徐鹏飞燃起一支香烟，在旁边微笑。玛丽小姐的手臂，立刻像蛇一样紧紧缠住成瑶的腰身。成瑶明知不妙，但仍然文静地坐在那儿，微微含笑。她看见那按动快门的手指刚一动，便扭转身喊道：“你们来照相呀！眼镜先生，你也来凑上一个！”这时候，清楚地听见背后“喀嚓”响了一下，她知道，留在那张底片上的，只是一张照花了的背影。

许多记者闻声走了过来。成瑶大声招呼着更多的人。

“来来，大家都来照一张相！”

一个军官模样的人，走进会场，径直走到徐鹏飞身边，弯身对他耳语。

成瑶隐约地听出几个字：“张长官……要你……快去……”只见徐鹏飞脸色一沉，从火盆边站起来，立刻走出了会场。

窗外，歌声、口号声，还有最令徐鹏飞伤脑筋的啦啦词，比刚才更激烈了。声音不断透过紧闭着的玻璃窗，传进这间豪华宽敞的办公室。

淡蓝色丝绒窗帘，遮住了所有的窗户，室内光线暗淡。徐鹏飞心神不宁地走向墙头的巨幅西南形势图，为了消磨时间，他站在地图前面，看那些红色蓝色的小旗。红色的小旗，当然代表着共产党的地下武装和游击队。这些小旗密密地插在云、贵、川、康各地，特别是云南，有些红旗几乎就插到滇缅路和他刚去检查过工作的滇越路两侧，从他去过的磨黑、石屏、建水、蒙自，直插到开远城边。其他各处的红旗他没有详看，但是开远这座迤南重镇，他住过好几天，当时形势并没有现在这么严重。徐鹏飞记得，开远在滇越铁路中段，工商业相当发达，有点南国风味，据说那里的石榴很有名，分酸甜两种，大的足有一斤多重。他去的时节，没有吃到。不过，那里另一种特产，红艳艳的、又甜又浓的杂果酒，倒是喝得不少。

窗外的吼声，似乎更大了。

> 三月里，桃花开，政府哪有这样歪？
> 学生要吃饭，它说不应该；
> 老师罢了教，它说故意闹！
> 同学们，这个政府要不要？

接着一阵“不要！”“不要！”之后，几千个喉咙又在吼叫：

> 要自由，要民主，锅里更要有米煮！
> 蒋总统，李总统，政府尽是大粪桶！

徐鹏飞皱着眉头，暂时尚未确定对付请愿学生的办法，只好继续看墙上的地图。他的目光略略朝上，看见华蓥山到大巴山，一直接向陕南边境，红旗插成一片。这些旗帜，大概每天都是张群亲手插上和不断移动的，因为地图上随着形势的变化，留下了许多插过小旗的针眼。云南局势紊乱，游击队的日益加剧的活动，可能严重影响到今后更加重要的国际路线。川北、川东和贵州的游击队，显然在为解放军进军开辟道路，川南、川西和西康，民变也不断发生。张群一再要他严密防范，因为游击队的活动，最容易引起地方势力的动摇，以至发生地方势力与共党秘密媾和，酿成政变的危险……

电话铃响了，叮叮的声音，打断了徐鹏飞的思路。他拿起电话听了一下，很不耐烦地回答：

“你们自行处理。张长官正在接见学联代表。”

刚刚放下电话，铃声又响了。

“喂，我是徐鹏飞。哦——我在张长官办公室。喂，从后门来。小心点！前门有学生……”

窗外学生的声浪，更扩大了。

看看看，惨惨惨！
靠着洋人打内战！
拖拖拖，骗骗骗！
政府耍的啥手段？
重庆学生大团结——
我们来个大请愿！

徐鹏飞从记者招待会上被找到这里来，正是因为学生请愿的事。根据徐鹏飞掌握的情报，学生请愿原定日期是明天下午。事前他已作过布置：出动全市军警宪特沿途戒备，封锁游行请愿的道路，并防备工人和学生的队伍合流；同时，通过各学校当局和军统、中统、青年军和三青团分子破坏学运，并且组织地痞流氓，准备挑衅，公开与学生冲突，借此栽诬学生与市民斗殴，扰乱社会秩序。谁知道学生提前一天行动，使徐鹏飞的一切部署都落了空。请愿学生的口号是反美、反内战、争生存、争温饱，这是学联开始组织全市学生爱国示威运动时就提出的。徐鹏飞事前也探悉学生请愿的四项条件是：第一，停止内战，接受中共八条二十四款；第二，取缔特务机关，反动党团退出学校；第三，保障人权，保证言论集会自由；第四，要求全部公费，提高教师待遇。关于下一步的对策，他和张群尚未研究停当，请愿学生竟蜂拥而至，冲进西南长官公署，占领了礼堂前面的广场，张群只好亲自出面，接见学联代表。徐鹏飞此时既不便出面，又不便行动，打了几次电话，都没有接通，就像个囚犯一样，被请愿的学生围困在张群的这间办公室里了。张群和学生，就在隔壁谈判，可是隔着砖墙，他什么也听不见。

“报告处长！”行动科长慌慌张张走了进来。“我们到处摇电话，最后才知道处长在这里。”行动科长解释着，把手上提的大皮包放在沙发上，皮包胀鼓鼓的，装着各种材料和情报。

“你从后门进来的？”

行动科长点点头。

“你刚才在电话上说——”

“有几件事情。”行动科长轻声说道：“兵工厂军火失窃，大量武器弹药，被工人运走。可是，详情无法清查……”

“这是严重的政治事件！”徐鹏飞正把注意力集中在如何对付学潮的问题上，猛然听到行动科长的报告，心中颇为震惊。军火生产进展迟缓，工人不断肇事，再加上军火库经常失窃，运输船舰时常爆炸，弄得他一筹莫展了。

行动科长把一沓情报，递到心绪不宁的徐鹏飞面前，不安地说：

“全市工人酝酿罢工，并且发表了……”

电话铃丁零零地响起来，打断了行动科长的话。

“张长官不在。谁？美国新闻处？哦，我是徐鹏飞……什么？告全市同胞书？工人发的？你们已经收到？我……我回头查一查。”

“处长，工人发表的告全市同胞书，我这里带来一份。”行动科长立刻把文件递过去。

徐鹏飞接过工人告全市同胞书，无心细看，他叫行动科长把内容扼要谈谈。

“工人宣布全市总罢工，要求政府接受中共八条二十四款……并且向全市人民揭发，和谈期间政府仍日夜加紧军火生产，证明政府有意利用和谈作为缓兵之计……”

“没有提到新武器吧？”

“连美国专家督造火箭炮和无后坐力炮都揭露了。工人指明生产军火的目的，是继续内战，装备西南新编的战斗部队，把西南和四川变成反共的内战基地！”

“这还得了！马上命令各厂稽查处，严厉追查。”徐鹏飞正待说下去，觉得不妥，便愤然改口道：“和谈，和谈！真他妈的讨厌！马上全部没收告同胞书。”

徐鹏飞十分烦闷，站起来大步走到窗边，正要拉开窗帘，外边突然袭来一阵更大的呐喊：

“不行！必须全部接受我们的条件！”

“叫张群出来，公开答复！”

“谁稀罕你们的茶点招待！”

徐鹏飞掀开窗帘的一角，看见学生黑压压一片，人潮像海浪般汹涌，把张群派人送去的饼干面包扔得遍地都是。

“简直无法无天。”徐鹏飞刚哼了一句，就像答复他似的，涌来一阵震天的高呼：

耗子过街，打打打！
背时政府，垮垮垮！
咚狂，咚狂，咚咚狂！
看你娃娃怎下场？
“美国爸爸唷！
快——帮——忙！”

吼声才过，又是一阵狂风似的呐喊：

刽子手，你莫慌，
我有骨头你有枪！
不怕特务枪和弹！
学生你总杀不光！
一个倒下去，

万个紧跟上！

徐鹏飞把窗帘一丢，脸色铁青地回过头来，厉声说道：

“这种学生，最多让他再闹两个月，到时候，看我的手段！”

朱介一探头，闯了进来。

“处长，你看！”

“什么事？”

“山城晚报把工人告全市同胞书全登了！”

“刚才你不是说已经通知各报拒绝刊登吗？”徐鹏飞对着行动科长问。

“通知了各报。”行动科长从朱介手里把报纸抢在手里，看了看，叫了起来，“糟糕！比全文照登还详细！”

“什么？”

朱介解释道：“山城晚报发表了长篇访问记。”

徐鹏飞眉头一皱，立刻命令道：“把山城晚报刚出售的报纸，全部买下来，不准流传！”

朱介尴尬地苦笑道：“处长，早……早就被抢购完了……二……二处也只弄到……这一张。”

徐鹏飞涨红了脸，怒视着他的两名部属。

“断绝山城晚报的纸张供应，秘密逮捕社长和总编辑。这样，新闻界才会服帖一点！”行动科长建议道。

“恐怕有点不合时宜。”朱介冷冷地说。

徐鹏飞没有讲话，他又听见学生在窗外怒吼。

行动科长又建议道：“是否可以加强街头巡逻与突击检查？”

徐鹏飞又一次把刚拉开一角的窗帘关上，回过头来，沉默着。他知道行动科长的办法并不高明，但也有某些可取之处。

朱介看了看行动科长，回头对徐鹏飞说：

“国府各部委，最近西迁来渝。经常实施街头突击检查，很容易引起纠纷。”

“可以由二处发给各单位通行证。”行动科长说。

“国府各单位主要人员，恐怕不便要他们在通行证上贴相片吧？”朱介反问着。

徐鹏飞在学生的狂潮声中思索了一下，终于作了决定。

“通行证分为特别与普通两种，特别通行证用蓝色，不贴相片，普通通行证用白色，要贴相片。”徐鹏飞来回走了几步，命令道，“这件事通知秘书室立刻办理。蓝色的特别通行证，尽量少发，并且编号，发给的人员必须严格审查。”

“处长，”朱介又说道，“我来的时候，玛丽小姐打电话到二处找你。”

“什么事？”

朱介笑嘻嘻地回答道：“玛丽小姐说，处长约过她……她说，请处长亲自打电话去。”

徐鹏飞点点头。朱介马上代他接通电话。

“喂，玛丽吗？是我。那个女记者没有回报社？宿舍呢？”

玛丽小姐在电话上说：蜀光日报女记者陈静不仅今天没有回报馆，而且，一个礼拜以前，就没有回新民街报馆的宿舍了。不过，她去看了一下，三楼八号房间里，陈静的行李并未带走。

徐鹏飞不仅对年轻的女记者感兴趣，更对在她周围和背后支持她的人物十分感兴趣。他相信从她身上，一定可以追索到那愈来愈捉摸不到的中共地下党的组织。自从丧失了甫志高以后，他再也找不到地下党人的踪迹了……因此，他颇为不满地对玛丽吩咐说：

“一个黄毛丫头，居然让她溜走了……不，继续注意……平时和她接近的是什么人……对，都可以查一查……只要她在新闻界……她很可能突然溜回宿舍去搬行李。”

这时，窗外的呼啸呐喊更加猛烈地传进屋来，就像被狂风掀起的怒潮一样。徐鹏飞丢掉电话，掀开窗帘，愕然地看着激怒的人海。他猛吸了两口烟，目光闪烁着，忽然脸上浮现出了一阵冷笑，蓦地回转身来，掷掉烟头，面对着朱介吩咐：

“学潮请愿，这是最后一次了。我倒要让他们再闹几天，好来个一网打尽！”

朱介像没有听清楚上司的话，又像被窗外的怒潮吓得呆了，他不禁喃喃地吐出几个字来：“一网打尽？”

“当然！”徐鹏飞狞笑起来，“学生有游行请愿的自由，我也有开枪镇压的自由！”

他还想再说下去，又停住了。他不愿意把自己心头正在策划的镇压学潮的计划，过早地让下级知道，回头便把他从记者招待会带回来的红色请帖，递给朱介，又大声吩咐道：

“你马上组织一批力量，协助玛丽小姐将新闻界的情况控制起来。”他确信，继续追寻陈静，一定可以构成破坏地下党的新计划。

打发走朱介以后，徐鹏飞脸上的冷笑犹未消失，他心里还有利用和谈进一步探寻地下党的办法，这是在他研究了渣滓洞的情况以后，早已想好了的。此刻，他对行动科长说道：

“马上通知郑克昌回二处来。”他看看表，继续说，“晚上七点整，叫郑克昌跟我到梅园，见特别顾问去。”

徐鹏飞的声音突然降低到接近耳语的程度，同时变得十分凌厉：

“郑克昌有特殊任务，他今后的一切行动，不准任何人知道！”

下午的学联会议，有少数代表临时提出：停止无限期罢课，不同意再次举行全市学生大示威。一时意见分歧，争论得十分激烈。后来，主席团提出暂时休会，晚上再继续讨论。这样，原定在下午通过两个文件的议程，也移到晚上了。

散会以后，人们还在议论纷纭。采访会议消息的成瑶，对少数反对派代表很有意见，特别是其中竟有重庆大学的代表，更使她气恼。

她留下来了。到学联秘书处借阅那两份尚未通过的文件，一份是大会的决议草案，另一份是告全市同学书。她相信晚上讨论以后，这两份号召全市同学进一步扩大斗争的文件，仍然可以通过。因此，她趁休会的空闲，把这两份文件抄录一份，以便表决通过以后，明天一早就能在报上发表。

和谈期间，工作条件比过去好一些，因此，成瑶和许多年轻的朋友一样，兴奋而急切地到处活动。特别是她最近被批准参加了地下党，无穷的力量和炽热的激情，更使她渴望为党贡献自己，她以二哥成岗作为心目中学习的榜样，日夜工作，总觉得为党工作得太少。参加那次记者招待会，给她留下了难忘的印象。当时，由于感情冲动，完全不能抑制自己，终于引起了敌人的注意。一回来，就受到老赵同志的批评。摆脱那个挂名中央社记者的女特务玛丽以后，她再也不回报社了，不过，还是利用记者的身份参加各种活动。在轰轰烈烈的请愿游行胜利之后，学生运动达到了新的高潮，近些日子成瑶几乎成了采访学运消息的专职记者，她经常给报纸发稿，不过她现在写的通讯报道，再不用“陈静”这名字，而用各种不同的化名。所以，对敌人来说，女记者陈静，真变得无踪无影了。

成瑶急促地抄录着文件，不时为文件上那些充满战斗热情的语句所激动。她相信起草文件的，一定是个满腔热情的学生，也许正是自己的同志。两篇文件尚未抄完，秘书处那位管文件的女学生，悄悄推开门进来，走到成瑶身边，低声说：

“外边有人找你。”

“找我？”成瑶感到奇怪。除了老赵，谁知道她在这里呢？老赵不会轻易露面，他们的联系是完全秘密的。她迟疑了一下，悄悄走到门口，从门缝中往外探视。门外不远处，果真有个圆圆脸、矮笃笃的青年，那是将近一年未见面的陈松林。他比过去长高了一点，面孔晒得更黑了，可是那一对圆溜溜的眼珠，和过去一样明亮，丝毫没有变。瞧见陈松林和学联主席团中的一位谈着话，又把一封信递给那学生，成瑶心里立刻明白了，小陈到这里来，一定有特殊任务。

见面以后，成瑶十分高兴。为了谨慎，她把他领进小房间，关上了门。

“你怎么知道我在这里？”

“老李叫我来找你。”

“啊？”成瑶惊喜地望着似乎沉着老练起来的陈松林，不觉问道：“你给李大哥做交通员了？”

陈松林摇摇头，没有回答，不转眼地瞧着这变化很大的姑娘。

“这一年你在哪里？没有回工厂吗？”

“特务郑克昌溜进长江兵工总厂伪装了一年工人，最近才走，我哪能回去？”他眨了眨圆圆的眼睛，笑嘻嘻地说：

“最近我见到了华为，他要我来看看你！”

“真的？”

“谁骗你？”陈松林的声调十分认真。成瑶感到他还是过去那样热情直爽。

“他工作得怎么样？”

“很好。他亲手处决了叛徒和特务魏吉伯……”陈松林最近这次到川北去，才知道华为和她的关系，却不知道应该怎样向这个小妹妹转述那些热情的话，“他说……解放以后，一定来接你到川北去。所有的话，到那时让他直接告诉你吧。”

这一说，反而使得成瑶有点羞涩了。陈松林没注意她脸上泛起的红晕，却发现了她正在抄录的文件。陈松林把文件粗略地看了一下，不满意地问着："这是谁起草的？"

"怎么？"成瑶注视着对方的眼睛，怀疑地问："你不满意？"没有等到回答，她已明显地感到，陈松林不赞成文件的内容。她脸上的红晕，立刻消失，惊异地抓回了两份文件。

"无限期罢课！全市学生上街示威！把学生运动变成武装斗争？"陈松林摇摇头，急忙说道："这是冒险，现在不能这样做，不能让学生流血牺牲。"

陈松林的看法，竟和学联会议上的反对派的见解一样，这是她想不到的。可是她不甘示弱，她有更充分的理由。"小陈，我的看法和你不同。请愿胜利，必须有更高的斗争形式，来促进中间同学倾向革命。全市学生的示威队伍一上街，会得到工人和市民的支持，动摇反动派的统治，加速国民党政权的崩溃！现在是和谈期间，走投无路的敌人，根本不敢镇压！"

"狗急跳墙，你凭什么知道敌人不敢镇压？你把敌人看成是豆腐做的了。斗争要讲策略，有理、有利、有节！不能光凭热情，让敌人一网打尽。"陈松林不顾成瑶的反应，忽然若有所悟地脱口说出："怪不得老李十分生气，不让你再做记者，到处抛头露面了……"

"要调动我的工作？"成瑶问了一句，突然沉默了。她的脸色有点苍白。

"市委对当前形势的估计，你听到传达了吗？"陈松林进一步问。

成瑶摇摇头。她最近几天，没有见到老赵。

“市委认为：通过各种群众运动，揭露敌人的和谈阴谋，并且在斗争中提高中间群众的觉悟程度，在前一阶段，是完全正确的，必要的……”陈松林尽力回忆市委指示的原文，并且转告成瑶。虽然理解得不够充分，可是，他完全接受了党的指示。他告诉她：当前，市委已经掌握了情报，敌人正在策划一系列镇压行动，即将采取逮捕屠杀的恐怖手段来对付学生示威。因此，为了保护群众和积极分子，必须迅速改变斗争形式，停止一切过火、暴露的行动，加强组织工作，隐蔽力量，把斗争灵活地转入准备迎接解放的新阶段。

说完以后，陈松林又提醒道：“千万不要任性！你晓得，我是走过弯路才接受教训的。我觉得市委的估计完全正确。这几天，到处发生突击搜查，敌人快要动手了！”

成瑶听着陈松林的话，对当前的形势和应该如何斗争，渐渐有了新的理解，就像一个缺少经验的水手，得到了引导航向的指南针，她不禁认识到自己的冲动和幼稚，也感到了获得明确方向的兴奋。她发现陈松林好像变了许多，和过去大不相同了。虽然他那张圆圆的脸仍然带着一点稚气，可是那双眼睛看人的神气，有点像余新江，甚至有点像二哥了。他比自己大不了几岁呀！这时，她才明白，在学联会议上，坚持改变斗争策略的少数派，包括重庆大学的代表在内，都是比自己觉悟更高的人。

正在这时，有人急促地敲门。成瑶来不及再谈更多的话，起身去开门。进来的还是秘书处的那位女学生，她把一封折好的信交给了陈松林，低声告诉他：

“主席团正在开会讨论，准备重新起草文件。”

回过头来，那女同学又不安地对成瑶说：“刚才得到消息，特务正在侦查学联开会的地点。主席团决定另选会场，今天晚上的会议，改在……”

陈松林对着女学生，突然插嘴说道：“晚上的会议，她不参加了。”等女学生匆匆走出门去，陈松林才对惶惑不解的成瑶说道：“局势正在变化，我们赶快走。”

说着，他摸出一包香烟，从中取出一支，递给成瑶，并低声说道：“老李给你的信。看了立即毁掉！”

成瑶轻轻地撕破香烟，找到了一张小小的纸条，上面写着：

今晚八时，到林森路三一八号安平人寿保险公司。

第十八章

朝阳照进铁窗，温暖着一间间的牢房。

楼七室的人们，完全沉浸在狂热的学习中。和其他牢房一样，他们是那样的专注，宁静得没有一点声音。

草纸编写的教科书，从一个人手上传到另一个人手上。黄泥巴做的粉笔，在楼板上写满密密的字，然后轻轻揩掉，又写上新的字迹。时光在这表面上十分静寂的气氛中，悄悄逝去。

刘思扬慢慢放下反复读了许多次的那篇新年献词。这篇文章，带来了多少胜利的信心和力量！1949 年，人民解放军将要解放全中国，将要召开没有反动分子参加的政治协商会议，将要宣告中华人民共和国的成立！这篇新年献词里，洋溢着无比坚决的革命精神，给每一个人以无限的兴奋和鼓舞。是的，中国人民决不怜惜蛇一样的恶人。刘思扬牢记着这篇文章上告诫每一个人的话："盘踞在大部分中国土地上的大蛇和小蛇，黑蛇和白蛇，露出毒牙的蛇和化成美女的蛇，虽然它们已经感觉到冬天的威胁，但是还没有冻僵呢！"

这篇新年献词，是地下党秘密送进渣滓洞的。女牢抄了许多份，分送给每间牢房学习。那娟秀流利的字迹，显然是孙明霞的，现在她又像过去帮助自己抄写解放区广播稿件一样，日夜帮助着江姐组织狱中的学习。想到她，刘思扬心里便有一种幸福的共同战斗的感觉，并且回忆起一些早已忘怀的往事……

“快吃饭了。”有谁在说：“休息一会儿吧。”

丁长发伸手抹去他用黄泥巴粉笔在楼板上写的几个歪歪斜斜的大字：“一定要把革命进行到底！”他往黄泥巴烟斗里，装上一小截烟，吸了两口，又摸出一张棋盘和黄泥巴做的棋子。

“老刘，来，下盘象棋。”丁长发把烟斗捏在手上比画着：“我要赢你一个老王推磨！”

“梆梆……！”

一阵急遽的竹梆声，打断了丁长发的话音。余新江推开牢门，正要出去提饭，忽然回头对牢房里的同志说道：

“来了车子，两个特务进了管理室。”

大白天，很少有车子到渣滓洞来，特别是近些日子根本没有人被押进押出。大家都感到有点蹊跷。

余新江提着饭桶回来，突然看见一个特务，出现在牢门口。

“刘思扬！收拾东西，马上出来。”

人们感到诧异，纷纷议论起来。余新江三脚两步赶到牢门口，冲口说道：

“忙什么？吃了早饭再说！”

特务笑嘻嘻地说：“放出去，还不比这里吃得好？”

一听特务的话，人们马上沉默了。刘思扬愣了一下，忍不住高声说："我要在这里吃早饭！"

特务晃了晃脑袋，转身走了。

"出去？"刘思扬从未想到这件事，真会释放吗？刘思扬发觉自己的心在激跳。他走向牢门边，向女牢望了一眼，那边没有任何动静。敌人并没有去提案情比他轻得多的孙明霞。刘思扬暗自思忖着：这不像释放，也许是新的审讯，或者出了其他问题？

不管怎样，很快就要离开渣滓洞了。刘思扬深深地感到依恋。几分钟后，将离开朝夕相处的战友，离开这里坚强的集体，离开熟悉的牢房和将近一年来见惯了的一草一木。他将像个脱离队伍的战士，重新回到刚被捕时那种孤立无援的境地……渣滓洞，是黑暗恐怖的魔窟，但是对他，却成了锻炼真金、考验意志的冶炼场。

"你可能被释放。"一个声音告诉他。

"不，我不能一个人出去！"

一大颗热泪，滴在衣上，像一颗明亮的珍珠。泪珠慢慢散开，浸湿了衣服。刘思扬的眼睛渐渐红了。他的心潮一阵阵起伏波动……

"老刘，冷静点。"余新江说着，不觉也有些激动了。

这时候，躺在屋角的老大哥，半撑起身子，招招手，轻声喊道："思扬同志……"

丁长发知道老大哥要和刘思扬说话，就走到门口，去监视敌人。

刘思扬噙住泪水，走到老大哥身边，低低喊了一声“老大哥”，声音有些哽塞。老大哥按着他的肩膀，慢慢问他：

“思扬，你估计出得去吗？”

“大概是提审。”

“不完全像。”老大哥说道，“这里面可能有文章。国民党正在搞和平攻势……”

刘思扬紧握着老大哥瘦骨嶙峋的手，由衷地说：“不管怎样，我不会辜负党的培养。”

“记住新年献词里的话，就是遇到化为美女的毒蛇，我们也要把它识破。”老大哥歇了一下，又低声告诉他，“不过，我担心你不能再回渣滓洞了。”

“为什么？”刘思扬把老大哥的手抓得更紧了。

“这是敌人的习惯。很可能从这里押出去，又关到旁的地方。你要有足够的思想准备。”老大哥看出刘思扬非常痛苦，又和悦地说：“新的地方，也有我们的同志。不要担心！你已经经历了许多考验，足以克服知识分子的脆弱感情……”

“老大哥，我真舍不得同志们，舍不得战斗的集体。”刘思扬的泪水又流出来，声音充溢着激动，“我记着党，记着你的话。”

“如果转移到白公馆，”老大哥的声音更低，“就找齐晓轩同志联系。不能一去就找，到白公馆更要十分警惕……”

老大哥慢慢地一句一句地念了一首诗：

狱里相逢倍相亲，

共话雄图叹未成。

临别无言唯翘首，

联军[1]已薄沈阳城。

老大哥等刘思扬完全记熟以后，才解释道：

“这首诗，是我从白公馆移来渣滓洞的时候，齐晓轩同志话别时写的。那次我们从成都监狱被押来的整批同志几乎全部牺牲了。我记得罗世文、车耀先他们牺牲那天，还绑了一个姓华的老头子去陪杀场……”老大哥又说道：“那时候，我们准备越狱，但是条件太差。这就是诗上写的‘共话雄图’的涵义。凭着这首诗，老齐他们会相信你的。如果把你送到白公馆，你告诉老齐，我们的‘雄图’正在准备，和地下党已经建立了联系，我们和白公馆的联系，也一定能建立。”

刘思扬倾听着，记牢老大哥的每一句话。他将凭着这些材料，去结识新的战友和证明自己的身份。

“我要告诉你的，就是这些。”老大哥瘦削的手，紧握了一下他的手，就催促道：“该准备走了，思扬。”

“大哥，你……珍重啊！”

同志们看见老大哥和刘思扬谈话，没有来惊动，大家都端着碗，等着他。刘思扬默默回到同志们身边，接过了余新江递给他的一碗污黄的粗米饭，几颗胡豆摆在饭上。刘思扬心里像

---

1 联军指东北民主联军。

塞满了沉重的铅，吃不下去。

“你要吃点，一定要吃！”同志们劝说着。

“小余，你帮我吃点。”刘思扬把胡豆和大半碗饭，拨到余新江的碗里。

“思扬，你吃！要注意身体……”

刘思扬不能拂逆同志们真诚的心。这些细小的关怀，给他增添了无限离别的痛苦。这种痛苦，不是人世间常有的那种离情别绪，而是深深的互相了解，同甘苦，共患难，用鲜血凝成的感情。刘思扬默默地用筷子拨动饭粒，掩盖内心的苦痛。忽然，他在碗里拨出了一团东西，把饭粒拨开，看清楚了，同志们悄悄在他碗里放了半只咸蛋。一瞬间，刘思扬抑制着的眼泪又涌流出来。这是同志们长期保存着的，地下党秘密送进来的珍贵礼物……从一片羽毛，可以感到友情的温暖，刘思扬感到的是一颗巨大的赤热的心。

“吃一点儿吧，这是同志们的心意。”

刘思扬噙着泪水放下了碗，慢慢站起来，在同志们探询的目光下，回到老大哥身边，无言地脱下温暖的上衣，披在他瘦削的肩上，然后，回转身，提起同志们给他捆好了的小小行李卷，径直向牢门走去。如果再逗留下去，他一定会激动地哭出声来。

余新江轻轻拉住他，把一支钢笔塞在他手里。

“用它来写吧！这是老许前年送给我的。”

刘思扬默默地收下了。他也取出一沓纸片，塞进余新江的手心，那是他几个月来用血泪凝成的诗稿：《铁窗小诗》。

特务出现在牢门口，离别的时刻到了。同志们默默地握手，握手。一颗颗火热的心，在握手中互相交流，互相鼓励。不知从何时起，每间牢房里，都响起了庄严的歌声。歌声，仿佛在宣告自己的信念，在表示不屈和坚贞，在向自己的战友无限依依地告别……

……为了免除下一代的苦难，

我们愿——

愿把这牢底坐穿！

刘思扬和着集体的声音，低吟着这熟悉的歌词，慢慢走过一间间的牢房。来到女牢门口，他停下脚步，迟疑着，看见江姐用友爱而了解的目光，带给他无限信任。江姐身后，是结着红发结的她，她扶着江姐的肩头，眼睛里泪光闪烁，可是她控制着，不让它凝成泪珠滴下。她的脸微微有些苍白，还是尽力用笑意迎着他。她的嘴唇微微颤动，像要说什么，又没有说……

刘思扬默默地向前走去。快到高墙边时，铁门开了，高高的门槛横在眼前。他突然站定，固执地回过头来，高举双手向熟悉的无数牢房告别。这时，他看见同志们正不停地在一间间牢门里，向他挥手，挥手……

刘思扬被押到二处，独自坐在客厅的沙发上。暂时，没有人来打扰他，勤务兵给他倒上一杯香茶，退了出来。快一年没有尝到茶味了，他端着杯子，慢慢喝着。将会发生什么事情呢？将会出现什么新的考验呢？他不知道。但是他的情绪，不像去年刚押进这神秘的地方时那样不安，心房的跳动也比较正常。几个钟头以前那种告别集体和战友时的满怀离群之感，已平静下来，变成一股支持他的无形力量。他随意地看着房间里的富丽而又显得十分陌生的陈设，心里什么也没有想，也无须去想。反正，要发生的新的事情，不久就会出现的。

芬芳的茉莉花，从茶杯里散发出浓郁的诱人清香。刘思扬呷上两口，望着手上精巧的茶杯出神。

“三弟，你已经来了？”

听见声音，刘思扬缓缓把茶杯搁在茶几上，扭头一看，走进来的，是他的二哥。二哥比以前更胖，脑顶也微秃了，在最初的一瞬间，几乎没有认出来。和二哥一道进来的，还有骨瘦如柴的主任法官朱介。

“三弟，你消瘦多了，看守所里生活很清苦吧？”

“没有什么。”

“我们真是担心！”二哥显出惯常出现的亲人似的关切，“这一次，国共双方举行和谈，李代总统一再下令释放政治犯，大哥特地叫我从上海回来，保你出去。”

朱介在旁边静听着，点头微笑。

“保我出去？”刘思扬诧异地反问着。

“我已经和徐处长谈妥了，徐处长满口同意，毫无难色。”

“释放政治犯？没有这样容易的事。”刘思扬淡淡地笑了起来，“我根本不相信国民党这一套！全国解放那一天，才是我们重获自由的时候。”

“刘先生，近来政局变化很快，恐怕有些情况你还不够了解。”朱介的声音故意显得十分和缓而善良，招呼刘思扬和他二哥坐下以后，才慢吞吞地解释起来：

“自从总裁在今年元旦发表和谈文告以后，形势已经有很大变化。李代总统就职，又三令五申，一再明令释放全国政治犯。和谈期间，政府为了表现和平诚意，准备逐步释放在押人员。令长兄在社会上的地位，徐处长当然优先考虑。共产党一向重视现实，善于分析形势，我想刘先生也不必拘于政府过去的作为，而对释放政治犯一事有所怀疑。为了取信于民，刘先生被作为政府首批释放的中共人员处理。从今天起……”朱介上前一步，满脸带笑，露出嘴里闪光的金牙，向刘思扬伸出手来，“我祝贺刘先生恢复自由。”

刘思扬陡然离开沙发，站了起来，推开朱介的手，质问道：

“你们释放多少人？”

“首批嘛……”朱介搓着两手说，“人数问题，政府正在磋商，刘先生情况特殊，自当优先考虑。”

“你们就放我一个？”刘思扬大声说，“你们明令释放全国政治犯，结果只放我一个！渣滓洞、白公馆、中美合作所集中营关的共产党员和爱国民主人士，你们为什么不释放？国民党统治区多少集中营，囚禁了多少革命者，你们为什么不释放？张学良、杨虎城，关到现在，十几年了，你们为什么不释放？如果你们有和谈的诚意，为什么不立刻释放全部政治犯？还在

‘磋商’什么？”

“三弟，你……”

“‘和谈期间’，‘和平诚意’，你们是在自欺欺人！这一年，我见了多少血腥的罪行，任何花言巧语，都掩盖不了血写的事实。你们无休止地迫害失去自由的革命者，连一口水也不供给！美国式的、中国式的毒刑，拷打，摧残过我们多少同志？你们屠杀我们党的干部，屠杀了解放军战士龙光华！告诉你们，这些罪行人民必须清算！今天，你们又想玩弄什么和谈阴谋，妄想放我一个人来欺骗群众。告诉你，这是梦想，你们欺骗不了人民雪亮的眼睛！”

“唉，三弟，你少说两句行不行？”

“国民党可以造谣诬蔑，可以倒行逆施，共产党人为什么不可以讲话？”

“刘先生，你用不着如此动意气。”朱介冷冷地从嘴角迸出几个字来，“此刻，你还在二处，我想你应该以个人的自由为重。”

“你说什么？”刘思扬上前一步，鄙夷地说，“这种廉价的自由，难道能够封住我的口？”刘思扬站在客厅正中，睥睨着，他仿佛是这间客厅里的主人似的，大声命令道：

“我不稀罕这种自由，马上送我回渣滓洞去！”

“三弟！”二哥慌忙站了起来，对着刘思扬，像对着共产党的重要代表人物似的，劝道：“三弟，你不知道啊，为了你这顶‘红帽子’，我们托了多少人情，花了多少……”他不便当着朱介说出那个“钱”字，马上转口说：“徐处长说你表现不好，要不是和谈期间，他还不同意呢！”

“我的表现有什么不好？共产党员懂得怎样做人。我们和他们没有共同语言。”刘思扬严正地说，“二哥，你回去吧！”

“刘先生！”朱介赶快打断刘思扬的话，“虽然你本人对政府有诸多不满，但是政府一言既出，驷马难追，即使你攻击政府，政府也仍然宽大为怀，坚决释放！我相信，无论如何，政府是有决心取信于民的。而且，不仅释放你一人，目前正在清造名册，准备逐步释放政治犯……”

“不释放全部政治犯，我决不出去。”刘思扬斩钉截铁地回答。

“我可以向你保证，一定释放。”朱介谄笑着，“刘先生，你先出去吧，否则兄弟也不好向处长交差。政府的办事速度，大家是知道的，美国盟友也一再批评我们缺乏效率。不过这一次，兄弟一定尽力催办，释放政治犯这件大事，兄弟一定促其实现。”

“那么，主任法官，我们这就走了。再没有什么手续了吧？”二哥笑着，向朱介点头，“徐处长那儿，我改日再来面谢……”说着，便去搀扶崛立着的刘思扬。

“二哥，你松手！”刘思扬避开二哥殷切的手臂，转身走回沙发旁边，沉着地坐下。他抬头注视着朱介的眼睛，朱介赶快把目光闪开。

“我不出去。”刘思扬平静地说道。

朱介不知所措地看了刘思扬一眼，说不出话来。二哥茫然地看着刘思扬，喃喃地问：

“三弟，你怎么啦？”

“不和中美合作所被关的全部战友一道恢复自由，我一个人决不出去！”

“哎呀，三弟！朱主任法官刚才不是说过吗，政府办事就是效率不高。和谈成功了，国共合作，那些政治犯迟早都要出来的，你又何必固执？早一天恢复自由，也叫家里少担些心呵！”

“不行，我一个人决不出去。”刘思扬严肃地摇摇头，站起身来，走向朱介，再一次说，“马上送我回集中营。”

朱介冷笑了一下，突然沉下了脸：“刘先生，出不出去也由不得你，这是政府的决定。”说完，朱介走到门口，一招手，几个全副武装的特务一拥而入，立刻架住刘思扬的双臂，径直向外拖去。刘思扬愤激地斥责着，怒骂着，终于被特务拖下楼，接着，就被推到他二哥的小轿车上去了。

“主任法官，这回麻烦你们了。”二哥在车上和朱介招手告别，一边担心地问：“主任法官还有什么吩咐？”

“这简直是绑架！”刘思扬激动得满脸通红。汽车窗外飞快地闪过繁华的街道，他一眼也不愿看，心里被敌人无耻的伎俩激起的怒火充塞着，他决不承认敌人用暴行造成的这种绑架式的“释放”。车窗外吹进来的冷风，掀动他的头发，沸腾的思潮稍微冷静了些，脑子里急速地考虑着当前的处境。他料想到，明天早上，报纸上一定会出现释放政治犯的消息，说什么释放了共产党员刘思扬，把他的名字作为敌人欺骗人民的工具。不行，这种阴谋一定要揭穿，一定要让人民知道事实的真相，知道在中美合作所集中营里的人都没有被释放，一定要让群众知道“释放政治犯”是彻头彻尾的骗局！那么，此刻该怎么办呢？是先设法找党，找李敬原同志汇报情况，研究对策，还是先谨慎一点，不立刻去找自己的同志，而首先找新闻界的朋友，发表自己的声明，说明真相，揭穿敌人的骗局呢？刘思扬深思着，忽然一个阴影从他心底升起，一个新的怀疑使他担心起来：如果敌人一方面公开“释放”他，另一方面又秘密地派遣特务跟踪，那么，他走到哪里，就会把危险以及敌人的注意力引向哪里。难道狡猾的敌人不会利用他急于找党的心情，布置更大的阴谋吗？敌人一定会这样做的！刘思扬仿佛已经看到了那些无形的，然而死死盯着他行动的特务的眼睛。

“停车！”当轿车驶过华华百货公司时，刘思扬突然说道：“我要下去。”

“三弟，你下车干什么？”二哥从旁边诧异地问，“有事情回家再说吧。”

“我去买点东西。”刘思扬转头看了看二哥，不愿说明中途下车的目的。其实他想得很周到，一下车，到百货公司转上一阵，他就可以出乎敌人的意料，突然摆脱敌人安排的一切阴谋，像龙归大海似的，从人丛中逃出敌人的控制。他微笑着说：

“你看我这一身，肥皂、牙刷，总该去买一点呀。”

可是，就在这时候，他们的轿车速度稍一放慢，一辆吉普车突然出现在他们的车后。刘思扬立刻发现了这辆跟踪的吉普车。二哥也回头看了看。

“三弟，别下车了，二处有车子跟在后面。”

刘思扬冷冷一笑：“这就是朱介说的‘和平诚意’？真是无耻！”

二哥沉默了，只低声地说道：“三弟，我们回到家里，再仔细谈吧。”

刘思扬也沉默了。他的心里，想着新的情况，希望寻找对策。

轿车转过行人稀少的上清寺，径直开到树木茂密的“刘庄”门前。

“到家了，下车吧，三弟。”

从轿车上下来，刘思扬发现吉普车跟到上清寺街角，就转向国府路去了。可是“刘庄”附近，却徘徊着一些形迹可疑的人。“被软禁了”这个念头，立刻清楚地出现在刘思扬心头。他沉着地站在“刘庄”门口，观察那些形迹可疑的人物，过了好一阵，才在二哥的催促下，跨进大门。

刘思扬回到他以前住过的寝室。这间寝室，在这栋漂亮公馆的二楼上，正对着日夜奔流的嘉陵江。翠绿的树木和花圃，环绕着楼房。花园中的假山，假山旁的金鱼池，在花木丛中，隐约可见。这一切，豪华的公馆，漂亮的设备，对刘思扬来说，仿佛都隔得很远很远，是那样的陌生。回到了家里，却丝毫没有“家”的感觉，他的思绪还留在那遥远的充满战斗激情的渣滓洞楼七室。

“三弟，”二哥殷勤地给刘思扬泡上一杯茶，又指点着室内的陈设说，“这里的东西，都是照你被捕前的情景来摆设的，你的衣服，都在衣柜里，洗过澡，把衣服换了。你的书桌，收音机，电炉……啊，牛奶已经送来了，我帮你热一下吧。”说着，二哥拿起了那一磅装的奶瓶，撕开了纸盖，把满瓶牛奶都倒进一只钢精小锅里，放在电炉上热着。

“三弟，在集中营里，苦得很吧？你比以前瘦多了。回家来，好好补一补。抽屉里有通江银耳，你把它炖在牛奶里。过两天，找大夫检查一下身体，开个药方，多吃点补剂……看你满脸的胡须，应该先理个发……”

“我的身体很好，也不需要理发，因为我并未恢复自由。”刘思扬打断了二哥的话，突然问道，“徐鹏飞和你谈了些什么？”

二哥迟疑地站住了，过了半晌才挥挥手说：“还谈它干什么。从你被捕起，我就和他打交道，请客、送礼。这个人心计毒辣，贪得无厌，说要多少金条，就要多少，少一分钱也不买账！”

刘思扬并不想听这些。他走向窗前，推开窗户。窗外，浓厚的云层遮住了阳光，天空是雾蒙蒙的。回过头来，刘思扬又问道：

“你同意把我软禁在家里？”

“徐处长说，为了保障你的安全，大门以外，二处有人布防，暂时不准你上街。你在家里出了差错，他要向我要人。三弟，这不是我的本意……”

刘思扬没有插话。

“徐处长说，他的释放条件是：不参加政治活动。”

刘思扬更沉默了，他深深感到，愤怒不能给自己以帮助，需要冷静地对付当前的处境。

“徐鹏飞还向你谈了什么？”

“没有。”二哥也沉思了，“我想，过些时候，我找徐处长谈谈，再花点钱，让他同意你去香港，免得留在重庆诸多不便。”

“不，我不去香港。”刘思扬坚决地表示。

“我是想，到香港以后，你就可以到解放区去……”

“从目前形势看，上街都不可能，哪能到香港？”刘思扬忽然问道，“二哥，你设法帮我送一封信，到一家报馆里去。”

“不行。徐处长说过，不准你在报上发表声明或者登启事，我就是送去，也没有一家报馆敢登。”

刘思扬清楚地感到一种沉重的压力，摆脱不开。他不愿屈服，不能听任敌人的摆布。他慢慢走到书桌边，看见笔筒里，几支毛笔像往常一样的插着。他拉开抽屉，看见被捕前留下的记录稿，还藏在夹缝里，于是自然地升起新的念头：继续收听广播，不是可以和外界变相接触吗？他用熟练的指头，拨动着收音机上的螺旋，把波长调整到他需要的地方，然后，扭开电路。可是过了好一会儿，收音机里没有出现应有的声音，连那种来自太空的沙沙作响的杂音，也没有听到。

“三弟，”二哥在旁边代他关上收音机。“当局禁止收听共方广播，南京、上海、各地收音机里的短波都奉命撤除了。”

通宵不眠，刘思扬一早就起来散步。

在花园里转了一阵，沉思的目光久久地停留在离江边不

李少言　作

远的那扇角门上。角门的铁锁已经多时不开，锈迹斑斑了。他心中一动，不禁想到：如果从这扇角门出去，直冲江边，只要两三分钟，就可以跃进嘉陵江的碧波之中。总共三四百米的距离，只要游过去，就可以逃出敌人的魔掌，重新回到战斗的队伍中去。刘思扬默默地看着那角门，像看见了一线自由的希望。可是，现在还不是时候，角门外一定也有便衣特务来回巡逻着。过几天吧，等敌人稍稍松懈时，找一个漆黑的深夜，从角门出走，定有脱险的希望。有了这个突围的计划，刘思扬不愿过久地留在花园中了。四面都有敌人监视，一切行动，必须加倍警惕。转过树丛，到了金鱼池边，金色和红色的鱼群，迎着云缝中透出的几缕朝阳的光彩，浮到水面，把圆圆的嘴唇半露出水面，怡然自得地悠游着。他茫然地站在池边，过了一会儿，看看表，已经七点多钟。报纸该来了。他穿过林荫路，回到楼房底下，靠着青石圆柱，在阶沿上站着。

传来轻微的响声，大门旁边的一道侧门开了。进来的不是报童，是一个送牛奶的工人。工人从车上取下几瓶牛奶，走过来，跨上阶沿，把几瓶牛奶放进牛奶箱里，转过身来，瞥了刘思扬一眼，又从侧门出去，推着送奶车走了。刘思扬冷眼看着送奶工人进来，出去，像在观察人们的生活和行动，他觉得这都市的生活，每天为了别人的享受而奔忙的人群，对自己都是十分陌生的了……

又过了好一阵，报童来了。刘思扬赶快翻开报纸，果然，和他预先猜想的一样，在《中央日报》的本市新闻版上，登着大字标题：“政府和谈见诚意，在押政治犯获释”，小标题是：“共党分子刘思扬，昨首批恢复自由”。他咬紧牙关，盯着那张报纸。消息旁边，还登了一篇中央社特派记者玛丽写的访问记。刘思扬粗略地浏览了一下，大意是说：记者玛丽趋访时，刘本人状至愉快，对政府宽大政策表示感谢，对当局的和平诚意，表示支持！而且还登上一段刘思扬的谈话，说刘思扬自己宣布，目前在家休养，暂不参加政治活动……

“无耻的造谣！”刘思扬把《中央日报》往地下一掷，转身上楼。虽然报上出现的诬蔑文字，是他早就估计到的，但是敌人的卑鄙无耻，比他所能想象的还要恶劣，竟至伪造他的谈话，来欺骗群众，诬蔑共产党人。他激怒地去找二哥，可是二哥一早就出去了，更使他的怒火无处发泄。

过了好久，刘思扬终于想到，一定要使群众知道事情的真相，一定要揭露敌人的伪装和阴谋，让群众知道还有许许多多的革命者，囚禁在歌乐山下，而他们一点被释放的迹象也没有。他应该尽快从家里逃走，突破敌人的一切封锁。花园中角门的影子，又一次在眼前闪过。刘思扬在心里迅速地作了决定，今天晚上，对，就是今天晚上，尽快设法逃走。只要冲进江水，只要游过了江。刘思扬估计了一下敌人巡逻特务可能的分布，又考虑了遇到敌人拦截的各种可能，他觉得，只要坚决出走，一定有成功的可能。在软禁中，无论如何总比从集中营里越狱逃跑容易得多。而且，经过一年来的监狱生活，他懂得了许多和特务作斗争的办法，如果引起敌人大规模的鸣枪追捕，那就刚好公开揭露了敌人所谓的“释放诚意”。

上午很快就过去了。二哥出街未归，家里再没有人打扰他，为了养精蓄锐，中午，刘思扬强迫自己睡了一个长长的午觉。

下午，刘思扬感到自己的精神很好。他居然能够强迫自己平静地翻阅过去一些时候的报纸。首先引起他注意的，是几家民办报纸上刊载的解放区情况和有关中共动态的报道。

“中共发布八条二十四款，作为和谈基础。”

刘思扬愉快地念了念标题，便聚精会神地研读下去。大概花了半个钟头的时间，强记下这段报道中的重要内容。他沉思了一阵，倒了杯开水，重新翻阅旧报。

“国防部发表文告：宣布北平和平！”

刘思扬立刻念道：

“中央社二十七日电：华北方面，为了缩短战争，获致和平，借以保全北平故都基础与文物古迹，傅作义总司令曾于二十二日发表文告，宣布自二十二日上午十时起休战……”

“真是荒唐之至！”刘思扬忍不住笑了起来，“打了败仗，国民党国防部还要厚起脸皮宣布和平，真是别开生面的大杰作！”

“李代总统再次下令释放政治犯……”刘思扬心里又鄙弃地笑了一下，“好话说尽，坏事做绝！”

“政府要求各工厂工人与当局合作，尽快复工……”

“……全市学生昨整队游行，并向当局请愿……张群接见学生代表，洽谈甚欢，并代表政府欣然接受学生所提之四项条件……”刘思扬看了看日期，原来是好久以前的消息了。

忽然，刘思扬翻到一段奇怪的报道。

“杨虎城将军被囚本市磁器口附近秘密监狱中！”

“啊，这消息是从哪里来的？”刘思扬暗暗问道。居然连杨虎城将军的情况都揭露出来了。他赶快看看这条新闻。

“全国各地在和平声浪中，一再要求政府表示诚意，释放张、杨。据各界传说杨虎城将军即被囚本市。本报记者曾多次走访杨森市长等政府大员，均答称不知此事，并谓，若杨虎城将军确在重庆，只需查明地址，当可立即释放……”

“最近，记者已获确息，杨虎城将军自抗战胜利时起，即押来本市，此刻正被拘于磁器口附近之歌乐山下某秘密监狱中。若蒙政府允许，记者愿即前往探视……”

“已获确息”，这是哪里供给的材料？记者的署名是陈静，这名字对他是陌生的，也许是个化名？刘思扬记得，前些时候，渣滓洞曾经整理、送出过一批名单和材料，但是杨虎城在重庆这件事，他不知道，渣滓洞大概也少有人知道，是谁能这样准确地送出情报？

刘思扬陷入了深思。从这段报道上，他清楚地感到力量，感到党的活动。他确信，不管有多么困难，不管是什么铜墙铁壁，党都能够把它砸开，把敌人的罪恶和阴谋揭发出来，公诸于世。联想到自己，他完全相信，几天以后，一定能设法公开驳斥反动派的造谣诬蔑，揭露敌人的卑鄙无耻。

树叶撞击着窗户，沙沙作响，黄昏时，起风了。大片的乌云盖住天空，细小的雨点稀疏地滴落着。

春风一阵阵在窗外拂过，像在安慰，像在鼓励，像在欢迎和乌云一道降临的薄暮。刘思扬把火热的脸贴在窗上，迎接着即将到临的风雨之夜。仿佛是天从人愿似的，风雨愈来愈大，天空愈来愈黑，正好掩护他安然脱离敌人的陷阱。

夜深了，刘思扬并不急于行动。他要等到风雨再大一点，等到黎明前的两三小时，风雨、春寒、阵黑，等敌人的监视松懈下去的时候，才好出人意料地，猛然突破特务强力的封锁而脱险。他躺在床上，关熄了灯，半醒半睡地等着，静听手表嘀嗒嘀嗒的响声。窗外，夜空里暴风发出阵阵的呼啸，雨滴拍打着树叶淅沥作响……

夜更深沉了，刘思扬把手伸到面前，看看夜光表，表面上闪烁着淡绿的微光，三点过了。行动的时机已到，他轻轻翻身起床，换上了软底胶鞋，披上一件深色的外衣。然后，他站在窗前探望，心里盘算着行动的快速步骤……最后，他静了一下，审查自己是否遗忘或者忽略了什么事情。一切都准备好了，他决定立刻行动。恰在这时，传来了轻微的敲门的声音……敲门声静止了一阵，又出现了。是午夜归来的二哥有什么事？刘思扬开亮了电灯，脱下外衣，却把外衣口袋里装着的那把开角门铁锁的钥匙，改放在衬衫口袋中，这才走到门口，开了房门。

一个穿雨衣的陌生人，出现在他面前。陌生人头上戴着鸭舌雨帽，帽上的水珠，还在滴落。

“你是刘思扬？”

“唔。”刘思扬尚未看清来人的面容，来客已经从容地走进房门，回头关上了门，才低声说道：

“我是党派来的。”来客脱下湿漉漉的雨衣，挂上衣架。严肃的目光，扫视了一下堂皇的房间，不慌不忙地撕开衬衫袖口的针脚，抽出一小卷薄纸，递给怀疑地望着他的刘思扬。刘思扬勉强接过纸条展开，上面没有任何痕迹。

“把它放在水里。”来客吸燃香烟，指点着。

刘思扬满怀疑虑地把纸条放进面盆的水中，他不相信党会冒险派人来找他。然而，纸条上隐隐约约出现了字迹：

“思扬同志，兹派老朱同志前来联系。李敬原”

刘思扬捞出纸条，揉烂，撕成粉碎，回转身便问：

“你是老朱同志？”

来客笑了笑，点头说道：“老李派我来的。”

刘思扬仍然不肯深信，他慢慢地说：“太意外了，外边有特务监视……”

“老李熟悉你的家，叫我从江边翻墙进来。刚才雨大，特务躲雨去了，侥幸没有出事。”老朱停了一下，声音渐渐变得严肃起来，像盘问，又像批评：“老李很不满意你在报上发表的谈话。你忘记了你曾经是个共产党员吗？”

“作为一个共产党员，我没有任何丧失立场或者损害党的利益的行为。”

“不，你现在还不能自称为共产党员。”老朱冷冷地说。

刘思扬陡然站立起来，这句沉重的话使他马上失去了冷静。他的脸涨红了，他不相信自己竟不再是共产党员。他永远也不能听到这样的话，他要申辩，忍不住急切而简单地惊问：

“为什么？”

“根据党的规定，任何同志从被捕时起，便脱党了，这点我想你是懂得的。现在，你又发表了一些言论，向反动派‘表示感谢’！‘表示支持’！‘表示不参加政治活动’！你觉得这和共产党员的称号能相容吗？”

“不，我没有这样做，”刘思扬提高了声音，“这全是敌人的造谣诬蔑！”

“事实当然胜过雄辩。”老朱稍微平静了些，解释道，“老李分析了你的出身、历史和过去的表现，他对你的出狱有许多怀疑之点。虽然你的谈话发表在一贯造谣的《中央日报》上，不过，无风不起浪……所以决定派我来查清事实。如果你并没有丧失立场的行为，那么，党必须设法公开揭穿国民党对你的无耻诬蔑。”

刘思扬毫不犹豫地说：“这种诬蔑，不仅是对我个人，更主要的是诬蔑了我们的党，而且在群众中造成‘释放政治犯’的假象。”

“你的党籍是否恢复，现在还不能确定。我这次来的任务，是代表党审查你在狱中的表现。根据你的表现和旁证材料，来严肃考虑你的党籍问题。前些时候，从中美合作所里送出的名单上有你的名字，但是缺乏更多的材料……”

刘思扬愤懑地感到党不信任自己，同时又仔细观察对方的一举一动。当他听见老朱谈到渣滓洞送出名单的事，心里猛烈地动了一下。他确信，只有地下党才知道这件极其秘密的事情。直到这时，他才确定，这深夜来客是自己人。

“特别是你出狱的情况可疑。”老朱不顾刘思扬脸色的变化继续说，“敌人借口和谈，欺蒙群众，当然是可能的。但是为什么不释放别人，连民主人士也没有放，单单释放了你这个‘共产党员’？我代表党正式通知你，把自己的狱中情况和表现，忠实地向党汇报，接受党对你的审查，即使有悔过、自首等情节，也不能对党隐瞒，应该老老实实向党交代清楚，让党给你的表现作出客观的结论。”

“我没有任何丧失立场的行为。”刘思扬有许多理由可以立刻辩解，但他尽力抑制着自己的冲动和痛苦，只简单地说：“党可以严格审查我的言行。”

“当然，事情应该也可以调查清楚，通过和集中营的联系，党也能取得你在狱中情况的材料。而且，我是党派来的代表，在你家里安全与否，还可以从另一个角度来证实你的表现。”

“啊，老朱！”刘思扬被这意外的考验惊住了，而且感到气愤，自己也处在特务的严密监视下，他怎能保证对方的安全？

“老李也估计过，我进来以后，一时很难再冒险出去，因此，不能不在你家里住上几天，看看情况的变化，再决定下一步的行动。在你家里，如果我的安全出了问题，你难道没有责任？”

刘思扬为难地沉默了。

“四点过了，今天就谈到这里吧。”老朱靠在沙发上，呷着浓茶，慢慢说道：“先把你被释放的真相写出来，如果报上的消息是出于反动派的捏造，党可以向群众公布你写的材料，给敌人一个意想不到的回击。”

刘思扬觉得，揭露敌人的阴谋完全有必要，也是他早就想做的事，可是他说：“报纸可能不敢刊载。”

“重庆的报纸也许登不出来，可是香港可以发表；而且，《挺进报》也可以刊载你对敌人的揭发。”

“我现在就写。老朱，你就在我的床上睡吧。明天，我再设法安排你的生活。”刘思扬不喜欢老朱傲慢的神情，说话时心情很不舒畅。

“何必现在就写？我们有的是时间，多谈谈不好吗？”老朱嘴角上叼着烟，坐到床边，用力脱下被雨水湿透的皮靴，抬起头来，看了看不愿休息的刘思扬，语气稍微缓和下来：“我了解你急切的心情，现在写也可以。不过，党需要我们做更多的工作，你要注意身体才好。你在集中营里，吃了不少苦头吧？”

“我支持得住。”刘思扬曼声回答着，开亮了桌上的台灯，铺开了纸。党派人来了，他意想不到，照理，像他这样被软禁在家里的情况，是不应和党发生联系的，党也不会来找他，可是，毕竟来了，来得这么急……然而，老朱的谈吐中含有另外的东西，党还有怀疑，对自己存在着戒备。这使刘思扬深深地感到委屈，但他觉得，这种委屈的心情，是不健康的，任何人，能对党的审查怀着这种情绪吗？帮助党查清情况，才是自己该做的事。

第二天早上，刘思扬把夜里写好的一份个人署名的公开声明用毛笔抄录一遍，交给老朱。但这只是一份声明，而不是机密材料，和老朱的要求并不相同。他用这份公开声明，来表明自己的态度，揭露国民党释放政治犯是彻头彻尾的欺骗。这份声明，可以在任何报上发表，丝毫也不会泄漏党的机密。接过这份声明，老朱看了看工整的字迹，赞扬道：

“你这一手字，写得不坏。”

刘思扬悒郁地笑了。他过去给《挺进报》抄录新闻，也是这样写的。但他不愿在同志面前夸谈自己的过去，只简单地解释道：

“老朱，这份声明，我把到二处的情况，朱介和我的谈话，怎样强迫释放我，又软禁在家里，都写了。我根本没见过什么玛丽，更没有发表任何谈话。”

“好的，我先看看再说。”老朱把声明放在桌上，亲切地拍了拍刘思扬的肩头，“现在你该睡觉了。其他事情，以后再谈。”

“我不疲倦。”

“不行，非休息不可！”

正在这时候，二哥忽然推门进来了。他看见房内有个陌生人，吃了一惊，停住脚步，过了一阵，才说道：

“快吃早饭了，我以为你还没有起床……思扬，你出来一下。”

“老刘，”老朱点点头，低声说道，“你去吧。”

刘思扬略一迟疑，便随着二哥走出房门。

“房间里的人是谁？”二哥低声问道，掩盖不住内心的忧惧。

“我的朋友。”刘思扬回答。

“他怎么进来的？”

“翻墙。晚上来的。”

“哎呀！特务就在大门外，你怎么又……”说到这里，二哥忧虑重重地埋怨起来：“三弟，你简直要我的命啊，万一特务发现了，岂不连我也要吃官司。”

“你既然知道有危险，就应该保护他的安全。”

“保护他的安全？我办不到。”

“你忘记了我昨天告诉你的话？”刘思扬严肃地说道，“就说他是大哥从上海进出口公司派来的人，到重庆办货。给他布置一间客房。”

二哥迟疑了半晌，终于说：“这可是有点危险。”

“你不是想给人民做点事吗？这次给了你一个机会。”

二哥沉默了片刻，放低声音，勉强说道：“你请他下楼吃早饭吧。”

在餐室里，二哥只和老朱简单地应酬了几句。三个人，都默默无言地吃饭。饭后，老朱命令刘思扬休息，刘思扬勉强服从，睡了几个钟头。下午，老朱看过了刘思扬写的声明，又对他谈了一些地下党最近的活动情况，接着，便提起了老李交代的，要他详细书面汇报狱中党的情况，以便进一步设法加强联系，营救被捕的同志。

老朱谈得很含蓄，很有信心。刘思扬却不像写公开声明那样，很容易就答应下来。他知道，虽然自己没有掌握全部情况，可是知道的事也不算少，如地下党和渣滓洞有比较经常的联系，不时送去文件、药物；又如老许对狱中斗争的意见；监狱党的组织情况……这些，都是极其机密的情报，能轻易告诉任何同志吗？地下党当然急需这些材料，可是，一年来的复杂斗争，使他有了较多的经验，他知道，这种机密情报，只能口头告诉负责同志，而不应该写成文字。只能向李敬原同志本人报告，不能写成文字的东西交给联络的同志。何况老朱和自己一样，现在也处在敌人的包围圈里。不过，拒绝写出机密材料，会不会加深党对自己的怀疑呢？刘思扬觉得，不应该多想自己，只该根据党的原则办事。这不是写自己的声明，不能因为怕自己蒙受委屈，而把党的机密轻易告诉任何人。

“让我考虑一下。”刘思扬终于回答了。

“好吧。”老朱谅解地笑了笑，“地下党之所以急切需要狱中的材料，是为了根据情况，便于组织营救。”老朱略一迟疑，又说了下去：“上饶集中营不是组织过暴动吗？集中营里的同志最好和地下党的武装力量结合起来，里应外合。我认为，必须加强地下党和集中营里党组织的联系。等党对你的审查作出结论以后，我想，党可以派你参加和狱中党组织保持经常联系的工作。”

老朱说罢，用烟头接上一支新的香烟，看到刘思扬不愿多讲话，便深吸了两口，接着说道：“你掌握的情况，明天，或者今晚上，把它详细地写出来，详尽地写出狱中党的组织情况、活动规律，包括你知道的同志们的表现、今后可能采取的联系方法等。用书面报告，有它的好处，它比口头汇报准确得多；

当然也有缺点，比较危险。可是，我相信，你的报告一定能够顺利地带出去交给党。现在，我有了你大哥进出口公司代理人的身份，就能用你二哥的汽车，公开出入‘刘庄’。老刘，我希望你严肃地完成党交给你的这一重要任务。这对于查清你在狱中的表现，也很有帮助。”

刘思扬沉思了片刻，终于缓慢地回答：

“我没有什么可写的。”

“不！”老朱摇摇头，声音缓而轻，却带着很大的压力，“你仔细想想。任何人，对党不能有任何保留，这是我们党的原则！”

老朱离开座位，站了起来，带着不太信任、也不重视的神情，把刘思扬早上交给他的那份声明，随手抛在桌上，转身向客房踱去。

刘思扬陷入深沉的痛苦中了，这天晚上怎么也睡不着。他感到老朱掷还了自己写的声明，是一种明显的威胁，似乎表明：如果不写出机密材料，便根本不考虑自己恢复党籍的申请。这使刘思扬十分为难，并且产生了新的怀疑，他觉得老朱的这种态度，不像一个共产党员……天亮的时候，刘思扬忧悒不安地来到花园里，做了几下深呼吸，头脑似乎清醒了一些。突然，一个念头在脑子里一闪：老朱为什么这样急切？他的注意力为什么集中在狱中党的情况上，而不是像他刚来时说的，他的任务是审查自己？为什么要把写不写这份材料和处理自己党籍的问题混在一起？一个明显的疑团，立刻横梗在刘思扬心头。

刘思扬警惕起来。他觉得应该更加冷静地深思，仔细研究一下这自称为地下党代表的人不正常的出现。

这时候，大门口的侧门轻轻地开了。送牛奶的工人走了进来。和每天早晨一样，送奶的工人走过林阴道，把几瓶牛奶放进台阶附近的牛奶箱。刘思扬慢慢走向前去，想拿一瓶鲜奶。那送奶工人像知道刘思扬的心思似的，特地挑了瓶牛奶，递到他手上，说道：

“这瓶是你的。”

送奶工人说到“你的”两字时，颇有深意地看了刘思扬一眼，便转身走了。

刘思扬拿着牛奶瓶，心里一动，“这瓶是你的。”话说得有点蹊跷。刘思扬上楼时经过老朱寝室门口，立刻放轻了脚步，悄悄地走了过去，他已明显地感到处境的危险。

他把牛奶拿回寝室，仔细端详着，瓶子和其他奶瓶一样，没有不同之处。把牛奶倒进钢精锅里，牛奶里面也没有其他东西。刘思扬茫然地坐在桌边望着奶瓶，慢慢地目光落在刚才丢进废纸篓里的奶瓶纸盖上。他立刻毫不迟疑地拾起纸盖，仔细地摸了摸，发现纸盖比平常的稍厚一些。他匆忙地撕开纸盖，一张纸条立刻出现在眼前。纸条上有着他熟悉的李敬原的笔迹。

敌人对你极为注意。处境危险，立刻出走！脱险之后，坚决隐蔽，勿轻率找党。

“勿轻率找党？”刘思扬紧张地重复着纸条上的这句话。啊，“就是遇到化为美女的毒蛇，我们也要把它识破！”老大哥的话，清楚地出现在耳边。刘思扬想起，前天晚上那张虽然有着李敬原姓名的纸条，却是明矾水写的，而且在夜里，辨认不出笔迹。现在手上这张纸条，才是老李的亲笔。那个自称老朱的家伙，正是一条毒蛇！

刘思扬抢步关上房门，上了锁，气急败坏地取出被敌特掷在桌上的那份声明，投在电炉上点燃烧掉。直到纸张变成灰烬，又将纸灰捧进洗脸盆，放开水龙头，把纸灰全部冲进排水管去。他烧掉这份声明，不是为了保密，而是发泄内心的极度愤怒。

接着，他想立刻出走。可是，天色已经大亮，白天里无论如何出不去了。他藏好开角门的钥匙，正要仔细考虑一下当前的对策，突然听见一阵脚步声，接着，有人敲门。

“谁？”刘思扬大声问道。

“是我，老朱。”

一个念头在脑际一闪，刘思扬立刻冷静下来。他需要稳住这条毒蛇，主动向他汇报“情况”，用假材料将他引入歧途，粉碎敌人的阴谋。然后，拖到晚上，趁这奸狡的“红旗特务”[1]得意忘形之际，寻找机会，突然出走。于是，他沉着地答应了一声，便走过去，轻轻地开了锁，并且毫不迟疑地拉开房门。

---

1 “红旗特务”，伪装进步面孔进行破坏活动的特务。

第十九章

再次被捕，刘思扬没有逃出敌人的魔掌。

中美合作所警卫森严的大门，一闪就过去了，眼前是一片荒凉的丘陵地带，公路盘旋着。越过一座坡，又爬上第二座，黑色轿车啵啵响着，吃力地在崎岖不平的路上爬着。汽车经过的地方，刘思扬已不是第一次走过。他回忆着，打量着。是的，快到渣滓洞了。前面还有几座山冈，翻过去，只有十分钟车路。那时候，会有竹梆声出现，真的很快又回到战斗的“家”了。

一条小溪沿着公路流动，来自山涧的水，清澈见底。小溪横过公路的地方，出现了一座石桥，黑轿车开到桥边陡然停住。刘思扬望了望，桥的左面，是个黑黝黝的水潭，溪水的源泉。水潭后面是悬崖，山涧的水，冷浸浸地从悬崖上泻下，汇进水潭。悬崖之上，便是插进乌云的峥嵘山峰。

“下车！”几个押送的特务，像完成了最危险的任务，守在车旁。刻着 Made in U.S.A.（美国制）字样的不锈钢手铐限制着刘思扬，使他不能马上把自己的行李拿下车来。这地方真够僻静，三面环山，两边的山峰向下延展，包围了这片溪水发源的水潭。山坳间，有一座巨大的白色楼房。楼房后面是山岩，重重叠叠的山岩……旁边一处松树被砍掉的山头，突出一座悬崖上的碉堡。碉堡上的枪眼，监视着四方。在那巨大楼房背后，从山峰向下延展的两边山岩上和通向半山楼房的途中，都有许多经过伪装的，被周围的森林掩蔽着的碉堡。

“这是什么地方？”刘思扬问着自己。他把目光集中在白色楼房周围。渐渐看清楚了，楼房周围的岩石是白色的，树干也是白色。敌人怕囚禁的人从监牢里逃跑，岩石、树木漆成白色，即使是暗夜里也无处躲藏。楼房周围的墙，也是那么高，比渣滓洞箍得更紧。墙上，隐隐约约，看得见电网的支架……啊，又一处秘密的集中营，也许这就是传说中最恐怖的魔窟白公馆吧？

特务提着枪，把刘思扬押上山去。石板路又陡又高，刘思扬心跳得厉害。将近一年的黑牢生活，使他憔悴、衰弱了。他暗自希望这里就是白公馆，希望在这里找到那个姓齐的同志。

巨大的铁门，出现在眼前。铁门之上有几个古老的字：“香山别墅”。一看见这几个字，刘思扬忐忑的心情很快就稳定下来。香山是唐代诗人白居易的别号，魔窟居然用上如此富有诗意的名称，这里显然就是白公馆。啊，果然到白公馆来了。

沉重的铁门没有打开。高墙左边，几个面目狰狞的特务，全是美式军装，已经在办公室门口等着。特务熟练地把刘思扬全身上下搜查了一番，和渣滓洞一样，登记姓名、年龄、编号……

只是这里囚服上的符号和渣滓洞不同，是蓝布做成的“△”形，而不是“×”形，分别缝在左胸和后背。从登记簿上，他看出了 S.A.C.O.[1] 几个英文字——这是中美合作所的英文简称。一个理发兵走来，不待他坐好，三两刀就剃光了他多年蓄留的长发，却没有剃去他被软禁在家时保留下来的满腮胡须。然后，高墙边的侧门打开，迎面出现了一排楼梯，这排楼梯一半通向楼上，另一半通向楼下，侧门恰好开在楼梯中部转弯的地方。进门后可上可下，便于特务进行监视。刘思扬来不及多看，就被推上了楼。楼上，宽大的走廊包围着牢房，几处楼角，都有特务防守。刘思扬被几个特务迅速推进楼角左后方的一间窄小的房间，喀嚓一声，铁门锁上了。脚上刚钉上的十斤铁镣，妨碍着他的行动，再加上才从光亮的地方被塞进这狭窄黑暗的角落，看不清周围的东西。刘思扬默默地站着，定了定神，才发现有一对炯炯的目光，犀利地盯着他。

站在他面前的，是一个年轻的陌生人，中等身材，结实、方正的脸，眉宇间有着一股倔犟的豪气。额角上，几处发亮的伤痕，更增加了挺立不屈的光彩。但是他那尖锐的目光，却明显地带着怀疑。似乎，这个被单独囚禁的人，并不欢迎新来的伙伴。

两对眼睛互相探索。刘思扬看出对方用目光在质问：是朋友，还是敌人？

“我叫刘思扬。”

1　中美合作所的英文全名是：Sino-American Cooperation Organization。

“我叫成岗。”声音是冷冰冰的。

啊，成岗！渣滓洞的人谈论过他。说他受过多次毒刑，说他下落不明，也许早已不在人世，谁知道在这里竟见到了他！

刘思扬像见到了亲人。和成岗在一起，今后两个人又可以并肩战斗了。而且，通过成岗，他一定能更快地、也更安全地找到那位叫齐晓轩的同志，把自己遇到特务骗取情报的经过向组织报告。他最近遇到的事件，清楚地证明，特务不仅毒辣，而且处心积虑，不断变换着手段，从未放弃破坏地下党和狱中党组织的目的。重新被捕以来，刘思扬的心情很复杂，充满了担心与焦急，因此，他一连几次挑起话头，想和成岗谈谈，可是成岗的反应却很冷淡。显然，成岗在复杂的斗争中，十分谨慎小心，在查清新人的来历以前，不愿和他过分接近。

沉默，很快打断了他们之间偶尔的谈话，小小牢房的空气凝结起来，分外沉闷。

“他有点固执。”刘思扬默默地想，不通过互相间的谈话，怎能互相了解？偏偏自己又急于向党报告重要情况！他想说：“成岗，你知道吗，你搞《挺进报》的时候，收听新华社广播的人正是我，我们早就是亲密的战友。”干脆告诉他吧，刘思扬想自己介绍一下，但又克制着。不，用不着这样，说这些有什么用呢？他不会轻易相信的。在这里，人们需要重新认识，重新估价，只有在新的生活与斗争中，才会互相了解、信任。

近来的遭遇，使刘思扬胸中充满烈火一样的仇恨，然而此刻，在自己的战友面前，却不能痛快地让怒火熊熊燃烧、喷射，他感到一种从未体验过的苦恼。

天慢慢黑下来。夜，来到陌生的魔窟。

牢房里很黑，看不清房内的一切。只有一道道微弱的淡黄光线，穿过窗户，把铁窗上的栏杆影子，印在凹凸不平的楼板上。栏杆的影子，弯弯曲曲的十分柔软，好像不是用铁，而是用什么轻薄的带子悬挂起来，风一吹就会四散飞去。这是哪儿来的光线？从密云里透出的月光，还是岗亭上射出的灯光？远处，泉水淙淙地流过，比白天听得更清楚。这是涧水从后边山头上泻下，窗口上望得见怪石林立的山壁，却望不见那条山涧。泉水的声音时大时小，没有停过；只有注意去听，或者沉静的时候才听得着，不去注意，又好像没有似的。和泉水潺潺声一道传来的，还有风声，夹着松涛，这是午夜的劲风，在漆黑的荒山上咆哮。刘思扬静静地听着，心情渐渐平静下来。朦胧中，他好像看见那流动的泉水，轻轻滑过山头的悬崖，又像正坐在那翠绿的松林中间，听松枝在风中自由地摇曳……记忆在眼前轻轻展开，刘思扬重新经历着过去的事情：狱卒出现在窗前。牢门打开。在叫自己。同志们苍白而激动的脸。火热的握手，默默无言地告别……难忘的同志们，今夜定会和他一样，睡不着觉。他们会低声谈论着他，猜测他的命运。刘思扬眼前，出现了渣滓洞那些不能再见面的，曾经朝夕相处、同生共死的同志们的眼睛……远远地浮现出那对又大、又亮、流露着深情和痛苦的眼波……眼波突然一变，成了深夜里越墙而入的刺人的目光！

窗外响起了一阵巡逻的夜哨的脚步声，渐渐近了，是两个从不同方向巡夜的哨兵突然遭遇，发生了误会，同时拨响枪栓，大声询问“口令”。然后，两个哨兵在谈话。刘思扬想听他们谈的什么，但太远了，听不清楚。

哨兵的脚步声逐渐远去，泉水和风还在不息地响。

“你怎么不睡觉？”背后忽然传来成岗低沉的询问。

刘思扬的思路被打断了。

“我……睡不着。”

铁链锵锵地响，成岗动了一下。嵌在脚上的铁镣，像冰一样冷而且重。刘思扬一时看不清他的身影，只能听到他淡淡的声音：

“你在想什么？”

“我在想……”刘思扬不知道该怎样回答才能说明此刻的心境，只简单地说：“想渣滓洞的同志们。”

成岗不再说话，在铺位上默默地躺着。刘思扬独自坐着，眼睛仍然盯着黑暗的墙壁……

天亮了，楼上楼下还是静悄悄的。刘思扬睁大眼睛，躺在屋角里，望着房顶上雪白单调的天花板。没有黎明时的歌声，也没有熟悉的战友们读书的声音，一点略带生命气息的响动都没有。山上的涧水，潺潺地流，在这万籁无声的清晨，听得十分清楚。

这里不像渣滓洞。这个感觉，昨天一到就产生了，此刻，不但没有消失，反而更深，更鲜明了。一年来，他习惯于用渣滓洞人们的眼光，来衡量一切，因而，他感到白公馆这个地方，完全不像渣滓洞那样活跃和充满斗争。甚至，这里连渣滓洞那种深夜里激动人心的梆声也没有……

到了放风的时间，刘思扬拖着沉重的铁镣，蹒跚地走出牢门，希望尽快打量一下这座魔窟的环境。走到楼栏杆边，瞭望了一下四面的高墙，墙上布满电网，只能从电网的孔隙中，才望得见远处的山峦。高墙中间包围着一个天井模样的院坝，除了他们住的这座楼房，在院坝右边还有一排房子，粗看像平房，细看却有几层，有一间门上挂着“管理室”的牌子。管理室旁边，是条阴森的隧道，通向平房底下黑黝黝的地底。院子里有谁栽了几棵绿色的小树，幼小、纤弱，那岩石的院坝不能给它们以些许的营养，但这些小树竟然活着，叶片绿绿的，细小的枝干，就像从树上攀折下来，活生生地硬插在岩石上的。墙头上，涂满了反动标语。刘思扬瞟了一下，什么“以三民主义训练思想，以三民主义规范行动，以三民主义约束言论”。还有一些大字：“统一思想！”“以三民主义消灭马列主义！”……

刘思扬不屑再看。

院坝里，空荡荡的，渺无人影。

隔了一阵，才看见一个疯疯癫癫的老头，无声无息地在院子里出现了。他的头发雪白，满脸花白的胡须又浓又密，像刺猬的箭毛一样遮住脸庞，只露出一对滞涩的眼睛。他糊里糊涂地沿着院坝，用一双枯黑的脚板，机械地神经质地独自跑步……也许，这个人就是老大哥说过的，那个老疯子？

又隔了一阵，才看见几个骨瘦如柴的人，赤着脚，慢吞吞地也到院子里来了。他们似乎只会按照迂缓的习惯动作，缓缓地散步，眼神灰暗而迟滞，没有人讲话，也没有人张望。他们很少抬头上望，最多只用冷冷的目光，微扫一下楼上新来的人，像根本没有发现刘思扬似的。只有一个稍微年轻点的，提了个瓦盆，在给那几株小树洒水，仿佛无意之间，多看了刘思扬一眼，但也只是多看一眼，再没有更多的表示。

真是个冰冷的世界。刘思扬对于铁窗生活，早已逐渐习惯了。不管是在二处，或者渣滓洞，他都得到过无数同志式的友爱和关心。一张字条，几句鼓励的话，轻轻的一个微笑，和那些在牢房阴暗角落的墙壁上坚贞的题词……都使他感到是和集体生活在一起，免除了冷淡和寂寞。可是，走进白公馆的第一分钟，那种可怕的寂寞，就开始使他心里发凉。此刻他的这种感觉更沉重了，比成岗带给他的更加沉重。这里的人们面目呆滞，几乎没有表情，多年的囚禁生活，似乎使他们失去了欢笑的可能。同样是中美合作所里的集中营，但是，渣滓洞和白公馆大不相同。白公馆关的人少些，尽是案情严重的人。他们不是用日、月，而是用年岁来计算时间。那些苍白而衰弱的人，许多是被捕了十年八年的，他们被埋在活棺材里，也许早已丧失了对自由的怀念。

也许，这里有党的组织？但是刘思扬无法相信，这里能出现渣滓洞那样狂热的斗争。

刘思扬冷静地观察着，过了几天，他进一步发现白公馆集中营情况的复杂。这儿关的人不多，但什么样的人都有。住在成岗和刘思扬隔壁的有两个人。一个叫黄以声，身材魁伟，是国民党东北军的军长，特务称他“黄先生”，生活受优待，很少和人讲话，成天靠着栏杆，或者迈着机械的军人步伐，在走廊上走来走去，走到尽头就来一个立正动作，再向后转，再机械地前进。他喂着两只猫，一大一小，散步时，溺爱地把猫抱在怀里，轻轻地叫“乖乖，乖乖”。刘思扬没有和他讲过话，大概成岗和他也没有往来。只是前两天，一只小猫不见了，他四处寻找之后，偶然走过窗前，才对成岗和刘思扬说了一句话，问他们看见了他的小猫没有。

黄以声身边，时常出现一个又瘦又小的孩子，孩子的身子特别细弱，却长了一个圆圆的头。这是谁的孩子，怎么出现在集中营里？孩子穿得破破烂烂的，长着一双聪明诱人的眼睛，不像是特务的小孩。每天，这孩子都带着书，晃着一个大脑袋，到黄以声房间里去。刘思扬见过这孩子几次，那个奇怪的孩子并没有被刘思扬的铁镣惊跑，相反地，孩子靠近一步，抓住门上的铁条，踮起脚尖，把又大又圆的脑袋伸进了风门，大胆地问他：

“你是从渣滓洞来的？”

刘思扬深深地惊诧了，这孩子怎么知道他的底细？

“你看你嘛，”小孩笑了，小手摸着下巴，“胡子好长哟！你在渣滓洞起码关过大半年！”

刘思扬摸摸自己满腮的胡须，完全被孩子的判断迷惑住了。

“过两天我来找你们要，黄伯伯要我背书了。”孩子说完，便跑向黄以声的牢房。到了门口，没有忙着敲门，却回头朝刘思扬说了一句令人无法理解的话：“成岗是我的朋友！”

还有一个更古怪的家伙，是个五十来岁的老头，走路时驼着背，踮着脚，一摇一摆。他是黄埔军校三期毕业生，蒋介石过去的侍卫队长，原来是个红得发紫的人，后来不知道为什么有人说他想谋杀“老头子[1]”，马上被抓起来，打成了残废。这侍卫队长已经关了十四五年，是白公馆最老的“政治犯”之一，也许“老头子”有一天还要用他，所以一直受着看守人员的优待。他的消息灵通，一天到晚和看守人员靠在楼栏杆边吹牛。碰着成岗和刘思扬出来放风，也要踱拢来扯上几句闲话，感慨一番。那些看守员说他是“相命专家”，他也吹嘘自己精通“麻衣神相”，到处找人看相，解说手掌上的纹路。这几晚上，他为看守员算命到得意之际，哈哈大笑，虽然隔了墙壁，也听得到他那枭鸟一般的怪笑。

住在楼上的，差不多都是受特殊优待的“政治犯”。也许，受着特殊优待的，还有那个不知名的小孩。这些人，虽然和成岗、刘思扬只隔一道墙壁，待遇却完全不同。听说这层楼的左面，还关得一些重要人物，其中有一个军统局的少将、西安集中营的所长，有人说是因为政治犯逃跑而被囚的，可是刘思扬却一直没有见过这个来历不凡的特种人物。

1　特务称战犯蒋介石为“老头子”“大老板”。

杨虎城将军和他的幼子囚在顶楼上。他们是半年前才被秘密押来的。特务从来不准他下楼。他的秘书宋绮云夫妇，被囚禁在一间地下牢房里，也不准和他见面。

楼下，才是关共产党员的地方，人数不太多，将近一百人。可是前前后后，却关过两千多人。除了现在活着的，其余的人，都已陆续在漆黑的夜里，牺牲在松林坡上，或者附近的镪水池里了。许多革命者，连姓名也没有留下。和共产党员关在同一牢房里的，还有一些违犯了“纪律”的军统特务，从尉级到校级都有。这些特务，在禁闭期间，还负有特殊的任务。他们在牢房里，日夜监视着共产党员的一举一动，随时密告政治犯的活动。

刘思扬觉得，即使日夜受着监视也好，只要能和自己的同志们关在一起。不知道是楼下关的人太多，还是特务有意把他和成岗隔离在楼上，根本不准下楼。他们和楼下更多的自己的同志们隔绝，孤零零地几乎通不了一点消息。

真是个可怕的魔鬼的宫殿，共产党员和国民党员，甚至和特务囚在一起！在这种环境里，要团结同志和敌人展开斗争，太困难了，只要你一动，就立刻有暴露和被告密的危险。

一个星期以来，刘思扬的苦闷愈来愈多：这儿哪能有什么条件展开斗争，哪能为党做一丝一毫的工作？一天，又一天，尽是些死气沉沉毫无变化的窒息的日子。可是，不知道为什么，成岗似乎并没有这样的感觉，他比刘思扬冷静得多，虽然他几乎每天都被特务押进押出……

放风的每一个十分钟，刘思扬都焦急地注视着楼下那些战友，总想看出点什么不平凡的东西，每一次都失望了。

成岗和他说话的时候，刘思扬感觉到，对方总是心不在焉，注意力很容易被分散，而且多疑，常常一句话还没有说完，就中途停顿了。成岗似乎日夜警惕着，正以全副精力，应付着某种紧逼着他的非常复杂的问题。成岗心里深藏的东西，似乎和刘思扬有关，又似乎和他毫无关系。

这天上午，成岗又被特务押出去了。眼看过了半天，还没有回来。成岗不断被特务押进押出，使刘思扬疑惑不解，对他的遭遇感到深深的担忧……

成岗终于回来了，一言不发地走进牢房。押解他的特务，把一大包药棉包着的药品，朝地上一丢，便锁上了门。成岗似乎十分疲倦，像喝醉了酒，摇摇晃晃走向他的地铺，倒身下去，很快就睡熟了，半截身子和两条腿完全伸在楼板上。

刘思扬有点诧异，扶起成岗的双腿，移到薄薄的布毯上。脚镣的响动也没有把成岗惊醒。是病了？是毒刑拷打受了内伤？摸摸他的头，没有发烧，身上也没有新添的伤口，胸前早已化脓的伤口上，反而有刚用胶布贴好的洁净药棉和纱布。刘思扬惶惑不解地为他盖上夹克上衣，又用半幅布毯，把他的身体裹住。

“成岗，他回来了？”前几天和他说过话的小孩的圆圆的脑袋，忽然出现在牢门口，默默地望了望酣睡不醒的成岗，又把手揣进裤袋里，悄悄走了。

吃晚饭的时间过去了，成岗还未醒来。叫他，他不应声，

李少言 作

呼吸迟缓微弱。刘思扬反复检查他的身体，又轻敲着他的膝盖关节，腿也没有动弹，连神经系统的条件反射似乎也丧失了。在暮色苍茫中，铁窗口透进的微光，久久地照着刘思扬愁闷不安的脸。

直到深夜，成岗才翻动身子，渐渐醒来。

“成岗，”他听出是刘思扬在黑暗中担心地问：“你怎么了？”

成岗没有回答，过了好久，才低声说道：“你睡吧。”接着又沉默了，似乎不愿多说一句话。

刘思扬勉强走开，成岗仍然静静地躺着。阵阵山风吹进铁窗，午夜的寒气，使他的头脑逐渐清醒，再也睡不着了。时间在暗夜里悄悄逝去，成岗听着刘思扬转侧的声音，独自回想着白天里的遭遇——

特务把他押上汽车，汽车向着松林深处疾驶。一年来，不断被提审、拷问，敌人从未放松对他的注意。但是，把他押出白公馆去，这还是第一次。往常的刑讯，全是在特务办公室后面，那座阴森的电刑洞里。成岗毫不在乎地猜测着一切可能出现的考验，不管怎样，从他口里总不会说出一个字的。

“外边正在和谈。”押送他的特务，低声告诉他，“你身上的伤痕，不能带出去被社会上知道……”

敌人要干什么？给自己治伤？成岗完全不相信。近些日子以来，敌人审讯的花招不断在变化。不久以前，采用了催眠术，满屋钉满五颜六色的图片，想要扰乱他的神经。可是催眠术要求受术者和施术者合作，才能生效，成岗却根本不理睬那想要指挥他的特务。前天，敌特又在电刑洞里使用了测谎器，测谎器上的英文商标，被成岗一眼就认出来了：美国通用电气公司制造，1948 年出品。谁说了假话，仪器上的心跳电动记录的曲线，就发生清楚的变化。但是成岗说的全是真话："我是共产党员，永远不会出卖革命的利益！"录音机里，什么口供也没有记下。今天，一定有更尖锐复杂的斗争等待着自己，成岗毫不怀疑自己的想法。

"你不要疑心。"又是特务在说，"李代总统早已下令释放政治犯，社会上都知道要放你了。"

"哼！"成岗盯了特务一眼，懒得和他搭话。不管敌人要什么花招，他心里丝毫也不害怕。

汽车驶进林阴深处，在一座花园里停下。前面是一座精巧华丽的，类似医院的洋楼。特务押着他，走上台阶，进了大门。里面，到处是雪白的墙，一尘不染，头上悬着嵌花的金色吊灯。宽大的楼梯铺着厚实的地毯，走起路来，一点声音也没有。

"Keep Silent！"（保持安静！）

成岗瞟了一下楼口这行英文字，便被拥上了楼。特务又在他耳边说："这是中美合作所特别医院。"

成岗没有理睬。他被拥过一个个窗口，看见窗外丛丛青翠的松林，掩蔽着这座远离人寰的、魔窟深处的西洋式建筑物。周围静悄悄的，只有阵阵鸟语，带着花香传来。

成岗拖着铁镣跨进了一间莹白的房间，正中摆着一张手术床，墙边有一长排药物柜，陈设着各种药品和玻璃仪器。另一边，一扇敞开的门旁，铝质的消毒釜闪着银光。屋角还有一座施手术用的新型无影灯。

宽敞的玻璃窗正在对面，透进淡绿的光线，那是阳光穿过茂密的松林，变成了幽静的色泽，给莹洁的墙壁染上一层微凉的绿意。

一个穿白色医生服装的人，迎面走了过来，这人长着一副瘦削的脸，额下嵌着一对老鼠眼睛，和尖尖的下巴配成一副狡猾可憎的相貌。他望着昂然屹立的成岗，想说什么，又没有说出，侧转头轻声问着守在门边的特务："他就是伤员？"

"我不是伤员！"成岗面对着医生，鄙弃地喝道："谁稀罕你们的治疗？"

医生咧开薄薄的嘴唇，笑了笑。

"医生的职业是崇高的，我并不过问政治。"尖细的声音，似乎力图博得成岗对他的信任，"请你躺到手术床上，我给你检查伤势。"

成岗冷冷地站着不动，他不需要什么治疗。

"请吧。"医生又向手术床伸手示意，"你别害怕。"

"我怕什么？"成岗驳斥着，愤怒地朝手术床上一坐，"我倒要看看，你们要些什么花招！"

医生淡淡地微笑，用熟练的动作解开成岗的囚衣。"唷！伤口全化脓了！"他眼睛里似乎闪过一丝同情的目光，便靠近成岗胸前，用听诊器详细检查心脏和肺音，又伸手诊断脉搏。

成岗不屑地望望窗口，又回头注视医生的行动。一头梳得油亮的头发，正靠近他的胸口，生发油的闷香，使成岗厌烦地感到一阵恶心。

过了好一阵，医生检查完血压，才抬头用英文说道：“Never mind.（不要紧。）”

成岗不理对方讨好的微笑，始终注视着他的一举一动。

碘酒涂抹在胸前化脓溃烂的伤口上，成岗感到火辣辣的疼痛，他紧闭着嘴，眉头也不皱一下。胸前的伤，是最近在白公馆的电刑洞里，被特务用电流灼伤的。一次次毒刑留在身上的伤口，有的已经平复，留下斑斑痕迹，有的却长期化脓，一直没有痊愈。

“伤势不轻啊！”医生的声音里，隐隐透露着关心和同情，似乎表明他也是被迫到魔窟中工作的善良的人。“消除伤痕是困难的。不过，采用美国的最新技术，也许可能……”他摇着头，一边说，一边把一种白色药粉轻轻地撒在红肿的伤口上。成岗留心看了看药瓶上的英文标签，知道是消炎粉。之后，伤口附近被涂上紫药水，又用胶布把涂抹着凡士林油膏的纱布贴上。

“几天以后，伤口会平复的。”

“医好伤口，你们又好用刑！”成岗冷笑着，翻身起来。

“慢点，”那对老鼠眼睛，含笑地闪着，把一瓶针药举到成岗面前。“为了制止化脓，给你注射一针美国特效新药——Penicillin（盘尼西林）。”

医生走到药物柜边，把针药轻轻吸进注射器。

一根皮带勒住成岗的右臂，医生找寻着肘部渐渐突出的静脉，熟练地把针头轻轻刺进血管。医生的拇指慢慢推进注射器长长的柄，药液一滴又一滴，缓缓地渗进了成岗的血液。

背脊里出现了一股凉凉的感觉，成岗很快就觉察到那股微凉的寒气在变浓，在上升，不过一会儿，竟变得冰一般冷。冰冷的感觉迅速升过颈部，升到脑顶，整个头脑忽然像结了冰。眼前的东西晃动起来，全都模糊了……恍惚中，成岗发觉：医生向敞开的旁门侧过头去，鬼鬼祟祟地低声问："Doctor（大夫），这是浓缩剂，给他注射 five c.c.（五毫升），够了吗？"

"Yes.（对。）"从敞开的旁门里，传出一声干瘪的回答。

成岗立刻想到，敞开的旁门里，躲着个暗中指挥的家伙！

知觉更加模糊了。成岗微微感到右臂的皮带松开，左臂又被勒住……

"你数。一——二——三……"

这声音使成岗一惊。数一、二、三？只有全身麻醉才数数目字，现在为什么要他数？头脑还是迷迷糊糊的一片冰凉，但是在成岗的警觉下，稍微清醒了一些。他意识到某种严重的危险正在袭来，敌人注射的不是盘尼西林，而是另外的东西。盘尼西林的剂量，用的是国际单位，十万单位，二十万单位……这里说的是 c.c.，五个 c.c.……还叫数一、二、三……完全不是什么治疗，特务在给自己注射某种麻醉剂！成岗愤怒了，他要爆发，要大声痛斥特务的卑鄙，他决不受敌人的肆意摆布，他要翻身起来，揭穿特务的无耻勾当。

可是，他的身体不再接受神经的指挥，叫不出声，挣扎不动，像飘浮在软绵绵的云雾之上；而且，不再有自己的身体，不再有四肢和知觉，只剩下一个孤零零的头脑，头脑里只有酣醉的感觉，连这感觉也轻飘飘地浮悬在虚空中……

“跟我数。十三……十四……十八……”

特务的声音愈来愈远。声音也在虚空中飘浮着。

“He...fell asleep.（他……沉睡了。）”

“Yes……完全……麻醉。”

成岗模糊地听到对话的声音。他恍惚听出，说着满口干瘪英语的，正是刚才在旁门里答话的人。

“成岗，成岗！”

似乎有人在叫自己名字。成岗紧闭着嘴不肯回答。

“药物起作用了……美国科学界……最新成就！”

模糊的声浪传进成岗始终顽强地控制着的神经末梢，脑子里呈现了反应。成岗不知道敌人给自己注射了什么东西，但他抗拒着，不肯失去知觉，不肯陷入下意识。成岗和不断从他的控制下滑走的知觉斗争着，终于使自己清醒了一点，甚至意识到自己的存在，并且知道自己正躺在手术床上，面对着美蒋特务。

室内一片暗黑，听得出有人在拉动窗帘，他相当清醒地意识到：临近松林的玻璃窗，正被蒙上厚实的布幔。

“保持绝对安静！”

成岗发现，那个长着一对老鼠眼的医生，正向一群幽灵般的人影叮咛。那些鬼魅似的家伙，一定是在他半昏迷中悄悄进来的特务匪徒。

叮当一声响，什么东西轻轻落在金属盘里。一定是注射器，注射才刚刚完毕。成岗感到高兴，自信还保持着判断能力。他心里沉着了些，但始终不能忘记刚才听到的可怕的话：……完全麻醉！药物起作用了！美国科学……成岗感到处境的危险，他顽强地和脑子里冰凉的感觉战斗，不肯陷入敌人需要的下意识中……

“成岗，成岗！”

耳边出现了幻觉似的，亲切温和的语音，成岗正要细听这声音，声音又消失了。

“成岗！我是许云峰……”

幻觉渐渐出现了。随着声音的引导，成岗仿佛看见老许坐在身边，似乎是他拿着大哥的信来找自己……又像是和他分手那天……老许在告诉敌人，《挺进报》是他领导的……是呀，老许在二处，和自己靠在一起，面对敌人……突然，成岗想起老许是被捕了的！和自己说话的不是老许。立刻，头脑像触电似的猛然清醒，成岗察觉了面临的危险。他愤怒地睁大眼睛，瞥了瞥伪装的特务。

从想着老许到睁大眼睛认清敌人，脑子里经过许许多多的回忆、联想、判断、分析，但这只不过一两秒钟。成岗被药物作用了的头脑，对事物的反应十分迅速。这种药物同时对脑神经具有麻痹和兴奋的作用，这种麻痹与兴奋的畸形结合，造成极度敏捷的反应、幻觉与冲动，使人只要稍微丧失警觉，在不能控制自己的瞬间，就会有问必答，张口就说，吐露内心的一切秘密。

成岗看见了一个高高瘦瘦的人影，似乎也穿着白色的医生服装。成岗尽力注视着，终于看清楚了：他长着一头黄麻似的鬈发，稀疏地盖住微秃的脑顶；高高隆起的鼻梁，异常突出；一双深陷在眼睑间的眼珠，呈现出黯淡的灰蓝颜色。这个白皮肤的外国人，正伸出一只毛茸茸的手，指点着那长着一对老鼠眼睛的家伙。老鼠眼睛眨了眨，那尖尖的下巴上面，薄薄的嘴唇微动着：

"我是许云峰。成岗，我是老许！"

从声音里，成岗觉察出对方还未发觉自己早已识破了他。旁边的特务递给老鼠眼睛一张纸。那家伙讲着话，眼睛却停留在纸上。纸上一定写着早就拟好的题目，这批家伙完全不是医生，只是披着白色外衣的、美蒋豢养的新式刽子手！一想到这些，成岗心里充满了愤怒。愤怒使脑子里那些冰凉的东西，大大减少了。成岗进一步想使自己清醒，并且试图了解特务的企图。

"如果我有事不来找你，成岗，你记得该把《挺进报》送到什么地方去？"

成岗在一瞬间的清醒中，决定回答敌人。

"你说过，一定等你亲自来拿。"

"你有地址吗？地下党的地址？"

"地址？地下党的？你不是都知道吗？"

"不。你告诉我最秘密的。"

明明是中国特务医生在问，成岗却模模糊糊地觉得是长着灰蓝眼睛的外国人在说话。

“最秘密的就是你的地址呀！”成岗的声音有些蒙眬，脑子里渐渐又出现了幻觉。

“你知道最重要的地址吗？万一你急需要找党！”是那灰蓝眼睛、长着黄麻鬈发的魔影，一步步挤进成岗的思路，使他在一瞬间，猝不及防地张开了嘴巴，完全成了随问随答，似乎脑子里有另一个人急于替他说话！

“……我到林森路三一八号……”正要脱口说出，成岗突然记起：这是党的秘密，找李敬原的地址，不能告诉任何人的！心里一紧，头脑霍然清醒过来，他立刻换了一句话：“我搞《挺进报》，不和任何人来往。”

“渣滓洞和地下党联系上了，你们联系了吗？”

成岗又觉得那双灰蓝眼睛在挤进视线，虽然他不插话，只是从旁指点，但他比说话的特务更加恶毒、阴险……

“用不着联系……特务说可能释放……”声音渐渐小了下去。

“成岗，成岗！”老鼠眼医生焦躁地喊。

“Move on!（继续！）”

成岗又听出了穿白衣服的外国人用干瘪的声音从旁指挥。

“杨虎城将军囚在白公馆的消息，怎么送出去的？”

“杨虎城在白公馆？我怎么没有看见？”

成岗觉得，自己是在和灰蓝眼睛对答，同时感到头脑隐隐作痛。他尽力控制着自己的思路，继续和敌人对话……

终于，成岗不耐烦了，脑子麻木，有些问话就根本不去回答。

特务不肯罢休，固执地问这问那……

成岗感到麻木的头脑猛烈地作痛。这种间歇性的头痛，刚注射时是没有的，现在却出现了，而且间歇期迅速缩短，使他不愿再和特务谈话。

他的头脑因为药物刺激而过度兴奋，现在兴奋逐渐消失，麻木的头脑十分疲倦。特务还想问话，成岗勃然怒吼一声："滚开！"以后什么也不肯说了。

"那么，我走了，成岗，再见。"对方勉强说完最后一句。

"怎么？就这样算结束了？"旁边出现了特务的声音。

"注射剂的作用过去了。他睡着了。这一次，只能得到这些完全可靠的材料！"

"再给他打一针！"

"过量注射这种'诚实注射剂'，会引起某些器官的抵抗，反而降低效果。Doctor，你不是这样讲授的吗？"

"It's true！（是那样的！）"

"这次注射效果良好，他讲了很多材料，从中可以分析出宝贵的情报。"

"他连半个地址也没有讲！"

"Silence！（肃静！）"

干瘪的嗓子提高了音量，不满地制止着令人难堪的，而且不谨慎的谈话。

恍惚中，成岗微微感到手臂肌肉有点肿胀。他用力睁开眼睛，便看见那黄麻头发正靠在他胸前，外国人又在给自己打针。

敌人又动手了？成岗有点惊诧，但立刻就镇定了。不管敌人怎样打针，他反正不讲话。

他的手臂出现了感觉……

“美国大夫给他注射镇静剂……否则他会昏迷……”是那老鼠眼睛在对特务解释，成群特务的影子，渐渐消失在门外。成岗头脑中冰凉的感觉正在减弱……

成岗渐渐清醒过来，冷冷地怒视着那个黄麻头发的美国人。

“你对 Penicillin 发生过敏性反应。”老鼠眼睛闪着狡诈的光，“这种特殊现象，在国际医学界也是极少的病例，可能是你受刑过多，心脏衰弱……要不是美国大夫抢救及时，在休克中你随时可能停止呼吸。Doctor 的高超技术和丰富经验，发挥了起死回生的作用！”

成岗满怀怒气，掉过头望着那已经拉开布幔的玻璃窗外的松林。那个美国医生，早已被成岗的目光逼到药物柜旁边，像被当场抓住的强盗，这时正在狼狈地调配药物。

“人在昏迷中，常常出现幻觉……你刚才看见什么幻象了吗？嗯，你看见了什么？”

“我什么也没有看见！”成岗怒吼起来，“除了在光天化日之下不敢露面的妖魔鬼怪！”

“You feel better？（你觉得好一点了吗？）”

灰蓝眼睛尴尬地微笑着，把一大包药棉和纱布包好的碘酒、红药水等递给成岗。

“Doctor 十分同情你的遭遇。”老鼠眼睛赶快接过美国人送来的药物，薄嘴唇张合着：“他完全是义务地为你诊疗，并且免费赠送药品。这真是一种伟大崇高的人道主义！”

成岗按捺不住内心的极度愤怒，想猛然截断那唠叨的声音，痛斥这班美蒋野兽。但他突然又厌恶地不想开口和这些刽子手争吵，无异于对牛弹琴，徒然耗费精力。他终于咬紧牙关，迸出一句冷冷的话：“告诉他，我永远不会忘记这种最卑鄙无耻的‘人道主义’！”

第二十章

最严格地执行着秘密工作的原则，刘思扬作为成岗的助手，参加了集体的活动。

天气十分美好，和他的心情一样，像春风吹散层层密云，那张小小的纸条，完全解除了刘思扬心中的忧郁，现在，刘思扬胸怀舒畅地投入了新的战斗。

他站在窗前，把头伸在两条冰凉的铁栏杆中间，注意地瞭望着，丝毫没有感觉到铁栏杆的僵硬和冰冷。初次参加白公馆集中营里的秘密斗争，也许过分紧张了些，他不能抑制自己激动的心跳。

那张小小的纸条，出现在昨天。当放风的时候，成岗推说脚痛，独自留在牢房里，用破布缠他的脚镣。脚镣太重，脚胫已经被铁箍磨破了，又红又肿，不缠上布条走不动路。那天特务送的一大包药，早已被成岗丢到铁窗外面，根本没有用过。不过，刘思扬并不完全相信成岗要独自留在牢房的理由。他一定有什么秘密，要避开人干！刘思扬不愉快地想：成岗真是个多疑的人，连自己的同志也不信任。放风之后，刘思扬怀着委屈的心情，勉强踱回这间仿佛只属于成岗的牢房，低着头，掩上了门。他迟疑地慢慢转过身来，突然，发现面对着自己的，竟是一双友好而信任的眼睛。这种同志式的眼光，正是他一直期待着的。这种眼光，只能在朝夕相处、深深了解的可靠的同志之间才能得到。刘思扬没有想到他能这样轻易地在短短的时间里，就得到了解。

成岗已经变成另外一个人了。他的脸色年轻而热情，那种冷涩的眼光，完全消失了。他微笑着递给刘思扬一张纸条，用压低了的、激动的声音说道：

“这是楼下送来的。”

刘思扬接过来一张小纸条，是谁写来的？写着什么？他听得见自己的心在跳。展开纸条，他看见几个用铅笔写的仿宋字：

来人可靠。

啊！终于承认了自己。刘思扬兴奋地问：

“是一个姓齐的同志写来的？”

“对，齐晓轩同志。”

“啊，我有个口信要带给他！”

“能带到。”成岗点头笑道，“我们先谈谈……”

把纸条揉成小团，吞了下去，刘思扬这时心里的兴奋和激动，简直无法形容。他终于在这里，在这表面上静如死水的魔窟里，找到了集体，找到了自己的同志。他的心里洋溢着刚入党时，最强烈地感觉到的那种巨大的温暖。

“成岗！”刘思扬忍不住叫了一声，“你知道吗，我们俩早就是朋友，早就通过信的。”

“啊——你是？”

“就是我。‘致以革命的敬礼！’”

“啊！‘紧紧地握你的手！’”

两个战友，紧紧地拥抱在一起，两颗赤热的心，火一样的温暖……

此刻，在他后面，成岗背着窗口，手里捏着一小截铅笔，正专心一意地写。过去，成岗一个人干，他只能断断续续，边写边用耳朵放哨，提防那些可能突然出现的危险；他只能拿自己的背，去遮住手腕轻微的动作……现在，情况变了，两个人干，比过去方便得多了，尽管成岗的双手在前两天又被敌人加上了一副冰冷的美国手铐。成岗今天要写的东西很多，从刘思扬来到以后，他已经谨慎地停止工作了许多日子。刘思扬曾把小余送的金星牌钢笔拿了出来，要成岗用，成岗没有接受。他说：“用钢笔太打眼，这里都是用铅笔来写。我用的这半截变色铅笔，还是罗世文、车耀先他们生前用过的……”

一个影子在楼梯口晃动，有人上楼来了。刘思扬转眼望着山峰，口里轻轻地吹起一阵鸟叫般的口哨。

一颗圆圆的头露出来了。刘思扬一看，正是那天和他说过话的，成岗没醒时，到牢门口来探望过的小孩。他一直记得小孩那句判断准确的话：“你在渣滓洞起码关过大半年！”刘思扬对这小孩很感兴趣，注意着这个受着特殊优待的小孩的行动。

“小萝卜头！你上课来了？”

是个经常站在楼口的看守特务在喊，那小孩就叫小萝卜头。

厚实的墙，遮住了刘思扬的视线，他只听见一些不很清楚的对话。

“小萝卜头，你想不想和谈成功，释放你们？”

“和谈？那是假的！报上都登了地址，杨伯伯还是没有放。”

“嘿，过两天你爸爸出去了，做了大官，你就不叫小萝卜头了。”

“那，我叫啥？”

“那时你叫宋——振中，宋少爷！”

“我不叫少爷！”

“……”

刘思扬听着孩子渐渐远去的脚步声，不由得又陷入了深思。他已经听成岗谈过：小萝卜头的爸爸就是杨虎城将军的秘书，原来西安《西北文化日报》社长宋绮云。国民党秘密囚禁杨将军之后，又逮捕了宋绮云夫妇。那时，小萝卜头还是个才出世的乳婴，也给带进了监狱。最初，关在息烽集中营。抗战胜利以后，又被押到白公馆，一家人住在一间潮湿的地下牢房里。宋绮云在地牢里关得太久，身体十分衰弱，无力教育自己的爱儿。小萝卜头六岁时，宋绮云曾经请求特务让孩子出去念书。特务不同意，怕孩子出去泄露了魔窟的秘密。后来，特务勉强答应让小萝卜头每天到楼上读书，由黄以声将军担任老师。黄将军教孩子识字、读书，教给他礼貌和正直。每天上午，学语文和算术，下午是俄文和绘画。在小萝卜头九岁生日那天，黄将军送了一盒水彩颜料给孩子。此后，小萝卜头的练习本，变得花花绿绿的涂满了各种颜色。

成岗还讲过：在到过苏联的黄将军的教导下，小萝卜头早就学会了俄文。遇到特务监视时，一老一少，就用俄文会话。不懂俄文的特务，干着急没有办法。孩子的记忆力很好，字典上的字都能认能写，还能讲解，有时，还拿那本袖珍字典上的古僻字来考问白公馆里的成人哩。

山上的鸟叫，又唤醒了他。刘思扬抬起头，望见几只黄色的鸟，像画眉，互相追逐着，扑到颤袅的树枝上，扇动美丽的翅膀，吱吱地叫着，又一齐飞向远方。多自由的鸟儿啊，刘思扬忍不住羡慕起来。

身后，铁镣锵锵地响，刘思扬没有回头。但他感觉得到，成岗又坐了起来，重新用短短的变色铅笔，在薄纸上写字。刘思扬不敢多想，他的任务是监视窗口，监视可能出现的敌人。这时候，只要他轻轻地咳嗽两声，发出信号，成岗就会在一瞬间，把那些写着密密字迹的纸片，塞进嘴里去。

成岗写的是流利而工整的仿宋字。正像过去编印《挺进报》一样，他的字写得很熟练。最初，当他把《挺进报》白宫[1]版第一期送下楼去时，楼下就要成岗坚持用仿宋字来

1　关在白公馆集中营里的同志们，称白公馆为“白宫”。

写，并且只用变色铅笔，不能更改。当时，成岗虽然不完全理解一定用仿宋字和变色铅笔的理由，但他执行了这个指示。在这一期上，他写了许多重要的内容，那是刘思扬带进来的淮海战役胜利的消息，天津、北平解放的消息，中共关于和谈条件的八条二十四款……过去，由于消息缺乏，成岗只能把自己编印《挺进报》的材料，在集中营里重复一次……叫刘思扬惊异的也正是这个，那些无休止的毒刑拷打，能损害一个人的健康，却丝毫不能影响成岗顽强的记忆能力。

读完成岗写的《挺进报》以后，刘思扬兴奋地提出了一个建议：

"成岗，我觉得应该在刊头上写上'挺进报'几个字，这才意味着党，意味着战斗。"

"不。"

"为什么？"

"楼下不同意。"

楼下？谁不同意？是齐晓轩吗？为什么不同意用地下党的《挺进报》几个战斗的字？刘思扬深深地感到诧异和遗憾。

"我原来也用刊头，还有期数和出版月日……但只用了一次，楼下就来信警告说，这里斗争条件特殊，不能有任何疏忽，不能用刊头，以免万一被敌人发现了，马上就能从刊头、期数、月日上发现我们的活动……"

刘思扬猛然得到一个鲜明的印象：这里，有一群坚强而谨慎的人，有着比他，一个新来的人更多、更深远、也更老练的考虑。

正威 作

刘思扬走到窗前，想用点什么来表露自己的心情，写几句诗，或者唱一首歌？素常在情感激荡的瞬间自然流露的诗句，没有像泉水样源源流出，他的心在谨慎有力的集体中沉醉了。阳光温暖地照耀着他的脸，照耀着他紧紧抓住窗口铁栏的双手，也深深地照在他的心上。

成岗正在做另一件事。他把《挺进报》折成小小的纸条，系在一根细麻绳上。这根麻绳，从靠近小窗口铁皮水管的盛水槽里放了下去，过不了多久，悬在绳上的纸条，就会被楼下的人取去。他把麻绳的一头挂在水槽深处。这条秘密的孔道，在白公馆里已经存在多年，敌人从未发现。狡猾的敌人从来没有想过，天天都看得见的，用来积汇和导走雨水的水槽和水管，竟是楼上楼下常用的一条最安全的秘密通路。

快到吃饭的时候了。刘思扬看见楼梯边那道通向墙外的侧门，轻轻地开了。两桶稀饭被挑进集中营来。挑饭的人似乎不是每天送饭的那个态度善良的厨工，换了个满头白发的老人。

过了一阵，早饭送到刘思扬站着的铁窗口。他仔细看了一眼，送饭的人，深陷的双颊上，长满了胡须，毛茸茸的，像个刺猬。这正是前些日子里，沿着墙边跑步的疯疯癫癫的疯子。刘思扬对这个疯癫老头的印象很不好，他送的饭也比过去少。

疯子走了。看守特务又和小萝卜头出现在走廊上。

小萝卜头大概刚下课。他把每天读的书放在楼栏杆旁，双手抓住比他还高半头的楼栏杆，踮起脚尖，看白公馆墙外的群山。

“你说，山那边是啥地方？”孩子问看守特务。

“磁器口。”

“磁器口我去耍过一回。”小萝卜头又问特务，“不是近处的山，我说的是那边，白云底下的山那边呀！”

“北方。”

“啊，爸爸说，我们家在北方！”

小萝卜头刚刚转回头，要说什么，突然又被什么新事物吸引住了。他追着，跑着，直跑到刘思扬靠近的铁窗附近，不住地挥着小手，叫着。

“哟，你看！”

一只长着光亮的翠绿翅膀的小虫，越过栏杆，飞到走廊上来。虫子的头上，长着一块美丽的透明的薄壳，像小姑娘披上了薄薄的蝉翼般的纱巾。这虫子纤细而温柔，透过薄壳还可以看见它红珠子似的小眼睛。入春以来，这种虫子很多，常常撞进铁窗，陪伴着长年没有呼吸过自由空气的人们。

又飞来一只，它们并排在一起，故意在人面前骄傲地爬着。

“哟，多好看的小虫！”小萝卜头尖叫了起来，伸手捉住了一只。当他去捉第二只时，它张开翠绿的翅膀飞走了。

小萝卜头两手轻轻捧着那只虫子，唯恐伤害了它。刘思扬摸了摸口袋，摸出一只偶然带来的，被特务没收了火柴的空火柴盒，丢出铁窗，送给小萝卜头。小萝卜头打开火柴盒，把虫子放了进去。他正要关上盒子的时候，突然瞥见那只虫子在盒子里不安地爬动。啊，它失去了自由。小萝卜头若有所思地停住了手。他把盒子重新打开，轻声说道：

“飞吧，你飞呀！”

虫子终于轻轻扇动翅膀，飞起来，缓缓飞出栏杆，一会儿就看不见了。小萝卜头高兴地拍着手叫：

“飞了，飞了，它坐飞机回家去了！”

回过头来，小萝卜头把火柴盒还给了铁窗里的刘思扬。

“解放了，我们也坐飞机回去！”

漆黑的夜，连星光也照不进地下牢房的铁窗。小萝卜头蜷曲在床头，早已进入梦乡。

……小萝卜头觉得自己在公路上走着，特务看守员正把他带进城去，就像抗战胜利那年，有一天带他到磁器口街上买菜一样。走了好久好久，才到了城边。小萝卜头从来没有进过城，他只是在读书的时候，学到了“城”字。黄伯伯告诉过他，城很大，城里有许多人，还有街。小萝卜头看见城渐渐近了，那个城真大，墙很高，还有城门：两扇厚实的铁签子门。城墙上面有电网，电网烧得红红的，很是吓人。带他的特务把派司[1]给守城的兵看过，他们就钻进城去。那道城门好深，黑黝黝的，就像地洞。进了城门，他们到了街上。街道和白公馆楼下牢房之间的巷道一样，窄窄的，街上排列着特务。但是城里的街到底不是牢里的巷道，上面没有天花板，可以看得见天。街的两边一长串一长串的房间，都有门，门也是用铁条子钉起来的，中间有个方洞，可以伸出头来。街上的人很多，挤来挤去都在散步，他们的衣服上也有蓝色的

1　指特务用的特别通行证。

宋广训 作

“△”形符号。小萝卜头正在奇怪，为什么城里的人也穿着白公馆的囚服呢？

“抓人呐！抓人呐！”

小萝卜头听见有人在喊。他一看，街上的人都没有了，街两边的门也一齐锁上了，锁又大又亮。城里的人，都从门洞里伸出头来，望着天。小萝卜头抬头一望，天上蓝蓝的没有云，只有几只鹰在盘旋。突然，鹰扑下来了。哎呀，不是鹰，是特务长了翅膀！他们在街道上，比箭还快地飞来飞去，往地上投下一道道黑色的暗影。突然，一个特务扑下来，一伸手——手上的爪子又钩又尖，从门洞里抓了一个人出来。小萝卜头看见那个人的眼珠一下子掉出来了，大大的眼珠，黑白分明，落在地上滚了一阵，突然停住，死死地盯着他。小萝卜头忽然害怕了，心里嗵嗵直跳，不禁恐怖地狂喊起来：

“妈妈！妈妈！”

紧紧地抱住妈妈，小萝卜头从噩梦中吓醒转来，浑身冷汗。妈妈轻轻地拍着他，过了好久，他才又渐渐睡去……

微弱的光线，从石墙上的小窗口透进房间，地下牢房厚厚的墙外已经是早晨。小萝卜头又在梦中听见开牢门的声音。有人在和妈妈说话。他醒来了。昨天晚上在噩梦中睡得不好，头昏昏的，但他还是坐起身来。妈妈要他再睡一会儿。他想，还有事情要做，不愿再睡，就从妈妈手上接过一套干净衣服穿上。

小萝卜头是个九岁多的孩子，头长得很大，身子却很纤瘦。他身上穿的衣服，还是两年前妈妈给他缝的，现在穿起来仍有点嫌大。他太不肯长了，只像个五六岁的孩子。他的手又薄又小，脚也只有一点点大，可是他的头却发育得比较正常，和身子不相称，显得异常的大。看见他的人，都爱摸着他可爱的脑袋，叫他“小萝卜头”，连爸爸和妈妈也这样叫他。只有一个人，他的老师黄以声，才从小就叫他的名字——宋振中。

在特务看守长的监视下，妈妈正在收拾东西，把衣服和那些零碎的用具收捡起来，把他每天读的书也一一包好。妈妈真是仔细，连一根线或者小萝卜头小时候穿过的、早已破烂不堪的破布，也收拾起来。这些东西如果丢了，就再也找不回来。他们一家三口，总还要自己想法子缝缝补补过日子……小萝卜头从妈妈那里学会了许多事情。他的衣服破了，都是自己补的。他喜欢帮妈妈做事。可是此刻，小萝卜头站在妈妈身边，望着妈妈迟缓的动作，没有去帮忙。他心里想着许多事情。

“妈妈，我要出去……”

小萝卜头从妈妈慈祥的、已经布满皱纹的脸上，看见了允许的点头，回过头来就拉开牢门。

“走慢点，别摔倒了！你去给黄伯伯辞行呀。”

“是，妈妈。”小萝卜头答应一声，跑进了牢门外那条漆黑的隧道。他早已走熟了，在又黑又长的隧道里，不要灯就可以跑得出去。一会儿，小萝卜头钻出了隧道的出口。一个讨厌的看守员连声喊他。小萝卜头没有理睬，连头也懒得回，一直向楼梯走去。在经过一间牢房的窗口时，他轻轻地停了下来：

“齐伯伯，我等会儿来看你！”

小萝卜头爬上了楼，走到黄以声的门口。每天早上他来上课的时候，都要得到允许，才跨进门去。这回他跑急了，有点喘气，在门口稍微歇了一会儿，才轻声喊着：

“Доброе утро（早安）！黄伯伯。”

他听见黄伯伯在答应，声音还是和往常一样。大概黄伯伯还不知道，他今天不是来读书，而是来告诉他一件很重要的事情。

小萝卜头在黄伯伯的牢房里过了很长一段时间，才走出来，黄伯伯跟在他后面。

“振中，代我问候你爸爸和杨伯伯。”

小萝卜头听话地点着头。黄伯伯递过来一本书，他接过来，抱在怀里，又紧紧地拉着黄伯伯的手。

过了一会儿，小萝卜头又向黄以声隔壁的牢房走来。

成岗看见小萝卜头，就走到门口，蹲下来，隔着牢房的签子门，招呼这个可爱的孩子。小萝卜头今天穿着一身干净衣服，整整齐齐的，像有什么重大的事情。

“告诉你，我们要走了。”孩子的声音里，带着神秘和激动。

“哪一天？”

“就是今天。”

成岗阴沉地望着小萝卜头——这个没有幸福童年的孩子。

“告诉你，爸爸和杨伯伯前天就坐飞机到贵州去了。”小萝卜头压低了声音说道，“我和妈妈今天也走，就是黄伯伯不走。”

“你想走吗？”

“不，我才不想走咧！可是爸爸已经先走了。他和杨伯伯都走了……告诉你，昨天晚上，我睡不着，后来就做了个怪梦……”说到这里，小萝卜头又想起了他那可怕的梦，那是过多的刺激，在他幼小的心灵里激起的恐怖幻影。他仔仔细细向成岗讲了他在梦中看见的事情。

成岗静听着小萝卜头说话，心里冷冰冰的。这个九岁的孩子做的是什么梦啊？在他幼小的心灵里，刻画的尽是阴森的魔影。

今天，小萝卜头就要走了，走得这样突然，敌人一定在玩什么花招。成岗默默地想着，蹲在孩子面前，一直没有开口。

望着小萝卜头，成岗想起了第一次看见他的情景，那是将近一年以前的事情——

到白公馆的第二天早晨，成岗发现了一个孩子站在牢门前。他在门口站了好久，似乎不想走开。成岗好奇地端详着这孩子。孩子大胆地把圆脑袋伸进了风门：

“喂，你姓什么？”

成岗眨了一下眼睛。

“我叫成岗。你是谁？”

“我是小萝卜头！”

成岗没有想到会听见这么一个稚气的回答，忍不住笑了起来。真像个“萝卜头”呀！可是成岗接着又沉默了，无言地注视着这个营养不良的、畸形的孩子。

“你受刑了吗？”

“没有。”

“你说谎！”小萝卜头机灵的眼睛，从成岗的脸上，找到了伤痕，不满意地望着他，像命令一样地用认真的声音说道：“把手伸出来我看看！”

成岗没有懂得他的意思，伸出了手。小萝卜头看见了成岗被扭歪了的指头。他用一种在他这样的年纪还不应该有的，充满悲哀和痛苦的眼光，同情地望着成岗。

“你没有说吗？”

“没有。”

“那……你是好人。”孩子用他自己最简单的纯洁的心灵，准确地辨别着人的种类。

“你是共产党不是？”孩子又问了。

成岗不想和一个孩子谈这样的问题，可是他又不能欺骗这个纯洁而又过于早熟的孩子，于是反问道：

“你看我是不是呢？”

“我看？”小萝卜头大睁着眼，闪着又信任又快活的眼光叫了起来：“啊！我晓得了！”

“你晓得了什么？”

“我晓得你……可是我不说！”小萝卜头似乎很有把握。

成岗愉快地看着这个聪明伶俐的孩子：这孩子，太可爱了。

“你在这里……呆了好久？”成岗不愿对孩子说出那个可怕的“关”字，改口说成“呆了好久”。

“我从小就在这里……”孩子没有说他自己，他又说到几个著名的共产党员：“我认得罗世文和车耀先，他们是共产党，负责人！罗伯伯教过我认字，还给我编了课本，第一课是：

‘我是一个好孩子，我爱中国共产党！’……他们前几年才……我还认得楼下的人，齐伯伯和许多共产党，他们在息烽的时候，天天抱我去玩……”

他们相识以后，小萝卜头很快就帮成岗和楼下的同志建立了最初的简单联系。

现在，小萝卜头要走了。成岗的脑海里，又闪现出那些难以忘怀的印象……

“你看！这是我画的。”小萝卜头把一张纸从门洞里递了进来。“你留着吧。做个纪念。”

一张鲜明的水彩画。顶上是一片蓝天，过多的颜色，把天空涂得浓浓的。下边是金黄的山，翠绿的森林，山头上露出半个大太阳，放射着耀眼的红光。角上写着两个丰满的字：“黎明。”

孩子的画不太高明。可是，气势很大，蓝色、红色、金黄和翠绿，挤满了画面，把一张纸装得满满的。他的笔锋充满了炽热的渴望自由的强烈感情。

“纸小了，画不下来。”小萝卜头申明着，他幼小的心里，蕴藏着无限的抱负。

成岗被这幅象征着自由和春天的画激动了。他抑制着感情，不肯让它流露。

“这是重庆吗？你看，连雾都没有。你画的是中午，不是黎明。”成岗故意笑着要他把题目改了。

“不对，太阳才出来呀！”小萝卜头说，“雾不好，什么都看不清楚。我不喜欢画它！”

"你画不来。"成岗又笑了。

"我可以画。"小萝卜头认真地回答，"下回从贵州回来，我专门画些雾，带给你看。"

说着，小萝卜头从门洞里，伸进了温暖的小手。

"再见呀！我要走了。"

成岗深爱着这个倔强的孩子。和孩子的交往里，给他带来了无限宝贵的启示：在牢狱里多年的共产党人，是那样顽强地、机警地抚育着这可爱的下一代。那些把自己的希望、理想和心血完全灌注在孩子心灵里的，是些多么可敬的人啊！他们用最大的热情和意志，永远培养着一个人珍贵的灵魂。可是，在这离别的瞬息，成岗来不及表露自己的许多联想，也无法把心中激动着的感情告诉孩子。他不能让孩子感到诀别的悲哀，他只能默默无言，紧紧地、紧紧地抓住小萝卜头的手……

"啊，"小萝卜头忽然说道，"还有一件事情，我告诉你吧。"

"什么事呀？"

"齐伯伯叫我打听的，一件重要事情。"小萝卜头低声说，"我，没有做好。"

说到这里，小萝卜头的声音停顿了。成岗不安地等待着。他看出小萝卜头在沉思，有些迟疑。

"本来，我该直接告诉齐伯伯的。可是那里人多，不方便，刚才我上楼来，一个看守员还缠着我说话，我没有理他。"小萝卜头解释着，终于决定了。"我告诉你，你再转告齐伯伯吧。"

成岗点点头，仔细听着。

“前几天，关进来一个很重要的人，就关在我们住的地牢底下，一间漆黑的地窖里，连窗子都没有。那条隧道深得很，没有关人的时候，我去探过，全是石墙，又矮又窄，腰都直不起来，霉臭得叫人发呕。老鼠的眼睛像鬼火，吱吱地叫，真吓人得很……”

“啊——”成岗一直屏着呼吸，这时才吐了一口气。他过去不知道、也从未听说过这间地窖，更不知道里面关得有人。

“那个人是半夜里关进去的，第二天我才看见隧道外边流着一摊摊的血……”小萝卜头的声音变得很低，很警惕。“齐伯伯说，那个人被拖进地窖的时候，已经昏死了。齐伯伯要我去打听，和他联系……可是一直都没有机会，特务管得很紧，两道没有风洞的铁板门，都上了锁，进不去。我喊过他，他没有答应。昨晚上我听说要到贵州了，又去喊他，他还是没有听见，我又怕特务发觉，声音不敢再大……”

从小萝卜头的话里，成岗心底，出现了一个冰冷的疙瘩。

“……到这阵，还不知道他是谁……连姓名都不知道。”小萝卜头歉疚地低着头。“昨天，特务懒得自己去送饭了，改成厨工去。我看见送饭的厨工摘了些野葱拿进地窖，我正想托他带口信进去，哪晓得特务当场就发现了厨工送野葱的事……现在换成个鬼疯子送饭，鬼疯子是个胆小鬼！你说，该怎么告诉齐伯伯啊……我今天就要走了……”

小萝卜头的声音里，充满了未能完成任务的内疚和责任心。他变得那样痛苦，明亮的眼睛黯淡下来，难过得快流泪了。成岗也感到沉重，在孩子面前沉默了。那是谁啊，被封锁在密不

牛文 作

通风的地窖深处？一个强烈的愿望涌现出来，成岗宁愿用自己去代替那个战友遭受的窒息，而让他回到阳光底下来呼吸一口新鲜空气。

一阵压抑、低沉、无能为力的痛苦，抓紧了成岗的心，为这生离死别的场面，带来更加沉重的苦汁。但是，成岗不愿意任自己的感情被暗影蒙蔽，更不能让孩子的心上永远残留着这种负疚的回忆，他想拂去孩子的痛苦，拂去种种不祥的魔影。成岗用力地捏着小萝卜头的小手，用满怀信心的口吻安慰着他：

“小萝卜头，你放心，我们有办法联系上的。”

小萝卜头凝着泪水，望望成岗，似信非信地点了点头。

“真的，小萝卜头。你走了，我们还有许多人在啊！你说对吗？”

这回，小萝卜头终于相信了。齐伯伯，成岗，还有许多的人留在白公馆，他们都不会忘记地窖里那个人的。

“到贵州去，你代我问候你爸爸。见了杨伯伯……”成岗停了一下，才说：“就说我们都很关心他。”

小萝卜头会意地点点头。他告诉成岗：

“我送爸爸走时，爸爸说过，报纸上登的消息，一定是从白公馆送出去的……”说到这里，小萝卜头很快地看了成岗一眼，知道成岗已经听懂了他的话，就没有再说下去，转口说道：“那天我上顶楼去，看见杨伯伯不愿到贵州，正在生气。他说：‘既然报上已经登载我在重庆，我就哪里都不去，要死，就死在重庆！’爸爸还说：杨伯伯感谢共产党对他的关心，感谢齐伯伯他们……”

听完小萝卜头的话，成岗没有再问下去，只是说道：

“你还是要帮我们致意杨伯伯。”

“好，我记得。”

成岗还想说点值得纪念的、愉快的话，可是这时候，小萝卜头叫了起来。

“啊，时间没有了，我还要找齐伯伯他们告别呀！”小萝卜头依依不舍地向成岗说：“我走了。这回，真的走了。”

“再见啊，小萝卜头。”成岗始终捏着小萝卜头的小手不放，强迫自己笑眯眯地说：“小萝卜头，你回来的时候，一定再给我们一张画。”

“什么画呀？”

“那时候，你画一张——”成岗抬起头来，衷心地说：“你要画一张祖国的黎明。”

早晨，成岗靠在窗口上。从小萝卜头告别以后，他的心情一直很沉重。他久久地怀念着这个可爱的孩子。这时候，他和他妈妈，可能正在路上，囚车会把他们载到什么地方？贵州的息烽，还是其他处所？他们大概永远不能再回白公馆了。

“成岗，”刘思扬站在成岗身后，把手放在成岗肩头上，轻声地说：“不要太难过。”

刘思扬的声音里，也充满痛苦。他和小萝卜头见面虽然不多，也强烈地爱上了这个聪明伶俐的孩子。

“总有一天，这些账要一一清算！”成岗突然回头望着刘思扬说：“不仅仅是一个小萝卜头，我们牺牲过多少坚强的同志。决不能忘记这些血海深仇。”

“忘不了的。”

“看来，敌人正在施展他们的阴谋。”成岗的思想，从小萝卜头身上，引向更深的考虑：“老刘，你不是说过——报上公布了杨虎城将军关在这里的消息吗？一定是敌人害怕了，把他们押到更秘密的地方去。”

“敌人在做垂死挣扎。”

成岗点头同意刘思扬的话。

“我一直在想，”刘思扬靠在成岗身边说，“敌人始终没有放弃那个阴险的企图……诚实注射剂……成岗，要是换成我，我真不敢想象……”

“不，老刘，那种药物对我们每一个人都没有作用。”成岗确信无疑地说，“它的有效时间很短。更主要的是，有革命意志的人，不可能丧失控制自己的能力。而且，愈是敌人提出危险的问题，你心里会愈加警惕。”

“可是我差点儿上了敌人的圈套。”

刘思扬侧身望着成岗，继续说道：

“我近来反复想过，敌人是无孔不入的，问题是这个孔在哪里？敌人的正面考验，我可以经受得住，但是我怕在党内受委屈，怕党不了解自己，敌人恰恰抓住了我的弱点，利用了我急于向党表白的情绪……”

“敌人很想从你那里，找寻他们渴望的材料。但是敌人仅仅接近过你，并没有从你那里抓到党的任何机密。”

“全靠党及时通知了我。”

成岗站得太久，红肿的脚被铁镣坠得发痛，他提了提脚镣，回到屋角坐下。

“老刘，你认为敌人找你骗取材料，和打针要我讲党的秘密，这两件事之间有没有联系？”

“这两件事？”刘思扬被成岗一提醒，马上把敌人的阴谋连贯了起来。“对，敌人用尽一切手段在找我们的党，找地下的和监狱中的党组织。”

成岗轻轻地点了点头。

刘思扬又说，“所以敌人对你，对我，提出的问题完全相同！”

“敌人的失败也完全相同。”成岗笑了。

“失败，敌人决不会甘心。他们一定……”

“一定还要搞鬼！”成岗这时才告诉刘思扬说：“所以你刚来时，我很不放心，怕敌人派来个‘红旗特务’，敌人惯会耍这一手的。”

一个值班特务，走到牢门口，打开了锁。刘思扬立刻招呼着成岗：

“放风了！太阳多好！走，出去看看。”

太阳缓缓地在空中移动。和暖的金光，照耀着被电网割裂的大地。微风吹过，带来野花的清香，仿佛告诉人们，春天竟然也来到这片与世隔绝的禁地。成岗和刘思扬，照例靠在楼栏杆边，凝望着白云那边，遥远的内心向往的地方。

楼下的人也出来了。刘思扬一眼又看见那个疯疯癫癫的白发老头，正在楼下往牢房里送饭。

“他是谁？”刘思扬不便用手来指点，便用眼睛指示着方向。

“这个人叫华子良。听说关了十多年，神经失常了。”

“名字我听说过。他是什么人？”

“胆小鬼！”成岗介绍道，“听说他是川北人。前年，罗世文、车耀先牺牲那天，敌人吓唬他，把他绑去陪杀场。枪一响，他就吓疯了，好几个月说不出话来。”

“软骨头！”刘思扬鄙弃地说，“革命者在死亡面前，永远不会畏怯。”

“我估计他是当年川陕苏维埃根据地的群众，被敌人误捉来的。他受的刑倒不少，满口牙齿都被敌人拔光了。”成岗掉过头，不再看那疯子。“敌人也有眼睛，所以看上了他。他当厨工，敌人当然放心。”

“敌人为什么不把疯子放了？”

“不管什么人，进了中美合作所，都出不去。你听说过吗，1941年青木关中学有四个学生，路过中美合作所特区的边沿地带，被特务抓进来严刑拷问，一直关到现在。”成岗轻轻指着院子里的几个面色苍白的年轻人。

“每天用水浇灌小树的那个人是谁？他像个植物栽培学者。”

“他叫胡浩，原来关在息烽。四个学生中的一个。”

“老齐是哪一个？”刘思扬低声问，“今天他该出来晒太阳了。”

“我看看……那边，坐在石阶上晒太阳的，就是老齐。他病得很久，看样子刚刚才好。啊，更瘦了……”

随着成岗的指点，刘思扬看见了那位他崇敬已久的老战友齐晓轩，他衰弱无力地静坐在太阳底下，衣衫破旧，手、脚几乎只剩下几根骨头，面容那样苍白瘦削，目光也是冷峻、凝滞的，眼眶深深地陷落下去。他一动也不动，就像一座石雕的塑像，比塑像只多一口微弱的呼吸。刘思扬惘然凝视着他，渐渐蹙聚着眉头：那么衰竭的生命力，怎能经受住无穷的折磨？他瘦骨伶仃的身体，能支持他永远战斗，丝毫也不影响他的机警和意志吗？

“老齐左边蹲着的那个人，是新四军的，和叶挺将军一道被捕。听说他参加过二万五千里长征……大家叫他老袁，谁都不知道他的真实姓名。原来关在上饶集中营。他的身份到现在也没有暴露。”

刘思扬又注视着老袁。他的身体也很瘦削，但不像老齐那么衰弱。

成岗帮助刘思扬，继续认识楼下的战友，同时也弄清那些同共产党员囚禁在一起的阴险的特务。

远远地传来沉闷的响声。成岗和刘思扬侧耳听着，渐渐清楚了，像汽车引擎，但又不太像。

远处，公路盘旋的山湾里，出现了一部匆忙疾驶的三轮摩托，朝白公馆开过来了。高墙不久就遮断了摩托车的影子，引擎的声音也停了。大概，摩托车已经在石桥边上停下来。

过了一会儿，楼梯边通向牢外的侧门打开了。一群看守员蜂拥进来，向楼上正中那一间“中美所第九档案室”走去。特务撕开盖着“中美特种技术合作所”全衔钢印的封条，推开了双扇大门。成岗和刘思扬看见了档案室里被灰尘湮没了的巨型保险箱和文件架。文件架上堆满了他们看不清楚的东西：纸角卷曲、发黄的表册文件，中英文对照的档案，特殊的图表，气象记录，还有五彩精印的军用地图……刘思扬仔细注意着无法看清楚的物品，成岗却更希望看见保险箱里的东西。可是特务成群地搬着文件架上的档案文件，保险箱一直没有打开。

一大包一大包地搬运档案的特务，匆匆地跑出去，又空手回来再搬，他们的脚步慌乱，楼板在重压下吱吱地响。有些档案散了，落在地上，特务来不及收捡，皮靴就在文件、物品上踏过……绿色的圆圆的胶片，中间有一个小孔，被踩碎了。这是美国特务的教材录音；那边的几本书，盖着S.A.C.O. 的印记，是一套行动、爆破、跟踪、擒拿……中英文对照的特务教科书；那被踏扁了的薄铁盒子，里面装着成岗和刘思扬都不知道的，蒋介石和美国特务视察中美合作所的纪录电影片；满地丢失的，都是些极其秘密的东西……

“你看，这些王八蛋干的事情！”成岗指了指掉在地上的一沓散开了的卡片。

一张又一张，全是十八九岁年轻姑娘的半身照片，贴在光滑的卡片上。照片下面注着中文姓名和英文译音、年龄、编号……

“全是良家女子，被他们用吉普车抓进来的。”

“他们是谁？”刘思扬问道。

“美国特务！”

看守长杨进兴提着一大串保险柜的钥匙，从侧门走了进来，他马上发现了站在楼口上旁观的成岗和刘思扬。

“回牢房去！”血红的狼眼睛，狠狠地瞪着。

仿佛没有听见这个带着恐吓的慌张的声音，成岗和刘思扬态度悠闲，而且会心地微笑着，让心慌意乱的狼犬，难堪地呆立在那里。

他们缓缓地走向牢房，刚跨进去，牢门便被锁死了。成岗和刘思扬靠在铁窗上继续瞭望。

两个钟头过去了。成群特务用肮脏的手擦着汗水，还在往外搬运。一阵阵焦臭的气味，随风卷进铁窗。火光闪闪，窗外冲起了浓密的阵阵黑烟，烧毁了的纸灰越过墙头，一阵比一阵更高地四散飞去。

特务焚毁了中美特种技术合作所的秘密档案。罪恶的火焰，吞噬着记下敌人罪行的东西……

“敌人害怕了，他们在办理后事，”刘思扬冷冷地望着火焰和黑烟，“先给自己烧点纸钱！”

“和小萝卜头他们的走分不开。”成岗沉思了一阵，“敌人一定有一连串毒辣的阴谋。”

……

喧闹过去了，白公馆恢复了常有的宁静。一片又一片，渐渐飘落下来的纸灰，被风带进了铁窗。墙外，火光慢慢低落下去，黑烟正在乌云低垂的天空里消逝。

郁闷的夜里，想着最近发生的一连串事情，刘思扬久久地不能入睡。静听着成岗均匀的鼾声，他佩服成岗的沉着镇定。他愈是想睡，却愈是睡不着，头脑反而更清醒了。

“嗒。”

什么东西在耳边响了一声。

“嗒嗒。”

什么声音？刘思扬赶快推醒成岗，两个人都坐起来，探寻声音的来源。

“嗒嗒……”

是轻轻地叩门的声音，来自墙角。墙角原有一道通向邻室的侧门，这门早已被封闭了。门那边正是黄以声的铺位。成岗马上在门上回敲了两下，然后，等待着。敲击的声音中断了。有什么东西擦着楼板轻轻地响，那扇封闭了的小门底下有一条缝隙，一片白色的东西，正在那窄小的缝隙里摆动，成岗马上伸手去摸出一张报纸，黄以声送来的报纸。

刘思扬这时想起了成岗告诉过他，现在整座监狱，只有受特殊优待的黄以声，有唯一的一份报纸。黄以声送来的报纸中夹着一个小纸条。

成岗正在仔细研究小纸条上的字句，刘思扬却迫不及待地抓住了成岗的手臂，差点要叫出声来。成岗轻轻转动身子，借着从远处岗亭透进牢房的昏黄灯光，看见了报纸上的标题：

“共军横渡长江！”

刘思扬赶快指着一处，轻声而又激动地说：

“快看这里……毛主席、朱总司令给解放军的命令！”

随着刘思扬的手指看去，报纸上仿佛出现了毛主席、朱总司令巨大的身影。出现了高举武器，喊声雷动，正在接受命令的人民解放军。出现了浩荡的万里长江：千帆竞发，万舟争渡，红旗招展，迎风向前。

百万雄师直下江南！

窗外，突然一阵闪电，接着就是一声震耳欲聋的巨雷。黑牢在雷声中不住地抖颤……又是一声春雷，紧接着耀眼的闪电。粗大的、豪放的雨点，清脆地洒在屋瓦上，发出铿锵的金属般的声音。这声音铮铮地拨动着心弦，发出强烈的共鸣……

“狂风暴雨啊，快来吧！”

“震撼世界的春雷啊，快点来呀！”

第二十一章

"楼七室，收风！"

时局迅速变化，正像这变幻无常的天气，几天霪雨，又变得寒冷起来。前些日子还不敢当众放肆的狗熊，又嚣张起来，提起皮鞭，在地坝当中大叫大喊。

刚回到牢房，余新江便看见猫头鹰握着枪，指挥着一群特务，押着几个学生模样的年轻人，紧张地跨过地坝，走上楼来。

"来了四个。"

"有一个重伤……"

"你看，那一个还是小孩！"

说话间，猫头鹰已经冲到楼七室门口，像给自己壮胆似的，高声狂喊：

"关在楼七室！"

哗啦一声，猫头鹰狠狠地推开牢门。余新江看清楚了，被特务推进来的几个人，都很年轻。年纪最小的学生只有十三四岁；稍大一点的，也不过十七八岁。他们吃力地搀扶着一个受过重刑、昏迷不醒的人。余新江迎上前去，帮助他们把昏迷的人扶进牢房。

“对不起，我们来，要让大家受挤了。”学生中年纪最大的一个，望着黑压压一屋人，很有礼貌地说。

牢房里的人们，热情地招呼他们：

“门边风大，把伤号送到这里。”

“来，在我们这边休息。”

擦得干干净净的楼板，每个人的简单行李，都整齐地叠在墙边。人虽然多，却整理得十分清爽。这里不像二处的牢房那么潮湿阴暗，到处爬满臭虫虱子。一片热情和关怀，使三个学生感动得一时不知如何回答。

“让老高同志住里面，”还是年纪最大的学生开口，“我们几个年轻人，就住这边。”

那两个学生，点头同意他的话。

余新江指引着他们，把昏迷的人抬到里面墙角去。屋里又响起一片关切的话语：

“我垫的毯子拿给他。”

“不，老大哥，你的身体不好。”

“拿我的去，”丁长发说，“把枕头给他。”

墙角背风处，铺设出一个全室最舒适的铺位。人们把重伤的人抬过去，让他轻轻躺下。

余新江拧了块湿手巾，替他揩去满脸的血迹，又把湿手巾敷在他发烫的额角上。看得出来，昏厥的人年纪稍大，约莫二十多岁，瘦削的脸因失血而显得分外苍白，两只深陷的疲惫的眼睛，被闭合的眼睑盖住，嘴角上两条微微下陷的纹路，明显地刻画在瘦脸上，似乎显出某种知识分子的倔犟。

“他是谁？”

“你们的老师？”

三个学生摇摇头。年纪最大的说：

“在二处黑牢里遇到的。”

“他刚才还是清醒的，”另一个剃光了头发的学生说，“囚车里又闷又颠簸，他……”

昏睡的人，全身糊满斑斑血污，手上、脚上都遗留着被皮鞭抽打的伤痕。左腿受伤似乎特别重，脚上的鞋袜也浸透了血水，腿上还僵直地箍着一个圆圆的石膏筒，从膝盖以上直箍到大腿。

余新江又端来一盆水，替他洗净了脚上的血浆。沿着白色的石膏管，暗红的血水还在不住地往外渗透。

“他的腿断了？”

“比断了还重！”年纪最小的学生说着话，眼圈都红了，“特务用钉满钢针的橡皮鞭，打他左腿，叫他供人！”

“他还说，”光头学生接着说，“把他打得血肉模糊，又涂上酒精！”

年纪最大的学生咬紧嘴唇，抑制着悲痛，回忆着他当时听到的情景。

“他说过，这是美国刑法，名叫‘披麻戴孝’，用纱布贴在冒血的密密针眼上，血水干了，特务又把和血肉凝结在一起的纱布一条条撕开。”

满屋的人睁大眼睛，关怀地望着那惨遭毒刑的昏迷中的人。余新江又拧来湿手巾，换去重伤者额上渐渐干了的那块。

过了一会儿，人们渐渐静了下来。余新江还关切地继续观察三个学生。学生们叽咕着，互相交换意见。几分钟以后，最大的学生带头，走到最先招呼他们的余新江面前。余新江微笑地拉着学生伸给他的手，问：

“互相介绍一下？”

领头的学生高兴地点头说：

“我来介绍。”他指指自己说道，“我最大，快十九岁了，姓景，叫景一清，他们都叫我老景。”

“他叫小景。”年纪最小的叫喊着，把邻近的人都惹笑了。

景一清不理睬他，一本正经地说：

“我是重庆大学学生，电机系一年级。他姓霍……”

“‘和尚’，光头和尚！”还是年纪最小的插嘴，又把大家逗得发笑。

“他是市立一中的学生，叫霍以常。大家叫他‘和尚’。”说着，景一清也笑了。被叫做和尚的那个学生嘟着嘴不讲话，像在赌气。

“还有他，市一中的，刚满十四岁，我们的小弟弟，叫小宁。”

“我是老宁！”

一阵哈哈，小宁的名字还没听清楚，就被笑声打断了。

“那个同志，”景一清指着昏迷不醒的人，压低声音，在余新江耳边说：

“他叫高邦晋，是个新闻记者……”

“你莫要告诉别个。”小宁赶快补充着，“他在车上还说过，到了新的地方，不准乱说案情。”

“你们并没有说案情呀！”余新江笑着说，“我也介绍一下。”接着，他就把自己和丁长发的名字告诉了他们。

“他也是光头，”小宁端详着坐在旁边咬着烟斗笑的丁长发，叫道，“他不叫丁长发，头发一点都不长，他叫光头和尚！”

“小宁！”景一清瞪着眼睛干涉他。

丁长发不想参与谈笑，衔着空烟斗走开了。三个学生就更紧地把余新江围在当中。

“你在这里关了好久？”

“一年多。”

“呀，一年多！”

“那，你们都是老政治犯。”霍以常表示敬仰地说。

“我哪能算老？”余新江笑了一下，“关了十年八年的多得很。”

“哎呀呀！我从被捕到今天，刚刚一个星期，就像过了一辈子那样长。”小宁伸了伸舌头，不觉摸了一下脑袋，又嘻嘻笑起来，“十年？十年是个啥味道？”他圆圆的脸颊红润光泽，越发显得稚气。

“最近被捕的人多吗？”国民党拒绝在和谈协议上签字以后，国民党统治区政治局势的迅速恶化，使余新江不能不担心地下党的安全。他问道：“你们都参加了学生运动？”

余新江还没有说完，满脸惊诧的小宁就跳起来了：“你怎么知道了我们的案情？”

“人家当然猜得出来。”霍以常肯定地说。

一个特务从牢门外走过，两个学生都未注意，只有小宁对着牢门坐，看到了一眼，他立刻习惯地念道：

坏特务，特务坏，尽是人民的大祸害……

余新江忙用目光制止了他，摇摇头说：“不要唱，这样做没有好处。”

小宁诧异地停住嘴，愣着眼，不讲话了。

“我们在二处牢房，天天都用啦啦词骂特务。”霍以常辩护着，他也不理解余新江为什么不让他们喊唱。

“老高同志也和我们一起唱，”景一清解释道，“大家都唱，特务一点办法也没有。”

“就是哇！”小宁这才说道，“上黑名单我也要唱：‘蒋总统，李总统，国民党尽是大粪桶！’抓进来，我还要唱：‘耗子过街，打、打、打，背时政府，垮、垮、垮！’”

“这里和二处的牢房不同，不要随便喊闹。”余新江很喜欢这些学生的直率和天真。他想尽可能了解他们，然后再引导他们参加斗争。

“对，我们缺乏监狱斗争经验。”景一清同意余新江的话。“我们是四一二以后才进来的嘛！解放军渡江以后，国民党到处抓人。那天，沙坪坝去了一万多匪兵，大炮、坦克一齐出动。

水也停了，电也停了，还用电台广播，说要清查共产党！”

“最近还在抓人！”霍以常放低声音说，“我们学校也遭了查封，校长和我们都关在二处。”

“二处关了一百多同学，里面一个共产党也没有。听说大逮捕引起了群众的愤怒，那些同学可能被释放。”景一清自负地说，“我们几个案情最重，所以关进集中营。”

“你们案情最重？真是天晓得！”这声音从对面一出现，满屋的人都忍不住哄堂大笑。

半开玩笑的人还继续说着：

“国民党本事大，找不到共产党，专门抓十几岁的学生娃娃。”

学生们有点害臊，但也没有见怪。余新江不愿伤害他们的自尊心，便引开了话题：

“你们在二处还见过什么人？”

“见到的人可多了！”小宁说，“尽是学生，挤在黑牢里，满地尿水，臭死了！”

“除了老高同志，”景一清回忆着，“再没有了。他是记者，共产党员，他了解很多情况。你可以问他。”

学生向牢门口望了一会儿，像想起了什么似的，又告诉余新江道：

“在二处，我们还晓得一个人——刘思扬。”

“刘思扬？”

“是叫刘思扬。”景一清解释道，“我们没有看见他本人。

我们在墙上看见叶挺的《囚歌》，是他写的，有解说词和刘思扬的签名……”

“现在他在什么地方？”

学生们摇头。余新江无法知道刘思扬离开渣滓洞以后的遭遇，禁不住引起对战友的怀念。

学生们到签子门边，数了一阵高墙外的岗亭、碉堡，又聚在一起，争论哪个特务最凶，哪个特务最阴险，又议论着将来如何处置特务。

小宁叫道：“先关起来再说！”

霍以常认真地说：“我主张，全部敲沙罐！”

“我赞成。”景一清说道，“可是关够了以后，要交人民公审，依法惩办。”

“……”

余新江听着这几位初生牛犊似的学生无畏的谈话，他的心境一时也被这些火热的年轻人激动了。他深深地感到，在这天翻地覆的年代，革命的高潮，冲溃了一切阻碍前进的渣滓；又那样宏伟有力地，比磁铁更强地吸引着年轻的一代，把他们团结在党的周围，把他们锻炼成钢铁。在革命洪流中，人的思想，群众的觉悟，发展得多么迅速，多么昂扬……可是，由于这些学生的被捕，也引起他对地下党的怀念和担心。他不知道地下党早已改变斗争策略，防止了敌人的破坏，并且正在通过舆论的压力和各种社会关系，营救被捕的学生。

天色渐渐暗下来，漫长的一天，快过完了。

几个学生回到那个昏迷的人身边，又用湿手巾给他敷了几次。额上的热度消退了，可是，他嘴里含糊地咕哝了几句什么，翻了个身，又昏昏沉沉地睡着了。

其实，这似乎昏迷的人，并未沉睡，他虽然闭着眼睛，却竖起耳朵在听着周围的动静。这是一条毒蛇，他的一切伪装，无非是为了骗取信任，以便从集中营里探查地下党的线索。不过，此刻他的心里一点也不轻松，被派到集中营里来，在政治犯里进行破坏活动，简直是拿生命在刀口上进行赌博。

夜深了。化名为高邦晋的他，却不能入梦。两年来，在特别顾问的指点下，他像一头最机警的猎犬一样，接连几次追踪过共产党人。一次次的斗争，远比他从前学过的“心理作战学”复杂艰险得多；每一次的对手，都是些不易理解的、难以对付的人。在同伙里，他的确比普通的特工人员高强，否则，这一次便不会起用他了。可是，这并不能增强他的信心，因为在他心里，始终无法解答这样一个问题：即使是美国特务的精密策划，一次次的斗争，却失败得愈来愈惨！在他初露头角的那一回，虽然千方百计把甫志高弄上了钩，可是许云峰一出现，竟毫不费力地识破了特务机关的全部诡计，连眼看到手的陈松林也给溜了。接着，他又伪装工人到长江兵工总厂干了一整年，却一点收获也没有。徐鹏飞要他装成地下党员到“刘庄”去活动，对象是孤零零的一个刘思扬，特别顾问还一再指示了突破方向：利用对手受不得委屈的知识分子情绪，可是，结果还是失败了。若不是守在刘庄外面的便衣特务发觉得早，刘思扬差点冲进嘉陵江泅水而去了。他不敢回想当时徐鹏飞圆睁的怒目，和那一阵令人寒心的狞笑。这一次，实际上是戴罪立功，所以他更缺乏信心。到集中营里冒险，周围都是共产党，难保不落得一个身败名裂的下场。想着自己的任务，他一阵阵地周身战栗。他觉得，这种缺乏信念的情绪，并不是他个人特有的，连徐鹏飞，连老奸巨猾的特别顾问，也免不了有类似的情绪。一次次的周密计谋，初时仿佛大有希望，结果却是一场空！只不过美国佬和徐鹏飞从来不承担责任，每次惨败，都归咎于下级在执行中的错误。

这一次，他的任务更艰巨了，不仅要接近集中营里共产党的领导核心，而且要找出他们和地下党的联系。这是徐鹏飞在和谈期间准备的一套对共产党的突然打击失败以后，美国佬针对变化莫测的地下党的活动，重新部署的新行动。这次行动的特点是悄悄调查，掌握情报，然后突然打击地下党的领导机关。找寻监狱党和地下党的联系，被认为是发现地下党领导机关的一条捷径。谁知这桩艰难的任务，又落在他的头上。

前些时候，他接到黎纪纲从美国寄来的信，看了那张穿着笔挺西服的照片上微笑的面容，心里曾泛起一阵酸溜溜的滋味。此刻，置身在这凶险的旋涡里，忆起幸运的黎纪纲，不禁又出现了羡慕和忌妒的情绪……

第二天早上，昏迷的高邦晋渐渐醒转来。他用一种新来者常有的陌生眼光，打量着新的环境。突然，他好像被什么东西螫了一下似的，挣扎着，哼着，想离开他躺卧的铺位。

"老高，不要起来嘛！你就睡在这里呀！"

学生都跑过去，照顾他，搀扶他，要他躺下，他却用力挣扎着，想坐起来。

"我不能睡在这里，"他固执地说，"让我起来！"

"为什么？这里才避风呀！"

"你还在流血，不能感冒。"

"我不能睡在这里！"他指了指满屋的人，像受了侮辱似的愤然地说道，"我穿这么多衣服，同志们却穿着单衣，睡在门边。"

"门边风大。"

"同志们穿单衣都能睡，我也能睡。"说着，他硬要从楼板上爬到牢门边挡风的地方去。学生们拗不过他，只好搀扶着他离开屋角的铺位。

"把毯子带过去。"

"枕头拿去……"

"谢谢同志们，我不要。"高邦晋固执地说，"我不能只图自己舒服，让大家在门口受凉。"

他把同志们送他的东西，一一退回去，什么都没有留下。最后才在大家友善而略带责难的目光下，勉强收下了一个破枕头。他笑了笑，感谢着众人的好意。他把枕头放在余新江和三个学生的铺位之间，脱开搀扶他的几只手臂，缓缓躺卧下去……

睡好以后，他睁大眼睛低声地责问学生们：

"我的话你们全忘记了？"

三个学生像答不出老师指定的课题似的，无言地低下了头。

“受点伤算得了什么！这里谁没有受过刑？难道值得夸耀，值得特别照顾吗？你们没有看见，多少人受刑，多少人牺牲……”

“老高同志！”有人插嘴说，“学生们是好意。受伤的人，应该受到大家的照顾。这是我们这里的规矩。”

“哦——”他略带歉意地说，“我当是他们胡乱吹嘘，不知道是大家出自阶级友爱……但是，我还要说一句，同志们过于爱护我了。”

说完话，一阵伤口剧痛的表情，出现在他脸上，迫使他伸手护住石膏裹住的左腿。学生们紧张地望着他，担心地问：

“伤口又发炎了？”

“没有什么。”高邦晋似乎比关心自己更多地关心着学生，他告诫他们：“……到了新的地方，首先要冷静地观察，分清敌我，不要随便讲话。”

他的声音虽然很低，但坐在他旁边的余新江依然听得清楚。这就引起了余新江对他的注意。

他对学生说完话以后，闭上了嘴，合眼休息，没有找谁说话。下午放风的时候，他谢绝了学生们扶他出去走动的好意，独自留在牢房里，勉强把身体移向签子门边，把箍着石膏筒的左腿倚在墙边，默默地静望着窄狭的地坝——那块各室轮流散步的小天地。

他凝望着一间间牢房依次放风，依次收风，晚饭吃得很少，吃过饭又一动也不动地躺在门边，独自凝望着暮色苍茫的天空。

晚上点名以后，他一声不响地爬回自己的铺位，倒头便睡了。

一连几天，新来的人，都是这样。除了偶尔和学生低声讲几句话，和谁都不深谈。余新江一再观察着新来的人，也沉默着，不急于和对方交谈。

这天上午，他突然被提出去审问。晚上，被架回来时，神情有些变化。

夜里，新来的人竟自久久地不能入睡，偶尔，还传出一声轻微的叹息。

余新江被身边不断翻身的人惊醒了。过了好久，才低声问那辗转不安的人：

“老高，这里有你的熟人吗？”

对方最初没有回答，仿佛他在考虑这句问话包含着什么意思。过了一阵，他才模棱两可地说：

“可以说有。也可以说没有。”

余新江沉默了，没有再问。

过了一会儿，又听见高邦晋说：

“我认识的人，不知道是否在这里。有的人我知道他，他未必知道我。”

“你认识谁？”

“你知道许云峰吗？”

“原来关在隔壁。早就走了。”

“我在二处牢房里听说过，他现在关在梅园——美国顾问处。”

余新江这是第一次听到了许云峰的下落。可是，新来的人怎么会听到这个消息呢？余新江暂时不想多问，只是默默地想了想。

“成岗关在什么地方？”高邦晋又轻声问了一句。

“不知道。”

“他不在渣滓洞？”高邦晋长吁了一口气，“这里再没有我认识的人了。”

过了一阵，高邦晋又说：“还有一个人，不知道他是否在这里。不过，他就是在这里，也不好联系。我知道他，他未必知道我。”

“你知道哪个？”

“我是个新闻记者，”他缓慢地说着，声音也有些迟疑，“我常到长江兵工总厂采访，知道一个工人，他是去年被捕的……”

“这个工人叫什么名字？”

“姓余，叫余新江。”

“啊，你认识他？”余新江问。

对方似乎没有察觉余新江声音中出现了惊愕，他只在牢灯透进来的几缕微光中摇摇头，“我不认识他，他也不认识我。他被捕以后，厂里大伙儿都知道他。外边有各种传言，说他被捕当天就被害了，又说他关在集中营。工人都想念他，设法营救他，到现在还在为他活动……”

“工人知道中美合作所，知道集中营？”

“和谈以前，国民党保密。现在外面报纸都登了，谁不知道？”对方换了口气，流露出对去年被捕的人的关切和了解。

“他和成岗被捕后，工人营救不成，和厂里的特工人员发生冲突，把稽查处打得稀烂。后来，特务常常夜里失踪，尸首都找不到！吓得特工人员再也不敢进厂了。”

“这倒痛快。”余新江欣喜地笑了。

“他的母亲余大妈，天天去找稽查处，又哭又骂，稽查处的特务威胁说要抓她……”

“抓她？”余新江禁不住愤怒地问。

“当然没有抓。几百工人帮她，把特务狠狠揍了一顿。”

提起妈妈，那个摇摇晃晃的破草棚，仿佛又在余新江眼前闪现了。他克制着自己，不愿多回想那些辛酸的往事，却想多知道她现在的处境。

“特务没有报复？”

“嘿，报复？你知道，有多少人支持她！关心余新江的人，支持她，关心成岗的人，关心老杨师傅的人，全都支持她！”

“老杨师傅？”余新江的声音里带着惊诧。

“你不知道，老杨师傅就是许云峰同志呀！他在厂里做工时叫这个名字。提起老杨师傅，厂里的人，谁都想念他。他离开工厂好多年了，一直不知道他的下落。他被捕的消息传到工厂，许多老工人都哭了。有些工人凑了许多东西，硬要去探监，跑遍了全重庆的大小监狱都没有找到。后来，秘密集中营的地址传出去以后，许多工人都想冒险劫狱救他。”

“厂里稽查处没有发现？”

“想劫狱的人，也不止一个厂的人。许云峰同志在煤矿也工作过。消息传到了那里，矿上派人到厂里去联系过，把工厂里的枪支也拖走了一批。”

“有这样的事？”

“全厂都闹翻了，可是敌人有什么办法？从厂里进进出出的运煤船，每天不知道有多少！重庆附近大大小小的煤矿，也不知道有多少……”高邦晋说得高兴，轻轻地笑了起来。

余新江感到兴奋，工厂里的斗争不仅没有因他们被捕受到任何影响，相反，同志们斗争得多么巧妙，敌人连一点影子也抓不到。可是，他很快又从兴奋和激动中冷静下来，忽然问道：

“老高，这些事情你是怎么知道的？”

“我是记者，和工人熟悉。”

“余大妈现在的日子过得怎样？”余新江低声说，“她是我妈妈。”

“你就是余新江？”

“嗯。”

“呀！太巧了！”高邦晋兴奋地紧握着余新江的手说，“简直没有想到，会和你在牢房里见面！我在昏迷中，似乎听见有人叫你小余，但是一点也没有想到，小余就是余新江，就是你！”

牢房里静悄悄的。学生们发出了均匀的鼾声，他们早睡熟了。现在，只有他们两人，还小声地喁喁谈心……

高邦晋白天里的那种戒备情绪，完全消失了。他显得热情奔放，见着余新江，就像见到了自己的亲人。他说，他被捕的主要原因，是在报上公布了中美合作所秘密监狱的消息。事前，他为了逃避敌人的突击检查，打清样时，没有拼排这些消息。等新闻处审完稿，报纸付印时，临时抽掉几条新闻，把它登了出来。再一个原因，就是这个报纸独家刊载了《工人告全市同胞书》。这篇稿子，也是他到工厂采访时带回报社的。他被捕以后，受过几次毒刑，一是因为他事先保护一个叫陈静的女记者出走，事后又拒绝写信诱捕她；二是因为他拒绝说出那些消息的来源。

说完这些，高邦晋迟疑了一下，觉得可以大胆行事了，他机警地靠近余新江的耳边，用一种十分自信而且紧急的语气坚决地问：

“同志，我要找监狱党的负责人，必须找负责人。你能帮助我吗？”他这样做，似乎鲁莽冒险，但这是经过反复研究的。因为，用旁敲侧击等老办法，都无从避免对方的警惕，所以特别顾问决心采取新战术，要他充分利用余新江思念母亲的情绪，在毫无思想准备的瞬间，突然地大胆突破对方的防线。只要运用得当，便可以迅速成功。

余新江想不到高邦晋会突然提出这种要求，心里一惊，立刻镇定下来，反问道：

“老高，你觉得有这样的必要吗？”

“我有绝密情报，要争取赶在敌人前面，告诉地下党，否则，地下党几天之内就有遭受破坏的最大危险！但是，我的情报只能让监狱党的负责人知道，才能尽快通知出去。除了负责人，我对谁都不能讲！”

余新江犹豫了一下，从高邦晋的语气里，听得出来，他要向党报告的事情，比他解释的还要重大而且紧急。但是，狱中党组织早已根据老许留下的意见，作了严密的规定：任何人不得暴露党的组织。余新江被指定来和这批新来的战友接触，并且重点了解这个姓高的人，那么，除了他自己而外，不能对新来的人暴露更多的党员，更不能说出党的组织。

余新江不再迟疑了。他立刻冷静地回答道：

“我就是监狱党的负责人。”

“那……太好了！”高邦晋兴奋地移动身躯，更紧地靠拢余新江，机密地说：

“我马上向你报告……”

朝霞越过高墙上的电网，射进铁窗，静静地洒在干净的楼板上。高邦晋倚在签子门边，望着又一个清晨的到临。

“快起来，太阳晒到屁股了！”一个尖细的、略带稚气的声音叫起来。这是小宁。

小宁看见霍以常还在打鼾，便一翻身，嘟着嘴，凑近他的耳朵，学着学校里起床号的声音：“大天白亮，死猪起床……”

“嘘！”景一清把食指放在唇边，轻声警告着：“别人都在学习，不要吵！”

霍以常翻翻身，又睡着了。景一清招招手，把小宁引到签子门边，去瞭望高墙外边油绿的山冈……过了一会儿，小宁看腻了，扭回头，伸腿在霍以常背上踢着。“起来，和尚！”

揉开蒙眬的睡眼，霍以常一骨碌翻身坐起，看见小宁在笑，他像记起了什么似的，一下揪住小宁，把他按在铺位上，也像刚才小宁那样嘟圆嘴巴，学着起床号音："我来看猪，猪在床上……"

小宁和霍以常笑个不停，景一清也忍不住笑了。

"还是规矩点嘛。"丁长发从嘴里抽出空烟斗，漫不经心地说着。他微微瞟了余新江一眼，似乎有意无意，带着暗示地轻微摇了摇头。余新江敏感地走到高邦晋身边，意味深长地低声说道：

"这样下去会出问题……过分兴奋，过多的嬉笑，这不好，很不好！"

"吵吵闹闹刺激敌人没有什么好处。"高邦晋点着头说，"的确不必要。"

余新江望着他，不讲话。

"我懂得你的意思，我负责说服他们。"高邦晋说。

余新江不再多说。高邦晋突然探询党的负责人，轻易地暴露出了他的可疑。但是他还蒙蔽着年轻的学生，这就使得余新江十分担心，党把责任委托给自己了，应该怎样耐心地、又有原则地引导学生们，走向正确的斗争路线，巩固他们的热情，而且让他们认清敌我……应该及时和景一清详细谈谈，因为他最大，而且是个地下社员。

特务在地坝里大声吹口哨。放风的轮次到了。余新江正想着，牢门敞开了，人们陆续走出牢房。

“老高！你不是说要出去吗？”三个学生围着高邦晋，兴奋地说。

“要得，”高邦晋脸色比几天前好多了，“出去走走，活动一下血脉，伤口会愈合得更快一些。”说完，顺手拿起昨天小宁悄悄捡来的一根竹棍，想拄着它站起身来。两个学生忙抢了上去。

“还是我们扶你走吧！”

高邦晋笑了笑，伸出两只手臂，搭在景一清和霍以常肩上，跨出牢房。小宁提着竹棍，跟在后面。四个人满不在乎地并排走下楼去。站在远处的猫头鹰和狗熊，不断用狠毒阴险的目光，满怀敌意地扫视着这四个人十分显眼的行动。人们发现了这个使人不安的挑衅，却没有讲话。这时，余新江提着便桶，向厕所走去了。

“你们看，”高邦晋望着楼下的一排牢房，判断着说，“他们起码都关上好几年了。”

“你怎么知道？”小宁问。

“你看，他们的背，他们的眼睛……”

“背怎么呐？”小宁着急起来，“我怎么一点也看不出来？”

“成年累月死坐着，背驼了，眼力也衰退得多么厉害！”

“啊，你不讲，我真看不出来。”

“你们看看这间牢房……”高邦晋提醒着说。

三个学生顺着他的指引，留心地朝那间牢房望了望，都不解地回过头来。

“记得叶挺的《囚歌》吗？刘思扬抄在墙上的那首。”高邦晋解释着，“你们看，这不是楼下第二号牢房？叶挺将军就是关在这里，写下那气势磅礴、充满革命英雄气概的诗篇的。”

学生们都忍不住带着深深的敬意，回头看了看那间牢房，也羡慕地看了看高邦晋。

快到牢房的转角处，高邦晋伸出残伤的腿，试着在泥地上踩了一下，又踩了一下。学生们笑着，也叉开脚趾，在泥地上踩了踩。不需任何语言的说明，他们都能理解，长久囚禁的人们，一旦接近地面，泥土的芬芳会带给他多少欢欣和自由的感觉……

带着挑衅目光的猫头鹰和狗熊，在地坝当中站了一阵，终于走开了。

“到了，”霍以常兴奋地说，“前面就是水池了！”

转过墙角，一池清泉就在眼前。现在水池又修整过了，山泉顺着竹筒，通过险峻的山峦，密密的电网，“咕嘟咕嘟”地畅流进来。几个年轻学生，马上就蹲在池边，洗过脸，又洗衣服。

早晨的阳光，温暖地照射着这宁静的角落。高邦晋坐在旁边，默默打量着四边的景色，他的双颊透着红光，但是在他心头，却是一团慌乱。特别顾问的战术毫无用处，第一个回合就失策地引起了余新江对他的怀疑。他深感到自己无能为力，一次比一次困难的任务，使他愈来愈显得笨拙。其实，这怎能怪他愚蠢？一种身入虎穴的畏惧之感，使他害怕了。

清亮的泉水，冲击起珍珠似的泡沫，溅出雨点般清凉的水珠，又引起了学生们的欢笑。

“好凉快！我来洗头。”霍以常想推开小宁，可是小宁不让，他正尝着那略带甘甜的泉水：“这水好甜。我再喝点……”

“小宁，不要喝生水！”景一清干涉着，“喝生水要生病的。”

“不会。”小宁把嘴唇凑近水源，喝着，不提防霍以常一伸手推他一掌，泉水喷进他的衣领去了。小宁马上用手把泉水向正在嬉笑的霍以常泼去，两个人一齐哈哈大笑。

“小宁，和尚！”景一清警告着，“当心打湿了衣裳。”

“好，别打水仗了。”高邦晋劝解着，又问，“你们知道这水池的来历吗？”此刻，他十分急切地希望利用学生的幼稚，冒险发动一次斗争，但愿在斗争中发现监狱党的活动。除此而外，他还有什么办法呢？箭在弦上，不得不发，他只是一支被人操纵的箭而已，而且，他知道，绝对不能再拖下去，否则，他连学生们也将不能指使了。

听这一问，小宁同霍以常立刻安静下来，期待着高邦晋告诉他们。

“记着吧，”高邦晋指点着水池四周，仿佛他对这里的一切早都了解了似的，“一年以前，这里还是一片荒土……这是渣滓洞集中营里的几百个战友，和猩猩、猫头鹰，进行了无数次斗争，最后用了流血牺牲和绝食，才迫使敌人开出来的。”

学生都用庄严的眼光，重新审视着水池四周的砖石，和引水的竹筒……

小宁眼珠一转，想起了新的问题：“你原来说到了监狱就要设法找党，你找到了吗？”

霍以常、景一清回过头来，也兴奋地注视着高邦晋微笑的面孔。隔了好一会儿，高邦晋仿佛经过了极慎重的考虑，说道：

“你们能绝对保守机密，不向任何人泄漏吗？”

“能！”三个学生吐出了庄严的誓言般的答复。

“那么，我告诉你们——”高邦晋声音里充满了激动，“找到了！”

“啊！难怪你什么都知道。”小宁恍然大悟，高兴地拍起手来。霍以常拉拉景一清，笑道：“让我们庆祝一下吧！”他顺手把一盆水哗地倾泼出去，水花直溅到高墙上……

“喀嚓！”忽然传来一声扳动枪栓的声音。墙头上露出了阴险狰狞的岗哨的嘴脸。

“这些家伙太放肆了！难道，倒水的自由都没有了？”高邦晋愤然叫道，“把盆子给我！”

学生听得这话，更似火上加油，一个个拿起木盆，舀满水，像倾泻心头无尽的仇恨似的，拼力向墙头泼水。

“干什么！”

迎着墙外粗暴的吼叫，迎着电网之间移动的枪口，小宁、霍以常、景一清站着不动。

“我们喊啦啦词？”小宁问着。

“大声喊！”高邦晋鼓励地说，“你们喊，所有牢房都会支持。”

“这样做，是不是……”景一清略显迟疑地问了半句。

“在敌人的迫害下，只有懦夫才怕斗争！”高邦晋愤然睁大眼睛。

学生们正在气头上，略微商量了一下词句，小宁喊声“一，二，三——”三个人便齐声啦了起来：

特务，特务，死笨牛，
学生倒水有自由，
你有枪杆我不怕，
天生一副硬骨头。
特务，特务，丧家狗，
老板垮了台，
你往哪里走！……

一听见喊声，江姐立刻放下手边的东西，走到签子门边，她稳重地站定了。

“谁在呼喊？”

“新来的几个学生。”孙明霞说。

“听，”李青竹在后边说，“好像在喊啦啦词。”

传来的阵阵吼声，愈来愈大了：

特务，特务，太无耻，
专门供人来驱使！
叫你杀人就杀人，
叫你吃屎就吃屎！

“为什么这样？”江姐惊讶起来，她回头注视着李青竹和孙明霞的眼睛说：“听出来了吗？这派头不对，很不对。”

“几个学生都很年轻，不懂事。不过，”孙明霞说，“景一清原来是重庆大学附中的学生，一向表现不错，是我发展的地下社员。”

“学生没有问题，问题在于指使他们的人。”江姐立刻问道，“刚才是谁带学生到水池边去的？”

“好像只有左腿受了伤、新来的那个人。”有人答道。

“党已经决定，不许随便发动斗争，我们不支持这种错误行动。”又有人气愤地说。

“对。”江姐毫不犹豫地吩咐，“明霞，马上把这个意见通知各室。”

正说着，院坝里响起了纷乱的跑步声。余新江向水池边跑去了，丁长发和楼七室好几个人都跟着跑去了。

猫头鹰、狗熊号叫着，带领着一群特务，出现在地坝里。猫头鹰脸上闪过一丝得意的冷笑，像终于找到了对政治犯进行报复的机会。年轻的学生刚从后边走出来，他就狂喊起来：

“看守员，把5782号，5784号，5785号，统统钉上重镣！”眼光从每个学生脸上扫过，冷笑着，“胆敢触犯所规！你们知道这是什么地方？谁再闹，渣滓洞今天就全体停止放风！”

话音未落，一群野兽当啷当啷地拖来三副重镣，立刻给学生钉上。

小宁、霍以常拖着脚镣，试着走了两步，就满不在乎地向牢房走去，景一清迟疑了一下，也拖着重镣向牢房走去。

高邦晋涨红了脸，正想大声抗议，却被余新江堵住嘴巴，又一个人走上前来，架着他大步拖回牢房。

冲进地坝来准备乘机报复的特务，望着一间间毫无反应的牢房，只好茫然站着……没有找到发泄机会的狗熊，恶狠狠地冲到楼七室门口，哗的一声锁死了铁门……

“奇怪，”回到铺位上，孙明霞越想越觉得有些蹊跷，忍不住悄声问着江姐，“这一切，是怎么回事？”

江姐温和地反问道：“你说咧？”

“江姐，”孙明霞被提醒了，她点着头说：“我倒想起了一个小问题，高邦晋不是告诉小余，说老许现在关在梅园吗？”

“他是说过，”江姐问，“你觉得有什么问题？”

“不管老许是否关在梅园，”孙明霞说，“老许离开渣滓洞的时候，敌人做得那么机密，谁也不知道关在何处，高邦晋怎么可能在二处听到这样机密的事情？”

望着江姐带着鼓励的眼色，孙明霞又说道：“我是学医的，我知道骨折要裹石膏，‘披麻戴孝’根本不应该在腿上箍个石膏筒。”她认真地思索着说：“我疑心，他是个十分危险的敌人。”但她似乎拿不定主意，又轻声问道：“江姐，你觉得有这种可能吗？”

“完全可能。”江姐已经得到老大哥的通知，知道新来的人昨晚上的可疑行为，所以她毫不迟疑地说：“我们知道，他已经和小余接上了关系。可是党还在继续审查他，因为他的言行中，有十分可疑的地方。他怎么可以不通过组织，擅自发动斗争？而且动得这么急迫，事前根本不向党打招呼，这哪里是自己人的味道？对高邦晋必须彻底审查。”

“马上通知楼七室？”

江姐沉吟了一下，摇了摇头，慢慢说：

“他们已经这样做了。刚才小余他们不是把他架回去了吗？”

响起了急骤的梆声。接着，地坝里又拥过一阵急促的脚步声。几个特务冲向牢房去提人。

过了一阵，签子门边，有人转来告诉大家：来了几个特务，把高邦晋押走了。

“他走了？”孙明霞诧异地问。

江姐沉默着，新出现的这个情况，并未使她惊讶。高邦晋会离开这里吗？没有这种可能。相反，一个新的判断出现在心头：高邦晋很可能在掀起风潮以后，又借提审为名，出去接受新的指示。但她没有把自己想的都讲出来，只简单地答道：

“不必替他担心，他会回来的。”

在晚霞笼罩的院坝里，两个特务架着高邦晋在高墙里面出现了。他困难地向楼上牢房移动脚步。

这时，楼七室的伙伴们正在地坝里放风。学生从厕所出来，一见高邦晋，像久别重逢一样地激动，忘记了脚上当当作响的重镣，蹦跳着，叫着：

“老高，老高……你回来了！”

高邦晋见着年轻的学生，眼里也闪着泪珠，把两只手臂从特务肩头上抽回，伸向景一清、霍以常，他望着小宁倔犟的笑脸，显得分外感动：

“共同的斗争，把我们紧紧地团结在一起，我们永远不会分开……你们看，现在我们不是又在一起了！”

小宁吃力地拖着重镣，高兴地举起了拳头：“什么力量也不能使我们害怕。”

“还是先把老高同志扶回去休息一下吧。”景一清招呼着。

丁长发走过来，向高邦晋笑了笑：“几个学生娃儿拖着重镣，自己走路都不方便，让我来搀扶你！”

旁边又来了一个热心的人，“我也来一个！”

高邦晋感激地向他们点点头，又对学生叮咛着：“你们在地坝里多耍一会儿，今天我受刑很轻，很轻！”说罢就让丁长发他们扶走了。

狗熊站在楼七室门口，正在和谁低声讲着什么。听见后面有脚步声，狗熊回过身来，像往常那样，恶狠狠地对每个人扫视了一眼，扬扬手里提着的皮鞭，离开楼七室的牢门，快步走下楼去。但是，高邦晋还是听见了狗熊临走时说的最后一句话：“不行，收风以后不能开牢门！”

走进牢房，丁长发他们把高邦晋扶回他原来的铺位，对他笑了笑，跨出牢门，又去享受收风前最后几分钟的自由呼吸去了。牢房里没有旁人，连重病的老大哥也出去了，只剩下正在擦洗楼板的余新江。高邦晋看出，刚才正是余新江和狗熊在说话，他一直蹲在牢房里没有出去放风。被高邦晋撞见以后，此刻余新江不自然地放下了卷得高高的袖口，又把披在肩头的上衣取下来，但不是把它撂在自己的铺位上，而是用力把它扔得远远的，扔到牢房深处的屋角。接着，拿起了一个木水盆，他看了看高邦晋，点点头，勉强地招呼道：

“老高，你回来了？”

“糟糕！”高邦晋像在自语，又像有意解释和吸引对方注意似的说，“审问时，特务说陈静被捕了……”

“我要打水。晚上谈……”余新江走到牢门口，似乎又心神不宁地回头说了一句：“快收风了，我马上回来。”

牢房里，只剩下高邦晋一个人。他轻脚轻手溜到签子门边，朝外瞅了一眼，看见余新江愈走愈远了。高邦晋敏捷地窜向屋角，提起余新江扔在屋角的那件上衣，他仔细一看，就发现，袖口衣缝隆起的地方，暗藏着一张纸条，他轻轻取出来一看，上面写着一行简单的字：

“信收到，遵嘱付来人银元壹百元。”

高邦晋细看了一下，又把纸条藏回原处，把上衣照样摆好，立刻跳回到自己的铺位躺下。就在这时候，他听见走廊外传来了匆忙的脚步声，余新江端着小半盆水回来了。走进牢门，目光一扫，余新江又勉强地笑了笑，从屋角捡起那件上衣警惕地披在肩上，才放心地把抹帕放进木盆，拧干，再蹲在楼板上继续揩拭着楼板上的泥污，像用这些动作来掩饰他的失慎……

特务在地坝里号叫着。人们陆续回进牢房。

“这么快就收风了？”高邦晋问候着收风归来的人们，“又是狗熊捣鬼！”

“我才不怕他咧……”学生乱哄哄地嚷着。小宁回头又热情地招呼着高邦晋，“你看狗熊那副鬼相好凶！”

高邦晋扬了扬两只手臂，“我也看看。”他有意让学生扶着他，一同站到牢门边，瞭望着悄然降临的又一个黄昏。

“猩猩到院坝来了。”小宁叫道。

里面有人应了一声：“当心，猩猩露面，总不会是好事！”

“我怎么看不见呢？”高邦晋把双手高高地举起来，抓着铁签子门，踮起脚尖瞭望。

“你看，那不是！”霍以常朝外边指了指，“猩猩都看到我们了。”

“啊，看见了，猩猩的脸色好像也比往常阴险……”高邦晋缩回手，担心地说着。但他确信，猩猩已经清楚地看见了他暗示的动作。

一会儿，便见猫头鹰带着一群特务冲上楼来。

“楼七室，5783号，出来！”

猫头鹰吼叫着，特务推开牢门，把高邦晋架走了。

过了半个钟头，在暮色朦胧中，高邦晋又回来了。他脚上多了一副脚镣。学生们围拢去，替他洗涤额角上新的血污。

“你脸色多不好，你的腿……”

“是猩猩打的吗？”学生们关心地问着。

“没有什么。”高邦晋淡淡地笑笑，不在意地摇摇脚镣，回答道，“泼水的事，敌人现在该发泄到了顶点。”隔了一会儿，高邦晋叹口气，又说道："不过，以后，我们千万别再那么瞎闹了，很不好，很不必要。"

余新江笑笑，点头赞同着高邦晋的话。学生便沉默了，都低下头去。早上发生的事，还像一片乌云似的罩在他们心头。

高墙外边，突然响起了绝望的嘶吼，尖锐地飞进牢房来。

"……我……没有送信，没有……我冤枉呀！……我，效忠党国……十年呐……冤枉……我没有得一百块银元呀……"

探照灯光划过夜空，白色的光柱指向嘶吼着的，在一群特务扭拖下，缩成一团的，那个作恶多端的狗熊。

高邦晋不由得吃了一惊。他很不满意，猩猩办事那么不利落，他担心，会叫狗熊嚷叫出乱子来的。高邦晋暗自观察着人们的神情，幸好没有什么变化……

人们不屑多看，各自回到自己的铺位，静静地躺下来睡了。

夜深了。竹梆声已敲过半夜……学生都睡熟了，余新江还没有来找高邦晋谈陈静被捕的事。高邦晋闭着眼睛，越想越觉得不妥，心里渐渐产生了强烈的不安，逮捕狗熊时的嚷叫，一定会引起怀疑。他觉得自己有被随时揭穿的危险。猛然间，心头一惊，他发觉自己失策了，安知余新江那封信不是假的，故意用来引他上钩的？当初，他为什么不仔细想想再行动呢？完了，他的真实面目已经暴露无遗了，如果再呆下去，他不知道将会遇到什么意外！头脑一阵轰鸣，他像看见了周围黑暗中的一双双虎视眈眈的眼睛，又像看见了徐鹏飞乌黑的脸，陡然狞笑起来……此刻，他什么也顾不得了，一种求生的欲望，使他想逃。

他睁大恐惧的双眼，正想要翻身起来溜到牢门口去，余新江已经回过头来看住了他。躺卧着的人群，在这漆黑的午夜，忽然三三两两地、不声不响地坐了起来。

“高邦晋，你起来！”余新江对着高邦晋，突然厉声地问：“你到底是谁？”

高邦晋陡然一惊，又迅速镇定下来，声音低沉，有力，而且带着强烈的不满。

“谁？新闻记者高邦晋。”

“呸！”

“你这是什么意思？同志！”

“谁是你的同志！”黑暗中有人愤怒地驳斥，“回答，你到底是谁？”

“我要抗议！即使我没有制止学生胡闹，你们也不能这样粗暴地对待自己人……”

“住口！给我站过去。”余新江的手朝牢房深处指了指。

“你这是对待受伤同志的态度？”

“站过去！”

在昏暗的灯光下，高邦晋发现，一屋人的神情都变了。余新江盛怒难犯的神情，还有满屋人的怒目，不由得使他不寒而栗。他顺着余新江指的方向蠕动着身子，同时又发现，几个人影，正向牢门走去。如果堵死了牢门，掉在这一群人手上，他就完了。他陡然回转身，扑向牢门，正要大声呼救，不料，黑暗中伸出几双铁钳似的手，一下子就把他凌空提起，卡紧了他的喉头……

“这，这是干啥子？”三个学生被惊醒了，诧异地问。为了避免打草惊蛇，人们事先没有告诉过他们。

“老实点，好得多嘛！”沉重的膝头抵住高邦晋的胸膛，把他紧压在漆黑的屋角。

“他是坏人？”小宁不能理解，“他不是共产党员吗？”

三个学生默默站在一边，完全不知道发生了什么事情。

“你们等一会儿就知道了。”余新江告诉学生。

“门边注意点！”丁长发说着，拿下了平时衔惯了的空烟斗，“大家坐下来，慢慢说嘛！”

“我……我……”这条毒蛇不由得哆嗦起来。

“你是谁？”余新江问。

“我，我怕……”他面色惨白，喘了口气，喉管里挤出了几个字来。

“怕啥？”丁长发笑了。

“你是谁？”钢叉似的指头掐紧了他的喉管。

接着，又一阵哆嗦，从他那难听的喉音中，困难地吐出了一个阴险的名字。

“郑……克昌！”

余新江听老许讲过这名字。他立刻追问道：

“你说的陈静在什么地方？”

“不，不……知道……”

“他不是高邦晋？”小宁奇怪地问。

“特务！”霍以常咬牙切齿地回答，“他欺骗我们！景一清是地下社员，一定是他告密的！”

景一清肯定地判断说：“他故意唆使我们喊啦啦词，好破坏党的领导！”

“他下辈子也休想再骗我！”小宁的拳头捏得咕咕响。

郑克昌渐渐喘过气来，听见了学生的谈话。卡住脖子的手又一用力，他只好供认着：

“本，本来……处长……记者招待会……陈静跑了……”

“你说说，”丁长发问道，“你别的牢房不去，为啥子单到我们楼七室来？”

“这，这……”郑克昌哆嗦得更厉害了。这时，走廊外传来巡逻特务的脚步声。这声音又使他在绝望中出现了幻想，他故意大抖起来，希望楼板嚓嚓发响，能引来巡逻特务的援救。

“抖啥子？收起你这一套，”余新江低声喝道，“要是特务听见了声音，马上掐死你！”

郑克昌停止了哆嗦，翻翻白眼珠，无可奈何地，一动不动地躺着。“说！”

“处长利用和谈的机会，把刘思扬软禁在家里，后来……派我冒充……地下党……”

“刘思扬是你抓的？”霍以常扑上来，卡住郑克昌的脖子。

“打死他！”小宁冲上来就打。

“慢点！”景一清阻挡着同学，“现在正在审问。”

“谈谈你的任务。”余新江不慌不忙地追问。

小宁一把扯住郑克昌的头发，又伸手去抓他的瘦脸，“说不说？我把你的眼珠挖出来！”

郑克昌动也不能动，学生说了的话，真会干出来的。

“我，我说……”郑克昌哆嗦着，“派我找狱中党……地下党……找你们的联系……”

“哪个派你来的？”丁长发问。

“招出你们的全部计划！”余新江补充了一句。立刻有人更卡紧特务的脖子。

“我，我说……特别顾问……”郑克昌绝望地从喉管里挤出他实在无法隐瞒的真情……

第二十二章

调整波长的螺旋被轻轻拨动，收音机里透出了一阵模糊的声浪。渐渐地声音清晰起来，带着遥远的，但又十分逼近的，巨大得不可估量的强力扑向前来，发出震耳的千百万人飞跃前进的呐喊：

大军向南，
人民力量——
蒋匪胆寒！
我们有毛主席英明领导，
我们有兄弟兵团协同作战。
……

颤抖的手指，尽量旋小收音机的音量，直到几乎听不见声音。陆清害怕这声音被旁人听到，希望歌声快快过去，听腻了中央社消息，他想听听共产党的战报新闻广播。

近些日子以来，陆清经常枯坐在家里。虽然白公馆的日常工作不须他这位上校官阶的所长亲自操劳，自会有看守长杨进兴加意防范，但情绪不好的时候，他连在电话上作指示也没有心肠。这时，他不想打牌作乐，让娇媚年轻的太太去陪客，背着人，他急于偷听敌方广播，来判断时局的动向。为了谨慎小心，他在膝头上摊开了一部精装插图的英文厚书 The Master Spy of China[1]，装出姿态，似乎他正在一边研读特务头子戴笠的事迹，一边欣赏着收音机里的音乐。

“西安、武汉才丢了，他妈的湖南又保不住了。”陆清听着广播，心里有些烦躁。

听过新华社的消息，陆清又调整着波长，收音机里出现了新的声音。渐渐听清楚了：一个娇滴滴的女人在报告新闻。这是来自地球另一面的美国之音的华语广播。陆清躺在柔软的沙发上，焦黄的手指夹着半截香烟。近来他的烟瘾越抽越大，屋子里早就烟雾腾腾了，手上的烟头，还不停地冒着淡蓝色的轻烟。他发现在听完新华社的叫人心悸的广播之后，再听听美国盟友在中国问题上的态度，是有好处的，可以减轻一些疑虑，也可以给自己宽宽心。美国人真够朋友，比自己人讲话还带劲。

烟头上的火，快烧到手指，陆清还没有发觉。女人的声音忽然变得难听了，她正在报告着时事新闻。

> ……共军攻占上海。这个全世界第四个最大的城市陷落时……美国总领事馆在弹雨中。领事馆的人员都伏在地上。在这座七层楼的建筑物上，美国国旗正下半旗。

1　美国出版的国民党特务头子戴笠的传记。

据总领事卡波特说，下半旗是为了哀悼前任国防部长福莱斯特……

在进入这个具有六百万人口的东方大都市以后，中共军队……

陆清没有想到，美国人的声音也这样软弱。他无可奈何地关上了收音机，点燃新的一支香烟。

前些日子,英国军舰“紫石英号”在长江上被共军击伤的时候，他也曾暗自庆幸共产党终于激怒了外国人。但是现在，美国人也和英国佬一样，眼睁睁地看着共军渡江南下，他们却伏在领事馆的地上，一点办法也没有。

如果美国人大规模参战就好了，就可以爆发第三次世界大战！可是美国人连在青岛的海军基地也急于撤退。陆清不能不担心：从共军渡江以来，急转直下的时局，会怎样不可想象地恶化。

不过，住在梅园的美国顾问处的态度，到底和公开出面的陆海空军不同，更和以外交使节身份出现的司徒雷登不同。直到现在，司徒雷登还呆坐在南京，尽管共军开进了大使馆，他还赖在那里，不回华府……陆清想到特别顾问，深深感到他才是最坚决的，真正代表华盛顿意图的核心人物。可惜特别顾问的多次部署都没有得手。连最近经过精心策划，派到渣滓洞去的郑克昌也失败了。不仅失败，而且泄漏了特别顾问的全部机密，以致徐鹏飞一怒之下，竟把那严醉培养多年的心腹处决了。

陆清丢掉烟头，又点上一支，躺在沙发上沉思。他相信，白公馆的情况，比渣滓洞还要复杂，可是他连一点线索也没有弄到。前些时候抓了个厨工，也只是因为他想送野葱进地窖，拷问到死，也没发现什么材料。难道白公馆没有共产党的活动？这不可能。陆清记得，远在他当息烽集中营所长时，目前还留着的一些政治犯，就宁肯戴镣罚苦役，而拒绝向他保证不逃跑。特别是那个齐晓轩，更公开地说："要放要杀，是你们的自由，拒绝你们的条件是我的自由。"陆清凭他多年当所长的经验，直觉地感到，这些人在政治犯中必然会有活动。可是，直到现在，虽然顾问处反复研究，并且专门审讯成岗，还是没有找出一点线索。连杨虎城将军被囚在白公馆的消息，也没有查明是如何泄漏的。这件事一直闹到奉化，连徐鹏飞也受了申斥。最后，才由蒋介石下了手令，把杨虎城等人秘密押去贵州拘禁。

事情像猜不透的谜那样费解！和谈期间，邮检组查获从重庆寄到香港的全部中美合作所政治犯的名单，显然是地下党想用披露名单的办法来揭发释放政治犯的虚假。这名单肯定是从集中营里带出去的。但是名单又是怎样带出去的呢？郑克昌曾利用这线索去接近刘思扬，却没有得到什么材料。

这时，娇艳的太太悄悄推门进来了。

"你又坐在这里，尽是烟！快去打牌，我刚才和了副满贯。"

陆清摇摇头："我不想打牌。"歇了一下，他又补上一句："你快去陪客嘛。"

陆清的思绪被打断了，但他没有理睬太太的邀请。他还要独自想想。

字纸篓里，一片废纸吸引了他的视线。薄薄的白纸上写着的“报告”两个端正的字迹，勾起了他的另一番思绪。几天前，他到太太的姐夫特区副区长沈养斋那里，打探过风声。沈养斋的口太紧了，什么消息也没有透露。他只看到，副区长桌上乱抛着一堆文件，乱七八糟的，都是请调港、台工作的报告。还有份文件，露了一个角，上面写着令人不安的“潜伏”“游击”的字样。

中美所有不少人打报告，请长假，他是知道的。但那都是些不识时务、不懂得“团体”[1]纪律的糊涂虫，连戴笠对军统人员的训诫：“活着进来，死了出去”都忘掉了的家伙，活该不得好死！

不过，请调工作的报告，只要理由充分，大概不至于沾上“动摇分子”的危险。副区长让他看这些报告，也许正暗示着什么……

可是，他早先写的请调台湾的报告，一直没有批下来，沈养斋大概也没有帮他说话。应该再写个报告，或者直接请求局本部选派他赴美深造。

最好直接给梅乐斯先生写封信，不过，这样做也许太过分了一些，谁知道这个美国佬肯不肯给他帮忙？

他不能不做最不幸的打算，万一别人都到台湾，真要他留在大陆上，他总不该白白地走上死路一条。想到这里，他不能不感到恐惧和绝望。双手沾满了血，他对共产党从来没有好感，

---

1 指军统特务组织。

更不想脱离“团体”，可是，蝼蚁尚且贪生，如果能够知道共产党对待特务分子的详细政策也好。古语说，狡兔三窟，能多留条后路，也不无好处。

突然，他想起了一个人。这个人在息烽的时候，和共产党员相当接近，找他谈谈，比找共产党员方便得多。

不！千万不能冒昧从事，还要仔细想想才好。其实，只要上司们批准他将来到台湾去，他就完全放心了，甚至可以眼皮也不眨一下，就把全部政治犯处决，哪里会像目前这样疑虑不安呢！

但是害怕留在大陆上的念头是顽固的，多一条后路，似乎总要安全一点，这念头一出现，就不可压制，强烈地缠绕着他的思绪，怎么也摆脱不开。

陆清从公馆里独自溜了出来，走过客厅时，还听见里面正在兴高采烈地搓牌。他不愿去惊动太太和客人，悄悄地驾驶着三轮摩托车，径直向白公馆驶去。

十多分钟以后，他到了办公室门口，开了门，跨了进去。

办公室里一片混浊的霉味，桌上蒙满了尘土。他伸手拂拭了一下灰尘，突然瞥见桌上的台历正翻在一个触目惊心的日期上——4 月 21 日，人民解放军横渡长江的日子。陆清这才记起，从那时以来，他在办公室里再也坐不住了！他赶快把台历翻过，才按按铃，叫来了一个特务。

“请黄先生来……”

忽然，他觉得不妥，这样做未免过于冒险。他慌忙推开窗户换了口气，回头又去按铃，按铃。可是晚了，那特务已走远了。

陆清念头又一转，立刻出现了狡诈的主意。借此散布一点空气，对政治犯施展一点笼络手段，未始不是一着好棋。他这个特工老手，来这么一套，是完全可以的。既探听情况，又迷惑对方，这才真是一箭双雕的好主意！

黄以声将军迈着军人的步伐，昂首阔步，走了进来。陆清刚一表示，黄将军就滔滔不绝地高谈阔论起来，声音那么洪亮自信，使得陆清暗自感到尴尬。

“我是国民党员，同盟会的时候，我就参加了革命。我拥护孙中山先生的三大政策。蒋介石的所作所为，完全背叛了孙总理的三民主义！”黄以声的豪迈脚步，在室内走来走去。“你跟着蒋介石走，有什么前途？蒋介石的国民党非垮不可，美国佬、原子弹都救不了他的命。今天看看人家共产党，人家的政策深得民心，人家做的一切，才真正是‘天下为公’！所以人家有无穷的力量，足以解放全国人民，给全国人民以富强康乐的希望……”

陆清丝毫也听不进去，但是他装出一副完全理解的面孔，硬着头皮听完了黄以声对时局的分析，他希望用自己的姿态，换取黄将军对他的好感，然后才提出他想了解的问题：“共产党现时对我们的政策是……”

“哦——”黄将军顿时领会了他的真意，便坦然地介绍道：“我看你干脆请共产党员来谈谈，成岗、刘思扬都是才进来不久的，他们熟悉现在的政策……”

“不，不必吧。”

他摇摇头，但又不表示完全拒绝。

“我想知道，第三次世界大战，最近会不会打起来？”陆清但愿战火扩大，只要中国大陆成了美苏之间的战场，他就不必向台湾逃亡了。因此，他透露道：“最近，美国要派重要的代表团……”

陆清的话，立刻引起不动声色的黄以声将军的注意，使他不急于离开这个特务了。

又谈了一阵，陆清才微笑着把黄以声送了出去。陆清心里，自有自己的打算。和政治犯保持这种关系，对他没有任何害处。他一向看不起渣滓洞那批糊涂蛋，猩猩和猫头鹰，对付共产党全不会用脑子，二处特别指派来协助他侦查监视政治犯活动的杨进兴，也不会监视“敌人”，发现老厨工送野葱，就立刻大嚷大叫起来，事后只好依了他，处理了算了。不过，他当时就告诫过杨进兴，叫他不要像猫头鹰那么简单，有什么事情，不要挂在嘴上，应当放在心里，不露声色，暗中进行，而且，不到时机，决不轻易下手。可惜，对老厨工动手太早了，如果盯上一个尾巴，侥幸探出一点材料，在二处和特别顾问四面碰壁的时候有点贡献，还愁沈养斋不帮他说话？还愁不能离开大陆？想到这里，陆清不禁对杨进兴的暴躁和自己的失策，以致丧失了从厨工事件跟踪追击的机会，而感到后悔。

陆清正沉闷地独自思索，办公室的门猛然一开，杨进兴跑了进来：“所长，所长，我发现了他们的活动！”

陆清一惊，脸上立刻露出笑容。

听完杨进兴的报告，多时以来缠绕着他的苦恼，立刻消失了。现在，用不着再向政治犯讨好，他已有了表功的机会，有了足够换取上司们批准他去台赴美的本钱了！

牢门咯咯地响了一声，杨进兴突然冲进牢房，后边跟着两个看守员。被这意外事件惊动了的刘思扬，戒备地站了起来；成岗还是像平时一样，没有理睬闯进牢房的敌人。

“不准动！”

原来是毫无先兆的紧急搜查。检查周身上下之后，又查铺位。毯子撕破了，拖在地上。屋子几乎被抄得翻转过来，连墙角的尿罐也揭开来，看了又看。

搜查持续了半点钟。没有搜到可疑的东西，特务悻悻地走了出去，锁上铁门。

望着铁门上不断摇晃的大铁锁，成岗和刘思扬不知道发生了什么意外的事情。

白公馆停止“放风”。大搜查在楼上、楼下，整个集中营里突击进行。来得如此狡猾和毒辣，大概是狼犬们嗅出了什么气味？

莫非《挺进报》出了事情？不，不会，《挺进报》不会出事。铅笔、纸、小刀都没有被发现，也没有对成岗和刘思扬进行任何盘问。

楼下出了问题？楼下住的是老练的战友，他们一向谨慎小心……

不安和危险的感觉，缠绕着被隔离在楼角的成岗和刘思扬。难道敌人竟看出了掩藏在每个人心灵深处的思想？

到了晚上，隔壁黄将军第一次没有按照他的军人式的准则，把报纸递送过来。早在搜查的当儿，敌人已经一页页地查看了他所有的报纸，检查是否有缺页或者其他破绽，而且宣布停止他看报。

午夜时分，是狱中的人们应该睡觉的时候，成岗拿定主意，叫刘思扬到窗口监视可能出现的敌人，他要在夜里谨慎地和楼下直接联系，询问发生了什么可怕的事。成岗找到了那条最机密的秘密孔道，可是马上被意外的情况惊住了：秘密路线已经从下面封锁了，没有人来接他的纸条，楼上、楼下的可靠联系业已中断。

到底出了什么问题？情况竟变得这样危险而紧张，他们被完全隔绝，失去情报，失去和集体的联系。在这孤立的环境里，他们如何是好？成岗和刘思扬焦灼地商量着，需要很快地做出某种最坏的打算和准备。

这时，所长办公室里，桌子上摊开一小张薄纸，纸上写的是整齐的仿宋字：

中共七届二中全会完满结束

陆清不动声色地从桌上轻轻拿起这张纸，看了好一阵。这张纸已经被揉得又皱又破了，上面用变色铅笔写的字，有些已被浸湿，变成了紫蓝色的。他仔细辨认着纸上的字，慢慢念着：

中共第七届第二次委员会全体会议，在石家庄附近举行，会议经过八天，业已完满结束……

毛泽东主席向全会作了工作报告……

中共七届二中全会着重讨论了在现在形势下党的工作重心由乡村移到城市的问题……

……全会号召全党同志继续保持谦虚、谨慎、不骄、不躁和艰苦奋斗的作风，以便在打倒反革命势力之后，用更大的努力来建设一个新中国……

这是一篇有历史意义的重要文件。它打开了多少年来未见天日的人们的眼界，带来了无限的兴奋和鼓舞。它越过重重高山和封锁，出现在周围几十里岗哨密布的中美合作所核心地带，出现在与世隔绝的革命者中间。可是对敌人来说，这是最可怕的事，是最大的危险。特务老早就多次宣布过，谁敢在集中营里进行“地下”活动，或者进行“煽动”宣传，一经发觉，立即处死！居然有人敢于藐视他们的权力，敢于做出各种各样逾越所规的事情，甚至写出了这样危险的传单。

“这是共产党中央的文件，这里的政治犯写不出来。”陆清放下揉皱了的薄纸，背着手在办公室里踱着，过了一阵，才对杨进兴说：“只有两个可能。一个是黄以声把报纸给了他们，可是黄以声的报纸并未缺少，而且，报上也不会登……另一个最大的可能，是刘思扬带进来的！”

“走漏杨虎城关在白公馆的消息，是在刘思扬来以前。”杨进兴补充了一句。

“对。这也算一种可能：白公馆直接和地下党有联系。”陆清颇有把握地说，“不管是哪一种可能，现在我们都处于主动地位，迫使对方应战。”

“这一次大有希望，是不是先报告？”

“不。”陆清眯着眼睛捏拢拳头示意说，“我们抓稳了地下党的线索，再报告。让特别顾问看看我们的手段！先把那个人带进来。”

“是。”杨进兴回头喝道，“带胡浩！”

经常提水灌溉小树的胡浩，被几个特务推了进来。他的双手被反铐着，脚上钉了重镣，身上的衣服已经被撕得粉碎，一条条伤痕，正流着血。

“他讲了没有？”杨进兴大声问。

“没有。”几个特务同时应声。

“过来！”

胡浩昂着头，上前两步。陆清脸色一变，抖着手里那张又破又皱的纸，像拿起一颗就要爆炸的定时炸弹。

“是谁写的？是谁给你的？”

沉默着。胡浩没有答复。他要考虑一下自己的措辞，不能让敌人再抓住任何把柄。绝对不应该因为自己的疏忽，而牵连到拿文件给他的人。长期的折磨，教会了他懂得深沉的爱和恨。长期的折磨，也带给胡浩一双极度近视的眼睛：当他在放风时躲在屋角激动地读文件的时候，竟没有发现狡猾的杨进兴盯在背后……

“问你，是谁写的？”

“快说！”

“我。”胡浩缓缓抬头，盯着特务的眼睛，“我自己写的。”

“你！你写不出来！”

杨进兴站在旁边狞笑着，随手举起鞭子。胡浩不是共产党员，他写不出这种文件；而且也没有人能在这里写出中共中央的文件。当然是地下党从外边送进集中营来的，一定得把事情弄个水落石出，找到狱内狱外的联系，否则，“中美合作所”竟成了共产党的世界！

皮鞭在空中抽得呼呼地响。他们决心从胡浩口中找出文件的来源。一下，又一下，血从破裂的肉体上流出来，淌到光滑的地板上。声音低沉下去，呻吟着，喃喃地断续地在空中萦绕：

“……我写的……我……写……的……”

冷水泼在血泊里，抓住头发，向上提，再提。

“问你是谁写的？”

“我。”

不断传来的拷打和惨叫，使人们在深夜里无法闭上眼睛。成岗和刘思扬忍受着内心的痛苦，从敌人的号叫声中，知道了事件的真相。那张纸条，正是他们从黄以声送来的报纸上抄下来的。虽然每天用过的报纸都秘密送还了黄以声，但是这张传到楼下的纸条，却在极度近视的胡浩手上，被敌人发现了。他们紧握着拳头，乌紫的指甲深深地掐进了手心。一想到那正在灌进胡浩肺里的辣椒汁，就感到一阵难忍的窒息，那种带血的火烧一样的呛咳，可以叫人几分钟内就停止呼吸。

“胡浩是无辜的。”刘思扬痛苦地走近成岗，“我去承认，说是我带进来的。”

“你来的时候，公报尚未发表！”

窗外不断传来令人心悸的叫喊，烙铁烙在肉体上，像烙在每个人心上。

“你听，还在折磨胡浩！”刘思扬忍不住心中的难过，怒火喷射着：“我去承认，叫敌人枪毙我！”

“如果需要，该我去。”成岗拖着铁镣，在黑暗的牢房里蹒跚着。他不怕出面告诉敌人说：那张传单是自己写的。但是，这张《挺进报》是怎样传下楼的呢？坚持到底绝对不说！这，他做得到。但是这有多大用处？敌人不仅会用鞭子，他们也会用脑子。只要发现了真正的线索，通向楼下的秘密路线，楼下的同志，还有黄将军，都会一下子牵连进去。这是小事吗？整个集体的全部暴露。

“你们怎么不睡觉？”一个特务突然走到窗前，大声问。

“你们把人吵醒了！”

听着窗外的叫喊，看着昏黄光线下刘思扬痛苦的眼睛，成岗的思潮也像海浪般起伏不定，是的，他们会把胡浩摧残死的。怎么办呢？

“没有楼下的意见，我们决不能单独行动！”

“你说什么？”刘思扬一惊，突然冷静下来。

“我们没有个人行动的权利。”

“个人行动？”刘思扬猛然坐直身子，大睁着眼睛。这句有力的话，启示了他。他脸色急剧地变化着，冲动的感情迅速平静下来，心里开始冷静地考虑，意志和忍耐渐渐回到他的身上。

沉默了一阵，刘思扬在黑暗中紧紧抓住成岗的手，声音完全冷静下来。

“成岗，你说得对。我们不能出面。”

“我觉得，敌人的目的，不仅是要找到写纸条的人……”成岗侧耳听了听不断传来的叫声，又回到墙角坐下。“这一次，和对付你和我一样，一定是敌人早已安排好的计划的一部分，妄想从这里打开缺口，找寻我们党的组织。”

“但是，必须有人出面应付敌人，才能救出胡浩呀！”

……声音不断传来。敌人虽然从顽强的胡浩身上，榨不出任何有用的东西，可是还在吆喝，声音放得更大，催促着搬来更多的刑具。特务故意让声浪传进每个人的耳膜。同时，又派出了那些狡猾而阴险的眼睛，跟在杨进兴身后，去搜寻每一个受不住内心痛苦的折磨，或者气愤得失常的人。

敌人决心继续挑衅——或者把胡浩摧残到死，或者是出现他们希望中的事情：共产党员不会让群众无辜地牺牲，他们会自己挺身出来承认一切的。

是的，共产党员不会让群众无辜地牺牲，他们会挺身而出，只要需要，就会有敢于自我牺牲保全组织的人挺身而出。

和成岗、刘思扬的痛苦一样，全监狱除了老疯子毫无反应而外，所有的人都沉浸在深沉的悲痛之中。原来把文件交给胡浩的楼下那个同志，不能眼看着胡浩受苦，他认为应该牺牲自己。可是，一直沉默着的，和他同室的齐晓轩忽然拉住了他，用平静的声音，轻轻地在他耳边说道：

“你没有必要，让我去。”

齐晓轩的声音里，有着冷静的判断和自信，显示出他早已经过周密的考虑，胸有成竹。他懂得，过早地出面，不但不能减轻胡浩的痛苦，反而会引起敌人的怀疑。但是现在，已经到了该出面的时候，从不断传来的疯狂的号叫声中，可以听出敌人的焦躁不安了。他用眼睛阻止着激动的战友，慢慢站立起来，走到窗前，叫着特务：

“我找所长。”

他的声音那么平静，仿佛在他说出这句话以前，没有经过考虑，也不知道等待着他的这个太阳刚刚升起的早晨，会带给他什么样的危险。

“那张纸条是我给胡浩的。”

杨进兴大睁着一对豺狼的眼睛，站在齐晓轩的面前，打量着突然出现的对手。

“走吧。”齐晓轩说着，伸手去推牢门。

“慢点，你等一等！”杨进兴有点不放心，最好先和所长研究一下。他知道，这一次，刑具不会有丝毫用处，对手，是个最难对付的人。

“所长！大鱼出来了！”杨进兴冲进所长办公室，兴冲冲地喊道：“齐晓轩站出来了！”他完全忘记了办公室里躺着昏迷了的胡浩。

陆清一时没有回答，却本能地一挥手，命令先把胡浩拖出去。

“齐晓轩？”陆清这才把烟头一丢，“不会是他！”

陆清不很相信杨进兴的话。因为齐晓轩是他们早已知道的对象。虽然他是个危险分子，但是长期监视中，从未发现他有任何可疑行动。他是故意站出来的。他的出面不过是为了掩盖他人的活动，有意把事件引向一个错误的结论。

“也可能是他。”杨进兴总觉得泄漏杨虎城的消息的事，应该和这张传单联系起来。他始终怀疑在刘思扬来以前，白公馆的政治犯就和地下党有着经常而且密切的联系。

“齐晓轩算条大鱼。”陆清笑了笑，“既然自动跳出来，这就证明我们这一网下准了，已经围住了鱼群。赶快收网，可以捕到最大最多的鱼！”

陆清觉得这一次定能得手。狱中党组织、地下党组织，很快就要落在他手上。现在他需要立刻证实齐晓轩的假冒，然后更陷对方于极端被动。凿穿齐晓轩的漏洞，才有可能叫他从实招来，才能打开缺口，以迅雷不及掩耳的办法出奇制胜。

齐晓轩来到所长办公室。

“你要老老实实说。”陆清端坐在沙发上，用烟头指了指地板上的血迹，“看见了吧？”

齐晓轩微微一笑，从容地说道：

“是我写的。”

“那么，你写几个字来看看。”陆清也微笑着，慢慢说。特务拿来了纸、铅笔，放在办公桌上。

在刚才过去的这一个钟头里，陆清和杨进兴已经想出了一套巧妙的办法。看共产党员用什么花样来和他们斗法！他们先要确定文件上的字是不是他的笔迹。

齐晓轩看了陆清一眼，走到桌边拿起了铅笔，坐下来，摊开白纸，但他又停下笔，要来了刀子，从容地把笔芯削得又尖又细，然后，在白纸上沉着地写起来。

杨进兴站在齐晓轩背后，尖锐的眼光，注视着他每个细小的动作……齐晓轩移动铅笔，流利地写了几行仿宋字。

“够了。”陆清说着，把齐晓轩刚写的纸抓到眼前，仔细看了半晌，然后把它和原来那张破皱的纸条，一齐装进公文袋，交给旁边的一个特务：“马上送技术检验室研究。”

技术检验室是中美合作所的一个特殊机构。美国特务在这儿指导大批的特务技术人员，专门分析指纹、血迹、笔迹特征……齐晓轩的字迹将和成岗的字迹一道受到专门的检验。

……几个钟头以后，陆清收到了技术检验室送来的公文，拆开一看，是一张鉴定结论：

“字迹相同……”

技术检验室得出这样的结论，一点也不奇怪，因为齐晓轩和几个最亲密的战友，关在相邻的牢房里，他们之间有着别人不知道的经常的联系。当成岗刚来的时候，就是他们通知楼上的成岗，使用那条早就存在的秘密通道，直到大搜查来临前，才把通向楼上的路线暂时割断，以免敌人察觉出来，使《挺进报》的事件牵连到楼上。过去，每一次《挺进报》传下楼来，他们看了之后，就马上把它毁掉，只用口头传达，一个告诉一个；只有那些重要文件，像二中全会文件，渡江命令……没有人愿意毁掉这些珍贵的党的文件，才秘密保存下来。但是他们还不放心，老早就叫成岗坚持用仿宋字体，而且去掉《挺进报》的刊头。还在《挺进报》刚刚发行的时候，齐晓轩和他的战友就研究过成岗写字的特征，一直学着他的字迹。多年的监狱生活，教会了他们预先防备一切可能发生的意外。这一次，事情正发生在齐晓轩的牢房里，按照事前的约定，到了不可避免的时候，齐晓轩就挺身站了出来，保卫组织，保卫自己的同志。

特务对照了字迹，还有些半信半疑，再一次到牢房里来，仔细搜查了齐晓轩所有的东西，果然，在他的枕头里面，搜出一小截变色铅笔和几张破纸。

陆清冷笑着，掩盖不住胜利渐渐到手的骄傲：

“说说看，这个东西是怎样送进来的？”

“外边的地下分子给你送进来的！”杨进兴狠狠地加上一句，“杨虎城的消息，就是你们透出去的！”

陆清一边问着，一边拿起那张可怕的文件，递到齐晓轩眼前。陆清早已知道，即使是多年前的地委书记，齐晓轩本人仍然写不出这种内容的传单。

“说说看，地下党怎么和你们联系？”

此刻的陆清，注意力自然集中到齐晓轩身上。既然是他写的字迹，那就是说，文件是地下党送给他的，杨虎城的消息也是他走漏的。

齐晓轩轻微地摇了摇头，说出了一个特务完全没有想到的简单情节。他讲的是出乎敌人意料的事情。他说：不久以前，正是敌人忙着烧毁文件的那天，看守员都上楼搬档案去了，楼下只有一两个特务留下来巡逻，他在放风的时候，走到院坝里散步，偶然发现了管理室的门没有上锁，里面又没有人，于是，就走了进去，随意翻阅着报纸，为的是想看一看有没有释放政治犯的消息，不料在报纸上，发现了公开刊登的召开七届二中全会的消息……

“哼，你说得好流利！”陆清又一次冷笑。

“怎么？你敢随便进我的管理室？”杨进兴大叫一声，脸色突然变得灰白，他发觉自己被牵连进去了，并且有重大的责任。

“没有锁门，当然可以进去。”齐晓轩坦然地回答了杨进兴。

忘记锁门的疏忽，在杨进兴确是常有的事。杨进兴忍不住声音发抖地狂吼起来：

“决不可能！我们的报纸，会登你们共产党的消息？”

“你们把报纸拿来翻翻看。”齐晓轩并没有流露出丝毫异样的神情，他很清楚，成岗的消息，肯定是从黄以声的报纸上抄下来的。

敌人再一次冷笑，下命令搬来了一些报纸。

齐晓轩慢慢地翻阅着。前些时候，在“和谈”期间，国民党不能不装出一点“民主”的幌子，新闻检查偶尔放宽了一些，在一些民办的报纸上，也就时而出现几段新华社的消息。这些消息，常常被《挺进报》白宫版愉快地记录下来。齐晓轩耐心地读着报上那些大标题，他需要趁机记住更多的消息。

“还没有找到吗？根本没有登！”杨进兴得意地说。

“让他翻吧。”陆清嘴里咬着烟斗，冷冷地嘲讽。

“你们看看这里。”齐晓轩最后才指了指一张报纸。报纸上的标题，清楚地印着：

中共中央召开七届二中全会

两个特务都吃了一惊。他们久久地望着报纸，完全没有想到齐晓轩竟这样简单地解决了他们的疑难。这些特务，平时是不大认真看报的，现在只好哑口无言。

齐晓轩从容地抬起眼睛，微微带笑地瞧着面前两张尴尬的脸。

“这是什么地方？你懂不懂所规？懂不懂进行‘奸匪煽动’的处置条例？”陆清威胁的声音里，带着空虚。

“完全知道。”没有丝毫的犹豫或恐惧，仍旧是齐晓轩惯用的平静而自然的声音，“这里是白公馆集中营。”

到这时候，齐晓轩更是无所畏惧，除了他个人的偶然活动而外，敌人不仅找不到党的活动，更无法追究是谁把杨虎城的消息送出去的事。敌人永远不会知道党的秘密。

齐晓轩慢慢抬起头来，望着旁边的窗口，窗外一片蓝天，几朵白云轻轻地浮在空中，缓缓飘动。随眼望着远处油绿的青山，齐晓轩的嘴唇动了一下：

“告诉你们，我永远是共产党员。”

……陆清不断地抽着香烟，似睡非睡地躺在沙发上。地板上胡浩流下的血迹，已经清除干净了。杨进兴心绪烦躁地在光滑的地板上走来走去，无心回答陆清问他的话。

写报告上报给特别顾问吧？杨进兴有点害怕，他是看守长，报纸却偏偏是他办公室里的，怎能卸脱这份责任？他担心按照“团体”的无情纪律，自己首先会受到“失职”的严厉处分。

陆清担心的事比他更多，也更重要：“管理不善”，陆清也有无法推诿的责任，更重要的是，他难于相信已经作出的结论。是齐晓轩吗？真是他那么偶然地干的吗？字确实是他写的，报纸上也找到了消息的来源。陆清不能不勉强同意这结论的正确，但他决不甘心。

“是呀，所长，你和我都可能受到纪律处分。”杨进兴再也不像平常那么凶狠，颓然地坐在沙发上，“我，我看……”

“明天早晨，你召集全体看守员训话，”陆清停了一停，才大声说道：“以后，谁也不准再提这张纸条子的事情！”

“是！”杨进兴一听这话，心里落下了一块石头。

“还有，”陆清从沙发上翻身坐正，点燃了又一支烟，降低了声音说：“和地下党的联系，必须继续追寻。我看刘思扬是最大的危险。”

“还有成岗！”

“成岗不算。”陆清知道顾问处早已反复研究、分析了成岗在注射时讲过的一切，他们认为注射诚实注射剂以后得到的材料，是绝对准确的，对美国科学的最新成就，谁也不应该怀疑。而成岗当时所讲的一切，都证明他在白公馆并无特殊活动。

“你要把注意力集中到刘思扬身上……”陆清停了一下，谨慎地下定决心采取新的措施：“共军攻势猛烈，现在更要小心预防政治犯越狱，这是我们今后的主要任务。应该立刻调整牢房，把共产党集中起来，集中在几间牢房，设置双岗，加强看管。决不能像现在这样，楼上楼下，到处分散拘押。集中控制才好监视，才不会留给他们任意活动的余地，才不会给他们可乘之机。”

“不过，”陆清放低了的声调里，隐藏着复杂的思虑；但头脑简单的杨进兴，没有看穿他的真实动机，所以他故意解释道：“作为一种手腕，在日常生活方面，不妨稍微放宽一些。过去，渣滓洞也是这样做的……”

第二十三章

成岗和刘思扬的脚镣和手铐被松掉了。他们被押下楼来，换了新的牢房。

初次来到楼下，心里充满了新奇和高兴。不管敌人如何监视，和更多的战友们住在一起总是可喜的事。楼下的战友是沉默的，但是看见他们下楼时，也微微看了看他们，仿佛用短暂的目光，向他们表示战友的致意。

新到的牢房，比楼上原来那一小间大得多，两丈来长，一丈五六尺宽，像这样的房间，在渣滓洞起码要关三十个人。可是，白公馆囚禁的政治犯不多，原来关的特务，最近以来不断释放，剩下一些，又多集中到楼房旁边的那列平房里受优待去了。成岗和刘思扬住的这间牢房，只关了七个人。

白公馆比渣滓洞更牢固和严密，牢房四周是砖墙，墙上空荡荡的不准挂衣物。铁窗很多，便于特务窥探牢房。但是这对牢房里的人也有好处，不仅空气比较容易流通，而且从众多的铁窗口，也便于监视那些躲在墙角窃听的敌人。

他们这间牢房，是在楼下的左前方。旁边，就是那道通向楼上和侧门的楼梯，刚好有道铁窗正望得见楼梯和侧门，如果侧门打开，甚至可以看见高墙外边敌人的行动。牢房前面，和楼上一样，也有宽宽的走廊，走廊的堡坎之下，才是他们在楼上经常看到的院坝。这间牢房的铁签子门，不是对着走廊，而是对着楼房中部的一条巷道开的。巷道两边，都是窄房。他们的牢房对面，便是老齐住的那间。巷道的出口，对着院坝，对着白公馆经常锁闭的大门。巷道另一边的尽头是一堵墙，墙的正中，挂着一个巨大的镜框，里面装的是手握军刀的蒋介石秃着脑顶的相片，下面横七竖八涂上一些玷污人眼的反动标语。但是，装着蒋介石相片的镜框，也有它一个颇为特殊的用途：那镜框的下沿贴着墙，上边则微微朝下，略带俯角。特务这样挂着，大概是希望人们更容易看清他们大老板的相貌，但是这样一来，镜框上面的玻璃，恰像一面镜子，在暗黑的巷道深处，明亮地反射着外面的阳光，而在反射阳光的同时，也把远处出现的，甚至躲在走廊下面院坝里的特务的行踪，全都暴露在玻璃上。

成岗和刘思扬刚刚在同牢房的战友们的帮助下，铺好自己简单的床位，便看见一个特务走进巷道，到了对面牢房门口。

“出来，胡浩。带行李！”

这是干什么？又出现了新的情况，或者《挺进报》事件的处理，又有了新的发展变化？成岗警惕起来，注意着事件的发展。背后，有人唧唧喳喳地说话。他没有去惊动他们，但他感到有一个人来到他的身边，成岗没有回头，便说：

“思扬，注意。”

“又是什么新花样？”刘思扬低声问。

胡浩赤着脚，出现在牢门口，他抱着一卷行李，怒问道：

“到哪里去？”

“换间房子，”特务抬手指了指成岗这边的牢房，“搬到那边去。”

原来是这么回事。成岗心里飞快地想了一下，便明白了，这是敌人害怕。在《挺进报》事件之后，他们不愿再让胡浩和老齐住在一起，所以往他们这边调动。阴险多疑的特务，防范着各种可能出现的危险。

胡浩走过来了，脸上没有表情。特务打开牢门，又锁上。

晚饭以后，夜幕慢慢降临。巷道里的电灯，把光线从签子门缝中射进牢房，在地板上投下一条条黑白相间的亮处和暗影。人们多已进入梦境，不管牢房外边阵阵传来皮靴的响动，不管高墙外边荷枪巡逻的警卫，不管夜里多黑，多阴森。这时候，在这间牢房里，只有胡浩和另一个人还没有躺下，他们靠在灯光照不见的角落里喁喁谈话……

已经睡下的人们中间，也有两个并没有睡着的，那是成岗和刘思扬。他们头靠着头，闭着眼，一动也不动，像熟睡的人，但是，低沉的、缓慢的对话，正在他们之间悄悄地进行。

“……老齐那边……人太杂。关着两个特务……监视得很紧……不好活动……”

“他们那边，自己人多吗？”刘思扬问。

“老齐……三个1941年被捕的学生，原来还有胡浩……现在……连特务……同室是……八个人。”

“我们这边……加上胡浩……也是八个。”

“这边……都是自己人……没有关特务……”

“是呀……条件很好。”

成岗没有回答，也许是疲倦了。旁边，胡浩和谁的喁喁谈话也停止了。不知何时，刘思扬进入了睡乡……

天色渐渐亮了。没有表，不知道是几点钟，从照进房间的朝阳的斜角来看，约莫是七点左右。牢房里的人们都已经起来，整理了铺位。胡浩早就靠在牢门边上，望着对面的牢房，那是他住过多年的地方，他有着说不出的留恋，默默地望着，用没有表情的目光，暗暗向对面的战友问好。

成岗和刘思扬默默无言地坐着，他们也有心事——刚才下楼，一切都不熟悉，应该如何工作呢？他们考虑着，要不要在放风的时刻，去找老齐？但他们又担心，刚一下来，就去联系，一定会引起敌人的注意。

特务在院坝里大声吹口哨。牢门打开了，人们走了出去。

是早点名。和渣滓洞一样，早晚都要点名。过去点名是在牢房里，几天以前，早点名才改在院坝里。点名之后，可以有几分钟时间去洗脸，上厕所，实际上是一次额外的放风。集中看管比他们在楼上反而自由了一些。

杨进兴大声地点名，点过名之后，他就暗自站在一边，监视着院坝四周。

洗完脸，成岗和刘思扬默默地在院坝里散步。胡浩照样提水灌溉小树。老齐坐在角落里沐浴着早上的阳光。老袁和更多的人一样，一言不发地走来走去……这一切，和昨天一样，和一个月以前一样，甚至和一年以前也完全一样。

时光过得很快，疯疯癫癫的华子良又送早饭来了。刘思扬注意着他神经质地颤抖着的手和满头白发，对这可怜虫似的老疯子，不知道应该鄙弃还是应该同情。

“吃饭了，思扬。”成岗在叫他。

刘思扬正要回身离开牢门，忽然看见疯子华子良从巷道外走过，手里端了一碗饭。这是给谁的呢？为什么要由疯子单独送饭？刘思扬留在牢门边，仔细望着。过了一会儿，他看见疯子到了平房底下那个隧道口上，接着，电灯闪着光，照亮了黑暗的隧道，疯子钻进去了。刘思扬心底突然出现了一个解不开的疙瘩。难道隧道深处关着人吗？过去，怎么一直没听成岗说过？他固执地守在牢门口，等着，直到疯子从隧道里出来。这时，他手上拿的是一只空碗。刘思扬记得很清楚，疯子拿进去的是白土碗，拿出来的却是蓝花碗。刘思扬明白了，隧道深处关得有人。疯子送饭进去，又把上一次送饭的空碗带了出来。可是，隧道深处，关的是什么人呢？刘思扬不知道，也不便马上问成岗或胡浩。他默默地离开牢门，转回来。他看见，成岗已经为他盛好了饭。疯子连饭也没有煮好，有的焦煳，有些又夹生……

吃过早饭，刘思扬才把刚才看见的事情，轻声告诉成岗。

“成岗，你知道这件事吗？”

成岗暂时没有回答，隧道深处的地窖里，关着一个不知名的战友，这事，成岗第一次听到，是从临走的小萝卜头口里。原来，因为情况不明，他觉得不必告诉刘思扬。此刻，刘思扬问起这事，成岗便觉得没有必要再瞒他了。不过他也不了解更多的情况，难于开口。

“我们问问胡浩，看他知道吗？”刘思扬征求着意见。

成岗迟疑着，没有讲话，他怀疑胡浩也未必了解详情。他在小萝卜头讲了以后，曾向楼下汇报过，没有答复，也没有给他们布置过这方面的任务。

刘思扬把刚才看见的事对胡浩讲了一遍，胡浩摇了摇头，说道：

“关的是谁，我也不知道。”胡浩说，他只知道一些零星的情况，“这个人已经关了几个月了。每天都是单独送饭。过去是特务去送，不久前，改成老疯子送饭了。”

“老厨工呢？”刘思扬突然问。

“不知道。”胡浩深思起来，“老厨工是许多年前被抓进来煮饭的，人很善良，我担心……”

疯老头送完了饭，又独自在院坝里，一声不响地练着跑步。刘思扬看了看，又问胡浩：

“华子良在吓疯以前，就是这样的吗？”

“我刚来的第一天，就看到他练跑。听说，他已经被关了十几年，一直都是这样。”

“有熟悉他的人吗？”

胡浩摇了摇头：“从来没看见他同谁说过一句话。我们同牢房关了五年，他也没开过口。每天放风，尽在院坝练跑步，天晴是这样，下雨是这样，刮风下雪也是这样。我记得有一年，下大雨，院坝里积满了水，疯子周身都湿透了，还是踏着积水乱跑。可是一回到牢房，就闭着眼，一动不动地坐着，活像一尊泥塑木雕的怪物。吓疯了以后，连眼神也变了，头几个月，一看见特务就发抖……”

胡浩说完，默默地低下头看书。这时候，刘思扬才发现胡浩手上竟拿着一大本书。他在渣滓洞关了一年，除了自己人编的教材，从未看过报，更没有看过书。到白公馆以后，和成岗在一起，也只是互相讲述学过的东西，从来没有书看。刘思扬情不自禁地从胡浩手上把那本书抓到眼前，定睛细看。

“《中国史纲》，第二册，翦伯赞著……”刘思扬惊异极了，“这本书从哪里来的？在外边也是禁书呀！”

“怎么？”胡浩也有点奇怪，“你们住了这么久，还不知道图书馆吗？”

“图书馆？真的？”

“真的。”

“公开的？”

“公开的。”

“在哪里？”

“等一会儿，我带你去借书。”

“哦！太好了。”刘思扬差点叫出声来。在这暗无天日的集中营里，竟有个图书馆，真是想不到的事。“成岗，你知道吗，这里有图书馆！”说完，刘思扬才看见成岗手里也拿着一本书。原来，成岗是从另一个人手中得到的。

成岗微笑着，没有讲话。

坐在旁边的一个人，这时低声插进来说：“这里的图书馆，书很多。”

……牢狱里一片静寂，鸦雀无声，刘思扬缓步走到牢门边，他发现,几乎每个牢房,每个人,都在静静地看书。他立刻醒悟了:这里不仅有复杂的斗争，而且有顽强的学习。在渣滓洞的时候，他就曾经想过，如果在集中营里能够读书，他一定要好好地把自己武装起来。失去自由，但不能失去思想，他深深地觉察到战友们专注的学习，正是一种顽强的战斗。

为什么阴森恐怖的白公馆里，会有图书馆呢？刘思扬不解。但他也初步想到，这一定是战友们多年来斗争的收获。

上午的放风时间终于到了，刘思扬和成岗一先一后地跟着胡浩，用最平静而缓慢的脚步，向图书馆走去。刘思扬发觉自己的心扑通通地直跳，如同去参加一项冒险活动似的，情绪紧张起来。

图书馆设在一间普通的牢房里。光线微弱，仅有一个很小的窗户，这房间在楼房的背面，很不引人注目，门是锁着的，管理图书的人还没有来。

“图书管理员是老袁。”胡浩介绍说，“他马上会来。”

刘思扬记得，老袁是从上饶集中营辗转押来的，但是连他的真实姓名，敌人也还不知道。在楼上，成岗就给他介绍过，但是不知道他是图书管理员。

一会儿，老袁来了，开了门，先走进去，坐在借书登记的桌边，没有说话。

一踏进房间，成岗和刘思扬都嗅到一股霉臭的味道。到处是灰尘、蜘蛛网，仿佛他们不是进入一间图书馆，而是进入一座荒废已久的古堡。满目破旧的书刊废纸，胡乱堆积在摇摇欲坠的书架上。书架大而且多，塞满了房间，叫人连气都喘不过来。书架之间，只留着勉强能过人的通道。通道的地板上，也堆满发黄的陈旧杂志。借书的人，只能置身在书架的挤压之下，站在废纸丛中，勉强寻找自己需要的书。偏偏这些书籍都没有编号和分类，堆在一起，被尘埃盖着，一取书，那厚厚的灰尘就飞扬起来，变得满屋烟尘，灰雾蒙蒙。刘思扬一进屋，就连连打了几个喷嚏，站在门口不知所措。为什么大家让灰尘盖满书架，而不打扫一下？图书管理员为什么不把书籍整理出来，至少也该把乱堆在地下的破书废纸收拾干净呀。

胡浩和成岗，已经挤进书架丛中去了。他们一走动，屋子里便灰尘四起。刘思扬迟疑了一下，但是多时未读书而产生的强烈欲望支持、怂恿着他，使他不顾一切地钻进尘埃中去……

书架上，杂乱的书籍，旧得发黄。刘思扬找了好久，几乎尽是些《世界伟人希特勒》《墨索里尼自传》《总裁言论集》和《特工概论》《情报学》《侦察术》《心理作战精义》《跟踪方法研讨》

《指纹学》《爆破讲义》……这些书充塞着书架，也随地抛弃着。刘思扬感到恶心，连摸也没有去摸一下。后来，他找到了一书架英文图书，其中多数是第二次世界大战期间，美军的袖珍本读物，小说为主，但又都是些黄色的西部小说，印着庸俗色情的封面，刘思扬也没有去翻它。然后，他发现一书架的字典，《康熙字典》《辞源》《辞海》《四用英文字典》，法文、德文字典以及一些不认识的文字的字典，紊乱地堆着。刘思扬觉得有点可惜，他想去扶正一下这堆字典和辞源。突然，他看到字典当中夹着一本《简明哲学辞典》，刘思扬高兴了，把这本书取了出来，翻开一看，正是他需要的书。刘思扬把书夹在腋下，决定借这一本。接着，他又在烟尘深处，发现了几本屠格涅夫的著作，随手取下了一本《罗亭》。

刘思扬还想再找一找，可是灰尘使他呛咳得厉害，再也待不下去，只好退到图书馆门口。他把书交给老袁，对方没有接，只把借书登记册推到他面前，让他自己签名登记，一句话也没有说。

刘思扬这时才看见桌上有一支毛笔和一个硕大无比的铜墨盒。被捕以来，刘思扬还是第一次看到笔墨，他提起笔来，很不灵活地签上名，赶快逃出了霉臭难堪的图书馆。回到阳光底下，刘思扬深深地吸了几口新鲜空气，像从一场沉闷的噩梦中醒来一样，他简直不相信，世界上竟有这样可怕的图书馆。

成岗也夹着两本书出来，刘思扬看见他的脸上全是灰，头发也弄成黄褐色的了。

回到牢房以后，刘思扬忍不住说：

“这图书馆真该扫除一下。”

成岗看了刘思扬一眼，问道：

“怎么，你没有感觉出来？”

“感觉什么？”刘思扬诧异地问。

“你想想，”成岗说道，“像这样美妙的地方，特务愿意进去受罪吗？”

“哦，成岗！”刘思扬忽闪着目光，忽然笑了，“我真笨，竟没有想到……”

刘思扬翻开《哲学辞典》，愉快地读着那些许久未曾读到的东西，他感到有一种说不出的亲切之感，就像和多年不见的朋友，在患难中重逢似的。他匆匆地翻阅着，心里很自然地想到，要是渣滓洞的战友们也有这样的书读，那才好咧！一元论，真理，唯物主义世界观，矛盾统一律，质量互变，种族，国家……一连串的术语从眼前飞跃过去。刘思扬放下了书，端坐着。牢房里很安静，大家都在读书。这时，他不禁想起，在刚刚被捕的时候，曾对敌人说过的话：自己是从哲学、政治经济学中找到革命真理的。当时，敌人似乎信以为真了；其实，他这些话只是作为一种“口供”来对付敌人的。他虽然喜欢读书，但读书不等于革命，他实际走过的是一条迂回曲折的路——在那动荡变化的年代里，如果没有救亡运动的洗礼，如果没有学生运动的影响，如果没有许许多多火热的斗争实践的考验和锻炼，更主要的，如果没有党的引导和帮助，他将和旁的仅有爱国热情的知识分子一样，难以最后背叛自己出身的阶级，而为人类的最伟大的理想献身……然而这些，都已过去，作为无产阶级的一名战士，一年多来，他更加迫切地要求自己在斗争中迅速成长起来，一定要经受得住任何考验，永远跟着党。

过了一阵，刘思扬又拿起那本《罗亭》。这本书是土纸印的，灰褐色的封面已经破旧，被补过的。扉页上，有一行楷书的毛笔字：

文优纸劣，特请珍惜

是谁的题字？刘思扬诧异起来。他好奇地翻着，翻着，瞥见书页的土纸中夹杂着几页白纸，赶快把白纸翻出来，原来，有人把书上的破损、缺页，全部用蝇头小楷在白纸上补写出来。刘思扬把扉页的字迹和蝇头小楷比较了一下，是同一个人写的。谁这样耐心，这样认真，这样严肃地叮咛别人，又这样以身作则地爱惜书籍？

刘思扬来到胡浩面前，低声问："你看，这是谁的字？"

胡浩接过刘思扬递给他的书，移近他那近视的眼睛，看了一下。

"车耀先的笔迹。"胡浩低声说道，"图书得来不易，这座图书馆是罗世文、车耀先领导大家斗争的胜利品。"

车耀先是 1940 年被捕的，当时他是中共四川省的军委负责人，和省委书记罗世文关在一起。刘思扬在渣滓洞就知道了，但他没有想到，在这里会看见车耀先同志的亲笔。

“罗世文和车耀先在抗战胜利那年，利用了国共谈判的有利形势，组织了斗争，迫使敌人把捕人时没收来的书刊集中起来，在息烽集中营里办了图书馆，管理员就是车耀先。”胡浩接着又说，“后来，息烽的人搬来白公馆，这些书也搬来了。特务的破书也堆在一起。车耀先每天都在图书馆里修补图书，所以许多书上，都留下了他的笔迹。他用的那个大铜墨盒，现在还在图书馆里……”

“思扬，你来看，这本书太好了！”

刘思扬回头一看，成岗正被一本书吸引着。

“你看的什么？”

成岗把书一合，封面上的字露出来了：《从一个人看一个新世界》。

“看完了给我。”

成岗点头。

“还借了什么书？”

“《读书偶译》。”

“邹韬奋的？”

“嗯。”

“先给我看看。”

刘思扬从成岗手里得到了书，飞快地翻阅起来，他看见这本生活书店战前发行的书籍里有着好些插图，其中有一幅精美的马克思的画像。忽然，一个念头涌上心头，刘思扬回头低声说道：

“胡浩，可以找到笔和纸吗？”

胡浩点了点头。

下午放风以后，刘思扬偷偷接过胡浩递给他的一支切去了大半截笔杆的毛笔，和一小块墨，还有一张折小了的白纸。

刘思扬躲在房角里，用背掩蔽着自己的动作，牙齿轻轻咬湿笔尖，唾液拌和着墨，在白纸上临摹着那张马克思的像。他慢慢画着，画得相当像。然后，用留下的饭粒，把画像贴在已经破旧的《读书偶译》的封面上。

“成岗，你看！”刘思扬兴奋地问，“画得像吗？”

“贴在封面上敌人会发现的。”

“不会，他们认不出来。”刘思扬充满自信地说，“这座图书馆，敌人根本不进去！”

成岗摇摇头，他不赞同刘思扬的做法。

刘思扬十分愉快、兴奋，一种使人陶醉的火热的激情，不断在他心头冲动。因为他几乎从每一件事都得到启示，这里多年斗争的传统，成了给予他无穷力量的泉源。夜里，刘思扬失眠了。兴奋使他久久地不能睡去，静静地躺着，合上眼，心里却翻开了无穷的回忆，联想，希望……快到半夜，同牢房的人打着鼾，深深地睡熟了，刘思扬的脑子还十分清醒。下楼来不到两天，他已经看见了、知道了那么多新的事情，真的，就像个才上战场的新战士，他被周围的事物吸引得眼花缭乱，心潮激荡，不能控制自己了。

旁边，有什么东西窸窸窣窣地响，刘思扬微微张开眼睛，看见身旁的胡浩侧身躺着，两只手在昏暗的光线下摸索。一块地板被胡浩的指尖撬了起来。那块地板竟像奇迹般无声地服从着胡浩的动作。胡浩把手伸进地板的缝隙，摸出一沓纸，取了几页，又把那沓纸放还到地板底下。然后，重新盖好地板。这一切，胡浩做得十分迅速，熟练，几乎没有声音。接着，刘思扬又看见，胡浩仍然侧躺着，仿佛在睡觉。其实，他没有睡，手上握着笔，凑近纸张，在昏暗的光线下，近视的眼睛几乎贴在纸上，一丝不苟地写……

刘思扬想问胡浩在做什么，又觉得不便在这时候去惊动他。为着避免惊动正在写着的胡浩，刘思扬默默地躺着，一夜没有睡熟。

胡浩不停地写，直到天快亮了，才把纸、笔放回地板底下，翻身睡去。

新的一天过去了，刘思扬没有机会解开这个心里的疙瘩。

又是晚上，又到了深夜，刘思扬再一次看见胡浩重复着昨夜的活动，一直写到天亮。仿佛，这在胡浩已不是偶然的事情，而是他的生活中的一部分。他做得那么熟练，那样有规律。刘思扬已经观察清楚，一到天黑，胡浩就睡了，很快就打着鼾睡熟了。可是刚到半夜，鼾声一停，他就醒来，马上开始工作。不是长期养成的习惯，怎能这样准确地按时醒来呢？

早晨，点名回来，刘思扬把两夜来看见的事低声告诉了成岗。

“不要管他。”成岗说。

“但是，”刘思扬问道：“他到底有什么秘密活动呢？他又不是党员。”

“他在写什么东西。”成岗说道：“已经好几年了。”

“这不是很危险吗？”

“他用的大概是代字和符号，除了他自己谁也看不懂。劝过他别写，他不同意。”成岗解释道：“不过他做得很谨慎。”

“他一写就被我看见了！”

“他没有想瞒你。”

“哦——”刘思扬竟没有想到这点，“我去和他谈谈。”

“不，没有必要。”接着，成岗带着严肃的神情，告诉他：“党组织指示我们提高警惕，要减少表面活动。党要我们认真学习《整风文献》……”成岗在刘思扬耳边说：“你是敌人最注意的对象，少出去走动，看书也要谨慎，不能让敌人察觉。”

成岗说完，从毯子下面取出一本《整风文献》，交给刘思扬，这本书的封面上贴的是《中国地理》。他告诉刘思扬：

“不看的时候，藏在地板下面。”

“是胡浩那儿吗？”

“不。我们住的角落，从内向外数，第二块地板，短的那块，从左边向上一揭就开了。书放在墙角的暗洞里，那里还有《共产党宣言》《联共党史》……你在墙角搬开砖头，一摸就能找到。”

刘思扬默默地听着成岗的话，没有插嘴。直到放风的时候，他犹自读着手上的书。

所有的人都出去散步了。刘思扬藏好手上的书，慢慢站起来，跨出牢房。他似乎看见成岗在眼前一晃，便独自消失在图书馆那边了。

老齐也出来散步，他缓缓地从刘思扬身边走过，不慌不忙地朝图书馆走去。

刘思扬四面望望，值班的两个特务正在说话，其他看守特务都不在楼下。刘思扬觉得这个机会很好，决定到图书馆去再借几本书。成岗和老齐都在那里，也许会给他介绍几本好书。

刘思扬走到图书馆门口，看见老袁正倚着门念一本唐诗，津津有味地，发出咏诵的声音：

月落乌啼霜满天，
江枫渔火对愁眠。
姑苏城外寒山寺，
夜半钟声到客船。

刘思扬走进门去，老袁没有看他，继续朗诵着：

君问归期未有期，
巴山夜雨涨秋池。
何当共剪西窗烛，
却话巴山夜雨时。

刘思扬从尘埃中，走过书架林立的黑暗而窄小的通道，一个人也没有看见。成岗和老齐没有进来？刘思扬亲眼看见他们向这边来的，可是，才一会儿，他们都不见了。他呆呆地站在书堆之中，惶惑不解。

外边，老袁的声音还在不停地吟咏……

刘思扬失望了。从图书馆出来时，走过昨天帮成岗还书的书架，偶然想到看一看那本贴上马克思像的书。他停下来，探手到书架上寻找，可是他发现，那本《读书偶译》不在了。他离开那书架，慢慢走着，忽然想起胡浩说过有些书是堆在破纸堆里的，人们从灰尘中轻轻取出，又轻轻还到灰尘中去。刘思扬找到一大堆零乱堆放的《东方杂志》，他试着翻寻，果然找到几本书。他选择了一下，取了一本已经没有封面的《反杜林论》，又把剩下的几本还回原处。

刘思扬回到借书处，拿起笔正要在借书登记册上登记，可是老袁突然停止朗读，回头说道：

“不是书架上取的，用不着登记。”

刘思扬迟疑地放下笔。真怪，老袁一直在念读唐诗，他怎么知道自己拿的不是书架上的书？刘思扬随手翻阅着借书登记册，看出来了，那上面登记的，全是不被敌人注意的书名……

刘思扬放开借书登记册，目光忽然停住。桌上端端正正摆着一本书，正是他昨天归还的那本《读书偶译》。可是，书上已经没有他贴上去的马克思像，连封面也被撕掉了。是谁撕掉的？又是谁把它放在桌上的？刘思扬清清楚楚地记得，他进图书馆时，桌上并没有这本书。没有，当时确实没有。

“思扬同志，”刘思扬抬头看见了一对责难他的眼睛，“不应该这样毫无必要地招引敌人的注意。任何时候、任何细小的麻痹轻敌，都会带来血的教训！”老袁冷冷地说：“这不是勇敢。这和蔑视敌人的英雄气概毫无共同之处。”

老袁又重新翻开唐诗念起来，仿佛，他一直在朗诵着，并没有和谁说过话似的。

刘思扬红着脸走开了，感到一阵强烈的羞愧。但是他也从内心里发出真诚的感激，只有真正的马克思列宁主义者，才能用这种原则态度，来帮助他在错综复杂的斗争里，克服缺点，不断提高，成为坚定成熟的战士。

在他身后，继续传来缓慢而抑扬顿挫的吟咏声——

花间一壶酒，
独酌无相亲。
举杯邀明月，
对影成三人。
……

第二十四章

刘思扬没有找到的成岗和齐晓轩，确实在图书馆里。不过，他们不是在尘土弥漫的书架丛中，而是在楼板下面。

图书馆的一处楼板，也和许多牢房里的一样，多年以前，就被失去自由的人们拔掉了钉子，变成秘密集会的地方。这地方是极端秘密的，不仅敌人从来没有发现，就是囚禁多年的人，也不知道。只有党的组织在研究重大问题的时候，才偶尔有少数同志利用它。

这个秘密的集会地点，在楼房的最下层，就在楼下牢房的楼板底下。四周封闭着厚实的条石堡坎，撑持着整座架空的屋架，在这潮湿黑暗的屋基里，耸立着许许多多石柱、砖墙来承受楼房的重压；在架空的楼桴之上，密密地铺设着楼板，这就是楼下牢房的楼板。穿过那些密布的砖石柱基和早被拆穿的窄小墙孔，人们竟可以走到楼下每间牢房。暗黑潮湿的屋基上，堆满了建造牢房时丢下的瓦砾和砖头、石块。

头上的楼板，已经盖好。在充满霉腐气味的潮湿的瓦砾堆上，成岗靠着一根粗大的石柱坐着。在这从未见过天日的屋架底下，黑黝黝的，几乎没有光线，只有留在条石堡坎间的几个气孔射进几缕微光，隐约照见对面齐晓轩沉思着的瘦脸。

成岗听了齐晓轩的话，也在思索。用什么办法才能尽快地把老齐从黄以声将军那里得来的情报送出去呢？中美合作所正在策划新的阴谋，美蒋特务准备在溃退之前，炸毁全市工厂、电站、重要桥梁，并且要在山城纵火，把百万人口的城市变成一片废墟。一定要把这危险的、敌人的秘密计划通知地下党，否则就无法保全这座西南最大的城市。

"分析陆清对黄以声透露的情报，可以断定，华盛顿要派一个秘密代表团来，并且会来一个美国训练的爆破队……"

齐晓轩说着，忽然停顿了。头顶上，传来图书管理员老袁朗诵的声音：

月落乌啼霜满天，
江枫渔火对愁眠。
姑苏城外寒山寺，
夜半钟声到客船。

"有人来了。"齐晓轩低声说着，又侧耳静听着楼板外面继续传来的声音，成岗屏息坐着，一动也不动。

……
何当共剪西窗烛，
却话巴山夜雨时。

“自己人。”齐晓轩说。

“可能是刘思扬。”成岗低声判断着。

过了一阵，又听见老袁在读新的一首：

花间一壶酒，
独酌无相亲。
……

“走了。”齐晓轩这才继续说道：

“上海、武汉解放后，人民解放军南下广东、福建，西北直取兰州、迪化。解放西南的大军，也即将出发。现在敌人的恐慌和疯狂完全可以理解。蒋介石来重庆，不仅是为了部署顽抗，更主要的目的，是执行美帝国主义的决定，彻底破坏西南的工业和城市。重庆的大小工厂，自贡的盐井，成都，昆明，贵阳，西南各大城市，都是敌人破坏的目标。及早把情报送出去，党才好揭穿敌人的阴谋，发动群众保护城市……”

“而且，解放的时机，渐渐逼近。”成岗听刘思扬讲过渣滓洞的越狱准备，下楼以后又听老齐谈了越狱计划。因此，及时把准备情况告诉党，也是完全必要的。因此，他说：“和地下党建立联系，我们才好和渣滓洞配合，一齐突围出去！”

“首先是送情报。”老齐说道，“我们目前的任务是尽快和地下党恢复联系。”

齐晓轩感到忧虑的，是白公馆和地下党的联系最近中断了。过去经常由厨工送信出去，那厨工是贵州人，从被抓进来煮饭时起，便不断受到党的教育，在息烽时他就自愿地秘密送信。同志们多次叫他不要过于关心人们的生活，但他有时总要冒险送些盐渍的野菜进牢……从他被特务处置以后，白公馆和外面的联系便中断了。因此，老齐才决定找被捕不太久的成岗，研究外面的情况，以便采取新的行动。

“从厨工出事以后，为了谨慎，原来的地址不能再用。”老齐慢慢地问，“你手上有可靠的地址吗？”

“地址是有的，可是怎样送信出去呢？”

“现在能进出中美合作所的，还有一个人。”

“谁？”

“代替厨工的华子良。”

“他？那个疯子？”成岗很不信任那个疯癫胆怯而又衰迈的可怜虫，“几声枪响，就吓疯了！他能帮我们送信？这个人绝对不可靠！”

“我们观察了几年……”齐晓轩谨慎地深思着，“没有发现他有什么异常的表现。”

“他被捕前是否是党员？”

“查不出来……”

成岗觉得，老齐的话更加证实了自己平时的看法，便毫不犹豫地进一步说道：

“我看他一定是个普通群众，敌人没弄清楚，误捉来的，绝对不能把党的机要任务交给他。”

“你的根据？”

“在特殊条件下，尽管一个人也可以战斗，但是，任何人决不会认为孤军奋战有什么可取。对我们来说，最痛苦的莫过于和党失去联系。我曾经尝过这种滋味。中共办事处撤退了以后，老许没来接上关系时，那一个多月，真是度日如年。华子良被捕已经整整十五年了，然而，大家看到的是，他和谁都没有联系，也从来不想和谁联系。甚至，直到现在，解放军即将向西南进军的前夕，他也并不想和谁联系。”

“还有什么根据？”

“他一直疯疯癫癫，行动反常。”

“你认为他的行为反常？”

“为了蒙蔽敌人，我们的人可以忍辱负重。”成岗断然地说，“但是他，当老厨工遭枪杀，胡浩受毒打，大家非常难过的时候，他仍然那么冷酷，毫无同情心！不，他和我们的思想感情完全不同，毫无共同之处。”

“成岗，”齐晓轩摇摇头，他有不同的看法，“我觉得……”

楼板外面传来一阵诵诗的洪亮声音。成岗脸色一变，他听出，这是危险的警号。

“老齐，你躲一下！”

成岗抓起一块石头，准备着。黑暗的瓦砾堆，亮了一下，楼板被揭开了。一个满头白发的人，突然出现在成岗面前。微光中，看得见他满脸刺猬一样的胡须，一对眼睛，在黑暗中闪闪发光。

“华子良！”成岗心里一惊，立刻扑上前去，要除掉这个不该出现的人。

“慢着。”华子良迎着扑上前来的成岗，挥了挥手，疯疯癫癫的神经质，从他身上一扫而光，他露出被拔光了牙齿的牙龈笑了一下，明亮的眼睛转向齐晓轩：“我有事情找你。”

“你找老齐？”成岗一把抓住华子良，想卡他的脖子。

“等一等。”齐晓轩在旁边轻声招呼。成岗转头一看，正碰上老齐的目光。齐晓轩点了点头，示意成岗松手。

“你是什么人？”

迎着老齐的问话，华子良上前一步，不慌不忙地说：

“共产党员。”

“为什么到这里来？”

“党需要我现在发挥作用。”

“你找谁？”

“特支书记齐晓轩同志。”

“谁告诉你的？”

“罗世文同志。”

“什么时候？”

“1946 年 8 月 18 日。罗世文、车耀先牺牲那天，我陪杀场的时候。”华子良冷静地回答着，“十五年前，我是华蓥山根据地党委书记。省委书记罗世文同志，是我的上级。可是在敌人面前，我只是个嫌疑分子。在去刑场的路上，罗世文同志估计到敌人押我去，只是陪杀场，为的是再考察一下我到底是不是共产党员。因此，他指示我伪装疯癫，长期隐蔽，欺骗敌人。枪声一响，我就变成了疯子。”

成岗紧捏着的手松开了。齐晓轩继续问道：

“为什么现在才来联系？”

“省委书记给了我特殊任务，非到必要时刻，不准和任何人发生关系。”

“如果我不在了，你怎么办？”

“你牺牲后，找继任书记老袁同志。”

“你的任务？”

“让敌人确信我神经失常。然后，第一，与地下党建立联系；第二，完成越狱突围任务。”

成岗激动地望着华子良，面前这位多年来伪装疯癫的人，真是深谋远虑，卧薪尝胆，善于长期坚持斗争的老同志。

齐晓轩突然提出新的问题：

“你的联络口号？”

华子良应声答道：

“让我们迎接这个伟大的日子吧！”

一听见这个口号，齐晓轩的眼睛突然潮湿了。这口号，正是罗世文同志牺牲前夕，指定他担任特支书记时，告诉他和老袁的。这口号是从当时地下党秘密送来的《论联合政府》中，摘选下来的最后一句。为了在这复杂困难的绝境里，保护党的最大利益，华子良正确地执行了上级的指示，长期未和组织联系，是完全可以理解的。这种忍辱负重的毅力和胆识，多么可贵！

“同志，你来得太好了！好多年来，你不停地练习跑步，你一直在做越狱的准备。”

华子良紧握着齐晓轩伸给他的手说：

“我知道你和老袁，几年来一直注意着我。可是，直到现在，我才有了和地下党建立联系的条件……”华子良摸出一张折叠起来的纸，交给齐晓轩说：“这是地窖里的同志给党的信。”

“你和地窖里的同志联系上了！”齐晓轩沉毅的声音里也带着稀有的激动，“他是谁？”

“许云峰。”

“老许！”一瞬间，成岗惊喜交集了，“他关在地牢里？”

华子良微微地点了点头。

齐晓轩没有马上拆开许云峰的来信，却对着华子良问：

“此刻，你需要什么？”

“地址。”

齐晓轩转眼看看成岗。成岗立刻低声说道：

“林森路三一八号，安平人寿保险公司。”

一片漆黑的地窖里，冰冷潮湿，层层岩块和巨石，堵绝了阳光、空气和一切人间的声响，恰似一口密封了的棺材，深埋在阴暗的地底。成年累月，只有那缓慢得无法察觉的浸水，从石缝中渗出，不时地带着单调微弱的滴答声，落进这无人知晓的洞穴。

在这使人绝望的、秘不可知的活棺材里，许云峰已经被“埋葬”了许多日月。可是，尽管与世隔绝，他的光辉的名字却从未被人遗忘，不论是自己的同志，或者敌人。即使白公馆的战友们长期不知道他的姓名，但只要一提到“地窖里的同志”——

每天一次的送饭，证明他仍然顽强地活着——人们心头便充满庄严崇敬的感情。只有最坚贞的战士，才使敌人如此害怕：不敢公布他的姓名；不敢让他和任何人见面；关进布满高墙电网的集中营里，敌人也还不能放心。

没有白天，没有夜晚，漫长的时间，一秒一分地在黑暗中逝去。许云峰从昏迷中醒来到现在，已经好几个月了。无边的黑暗，与世隔离的孤独，一直困扰着他。没有战友，没有任何战斗的条件，甚至，很长时间，连自己被囚在什么地方和经过了多少日子，也不知道。可是，他却清楚地记得：离开渣滓洞那天，正是1949年元旦，狂热的庆祝胜利的联欢场面，永远比后来再次遭受的毒刑拷打，更能留下色彩鲜明的记忆，并且激励着他独自战斗。

在这无声的、阴暗的地窖里，他有了许多时间来沉思默想。他想过去，也想将来。想到自己怎样从一个受尽迫害的工人，变成一个革命者；想到党，想到在延安学习时住过的窑洞，和第一次见到毛主席时的激动。也想到即将到来的胜利，和胜利后建设社会主义的壮丽事业。但他想得更多的，还是当前的战斗，艰苦复杂的战斗……

为了熟悉战斗的环境，他仔细摸索过这地窖里的每一块石头，反复设想过有关这里的一切。现在，这间地窖的每一个角落，他都完全熟悉了。在黑暗中长期生活，触觉和听觉渐渐代替了视觉，使他能“看见”黑暗中的环境。这地窖不算小，过去也许关过很多不屈的人。当他有一次从腐朽潮湿的稻草堆里，摸到一副锈蚀了的脚镣时，他更肯定了自己的估计。那副早已锈坏了的铁镣，有着明显的在石棱上磨损折断的痕迹。这里，曾经发生过人所不知的战斗。一种亲切的感觉，像阳光一样，照亮了这战斗的环境。

地窖，也许是敌人认为最“安全”的地方，没有特务来日夜看守。许云峰一开始就觉得：对敌人的这种疏忽，若不充分利用，那就是一种软弱和错误。世界上没有奇迹，但是坚定顽强的战士，却可以做出常人认为无法做到的事。能不能在这毫无希望的地底，挖出一条脱险的通道呢？这个大胆的想法，看来几乎是不可能的，但他却有决心试一试。虽然他不知道四壁的岩石之外，还有什么更多的障碍？在黑暗中，他反复探测着这地窖的位置，他坐在稻草堆上，朝着进入地窖的铁门，久久地思索。脚下，是整块的岩层，谁也无法挖透；右面，峭立着的也是凸凹不平的岩墙；背后，和右墙相连的岩石，向下倾斜，到接近左壁的地方，便没入地下，变成地面的岩层；而对面和左壁，却没有岩壁，全是用不太整齐的条石砌成的。这就清楚地说明了地窖是傍岩修建的，从对面和左面，都有可能找到出路。可是对面有着铁门，那是敌人进出的隧道。剩下来的，只有左面的石墙，是唯一可以尝试的方向。不过，他不知道，在左面的条石墙壁之外，会是什么地方？也不知道那条石砌的墙壁是单层的还是多层的。

许云峰在左面的石墙上反复探索，终于找到了一处条石接缝较宽的地方，那是在靠近墙角的角落，从左面数过去的第三块条石。他用手指在接缝间用力挖了一下，湿润的石灰粉屑掉下了一点。新的发现，给他很大的启示，他拿定了主意。

许多日子过去了，他的手指早已磨破，滴着鲜血，但他没有停止过挖掘。石灰的接缝，愈挖得深，他的进度愈慢。脚镣手铐妨碍着他的动作，那狭窄的接缝也使他难于伸手进去。困难，但是困难不能使他停止这场特殊的战斗。

他确信自己被囚的地方，必然是中美合作所内的一处集中营，也许，正是敌人威胁地宣布过的那座“魔窟”白公馆？不管是什么地方，被囚禁的绝不止自己一人。不断挖掘的这条通道，不仅可以自己使用，还可以给更多的战友使用。如果可能，他宁肯自己不用，也要为将来战友们的越狱，准备一条备用的通道。愚蠢的敌人，将他囚禁在这样的地方，对他来说，真是意想不到的幸运。虽然他并不知道，挖开第一块条石之后，还会遇到什么障碍。

从拾得的那副锈蚀了的铁镣上，他取下了半截铁箍，当做挖掘的工具。渴望着为战友们贡献一份力量的愿望，使他永不停息，尽力挖掘着。

每天，他只有很短的时间停止工作，那就是当满面胡须、身穿囚服的白发老头送饭进来的时候。神经质的老头，每次总是目不转睛地望着自己，一言不发。奇怪的是，他每次进来开亮了狱灯，出去时常常忘记关上。许云峰不知道他是无意的疏忽，还是有意让自己多接触一点稀有的光线？

此刻，什么都清楚了，许云峰心里从来没有过像现在这样的高兴。昨天，他已和送饭来的华子良接上了关系。成岗在这里，刘思扬在这里，还有许许多多不认识的，然而互相深深了解的战友在这里，他再也不感到孤独了。许云峰在激动中给白公馆党组织写了一封短信，由华子良带了出去。被捕以前，他便知道白公馆有党的组织——特支。因为很早以前，白公馆便和市委有秘密的、不很经常的联系。可是，他不知道原有的联系已经中断，新的联系尚待建立。这里的一切情况，他正等待着党组织在回信中告诉他。

许云峰斜躺在腐朽发霉的稻草堆里，手里用半截铁箍不断地挖掘，心里却展现着明朗宽广的远景：为党保存力量，这是监狱党组织的重大责任。在中美合作所里，除了越狱，没有任何生还的可能，这是他早就想过的了。在渣滓洞时，他和老大哥秘密地交换过意见。可是他最担心的是：重庆是个交通方便、军警密布的大城市，中美合作所更是美蒋特务的大本营，过早地行动，只会遭到敌人的强力镇压。因此，越狱的时机，必须认真选择。他觉得，最好的时机是在解放前夕，解放军重兵压境，敌人张皇失措，首尾不能相顾的时候。但是这样的时机，是不容易掌握的，过早不行，过晚又有遭受敌人溃逃前的有计划屠杀的危险。而且，仅仅有了越狱时机的选择，还不能保证胜利。渣滓洞和白公馆的越狱，应该同时动作，应该得到地下党武装的支援，只有在内应外合的条件下，才能为党保存更多的战友。因此，整个越狱计划，不仅要由监狱党组织提出，并且须经地下党审查批准，组织力量，做好全面的准备。许云峰反复地考虑过，要在美蒋特务最大的集中营里实现越狱，绝不是轻而易举的事，更不能随便冒险，打草惊蛇；而且，计划中的每一个环节，都不是容易实现的，偶一不慎，便会付出无数的鲜血。

在黑暗中，许云峰分外兴奋地期待着华子良的到来，他决定把自己长期以来对越狱问题的全部考虑，尽快报告给特支，并且希望特支将他的意见，转告给地下党。

远处，终于轻微地传来了脚步声，在寂静的地窖里听得十分清楚，大概是送饭来了。心情舒畅的许云峰完全忘记了地窖生活的痛苦，在黑暗中，他停止了挖掘，又用稻草遮掩着挖过的石缝，慢慢地坐直身子。这时，他听见了吱吱的开启铁门的声音，听得出来，在通向地窖的隧道中，敌人设置了不止一道铁门。一会儿，电灯亮了，在锁死了的牢门之外，出现了人影，华子良布满胡须的脸，从风门口露了出来，他的手上，端着一碗饭……

磁器口正街上，爆竹噼啪地响，烟雾弥漫中，成群的大人和小孩，围在一家新开张的杂货店门口。

老板是个大块头，穿一身对襟黑绸衫裤，手里拿一把全棕黑纸大折扇，红光满面的黝黑脸上，摊开笑容，说一口带湖北语音的四川话，忙着指点店员，招呼顾客。他对着门口成堆的人群，不断点头哈腰。

“里面坐，随便参观……”

红漆柱头上挂着一副撒金对联：“生意兴隆通四海，财源茂盛达三江。”门檐正中挂着金字横匾：“鑫记杂货店。”

新开的杂货店，铺面很大，顾客拥挤，十分热闹。货物的花色品种齐全，油、盐、酱、醋，外加金针、海带、香烟、醇酒。老板到处周旋，指着墙上的红绿纸招贴，让顾客看：

“货真价实，童叟无欺！”

街头上，白公馆的看守特务，带着华子良，正在采购油盐。从鑫记杂货店传来的阵阵喧哗，吸引着顾客。

“照码八折！有假包换！”

听见老板洪亮的喊声，特务望了一下新开的门面，便从人丛中挤了进去。他想买点便宜货。

华子良挑着一担青菜，也从人丛中硬挤过去。

“慢点挤！”有人回头骂，“你是哑巴？啷个不喊一声？”

“衣服碰脏了，挑子上尽是泥巴！”

“他是疯子。”特务回头把华子良带进铺门。

心广体胖，满面春风的老板，放开笑脸迎上前来。

“官长，请这边坐，泡茶！”

一个伙计送上盖碗茶，又捧烟。

“本店生意虽小……今天开张，八折欢迎三天！”

“老板贵姓呀？”特务笑嘻嘻地抽燃烟。

“兄弟姓何，人可何，何正鑫。义字五排。初到码头，多承官长照应。小店价钱公道，货色齐全……”老板满口袍哥话，像个久跑江湖的、又豪爽又讲交情的生意人。一边说话，老板顺眼看了看特务旁边站着的白发苍苍的老头子，他的衣襟上有明显的蓝色三角形符号。

“班长，您家也请坐哇！”

华子良抱着扁担，在那挑青菜旁边规规矩矩地坐下来。

“官长，多承您家维持。”老板笑呵呵地说，“在家靠父母，出门靠朋友，二天有空，定要陪你哥子吃茶。”

特务也眉开眼笑。

“头回生，二回熟嘛！”

“哈哈！您家说得对，对！今天，官长办点货回去？”

“百十个人开伙，只要价钱公道，当个老买主也行……”特务说到“价钱公道”几个字时，声音故意拖得长长的。

“好说，好说！”老板笑道，“开张就交朋友，八折之外，格外再打个折扣！伙计们，快来给官长办货！”

不到几分钟，华子良的挑子里，油罐、盐巴全压在青菜上面。

老板从货架上又取下一条华福香烟，塞进挑子里去，笑嘻嘻地说：

“条把烟，小意思，官长带回去抽着玩。”回头过来，老板又把一沓钞票，十分自然地塞进特务的衣袋，“官长，您家和我兄弟一见如故。咱们拉个交情，百十个人的伙食，包给小店负责。”

特务忙着点头，嘻嘻笑，“没问题，没问题。”

老板又殷勤，又周到，把特务从拥挤的顾客丛中送出铺门，又握手道别。回转身来，他笑嘻嘻地顺便和担着挑子挤在人丛中的华子良也拉拉手。这时，他把一张纸条塞进了华子良的手心。

华子良默默地收下纸条。他懂得，这是地下党接到他寄出去的信以后，送来的回信。华子良把挑子一顺，不慌不忙地从人丛中挤了出去。

一辆亮蓝的轿车，从市区驶出，在成渝公路上飞驰。

车上坐着一个穿咖啡色西服，戴着金边眼镜的中年男人。这是李敬原。他的额角已经出现了一条条明显的皱纹，鬓角也全白了，但他那对略微近视的眼睛，仍然流露着沉毅的光芒，比过去更加明亮透彻。他躺在车座上，咬着象牙烟嘴吸烟，辨不清他是一个富商大贾还是一位高级官员。

轿车盘旋着，上山，穿过山洞，又飞驰下山。

轿车在林园旁边驶过，车窗外显现出林园附近的森严警卫。

“蒋介石又来了！”司机悄声地说。

李敬原没有讲话，手里翻阅着几封信，心里正想着刚才出城前的一些事情……

成瑶接到他的电话，在开车以前把他要的东西送了来。这年轻的姑娘，已经比过去稳重沉着多了。可是李敬原仍然一见面就问：

“坐了大半年机关，习惯了吗？”

“比当记者清闲多了。”成瑶笑道，“现在谁也不来办理人寿保险，我们安平人寿保险公司简直没有业务……”

“最近去看你妈妈没有？”

成瑶摇摇头，一绺鬈发飘到脸上，她把发丝轻轻拂开。

“坐机关以来，我轻易不出街。”听得出来，她的声音是真诚的。

“那天大火[1]，你们那里相当危险。”

“林森路街上尽是逃难的人，喊爹叫娘，哭哭啼啼，真惨！”成瑶说着当时的情景，像又看见那冲天烈焰在狂风中乱卷，火舌舐到之处，楼崩墙垮，黑烟弥漫……“大火烧了一整天，根本无法扑灭。听说消防队的水龙里，喷出来的不是水，全是汽油！”

“繁华市街尽付一炬！”李敬原说，“敌人有计划地毁灭山城。”

“是呀，蒋介石后来还到灾区巡视！”

“这证明，白公馆送出来的情报，十分准确。”

“白公馆和渣滓洞的全部名单，我都记熟了。”成瑶忽然告诉李敬原说，“华子良送出来的信，我一看，就知道是二哥写的。”

“和他办《挺进报》一样，恭楷的仿宋字。”李敬原忽然问成瑶，“你知道华子良是谁吗？”

成瑶摇摇头。

“他是华为的爸爸。”

“啊，我简直没有想到！”

回想着成瑶近来的变化，他确信她已走上了正确的成长道路。这姑娘正像她的二哥，她对自己的要求十分严格。

1　1949 年 9 月 2 日，重庆解放前夕，国民党在市区纵火。朝天门一带市区尽成焦土，数万群众无家可归，死亡达万余人。

轿车飞驰着……

前面葱绿险峻的山林渐渐逼近，青木关到了。轿车在军警林立的检查站前减缓速度，停下来。李敬原把一份证件交给司机。司机从车窗上把证件递了出去。盘查的宪兵接过了那张蓝色的特别通行证，看了一下印鉴，便退还给司机。

宪兵挥挥手，恭敬地让开了路。

轿车从检查站开出，离开成渝公路，转向北去温泉的支路。

蔚蓝色的天空，在深秋时节，一尘不染，晶莹透明。朵朵霞云照映在清澈的嘉陵江上，鱼鳞似的微波，碧绿的江水，增添了浮云的彩色，分外绚丽。

轿车傍着山岩，沿着江边公路，开进了景色如画的温泉公园。

李敬原下了车，拄着手杖，让过一群群匆匆涌向温泉和湖心亭的年轻学生，缓步踏过一段曲折的鹅卵石嵌花路面，随意浏览着直立在路旁的笔柏和树丛间的花草亭台，向清幽的数帆楼走去。

刚来到这公园旅舍——数帆楼门口，白衣茶房就迎了出来。李敬原回头招呼了声：“司机，吃了午饭再叫你。”便把手杖、呢帽递给茶房，径自跨进了寂静的楼房。

汽车司机走了过来，叫了碗清茶，便在楼口边坐着守候。他的神色泰然，悠闲的目光却注意着周围的动静。

李敬原在一间装饰典雅的客室里，见到了从华蓥山纵队来的老太婆。她是按照通知，特地赶到这里来和川东特委的李敬原会晤的。

李敬原向老太婆详细传达了南方局派来的代表对当前工作的指示：要求地下党将党的工作重心，迅速、坚决地转向迎接解放的斗争。

老太婆注意地听着，和蔼的面容，一直微微带笑，她领会着游击队在解放前夕应该负担的任务。

“我们一定要抢在敌人前面，保全重庆这座工业城市。”老太婆插口说，“按照南方局的指示，除了配合一野和华北野战军从川北进军，我们还可以从华蓥山抽出部分兵力，向重庆方面移动，到时候配合二野部队……”

“解放军快速进军，可以造成敌人的慌乱，南方局明确地指出了这点。”李敬原点头同意说，“不过上级认为，游击队配合川北进军任务已经很重了，抽调多少力量，要你们根据具体情况提出计划，再作决定。”

“美国秘密军事代表团，再加上蒋介石亲自出马，要把山城完整地保护下来，重庆地下党的任务更重！”

“他们会尽量克服困难，完成自己的任务。”

李敬原的声音里，充满着确有把握的自信。像有力地支持着他这满怀信心的语音似的，从窗外隐隐传来一阵闹哄哄的年轻人的声音。听得出来，那是附近学校的学生，在林丛中酝酿护校的事。因为近来敌人已无心照管这远距市区的郊外，所以学生们得以毫无顾忌地高谈阔论起来……

老太婆会心地笑笑，替李敬原换了杯热茶，听他继续讲下去。李敬原告诉老太婆，南方局要他们再研究一下营救集中营里被捕战友的问题。李敬原告诉她，南方局的代表出发来重庆之前，南方局曾一再指示说："这批同志是久经考验的战士，是党和人民的好儿女，是解放后接管城市的宝贵干部，一定要用一切办法抢救出来，牺牲愈少愈好！"到重庆进一步了解情况后，南方局的代表完全同意许云峰从集中营里提出的意见：在解放前夕，趁敌人慌乱之际，由外面聚集一定力量，突袭中美合作所……并且认为，现在地下党和游击队应当不失时机地立刻着手具体准备。为了确有把握地进行这一工作，南方局还计划由二野派一支先遣队……

李敬原讲到这里，停了下来，把目光渐渐移向窗外。老太婆的目光，也跟着移向窗外。从远方山谷中奔流而来的碧蓝的嘉陵江水，穿过遮天蔽日的温塘峡，向着远处陡峭雄伟的山谷，浩浩荡荡奔流而去。江上桨橹的击水声清脆嘹亮，在峡谷中鸣响；江上的点点白帆，正乘风远航。

李敬原和老太婆暂时都没有讲话。多年的斗争经历，使李敬原在决定任何重要事情之前的一瞬间，总要习惯地再次想一想各方面的情况，看一看还可能出现什么漏洞；即使对情况的判断已有十分把握，如有可能，他也还要听一听别的同志的意见。李敬原把任务传达给老太婆以后，很自然地，更期待着像她这样一位老战友的意见。老太婆完全理解李敬原的心情，但是，她在用心领会南方局指示的同时，却使她想起了在山上和同志们的一段谈话。大家记得，三年前，南方局撤离重庆的时候，曾经传达说，三五年可能打回来。刚三年过去，现在，我解放大军就真要打回来了。南方局领导对形势的预见是这么科学准确，使大家真感到兴奋和信赖。同志们高兴地说：和解放大军胜利会师那天，要是真能见到南方局的那些同志该多好！可是，同志们又禁不住作起自我批评来了，说要从大局出发才好，现在有多少重要工作，正等着他们去做，他们怎么能够回得来呢？有的同志不服，说南方局的同志不一定回不来，希望和南方局的同志胜利会师，这也不能说是“不从大局出发”呀……

老太婆没有讲出李敬原急于想知道的意见，但是，当老太婆讲同志们的这番议论时，李敬原却听得十分认真，而且高兴地插问：“我看，你一定是赞成‘有的同志’的观点吧？”

“不光是我，同志们都盼望着啦！”

李敬原愉快地告诉老太婆：一年以前，中央就决定成立了川干队，部署在川边，随时待命随军入川。据说当年重庆中共办事处的同志，许多人都参加了这个川干队。毛主席、党中央非常关心这个川干队。周副主席总是经常挤出时间来听取关于四川、西南情况的汇报，找川干队的同志讨论进军四川的问题。

“那还是在陕北的时候？”

“不。在山沟里，在行军的路上，一直是这样。”面部极少表情的李敬原，显露出兴奋激动的神情，“周副主席对留在这里坚持斗争的同志都很关心，他经常一个个地问起。对你这个在华蓥山坚持斗争的女同志，最近他还托人捎信，问你身体还硬朗不？”

“啊唷，这怎么敢当！他日理万机，可是，他还是什么都记得到。”老太婆问道：“最近，他还有什么指示？”

李敬原回忆着南方局代表传达的口气，愉快的语音渐渐带上了那无比刚强、气壮山河的铿锵节奏，使人感到亲切、振奋，更像在他们眼前展示出一幅无比广阔壮丽的革命前景，给人以无穷无尽的革命力量：“周副主席指示说，我们很快就要在全国胜利了。新的革命任务已经摆在我们面前。这就是毫不迟疑地把社会主义革命推向前进，进行到底。在有几亿人口的国家里进行这场革命，不是苦战三五年能够完成的事业，可能要苦战几十年，或者更长一些，经过极其复杂尖锐的斗争才行。毛主席把我们的革命比作万里征途，说我们目前的胜利，只不过是万里长征才走完了第一步。我们的同志，都要有这样的思想准备才好！”

“毛主席、周副主席讲得太好了！”巨大的鼓舞力量，使老太婆这样身经百战、久经斗争考验的老同志，此刻竟也像一个初上战场的新战士那样显得很激动。她注视着沉思中的李敬原，说道：“老李，你看我，身体硬朗得很咯！多给点任务吧，挑得动的。万里长征的第一步我们还没走完，得马上赶上去呀！”

“紧紧跟着毛主席的旗帜前进，我们一定会很快赶上去，走到底的！”李敬原经过深思熟虑，充满自信的话，不仅使他们想得更深，更引导着他们把思路迅速集中到迎接解放的斗争中来。

“给解放军先遣队做向导的同志，已经选定了吧？”老太婆略显急切地问。

“我已经想好了一个人。”

“谁？”

“陈松林。”

“怎么叫他去？护厂斗争正在紧要关头！我给你另外推荐一个人。”

“好嘛。”李敬原微笑了一下，又恢复了他那沉毅的表情。

“华为。他目前没有负责什么工作。”

李敬原喝着茶，接受了总想为同志分担困难的战友的好意。

“能搞到一份简单的地图吗？”老太婆扯了扯深灰色华丝葛夹袍的袍角，裹住自己的双腿。

李敬原取出一张折得很小的纸块，递给老太婆。她打开一看，竟是一张详尽的中美合作所全图，地图已经用红蓝铅笔画出了许多军用的线路和符号。

“啊，这是磁器口，这是外围警戒……”老太婆立刻被地图吸引住了，“渣滓洞。白公馆。梅园在半山上。对，全都注明了，就从这里突破，从山后直插下去！”

老太婆眯着眼睛凝视地图，在她那富有经验的眼光下，地图上浮现出成片的岗峦、山谷、森林和进攻路线。

“这地图太好了，我们一定完成任务。”

“到时候，我再派给你一个好向导。”李敬原带着深意说。

“除了那个看守员，我们另外还有内线！”老太婆肯定地说。

李敬原笑了笑，拍拍老太婆的肩头：“什么事都瞒不过你！”

“你舍得叫那么重要的同志出面领路？”老太婆笑着说。

“只要能营救出被捕的战友，派谁去都行。”

“好！”老太婆果断地向老李伸出手来，“一言为定。我们欢迎你的好向导！迎接解放军的向导就包在我们身上，叫华为马上就走。”

“你还是那老脾气。”

峡谷的风卷起的阵阵松涛，在窗外，用明朗轻快的回响，盖住了他们的声音。

老太婆想起李敬原转给她的几次关于敌情的准确情报，不禁感慨起来：“那些身入虎穴，成天和敌人打交道的同志，他们顽强工作的精神多么旺盛！美国秘密军事代表团的情报，又是他们送出来的？”

“最先送出这个情报的，不是他们，而是集中营里被囚禁的同志们。通过联络站，他们送出了最宝贵的情报。”

“这样好的同志，在监狱里，还送情报，关心党，忘我地为党工作。不救出他们来，对不起党。”

老太婆走到窗前，她的心情分外激动。

“仔细研究敌人的计划，我担心敌人会提前下手。”李敬原取下眼镜，擦去玻璃片上沾染的灰尘，慢慢地说。

“完全可能。”老太婆望着窗外的苍松，应声回答。

“首先是许云峰，江雪琴，还有成岗……”李敬原说着这些名字，也来到窗前，“他们当然视死如归，但是党期望着他们……”

听着李敬原的话，老太婆的脸色阴沉下来。她来时，同志们还一再嘱托，一定要设法抢救江姐。

“呃，听到他们的名字，我心里就痛苦……”老太婆叹了口气，忽然问道：“江姐和老彭的孩子快三岁了，谁在抚养？”

“成岗的妈妈。我上周还见着孩子的，长得真逗人爱。”

老太婆略为宽慰地嘘了口气。

“想着被捕的战友，”李敬原抬头凝望着窗外，“他们的坚贞、勇敢、顽强、机智，永远鞭策着我们为共产主义献身。”

“这种心情，也是我的感受……”

战友的心跳着一个旋律、共鸣着。深沉的感情，使他们的思想与愿望紧密地融合在一起，互相给予着更多的爱憎与力量。

李敬原缓缓回过头来，问道：“对营救计划，你还有什么意见？”

“完全同意特委的安排。”老太婆毫不犹豫地说，“请转告南方局来的同志，我们保证完成指定的一切任务，一定要尽量多救出一些同志来。”

“现在是斗争最尖锐的时刻，南方局通知说，今后你们和上级的联系改用新的密码。密码在汽车上，我回头给你带走。下次你来的时候，我们在城里见面。蟾秋图书馆和江山一览轩茶园，两个地方都在基督教青年会里面，中山公园附近……”

老太婆点头同意：“既然解放重庆的时间提前了，我回去以后，尽快把部队运动一部分到重庆附近来。”

李敬原像记起了什么似的，这时，注视着老太婆的脸。

“我告诉你一个好消息。”

“什么消息？”老太婆眨眨眼睛问。

“他没有牺牲。”

“谁？”

“十五年前华蓥山根据地党委书记，华——子——良。”

“他？真的？”

“当然是真的。”

她完全相信李敬原的话，但她却又禁不住小声问道：“确实可靠？”

“三年前，南方局给我看过一份从敌人监狱里秘密送出来的名单。周副主席指示川东特委，一定要设法和狱中的同志取得联系。我记得，在那份名单上，就有他的名字。”

“他在哪里？”

“白公馆集中营。”

“关在白公馆？子良！你还活着？”老太婆完全被这意外的消息激动了，她自言自语地透出内心的惊喜。

“特务经常押着他到外面来买菜。”

“十五年了……真想和他见一次面。”老太婆心里跃跃欲试，迟疑了一下，终于缓缓说道，“见一次面未免太少了……”

凝望着关怀她的战友，老太婆的声音里，充满坚决而刚强的感情——

“把所有的同志救出来以后，和解放大军胜利会师的时候，再和他见面！”

第二十五章

轿车驶过歌乐山，沿着去白市驿机场的公路疾驶。一小时以前，毛人凤亲自来了电话，要徐鹏飞立刻赶到机场，去迎接美国秘密代表团的到来。此刻，坐在飞驰的车上，他考虑着摆在面前的局势，心情很复杂。共产党在北平召开政协会议，宣布中华人民共和国的成立，这巨大的事件，就像原子弹爆炸一样，带来了一系列的连锁反应：西南各地情况更加恶化，地方势力进一步显露出不稳趋势，暗中酝酿“局部和平”；地下党到处掀起迎接解放的活动，不仅工厂军需生产停顿，市郊不稳，而且市中心和学校区一样，出现各种意外的骚动……如果控制不住局面，一旦发生风吹草动，影响社会治安，他不只是应负责任，更讨厌的是会严重影响他的地位和前途，损害老头子对他的良好印象。要是在这艰难的时刻出了岔子，这一辈子就休想再有翻身出头的日子了。谁都知道，任何人的生、杀、荣、辱，完全操纵在坐镇山城的老头子手上。

留在西南的日子不会很久了，急转直下的战局，使许多党政要人坐卧不安。老头子坐镇西南也无法控制大局的分崩离析。然而，面对着这样的形势，徐鹏飞倒并不十分忧虑。他根本不注意这些。他的考虑放得更远：大陆迟早会放弃，今后的问题在于台湾。既然美国已经表明态度，决心在台湾建立远东“反共”基地，并且特别重视大陆各地的“反共地下活动”，那么，特工人员今后必定分外吃香。西南地区是大陆上最后放弃的据点，留给徐鹏飞的时间又比较充裕，只要现在把工作基础打好，布置游击，安排潜伏，破坏城市，特别是彻底消灭一切可以消灭的政治犯，使共产党今后得不到本地干部，得不到城市和工厂，将来共产党在西南遇到的困难愈多愈大，就愈见徐鹏飞的功劳！到那时候，最熟悉西南情况、最能掌握潜留特工人员的活动的，当然只有徐鹏飞了。不管台湾如何人浮于事，他仍然可以独占鳌头，成为保密局的台柱。因此，他对某些显要人物因为大局的恶化和前线崩溃而产生的沮丧、绝望和失宠，暗自怀着一种幸灾乐祸的心情。也正是为了这个，徐鹏飞才十分担心社会治安，十分重视西南地区今后工作的布置，以及那些毁灭性的破坏工作。他对被别人议论为“守成有余，创业不足”的毛人凤的不满，也就是因为这个缘故。

徐鹏飞近来眉头皱得更紧。许多事务，他都毫无顾忌地自作主张，采取各种雷厉风行的手段，督促执行。他对毛人凤愈来愈采取阳奉阴违的手段，自认为这种越权不仅能得到特别顾问的支持，也会取得华盛顿的信任和重视，如果将来西南的部署一发挥作用，那时候连老头子也会看中他这一手的。徐鹏飞期待着代表团的到达，因为代表团长和他的关系很深，中美合作所创办初期就是他的老上司。可是严醉同来却使他心里不愉快，这个大麻子有黎纪纲做助手，率领着在美国训练的全能特遣队，对徐鹏飞不能不成为一块绊脚石，妨碍他独占全功的一切部署。也许，徐鹏飞为了对付严醉，应该稍稍收敛一下独断专行的傲态，减少别人对他的猜忌，在毛人凤面前还是要表现得顺从、谨慎、忠实一些更好。

轿车飞驰下山，飞机场快要到了。徐鹏飞远远看见，一架巨型的银白色飞机，稳稳地停在机场上。他知道，那是老头子的座机，美国总统新近赠送的“中美号”。徐鹏飞默默地瞧着那流线型的机身，心里不禁联想到：过些时候，自己也该控制一架飞机，以免发生意外。他明白，如果自己不预做准备，将来万一落到共产党手里，那可怕的结局，真是不堪设想。

渐渐听见飞机引擎的嗡嗡声了。徐鹏飞从车窗上望出去，云层中隐约出现了一架飞机，正向机场接近，一定是代表团的专机提前到了。徐鹏飞有点焦躁，连声命令着司机：“开快，开快！”

飞机在低空盘旋了一周，开始降落，徐鹏飞的汽车刚进机场，飞机已经降落下来。他推开车门，向前就走，不觉把一支刚点燃的烟，当做烟蒂，撒手丢在路边的草丛里，过了好一阵，草丛里的烟卷，还缓缓地摇曳着缕缕青烟。

从飞机上走下来的，首先是满面红光的严醉，黎纪纲穿着美军夹克跟在后面，领口上已经是中校的领章了。接着便是全身美式装备的全能特遣队员，他们从机舱里搬运出一箱箱原封的秘密武器、电台、定时雷管和特工物资。

“哈罗！你好。”严醉挥着手臂，走向徐鹏飞，两人亲切地握手，互相探视着。

从美国回来的严醉，笑嘻嘻地摸出烟盒，满不在乎地给徐鹏飞奉送雪茄，而且滔滔不绝地问这问那，仿佛他们之间并不存在什么芥蒂。

“局长怎么没有来？”严醉四边看看，然后发问。

“你们提前到了……”徐鹏飞心不在焉地回答着，飞机上一个美国人也没有，使他感到意外，“代表团怎么没有来？”

“再过半点钟，”严醉笑笑，“他们起飞得晚。”

徐鹏飞一听，马上神色自若了。他也微笑着，殷勤地陪伴严醉，向休息室走去。休息室里，准备了茶点。他们喝着咖啡，漫谈着国外的情况。

“代表团来了多少工作人员？”

“在华盛顿出发以前，代表团团长谈过，”严醉眯着眼微笑，“代表团的任务，在于战略性的决策。代表团副团长由特别顾问担任，顾问处的名义撤销，全体工作人员转入代表团服务。为了便于联络，我也参加了代表团的工作。”

“那太好了。”徐鹏飞谦逊地笑道，“今后还要多多仰仗醉兄。”

“出国一年多了，西南的情况完全不了解。”严醉看了徐鹏飞一眼，声音变低了些，“听说社会治安成问题，老头子经常生气？”

“来了黎纪纲的全能特遣队，社会秩序完全可以放心！”徐鹏飞说罢，哈哈大笑，笑罢，才缓缓问道：“有关西南工作的计划，代表团审查过没有？”

“代表团团长非常赏识老兄的才干。”严醉的语气带着恭维，“当然啰，这一回你又和老上司配上了手，哈哈哈！”

徐鹏飞也哈哈大笑：“论起和美方的关系，醉兄当然在我之上。”

“哪里，哪里，”严醉接口说，“几个计划，代表团都同意了。不过……”

徐鹏飞的表情毫无变化，也不追问，虽然他明明知道这“不过”之下，还有文章。

严醉稍微停了一下，也就不再故弄玄虚，他的语调，完全成了职业性的谈话：

“共产党常常说人是最宝贵的财产。在我们来说当然要一律……”他的手势帮助着他未完的话，轻轻一挥，“可是你的计划不够严密，代表团要求特别注意机密和彻底。”

徐鹏飞轻微地点点头。

“代表团的意见是六个字，”严醉傲慢地缓缓凑近对方的耳朵，轻轻说出几组单字：“提前——分批——密裁[1]！”

“何时开始？”

1 密裁是特务的黑话，即秘密屠杀。

“越快越好。”

徐鹏飞默不作声，眼里闪露出暗自思索的无言的目光，和严醉扬扬自得的脸色，形成鲜明的对照。

窗外隐隐传来嗡嗡的响声，渐渐近了，辨别得出是飞机引擎的声音了。严醉兴冲冲地抬头望望窗外，满有把握地告诉徐鹏飞：“来了，就是这架超级空中堡垒。”

徐鹏飞还在研究着美国人的意图，他正从多方面去体会和接受，几乎是心不在焉地站了起来，和严醉一前一后缓缓走出休息室。这时，毛人凤和特别顾问的两部轿车，飞快地从他们身边驶过，在前面不远的跑道附近停下了。徐鹏飞想趋前奉陪，便加快了脚步，同时抬头望着降落中的飞机，有意无意地问道：

“代表团团长这次来华，在台湾发表过谈话？”

严醉不假思索地回答道：“代表团团长这个人，很有意思，他最喜欢被人称为‘中国之友’。”

说话间，涂着美国标志的巨型飞机，已经滑行到眼前，银盘似的螺旋桨，扫起最后一阵尘土，飞机戛然停住了。

毛人凤和特别顾问领着献花的欢迎行列，立刻拥向尚未敞开的机舱。徐鹏飞和严醉也迈开大步，迎向前去。这时候，徐鹏飞心里已经初步构成了一个新的密裁计划，只要飞机上下来的人一点头，他便可以立刻开始执行。

漆黑的夜空，像浸透了墨汁。细雨飘零的云层缝隙中，间或透出点点红色绿色的灯火。那是在高空夜航的运输机，从云层中掠过，夜航灯，就像红绿的流星，一纵即逝。

“五十七……五十八……”

寒风细雨中，守望在女牢门边的人们，避开昏黄的狱灯，在黑暗中仰头看天，仔细分辨着飞机越过高空的嗡嗡响声。

“晚上比白天多。”

“嗯，今晚比昨晚更多……”

声音传到牢房深处，传到被狱灯照亮了的角落。

“还在向台湾盗运！今晚上又飞走了五六十架……”说话的人，似乎发现了什么，声音变成了低低的请求：“江姐，明天写吧！”

“哦，就完了。”

江姐顺口回应着，微微地抬了抬头，又默默地用唾液润湿着手中的竹签子笔，伏在床头，继续写着。

隆隆的机声没有影响她那和往常一样平静的举动。她写完最后一行，把竹笔揩净，再把写好的纸条，轻轻折叠起来，连同竹笔，一一藏在铺位底下。然后，她整理着地铺上的东西。稻草清理得平平顺顺的，枕头下面的换洗衣服，也折叠得规规矩矩，整整齐齐，被捕时穿的那件蓝布旗袍，和一件红绒线衣，放在最上面……

李青竹静静地坐在地铺上。一床薄被裹着她那折断过的时常肿痛的腿。她的手在胸前晃动着，牵起被面的一角，细心地寻找着线头，一根根地把细丝抽出来，再把细丝并在墙头的竹钉上，轻轻地搓着。

“这么晚了，你还搓线？”

“孩子的棉帽上，少一朵花。”

江姐没有再问，默默地接过了几根细丝，陪着李青竹搓线。自从和白公馆建立起联系，她们便经常向支部提出各种建议，满怀信心地为迎接胜利而贡献自己的一切。刚才，江姐又写下了她们最近考虑到的一些事情。

“八架……又是八架！”

声音又从门边传来，在铺上躺着的战友都被惊动了。

“同志们，睡吧。”江姐轻声招呼着。正要翻身坐起的战友，又都无声地躺下去了。

隔了一会儿，孙明霞恳求的声音，在江姐耳边轻轻出现了：“江姐，允许我提个问题再睡，好吗？”

江姐默默地点头。

“解放军，快进川了吧？”

“你说呢？”

“啊！我说？江姐，‘敌人的行动经常给我们提供消息’，你不是这样说过吗？”孙明霞深思着，“敌人慌慌张张，飞来飞去，一定是解放军快进川了！”

“明霞，”江姐伸手拍拍孙明霞的肩头，“现在，你该去睡了。”她不再多说，用目光送走了依依不舍的姑娘。

李青竹缓缓放下手里的线，把江姐冰凉的手拉进薄被盖着。

“心里的话，都写上了吗？”她低声问，深情的目光，久久地凝视着江姐的脸。

“都写了。”江姐抬起头来，“听说北平召开政协会议，我心里再也不能平静，真渴望听到更多的消息。”

李青竹的目光，渐渐移向窗外的暗夜，轻声说着：“我们会听到的。”

“破坏一个旧中国，又建设一个新中国……”江姐荡漾的声音里，透出无限的向往，“改变贫穷、落后的面貌，建设一个崭新、富强的国家，这是多么壮丽的事业！人口众多，土地辽阔，强大的祖国，强大的党！我们的革命，对世界，对人类，将来应该作出更多的贡献啊。”

李青竹赞同地点头：“你想得真远。不过，也该想啊！”

江姐又说道：“那时候，我们的担子一定不会轻的。”

牢门边掠过一个看守员的身影，轻轻的脚步声，引起了静卧着的孙明霞的注意，她一翻身便向门边走去。

“江姐！”孙明霞轻快地跑了回来，惊喜地叫了声，“又有信来了。”

江姐低头亲了一下李青竹身边睡着的“监狱之花”，便迎着满脸含笑的孙明霞，站了起来。

孙明霞晶亮的眼波凝视着那张纸片。许多战友早已翻身起来，挤到孙明霞身边。还有几个人，已悄悄守住了牢门和窗口，监视着随时可能出现的敌人，尽管她们知道今夜那值班看守员是自己人。女室的人之所以知道他，是因为每一次那看守员都把信送到女室，而从未送到其他牢房去。这时，孙明霞一把抓住江姐的手，急切地用耳语般的声音念道：

“1949 年 10 月 1 日，毛泽东主席在北京向全世界宣告，中华人民共和国中央人民政府成立了。”

“呀！同志们，我们的国家成立了！”

激动的人们，低声欢呼着：

“中国人民站起来了！”

“静一静，听我再念。”孙明霞声音更低，人们都屏住呼吸，“全世界劳动人民欢欣鼓舞，新中国屹立在世界的东方。”

“万岁，万万岁！”

一片欢乐的低呼，打断了孙明霞的朗读。战友们不断轻声喊着“毛主席万岁！”“中华人民共和国万岁！”“中国共产党万岁！”的声音，像股热流，汹涌澎湃，激荡着牢房，黑暗中，闪烁着一片晶亮的眼光。

“明霞！”江姐声音激动，招着手，让大家安静，以免惊动敌人，“你快点念下去！”

“中华人民共和国首都是——”

“一定是北京！”有人抢先说了。

“中华人民共和国国旗，”孙明霞的声音，像使人共鸣的琴弦，“是五星红旗，飘扬在天安门。”

“啊，五星红旗！”

“江姐！我们也有一面红旗呀！”

“把红旗拿出来，马上做成五星红旗。”

火热的目光，都转向江姐，等待着她的意见。

“江姐！”孙明霞急切地恳求着，“我把那面珍藏的红旗拿出来。”

“我这里有针、有线。”李青竹也欢乐地赞同着。

江姐的心一阵比一阵激动……

地下党的来信，在人们手里传阅着。已经读过信的人，又把目光转向牢房深处。珍藏的红旗拿出来了，在大家眼前闪着夺目的光彩。这面红旗，是那位不知名的同志——“监狱之花”的母亲，留下来的。残留着弹孔，染透斑斑血迹的红旗，被她珍藏在一床旧棉絮里。在她临危时，竟没有来得及交给自己的战友，而是在过了好久以后，人们才从她的遗物中找出来的。

当红旗在大家眼前出现时，几只拿着针线的手，团团围了上来。

“五星红旗！五颗星绣在哪里？”

“一颗金星绣在中央，光芒四射，象征着党。四颗小星摆在四方，祖国大地，一片光明，一齐解放！”

“对，就这么绣。”

尽管她们并不知道五星红旗的图案，但她们却通过炽热的心，把自己无穷的向往付与祖国。不知是谁抢先绣上了第一针，接着，许多灵巧的手，飞快地刺绣起来。热血沸腾着，把坚贞的爱，把欢乐的激情，全寄托在针线上，你一针，我一线，一针一线织绣出闪亮的金星。

红旗正中，闪现了一颗星，接着，又出现了四颗。

江姐依偎在李青竹身边，凝望着刺绣中的五星红旗，她不仅理解战友们的兴奋心情，她自己的心境，也和大家一样。但是她在胜利的喜讯中，激动而又冷静，想得很多、很远。也许此刻只有李青竹才能理解她那复杂的心情。她看见了胜利，可也看见了集中营的最后斗争。她知道，在越狱和屠杀的斗争中，必须付出多少生命作为代价。这代价，也许首先是自己，也许还有别人，但她宁愿用自己来代替一切战友，为党保存更多的力量。然而，在欢乐的战友们面前，在五星红旗面前，她什么也没有讲。

“江姐！”孙明霞双手捧起叠好的旗帜，带着无限的喜悦，走到缓缓地搓着线的江姐面前，“同志们希望你来宣布胜利的到临，也请你揭开这象征黎明和解放的战旗。”

“我？”江姐笑着惊问。

“是的，江姐！就是你。”面前激起一阵热情、严肃而又诚恳的声音。

“应该是你。”李青竹等大家稍静之后，说道，“不能辜负同志们对你的信任和尊敬。”

“好吧。”江姐双手接过红旗，迎风一抖，五颗晶亮的金星，立刻随着红旗飞舞。江姐高高地亮开红旗，无畏的声音里充满着幸福的感情：“让五星红旗插遍祖国每一寸土地，也插进我们这座牢房。”

随着江姐低呼的声浪，人们严肃地站了起来，凝望着闪光的旗帜。黎明在眼前招手，人们的心正随着红旗飘扬到远方，仿佛，漫漫长夜成了过去，人们粉碎了枷锁，自由地屹立在祖国的土地上。

江姐激动的目光，转向李青竹。她发现，李青竹正把“监狱之花”抱在怀里，孩子不知何时已经醒来，圆圆的眼儿，正望着欢乐的娘娘们。一阵火热的温暖，冲击着江姐的心，她不禁带着红旗，走向“监狱之花”。人们的目光，一时都亲切地转向热情迸发的江姐和天真可爱的孩子。

江姐轻轻抱起“监狱之花”，把深切的爱意，和那些自己未必能实现的理想，尽情灌注在幼小的花朵上：

“孩子，心爱的孩子！你看红旗，这是你爸爸妈妈留下来的……”江姐连连亲着“监狱之花”的脸，又爱怜地凝视着孩子亮晶晶的眼睛，她似乎觉得幼稚的孩子完全能够听懂她的话：

“孩子啊，快点成长吧！叔叔娘娘们将举起这面红旗，去参加战斗，还要亲手将红旗托付给你。孩子啊，你要记着：当你长大了，当你的孩子也从你手上接过红旗那天，你要面对红旗回答——你是否为保卫红旗而生、为保卫红旗而战、为保卫红旗而贡献了问心无愧的一生。”

江姐眼里盈盈地闪动着火热的泪珠。她让孩子的嫩手把红旗抱在胸脯上，又急切地说：“孩子，孩子，你听清我的话了吗？我们多想听见你的回答啊！”江姐的脸温存地靠近“监狱之花”，又低声嘱咐着：

“不管是狂风暴雨，不管是惊涛骇浪，你们一定要把战斗的旗帜，指向共产主义啊！”

“孩子！”李青竹接过“监狱之花”，激动地问：“孩子，娘娘的话，你听见了吗？”

“梆梆梆……”

急促的梆声，突然出现了。

“梆梆梆！梆梆梆！”

连续不绝的梆声，惊扰着魔窟中的黎明，在浓雾弥漫的深山野谷中四面回响。

接着，又是一阵阵急驶的汽车狂鸣。那飞快旋转的车轮，像碾在每个人心上。

“要提人？”黑牢中传来一声惊问。

一阵杂乱的皮靴，沉甸甸地踏过三合土阶沿，来到女牢门边，粗暴的声音狂喊着：

“开门！开门！”

特务颤抖着手，心慌意乱地提着钥匙，不去开锁，却抓住牢门硬推。孙明霞迎着特务的声音，走向牢门，轻蔑地说了一声：

“推什么？钥匙在你手上。”

特务愣了一下，慌忙开了锁，探进身子，喊道：

“江雪琴！李青竹！收拾行李，马上转移。”

“转移？”孙明霞立刻追问特务，“什么地方？”

“白公馆。”特务支吾着。

白公馆？不对，孙明霞暗暗怔了一下，向室内走了两步，回头又厉声制止特务：“不准进来！人家要换衣服。”

江姐一听见叫她的名字，心里全都明白了。她异常平静，没有激动，更没有恐惧与悲戚。黎明就在眼前，已经看见晨曦了。这是多少人向往过的时刻啊！此刻，她全身心充满了希望与幸福的感受，带着永恒的笑容，站起来，走到墙边，拿起梳子，在微光中，对着墙上的破镜，像平时一样从容地梳理她的头发。

孙明霞轻轻走过去，看见江姐异样平静的动作，不禁低声问道：

“江姐，真是转移？”

江姐无言地点了点头。她这样做，只是为了暂时不让那年轻的战友过于激动。

“听说是白公馆，”孙明霞感到惶惑了，又试探着，“到了那边，代我们向白公馆的同志致意。”

江姐默默地点头。

“要是见着思扬……”孙明霞仍然心神不定。

“我知道。”

江姐梳着头发，回答了，语气是那么镇静，每个字都说得非常清楚。

听着江姐的话，孙明霞不禁感到一种痛楚的迷惘。她不相信江姐真会转移到白公馆去。她痛苦地一再瞧着江姐梳头，不知道自己该做点什么。

江姐回过头来，仿佛没有看出她的心情似的，微笑着，用一句十分平常的话，有意把她从痛苦与迷惘中解脱出来。

“明霞，你看我头上还有乱发吗？”

孙明霞久久地凝望着江姐刚梳好的头发，心里涌出无尽的话语，要想一一向含笑的江姐提说，嘴里却简单地回答着：

“没有，一丝乱发也没有……”

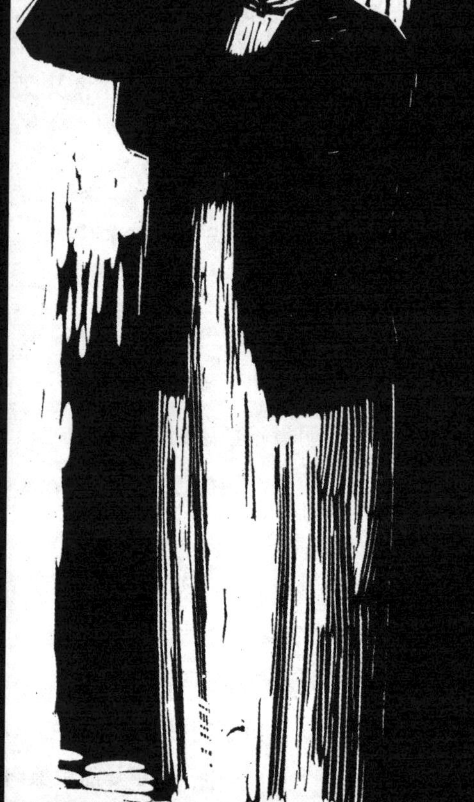

吴凡 作

"男室也在提人！"有谁轻声报告着，声音里蕴藏着痛苦与激动。

江姐放下梳子，叫孙明霞替她从枕头下面取出被捕时穿的那件旗袍。

"要换衣裳？不冷吗？"

孙明霞茫然地问，担心江姐脱下棉衣会受凉。

"不要紧。"

江姐换上了蓝色的旗袍，又披起那件红色的绒线衣。她习惯地拍拍身上干净的衣服，再用手拉平旗袍上的一些褶痕。

"明霞，帮我扯扯衣服。"

孙明霞知道，江姐素来爱好整洁，即使在集中营里，也一贯不变，所以平静的江姐，总是给人一种精神焕发的庄重的感觉，特别是在刚刚破晓的今天，江姐更是分外从容和认真。孙明霞渐渐感到，江姐心里充满着一种庄严的感情，也许竟是一种从容献身的感情？她立刻蹲在江姐脚边，轻轻拉平她衣襟上的褶皱，禁不住滴下了眼泪。江姐似乎没有看见这些，又弯下身去，擦拭鞋上的灰尘。

孙明霞擦着泪水，转过头去，为江姐收拾行装。江姐再次对着镜子，照了一下，回头在室内试着走了几步，像准备去参加欢乐的聚会，或者出席隆重的典礼似的。她轻轻走到"监狱之花"旁边。孩子静静地熟睡着。江姐凝望了她一阵，终于情不自禁地俯身在脸蛋上吻了一下。

抬起头来时，看见孙明霞把她的衣物收拾在一个布包里，递了过来。

“江姐，你的几件换洗衣服。”

江姐轻轻接过布包，看了看，又递还给孙明霞。

“我不需要了。”江姐微微一笑。

布包从孙明霞手上，跌散在地上，她忍不住眼泪涌流，放声哭倒在江姐怀里。

“江姐！江姐……”

胜利的欢乐和永诀的悲哀同时挤压在孙明霞心头，她从未体验过这种复杂而强烈的感情。“江姐，我宁愿代替你去……不能，不能没有了你！”

“明霞，别这样。你们要坚持到底，直到最后胜利。即使只剩下你一个人，也要坚持！”江姐略停了一下，又轻声说道：“如果需要为共产主义的理想而牺牲，我们每一个人，都应该、也可以做到——脸不变色，心不跳。”

孙明霞抬起泪眼，凝望着江姐，一动也不动。

这时，从男牢房的走廊上传来了一阵阵的脚步声。十来个男同志，从容地走了过来，一路上高呼口号，和每间牢房里伸出的手紧握着告别。敌人的屠杀提前了，他们来不及参加越狱斗争了，他们都是美蒋秘密屠杀计划的第一批牺牲者。

看见这么多同甘共苦的战友从窗前走过，女室里一个年轻的同志，抑制不住，倒在铺位上痛哭起来。

“不要用泪眼告别……”江姐轻轻取下了孙明霞攀在自己肩头上的手，转身扶起哭泣的战友，让她迎向路过门边的，男室战友们告别的目光，“你看他们，多么坚强的同志。”江姐像对自己，也像对着大家，坦然地讲说着内心里的感受——

“美蒋反动派的屠杀，和一切垂死的挣扎，难道能够阻挡中国无产阶级的最后胜利吗？不，胜利属于我们，属于我们的党！”

李青竹点头微笑着，她衷心地赞美着江姐的话。她把江姐深夜写的纸条，交给身边的一个战友，在她耳边嘱咐道：“这封信，送到楼七室。”

李青竹低下头，亲了亲酣睡在身边的“监狱之花”。她仰起头来，拖着断腿，迎向江姐。她们并肩走向牢门。到了门口，她们又停下来，回头向牢房内看了一眼。熟悉的牢房，一张小小的条桌，一排干净的碗筷，墙头挂着一块破镜……一张张激动凝泪的战友的脸。

“同志们，再见！”

“江姐！李……”

人们红肿的眼睛，流露着深沉的悲痛，几个战友猛然清醒过来，向江姐她们扑了过去。

酣睡中的“监狱之花”，被人声和脚步声惊醒了，忽然哇哇地哭了。刚要跨出牢门的江姐，不由得停住脚步，深情地望着啼哭的孩子。孙明霞流着热泪，把孩子抱到牢门口。刚刚醒来的“监狱之花”带着泪水摇动双手，要江姐抱她。江姐迎上一步用脸温存地亲着“监狱之花”绯红的双颊。孩子伸手扯住江姐的头发，紧紧地抓着，不肯松手，幼稚的声音在静寂中一再重复着：

“娘娘……娘娘……不走……”

“娘娘会回来的。”江姐笑了，又一次吻着孩子，“娘娘回来抱你！”

放开孩子，再一次告别了同志们，江姐转身跨出牢门。她看见李青竹站在走廊上，特务递给了她一根手杖，她那贫血苍白的脸上，忽然浮起一阵愤激的红晕。

“我自己能走。”她将手杖一扔，怒声呵斥着。

江姐上前两步，扶着倔犟地移动断腿的战友。她们在走廊上迈步向前，再也没有回头……

第二十六章

丁长发看了看伫立在铁窗边的老大哥的背影，猛然站了起来，神色严峻，黄泥巴烟斗捏在手上，焦黄的牙齿咬得紧紧的。他走到牢门边，面对高墙电网上闪闪发亮的机枪，心里翻腾着。越狱，暴动，他有过多次的经验，宣布了死刑，在执行的前夜，也逃脱过。可是目前的情况，却使他感到重重困难：江姐、李青竹和一批战友的牺牲，严重地影响着监狱党预定的越狱计划，特务随时可以开枪扫射，使人冲不出牢门；牢门外的高墙、电网、岗哨，又密密地封锁出路；而且，周围几十里，警戒线团团围困着集中营，一有警号，特务部队从四通八达的公路，几分钟以内可以赶到任何地点！只有在解放前夕，敌人张皇失措之际，解放军、地下党和集中营里战友的里应外合，才有可能粉碎敌人的屠杀阴谋。可是，时机尚未成熟，敌人已开始屠杀……

“要减少越狱的牺牲，必须地下党的游击队冲击中美合作所的边境，”丁长发咬紧牙关，担心地想，“越狱时的外援，只能奇袭，不能太向集中营接近。否则，游击队也会被特务包围。”

思路突然中断。丁长发锐利的目光，发现楼口边似乎有人影晃动，他立刻离开牢门，回到自己的地铺，一动也不动地坐着，监视着牢门附近的响动。

“女室有人来了。”余新江悄悄地说。

又是女牢的战友们趁放风的时候，到楼栏杆上来晾晒衣服。丁长发看出，孙明霞的目光，在牢门口暗示地闪了一下。

“看见了吗？”景一清悄悄走过来，小声说，“孙明霞刚刚捏了一下最左边那件衣服的口袋。”

“女室送信来了……”余新江点头会意，“你们继续注意。”

可是牢门的铁锁早已锁死，女室藏在晾晒的衣服口袋里的秘密信件，一时不能到手，只有等到再次放风的时候，才能设法去取。丁长发有点不满，失去江姐和李青竹以后，女室的战友们似乎变得群龙无首了。这种时候，特务对一切都分外多疑，为什么还用这种老方法直接送信？他转过头，猛地把烟斗插进嘴去。恰在这时，他的目光落到墙角挂着的一件衣服上。每间牢房左右两面的墙上，都被战友们钉上两排竹钉，整整齐齐地用来挂衣服和杂物，这是多时以来的老规矩了。可是敌人完全想象不到，这些竹钉中，却有两根是活动的：左边一根，右边一根。丁长发看见的正是右边通向楼六室的那根活动竹钉动了一下，因此，挂在那钉上的衣服微微动荡起来。

“小余！”丁长发低声说，“楼六室有信。”

余新江轻轻走到墙角，取下竹钉上的衣服，然后踮起脚尖，拔下竹钉，一个小纸团立刻从露出的小洞里落了出来。余新江接住它，展开一看，低声念着：“楼六室说……”

景一清忽然回头打断余新江的声音：

“猩猩来了！”

余新江立刻把竹钉插还原处，又把衣服挂上。这时，特务的脚步声，已经愈来愈近。

“哼，晾衣服？”猩猩骤然在牢门外冷笑，“为什么偏偏到楼七室门口来晾？嗯，每件衣服都给我搜！”余新江心里一惊，立刻把手上的纸条塞进嘴里，囫囵吞下。

“是！”牢门外出现了跟随猩猩的值班看守员，高声答应着，动手搜查女室刚晾晒的衣服。

景一清脸上失色了。丁长发扫了他一眼，沉默着。如果敌特搜出了女室的来信，如果女室有关越狱的重要意见被敌特搜去，那么，接踵而来的，定是不堪设想的危险。丁长发举目四顾，看见了余新江的手已握成拳头，所有战友的目光，都惊惶地射向牢门口。只有老大哥没有什么反应，他早已离开了铁窗口，和更多的战友们一样，半坐半躺在他简陋的铺位上。

危险正在一步步接近。牢门外，值班看守员的手已经伸向晾在最左边的那件衣服。

余新江在丁长发耳边说了一句什么话，陡然站了起来。丁长发却抓住他的手臂，轻声说：“慢点！”

牢门外的搜查正在进行。每件衣服都被仔细检查。突然，一个清楚的声音，从牢门口传来：

“报告所长！没有发现什么东西。”

满屋的人都感到诧异，惊惶的脸色却消失了。

“没有？”猩猩的声音里，显出他对这样的结果难以轻信，“再搜！”

猩猩的头在风门口上晃了一下，又突然大声命令道：

“把楼七室的门打开！”

“是。”

铁锁一开，猩猩冲进牢房，大喝一声：

“搜！”

紧跟着的值班看守员，立刻四处搜寻。

猩猩在牢房内走了几步，看看这个人的脸色，又望望另一个人的表情，他阴险地狞笑着：“你们想干什么？嗯？共产党还没有打进中美合作所！”一转身，猩猩向门外大喊：“来人，彻底搜查楼七室！”

成群的特务看守员，立刻应声而至。

猩猩搜寻的目光突然转向墙头的衣服，他抢步上前，把挂在竹钉上的衣服扯了两件下来。

“我的衣服！”小宁张皇地叫了一声，就想冲上去保护秘密孔道。

余新江一把拦住他，用目光制止着学生们的激动。

猩猩闻声转过头来，眼里的凶光突然射在傲然崛立的余新江脸上。他慢慢向余新江逼近，一直逼到毫不退让的余新江面前，两对目光对峙着，猩猩忽然举手一指：

“搜查他！”

跟随猩猩来的值班看守员，赶到余新江面前，动手便搜，他在猩猩犀利的目光监视下，解开余新江的衣扣，把每个衣袋都翻过来检查，接着，又搜寻衣领、袖口、裤腰，一切可能暗藏物品的地方。最后，他转身立正：“报告所长，没有发现东西！”

猩猩愣了一阵，不甘心地看完一无所得的搜查，最后，只好带领着特务，走出牢门。在牢门口，又站住脚，扫视着被硕大的铁锁锁得死死的楼七室。忽然，他收住冷笑，大声狂吼道：

“从现在起，渣滓洞停止放风。敢于抗拒者，立刻处决！企图逃跑者，立刻处决！”猩猩的手紧紧按住腰间的枪，“一遇越轨行动，马上开枪！”

四面八方传来成群特务的应声：

“是，马上开枪！”

余新江扑到牢门口，盯着成群特务，直到猩猩下楼，走出高墙边通向特务办公室的铁门，他才转回身来。被特务翻乱了的衣物掷得满屋都是，一时也没有人去收拾。

余新江愤怒地将双手往衣袋里一插，大步跨到丁长发面前：“老丁！”他叫了一声，忽然停住了，因为他的手在衣袋里触到一点什么东西。余新江慢慢从特务搜查过的衣袋里抽出手来，竟摸出了一个不知从何而来的小纸团。余新江诧异地打开纸团一看：

“江姐亲笔写的！这，这从哪里来的？”

丁长发接过纸条看了一下，立刻敏感地低声说道：

“刚才搜查你的值班看守员，先搜查过女室晾晒的衣服。”

“哦！”余新江的脸上出现了会心的微笑。要不是这位机智的“看守员”，今天会出多大的危险！过去，所有地下党的来信，都是由“看守员”送到女室去的，所以他们都不认识这位机警的同志。

丁长发立刻把纸条交给了老大哥。过了一阵，丁长发和老大哥耳语之后，目光又招呼着余新江。余新江走了过去，三个人在同室战友的保护下，聚在一起。

“女室知道值班看守员是自己人。”老大哥深思着说，“急切送信的心情，可以理解；但是，这种感情冲动的冒险，再不能允许。”老大哥慢慢把江姐的信展示出来，“江姐遗书，应该仔细读读。她建议和白公馆加强联系，争取提前行动。”

老大哥深思的目光，渐渐移向窗外，似乎想着更多的事情。

“为了党和阶级的利益，”老大哥像对自己，也像对丁长发和余新江，缓缓说道，“我们可以牺牲一切，甚至生命。江姐说得对：要真正做到这点，还要有进一步的思想准备。”

丁长发和余新江默默点头，聆听着老大哥微带激情的声音。

“每个人应该清楚地懂得，我们面前，有胜利的希望，也有牺牲的可能……”老大哥的手在空中挥了一下，“但是我们还有责任：为党保存更多的干部。正因为这样，当我们敬爱的同志、最亲近的战友不可避免地牺牲的时候，失去同志的悲痛当然使我们万分难受；可是，我们怎能因为感情冲动而失去冷静？怎能因为战友的牺牲而忘却党交给我们的任务？……”

“为阶级献身，”丁长发从内心里赞同着说，“江姐无愧是我们的榜样。”

“我们应该像江姐那样，永远为党工作。”老大哥应声说道，“今天晚上，通知各室认真讨论江姐的遗书，从她崇高的气节、不屈的表现中，吸取力量，进一步鼓舞斗志。”说着，老大哥指了指江姐遗书上面的几行文字，把遗书放在丁长发和余新江面前。接着，伸出两手，扶住他俩的肩头，声音里流露出更激越的感情：“我们都记住江姐的话，在风险面前，决不退缩，一往直前；在考验面前，脸不变色，心不跳！”

这些坚贞的话，在战友们心中久久地共鸣着。

停了一会儿，老大哥才低声道出他的决心：

“要各室全面检查准备工作，我们一定要赶在敌人前面。”

“我们何时动手？”余新江问，“和白公馆如何配合？”

老大哥毫不迟疑地回答：“关键问题是及时把越狱时间报告地下党。”老大哥略停一下，微带忧虑地叮嘱道：

“要‘看守员’千万小心。这个时候，绝对出不得问题！”

白公馆的电话铃丁零零地响了两下，听筒就被一只等在那里的手抓了起来。

在两小时以前，当陆清接到徐鹏飞的紧急通知，赶进城去报告准备情况时，杨进兴就焦灼不安地守候在电话机旁边。这时候，离徐鹏飞指定的时刻，已超过了半个多钟头，才听到陆清的声音。

“进兴吗？”电话里传来陆清的询问。

“是我。所长马上回来吗？”

“不。我先到执行的地方等着，你马上就请……”压低的声音吐出了一句事前约定的黑话，“请黄先生谈话。”

杨进兴放下电话，转身在一个特务耳边交代了几句，便带着这名副手，踏进了黄以声将军的囚室。

杨进兴点着头说：“刚才得到二处的电话，徐处长请黄先生到梅园谈话。”

“找我谈什么话？”黄将军反问一句。

“请黄先生谈话。”杨进兴重述了一遍，又提高腔调说，“马上就去。”

望了望不怀好意的暴徒，黄将军迟疑了一下，沉默地走到床边，拿起了礼帽。趁刽子手不注意时，又顺手从床头摸出一件什么东西，迅速塞进衣袋。黄将军的目光，环视了一眼这间小小的、住过多年的囚室，然后跨出了牢门。

牢门外边并没有更多的特务监视，也没有给黄以声戴上手铐。这一切似乎暗示着请他去梅园谈话，并非凶多吉少的阴谋。

走出白公馆，黄将军忍不住回转身来，固执地望望渐渐远离的集中营，不由得取下礼帽，高举着挥手致意，但他的目光，已经无法再见到那许许多多朝夕相处的共产党人了。

天色分外的阴沉，浓密的黑云，低压在山头，一片山雨欲来的异样沉闷。从云隙里不时漏出几缕阳光，反衬着乌云，斜照在黑压压的松林深处。

黄将军迈开沉着的军人步伐，沿着山边的一条通向梅园的石板小道，大步走去。一面走，一面却用眼角冷冷地注意着紧紧跟在旁边，又不时窜到背后的阴险的特务。

周围一片岑寂，没有人声，也听不见鸟啼，只有皮鞋踏在石板上，发出一声声空洞的回响。

小路曲曲折折地转向一道小溪。透过密林，隐约地看见了对面的山头，山头上，掩映在林阴深处的建筑，便是人所共知的美国特务的巢穴——梅园。黄将军走到溪边，跨上一座小桥。年久失修的桥板，已经破败不堪。因此，他低下了头，避开那些腐朽的木块。

“黄先生，桥不好走，小心一点儿。”

黄将军没有理睬，昂然跨过桥头，又向前走。

就在这时候，两声闷哑的枪声，骤然在桥头响起，接着又是两枪。

枪声不大，被周围黑森森的密林和淙淙流水掩盖着。黄将军猛地向前踉跄了一下，又摇摇摆摆迈了两步，他吃力地站定脚跟，怒目回视，胸口涌出的血不断洒滴在桥头的石板路上，血水无声地溅进了小溪，溪水渐渐被染红了。

黄将军伸手指指自己的胸膛，用沙哑的喉音怒喝道：“再来一枪！”

“乒！乒！”

无声手枪又发出闷哑的响声。

在血泊里挣扎着，黄将军勉强把手伸进衣袋，再也无力把手从衣袋里抽出来。前些时候，从他听说杨虎城将军和小萝卜头全家已经被害以后，便知道了自己的命运。他把共产党人送给他自卫的武器带在身边，准备必要时搏击敌人。却没有料到，狡猾的杨进兴躲在背后，突然射击。

黄将军困难地昂起头来，口里流着鲜血，全力吼了一声："消灭国民党法西斯……"颓然扑倒在血泊里。

杨进兴冷冷地笑着，把黄将军的尸体踢翻，提着还在冒烟的手枪，从血水中拾起黄将军的礼帽，拍拍帽上沾染的尘土，斜戴在头上，又提起黄将军毫无知觉的手臂，扯下那只黄亮亮的金表。金表嗒嗒地响着。刽子手把表拿到耳边听听机械的响声，把手枪往腰间一插，伸出左手，套上带血的金表。回过头来，他恶狠狠地盯着跟在身旁的副手，从鼻孔里哼出野兽般的嗥叫：

"看见他回头，你为什么不补枪？脓包！"

偷偷躲在竹丛后边观察现场的陆清，手上提着一部照相机，忽然露面了。按照特务的规定，所有被害的人，都要拍摄照片，上报台湾，重要人员的现场照片，更要报送蒋介石亲自审阅。

凶手翻动着黄将军正在冷却的遗体，准备拍照。

黄将军僵直的右手，插在衣袋里，杨进兴用劲拉了出来，寒光一闪，他不由得退了几步，额角上冒出冷汗——黄将军临难时，手里竟紧紧握着一柄锋利雪亮的匕首，一柄来不及刺进凶手胸口的匕首！

头发苍白的华子良，挑着一担乌黑的煤炭，跟在看守特务后面，离开煤窑，慢慢走上去白公馆的公路。除了到磁器口挑菜，他每天还要到中美合作所煤窑挑一两次煤炭。这座特务专用的煤窑，就在渣滓洞附近的公路旁边，离白公馆也不远，正处在两座集中营之间。有时，特务懒得走路，就叫华子良独自去挑，特务只在山头上守候。华子良却像一只在笼里关惯的鸟，有特务监视也好，没有特务监视也好，去去来来都是目不旁顾，更没有丝毫越轨的行动。到后来，特务常常放心地让他独自去来，甚至连到磁器口买菜，特务也常常自去赌钱喝酒，让他单独把菜挑回。不过近来形势变化了，他每次往来，都被特务跟着，不像前些时候那么自由。

天气很冷，满天的浓云压在山尖上，北风阵阵呼啸。满挑煤块，压得华子良脚步蹒跚，不断喘气。他敞开胸前的衣襟，露出褐色的皮肉和瘦得连一条条肋骨都数得清的身躯，胸膛上的汗水一滴滴地往下淌。

走了一阵，来到松林坡的山脊。在公路的岔道口上，特务在一块石头上坐下来，回头说道：

“休息一下。”

华子良应声放下满挑煤炭，也在路边的石岩上坐下来，把破帽子摘下来当做扇子，扇着胸膛。特务摸出一支烟，独自吸着。像往常一样，谁也不说话。

华子良的心里，一刻也不平静，他正忧虑着一个严重的新情况：几个月来经常和他见面的渣滓洞的那个“看守员”，今天又没有来押运煤炭，代替他的是一个新来的特务。过去，当他还未做厨工的时候，渣滓洞和地下党的关系，是靠那个由地下党安插进去的“看守员”借休假日出去联络，到他做了厨工，进出比那不能经常出入的“看守员”更方便，所以磁器口联络站建立以后，到联络站的联系，就改由华子良承担了。他利用挑煤的机会，又可以和渣滓洞的那个“看守员”经常见面，传递情报和意见。可是从昨天起，这个“看守员”却意外地没有出来，这使华子良深深地感到不安。时机十分紧迫，如果和渣滓洞断绝了联系，那是不可想象的事。他觉得那位“看守员”被敌特识破的可能性很小，因为他一贯谨慎小心，最大的可能，就是遇到了敌特最近采取的换防措施，突然把他调走了。可是，这样一来，不仅华子良准备带给渣滓洞的几柄匕首交不出去，而且今后和渣滓洞的联系也会完全中断。更严重的是渣滓洞约定要告诉越狱时间，现在竟无法再得到这个关键性的情报了。

公路上走来一大群人，渐渐近了，都是特种警卫部队的，背着铁锹、十字镐，走到岔道口，又向松林茂密的山上走去。领队特务看见白发苍苍的华子良囚服上的蓝色三角形符号，立刻诧异地问：

“犯人怎么出来了？”

正吸着烟的特务应声回答道：

“是个疯子。”

“哦。”对方漫应着，从山脊往远处望去，“梅园那边又在开会？好多小汽车！”

看守特务点点头，也问道：

“你们到哪里去？”

“戴公祠[1]。紧急任务。”

大群的特务，沿着公路向松林中渐渐走远了。就在这时，不远的山坳附近，从密林间传来了几声低闷的枪声，接着，又响了两枪。看守特务望望响枪的地方，回头喝道：“走！快点回去。”

刚刚回到白公馆，放下满挑煤炭，华子良就被看守长杨进兴叫去：“你知道我为什么要你出来办伙食？”

华子良木然立着，没有回答。

杨进兴狞笑着，得意地望望手上的金表，又问：

“你知不知道，共产党要来了？”

华子良脸上毫无表情。

“共产党来，对你没有好处！”杨进兴指着自己，“我当司令，上山打游击，懂吗？你跟我走。”

等了一阵，看见华子良没有说话，杨进兴突然吼叫起来：“不准疯疯癫癫的！要是三心二意，老子马上枪毙你！”

华子良一动也不动，像个泥塑木雕的哑巴。

“我们游击训练总部，有几十万大军，不怕共产党来！我委你当反共救国军的军需，跟老子走。听见没有？”

“当官呐？”华子良用莫名其妙的声音应答着，仿佛什么也没有听懂。站了一阵，他摇摇摆摆地走回厨房，照常烧火煮饭。

1　蒋介石在中美合作所内的别墅，军统特务头子戴笠死后，改为戴笠祠堂。杨虎城将军、罗世文同志等均牺牲于此。

直到晚上，他才独自回到牢房去。

半夜里，牢房里的人们都睡熟了。只有和华子良躺在一起的齐晓轩，并未入睡。他正默默地思虑着许许多多的问题。贵阳解放，向大西南进军的人民解放军已经入川，一路从川北直趋成都，一路从川东直趋重庆。从川东进军的二野部队，已经越过白马山飞速前进，重庆的解放将大大提前。在这种情况下，齐晓轩更加冷静而谨慎。因为任何侥幸都是不可能的。稍一疏忽，便会带来惨重的流血牺牲。像临战的指挥员，像掌握全局的严肃的决策者，齐晓轩心里没有那种当局者迷的惶惑急切之感，相反地，他纵观全局，像善战的棋手一样，每投下一颗棋子，哪怕是走动一个小卒，也考虑到如何带动全局。但是，情况千变万化，杨虎城将军全家，小萝卜头全家，住在楼上的黄将军，一一被害了，九岁多的小萝卜头，几个月前被押往贵州，不久以前，又从贵州押回，在回到中美合作所的当夜，就惨遭杀害。昨天又听到渣滓洞一批同志和江雪琴的牺牲。牺牲虽是早已意料到的事，但是心中的苦痛仍然难以摆脱。

一只手臂轻轻地触动了齐晓轩的肩头，他被惊动了。华子良像往常一样，又要乘这夜深人静的时候，告诉他新的情况和消息。齐晓轩微微翻身，听华子良轻声讲述当天的一些事情。他默默地听完以后，又思索了好久，才轻声问道：

“渣滓洞的看守员，今天又没有见到？”

“没有。”

齐晓轩忧虑的是：联络中断，会造成地下党、白公馆和渣滓洞之间的情况不明，无法掌握配合行动的时机。

华子良沉默了一下：“有件事使人担心。黄以声将军牺牲时，特务发现了匕首。就是我们送他的那把，敌人正在追查……”

突然，电筒光射进牢房，在熟睡的人们身上扫过，又停留在齐晓轩脸上。

齐晓轩和华子良一动也不动地躺着，像入睡已久，连电筒光线的扫射，也没有把他们从梦中惊动。

半小时以后，软底鞋在楼梯上轻轻地响了几下，深夜里突然巡查牢房的杨进兴，上楼去了。

“敌人和我们一样，没有睡觉。”华子良轻声说着，在黑暗中冷冷一笑。

“美国人在这里搞的游击训练总部，已经命令特务部队出发。杨进兴今天……”华子良把特务和他的谈话情况，低声告诉老齐。

齐晓轩静听着，在黑暗中看不见他的表情。

远处有犬吠，窗外，朦胧地透出淡白色，快到天亮的时候了。

“挖尸坑的特务增加了，正在加速进行。”华子良忽然告诉齐晓轩说，“敌人决定把地窖里的许云峰丢进镪水池。”

“什么时候？”

华子良在黑暗中摇头，低声回答道：“具体时间不知道。”

齐晓轩靠近华子良耳边说：

“你送饭时，通知他半夜越狱。”

“他不愿走。”华子良耳语道，“他说，他准备的通道，是为了全体同志的安全，不是为了他自己。”

齐晓轩沉默了。他完全理解许云峰宁肯牺牲自己，也要保卫集体安全的决心。可是眼前，敌人又在追查黄将军手上匕首的来源，并且胁迫华子良去打游击。新的情况，使他感到白公馆和地下党的联系，也有随时被切断的危险。齐晓轩沉思了一阵，终于在华子良耳边谨慎地说道："我有一个新的考虑，由你出去给地下党的武装做向导……"

天一亮，华子良照常走出牢门，到厨房煮饭。

他燃火，烧水，正要下米时，杨进兴忽然走进厨房，大声说："早饭多煮几个人的，马上有新的看守员来！"

向每间牢房送完了饭，华子良收拾碗筷，洗了锅，便和往常一样，挑起担子，准备和特务看守员到磁器口买菜。只要今天把越狱时间通知了联络站，他的联络任务便最后完成了。而且，照齐晓轩的意见，他今天还要争取机会，趁买菜的时机逃出特务的控制，直接向地下党报告情况，并且为地下党的武装领路，准备奇袭中美合作所，支援渣滓洞和白公馆提前越狱。

华子良正要走出厨房，杨进兴却快步来到面前，后面还跟着一个新来的特务：

"华子良，出来！"

华子良放下担子，慢慢跨出厨房。新来的特务立刻接替了华子良的工作。华子良拍了拍身上的煤灰，望着特务。

"煮饭挑菜，不用你干了。这是所长的命令。"杨进兴盯住华子良厉声喝道，"马上上车，随部队出发！"

这是一件猝不及防的，完全意料不到的事情。

几分钟以后，华子良被带上了卡车。和他同行的，全是中美合作所游击训练总部的特务。十几辆载满特务武装的卡车，驶出中美合作所，朝着成渝公路疯狂疾驰，渐渐地消失在烟尘滚滚的公路尽头……

第二十七章

迎着夕阳的余晖，李敬原出现在街头，缓缓地向林森路走去。近来工作紧迫，他已经两天未到安平人寿保险公司。

随着胜利的迅速接近，加紧工作、迎接解放的口号，在今天市委的会议上正式提出来了。“迎接解放！”这是无数群众日夜期待着的胜利信号，更是鼓舞人心的战斗口号。李敬原和市委的同志们一样，完全赞同特地来参加这次会议的川东特委书记老石对前一阶段工作的估计：随着广大群众的革命化，党的工作更加深入了，组织更加严密了；全党经过整风学习，思想作风、工作方法，都有了巨大的转变，这就保证了在敌强我弱的具体条件下，全党团结一致，紧密联系群众，灵活斗争，争取主动，一再打击了敌人的气焰；为解放后接管城市而进行的准备工作，也基本完成了，各种调查研究的材料，像社会情况、阶级关系、财政经济与生产、敌伪产业以及敌人当前的各种行动计划与兵力分布，都已汇成材料，正在分头整理。因此，地下党有条件集中力量，全面开展迎接解放的工作，工作的中心，是防止破坏，迎接解放。工厂、学校、社会团体和群众组织，广泛开展护厂护校和保护城市的斗争，并且控制尽可能多的武装力量，以制止敌人覆灭前夕的疯狂破坏；同时大力宣传党的各项政策，团结广大群众，加速敌人内部的分化、瓦解。使整个山城，安全地度过黎明前的黑暗，迎接人民解放军的到来。

会议结束以前，进行了分工，李敬原的责任是组织护厂斗争和抢救集中营里的战友。两项任务，都是十分艰巨而复杂的。因此，散会以后，他急于了解一下瞬息万变的有关情况，以便安排下一步的行动。

在行人中，李敬原保持着惯常的稳重和机警。这一次，他的衣着很平常，看起来像一个略显苍老的公务人员，一点也不引人注目。他默默地走着，心里却反复地想到营救集中营里战友的计划，因为要从虎口里抢救自己的战友，比组织工人群众保护工厂，粉碎敌人的破坏，更要困难，尽管他接受市委的委托，长期以来一直进行着准备，他提出的营救计划也被批准了。根据计划，在解放前夕，将有一支解放军的先遣部队，由华为做向导，直趋中美合作所；由老太婆率领的川北游击队，也将前来配合；市委还同意从工人武装中抽调一批力量，以加强营救的工作。只要在一两天之内，能继续和集中营保持联系，就可以确定行动时间，奇袭中美合作所……如果这一计划顺利实现，抢救战友的任务，是可以胜利完成的。可是，由于这一计划的庞大，情况的复杂，以及和集中营的联系随时有中断的危险，所以李敬原心里特别不安。

到保险公司时，天色快黑尽了。成瑶正焦急地在宿舍里等他。

“长江兵工总厂来人了吗？”李敬原尚未坐定，便问成瑶。这和他平时的从容不迫，有些不同。

“肖师傅亲自来的。”成瑶回答道，“你的意见都告诉他了。他说他想和你见一次面。”

“他有什么事？”

“他要汇报策反的情况……”

李敬原点了点头：“可以和他约个时间。”他知道长江兵工总厂的党组织在技术人员中间做了不少工作。他还知道总厂厂长是个学兵工的老留学生，接受过成岗的影响，长期以来不满美蒋特务对工厂的把持，现在思想动摇，不愿离开大陆，厂里的党组织认为这个人是可以积极争取的。

“肖师傅还说，他们想为营救集中营里的同志做一件工作：将厂里稽查处缴械，强迫特务打电话给二处假报情况，诱捕特务头子，打乱敌人的部署。他希望继续留陈松林在厂里帮助工作。”

李敬原一时没有回答。诱捕敌人并非容易的事，像徐鹏飞那样的对手，是不容易上钩的。但是，工人群众的智慧，给了他很大的启发：创造条件，引诱敌人犯错误，不仅有利于营救战友，而且确实可以打乱敌人的部署和行动，甚至从俘虏手上获得敌人的机要情报，有利于解放后的工作。他觉得有必要找老肖谈一谈，仔细研究一下这项聪明的建议。

“李大哥！”成瑶的声音里，终于忍不住透出了一种焦急不安的情绪。她急切地等候着李敬原的到来，正是为了告诉他一件不幸的消息。可是，他在室内来回走动着，反复考虑肖师傅的建议。成瑶再不能等待了，她打断了李敬原的思路，“告诉你一件不好的消息！”

李敬原立刻站住了，转头望着成瑶。

“渣滓洞和我们的联系中断了。”

李敬原额上的皱纹动了一下，沉着地追问：“和渣滓洞什么时候失去联系的？”

“联络站的报告是昨天送来的。”成瑶不安地回答着，“联络站说昨天华子良到磁器口时，特务跟得很紧。”

“白公馆和磁器口联络站还有联系吗？”

“嗯。”成瑶点头。

李敬原不再追问，独自踱来踱去。和渣滓洞联系的中断，对他来说，是严重的事情。安插那个同志去做看守员以后，地下党和集中营建立了经常的联系。后来又建立磁器口联络站，通过华子良，使白公馆、渣滓洞和地下党的联络更紧密。营救集中营里战友的计划，也是依靠这条联络路线来安排、部署，并且互通情报的。可是现在，和渣滓洞的联系突然中断，这给地下党的营救行动，带来了新的困难。

李敬原更担心的是，已经两天了，那个当看守员的同志仍然下落不明。如果他出了问题，会给党带来更多的牺牲。

从美国秘密代表团到达重庆以后，敌人的破坏活动，在各方面大大加强了。必须彻底地粉碎敌人的破坏阴谋，才能完整地保卫城市；只有现在减少一分破坏，才可能为将来建设增添一份力量。李敬原不仅越发感到责任重大，而且也深感到困难重重。

渣滓洞联系中断，更使他为这突然出现的危险而忧虑。从已经掌握的情报看，敌人分批屠杀的阴谋正在加紧进行，李敬原不能不为战友们的安全担心……

“必须抢在敌人前面。”李敬原自言自语地说了一句。但是，怎样才能抢在敌人前面呢？李敬原回到成瑶面前，像是征求对方的意见，又像是想从她的见解中印证自己的看法似的，问道：

“你觉得当前的形势怎样？”

“敌人像疯狗一样的猖狂，”成瑶痛苦地回答道，“我真担心。”

“胜利就在眼前……”李敬原微微收缩着眉头，“当然，胜利是不容易的。”

成瑶低头沉默了一阵，才抬起头说：“听见江姐牺牲的消息，我总是想着集中营里的同志，他们的处境多么危险！”

“是很危险。”李敬原坦率地说，“所以我们要加紧工作。不过，在革命斗争中，再困难的考验我们也经受过，就是白公馆和渣滓洞全部失去联系，我们仍然要抢救自己的战友。老许和许多老同志，在集中营里做了可贵的工作，我相信失去自由的战友们，对待一切困难，会有足够的思想准备，会有自力更生的决心的。”

成瑶静静地听着，李大哥的话她完全相信。

“学校、工厂，我们的任务也很艰巨，但是那里有的是群众，我们最担心的仍然是集中营里的战友。”李敬原深思地说，“困难很多，甚至比我们能够想象的还多。但是，解放军的进军速度，为战友们赢得了宝贵的时间，时间就是胜利。解放军的快速前进，不仅会粉碎敌人的一切破坏阴谋，而且直接帮助了我们去抢救失去自由的战友。”

“你想想，”李敬原缓慢地引导着成瑶，用声音在她面前展示出一幅画面，“解放军摧毁了敌人的防线，直趋重庆，这是致敌人死命的最重要的关键。一切工作，护厂，护校，保全城市，营救战友，都得到了最有力的支援。解放军进军愈快，愈出乎敌人意料，敌人就愈加慌乱。我相信，几天之内，这个貌似强大的敌人必然要土崩瓦解，你说我们该不该这样来估计形势？”

成瑶点点头，没有插话。李敬原又说道：

“同样的，在解放军神速进军的鼓舞之下，人民的热情更加高涨，斗争意志更加昂扬，你看，近些日子以来，党在各方面的工作，不是完全得到广大群众的热烈支持吗？”

“是的。”成瑶也信服地说，“特务想绑架重大的教授到台湾，可是同学们团结一致的护校活动，把教授们都保护下来了。”

“这只是无数事例中的一个。”李敬原说罢，又思索起来，像临战前的指挥员一样，严峻的目光，渐渐转向成瑶。

“向联络站运送武器的通知，送到了吧？”

“我前天送去的。”成瑶肯定地回答。

“你再到磁器口去一趟。”李敬原说，“告诉他们：党决定从兵工厂再抽调给联络站几十个同志，配合游击队突袭中美合作所……”

“渣滓洞联系断了，他们怎能知道越狱的时间？”

“听见我们的枪声，他们一定会当机立断。”李敬原的声音始终充满着信心，“你告诉联络站，得到白公馆送出来的越狱时间以后，联络站的行动，拨归老太婆指挥。”

“好，我马上去。”

“慢点。”李敬原又不慌不忙地说道，“今天得到密电，华为和一支解放军先遣部队已经出发，进军目标是中美合作所，很快就会到达。明天一早，你去綦江等候联络。”

这件事，他本来想派陈松林去的，但听了成瑶的汇报以后，他照顾了肖师傅的要求，临时改变了主意。他把有关的联络口号、地址、任务，一一告诉了成瑶。

成瑶默记着联络口号与地址，这件事对她是完全意外的，她喜出望外地要求道：“李大哥，联络以后，我就随军前进，冲进中美合作所去！”

李敬原点点头：“原来在中共办事处工作过的你的大哥，大概和先遣部队一道回来了。”

“真的？”成瑶惊喜地问，她没有想到很快就会和失去联系的大哥见面。

李敬原尚未回答，突然听见一阵阵电铃的响声。成瑶立刻警惕起来。她仔细听着电铃断续的响声，低声说道：“自己人。”

“你去开门。”

成瑶绕过客厅走了出去。李敬原站在窗台边，谨慎地从窗帘缝中望出去。一个商人打扮的中年人走了进来，他正是磁器口联络站的负责人，鑫记杂货店的“老板”。

来人刚一进门，便仓皇地喊了一声：“老李！”

一看对方的表情，李敬原有点诧异了：“出了什么事？”

“白公馆的联络断了！”

李敬原伸手摸摸眼镜，没有说话。

“白公馆买菜换了人。华子良没有出来。”

“越狱时间交出来了吗？”李敬原简单明了地问。

“没有。”

情况又是一变，渣滓洞、白公馆和地下党的联络完全断绝了。

“没有问题，没有问题。”徐鹏飞对着电话打着哈哈，他把左腿往右腿上一架，半躺在转椅上，又放声大笑起来。

“请局长放心，保管跑不了半个共产党！”转椅一旋，徐鹏飞一面吸烟，一面听着电话里毛人凤所说的话。然后，他把夹着烟卷的手往转椅的扶手上一放，不慌不忙地在电话上报告情况：“杨虎城、宋绮云大小六口的照片，已经送呈总裁，黄以声、江雪琴等人的照片正在冲洗……对，对，完全是照预定计划进行……喂，电网全部经过检修，增高了电压，特区周围添设了三道警戒线，够得上四个字——铜墙铁壁。”夹着烟的手指，缓缓移近口边，徐鹏飞抖抖烟灰，继续说道：“渣滓洞和白公馆的看守人员，全部换了新的。对，这是防备万一。我认为，看守人员最多只能和囚犯相处半年，时间长了，思想容易受到影响……换下来的看守人员，已经配属各游击单位，早就陆续出发了……局长还有什么训示？哦，我已经知道了，马上就来……”

放下电话，徐鹏飞一挺身，从转椅上站起来，看看表，快到十二点了。徐鹏飞正想跨出办公室，朱介推门进来，呈上一沓公文：

“处长，爆破计划刚才送到，请你审阅。”说着，把一份绝密文件，送到徐鹏飞手上。

徐鹏飞翻翻计划，看了一阵，便拿起电话。在电话上，起草爆破计划的沈养斋告诉他说，今天早上他送去的爆破单位太多，时间来不及，器材也不足；黎纪纲带领的全能特遣队也不服分配；国防部四厅又只同意批发T.N.T两千吨。如果坚持原定的六百处重大目标，物资、器材、技术力量都有困难……徐鹏飞不愉快地听完沈养斋的话，冷冷地回答说：爆破目标是老头子和代表团会同确定的，不能擅自核减。一切问题，叫他直接向毛人凤请示。

放下电话，徐鹏飞背着手在办公室里走来走去，有点不高兴。事情庞杂纷乱，完全没有头绪。上边，毛人凤缺少魄力，不能大刀阔斧行事；又偏偏指定严醉和黎纪纲负责潜伏和游击计划的安排，使徐鹏飞不能独揽大权。下边，手下又尽是些无能的庸才，预定的计划也不能一一照办。

徐鹏飞拿起爆破计划又翻了一下，朝办公桌上堆积如山的文件丛中一丢，转身走出了办公室。

十多分钟以后，徐鹏飞的汽车开到嘉陵新村B6号，车子一停，就昂首阔步走了进去。

客厅里，摆了一桌酒席。毛人凤正心事重重地在地毯上来回走着。他不耐烦地抬起头，冷淡地问：

“你怎么不早点来？”

“临走时接到了爆破计划，”徐鹏飞脸上堆满笑，解释着，“看了计划，又检查了一下进度。”

“养斋打电话来，说困难很多，”毛人凤烦躁地挥了挥手，像要丢掉心中的不快，“炸药、器材、人员都成问题！”

“主要是炸药不够。其实，国防部还存有好几千吨。”

“混蛋！有炸药为什么不给我们用？”毛人凤气恼地吼叫着，近来他的肝火太旺，连多年来摸透了他的脾气的徐鹏飞也感到意外。毛人凤把拳头捏得紧紧的，在沙发上猛然一击。

“我找老头子去！他妈的岂有此理！放着炸药不用，难道要留给共产党？”

“局长打个电话给代表团就行了。美国人一开腔，国防部敢讲啥价钱？”

“唔。”毛人凤略微缓和下来，应了一声，继续来回走动，又过了一两分钟，才不耐烦地说：“十二点过了，他们怎么还不来？”

“听说严醉想脱离团体，到香港去。”徐鹏飞似乎无意地接上一句。

“美国人聘他到香港担任中美情报合作所副主任。他谈过，我要斟酌一下。”毛人凤说着，坐下了。

“多喝了点洋水，翅膀长硬了。”徐鹏飞话中有话，说罢便微笑起来。

说话间，严醉和黎纪纲一前一后，跨进了客厅。严醉满是麻子的脸上挂着笑，点头招呼。毛人凤坐着不动，徐鹏飞却客气地站起来和他们握手。

随代表团回国的严醉，气派比过去大多了。跟随着他的黎纪纲更是气势逼人，不可一世。美军夹克罩住全身军装，领口上中校的领章，似乎完全不足以显示他在美国特务面前的得宠。

“我们到兵工厂检查工作，回来晚了。”严醉歉然说着，“炸药运不进厂。”

“为什么？”毛人凤这才回头问，“不是命令部队用保护工厂的名义进去吗？”

“工人组织了纠察队护厂。”

“共产党煽动护厂，”徐鹏飞大声说道，“早已下令，对抗拒的工人格杀勿论！”

“格杀勿论？”黎纪纲乘机反唇相讥，“徐处长，请你去看看，重庆的秩序简直坏透了！”

严醉冷笑了一下，慢慢说道：

“工人纠察队全副武装，我们派去的部队不敢开枪。”

“各厂的情况都是这样？”毛人凤问。

“都差不多，长江兵工总厂的情况最严重，特别是炮厂！”

毛人凤沉默不语，过了好一阵，才说道：“老头子要我今天下午赶回台湾去，先安排一下今后的工作。现在快到十二点半了，我们吃饭吧。”说着，毛人凤走到挺胸直背的黎纪纲面前，打量着。

“纪纲，你到美国最大的收获是什么？”

黎纪纲马上立正，用美国式的动作举手敬礼。

“我以为，几亿人口是一种不堪负担的压力。没有任何政府，能够解决中国的吃饭问题！”黎纪纲放慢了声音，深有体会地说，“代表团布置的密裁、爆破、游击、潜伏四大任务，正是要让共产党在不堪负担的重压之外，再尝点苦头。我们的任务，就是如何送给共产党一副最破最烂的烂摊子！”说完话，黎纪纲闪动目光，扫视着几位上司，企图博得赞赏。

毛人凤微微点头：“美国人把你的脑筋也武装了，确乎不虚此行。”

严醉笑吟吟地大口吸着雪茄，奉承着：

“完全是局长的栽培。”

“有人说中国的失败是丧失了人心，这是一种糊涂的观念。”黎纪纲又自命不凡地说，“人心？人心毫无价值！有了美金，任何国家也可以改变颜色。海阔凭鱼跃，天高任鸟飞，只要有足够的空投支援，我保证在三年之内把川康变成自由世界的反共前哨！”

“问题不能看得过于简单。”毛人凤满意地瞧着美国人一再向他推荐的黎纪纲，“打游击，共产党是内行。从最近得到的情报，可以看出共军战略意图的庞大，目前共军不仅由川东、川北直趋成渝两地，迫使胡宗南、宋希濂部进行决战，更厉害的一着，是从广西、贵州迂回云南，企图截断我们向台湾撤退的后路，来一个瓮中……嗯！”打了个手势，后面两个字，他没有讲出来。

“纪纲特别来给局长送行，”严醉从旁插话说，“请局长多多指示。”

“纪纲留在重庆，使人放心。”毛人凤抬手向餐桌一指，“坐下来，边吃边谈。”

黎纪纲拿起酒瓶，给三位上司斟满葡萄酒，然后又给自己斟上。毛人凤观察着他的动作，问道：

“我记得你是息训班[1]出身？”

“高材生。学科、术科都考第一。”严醉像是在夸耀自己的光荣似的介绍着。

“你跟特派员几年了？”

“五年多。”

“纪纲是我最得力的助手，离开他，我很舍不得咧！”

毛人凤一笑：“问题是千军易得，一将难求，目前不能不把最坚强的骨干留在大陆上。”说到这里，毛人凤端起酒杯，和他们碰杯以后，喝了一大口，然后转脸问：“你把川康云贵

1 指“中美特种技术合作所”息烽特务训练班。

的游击和潜伏计划，全部研究过吗？”

黎纪纲点头，颇为自信地说：“川康两省出不了问题。”

“那太好了。”毛人凤满意地宣布道，“我代表总裁，把川康两省全部地区，连同所有的电台、特工人员和游击、潜伏干部，全部交给你。望你好自为之，不负党国重托。”

“誓为自由中国和总裁效劳！”

“临别之际，工作方面的问题，美国代表团已经给你谈过了。我只赠别你几句话，孟子说：故天将降大任于是人也，必先苦其心志，劳其筋骨。这句话很有人生哲理，值得玩味……三五年内，世界大战一爆发，几个原子弹一丢，那就是重见天日的时候。昨天老头子和代表团畅谈，讲了一句简单扼要的话：苦撑待变。”毛人凤凝视着黎纪纲的眼睛，一字一句地解释着：“变是必然的，待的过程是苦的。唯其是苦，所以要撑！只有苦撑，才能待变！你要有十年、二十年忍辱负重的苦撑决心……当然，一年半载，也有变的可能。你们听说了吧？华盛顿向老头子表示：联合国不会容忍亚洲赤祸蔓延……”

“封锁禁运，派遣特工，”严醉点头笑答，“五角大楼和F.B.I.[1]都考虑到了，再来点边境事件！”

“不仅是边境事件，”毛人凤喝干一杯酒，喟然叹道，“叱咤风云，此其时也，可惜我们留在东北的干部损失太大。”

“共产党常常夸耀他们的干部临危不惧，临难不苟，”严

1 F.B.I. 指美国特务机构“联邦调查局”（Federal Bureau of Investigation）。

醉一口喝干了一大杯，纵声说道，“我们也有这样的人才。纪纲他们在美国受过最严格的训练。纪纲率领的全能特遣队，全部经过检验，都有最坚强的神经系统，即使落在共产党手里也不会动摇。”

“可惜我们手上，这样的人才太少。古人说，时穷节乃见，正是我们今天的写照。纪纲，你今年多大岁数？”

“三十二。”

“少年有为。”毛人凤兴高采烈地打开一瓶老窖茅台酒，“葡萄酒没有劲头，喝酒，还是要喝茅台。”

“佳肴美酒，可惜缺少歌舞美人……”徐鹏飞一直沉默不语，只一杯又一杯地喝酒，这时，他才略带酒意地笑了起来。

“来，再干一杯！”毛人凤放声大笑，“鹏飞，你尝过吗，台北的日本下女，比你新纳的三姨太太还有味道！哈哈……”

一个侍从副官走进客厅，打断了刚刚开始的猥亵谈笑。

“黎队长请接电话。”

毛人凤点点头，让黎纪纲跟着侍从副官离开客厅到办公室去。

“这个人挺不错！”毛人凤高举酒杯，转向严醉，“好，很好，你有眼力！”

“他是我多年的老部下，”严醉苦笑一下，“其实，把他带到台湾，或者香港，更有用处。”

“大陆上正需要留人，”毛人凤笑道，“他有技术，而且美国人对他信任。”

“不过，纪纲资历较浅，恐怕难以服众……既然委以川康重任，中校官阶，似乎不太合适。”

“对，目下用人之际，应该……”

“提升他为上校。”徐鹏飞忽然大声地十分豪爽地说。

“上校？”毛人凤丢开酒杯，走了几步，又回转身，面对着徐鹏飞和严醉，“破格提拔，少将！对，和你们两人一样，少将！”说完，又是一阵哈哈大笑。

徐鹏飞没有注意严醉的表情，暗暗皱了皱眉头，不再讲话了。他明显地觉察到，毛人凤在玩弄花招，不仅夺走了严醉的得力助手，而且也轻易地剥夺了自己的权力，使了个一箭双雕的手段。任命黎纪纲为少将，和他自己，也和严醉平起平坐，并且授权给他指挥川康两省的地下活动，就是削弱严醉的实力，同时把徐鹏飞控制西南特工活动的权力夺走的预兆。

严醉似乎没有看穿毛人凤的阴谋，还在吸着雪茄微笑。也许，他还为黎纪纲提升少将而感到高兴？

“丁零零……”窗台上电话响了。

严醉走过去接着电话：

“Hello！是我。Yes...yes.”

放下电话，严醉回到筵席上，向毛人凤报告道：

“代表团来电话，叫我马上到梅园去一趟。”

毛人凤点点头，同意地说：“你去吧。下午我上飞机以前，你再来谈谈。”

严醉点头应诺，又和徐鹏飞握手告别，然后走出了客厅。

目送严醉的背影消失以后，徐鹏飞回过头来，正碰上毛人凤似真似假的微笑。

“黎纪纲提升为少将，你以为如何？”

“我很满意。”徐鹏飞焦躁不满地回答了一声，心里猛然涌出一阵难以平息的愤慨，他端起一大杯茅台酒，仰起脖子，一口吞了下去，接着便把酒杯一掷，当啷一声，高脚玻璃杯摔得粉碎。

毛人凤有意无意地看了徐鹏飞一眼，似乎很关心地问：

“怎么？鹏飞，你喝醉了？”

“酒不醉人人自醉……这几杯酒……休想把我醉倒！”

毛人凤缓缓站起来，在客厅里踱了几步，转回头说：

“西南局势复杂而且艰险，我要作全面安排。”停了一下，毛人凤又补充着说：“必须投下更大的本钱！严醉留下来，留在云南，保障通往印度支那的国际路线。”毛人凤走近徐鹏飞，不慌不忙地说：“你也应该留下。我记得，你在达赖驻京办事处干过几年？”

“笼络联系。坐过三年冷衙门！”

毛人凤颇有深意地笑了笑：

“所以美国朋友完全支持我的意见。”

“你的意见？”徐鹏飞打断毛人凤的话，陡地掀开椅子，站了起来，两眼闪露出凶光：“你想把我扔进那荒凉野蛮的地狱？”

“嗯？”毛人凤冷冷微笑，“那是天堂。”

说着，毛人凤伸手推开窗户，在寒风中清醒着他微带酒意的脑子，忽然回头对准徐鹏飞惶惑不解而且愤懑的目光说：

“你懂得这句话的全部含意吗？英国人说过：宁肯丢掉香港，决不放弃西藏！”

徐鹏飞沉默着，一言不发。

随着一阵急促的脚步声，黎纪纲大步走回了客厅，他脚跟一碰，立正报告道：“长江兵工总厂稽查处来电话报告情况：工人在厂区布防，劫夺炸药，全能特遣队有五名队员负伤。”

毛人凤放下酒杯，冷然地望着，没有回答。

徐鹏飞的眉头皱成一条线，他早就明白，重庆的情况，比他们敢于承认的，严重到不知多少倍。一两年来，美国人通过他策划的许许多多破坏计划，全部失败了，毫无效果。到现在，除了一个许云峰，他仅仅还知道一个李敬原的名字，连人也没有见过，仅仅知道一个名字。至于地下党市委的组织与活动，全都不知道，也无从侦查，更不要说制止那些根本无法制止的群众活动了。但是，不仅现在，就是将来的任何时候，他也不肯承认自己的无能。因此，他悄悄地舒开眉头，似乎满有把握地开口了：

“我们要无声地行动，可是，必要时也需要声音，要用最大的声音来镇压暴乱。”

毛人凤和黎纪纲，同时转头注视着他。

“局长！”徐鹏飞胸有成竹地说道，“重庆情况复杂，我建议借一个人头，公开镇压。”

“谁的头颅？”

“共产党工运书记许云峰。”徐鹏飞说，“就在长江兵工总厂公开枪决！”

毛人凤略一沉思，不肯放弃秘密处决的原则，怀疑地说：“情况复杂……现在借人头镇压，恐怕有副作用吧？”

电话铃又响起来。黎纪纲拿起电话听了一下，转向徐鹏飞：

“长江兵工总厂稽查处电话，有紧急情况报告。”

徐鹏飞伸手接过电话，听着，忽然对着电话筒，高声问道：

“情况确实？哦……”

放下了电话，徐鹏飞回头告诉毛人凤说：

“稽查处报告情况：发现一个叫陈松林的共产党分子，正在召集会议，附近各厂都有人参加。十分钟以前，进行了秘密监视，又发现两个新去的人，一个是姓李的中年男人，戴近视眼镜的。另一个是年轻女子，二十岁左右……”

“噢？”毛人凤睁大了眼睛。

“戴近视眼镜的可能是地下党负责人李敬原。”徐鹏飞判断着。但他感到奇怪：为什么这一次稽查处的情报如此准确及时？

“年轻女子一定是成瑶！”黎纪纲跃跃欲试地插上一句。

“这个情报很有价值，”徐鹏飞得意地笑道，“应该立刻行动，一网打尽！抓住了李敬原，重庆地下党群龙无首，马上会陷于紊乱。”这情报像块肥肉似的，使他馋涎欲滴，心里跃跃欲试了。若是几个月以前，有这样的机会，他一定会不顾一切地亲自出动；但是，近些日子以来，他已不愿稍涉危险，除了最安全的地方，绝不肯轻易露面。因此，说完了话，他却坐着不动。

“我去一趟！”黎纪纲冲动地站到毛人凤面前，提出要求，“我马上把他们全部抓来。”

“这些人你认识？”毛人凤问。

“当然！成瑶是成岗的妹妹，重庆大学的学生，我过去的同学。”

毛人凤微笑着，点头赞同：“好，你辛苦一趟。”

黎纪纲欣然敬礼，便要出发。

毛人凤却从容地端起一杯酒说：

“再干一杯，以壮行色！”

黎纪纲举起酒杯，一饮而尽。

“工厂秩序紊乱，”毛人凤叮咛着说，“你多带点人去。”

“用不着。”黎纪纲傲慢地说，“陈松林早就是我的手下败将。成瑶，谅她一个乳臭未干的黄毛丫头，逃不出我的手心！”

“祝你凯旋。”

黎纪纲再一次敬礼，随手摸摸腰间的手枪，身子向后一转，头也不回地跨出了客厅。

第二十八章

每间牢门上，都挂起一把铁锁。整座集中营里，像死一般地寂静。只有巡逻的特务，不断走来走去，那单调沉重的皮靴，像践踏在每个人心上。铁窗外面，笼罩着被层层电网割裂的乌云，低沉的气压，一片暴风雨前的异样平静。

刘思扬冷眼观察着胡浩。这两天，胡浩的情绪，不断起伏变化。现在他又避开大家的目光，独自坐在屋角，大睁着眼睛，像有重重心事。刘思扬对他的鲁莽行动，心里有些不快，已经通知他停止写作，可是昨夜又发现他偷偷翻开楼板，取出纸笔，写了许久。这是什么时候？任何人只要稍微失慎，便会给全集中营的行动，带来不可挽救的危险。刘思扬觉得需要找他谈谈，制止他随意行动。因此，他把昨夜发现的事，轻声告诉成岗。

成岗沉思着，也觉得胡浩的行动是不应该的。也许他心里有什么隐衷？

“我找他谈谈。”成岗说，“你坐到门边监视特务。”

成岗的目光转向胡浩，示意地点了一下头。胡浩迟疑了一会儿，缓缓地站起来，移到成岗身边，默默地坐下。成岗在他耳边轻声问着，胡浩闷坐着，不说话，一双睁大的近视眼睛，直望着地板。过了一阵，他忽然痛苦地张开了口：

“请党信任我！”

“难道你觉得谁对你不信任？”

胡浩听成岗一反问，立刻答道：

“我们一同被捕的那三个同学，已经得到了匕首。”

成岗舒开眉头，缓缓地、但是严肃地说：“要党信任，首先是对党完全信任。”

“我要一把匕首！”胡浩坚决而固执地伸出手来。

“你用不着。”成岗坦率地回答，“你的眼力太差。”

胡浩一愣，近视的眼睛猛然闪现出泪光，“我熟悉地形和情况。”停了一下，他的胸口起伏着，声音变得分外激动：“那么，到时候，请允许我像一个共产党员那样……请党考验我。”他的手抖动着，伸进胸口，忽然取出了一封折叠得整整齐齐的信，塞在成岗手里。

“为什么写信？口头谈不更稳当？”

胡浩低着头不回答。

成岗展开信笺，一行火热的字，跃进了他的眼帘：

亲爱的战友，思想上的同志——请允许我这样称呼你们。

成岗侧过身子，把信笺谨慎地放在一本摊开的书上，默默地看了下去。

我想向你们，敬爱的共产党员说几句我早想向你们说，而没有说出的话。请谅解我的犹豫不安，并请向党转达我对共产主义的向往。

我是抗日战争期间，从山东流亡到四川的年轻学生。因为不愿做亡国奴，十五六岁的我和几个与我一样无知的同学，万里迢迢，投奔到大后方来求学，一心想为祖国贡献自己的一点力量。可是，我们走错了路。我真后悔为什么当初不投奔到抗日的圣地延安去啊！我们多么无知，多么愚蠢，一点也不知道国民党反动派的真实嘴脸，反而以为他们也在抗战。回想起来，真是心痛欲裂，直到被捕以后，我才渐渐明白谁在抗战，谁在反人民。

我永远不能忘记那叫天不应、叫地无门的冤屈：1941 年，我们四个流亡学生，买不起车票，从青木关中学徒步进城投考一所职业学校。谁知从歌乐山走小路下山时，竟误入了中美合作所禁区。那时，特务在边界上的电网还没装好——可是，这并不是我们的过错啊！——于是，不由分说，把我们逮捕了。严刑拷打，有冤难申，特务看了我们的准考证，明明知道我们是无辜的学生，然而，丧心病狂的特务，深怕我们出去，泄漏了他们反人民的秘密勾当，硬说我们是共产党派来的侦探。遍体鳞伤的我们，竟被投进这人间地狱……

感谢监狱里的同志们！多少为革命献身的无名英雄，

引导我们从自己的不幸中觉醒转来，认清了国民党反动派的狰狞面目。更可喜的是在这无边黑暗的魔窟里，我们找到了祖国的希望，找到了共产党，找到了自己的理想。比起国民党统治区许许多多和我们一样无知的同学，我们因祸得福，又是多么的幸运啊！整个国民党统治区是个黑暗无边的大地狱，无数青年思想上的苦闷和绝望，我相信比我们遭受的摧残，还要更加深重。

虽然我不是共产党员，但我对共产主义和人民的党，寄予完全的信赖和希望。从我们无辜被捕，到现在已经九年了。一个人的青春，有多少个九年？怎能不渴望真理战胜，又怎能不渴望为真理献身！在这无穷的苦难日子里，我日夜不停地读书，求教，思考和锻炼自己。如果有一天能踏出牢门，我要用自己的全身、全心，投向革命斗争的烈火，誓为共产主义事业献出生命！

一次次战友的牺牲，一次次加强着我的怒火，没有眼泪，唯有仇恨，只要活着，一定战斗。我决心用我的笔，把我亲眼看见的，美蒋特务的无数血腥罪行告诉人民，我愿做这黑暗时代的历史见证人，向全人类控诉！我要用我的笔，忠实地记述我亲眼看见的，无数共产党人，为革命，为人类的理想，贡献了多么高贵的生命！多少年来，我每天半夜，从不懈怠地悄悄起来，借着那签子门缝里透进来的，鬼火似的狱灯光，写着，写着……我的眼睛是这样折磨坏了的，极度近视，但我决不后悔。

我的身体遭受过多次折磨，愈来愈衰弱，我才二十几岁，头发已经花白了，但我的心却更坚定。我是为着仇恨而活，为着揭露敌人的罪行而活，也是为了胜利而活。我没有惋惜，没有悲怆，只希望能像共产党人那样，成为一个真正的战士。

多少年来，反动派不仅穷凶极恶地屠杀革命者，同时还屠杀了多少纯洁的青年。敌人既敢犯罪，就该自食其果。亲爱的同志，请牢牢记住：不管天涯海角，决不能放过这群杀人喝血的凶手，以血还血，这是天经地义的事！

胜利就在眼前，我的心脏跳动得如此激烈，我多么希望活着出去，奉献自己渺小的生命，做一个革命的卫士。如果不能如愿，那真使我遗恨终生！我多么羡慕生活在毛泽东光辉照耀下的青年，和那些永远比我年轻的未来的青年啊！如果我能够冲出地狱，即使牺牲在跨出地狱的门槛上，我也要珍惜地利用看见光明的一瞬，告诉年轻朋友：不要放下你的武器，全世界的反动派尚未消灭干净啊！

我请求党了解我。请求党允许我把这封信作为我的入党申请书。请求党在任何斗争中，考验我的决心和行动。

成岗看完信，像接受一颗火热的心那样，确信无产阶级战斗的行列里，将增加新的一员。这样的入党申请书，他多么愿意向所有的战友们宣读。然而，他不能这样做，火热的手终于把信笺折叠起来，暂时夹进书本。他抬起头来，正碰着胡浩拘束不安的目光。多年的牢狱生活，使他习惯于沉默，习惯于用笔墨而不是言辞来表达自己的感情。成岗也不说话，千言万语变成了鼓舞而又信任的目光，投向心潮激荡的胡浩。沉默中，胡浩的手又轻轻插进衣袋，取出了一件什么东西，紧紧地捏住，悄悄递给成岗，像希望得到谅解似的低声说道：

“这是我做的一点准备。”

落进手里的，是一小块硬硬的东西。成岗低头一看，原来是一把铁片磨成的钥匙，一把用来打开牢门的钥匙。成岗没有说话，立刻把钥匙藏进衣袋，但他默契的目光似乎告诉着对方：你做得对，大家都要自觉地行动。

一阵楼梯响，引起了他们的注意。胡浩一移身子，默默地离开了成岗。成岗朝窗外一看，原来是新来的特务正在给囚室送饭。

刘思扬从牢门的风洞口接过了菜碗，成岗也上前去端饭。刘思扬乘吃饭的时候，低声问成岗：“谈过了吗？”

成岗点点头。

刘思扬的目光，不安地扫过窗前，又问道：“疯子到哪里去了？为什么突然换成特务送饭？”

谁都不知道华子良的下落。成岗阴沉着脸，不安地说，“他失踪了。”

“是不是被特务拖上山当土匪去了？”刘思扬知道，这两天中美合作所的军车，不断载着游击训练总部的特务，向各地出发。

“如果没有牺牲，”成岗忐忑不安地说：“他一定是被特务劫持走了。”成岗不再说下去，低下头吃饭。刘思扬并不知道华子良是自己人，更不知道他肩负着重大的责任。华子良的失踪，给整个越狱行动，带来了意外的困难。但是成岗不愿多说，他已学会和那些老练的战友一样，只把焦虑闷在自己心头，而不愿在别人心里引起惊惶。

“所长！”面无人色的杨进兴掀开办公室的门，猛冲进来，手脚无措地站在陆清面前瞠目结舌地讷讷说道：“华……华子良……跑了！”

正在研究密裁计划的陆清，目光缓缓地从许云峰、成岗的名字上转向杨进兴，不解地问：“你说什么？”

“刚才接到电话，”杨进兴结结巴巴地报告着，“昨晚上军车开到璧山，宿营以后，华子良突然失踪！”

“大惊小怪，跑了一个疯子，值得……”陆清话犹未完，多年的特务生涯养成的特殊嗅觉，突然使他起了疑心。疯子，他真是疯子吗？疯子怎么会逃避上山打游击？“他是什么时候跑的？”

“不知道，今天早上才发现。”杨进兴说，“二处刚才派行动科长带警犬前去追踪。”

这种神出鬼没的意外，像给了陆清当头一棒。多少年来，竟瞒过了他这双老牌特工的眼睛，这正说明对方不是来历简单的对手。一种特殊不安的表情，骤然出现在陆清瘦削冷酷的脸上。

打扫房间，毁烧字纸，华子良哪一天不进出他的办公室？而且，和杨进兴研究各种秘密时，声音也难免……一阵毛骨悚然的恐惧，猛袭在心头，陆清的声音也在发抖："他，他是最重要的共产党！"他更懊恼不该在发现黄将军的匕首以后，未把华子良还押牢房，或者严密监视，却轻易听从了杨进兴笨拙的建议。

"电话是二处来的？"

"徐处长大发雷霆……"杨进兴嗫嚅着。

陆清闷声坐着，神色变了。

"二处决定沿途搜查，非找出下落不可。"杨进兴感到问题严重，只好把刚才从电话上听到的消息，告诉了陆清，"徐处长一接到报告，就在桌上拍了一巴掌，现在已经动身到这里来亲自检查。所长，徐处长正在气头上……刚才的电话，是行动科偷偷打来的，谁也不敢向处长劝驾。"

"徐处长来了？"陆清霍然站了起来，大睁着一双凶焰闪闪的眼睛：

"华子良和谁接近？是谁在指使？"

"他，他……"杨进兴面对着逼上来的陆清，步步后退，"他从来不和任何人谈话……"

"你是看守长，我问你，他受谁的指使？"

"我，我……"杨进兴一直退到门边，什么也讲不出来。

办公桌上的电话突然丁零零地响起来，陆清一转身，回到桌边，勉强抓起电话，听了听声音，原来是严醉打来的。陆清这才摸出手巾，擦了擦额上的冷汗，恭敬地说：

“是，是……徐处长还没有到……他到了我马上向他报告，请他打电话到代表团……”

牢门外巡逻的特务慌张地跑来跑去。多年来未曾开过的白公馆的大门，吱吱地响着，几个特务取下锈迹斑驳的锁，把沉重的铁门推开了。

“成岗！”刘思扬低喊了一声，用目光指点着高墙边敞开的铁门，“有人来了。”

一群人影出现在院坝里。刘思扬悄悄挨近窗口，看见了陆清满脸赔笑，恭谨地迎着跨进院坝的人群。“成岗。”刘思扬回头又叫了一声。成岗没有应声，从身边摸出一本书，慢慢翻开。胡浩也没有动，照样蹲在屋角，一动也不动。牢房里的人，仿佛都不注意眼前发生的事情。只有一两个人，和刘思扬一样，踱到了窗口附近。

窗外，一群戎装佩剑的人，走来了。走在最前面的浓眉大眼的大高个子，指手画脚，正是特务头子徐鹏飞。

“他来干什么？”旁边有人低声问着刘思扬。

“谁知道？”

徐鹏飞在牢房之间的走廊上走来走去，渐渐来到刘思扬站立的窗口，成群的特务簇拥着他。刘思扬昂头站着，他的目光和徐鹏飞打了一个照面。

“处座！”只见陆清走近徐鹏飞，低声说，“华，华子良原来住在对面那间牢房……”

徐鹏飞并未听从陆清的解说而离开窗口，他的毫无表情的目光四面探索，并且靠前一步，从铁窗边打量着牢房里的人。刘思扬一掉头，发现徐鹏飞的两眼正扫视着成岗。成岗坐着不动，神色自若地翻阅着手上的书。

过了一阵，徐鹏飞又带着成群的特务，在陆清的引导下，走向对面牢房，在窗口边站住。徐鹏飞反复观察，又和陆清低声问答着。这情景，刘思扬一一看在眼里，却有些不解，他想不出徐鹏飞巡视白公馆的理由。

“老刘，”是胡浩不安的声音，“他们在注意老齐！”对面牢房是胡浩住过多年的地方，特务久久地站在那边，使得胡浩沉不住气，也站起来探望。刘思扬却在回想刚才听到的话，陆清提到华子良，是什么意思？徐鹏飞亲自出马来检查，是不是华子良出了什么事？

从窗口上，看得见特务还留在对面牢房附近。刘思扬想看看对面牢房的反应，便离开窗口，走到牢门边，透过风洞口望着对面的牢门。他发现，对面牢房毫无反应，甚至没有人抬头望一望特务林立的窗口。

刘思扬刚一回头，碰上了成岗的目光。他轻轻走过去，想告诉成岗刚才徐鹏飞对他的注意。成岗不待他开口，便问道：“你说徐鹏飞来干什么？”

刘思扬摇摇头。

成岗冷冷一笑，在他低低的声音里，充满着喜悦和信心：

“他来通知我们，华子良脱险了。”成岗毫不掩饰自己的兴奋，他在睁大眼睛的刘思扬耳边，轻声说：“华子良是我们的人。”

刘思扬眼前，骤然展开了无限希望。

这时候，胡浩轻轻走了过来，嘘了一口气：“特务走了。”

刘思扬看了看一边翻书一边深思的成岗，回到窗口，继续观察敌人。只见徐鹏飞愈走愈远，转过屋角，望不见了……

成群的特务，追随着徐鹏飞，继续巡视。

徐鹏飞走到平房附近，陆清又上前报告道：“这里关的是我们的同志。”

“通敌犯都处决了？”

陆清连忙点头。

徐鹏飞迈步跨进一间受着优待的在押特务的囚室，巡视了一下成群的特务，那种委靡不振的气氛，不禁使他毫无表情的眉头，微微皱了一下。

“处座来看望大家！”陆清喊了一声立正，大声宣布道：“目前用人之际，处座刚才训示，对大家从宽发落，希望大家一心一德，报效总裁。你们马上到二处报到！”

拘押中的特务，有的喜形于色，有的心神不定，慌忙收拾行李，乱成一团。

“处座，”陆清随着徐鹏飞走出优待室，又建议道：“西安集中营少将所长拘押在楼上，要不要叫他下来见见？”

“回头派车接他出去。”

“徐处长呀！”一声尖锐的叫喊，突然从楼上传来，“徐处长，我冤枉呀！”

徐鹏飞猛抬头，矜持的目光，望着楼口大喊大叫的人。那是一个爬在楼栏杆上的跛子，干瘪的嗓音，绝望地狂喊着，手里摇着一沓十行纸。他不知从哪里探听到了这次告“御状”的良机。

“处长呀！你看看我的报告，我有反共救国的伟大计策！我有重要情报：这里的共产党要暴动！”

“什么家伙？”徐鹏飞愠怒地问。

“总裁过去的侍卫队长。”

“我冤枉呀，徐处长！求求你放了我吧……”他干哽了一阵，又哭喊起来：“我冤枉了十几年呐！放我出去打游击，对付共产党我有办法……我从来效忠总裁，做做好事呀！”

“废物！”徐鹏飞手臂一挥，转身就走。

陆清站着不动，怒视着楼口：“再叫枪毙你！太不像话！”

“忠臣不怕死！我是三民主义的忠实信徒！”绝望的呼喊，变成了疯狂的哭闹，跛脚一弯，扑倒在地上，翻滚起来：“徐处长，你不放我？好，好，我不想活了，我要自杀！送我到广播电台去当众自杀！你们对付不了共产党，你们葬送党国前途，你们是党国的罪人……我要向全世界广播，我要为党国自尽，我要流芳千古……”

跟随在徐鹏飞身后的特务，冷冷地皱着眉头，毫不理睬那无聊的叫喊。陆清用眼角略一示意，杨进兴立刻冲上楼去，盯住那正在地上乱滚的跛子，突然一伸手，紧紧卡住正在哽咽的脖子……

徐鹏飞来到一处窗口，望了望堆满灰尘的书架，不满地看了陆清一眼。

“这是干什么？”

陆清硬着头皮，回答是“图书馆”。

“图书馆？”徐鹏飞冷冷地一笑。

陆清不由得一阵寒栗，身上冒出了鸡皮疙瘩。这笑，比暴怒更叫人害怕。“几本破书……”陆清嗫嚅着，“过去实行……怀柔政策。”

“封掉。”徐鹏飞的食指和中指夹在一起，用力一弹。

一个特务正在这时走了过来，在陆清耳边叽咕着。

“什么事？”徐鹏飞眉头一扬，凌厉的目光，射向吞吞吐吐的陆清。

“代表团请处座接电话。”陆清不敢说明是严醉拨来的电话。刚才在办公室，他提到严醉打来电话的事，徐鹏飞就勃然变色，全不理睬。

徐鹏飞略一迟疑，转身便走，走进所长办公室，在办公桌旁的椅子上一坐，伸手拿起电话，讲了一声：“我，徐鹏飞。”便问对方：“谁？”

和徐鹏飞讲话的，不是严醉，是沈养斋。沈养斋在电话里说：他刚才被代表团叫去追问黎纪纲的下落，代表团等着回话……徐鹏飞不待吞吞吐吐的沈养斋说完，便在电话上大声讲道：

“黎纪纲手上掌握着许多机密，潜伏、游击计划都在他手上，泄漏出去当然非常危险！”徐鹏飞对着电话，更加放大了声音，有意让看不见的第三者听见他的判断：“他失踪得太离奇！一出发便没有消息……我认为他有投敌嫌疑！”

“不，不！”沈养斋的声音慌忙辩解着，“梅园认为，黎纪纲的失踪，说明西南情况的复杂。他知道得太多，要我们想尽一切办法，把他找回来，就是死了，也得找回尸首！”

“黎纪纲是严醉的人，应该由严某负责！”徐鹏飞霍地涨红了脸，他相信严醉一定守在沈养斋旁边，因此又补上一句：“这件事，我们不管。”

对方突然沉默了。电话里咕咕地响了一阵，才听见对方用一种刚刚受过申斥的语调，讷讷地说：“逃跑的人，抓……抓回来了吗？这……这是严重的危险……我们连政治犯也控制不住，太……太……”

徐鹏飞满腹焦躁，很不耐烦。黎纪纲突然失踪，证实了地下党的可怕；华子良的逃脱，又证明监狱的情况难以掌握。在这两方面接连失手，更使他感到局势复杂，自己正陷于极为不利的处境。他正要截断对方的啰唆，转告代表团他已下令搜捕华子良，忽然听见电话机上的声音一变，能说满口流利华语的代表团副团长，原来的特别顾问已经劈手夺过了沈养斋捏着的电话筒。

“马上处决许云峰！”对方的声音带着暴怒，十分严厉震耳。

“他该在今天晚上，成岗和他一道。”徐鹏飞沉住气，应声答道，“这是根据您批准的密裁计划……”

“计划？现在还谈什么计划？”对方狂暴怒骂着，突然声音一变，使徐鹏飞大大吃惊，“白马山阵地全线崩溃，你们的前线指挥官早已逃跑，不知去向……所有政治犯，今天一律处决！”

“是，是。”徐鹏飞勉强说道，“不过，时间太紧，力量也感不足。”

“立刻成立行刑队！”

对方毫不让步，限定徐鹏飞立刻集中行刑力量，先解决渣滓洞，然后白公馆，至迟今天晚上，全部焚尸灭迹，不得贻误。徐鹏飞在电话上和对方争执了半晌，最后，对方才答应拨发一批火焰喷射器，弥补徐鹏飞最担心的人力不足的困难。

徐鹏飞冷冷地放下电话。他从未像此刻这样，捉襟见肘地感到困难。潜伏，游击，爆炸，一切都吵着要人，拖走他的力量，妨碍他的指挥，使得他此刻，除了看守特务和二处的行动人员，手上竟没有可以机动使用的行刑部队。偏偏解放军的快速进军，又把一切计划给粉碎了，撤退前夕，到处人心惶惶。徐鹏飞转眼直盯着陆清，两眼突然闪露出绝望的凶光，大声发泄着：

“执行的时候，再跑了人，我马上枪毙你！”

陆清畏缩地连连后退。“代表团通知……”他喃喃说道，“叫我到梅园报到。”

“你也想跑美国？”徐鹏飞狞笑了一声，“不行！黎纪纲失踪，你留下来接替他的工作。”

徐鹏飞怒视着瞠目不知所对的陆清，站了起来，走到他面前，像看穿了他内心的绝望与畏怯，突然爆发出一阵郁积多时的狂怒，一伸手，狠狠赏了陆清两记耳光。

徐鹏飞背剪着双手，来回走了几步，平静着内心的恼怒，并且思索着下一步的行动。过了几分钟，他的面孔，渐渐回复到毫无表情的程度，望着窗外，漠然地说道：

“密裁许、成的行刑人员马上准备。”

木然地站在那里的陆清，默默点头。

“布置警卫！”

“是。”

“镪水池准备好了吗？”

“准备好了。”陆清看了看杨进兴。杨进兴立刻挺胸立正：“马上提许云峰和成岗？”

徐鹏飞走到办公室门口，缓缓说道：“我要见见许云峰。”说着，推开了门。

徐鹏飞又出现在白公馆集中营，他走过一间间寂静无声的牢房，突然转到特务管理室旁边的隧道入口。杨进兴赶到前面开亮了电灯，徐鹏飞带领特务，钻进了隧道。

幽深的隧道，充塞着霉臭难闻的气味。徐鹏飞摸出手巾，捂住鼻孔，弯着腰，走过了原来小萝卜头全家住过的地牢，到了第一道铁门边。杨进兴开了铁门，领着他继续向前走。又进了一道铁门，沿着潮湿的石阶，向地底深入。下完了石阶，才到了被条石封死了的地窖门口。地窖的门是一块平放的铁皮盖板。揭开盖板，钻下去，又下几级石阶，才进入地窖。周围是冰冷潮湿的岩石，把整座地窖箍得紧紧的，四壁、地下、头顶，全用石头砌成。岩块和条石，都用石灰粘凝起来，显出一条条石灰黏合的接缝。电灯，暂时照亮了这与世隔绝的，成年累月没有一丝光线的黑暗地狱。敞开的门边，透出一股股霉味的冷风。不时有滴答的水珠，从头顶的岩缝，滴落到凸凹不平的岩石地上。

地窖深处，堆着一堆霉烂的稻草，一个半倚半坐的衰弱的人，正侧身靠着墙角一动也不动。

徐鹏飞上前两步，不慌不忙地拿下手巾，用十分平和的声音招呼道：

"许先生！"

侧坐的人，没有回答。

徐鹏飞停了一下，又上前一步，殷切地喊道："许云峰许先生！"

侧坐的人，这时才回转瘦弱无力的身体，用炯炯的目光，打量着面前的几个特务。从离开渣滓洞到这潮湿黑暗的、完全与世隔离的地窖来，许云峰已经关了将近一年。他的身体被折磨得衰弱不堪了。他脸色苍白，隆起的颧骨，在他的脸上，显得十分突出。比起当年的许云峰，他像变成了另一个人。可是，他的两只眼睛，仍然炯炯有神，带着永不熄灭的威力，直视着任何危险与威胁，毫无畏缩。

"我特地来告诉许先生一件好消息。"

许云峰挺身坐直了身子，沉重的脚镣碰在岩石上，当啷地响了。看惯黑暗的目光，在电灯下看清了徐鹏飞恶毒的笑脸。可是，久不说话的嘴巴，紧紧闭着。

李焕民 作

“也许，”徐鹏飞笑了笑，“这一年来，许先生的消息不很灵通了吧？现在，我可以把真实情况全部奉告：共军分两路，由川东川北入川，国军全线溃退，重庆已经危在旦夕……”徐鹏飞摸出烟盒，送到许云峰面前。许云峰毫无接受的表示。徐鹏飞缩回手，满不在乎地吸上一支。他喷了口烟雾，才问道：“我想，许先生听到这个消息，一定很高兴吧？”

“当然高兴。”

许云峰毫不掩饰内心的感情，瘦削的脸上浮现出肯定的笑容。

“事实完全如许先生过去预料的那样发展。国民党已经逃不脱毁灭的命运。但是，历史的进程不会是平静无波的，我也可以把另一方面的情况奉告。”徐鹏飞用十分平和的声音，又缓缓说道：“我相信当局也有一些准备，例如说：炸药、雷管、定时炸弹。一当共军进入市郊，那个时候，重庆这座有名的山城，也许就不存在了……焉知胜利者不会遭到和城市同归于尽的命运？”

许云峰忽然朗声笑了。笑声使徐鹏飞心头一惊，不觉想起了许久以前许云峰在侦讯大楼里的笑声。不过，这笑声比那时更使他不安。徐鹏飞再也不能控制刚才那种狠毒而故作镇静的心境了，挑衅的目光蓦地疯狂地盯在许云峰带笑的脸上。

“山城将在黎明前消失，许先生听了这个消息，恐怕很难高兴吧？”

“我丝毫不担心。”许云峰应声说着，根本没注意到对方的狞视。他仿佛满怀着兴奋和愉快之情，朗声说道：“我确信，在黎明前消失的不是山城，而是见不得阳光的鬼魅！罪恶的血手将最后被人民缚住！雨过天晴，山城必将完整地归还人民。”

“还有一点小消息，我也不想隐瞒。”徐鹏飞再次露出奸笑，端详着许云峰满怀信心的脸，“共产党的胜利就在眼前，可是看不见自己的胜利，这是多么令人遗憾的事！我不知道此时此地，许先生到了末日，又是何心情？”

许云峰无动于衷地笑了笑：“这点，我完全可以奉告。我从一个普通的工人，受尽旧社会的折磨、迫害，终于选择了革命的道路，变成使反动派害怕的人。回忆走过的道路，我感到自豪。我已看见了无产阶级在中国的胜利，我感到满足。风卷残云般的革命浪潮，证明我个人的理想和全国人民的要求完全相同，我感到无穷的力量。人生自古谁无死？可是一个人的生命和无产阶级永葆青春的革命事业联系在一起，那是无上的光荣！这就是我此时此地的心情。”

许云峰慢慢站了起来，缓步走到徐鹏飞面前，直视对方，再次微微露笑：“你此刻的心情，又是如何呢？”

听到这意外的问话，徐鹏飞一时茫然不知所措。

“也许你可以逃跑，可是你们无法逃脱历史的惩罚。”许云峰的声音，揭开了对方空虚绝望的灵魂：“你不敢承认，可是不得不承认：你们的阶级，你们的统治，你们的力量，已经被历史的车轮摧毁，永劫不复了！美帝国主义的飞机大炮，改变不了你们的命运；潜伏，破坏，上山当土匪，难道能挽救你们的毁灭？你自己心里也不相信这些！你们看看人民的力量，看看人民的胜利，你敢说不害怕？不发抖？不感到空虚与绝望？你们的前途，只有一片漆黑！”

许云峰不屑再讲下去。死亡，对于一个革命者，是多么无用的威胁。他神色自若地蹒跚地移动脚步，拖着锈蚀的铁镣，不再回顾鹄立两旁的特务，径自跨向石阶，向敞开的地窖铁门走去。他站在高高的石阶上，忽然回过头来，面对跟随在后的特务匪徒，朗声命令道：

“走！前面带路。”

第二十九章

夜深了。歌乐山上的狂风，一阵紧一阵地呼啸着，飞卷落叶，寒冷彻骨。签子门外半明半暗的狱灯，在咆哮的狂风中不住地摇晃。

余新江守在牢门口，神色上透露出内心的焦急不安，目不转睛地注视着高墙外边。特务办公室里刚刚添上了大灯泡，成群的魔鬼、幽灵样的黑影，在刺目的灯光下晃动。

自从失去了和地下党的联系，渣滓洞的人们，无法知道外边的情况，也不知道人民解放军进抵何处。外援断绝了，他们只能依靠自力更生的决心投入战斗。孤军奋战的艰苦局面带来了重重困难。

决斗的时刻，愈来愈近。今晚，从敌人慌乱的行动中，使人感到时机分外紧迫。楼七室除了余新江和几个学生监视着牢门，其余的人都沉默不言，暗自准备着随时接受行动的命令。

呼——呼——

一阵狂风卷过，寒气阵阵袭来，伫立在签子门边的余新江浑身发冷，禁不住颤抖了一下。屋瓦上响起了哗哗哗的声音，击打在人的心上。是暴雨？这声音比暴雨更响，更加嘈杂，更加猛烈。“冰雹！”余新江听见有人悄声喊着。他也侧耳细听那屋瓦上的响声，在沉静的寒气里，在劈打屋顶的冰雹急响中，忽然听出一种隆隆的轰鸣。这声音夹杂在冰雹之中，时大时小。余新江渐渐想起，刚才在冰雹之前的狂风呼啸中，似乎也曾听到这种响声，只是不如现在这样清晰，这样接近；因为他专注地观察敌人，所以未曾引起注意。这隆隆的轰鸣，是风雪中的雷声吗？余新江暗自猜想着：在这隆冬季节，不该出现雷鸣啊！难道是敌人在爆破工厂，毁灭山城了吗？忽然，余新江冰冷的脸上，露出狂喜，他的手心激动得冒出了汗水。他突然一转身，面对着全室的人，眼里不可抑制地涌出滚烫的泪水。

“听！炮声，解放军的炮声！”

似乎证明他估计的正确，耳边又传来一阵春雷般的响声。这声音，这人民翻身的声音，他们已经期待了多少个白天和晚上，当它突然出现的时候，怎不引起强烈的反应？几天以前，和地下党还有联系的时候，他们知道人民解放军已经入川，可是谁能想到，胜利的炮声，今夜就传入耳鼓。

一股强大的力量，猛然从每个人心中升起，立刻汇成了巨大力量的洪流。

“解放军来了！”

“老大哥，我们立刻动手！”

“同志们！”老大哥的声音，比众人还要激动。春雷般的炮声，带来了强大的力量和支援。他从屋角站起来，走到牢房中央："同志们，立即做好准备。"

这时，一张纸条，正从楼下一室由楼板缝隙传递到楼上，又急促地沿着每间牢房的墙孔传到楼七室来。老大哥从余新江手里接到纸条，看了一下："敌人可能在半夜以后，开始大屠杀。我们建议……"

余新江目光炯炯地站在旁边，嘴唇微微一动："动手？"

老大哥在微明的光线下，抬起头来，轻声说道："慢一点，选择最好的时机动手。这个时机，敌人会告诉我们。"

旁边，丁长发的声音，深思熟虑地补充道："一听见枪声，白公馆会知道我们已经开始行动。"

余新江感到一种清楚明确的默契，解放军、地下党、渣滓洞和白公馆，心和心紧紧相连，这种联系，任何力量也不能使它中断。

传来一阵竹梆声，接着又出现了引擎的噪声，远处，一部吉普车飞驶而来，在山垭口出现了车头上的灯光。不久，守在门边的小宁突然喊了一声："探照灯！"

雪亮的探照灯光，照射着牢房外的地坝，在光亮中，一个特务匆匆忙忙地出现了。

"各位先生请注意，我有好消息奉告。最好的消息！"地坝中意外地传来猩猩的声音，他满脸堆笑，提高了嗓音讲话。

"听听他说些啥子？"丁长发走到门边，摸着霍以常的光头，让他安静下来。

猩猩对着间间牢房点头哈腰。

“刚才接到二处的命令。转告大家一个最最圆满的好消息！西南长官公署已经接受了解放军的全部条件，和平解放重庆和西南！十分钟以前，长官公署已下令停火。二处根据命令，决定对诸位妥加保护，绝对保证安全。两小时内，有专车接送诸位到解放军司令部……”

“和平解放？”小宁欣喜而又诧异地问着丁长发。

“恭喜大家，恭喜！”猩猩万分诚恳而又惭愧地说，“过去，兄弟职责所在，难免发生误会。今天实现和平，兄弟也得以减轻罪责，内心万分高兴！”猩猩连连鞠躬之后，向前走了两步，微微举起双手，“请大家马上收拾行李，长官公署即将派代表前来迎接。”

小宁和霍以常听了这种喜出望外的消息，一把抓住丁长发的手。丁长发却笑嘻嘻地对着猩猩喊道：“你们来把铁锁开了嘛！”

猩猩愣了一下，点点头，歉疚地赔笑：“大家的兴奋心情，兄弟十分理解。只是代表未到，兄弟还有责任。各位先生暂时再受点委屈，以免秩序紊乱。”

“他龟儿子哄人！”霍以常忽然沉下了脸，收敛了满心的喜悦。

恰在这时，老大哥慢慢走到牢门边，他挥挥手，叫大家让开。然后，他独自站在门边，双手抓住签子门，从风洞口探出头去，对着间间牢房，用洪亮的声音喊道：“同志们，肃静！”

老大哥目光炯炯地直视着猩猩，用命令的语气，大声说道：“和平解放，这消息十分令人兴奋。但是请你们注意，保护政治犯的安全，不仅是你们的责任，也是我们的责任。我们有权利参加一切善后工作，而且应当监督这一切工作的进行。”老大哥像要马上接管这地方似的，毫不迟疑地大声宣布道：“为了避免秩序紊乱，我代表大家宣布，请你们立即派负责人员，和我们具体商谈有关问题。”

“兄弟可以代表。”猩猩忙接口说。

“看守所长无权代表国民党政权。”老大哥冷冷地说道，“我们只和接受和平条件的西南长官公署直接谈判。”

猩猩难堪地苦笑着，面对间间平静无声的牢房，他略一迟疑，立刻鞠躬同意：“是，是……不过长官公署代表尚未到达，可否稍待片刻？”

“可以。”老人哥这才转头向每间牢房高声喊道：“同志们！大家立刻收拾行李，准备随时上车！”老大哥又问道：“大家听见了吗？”

“听见了！”间间牢房同时响起一片洪亮的回答。

猩猩点头赞同，满脸笑容。

老大哥直视着猩猩，略带责难地说道：“你们的看守人员，仍然怒目横枪，如临大敌，这种情况，你应该考虑！”

“是，是。”猩猩说道，“兄弟马上向二处请示。”他抱歉地向楼七室的牢门点点头，连忙退出了地坝。

猩猩擦了擦头上的冷汗，走进了办公室。他望了一眼猫头鹰，“你看见了吗？”

“看见了。”猫头鹰用佩服的目光望着他的上司，“徐处长等你的电话。”

猩猩不慌不忙地坐在办公桌边，顺手拿起电话，报告了经过情况，一切都和预料的一样。他用自负而又狂喜的声音请求着：“稳住了！暂时稳住了……不过要快！行刑队多久能来？”

他知道：形势瞬息万变，一切部署都过于忙乱，临时决定今夜全部提前处决，不仅使他，也使徐鹏飞措手不及。突然出现的隆隆炮声，更像不祥的警告似的，偏偏在执行前一两小时，轰击着紧张而又恐慌的神经，以致人心惶惶，一切行动几乎失去了控制。快到半夜了，预定的行刑队还没有到，徐鹏飞命令他用一切办法稳住对方，他执行了，完成了。可是他害怕对方渐渐醒悟过来。

“处长，”猩猩突然机警地低声在电话上报告道，“要求谈判，是个意外的发现……是，是，果然头子在楼七室！……他已经上钩了！”

猩猩奸诈地眨着眼睛，听着机密指示，不断地点头：“是，是，继续制造幻想，把看守人员撤出。”

猫头鹰忽然从外面跑进来，凑近猩猩的耳朵：“我去看了一下，间间牢房都在收拾行李。”

“处长！”猩猩点着头，急促地说，“他是整个监狱的指挥，情况完全清楚了……是，半小时后就请他出来谈判……对，免得行刑队到达时，生疑多变。是，是，一出来就……绝对无声……对，擒贼先擒王，使对方群龙无首……”

放下电话，猩猩对着猫头鹰会心地奸笑：“一小时以后，行刑人员可以到达。半小时后，你先到楼七室去请他出来……”

一阵轰隆的巨响，突然打断了猩猩的话。猩猩不由得心神不定，惶恐地望着漆黑的窗外。猫头鹰紧抓住手枪柄，惶惑不解地望着他的上司。

“前天代表团长训话时……”喃喃的声音，只在喉咙边打转，“不是还在说军事上没有问题，至少守到年底？”

“是——呀！”猩猩也拖长了声音，“刚才在会议上，徐处长还说……”

“所长，”猫头鹰突然低声问，“把看守人员撤出，恐怕……”

“行刑队到达以前……”猩猩迟疑了一下，坚决地说：“撤出！只有继续制造幻想，才能稳住局面。”

猫头鹰正待转身出去，猩猩又忐忑不安地喊：“看守长！”他狐疑地在猫头鹰耳边说道：“你马上亲自带几个人，加强秘密监视。”声音接着变成了耳语：“若有意外，马上鸣枪！”

几分钟后，猩猩又把看守、警卫特务叫到办公室去，简单地交代任务之后，又问道：

“器材都准备齐全了吗？”

“准备好了。”一个特务回答。

“每间牢房至少配备一挺机枪，两支卡宾枪，行刑队一冲进地坝，看守人员就立刻配合行动，对准牢房扫射！……火焰喷射器、电网都检查过，没得问题吧？”

几个特务连连点头。

猩猩又阴险而谨慎地说：“一定要全部消灭，焚尸灭迹。这次行动是代表团直接部署，万一跑了人，我们责任不小！”

一阵春雷似的炮声，使成群特务不知所措。猩猩强自镇定着，急忙大声说道：“这，这不是炮声……今晚要炸的军火库多得很！”接着，他又向窗外问道：“看守长，里面情况如何？”

“没有问题。”

“好！等一会儿，大家听看守长号令行动！事毕之后，再给大家发奖。”

猩猩走向窗前，忽然站住了。

“看守长！”他向暗夜里望了望，那黑夜，那黑牢里异常的宁静，又使他心神不定起来。他匆忙地又吩咐道：“还有，叫行刑队在山那边下车，探照灯暂时关了，竹梆也不要再敲，免得打草惊蛇。”

“敌人已经把行动的时间告诉我们了。”老大哥站在屋角，悄声对着紧围在他身边的人们说：“等牢门一开，我们就开始行动。”

周围的人按捺住内心的激动，默默点头。

“小余，马上通知每间牢房准备。”

余新江应了一声，离开了人丛，利用秘密孔道，和各室联系。人们迅速散开，各自回到自己的地方，把珍藏着的简单武器翻了出来，紧握在手中。

老大哥从每个战友身旁走过，巡视了一遍，又在牢房中央站住。

“我们是在和党失去联系的情况下行动的。”老大哥针对面临的形势，不能不把自己心里的话，告诉朝夕相处的战友们，“条件是困难的。但我们确信，只要一致努力，美蒋特务的重围，是可以突破的。让我们用坚决的行动，实现党的决定。能够胜利脱险的同志们，也请接受战友们的嘱托，代表大家用最坚决的行动，为建设新中国而奋斗，为无产阶级在全世界的最后胜利而献身！”

老大哥刚毅的声音，更加激励着战友们内心的激情。多少年来，无数战友的希望和嘱托，无数个白天和夜晚的期待和策划……在这生与死，胜利与牺牲的决斗即将到临的瞬间，全浮现在人们眼前，召唤着、激励着人们。

人们专注的眼神，望着老大哥，等待着接受任务。

“现在，我把行动步骤，说明一下。”老大哥刚毅的声音，沉着地宣布，“敌人一进牢房，就夺枪、夺钥匙；余新江的任务是立刻把枪和钥匙送到楼下一、二室，并且帮助女牢越狱；丁长发带领一个小组，以最快速度堵住高墙边敌人进出的那道铁门，阻击外面特务的进攻，等楼下一、二室的同志们赶到以后，你们便全力牵制敌人的火力，掩护全体战友突围。楼七室其他同志的任务是帮助楼上楼下每间牢房开门，然后和各室同志一道，赶到牢房后面，摧毁水池附近的高墙、电网，开辟越狱的道路。”

老大哥停了一下，低声解释道："我们的策略是声东击西。楼下一、二室和丁长发小组的任务是艰苦的，你们必须牵制敌人的主力，并且要奋勇向前，用攻击战术，使敌人产生错觉，以为你们进攻的方向便是突围的方向，只有这样，才能使敌人不敢分散兵力，保证几百战友从相反的方向，在敌人防守薄弱的地方，突然破墙而出。"

丁长发拿下烟斗，生气勃勃地站着。

老大哥慢慢走到丁长发和他的小组面前，庄严地说道："党感谢你们，祝你们胜利完成任务。"火热的手突然抱住了丁长发的肩头，"请把党的感谢，转告楼下一、二室。老丁，你们要有勇有谋，主力突围以后，敌人一定张皇失措，那时，你们抓紧时机，冲出集中营去！"

老大哥的手臂，再次紧抱着丁长发的肩头，过了一阵，才放开手，关切地问："同志们都准备好了吗？"

丁长发点点头。

老大哥缓缓回到屋角，叮咛的目光，还不断地从每张激动的面孔上闪过。

丁长发不慌不忙走向牢门边，站在景一清身旁，向外瞭望。

"老丁同志！"景一清悄声问，"还要等多久？"

小宁和霍以常也紧张地望着他。

"忙啥？"丁长发微微露出笑容，摩挲着他心爱的空烟斗，"再下盘象棋都来得及。"

迎着丁长发乐观镇定的声音，一阵阵春雷似的炮声震撼大地，比刚才听到的又近了许多。丁长发侧耳听着，发现呼啸的狂风和冰雹，不知从何时起，已经消逝无遗。

“解放军正在冲锋前进！”景一清喜悦地抓紧牢门。“和平骗局，压不住胜利的炮声。”

小宁和霍以常的神情从紧张的期待中渐渐平静下来。

“说得对嘛！”丁长发笑嘻嘻地，正想和三个学生说什么话，忽听见旁边有人低声地喊：

“来了！”

接着，就听见沉重的脚步声，在楼口震响。

“注意！”丁长发嘘了一声。

猫头鹰带着两个特务，走到楼七室门口，隔着牢门，狡猾地打量着满屋的人，没有发现任何引起他疑心的事情。

“代表先生！”猫头鹰缓缓打开铁门上的锁，“请你出来。”

老大哥不动声色地站起来，走向牢门。牢门咯吱地响着，猫头鹰拉开了门，只说了声“请……”下面的话还没说出，一块沉重的石头，突然猛击他的脑顶。另两个特务刚想叫喊，几只铁钳似的手，立刻卡住他们的喉头。刽子手手上的钥匙，立刻落到余新江手中。

几十把开牢门的钥匙，连成一串，每把钥匙上，系着一块小木牌，上面写着牢房的号数。余新江扯下楼下一、二室和女室的钥匙，忙把剩下的一串交给老大哥，回头，又接过丁长发递过来的两支缴获的手枪，立刻跨出牢门。他发现，周围静悄悄的，所有特务都集中在高墙外面。看守特务撤出墙外，成了十分有利的越狱条件。他弯着腰，轻捷地沿着长长的走廊向楼口跑去，幽暗的灯光，微微照出了他的影子。没等敌人发觉，他已冲下楼梯。纵身落地时，一沓纸张从怀里落下，他没有察觉。这是刘思扬临别时送给他的《铁窗小诗》。

他赶到楼下一室门口，把一支手枪和一把钥匙，递给了从风洞口伸出来的一只急切的手。接着，又跑向楼下二室去开锁，他先把另一支手枪从风洞口递给龙光华的战友，那个新四军的王班长。

就在这时候，丁长发提着一副铁镣，领着楼七室的一群战友，早已冲下楼梯，冲向通往高墙外面特务办公室的那道铁门。铁门是虚掩着的，只要冲了出去，便可以直接攻击敌人的指挥所，打乱敌人的行动。

铁门外，人影晃动了一下，丁长发毫不迟疑地迈步上前，推开了铁门：

“什么人？”

惊问的声音未落，只听见“乒！乒！”两声，守在铁门外的两个人影，摇晃着，倒了下去。丁长发回头一看，原来是那年轻的王班长，握着手枪，跑向前来：

“同志们冲呀！”

年轻的班长，提着手枪，带领着全室战友，和楼下一室刚刚冲出的人们，和丁长发他们一齐向铁门冲去。与此同时，间间牢房响起一片镣铐、石块击碎门窗的声音，阵阵呐喊像决堤的洪水，从四面八方传来。

探照灯突然亮了，直射着冲向铁门的人流。

“咯咯咯咯……”

“咯咯咯咯……”

机枪子弹，像罪恶的毒火，从铁门外面，疯狂地倾泻进来。

“冲呀！冲呀！”

“夺枪呀！”“快呀！”

楼下一室、二室的战友，还有丁长发率领的小组，勇猛上前，把手里的铁镣、石头，向对面的敌人愤怒掷去，有的就扑上去夺枪。前面的敌人慌忙后退，机枪更猛烈地扫射起来。一个战友倒下去了，接着又是一个，猛冲铁门的战友，全部暴露在敌人的火网之下。

“同志们，胜利是我们的！”一个头发花白的战友，喊了一声，两手一张，在探照灯光里倒下去了。接着，又挣扎起来，摇晃着向前扑去。

余新江正在给女室开门。听着枪声和喊声，他的心情愈急，铁锁反而不易打开。用力一扭，钥匙竟折断在锁里。弹雨嘘嘘地从身边飞过，更叫他痛恨难熬。他两眼喷着怒火，顾不得躲闪，伸出铁掌，用力抓住铁锁，猛劲一拧，咔嚓一声扭断了锁。另几间女牢的同志，也击破了牢门，像洪流般涌了出来。

“快，快，向后面水池那边跑！”余新江挥着手，催促着刚出牢门的女同志。在人丛中，一个女同志，怀里抱着“监狱之花”，在探照灯光下一晃，消失在黑暗中了。又一个女同志，血水溅湿了衣襟，高举着一面五星红旗，冲了过来。刚刚跑过余新江身边，像有什么东西在她臂上狠狠一击，红旗眼看举不动了。余新江上前一步，扶着她，她很快又挺直腰身，重新撑起红旗。一瞬间，余新江认出她那带血的面孔——孙明霞。没有等他问话，孙明霞就答了一句：“快走，女室没有人了！”说完，又向前跑。地坝边有一沓纸张在飘动，吸引了她的注意，大概是战友丢失的东西吧？她俯下身去，用另一只手拾了起来，揣在怀里。在弹雨中，她来不及细看，她一点也不知道，拾起来的东西，正是余新江刚才丢失了的，刘思扬的《铁窗小诗》。

送走女室的战友，余新江火速转过身来，判断着局势：现在他应该转向牢房后面，参加老大哥指挥的越狱主力，推倒高墙，击毁电网，为战友们开路呢？还是留下来，参加楼下一、二室和丁长发他们的战斗？

铁门外的枪弹，一阵猛似一阵，像旋风，像骤雨，不停地倾泻。流弹穿过牢房，碎屑飞溅，烟雾腾腾。墙壁像蜂巢一样，早已密布着无数子弹穿过的洞眼。在愈来愈密的扫射下，牢门、铁窗正吱吱地碎裂，空气里弥漫着血水的热气和窒息呼吸的火药味。他瞥见，一些敞开的牢门附近，倒卧着不少战友的躯体。还有些人影，正在弹雨中挣扎。

“咯咯咯咯……”又是一阵弹雨的倾泻。余新江仔细一听，枪声集中在铁门外面。很显然，敌人被牵制住了，正集中火力防止正面突围。正在这时，地坝周围高墙上的电灯突然熄灭了，身边的景物骤然一黑。余新江知道，这是集中在后面的主力，已经翻登高墙，击毁了电网。再过几分钟，高墙推倒以后，老大哥将率领各室战友，在敌人意想不到的方向，胜利突围。余新江感到一阵胜利即将到临的喜悦。

可是，余新江发觉，正在与敌人搏斗的战友那边，呐喊声似乎减弱了。他隐隐感到不安，转身便向铁门那边冲去。

铁门敞开着，没有人影，战斗早已推进到铁门外面去了。余新江向着枪声密集、呐喊不绝的方向冲去。正要跨出铁门时，眼前突然一亮，一阵火光迎面袭来。空气里充满了汽油味，像着了火似的燥热。他踉跄了一下，扑倒在地上。接着，又是一道火流凌空扫过，熊熊烈焰，立刻在四面燃烧起来。敌人的火焰喷射器扫过的地方，烈焰飞腾，墙壁、屋架，吱吱爆裂。余新江周身着火了，顿时，他的脸上，臂上，烧起了大块大块的血泡。浓烟和火舌不断卷来，冲进鼻孔，烫着皮肉。余新江蜷缩身躯，在地上滚动着，扑灭了身上的火焰。这时候，他才发现，在他身边，横躺着许多战友的躯体。血水正从他们身上涌出，流泻在地上。火光中，摊摊血水，闪烁着腾腾热气和耀眼的红光。

“中国共产党万岁！”

“毛主席万岁！”

前面，熊熊火光中，机枪狂鸣中，传来了高亢的呐喊声，这是多少战友，倒卧在毒火与血泊中最后的呼声。

余新江不顾周身的灼伤，一跃而起，冲向前去，冲向激战的地方，可是，一路上他竟没有看见一个活着的战友。

“小余！”他刚要绕过墙壁的转角时，胳膊忽然被人抓住了。回头一看，原来是丁长发躲在暗处。余新江站住了。向对面一望，前面是座花园，有着树木、花台。对面，便是成群的特务踞守的办公室。讨厌的探照灯，已被复仇的子弹击毁。敌人躲在办公室里，倚着窗口，不停地往外扫射。可是转角这边的厚墙，阻挡着弹流，也阻挡着火焰喷射器的火流。花园里，树木、花草全在燃烧。几个伏在花台后面的战友，全部牺牲了。他们的身体，正被火舌狂舐着。

敌人不断地扫射。除了扫射，毫无办法。隔着燃烧的花园，双方几乎僵持住了。可是，余新江看出，身边除了丁长发，几乎再没有阻击的战友了。

“我们冲过去！”余新江低声说。

“不，让敌人冲过来。”丁长发自信地说，“把这些家伙封锁在办公室里，好得很嘛！”

局势很明显，被封锁在办公室里的大小特务，根本无法阻挠从另一方向破墙越狱的队伍。忽然，余新江在密集的枪声中，发现敌人狂呼大喊的声浪。

“敌人又在打电话。”丁长发不慌不忙地说。虽然他身边的战友已经很少，但他毫不在意。他把手伸进衣袋里，习惯地摸出了那只黄泥烟斗，插进嘴里。烟斗妨碍着说话，他的声音变成喃喃的自语：“打了几次电话啰，要求增援，把白公馆的特务也调来帮忙咧！”

瞧，一群刽子手在火光中突然出现。猩猩弯着腰，在后面督战。前面，花台附近，黑影里，忽然有个人跃起，手里倒提着一支枪，一支夺来射完子弹的空枪，刚刚举起手臂，可是，随着枪声，那人又瘫软地倒下了。丁长发抿着嘴，把余新江猛向身后一拉，他自己挺身向前，紧挨着墙转角站着。敌人越冲越近了，眼看到丁长发身边了。丁长发抽出嘴里的烟斗，朝地上一丢，双手攥紧沉重的铁镣，举到肩后，霍然扑上去，对准最前面的特务，猛然砸下。狡猾的对手，看见人影，向旁边一转，躲开了致命的打击，火光闪闪，一排子弹，穿透了丁长发的身体。丁长发踉跄了一下，刚站稳脚跟，又一梭子弹击中了他。丁长发咬着牙，一只手捂着胸膛，一只手举起铁镣，朝特务的脑门奋力猛砸下去，咔嚓一响，特务闷叫一声，脑浆飞溅，像一只软绵绵的布袋，倒在丁长发的脚下。

成群刽子手狂呼着，回头逃窜。

余新江跨上一步，正想夺取特务丢下的冲锋枪，在他前面，一只敏捷熟练的手，已把枪捡了起来。还没有看清他的面孔，只见他把枪抱在怀里，略一瞄准，就扫射起来。

“嗒嗒嗒嗒……”

子弹跟着敌人的屁股和后脑勺，发出清脆的音响。

“哈，打得安逸！”丁长发捂住冒血的胸口，支起身子看出火光中的射手，正是刚才扔掉空手枪的年轻的王班长。他含着笑，渐渐倚立在墙边，不再动弹了。

余新江正要上前搀扶丁长发，忽然听到“哗啦啦”一阵巨响从牢狱后面传来。那是推倒高墙的响声。接着又是一片胜利的呐喊，一定是战友们冲出去了。可是，呐喊声中夹杂着猛烈的枪声，突围的队伍，正在和高墙外面的警卫进行生死搏斗！

李少言 作

“老丁！墙垮了！”余新江大声说，“老大哥他们正在突围！”倚在墙边的丁长发没有回答。余新江冲向前去，狂喊着，“老丁！老丁！”他抓住丁长发的手，可是老丁的脉搏已经不再跳动了。

“回来，小余！”年轻的班长在后面喊。这时候，被高墙倒塌声和呐喊声惊动的敌人，像猛然清醒过来，几挺机枪同时伸出办公室的窗口，又疯狂地扫射起来。弹流指向丁长发的遗体。余新江肩头突然麻木了，涌出黏糊糊的热血。他刚回到王班长身边，便听见一声叮咛：“快，向后撤！”他受伤的手臂被搀扶着，迅速离开了墙角，一口气跑进了铁门。

“你先走，我打掩护！”王班长说着，突然机智地把敞开的铁门吱吱地用力关上，从里边上了锁。这样，敌人被关在外面，一时冲不过来了。

“后退的枪毙！”铁门外面传来猩猩的怪号，“政治犯跑啦，快给我追！”

“冲呀！杀呀！”特务怪叫着给自己壮胆。

王班长卧在铁门边，从签子门缝向外瞄准。他不轻易射击，直到几个黑黝黝的人影暴露，才沉着地扣响枪机。这是最重要的时刻，多阻击一分钟，就多一个战友摆脱敌人的追击。

红色的弹流，吞噬着扑过来的野兽。一个，又一个，号叫着，倒下去了。更多的黑影拥来，疯狂的弹雨，溅撒在铁门上。忽然，王班长颤动了一下，丢开了枪。特务呼啸一声，更疯狂地扑来。余新江立刻扑到王班长身边，拾起枪，对准最前面的黑影，射出一排子弹。

敌人被压制在转角那边，不敢上前。猩猩疯狂地喊着：“火焰喷射器！快！快！”

余新江觉得有一股滚热的液汁，从身旁的王班长头上涌出，直喷在自己烧焦了的脸上。回头看时，原来是一颗子弹穿透了年轻的班长的头骨，前额破裂了，血水和脑浆不断涌流。

一股热泪，夺眶而出。余新江立刻把只剩几粒子弹的枪，指向蹲伏在远处的敌人，他不顾一切，只要复仇。

对面，一股火流突然喷射过来，炽热的烈火，碰上铁门，铁栏杆烧断了，铁皮也顿时卷曲起来。

正在这时，背后突然传来了急促的脚步声，一个人影，飞快地奔上前来。余新江回头一看，正是满面血污的景一清。

“老大哥派我来联络！”他喘吁吁地在火光中说，“队伍刚冲出去，叫你们马上转移！”

第三十章

深夜，市郊的嘉陵新村 B6 号灯光通明，照射着忙乱不堪的人影。几十部电话机不停地响，紧张的声音在探问，斥责，疯狂地喊叫……

徐鹏飞坐镇在总指挥部，心情焦躁，不断地看表。市区兵力空虚，情况紊乱，为了安全起见，毛人凤走后，他就移住郊外了。他大口地吸着烟，像一头绝望的困兽似的窜来窜去。他刚刚得到国防部的紧急情报：共军先头部队突然在重庆、江津之间的江口一带夜渡长江，胡宗南主力全线崩溃，江津机场已被占领，全部作战飞机被缴获。共军已由江津直趋成渝公路必经之地的璧山，企图截断重庆守军退路。由于战局的急转直下，攻势不可阻挡，国防部通知各军事、行政单位，务必提前于明晨全部撤退。

徐鹏飞看看表，能逗留的时间，只剩几小时了。他心慌意乱地端起一杯几乎全是茶叶的酽茶连喝了两口，心里埋怨着美国代表团和蒋介石对共军进军速度判断的根本错误，竟连浓茶的苦味也感觉不出来。

他毫无目的地旋开收音机的开关，来自台湾的新闻广播中一个矫揉造作的女人的声音正说着——

"……中央社重庆前线消息：自总裁坐镇行都以来，胡宗南、宋希濂部，联防作战，效果良好……今日国军在白马山一带堵击自湖南流窜入川之共军残部，全线获捷……目前重庆防务，固若金汤……"

"他妈的，"徐鹏飞突然把开关一扭，关上了收音机，"什么固若金汤！连牛皮都不会吹！"他担心着中美合作所大屠杀的部署，唯恐时间不足，想再打电话前去检查。正在这时，行刑队长快步走了进来，向他报告行刑队已经集合，准备出发。徐鹏飞喝了声："快去！"立刻抓起电话，叫接渣滓洞。可是渣滓洞的电话响了半天，没有人接。他改口叫接中美合作所警卫指挥部，立刻通了。徐鹏飞大声说道："行刑队已经出发，先消灭渣滓洞，然后白公馆。周围的警戒线你们要严密布防，彻底封锁，共军离重庆还远，未得我的命令，不得擅自撤防！"徐鹏飞激怒地听着对方的申诉，大喝道："不行……走漏了一个共产党，我要你的命！"

刚放下电话，铃声突然又刺耳地响了，徐鹏飞立刻抓住电话说："喂，喂……是我。什么……綦江大桥没有炸掉？……遇见共军？……共军到了什么地方？"

被派到綦江前线去炸毁桥梁，阻止共军前进的行动科长在电话上仓促报告情况说，他所率领的爆破人员和装运炸药的卡车，未到綦江就与共军发生遭遇，三部卡车连同炸药都被共军截获，只剩他只身逃脱，刚刚回到海棠溪渡口。当地情况混乱，谣言四起，轮渡停航……听说重庆市区出发前往欢迎共军的市民代表，已经打着五星红旗过江到了南岸……

烦躁地听完电话，徐鹏飞大声喝道：

“马上设法渡江，回来再说！”

刚挂上电话，又不放心地拿起来，叫接港务局，命令派遣轮渡接他的部属过江：

“喂，港务局稽查处……什么？轮船公司不服指挥……所有大小船只……浑蛋！全部跑了？……简直是反了！全给我枪毙！”

徐鹏飞气急败坏，紧握着话筒不肯放下，过了好一会儿，他突然把电话摇了又摇，大声喊：

“接长江兵工总厂。总机，给我接严醉……严醉！”

耳机咕咕地响了一阵，传来电话兵惊慌的声音：“接不通，半点钟以前，就接不通了……”

“浑蛋！马上给我接通。”徐鹏飞几乎气得要把电话听筒击碎。这时，电话突然通了，却是磁器口报告紧急情况。

“什么，什么，听不清楚，你再说一遍……共产党的地下武装……什么？劫狱……双枪老太婆……我没有部队……不行……无法增援！”

徐鹏飞马上对着总机狂喊：“渣滓洞！渣滓洞……白公馆！白公馆……警卫指挥部！”但是中美合作所总机突然不通，使他无法把意外的情况通知正在部署、执行屠杀任务的特务。徐鹏飞感到形势的复杂，莫非电话线路被破坏了？双枪老太婆突然出现，对他是很大的威胁，他狂喊起来：“马上检查线路，检查中美合作所电话线路！”

刚刚放下电话，它又响起来，徐鹏飞重新拿起电话不耐烦地问：“哪里？”

原来是朱介从飞机场给他报告机密。朱介说：“长江兵工总厂厂长没有按照指令到机场去，很可能躲起来了，甚至投降了共产党。”然后，突然降低了声音。

“什么？代表团已经起飞？玛丽小姐跟特别顾问……谁？严醉？严醉也跟美国人跑了？”

“风吹草动，草木皆兵！”他把电话一丢，忽然神经质地哈哈大笑：“美国人也跑了，带着破鞋跑了！”

他突然把桌上的茶杯端起来大喝几口，一丢手，连杯带茶掷出窗外，脸上犹自带着疯狂的狞笑。霍然间，他脸色一沉，喊道：“来人！”

一个特务慌忙地跑了进来。

徐鹏飞狞笑着，望着面前的人，突然命令道：“特遣队还剩多少？全部从工厂抽出来！到这里集中。不，不！通知他们直接到梅园集中待命！马上备车，我亲自到中美合作所去……卫队上车，跟我出发。”

电话铃又嘈杂起来。

徐鹏飞不接电话，固执地在地毯上跺脚，可是电话铃也像他一样顽固，一直响着，不肯停下。徐鹏飞恨恨地咒骂着，勉强拿起电话。他突然双脚一并，紧张地对着电话回答：

“是，是鹏飞。”

电话里的声音太大，徐鹏飞只好把耳机拿远一些，一阵沙哑干涩的声音从耳机里传出：

“为什么还没有炸响？唵？”停顿了一下，狞厉无情的声音又出现了，“我这里水、电都没有破坏！唵，你怎么搞的？”

“报告总裁，”徐鹏飞语无伦次地说，“马上，马上就炸，炸……”

正在这时候，一声炸雷似的爆炸突然袭来，窗玻璃被震动得当当地响，接着，又是几声巨大的爆炸，当啷一声，徐鹏飞身边的一块窗玻璃，被震动得从窗架上掉到水门汀阶沿上碰得粉碎。他突然喜形于色，摸出手巾，擦了擦冷汗，高声报告：

“炸了，炸了！好大的声音！”

爆炸声隆隆地接连响着，回应着，约莫过了一两分钟，渐渐稀疏下来，不再继续了。

“怎么？只有一二十响？”电话里的声音严厉地命令道，“我起飞以前，六百处目标一律给我炸掉。”

徐鹏飞茫然地握着话筒，突然，远处又轰响起一声爆炸，接着又是两声，他战栗地等着，但愿马上出现更多、更大的爆炸，可是，几声以后，就再也没有响动……

“浑蛋！”电话里突然发出一声怒喝，“炸不好，把你的头缴到台湾来！”咔嚓一声，电话挂断了。

“是，是，马上，马上炸……”徐鹏飞不知所措地对准已经不通的电话说着，连对方放下了电话也不知道。过了一阵，才发现电话里早已没有声音，他突然把电话一丢，厉声叫道：

“沈养斋！”

守在隔壁办公室里的沈养斋，慌忙推门进来。

“怎么搞的？”徐鹏飞厉声问道，“为什么到现在还没有响动？”

“命令下达晚了，”沈养斋嗫嚅着，“而且，而且……”

“到底还能炸多少？”

“布置了……一百多个目标……现在，现在情况不明……”

“我枪毙你！”徐鹏飞突然狂喊一声，僵直的手，指着明亮的电灯：“马上把电厂炸掉！”

“电厂工人武装护厂……部队冲不进去。”

“到处都是共产党在活动！”绝望的拳头猛击着办公桌，“炸自来水厂！”

“也，也……进不去。工人把炸药抢了，派去的特遣队下落不明……”

“饭桶！”徐鹏飞的拳头在沈养斋面前一挥，吓得他连连退了几步，等他清醒转来，徐鹏飞已经走到朔风凛冽的窗前，固执地站在那里，一动也不动。忽然，他一眼望见嘉陵江对岸通明的灯火，那是爆炸的主要目标，必须毁灭的长江兵工总厂。此刻，工厂不仅没有丝毫毁灭的迹象，反而灯光灿烂，分外刺眼，连深夜里的嘉陵江水也被照耀得闪闪发光。

徐鹏飞像被针刺了一下似的，退后一步，回过头来叫道："你看！"又转过头去，指着对岸的灯火："长江兵工总厂怎么还没有爆炸？"

"这……这是严醉亲自指挥……"

"打电话！找严醉这条老狗！"徐鹏飞完全忘记了严醉早已跟随美国代表团逃走。

电话摇了又摇，始终无法接通。

"浑蛋！"徐鹏飞忽然想起严醉已跟着美国人跑了，他的怒火不禁陡然爆发起来，"你马上到长江兵工总厂去！"

"这，这时候……"沈养斋不知所措地向后退缩，他知道，这时候进厂，无异于拿生命去赌博。

电话丁零零响，徐鹏飞抓起电话怒问：

"谁？"

"我是长江兵工总厂。"电话里传来清晰的声音。

"哦——我是徐鹏飞。你是稽查处吗？谁？陈松林？"徐鹏飞猛然退后一步，他的手惊惶地紧抓住电话不知所措。电话里可怕的声音还清清楚楚地在他耳边震响：

"你还没有逃跑？到厂里来吧！上次我们打电话给你，叫你把黎纪纲送上门来。现在你也别想逃走了！我正式通知你，长江兵工总厂已经被人民接管了。你们作恶多端，逃到天涯海角，也难逃脱人民法网。"

电话筒咔嚓一声，从徐鹏飞手上落在地下。他突然想起朱介报告的情况，长江兵工总厂厂长不肯离开大陆，这位兵工专家，一定投奔了共产党。

“这……”沈养斋恐惧地嗫嚅着，“原来……黎纪纲……被共产党……诱捕去了！”

徐鹏飞呆立着，过了一阵，突然清醒过来，两眼露出垂死挣扎的凶光：

“马上炸毁长江兵工总厂！”

“去，去！”徐鹏飞猛然抓住沈养斋的衣领，死力摇撼，紧咬的牙关，挤出绝望的声音：

“不去？我马上枪毙你！”

又是一阵张皇失措的电话铃响，激起了徐鹏飞神经失常的狂怒，他丢开沈养斋，一把抓住电话暴喊起来：

“狗娘养的！不准再来电话！”

他正要劈手摔碎刚从地下拾起的、已经毫无用处的电话机，却突然愣了一下，随着话筒里传出的声音，不禁踉跄了两步，一屁股坐倒在办公椅上。

“什么？”他狂吼一声，又连连追逼，“渣滓洞政治犯……越狱？嗯……和游击队内应外合？你……你们这群王八蛋！关得紧紧的共产党也跑了……”他突然像输光了的赌徒，毫无理由地放声狂笑，忘记了手上的电话。

忽然，他停止绝望的笑，疯狂地吼叫起来：“谁叫你抽调白公馆的看守人员？”他像骤然发觉自己还有一点本钱似的，显出意外的冷静和孤注一掷似的决断：“叫杨进兴马上带人回白公馆！行刑队全部集中，消灭白公馆！”

电话听筒吧嗒一声，摔在地上折成两段。“渣滓洞看守所长贻误戎机，危害党国，马上给我枪毙！”徐鹏飞高举双手朝着室外狂喊，声音空洞地回响着。“机枪！机枪！快用机枪封锁白公馆的一切出口！”他跳起身来，像要和看不见的敌人作垂死的决斗。

“斩草……除根！快给我杀……杀！”

疯狂而又绝望的拳头，猛击在办公桌的玻璃板上，啪嚓一声，玻璃板碎裂了。碎片刺破手腕，徐鹏飞毫无感觉，犹自挥舞着带血的手，在办公室里狂呼大喊。

可是，他不知道，这时候，英勇前进的人民解放军，已经逼近了白市驿飞机场，机场上，等候他的最后一架飞机，快要起飞了。他更不知道，地下党领导的一支厂矿联合纠察队，正在开进市区，进行接管，山城人民即将进入解放的时代了。

除了远处的枪声、炮响、犬吠，牢房里再也听不到别的声音。在这意外的沉寂之中，刘思扬镇定的心，突然反常地跳动起来。他感到自己的呼吸分外急促。搏斗在死亡和胜利之间，怎能抑制心潮的奔腾起伏?

“老刘！”一个焦急的声音在耳边喊。他感到移到身边来的胡浩的呼吸，比他还要急促。

“马上行动吧，特务都出去了！”

刘思扬没有回答，尽力屏住自己急促的呼吸，在这巨大的行动前的一瞬，他几乎无法再保持镇定。但是他仍然抑制着心跳，在胡浩耳边沉着地说道：

“再等半小时。”

“你听枪声。渣滓洞已经行动了！”

刘思扬也知道枪声来自渣滓洞，他在渣滓洞关过，毫不怀疑响枪的方向和距离。可是，他不知道这是渣滓洞战友们越狱引起的枪声，还是大屠杀的血腥暴行？不安的心，阵阵紧缩。他坚信着成岗在临别时告诉他的那些重要的话。此刻，他强制着自己摆脱与成岗永诀时的无穷痛苦与热泪，低声把成岗说过的话转告给胡浩。

胡浩默默地、心情紧张地谛听着，终于忍不住心头的激跳：

“华子良是我们的人？”

“我们的人！”刘思扬毫不掩盖他对这位战友的钦佩。他终于把成岗告诉他的决定，告诉了这间牢房里唯一的尚未正式入党的战友：“华子良一定能把越狱时间及时报告地下党。半小时以后，后面山头响起冲锋号声，就是动手的信号。”

“太好了！”胡浩不惯于表达自己的激动，只紧紧地握住刘思扬的手。

刘思扬确信，党的武装力量一定能准时出现，那时，在敌人张皇失措时，内应外合，一定能以最少的牺牲，夺取越狱的全胜。可是，离行动时间还有半小时，这一秒一分，突然变得比一年还长，几乎无法挨过。

“如果发生意外……”胡浩忽然又问。

“冲锋号声一定准时出现。”刘思扬固执地回答，过了一阵，又补充一句："如果现在特务来提人，我们就马上夺枪！"

胡浩不再问了。他和全室的战友一样，警惕地坐下，轻轻翻开那熟悉的地板，取出了多年来写下的文稿，暗自用布带紧缠在腰间，又把成岗临走时留下的匕首，紧握在手中……时间在枪声中，在漆黑的夜里缓缓地逝去，人们等待着那来自山巅的战斗的号角……

突然，从对面牢房，传来了三声清楚的咳嗽声。刘思扬一听，忍不住心中怔了一下。这是开始行动的信号。刘思扬又侧耳细听，并没有期待中的冲锋号声，却听出附近几间牢房轻轻开铁锁的响声。

"开门！"有人轻声地、机警地提醒着刘思扬。他立刻站了起来，走到牢门边，摸出成岗留给他的那把钥匙，打开了铁锁。

在狱灯昏暗的光线下，成群的人流，从间间牢房涌出，会集在牢房之间的走廊上。刘思扬让战友们走出以后，才取下了铁锁，放入衣袋，作为一种特殊的纪念品。他相信，这把象征着美蒋反动派特务统治的大铁锁，将来会和许多缴获的战利品一样，陈列进革命博物馆里去的。跨出牢门，在走廊上，他看见了从容镇定的齐晓轩，一个战友正在和他耳语着，老齐毫无表情地微微点头，没有说话。刘思扬在微光中，看见战友们已经按照预定的编队，列队集合，等待下一步行动。他走到老齐身边，觉得有必要问一问。

"我们提前行动，不等外援配合？"

"情况变了。渣滓洞越狱，给了我们有力的支援。"老齐转头向他，伸手拍拍他的肩头，低声说道：

“你刚才听见汽车的响声吗？杨进兴带领的大批特务已经调往渣滓洞。”老齐的声音，包含着纵观全局的预见，“敌人只是暂时抽空了力量，很快就会改变策略，变成集中全力，扑向尚未越狱的白公馆。”

“哦——”刘思扬敏锐地应了一声，情况完全明白了：此刻是最好的时机，晚了便会出现新的危险。

“同志们注意！”在人群当中，又出现了一个刚毅的声音。刘思扬听出，这是老袁在讲话。

“派人侦察的结果，留下的特务，集中在高墙外边严密布防。白公馆的大门和侧门，全被机枪封锁了。”

是啊！虽然特务留下的人数不会很多，不敢守在狱内，可是敌人凭仗高墙、电网，并且架上机枪，封锁着出口。这里的墙，又高又厚，全是条石砌成，不像渣滓洞那样的砖土墙。

“现在，监狱党组织决定，通过一条秘密通道越狱。”老齐忽然说。

“秘密通道？”许多人都感到意外，一时不知应该怎样行动。

“思扬，你跟在我身边。”老齐轻声说着。他领着黑压压的人群，向院坝旁边无声地移动。

刘思扬紧跟着老齐，大步向前，向那特务管理室旁边漆黑的隧道入口走去。走到隧道的入口，老齐伸手摸着了电灯开关，一按，狭窄的隧道立刻被灯光照得通明。明亮的灯光，使看惯了黑暗的目光，感到不习惯。黑黝黝的隧道，虽然被灯光照耀着，但那潮湿的、霉败的腐味，强烈地灌进鼻孔，使人呼吸窒息。老齐弯腰向前，路过了旁边的一间小门，这是过去小萝卜头住过的地牢，来到一座铁门附近。他摸出钥匙，开了铁门，又继续带路前行，又开了第二道铁门。刘思扬这时才想起，前些时候，华子良不是每天给黑牢里送饭吗？老齐的钥匙，一定是华子良留下来的。刘思扬在白天还发现过徐鹏飞带着特务进入隧道，他永远记得，成岗一见徐鹏飞走进隧道，马上把自己叫向屋角，交代越狱计划……

“小心！”老齐的声音在前面传来，他正跨下一级级潮湿滑溜的石阶。刘思扬止住自己的思潮，向后边的人传达着“小心！”也一步步向地底深入。下完石阶，他们来到了一处四墙被岩块和条石封死了的地方。脚边有一块平放着的铁皮盖板，老齐蹲下身去，揭开盖板，又出现了深邃的地道。下完了石梯，他们面前便是一间牢房似的地窖。脚下是凸凹不平的整块岩石地基，周围的岩壁和条石，冰冷而且潮湿，斑斑水渍，侵蚀着一条条石灰的接缝。

“滴答！”一滴水从头顶的岩石上滴下，落在刘思扬的额上，冷冰冰的，使他骤然感到这阴森的与世隔离的绝境，不知埋葬过多少战友的战斗岁月。

老齐向周围观察了一番，略略思索了一下，从身边取出了一小张纸，一边展开，一边指点着说：“把稻草搬开！”

刘思扬立刻动手搬移稻草，草下面发出一阵令人恶心的霉臭。

“……揭开第三块条石……”

“第三块条石？”刘思扬重复着，紧张地注视着接近墙脚地面的第三块条石，那是一块普通的石头，和旁边的那些，并没有什么不同。

随着老齐的指点，刘思扬才看出，这块岩石周围的石灰接缝，似乎与旁边的略有不同，可是，若非特别注意，仍然很难区别它。刘思扬伸手摸去，才发现那块条石周围的石灰接缝是松脆的，只是些石灰碎屑轻轻填塞着的。用手指一挖，接缝里的石灰完全掉落了出来。探手进去，接缝竟是空的，早已挖去了石灰。

“老许？他……”刘思扬心里，猛然涌出无限激情。

“牺牲自己……”齐晓轩敬仰地说道，“任何时候也不忘为党工作。”

这时，几个战友上前来齐力推动这块顽石，石头轻轻移动着，渐渐被推了出去……在条石移开的石灰接缝上，灯光闪照出无数指甲挖过的痕迹，有些地方还留下斑斑点点滴血的指印。血的指印因为历时过久，已经变成淡淡的灰褐色，可是在雪白的石灰上，仍然看得十分清楚。那顽强的意志，忍受痛楚而把鲜血滴在胜利道路上的情景，仿佛还历历在目。刘思扬满怀庄严崇敬的心情，低声问道：

“外边是什么地方？”

“一丈多高的悬岩……”齐晓轩说道，“从外边看，这里是高墙之下的条石堡坎，敌人意想不到的地方。”

条石已被推出去了，人们一用力，便听见轰隆一声响，那块条石滚进了岩下的水洞。一阵清新的空气，从洞口涌进来，带着一股强烈的泥土的芬芳。与世隔绝的活棺材被打开了，阵阵响亮的炮声清晰地传来。

“依次出去！”老袁走过来，拿出一条用破毯拧成的长绳，指挥着进入地窖的人们。

“你走前面领路。”齐晓轩对老袁说道，“我留下来断后。”

老袁不再说话，默默地握了握齐晓轩的手，探身钻出洞口，张望了一下，就攀住长绳，首先跳了出去。接着，又一个人跟着跳出去，又是一个……

“老齐！”刘思扬回转身，兴奋地建议，“我去打个电话。”

“干什么？”

“管理室有电话，我们通知敌人，把敌人引过来，减少对渣滓洞的压力。”

恰在这时，远处出现了汽车引擎的响声。山那边的枪声已经渐渐稀落下去。齐晓轩细听了一下，摇头说道：“用不着。敌人快要回来了。”

全体战友都已跳出洞口，地窖里只剩老齐和刘思扬了。

“走！”齐晓轩毫不迟疑地领着刘思扬，探身跳了出去……

刘思扬一落地，便被一双有力的手扶住。黑暗中看不见对方的面孔，但他感到不是齐晓轩，因为齐晓轩只在他之前一瞬间才落地，似乎也被这人刚刚扶起。

“我和你们一道。”是胡浩的声音。刘思扬没有回话，只紧紧地握了一下他火热的手。

“站住！什么人？”

突然地，远处出现了巡逻特务的声音。

“快走！”齐晓轩低声催促着，领先在黑沉沉的山岩间摸索前行。脚下没有路，岩石崎岖不平，刘思扬心情有些紧张，担心着近视的胡浩行走困难。可是胡浩却走得很快，比他更善于夜行。

他们背后，渐渐传来敌特的脚步声，时而还有电筒闪光。

“快把绳索送到前面去。”齐晓轩忽然压低声音，命令着胡浩，在黑暗中把刚才用过的布绳递到胡浩手里。

电筒光一闪，忽然照见了前面正在登山的人影。“站住！开枪了！”

几个特务狂叫起来，可是不敢贸然追来。

“乒！”“乒！”几颗子弹，从耳边飞射过去。刘思扬不管这些，紧紧抓住岩缝里的草根，向上攀登。阵阵午夜的山风，带着雾气，吹拂着火热的脸，一霎时，刘思扬忽然强烈地感到自由的宝贵。用自己的手打碎铁牢，用自己的脚冲出魔窟，呼吸着山野清凉的雾气，自由眼看着就要回到戴惯镣铐的身上，尽管枪声愈来愈密，不断地追击着。

刘思扬正要跨过一丛荆棘，忽然间，不由自主地啊了一声。

“你怎么了？”齐晓轩立刻搀扶住他。

刘思扬没有回答，他的手慢慢移近胸口，触到了一股热乎乎的液体，身子略微抖了一下，可是，他立刻想起了成岗、老许、江姐，想起了许许多多不知下落的战友，还有那共同战斗的孙明霞……荆棘刺破了他的囚衣，齐晓轩的手臂扶着他躺倒下来。刘思扬难忘成岗跨出牢门时高呼口号的情景，他也渴望大声呐喊。可是，他不能高呼，不能在这时候暴露尚未脱险的战友们。他只重复地低声说道："快走，快走，不要管我……"他的手，在黑暗中摸索着，终于把一支钢笔递到齐晓轩手里，"这是老许……的遗物……用它来……写……写……"

隆隆的炮声似乎愈来愈近。刘思扬躺卧在血泊中，望见了山那边熊熊的火焰，来自渣滓洞的火光，一阵阵映红了他苍白的脸。他仿佛听见，从那烈火与热血中升起了庄严的高歌……刘思扬的嘴唇微微开合，吐出了喃喃的声音——

同志们，听吧！
像春雷爆炸的，
是人民解放军的炮声！
人民解放了！
人民胜利了！
我们——
没有玷污党的荣誉！
我们……

齐晓轩眼泪纵横，默默地把刘思扬正在冷却的手轻轻放下。这时，半山下的公路上，突然闪亮出车灯，刚才听见的车声，现在变得十分清楚了。几辆卡车迅速地转过山坳，开到白公馆前面，骤然刹住，从渣滓洞转来的特务，纷纷跳下车来。齐晓轩站起身来，快步向前走去。

前面，耸立着一座巨大的悬岩，队伍正停留在悬岩之下。

正威 作

“就从这里上去……”齐晓轩听出了在前面开路的老袁的声音：“敌人的警犬爬不上悬岩！”

老袁领着队伍走的，正是一条早已选定的道路。

前面的人，互相攀缘着肩头，抓住石壁上的岩棱，困难地攀上去了，最先爬上悬岩的战友，站到悬岩边，抛出长长的布绳，拽拉着岩下的成群战友。

白公馆附近的探照灯突然亮了。强烈的光柱扫过山头，追寻着越狱的人。

“快！”悬岩上的人催促地喊。

猛然，探照灯扫过悬岩，光柱一闪，慢慢滑了过去。可是那狞恶的强光，很快又转回来，死死罩住这片人影重叠的悬岩。

“站住！站住！”山下，成群的刽子手狂呼大喊，顺着灯光，向山上猛扑。几挺机枪，朝着探照灯指示的方向，对准悬岩开火。

“嗒嗒嗒嗒……”

流星一样的弹雨嘘嘘地响，碰击在岩石上，石屑飞跳，火光四溅。

探照灯突然移向悬岩下的人群。

“嗒嗒嗒嗒……”

一串串曳光的子弹，碰溅在岩石上。

岩下的人影渐渐减少，最后，只剩下两个人了。胡浩忽然问道：“老齐，刘思扬呢？”齐晓轩没有回答，脸上毫无表情，身体在弹火中忽然晃动了一下……

布绳冒着弹雨，从岩上垂下，焦急的声音正在催促。齐晓轩挥手叫胡浩上去。但是两眼凝泪的胡浩，固执地说："你受了伤，你先上！"

弹流不断嘘嘘地射在身边，石屑溅在齐晓轩脸上，血流出来了。他无言地抓住布绳，奋力攀上悬岩。

布绳再次垂下，胡浩抓住布绳，蹬着岩石，跳离了地面，正在这时候，袭来一阵猛烈的弹雨，胡浩两手一松，便从岩上摔下。他挣扎着又站起来，重新伸手去抓布绳。他的手尚未触及布绳，便听见背后几声嘶吼。回头看时，一头凶恶的狼犬，从黑暗中冲出，尖锐的牙齿，闪着死亡的光，对准他的咽喉，猛扑过来。胡浩不敢迟疑，马上举起手上的匕首，略微蹲下，雪亮的刀刃，迎面插进了扑上前来的狼犬的胸部。狼犬号叫一声，带着嵌在肋骨里的匕首，翻滚下深谷去了。

胡浩马上转身，抓住同志们递给他的绳索。

"不准动！"

一支手枪，抵住了他的背脊。

胡浩两眼冒火，愤怒地转身面对着刽子手。

"举起手来！"

胡浩冷冷一笑，突然，他向前一扑，猛地抱住来不及开枪、也来不及退让的匪徒，奋力侧身一滚，两个人影纠缠在一起，从半山上坠入漆黑的深谷……

深谷里，立刻传来一声正在跌落中的匪徒绝命的狂叫。

"走！"齐晓轩噙着热泪，指挥着人们离开悬岩。

几头狼犬，接连扑到悬岩底下，咆哮着，号叫着，爬不上去。

吴强年　作

成群的刽子手也出现在岩下，对着刚才离去的人影射击。

探照灯光向山头移动，死死地盯住越狱的人们。机枪子弹扫射着，山头被一串串火红的弹流交织着，走在最前面的好几个人倒了下去。

“快走！”齐晓轩大声喊道，“分散行动，避开探照灯！”

可是探照灯仍然罩住人群，又是一批人影在扫射中倒下去了。

这时，一个人影忽然从前面折回，奔到齐晓轩面前，语气急促地报告道：“老袁负了重伤……前面是警戒线，发现敌人布防。电网附近还有两座碉堡！”

“从碉堡旁边迂回，突破电网！”齐晓轩失血过多，喉头干哑地命令着，“你代替老袁领路，坚决冲出封锁线。我继续断后！”

“你……”

“快走！”齐晓轩奋声说道，“率领队伍，不要管我！”

探照灯追赶着逐渐分散的人群，流弹不断划过夜空……忽然，光柱扫向齐晓轩，不断地把他罩住。可是，齐晓轩并不躲避那灼目的光亮，反而停住了脚步，挺立在光柱之中。他看了看渐渐远去的战友，从容地转回身来，面对着射向他的无数弹流。

齐晓轩蔑视的目光，俯瞰着山脚下的敌人，矗立在一块巨大高耸的岩石上，吸引着全部毒弹的袭击，他决心让自己的战友们赢得时间，转危为安。

“扫射吧！”他把双手叉在腰间，一动也不动地分开双脚，稳稳地踏住岩石，“子弹征服不了共产党人！”齐晓轩苍白带血的脸上露出冷笑，让鲜血从洞穿的身上流出，染遍了脚下的红岩……

突然，一阵响亮的冲锋号声，在耳边响起。他猛然听出，胜利的号声，已经来临。这胜利的号角，多么的接近，多么动人！华子良终于来了，在最危急的时刻赶来了。党来了。胜利的黎明也来了！

“啊！解放军！”

“华子良领着解放军来啦！”

齐晓轩听见一阵狂热的欢呼与呐喊，禁不住满脸须眉颤动，无限喜悦地倾听着胜利的枪声指向山下溃散的魔影……

探照灯骤然熄灭了。可是齐晓轩仍然双手叉腰，张开两腿挺立在鲜血染遍的红岩上，一动也不动。他的目光，仿佛犹自俯瞰着脚下的魔窟。远处，渣滓洞燃烧着熊熊的烈火，照映着山头的松林。近处，火光照见高墙，那是已被粉碎的白公馆集中营。远远近近，魔窟连声爆炸，烟火不断冲腾，在火光中，中美合作所魔窟正在脚下崩溃，毁灭……

僵化中的目光，渐渐昂向远方。齐晓轩仿佛看见了无数金星闪闪的红旗，在眼前招展回旋，渐渐融成一片光亮的鲜红……他的嘴角微微一动，朝着胜利的旗海，最后微笑了。

炮声隆隆，震撼大地。

晨星闪闪，迎接黎明。

林间，群鸟争鸣，天将破晓。

东方的地平线上，渐渐透出一派红光，闪烁在碧绿的嘉陵江上。湛蓝的天空，万里无云，绚丽的朝霞，放射出万道光芒。

牛文 作